재일디아스포라
문학선집

4

—

평론

편역자__ 재일디아스포라 문학의 글로컬리즘과 문화정치학 연구팀

김환기金煥基 동국대 일어일문학과 교수
유임하柳王夏 한국체대 교양과정부 교수
이한정李漢正 상명대 글로벌지역학부 교수
김학동金鶴童 동국대 일본학연구소 연구원
신승모辛承模 동국대 일본학연구소 연구원
이승진李丞鎭 동국대 일본학연구소 연구원
한성례韓成禮 세종사이버대 겸임교수
한해윤韓諧昀 가톨릭관동대 VERUM 교양교육연구소 책임연구원
방윤제方閏濟 경희대 후마니타스칼리지 강사

필자__

고사명高史明
고이삼高二三
김석범金石範
김영金榮
김용권金容權
김정미金靜美
문경수文京洙
박화미朴和美
서경식徐京植
양석일梁石日
윤건차尹健次

이수경李修京
이순애李順愛
임전혜任展慧
가와무라 미나토川村湊
구로코 가즈오黒古一夫
다나카 히로시田中宏
다카야나기 도시오高柳俊男
다케다 세이지竹田青嗣
사가와 아키佐川亜紀
오다기리 히데오小田切秀雄
이소가이 지로磯貝治良

재일디아스포라 문학선집 |4| 평론

초판인쇄 2017년 4월 15일 **초판발행** 2017년 4월 30일
엮고옮긴이 재일디아스포라 문학의 글로컬리즘과 문화정치학 연구팀 **펴낸이** 박성모 **펴낸곳** 소명출판
출판등록 제13-522호 **주소** 서울시 서초구 서초중앙로6길 15, 1층
전화 02-585-7840 **팩스** 02-585-7848 **전자우편** somyungbooks@daum.net **홈페이지** www.somyong.co.kr

값 32,000원
ISBN 979-11-5905-194-4 04810
ISBN 979-11-5905-190-6 (세트)
ⓒ 동국대 일본학연구소, 2017

이 책은 2013년도 정부(교육부)의 재원으로 한국연구재단의 지원을 받아 연구되었음(NRF-2013S1A5A2A03044781)

| 동국대 일본학연구소 연구총서 |

재일디아스포라

문학
선집
4

평론

재일디아스포라 문학의 글로컬리즘과
문화정치학 공동연구팀 편역

A LITERATURE COLLECTION
OF KOREAN DIASPORA IN JAPAN

4 _ CRITIQUES

 소명출판

책머리에

한국사회에서 '디아스포라'라는 용어는 19세기 말부터 20세기 초반, 제국주의 시대에 근대 국민국가의 주체적 성립이 좌절되면서 생겨난 상처와 흔적을 가리키는 키워드의 하나이다. 이 용어에는 제국의 광포한 지배와 억압, 폭력이 피식민 민족에게 가한 강요된 이주와 정착에 이르는 만난각고萬難刻苦의 과정이 아로새겨져 있기 때문이다. 모국에 밀어닥친 드높았던 제국주의 시대의 파고波高만큼이나 이들의 이주 정착사는 참으로 간고했다.

그러나 가까운 일본을 비롯하여, 중국과 저 멀리 미주 대륙과 유럽에 걸쳐 있는 디아스포라의 가파른 삶의 행로는, 지금도 변모를 거듭하지만 여전히 주변부에서 벗어나지 못했다. 이런 측면에서 디아스포라는 여전히 주목해야 할 대상이 아닐 수 없다. 더구나 이들의 삶은 여전히 생존과 권익을 위한 자신들만의 억척스러운 대항적 주체의 역사를 만들어가고 있다는 점에서 디아스포라는 지역의 문제이면서 동시에 전지구적인 차원에서 거론되어야 마땅할 대상이 아닐 수가 없다.

재일디아스포라의 경우 그러한 문제적 가치는 주목하지 않을 수 없다. 제국의 시대를 뒤로 한 뒤 패전국 대신 모국이 세계냉전체제에 의해 지리적 정치적 분할이 이루어지면서 이들의 삶의 조건은 더욱 착잡한 양상으로 치달았기 때문이다. 최근 일본에서는 재일디아스포라가 혐한의 인종차별적 대상이 되면서, 이들의 삶은 적어도 인류 보편의 글로컬한 화두로 부상하였다. 탈냉전 이후 동아시아에서 조성되는 신냉전화와 '보통국가'를 지향하며 보수화하는 일본의 사회현실에서 재일디아스포라는 제국 일본의 기억을 담지해온 망각된 존재, 잊혀진 상처였다. 그러나 오늘의 시점에서 이들은 인종차별을 거부하는 대항담론의 저항적 위치를 점유하는 문제적 지점에 다시 서게 되었다. 이렇게 보면, 재일디아스포라는 탈식민 이후 모국의 분단을 착잡하게 지켜보는 고립된 복수형 존재에서 다시 남북분단을 넘어 동아시아적 가치를 되살릴 자격을 가진 저항적 주체로 등장할 가능성을 가지고 있다. 이런 측면이야말로 지역적이면서도 동시에 세계적인 국면이 아닐 수 없다.

그런 까닭에 재일디아스포라 문학은 민족의 문학이면서도 동시에 제국의 기억과 길항하는 주변부의 마이너리티 문학이라고 보아야 한다. 재일디아스포라문학은 세계문학이라는 지역과 국가를 망라한 인류 유산임을 감안할 때 그토록 간고한 역사의 경험을 간직하면서도 인간다운 문화를 구축하기 위한 최첨단에서 치열하게 인간과 조건을 비판적으로 대응하고 있다는 것, 그래서 그 문학은 글로컬리즘의 문화정치를 구현함으로써 강고한 국민국가의 경계를 허물며 가장 구체적이고 이질적인 방식으로 민족과 인류 보편의 가치를 지향하는 성과를 만들어내는 원천이 된다.

『재일디아스포라 평론선집』은 이러한 문제의식을 바탕으로 재일디아스포라에 대한 문학 및 문화담론의 육성을 담고자 했다. 본래 메타의 언어는 텍스트의 원본이 갖는 가치를 발견하고 그것을 전파하기 위한 담론의 하나다. 그러나 이 담론은 그 해석적 위치에 따라 발화된 시기에 따라 천양지차의 함의를 갖는다. 그러나 바로 이같은 역동적인 가치 덕분에, 메타언어는 다양한 각도에서 문제적 대상에 대한 시야와 성찰을 돕는 수단이 될 수 있다. 이 책 또한 메타언어가 갖는 문학텍스트의 가치와 함의를 발굴하는 디딤돌로 삼기 위해 만들어졌다.

이 책의 편제는 크게 재일론, 문학론, 작가 작품론 등의 세 범주로 이루어져 있다. 1장 '재일이라는 주체와 역사적 시공간'에서는 재일론을 중심으로 재일이라는 주체의 정의와 탄생 경로가 다루어진다. 또한 여기에서는 세계사적 관점 외에도 전후 일본의 신문미디어에 등장하는 재일조선인의 면모와 동아시아의 시각에서 천황제 문제와 관련된 재일조선인들의 대항주체적 가치가 거론된다. 나아가, 세대론을 넘어 재일이라는 개념의 변용과 다양성이 논의되고 있다. 특히 이 장에서는 '재일'이라는 거점과 주체 탄생, 역사적 시간과 공간이 다채롭게 검토되고 있다.

2장 '재일디아스포라 문학의 글로컬리즘과 문화정치학'에서는 재일디아스포라 관련 문학론을 수록했다. 이 장에서는 디아스포라의 개념과 세계문학에서의 다양한 면모가 모색될 뿐만 아니라 재일디아스포라 문학의 여러 정의들을 짚어보는 한편, 기원에서부터 전사에 이르는 면모와 세대론적 전개과정이 세밀하게 언급된다. 이 장에서는 재일디아스포라 문학의 과거와 현재, 미래를 전망하는 것을 넘어 세계의 디아스포라 문학과 대비되거나 한국문학과의 연계 문제까지도 논의되고 있다.

3장 '재일디아스포라 문학의 해석 지평'은 재일디아스포라 작가론 및 작품론으로 구성돼 있다. 재일디아스포라 문학의 성과에 대한 윤곽을 짚어볼 수 있도록 김사량, 홍종우, 김시종, 김학영, 김희명, 허남기, 한무부 등의 작가론과 작품론, 여성문학을 조감하는 글 등을 다양하게 수록했다.

이 책 역시 『재일디아스포라 소설선집』과 마찬가지로, 2013년에 선정된 학술지원사업인 '재일디아스포라 문학의 글로컬리즘과 문화정치학'에 바탕을 두고 있다. 이 책에 수록한 23편의 평론(대담, 인터뷰 포함)은 학부와 대학원생을 대상으로 평론의 선별 기준을 첫째 디아스포라적 특성을 담은 사례는 무엇인가, 둘째 문학적(사료적) 가치를 다층적으로 입증할 만한 사례는 무엇인가, 셋째 국내에 번역되지 않은 글, 넷째 재일디아스포라 문학의 계보적인 흐름과 그 다양성과 중층성을 파악할 수 있는 대표적인 사례는 무엇인가 등등으로 초점화했다. 이러한 기준에 따라 재일론과 재일문학론, 재일작가론에 해당하는 평론(인터뷰 포함)을 선별적으로 번역했다. 이 과정에서 『소설선집』과 마찬가지로 향후 대학(원)의 교육 현장에서 재일디아스포라 문학을 거시적 미시적으로 조감, 이해할 수 있게 해야 한다는 의견의 일치가 있었다. 이를 위해 『재일디아스포라 평론선집』은 재일디아스포라 문학 관련 강좌에서 유용한 교재가 될 수 있도록, 재일디아스포라의 역사성과 문학성, 계보와 중층적 함의들을 포괄하는 인문학적 가치에 부응하고자 했다.

이 책을 내기까지 감사할 분들에 대한 소회를 밝히지 않을 수 없다. 무엇보다도 『재일디아스포라 평론선집』의 발간에는 국가재정의 지원이 큰 도움이 되었지만 이외에도 결정적인 인연과 공력이 있었다. 먼저, 지난 몇 년간 우리 팀원들이 보여준 놀라운 집중력과 높은 학문적 성취를 말하는 게 순서상 옳다. 재일디아스포라 문학연구회의 소장학자들이 보여준 열정, 공동연구자들의 의기투합이야말로 소기의 성과를 이루는 가장 빛나는 토대였다. 함께 훌륭한 팀워크를 이루며 열정을 바친 추억은 가슴 속 깊이 간직하고자 한다.

또한, 저작권을 가진 원작자들이 보여준 예상 이상의 후원을 거론하지 않을 수가 없다. 이분들이 '모국의 강단에 소개하는 자리'라는 발간 취지에 깊이 공감하며 보여준 이들의 애정과 지원은 예상을 넘어서는 놀라운 것이었다. 사실 이 같은 원 저작권자들의 후원 없는 작품 선별과 선정에 이르는 과정이 결실을 맺기란 어렵다. 현해탄 건너에서 열정적으로 활동해온 재일디아스포라 작가들과 저작권 관계자들은 저작권 동의에 그치지 않고 선집 발간에 필요한 모든 번거로운 절차를 앞장서서 해결해 주었다. 다시 한번 원 저작자분들께 깊이 감사드린다.

2017년 봄
재일디아스포라 문학의 글로컬리즘과 문화정치학
연구팀을 대표하여
김환기 씀

차례

제1장

'재일'이라는 주제와 역사적 시공간

'재일在日'이란 무엇인가

김석범金石範

1

"이 식민지 태생의 이른바 2세들(일본인 2세를 말함=김석범)에게 있어 조선의 독립 같은 것은 절대로 일어날 수 없는 가공의 이야기에 지나지 않는다. 그 점이 식민지에 들어온 군인들, 경찰들, 상인들, 고리대금업자들, 교사들, 승려들, 철도원들 같은 1세와는 근본적으로 다른 점이었다. 그들 1세들은 조선이 식민지화되어 아직 삼십 년밖에 지나지 않았다는 것을, 직접 체험한 독립운동의 생생한 체험과 함께 알고 있었다. 그러나 2세들에게 조선은 태어날 때부터 일본이었다. 이들에게 삼십 년이라는 세월 같은 건 아무런 현실감도 없다. 그들은 일본에서 태어난 것이다. 그러므로 그것은 일본 내지內地(본토-역자)와 마찬가지로 영원하였다……."

이것은 수년 전에 사십 세의 나이로 사망한 조선 태생의 작가 고바야시 마사루小林勝의 육군항공사관학교를 무대로 한 소설 「첨성瞻星」으로부터의 인용이다. "2세들에게 조선은 태어날 때부터 일본이었다. (…중략…) 그들은 일본에 태어나 있었던 것이다"라고 작가는 소설의 문장에 쓰고 있는데, 이것은 소설작품에 작가의 자의적인 서술을 한 것이 아니라, 식민지에 태어난 일본인 2세들의 일반적인 생활감각으로서 저절로 갖게 되었다 할 수 있을 것이다. 앞의 인용에 보이는 것처럼 일본인 1세의 경우는 그렇게 단순하지가 않다. 식민지의 이민족에 대한 공포와는 반대로 계속 지니고 있던 '죄'의식이 있어서 자연스런 형태로 이곳이 일본이라는 감각은 생기지 않는다. 따라서 보다 의식적으로 자신의 생활감각을 초월한 곳에서 이곳이 일본이라는 소유의 논리를 만들어내지 않으면 안 되었다. 즉 조선은 일본의 것이라는 의식을 말하는 것인데, 그것이 일본인 2세들에게는 형태를 바꾸어 아무런 위화감도 없이 생활감각에까지 침투하여, 조선에서 태어났으면서도 이곳이 일본이라고 믿어 의심치 않았던 것이다. 이 '가치'의 근본적인 전도가 일어나는 것이 1945년 8월 15일의 일본 패전과 조선의 해방이었음은 말할 필요도 없다.

최근에 우연히 읽게 된, 마찬가지로 조선 태생의 작가 고토 메이세이後藤明生의 에세이 「나의 고향, 나의 문학」, 『統一日報』(1979.3.13)은 지금 말한 것과 관련하여 흥미가 깊었다. 작가는 자신이 태어나고 자랐으며, 증조부, 조모, 남동생의 무덤이 있는 북조선의 영흥 땅, 그리고 조선 그 자체를 그리워하면서 소년시절의 추억을 이야기하고 그것이 지금도 예를 들면 일본의 풍경, 자연을 보면 조선의 풍물과 겹쳐져버린다고 한다. 또 중학교 1학년 때 '8·15' 패전을 맞이한 작가의 허무감과 충격에 대해서도 언급하고 있는데, 그 말미에 다음과 같은 구절이 있다.

"나는 그 중학교 1학년 때 국가라는 것이 망하는 경우도 있음을 어렴풋이 생각하지 않을 수 없었다. 내 경우는 식민지에 있었기 때문에 자신이 태어나 자란 곳이 8월 15일을 기해서 외국이 되어버린 것이다. 그때까지는 그곳을 일본이라고 생각하고 있었기 때문에 국가도 망하는 일이 있다는 것을 생각하지 않을 수 없었다. 나라가 절대적인 것이 아니라 일종의 만들어낸 듯한 느낌이 들었던 것이다. 지금도 그런 생각을 떨치기 어렵다. 조선은 내게 있어 고향이지만 지금은 외국이 되어 잃어버린 고향인 것이다……."

여기에는 자신이 태어나 자란 조선이 일본이었고, 그것이 8월 15일을 기해서 외국이 되어버리고 말았다, 라고 아주 자연스럽게 언급하고 있다. 거기에서 또 국가가 절대적인 것이 아닌 일종의 만들어진 것이라는 매우 열린 감각이 나오는 모양이다. 그런데 나는 뜻하지 않게 조선이 8월 15일을 기해서 외국이 되고 말았다, 즉 그때까지 일본으로 생각하고 있었다는 점에 처음에 인용한 고바야시 마사루의 문장과 연결되고 있음을 발견한다. 무슨 말인가 하면, 일본인 1세들에게는 조선이 의식적인 식민(결국 침략이지만)의 대상으로서 일본의 소유물이고, 2세들에게는 그것이 이미 생활감각 속에 녹아든 것으로서 자연스레 받아들여지고 있다는 점이다. 2세들은 무의식중에 '조선이 일본이다'라고 생각하도록 만들어져 있는 것이다. 개중에는 같은 '일본인'으로서의 동질의식이라고 하는 사람도 있을지 모르지만, 이것은 지배자의 사상을 대변하는 억지주장으로서 조선인이 같은 일본인일 수는 없는 일이다.

나는 현재 일본인의 조선인에 대한 의식을 말하고 있는 게 아니다. 적어도 1945년 8월 15일 이전의 많은 일본인, 그것도 조선에 재류하는 일본인의 의식은 거의 그랬다는 것이다.

그런데 재일조선인의 존재를 생각할 때, 과거 식민지시대도 그렇고 또 현재로서도 그들은 2세를 포함해서 일본이 조선의 것이라는 생각을 한 적이 없고, 그들에게 일본이 조선이었던 적이 없었다. 이 아무렇지도 않은 듯한 일이, 그리고 과거 일본인의 의식과의 대비가, 지금 '재일'이란 무엇인가 라는 핵심적인 질문의 하나가 된다고 나는 생각한다.

내가 '지금'이라고 한 것은 여태까지도 재일조선인 1세들의 생활감정이나 의식이 2, 3세의 젊은 세대에게 커다란 영향을 끼쳐왔지만, 그러나 동시에 인구구성 면에서 1세가 다수를 차지하고 있던 시대에서 지금은 젊은 세대가 대다수를 차지하게 된 사실을 전제로 이야기를 진행하고 싶기 때문이다. 덧붙이자면 1974년 현재 약 65만 명 중에 40세 미만이 73%, 일본 태생이 75.6%, 설사 조선 태생이더라도 어린 시절에 도일한 경우는 꽤 풍화되어 있어서 그런 사람들까지 더하면 조선을 모르는 세대의 층은 약 80%에 달한다. 예를 들어 재일조선인의 일본에서 태어난 비율을 역사적으로 조금 거슬러 올라가보기만 해도 1930년에 8.2%, 1950년에 49.9%, 1959년에는 64.3%라는 식으로 되어 있어 그

변동이 상당히 크다.(본지『三千里』제8호, 강재언, 「재일조선인의 65년」 참조) 따라서 앞으로는 보다 더 커질 그 인구 비율을 생각할 때, 가령 짧게 어림잡아 10년, 20년 후에는 어떻게 되어 있을까. 복잡한 생각이 가슴에 맴돌고 있지만, 그것은 단순한 비율, 다시 말해서 양의 문제만은 아니다. 다른 한편으로 내외의 요인에 의해 발생되는 귀화라는 분화작용을 별도로 하더라도 재일조선인의 의식의 변용은 충분히 예측되는 일이고 그 주체가 젊은 세대라는 것은 말할 필요도 없을 것이다.

내가 서두에서 과거 식민지 조선의 일본인 2세들의 경우와 재일조선인 2세들의 경우를 예로 인용하여 이야기의 초점을 재일조선인 2세들에게 맞추려한 것은 인구비율에 의한 양적 변동을 그에 수반된 질적 변화의 문제로 파악하고 싶었기 때문이다. 그러면 당연히 거기에서 '재일'의 "근거"라 할 수 있는 실체의 변화도 확인할 수 있을 것이다. '재일'의 "근거"는 재일조선인 형성의 역사적 과정, 즉 일본제국주의의 조선에 대한 식민지 지배의 소산이라는 것만으로는 해결되지 않는다. 지금으로서는 소산이자 동시에 그것을 넘어서는 곳에 와 있다. 그것은 인간의 존재문제로서 대두되고 있다고 할 수 있다. 선택의 여지없이 일본에서 태어난 2, 3세들의 '재일'의 근거는 일본인이 일본에 살고 있다는 것, 즉 인간으로서 존재한다는 것은 무엇인가라는 것과 마찬가지로 무겁다. 그러나 그와 동시에 일본인과는 또 다른 면에서 '재일'의 의미를 추구해야 하는 까닭이기도 할 것이다.

2

재일조선인의 대부분은 1945년 이전에 도일한 1세와 그 자손인 2, 3세들이지만, 그 외에 전후의 남조선에서 입국한 사람들이 있다.

1945년 8월, 일본이 패전한 시점에서 재일조선인 총수는 200만 이상이었고, 그 중에 100만 이상이 1939년에 시작된 강제연행에 의한 입국자이다. 전후 일본의 패전에 의해 겨우 조국의 독립과 해방을 맞이한 재일조선인의 태반은 그 출신지인 남조선으로 돌아갔다. 그리고 일본에 남은 사람도 대부분이 1, 2년 안에는 귀국할 작정이었다. 앞에서 언급한 강재언의 논문에 의하면, 해방 이듬해인 1946년 3월 현재 조선인 등록 총수(GHQ의 지시에 의해 일본정부 후생성 주관 아래 실시된 등록) 64만 6,943명 중에 귀국 희망자는 51만 4,035명으로 약 80%에 달하고 있다. 그리고 등록 총수에서 역산을 해보면, 1946년 3월 무렵까지 이미 130만 남짓 귀국했음을 알 수 있다.

200만 남짓한 숫자 중에 약 13만이 뭔가의 이유나 사정으로 귀국의 사를 표시하지 않고 있는데, 이것을 다른 각도에서 보면 해방 직후의 당시로서는 상당한 숫자라 할 수 있다. 그러나 어찌되었든 귀국자를 포함해서 귀국 희망자가 200만 남짓한 인구 중에 거의 95%에 달하고 있다는 사실은 재일조선인의 일본에서의 생활에 대한 의식이 어떠했는가를 엿보기에 충분하다.

그럼에도 불구하고 문제는 그 후에 일어난다. 그것은 귀국 희망자의 귀국은 거의 1946년의 시점에서 끊겼다고 할 수밖에 없는 현상이 일어났기 때문이다. 그뿐만이 아니다. 해방된 조국으로 돌아갔던 사람들이 다시 일본으로 역류, 밀항해온다는 사태가 발생했다. 아니, 그뿐만이 아니다. 일본에서의 생활 경험이 없는 사람들이 조국과 고향을 버리고 수 톤의 어선으로 일본에 밀항하는 위험을 무릅쓰게 된다. 재입국을 포함하여 그 수는 알 수 없지만, 이러한 현상은 해방 이후 불과 3, 4년 사이에 집중적으로 일어난 현상이었다. 그 후 현재에 이르기까지 당시와 사정은 다르다 하더라도 밀입국자가 끊이지 않는 것은 주지의 사실이다.

막 독립한 조국으로부터 일본으로의 밀항과, 일단 귀국한 사람들의 재입국 현상은 우리들에게 무엇을 말하는 걸까. 그들 중에는 그리운 고향으로 돌아간 나이 지긋한 사람들도 있는가하면, 여자와 어린이도 있었다. 또 새로운 조국의 건설에 정열을 불태우거나 여러 포부를 지닌 채 귀국한 청년들도 있었다. 한마디로 말해서 비참했다. 이러한 일들은 재일조선인이 일단 정리하기 시작한 '재일'의 생활의 계속, 혹은 처음으로 되돌아가는 것이었고, 혹은 미지의 생활의 시작이 되었다. 이것은 현재의 재일조선인의 위치를 생각하는데 있어 앞에서 언급한 인구비율에서 차지하는 2, 3세의 존재와는 별개로 상징적인 의미를 갖는다고 할 수 있다.(여기에서는 굳이 다른 재일외국인과의 위치를 비교하지 않겠다. 그만큼 재일조선인에게 '재일'의 의미는 무겁다) 어째서 독립한 조국으로 모처럼 돌아간 사람들이 원망이 중첩하는 일본으로 되돌아오지 않으면 안 되었던가. 그것은 이미 그 시점에서 현재의 재일조선인의 존재방식을 규정했다고 할 수 있을 것이다. 그것은 당시 50만 남짓한 귀국 희망자의 대부분이 귀국을 단념한 일을 다른 측면에서 나타내고 있을 정도로 상징적이었던 것이다. 당시 일본으로 밀항하지 않으면 안 되었던 상황이 30년 지난 지금도 여전히 계속되고 있다는 점에서도 그 상징성은 퇴색되지 않고 있다.

그들이 일본으로 건너온 원인은 한마디로 말해서, 해방 직후 38선으로 분단된 남조선을 점령하고 군정을 펼쳤던 미국의 정책이 당시의 일본에서는 상상할 수 없을 정도로 가혹했다는 점에 있다. 그것은 패전국 일본을 점령한 미군의 정책과는 비교가 안 될 만큼 심각한 것으로, 우익 파시스트 이승만을 전면에 내세운 테러 탄압 정치였다. 지금 여기에서 당시 남조선의 정치 정세에 대해 언급할 여유는 없지만, 예를 들어 내가 이따금 에세이로 쓰거나, 또는 내 소설작품의 주된 주제가 되는 1948년 4월, 미국의 강행에 의한 남조선만의 단독선거, 단독정부수립에 반대해서 일어난 제주도 4·3무장봉기 하나만 보더라도, 그것이 미국제국주의의 점령정책에 기인된 것임은 말할 필요도 없다. 제주도의 인구 30만 남짓 중에 7만 남짓이 학살되었다는 사태를 직시하는 것은 지금도 꽤나 버거운 일이다. 전후의 밀입국은 그러한 시대를 배경으로 일어난 현상이었다. 따라서 그들의 대부분은, 일본에서는 인정받지 못하고 있지만, 난민, 망명자로서의 성질을 지니고 있다고도 말할 수 있을 것이다.

3

전쟁이 끝나고 이미 30년이 지났다. 주지하듯이 이 30년 동안 동족
상잔으로서의 조선전쟁의 참화를 비롯하여 분단 조선을 둘러싼 심각한
정치상황은 여전히 계속되고 있다. 그 사이에 앞에서 언급한 것처럼 세
대교체가 서서히 진행되고 있고, 지금은 조국을 모르는 2, 3세 층이 약
80%를 차지하기에 이르렀다. 그리고 이 30년의 세월은 어쩔 수 없이
재일조선인으로 하여금 '정착'하게 만들고 있다. 지금까지 얼마나 많은
재일조선인이 이제나 저제나 하며 귀국의 날을 애타게 기다렸던가. 그
리고 얼마나 많은 노인들이 일본 땅에 뼈를 묻었던가.(전후의 밀항자가 재
일조선인의 위치를 생각하는데 있어 상징적인 의미를 갖는다는 것은 그러한 연유이
다) 그것은 또 일본에 몇 십 년이나 살면서 어정쩡한 임시 주거로밖에
생각하지 않았던, 즉 동화를 거부해왔다는 것을 의미한다. 나 자신도 어
정쩡한 발상에서 벗어나지 못한 경우이지만, 지금은 이러한 사고는 지
양되어야 한다고 생각한다. 귀국할 때는 귀국하더라도 '정착' 그 자체
의 현실적인 의의를 전제로 하지 않으면 안 될 것이다. 이것은 전후의
역사적인 시간 경과에 따른 생활상의 타성으로 인식될 성질의 대상은
아니다. 지금은 앞에서도 언급한 것처럼, 세대의 교체, '재일'의 근거의
변화와 함께 인간의 존재 문제로서 생각해야할 시점에 왔다는 것이다.
따라서 이 총체적인 문제는 개개인이 귀국한다고 해서 끝나는 게 아니
다. 귀국하는 자는 이 문제에서 떠나갈 뿐이기 때문에.

정착하려는 경향은 2, 3세가 대다수를 점하는 인구비율의 변동에 의해 촉진되는 것이기 때문에 그것은 일반적인 민족성의 풍화의 진행으로 나타난다. 그리고 한편으로는 풍화의 연장선상에 있는 것이 일본으로의 귀화라고 할 수 있을 것이다.

일본으로의 귀화에 대해 말하자면, 그것이 예를 들면 미국의 일본계 미국인이라든가 조선계 미국시민과 같이 열린 성격의 것과는 이질적인 귀화일본인이 된다는 것을 한마디 해두자. 일본정부의 귀화정책, 구체적으로는 국적법에 의한 귀화의 요건이라는 것은, 예를 들어 조선계 일본시민을 보장한다거나 하지는 않는다. 귀화 후에는 일본식 이름으로 개명해야 하는 등 그 밖의 엄격한 체크사항 중에 호적기재는 그렇다 하더라도, 외형상으로는 조선인의 흔적을, 즉 그 민족성을 말살하여 완전한 일본인으로 동화를 강요하게 되어 있는 것이다. 거기에는 조선인에 대한 이질성의 인식은 없고 패전 이전의 동화정책사상과 근본적인 변화는 없다. 그럼에도 매년 귀화는 늘고 있고 강화조약의 발효 이후 1975년 말까지 귀화한 외국인은 약 10만 2천 명, 그 대부분이 조선·한국적이 차지하고 있다고 한다.(미야타 히로토·宮田浩人編,『65万人一在日朝鮮人』) 귀화의 요인으로는 차별이나 생활상의 불안을 해소하기 위해 일본인과 동등한 권리를 취득하려는 사회적인 측면과, 그리고 풍화나 민족적 콤플렉스에 의한 의식상의 작용이 거기에 중첩된다. 그러므로 귀화정책의 대상은 주로 민족적인 의식이 희박한 2, 3세의 젊은 층이라 할 수 있을 것이다.

정착의 현실화는 귀화에 의한 재일조선인의 분화작용과는 별개로 각종의 시민적 권리의 주장으로 나타나는 것은 당연한 일이다. 그러고 보면 재일조선인은 과거의 식민지민족으로서의 괴로운 경험으로 인해 민족적 주체성이라든가 조선인의 입장을 주장하다 보니 오랜 기간 무無권리의 상태로 살고 있는 일본에서의 시민적 권리의 주장을 소홀히해 왔다고 할 수 있다. 그런 의미에서 '재일'의 근거가 되는 성격의 변화에 대한 인식과 동시에, 일본인과 마찬가지로 납세 등의 의무를 다하고 있는 자로서 시민적 권리에 대한 인식을 높이지 않으면 안 된다.

그런데 나는 최근에 이루어지고 있는 '일본국적 확인운동'이나 일본의 국정을 포함한 참정권운동에 대해서는 아직 긍정적인 답을 갖고 있지 않다.

"'일본국적 확인' 소송은 전쟁 전에 '일본인이었던 조선인'이 전후에 일방적으로 '국적선택권을 박탈당했다'는 관점에서 법적인 근거를 찾을 수 있는데, 이를 토대로 한 시민권요구운동의 변형이라고 할 수 있을 것이다. 이는 국적법에 나타나 있는 국가의지의 일방적인 관철을 방해하는 측면을 지니고 있어서, 그런 점에서 본다면 귀화정책과 대립한다. 따라서 일본정부는 이러한 요구에 응하는 일은 없을 것이다. 나는 이 운동에 의한 시민권요구의 성격과 이러한 점을 평가하면서(특히 기타큐슈시北九州市의 김종갑씨 등과 같이 강제퇴거의 법적근거를 추궁하는 의미에서는), 전체적으로 찬성하기 어려운 것은 표면적으로 일본'국민' 즉 일본국시민이 된다고 해도, 지금의 상황으로는 결과적으로 '일본인'이나 별반 다름없게 된다는 것이다.

그리고 주장하는 법적(이론적) 근거의 내용이 과거에(일방적으로 '국적선택권'을 빼앗겼다) '일본인'이었다는 것인데, 법적으로야 어찌되었든 윤리

적으로는 기본적인 문제를 내포하고 있다고 나는 생각한다."(김석범, 「재일
조선인 청년의 인간선언—귀화와 아이덴티티」, 『이코노미스트ｴｺﾉﾐｽﾄ』,
1977.2.15)

나는 이 졸고의 의견에서 벗어나지 않고 있는데, 다른 것도 아니고
일본과 조선의 식민 피식민의 관계사를 생각한다면 조선인 자신의 문
제로서 윤리적인 근거를 좀 더 깊게 추구해야 할 것이다. 그것은 일본
이외의 나라와는 일어날 수 없는 문제로서, 재일조선인의 인간적인 자
립의 근거가 되기도 한다. 역설적으로 말한다면, 과거의 일본제국주의
시대에 '황국신민-일본인'이었던 일이 그렇게 좋았단 말인가 라는 것
이다. 혹은 조금 뉘앙스를 바꾸어, 그 일제 강점기에 그렇게 '일본인'이
되고 싶었는가, 라는 말로도 표현 할 수 있을 것이다.

더구나 당시의 조선인에게 '일본국민'을 '보장'한 일본의 호적법은
일본제국의 제국헌법을 기본법으로 삼고 있다. 또한 당시의 조선인 호
적에 아직 명맥을 유지하고 있던 조선인 고유의 성명제를 폐지함으로
써 호적상으로도 조선민족의 말살을 도모하여 일본식 씨명을 강제한
그 '창씨개명'의 법적근거가 되는 '조선민사령民事令의 개정'(1939.11)도
제국헌법을 배경으로 하고 있다. 그 제국헌법이 조선민족에게 어떠한
것이었는지는 여기서 언급할 필요가 없을 것이다. 만일 그러한 일에 상
상력이 미치지 않는다고 한다면 나는 수치스런 감정과 통한의 정이 결
여된 것이라 여기고 싶다.

지금 일부에서 이루어지고 있는 재일조선인의 '참정권' 운동도 '일
본국적'의 부활과 연계되어 있고, 그 법적근거를 따지는 자세는 '일본

국적 확인'운동과 기본적으로 동일하다. 나는 무턱대고 이러한 '기본적인 인권'이나 시민적 권리의 요구운동을 배척하는 것은 아니나, 뒤에서 언급하는 조국통일 관계와 연관된 재일조선인의 입장이라는 문제를 생각하면 법적근거의 검토나 운동에 대해서 좀 더 주체적이고 보편적인 시점이 요망된다.

다만 주민의 자치조직에도 임원선거가 있듯이, 지역주민으로서 생활상의 요구나 각 자치단체에 반영시킬 뭔가의 방법은 찾아보는 것이 타당할 것이다. 작가 김달수가 어느 단문에서, 주민으로서의 납세의무는 다하고 있는데 막상 권리적인 면에서는 어떠한가, 라는 취지의 글을 쓰고 있는데, 마지막 내용을 인용하기로 한다. 당연한 주장일 것이다.

"무슨 말인가 하면, 몇 십 년이나 여기 일본에서 살고 있는 우리들 재일조선인도 지방자치단체의 선거권 정도는 있어도 좋지 않겠는가", 라는 것이다.

"특별히 피선거권까지 획득해서 도都나 현縣의회의원, 시의회의원이 되고 싶다는 것은 아니다. 다만 일상적인 생활에 직접적으로 관계가 있는 자치단체의원의 선거는 우리들 재일조선인에게도 한 표를 던질 수 있도록 해주는 것도 좋지 않겠는가, 라는 것이다."(『日刊현대ゲンダイ』, 『壁新聞』, 1979.3.1)

어찌되었든 이런 종류의 논의를, 조국통일과 재일조선인의 풍화, 동화의 문제와 관련해서 심화시켜 갈 필요가 있다고 생각한다.

4

    나는 처음에 재일조선인 1세, 2세의 인구비율의 변동에 따른 '재일' 의 근거의 변화에 대해 언급했는데, 그것은 또 재일조선인의 위치의 창조적인 파악과 중첩되는 것이다.

    나는 이러한 문제와 관련되는 일이 많다고 생각하여 두 사람의 재일조선인 청년에 대해 이야기하고자 한다. 한 사람은 2, 3년 전에 사법시험에 합격하여 외국적으로서는 처음으로 변호사의 길을 걷게 된 김경득군이고, 또 한 사람은 '신경환군을 지지하는 모임' 멤버들의 지원 아래 한국으로의 강제송환저지라는 긴 싸움의 목적을 달성한 신경환군의 경우이다. 여기서 상세하게 언급할 여유는 없지만, 재일조선인 청년인 두 사람의 내면사內面史는 각각의 위치에서 분명히 창조성을 짊어지고 있다고 할 수 있을 것이다.

    김군의 경우는 모처럼 사법시험에 합격했음에도 불구하고 외국적이라는 이유로 사법연수생으로 채용되지 않았으며, 최고재판소로부터 귀화를 종용받은 일로부터 문제가 시작된다. 이미 김군 이전에 합격했던 10명(2명은 대만국적)이 귀화를 하였는데, 최고재판소는 그 관례에 따라 귀화를 요구했다. 그러나 가난한 학생시절부터 조선인이라는 것을 감추고 살아온 그는 "대학졸업과 동시에 자신이 희망하는 저널리즘 관계에는 99.9% 취직할 수 없다는 말을 들었을 때, 나는 일본사회의 차별에서 도망쳐 다니는 삶을 내던지고 자기 자신에 대해 '조선인'이라는 것을 들이대는 삶을 살겠다고 결의하고", "조선인 차별의 해소에 노력할 것을 자신의 평생의 일로 살기" 위해서 변호사가 되려고 한 청년이었다. 거기에 귀화라는 장벽이 가로막고 선 것이다. 그는 고민 끝에 귀화를 거부했다. 그리고 장래의 변호사까지 내던질 각오로 외국적을 유지한 채 사법연수생 채용의 길을 찾아 후원자들의 지지 속에서 운동을 계속하여 그 목적을 달성한 것은 널리 알려진 사실이다. 나는 앞에서 언급한 졸고에서 그 의의를 "(귀화나 '일본국적확인' 운동이 이루어지고 있는) 이상과 같은 재일조선인이 놓여 있는 상황을 배경으로 보자면, 김군의 귀화 거부가 지니는 의의는 크다. 이것은 얼핏 시대의 흐름에 역행하는 보수적인 자세 같으면서도 가장 기본적인 입장에 서 있는 것이고, 선진적인 의의를 지닌다"라고 썼는데, 그는 여기에서 동시에 자신의 조선인으로서의 창조적인 인간회복을 이루어냈던 것이다. 콜럼버스의 달걀과 마찬가지로 지나고 보면 당연한 것처럼 생각되지만, 다소 사정을 알고 있는 내가 보기에는 애당초 그 벽에 맞서는 것은 진정으로 인간적인 용기를 필요로 했던 것이다.

신군의 경우는 어떠한가.

1973년 9월, 5년 반의 복역(징역 8년)으로 이와쿠니岩国소년형무소를 출소한 그를 기다리고 있었던 것은 '사회복귀'가 아니라 오무라大村형무소였다. 즉 한국으로의 강제송환이다. '송환'은 송환선 출항 1주일 전에 일단 집행정지가 되었지만, 그로부터 5년간의 재판투쟁이 계속되었고, 작년 12월에 '특별재류허가'가 나오면서 신경환 재판은 끝났다.(재일 2세에게, 밀항자 등에게 법무대신의 재량으로 나오는 '특재特在'라는 것도 이상한 이야

기다. 단, 일반의 외국인등록증이 3년마다 갱신하는 데 비해 '특재'는 1년 갱신)

신군은 조국을 모르고 그 말을 알지 못하며, 풍습 역시 모른다. 극빈한 가정에서 태어나고 자랐으며, 취직 등의 차별 속에서 범죄의 동기가 생겼다. 강도범으로서 8년형이라는 판결도 다른 일본인들과는 다르게 차별을 받은 게 분명하다고 했다. 그런 그가 모범수로서 형기를 단축하여 일찍 출소하자마자 국외퇴거명령이 나온 것이었다.

나는 작년 12월, '지지하는 모임'의 도쿄집회에서 강연할 기회가 있어 그때, 이 경우의 '외국'이란 도대체 어디를 말하는가 하는 의문을 제기한 바 있다. 왜 추방지가(그에게 있어서는 형무소와 '국외'와 사회로부터의 이중의 추방이다) 미국이나 중국도 아니고 한국인가. 역설적으로 말하자면, 그에게 있어 한국은 무언가 하는 것이다. 한국적이기 때문에 한국으로 추방한다는 논리는 그의 경우에는 성립하지 않는다. 그에게 '한국인'이기 위한 뭔가 구체적인 내실이 있었단 말인가. 도대체 한국의 어디로 추방을 한다는 것일까. 부산의 부두인가, 서울인가, 서울의 어디인가. 인간의 존재를 보장받기 어려운 조건의 장소로, 그저 한국적이기 때문에 '돌려보낸다'고 한다. 그가 한국으로 추방된다는 것은 미국이나 중국, 혹은 그 밖의 장소로 추방되는 것과 마찬가지일 것이다. 단지 그 경우에는 상대가 받아들이지 않는 것뿐이다.

시인인 김시종이 "재일이야말로 조선이다"라는 말을 했는데, 이는 시사하는 바가 큰 말로서, 나는 이와는 조금 다른 의미로 "신경환군의 입장에서 일본은 한국이다"라고 말하고 싶다고 그때 이야기했다. 신군이 국외로 강제퇴거 되다면 그 '국외'는 일본일 수밖에 없다. 일본이야말로 '한국'이라 해야 할 것이다.

선택의 여지없이 일본에서 태어났으며 더구나 태생 그 자체에 무거운 일본과 조선의 과거 역사가 내리누르고 있는 2세의 그에게 '재일'의 근거는 무엇일까. 일본인이 일본에 살고 있는 것, 인간으로서 존재하는 것은 무엇이냐는 것과 같은 뿌리를 가지고 있는 것이다. "일본인 2세들에게 있어 조선은 태어났을 때부터 일본이었다. 그들은 일본에서 태어난 것이다"라는 말의 의미를 다시 한 번 생각해보고 싶다.

하지만 그럼에도 그는 송환 직전의 오무라수용소에서 어느 목사와 통화하다가 "선생님, 저는 돌아가겠습니다"라고 말했다 한다. 이때의 '돌아간다'는 말의 의미는 무겁다. '송환된다'도 아니고, 또 '가겠습니다'도 아닌 '돌아간다'는 주체적인 발언의 배경에는 아마도 의식 속에 '조국'이 있었을 것이다. 미지의 땅을 앞에 두고 "저는 돌아가겠습니다"라는 말의 반향에는 사람의 심금을 울리는 무언가가 있다. 나는 여기에 재일 2세의 사상, 자기검증의 창조적인 전개를 본다. 일본의 '법'에 순응하여 '돌아간다'는 것이 아니다. 거기에는 나는 조선인이라고 광야에서 외치는 듯한 인간선언의 목소리가 담겨있는 것이다.

1974년의 민청학련民靑學聯사건으로 박 정권의 법정에 서서 사형을 선고받은 한국의 학생이 "영광입니다"라고 말했다고 김지하가 그의 수기(「고행, 1974」)에 쓰고 있다. "저는 돌아가겠습니다"라고 한 신군의 말에는 이 학생의 말과 통하는 무언가가 느껴진다고 생각한다. 신군의 내면사인 이 변증법에는 2세들의 '재일'의 새로운 근거를 다지고 '재일'의 의미를 묻는데 있어 깊이 시사하는 바가 있다. 그는 이미 '재일'이 놓인 조국과 자신의 관계를 그 존재 속에 굳게 다지기 시작했기 때문이다.

이번 2월에 모처럼 재개된 남북의 대화가 다시 정체상태에 빠져들고 있지만, 조선민족에게 조국의 통일은 지상의 과제이다. 재일조선인에게도 그것은 예외가 아니다. 왜냐하면 그들도 조선민족의 일원이기 때문이다. 오랜 세월 동안 '재일'의 폐쇄적인 상황 속에서 소수민족적인 경향을 띠고 있지만, 그러나 국적으로도 그 놓여진 위치, 그리고 의식으로 볼 때도 일반적인 경우(예를 들면 중국이나 소련 등의 조선족 같은)의 소수민족은 결코 아니다. 그렇다고 '재일'이라는 국외에 정주하는 상황과 거기에서 생성되는 새로운 성격을 무시해서는 안 된다. 그것을 주체적으로 파악함으로써 '재일'의 의미를 창조적으로 포착할 수 있을 것이다. 재일조선인은 '재일'을 빼놓고 사물을 볼 수는 없다. 그것은 '재일'을 통하지 않으면 조국과 연결되는 길이 없다는 것이다. 지금 가장 긴요한 조국에 연결되는 길은 분단의 지양과 통일의 참가이고, 이후 참가하여 통일을 실현시켜 가는 과정에서 '재일'의 성격을 보다 구체적으로 바꿔갈 수 있을 것이다. 특히 남북 분단의 상황 아래에서 의식의 벽은 제쳐두더라도 38도선이 재일동포의 왕래를 가로막고 있는 것도 아니고, 모순을 지니면서도 가까운 이웃, 가족, 친척들 사이에서 남북이 동거하고 있는 현실 하나만 보더라도 '재일'이 지니는 위치가 저절로 분명해질 것이다.

설사 본국에 비해 인구는 적다하더라도 '재일'은 남북에 대해서 창조적인 위치에 있다. 이 말은 남북을 초월하는 입장에서 조선을 봐야만 한다는 것이고 또한 의식적으로 그 위치–장에 적합한 스스로의 창조적인 성격을 형성할 필요가 있다.

창조적인 성격이란 조국 분단의 상황 아래에서 '재일'이라는 위치-장에서 통일을 위한 뭔가의 힘, 역할을 할 수 있는 성격이다. 바꿔 말하자면 북이나 남에서 할 수 없는 일을 해낼 뿐만 아니라, 남북을 총체적으로 혹은 객관적으로 볼 수 있는 장소에 위치함으로써 그 독자성이 남북통일을 위해 긍정적으로 작동하지 않으면 안 된다. 나는 지금 백년 후의 재일조선인의 존재를 생각하고 하는 말은 아니다. 적어도 가장 현대적인 과제가 그렇다는 것이고, 미래의 '재일'도 그 위에 서서 전망하는 길 외에는 없는 것이다.

그렇다고 한다면 '재일'의 위치는 조국통일과의 관계를 제쳐두고 생각하기는 어렵다. 그 경우 일본과의 관계에 있어서 자립성을 확보하지 못한다면 통일을 위한 하나의 힘으로써 작동할 수 없을 것이다. 나는 앞에서 참정권요구운동이나 일본국적 확인운동의 윤리적인 문제에 대해 한마디 했는데, 그것이 지니고 있는 또 하나의 부정적인 측면, 분명히 발생할 수 있는 동화의 촉진작용을 조국통일과의 관계에서 어떻게 다루어 나갈 것인가 하는 문제가 여기에 있다. 자립성은 그래서 한 말인데, 권리취득의 운동을 조국통일과의 상관관계로 접근해가는 시점이 필요하고 이를 위한 토론이 전개되어야할 것이다.

나는 가까운 예로서 두 사람의 청년에 대해 언급했는데, 두 사람의 입장은 서로 다르면서도(신군은 운전사로 일하고 있다) 재일 2세들과 조국의 관계를 엿볼 수 있는 한 단면이라 할 수 있다. 그들은 '재일'의 상황 속에서 모색하고 괴로워한 결과 자신의 책임과 힘에 의해 민족적인 광장으로 즉 주체적인 광장으로 나온 것이었다. 그리고 그 연장선상에는 다양한 청년의 상이 떠오르는데, 예를 들면 박 정권 아래에서 한국의 민주화투쟁과 관련되어 감방생활을 강요당하고 있는 '재일' 출신 청년들의 경우를 볼 수도 있을 것이다.

나는 여기에서 조국통일의 논의를 하려는 건 아니다. 남북대화의 정체에 절망도 하지 않고 있으며 낙관도 하지 않는다. 8 · 15해방 이후, 우리들은 절망을 거듭해왔고 이제는 새로운 절망을 거기에 중첩시킬 여력을 잃었다. 1972년 '7 · 4공동성명'이 발표되었을 때의 흥분과 그 후의 괴롭던 마음을 잊을 수 없지만, 그러나 남북 당사자 모두 그걸 없던 일로 하겠다는 선언은 없었다. 이번의 남북대화만 하더라도 어떠한 정치적인 의도가 있었건 간에 적어도 '7 · 4공동성명'을 부정하는 입장에서는 재개되지 않았을 것이다. 앞으로도 폐기 선언을 하지 않는 한(그러한 반민족적인 일이 있을 리 없겠지만) 그 정신은 살아 있는 것이고, 쌍방은 당국자 이외의 민주인사를 포함한 민중의 레벨에서 실현되도록 성의를 가지고 임할 책임을 모든 민족 앞에 짊어지고 있다는 것은 의심할 여지가 없다. 더구나 지금까지 남북대화의 커다란 장애의 하나로 작용하고 있던 조선을 둘러싼 국제환경이 변화하고 있는 상황에서는 말할 나위도 없다. 당연한 것이지만, 통일은 어떠한 외세의 힘으로부터 독립하여 이루어져야 한다. 외세는 우선 자국의 이익을 생각하기 마련이고 조선을 위해 희생하려는 것이 아님은 남북을 불문한 해방 후의 역사가 증명하고 있다.

그런데 조국의 움직임을 보면서 '재일'의 위치를 보다 적극적으로 생각해보니, '재일' 그 자체가 '통일'이라는 인식이 성립되기도 한다. 그것은 '재일' 안에 생긴 여러 조직도 예외는 아니다. 조직은 빌딩건물 처럼 단순한 그릇이 아니라, 그 안에 살고 있는 인간에 의해 움직이고, 살며 활동하기 때문이다. 조국통일의 움직임과 사업을 앞에 두고 조직 은 '재일'의 입지조건 아래에서 각각의 입장을 반영하면서도 이를 초월 한다는 발상은 할 수 없는 것일까. 적어도 그것은 조직, 개인을 불문하 고 '재일'의 위치에 있는 자의 책임이자 일방적인 사고의 흐름을 방지 하는 길이기도 할 것이다.

(번역 : 김학동)

내적 역사의 증인들

재일조선인이 비추는 것

다나카 히로시田中宏

본지가 막을 내린다고 한다. 부탁받는 대로 몇 번인가 문장을 써왔지만, 이번이 마지막이라고 생각하니 복잡한 기분이 든다. 지금까지 이른바 '재일문제'를 중심으로 써왔던 것 같은데, 그것들을 고려하면서 현 상황과 과제를 정리해보고자 한다.

1. 전후 책임에 대한 불성실

'재일 문제'는 말할 필요도 없이 포스트 식민지 문제이다. 그것은 '제국 신민'으로 여겨진 조선인 중 일본 체류자의 전후에서의 지위 처우 문제라는 형태를 취했다. 문제는 '대일 평화 조약'과 '한일 협정'을 경계로 한 전후 세 가지 시기로 구분해서 생각할 수 있을 것이다.

평화 조약 발효에 따른 조치의 핵심은 그때 구식민지 출신자의 '일본 국적' 상실을 선고하고, 이후 '외국인'으로 다룬 일이다. 이는 시기나 방법에 대한 문제는 어떻든 간에 당연한 결론으로 볼 수도 있다. 그러나 그것과 일반 외국인을 대상으로 하는 출입국 관리령(1951년 10월 제정)이나 외국인등록법(1952년 4월 제정) 등을 그대로 적용하는 것과는 별개 문제이다. 더구나 유달리 '국민'과 '외국인'을 구분하는 사상이 충만해 있는 일본에서는 이 외국인 선고는 무권리 상태에 빠뜨리는 일이며, 그것에 의해서 특이한 역사적 배경을 말살하려는 것이다. 점령 하의 구 식민지 출신자의 지위·처우의 추이, 국적 선택 방식에서 국적 상실 선고가 된 경위, 그 배경에 가로놓여 있다고 여겨지는 당시 요시다 시게루 총리의 조선(인) 인식 등에 대해서는 별도로 말한 것이 있으니 그쪽을 참고하시기 바란다.(본지 제8호 및 『사상』 85년 8월호에 수록된 각 졸고 참조)

외국인 선고를 만들어낸 것은 식민지 통치에 관한 사후 책임의 무자각이자 그것은 '원상회복'의 미명에 숨은 역사에 대한 모독이라고까지 할 수 있다. 군국 일본은 7년간의 점령이 끝나고 재생되었지만 그러나 그것은 불의를 거듭한 아시아와의 사이에 '화해' 기점을 구축하는 것은 아니었다. 즉, 반세기에 이르는 대만 통치에 관련된 중국에 대해서는 일단 국민당 정부를 상대로 평화 조약을 체결했지만, 20년 후의 1972년 「일중공동성명」에 의해서 재검토가 불가피했다. 조선에 대해서는 14년의 긴 한일 협상을 거쳐 1965년 6월, 겨우 한일 협정 체결에 이르렀다.

그러나 북한(조선 민주주의 인민 공화국)과는 아직도 '8·15' 그대로이며, 그러면서 "이미 전후는 끝났다"라든가 "전후 정치의 총결산"을 입에 담을 수 있겠는가.

한일 조약은 불완전하나마 구 식민지 문제에 대한 첫 번째 전후 처리이기는 했다. 하지만 일본은 거기서 '전후 책임'을 자각하는 게 아니라 이미 고도 성장기로 접어들어 오히려 경제 진출의 '사전 조치' 정도로밖에 받아들이지 않았다.

이러한 역사에 대한 불성실은 훗날 일견 의외의 형태로 드러나게 된다. 82년의 '교과서 문제', 85년의 '야스쿠니 공식 참배', 86년의 '군사비 1% 돌파' 등, 그 때마다 아시아 각국에서 터져 나오는 대일 의심, 대일 불신의 목소리가 분명한 증거이다.

'재일 문제'는 포스트 식민지 문제의 중요한 과제이나, 1965년의 한일 조약은 그것에 진지하게 임하는 기점이 아니라 일종의 정치·외교의 소산에 불과했다. 그것은 1959년의 '북한 귀환 협정' 조인의 뒤를 따른 체결이고, 동시에 성립한 한일법적지위협정은 협정 영주의 신청행위를 통해서 남북 분단을 '재일'에 가져오는 것이었다. 또 협정 영주권자는 '출입국 및 거주를 포함한 모든 사항에 관해 이 협정에서 특별히 정하는 경우를 제외하고 모든 외국인에 똑같이 적용되는 일본국 법령의 적용을 받는다'(동 제5조)라는 것이 반대로 확인됐다. 이른바 '백지 위임'이다.

2. '난민 조약' 이하였던 '한일 협정'

한일조약 체결이 무엇을 의미하는가가 이윽고 구체적으로 드러난다. 일본에서 나고 자란 조선인 청년이 세계 빅 비즈니스 히타치 제작소의 입사 시험에 합격했음에도 조선인이라는 이유로 해고된 박종석 사건은 아직 '협정 영주' 신청 기간 중인 1970년 가을의 일이었다. 또한 사법 시험에 합격했음에도 일본 국적을 보유하지 않는다는 이유로 사법연수원 입소가 문제가 된 김경득 사건, 그리고 12년 동안 매달 납부금을 냈지만 국민 연금 지급의 단계에 이르러서 국적을 이유로 지급을 거부당했던 김현조 사건 등은 모두 협정 영주 허가자의 신상에 일어난 일이다. 이들은 개개인의 책임과 판단에서 위험을 각오하고 그 생존권을 주장할 수밖에 없었다. 그러나 그것은 기존의 '단념'의 축적을 거절하고 민족 차별 철폐에 맞선다는 '새로운 조류'를 낳게 되었다.

전술한 협정 5조에서 말하는 "이 협정에서 특별히 정하는 경우"란 퇴거 강제에 관한 특례(제3조) 및 교육, 생활 보호, 국민건강보험에 대한 타당한 고려(제4조)뿐이다. 한일 협정 체결은 일본 정부에 모종의 '자유 재량권free hand'을 준 것이어서 잇달아 정책을 제시해 왔다. 그 해말에 나온 두 개의 문부성 차관 통지(민족학교는 불허하며, 일본의 공립 학교에 들어가면 일본인으로 취급함. 요컨대 조선인으로 자라는 것을 부정), 이른바 '외국인 학교 법안'의 세 차례에 걸친 국회 상정, 나아가 '출입국 관리 법안'의 4번에 걸친 상정으로 이어지고 있다.

두 법안은 심한 반대에 부딪혀 폐기되었지만, 실은 이 시기와 앞서 언급한 '새로운 조류'는 서로 겹쳐 있었다. 또 중국의 유엔 복귀와 남북한의 '7 · 4 공동 성명'이 발표된 것도 이 시기이다. 종래 엄격히 규제되던 조선 국적자의 해외 도항이 완화된 것도 이 시기부터이다.(참고로 1985년 재입국 허가 건수는 (6839건)

그러나 제도적인 변경이 실현되는 것은 역시 인도차이나 난민 문제를 계기로 한 국제적 인권 조약의 비준을 기다려야만 했다. 즉, 1979년 국제 인권 규약에 가입, 나아가 1982년 난민 협약 가입이다.

인권 규약 가입에 따른 조치로서 건설부와 대장성은 잇달아 통고를 발표해서, 공공 주택의 입주 자격 및 분양 양수 자격, 그리고 주택 금융 공고 등 공적 금융 기관의 이용 자격의 국적제한을 철폐하고 외국인에게 문호를 개방했다. 보다 엄밀함이 요구되는 난민 협약에 대해서는 여러 개의 법 개정이 불가피했다.

먼저 입관령 개정에 있어서는 협정 영주를 취득하지 않은 구 식민지 출신자 및 그 자손에게 무조건적으로 영주를 허가한다는 '특례 영주' 제도가 도입됐다. 또 사회 보장 관계의 4가지의 법률(국민연금법 및 아동 수당에 관한 세 가지 법에서) '국적 조항'이 삭제되고 외국인도 그 대상으로 했다. 그것은 난민 협약이 요구하는 내국민 대우를 실현하기 위한 법 개정이었다.

당초 하시모토 후생 대신(당시)은 "**다른 외국인의 법적 지위**에 관련하는 문제에는 신중하지 않을 수 없다면서 국민연금의 난민의 가입 등에 대해서 부정적 견해를 밝혔다"고 한다.(『아사히 신문』, 1979.6.29 석간) 그러나 인도차이나 난민의 발생과 이 시기에 발족한 정상회담도 있어서

(일본 이외는 모두 서방 국가), 30년도 전에 유엔에서 성립된 난민 조약의 비준을 더 이상 미룰 수 없었던 것이다.

결국 난민 조약은 비준되어 국적 조항도 철폐되었지만 큰 결함을 남긴 채였다. 즉, 국민 연금은 20세에서 60세까지의 사이에 25년 동안 매달 납부하지 않으면 연금은 지급되지 않고, 국적 조항을 철폐한 것만으로는, 이미 35세를 지난 외국인은 원칙으로서 무연금이 되어버려 구제할 길이 없었다.(제도 발족 당초는 일본 국민에 대해서도 같은 문제가 있었지만 그때는 노령 복지 연금이나 단축 연금 등의 경과 조치가 마련됨) 게다가 무연금 상태가 된 재일 외국인의 대부분은 구식민지 출신자였으며, 고령일수록 그만큼 일제 강점기의 고통을 당하고 있음은 말할 필요도 없다. 그러므로 법 개정은 난민 조약과의 구색 맞추기이긴 해도 구 식민지 출신자에 대한 차별 해소를 도모하려는 것은 아니었다.

그러나 앞서 본 것처럼 국제 인권법의 수용에 의해서 제도적인 배외주의에 큰 타격이 가해진 것은 틀림없다. 게다가 그것들은 구 식민지 문제에 관련된 한일 협정에 의해서는 실현하지 못한 것이며, 그 의미에서는 한일 조약은 난민 협약 이하일 수밖에 없었던 것이다. 식민지 통치의 사후 책임에 대해서 얼마나 무자각했고, 불성실했는가가 백일하에 드러났다고 할 수 있겠다.

3. 민족차별 철폐, 그리고 '지문'에 대한 도전

1970년 히타치 취직차별투쟁은 새로운 조류의 효시로 자리매김한다. 그것은 몇 가지 측면에서 설명할 수 있다. 우선 그것은 '조선인이니까 이 정도 참지 않으면'이라는 이전부터 있었던 '단념'은 이제 반려한다는 자기 각성에서 비롯됐다. 그리고 서서히 일본인을 움직여 민족 차별을 일본 사회의 치부로 파악하고 '함께 사는 사회'에 대한 모색으로 전개되어 갔다. 민족 차별의 철폐를 지향하는 시민운동의 탄생을 고하는 것이었다. 개별 과제를 하나하나 추구하는 시민 단체들이 각지에서 태어났다. 그것은 지금까지 존재한 일본인과 조선인 사이의 보이지 않는 울타리를 서서히 제거하기 시작했다.

1980년 9월에 나타난 지문날인거부는 이런 가운데 자리매김하게 되었다. 지문 날인에 대한 저항은 법 제정 당시부터 커다란 문제가 되어 당국도 지문에 관한 부분의 시행 연기 법 개정을 반복할 수밖에 없었다. 더욱이 그것은 시행 후 지문 날인 거부가 되어 이어져, 지하수처럼 이어졌다. 참고로 1957년의 거부 수는 254라고 기록되었으나, 이 숫자는 1985년의 '5·14 통보' 당시의 그것에 필적한다. 이 오랜 시간에 걸친 저항은 오랫동안 일본인의 관심밖에 있었다. 그러나 앞서 언급한 70년대에 들어 민족 차별 철폐의 새로운 조류를 받아서, 그 지하수가 뿜어져 올라온 것이다.

한 사람 한 사람의 생각을 의탁한 지문 거부는 점차 연쇄 반응을 부르며 이윽고 하나의 흐름을 만들어 나갔다. 거부자의 주변에는 그 물음에 귀를 기울이려고 하는 일본인의 시민 그룹이 나타났다. 그리고 당사자가 지문 날인 거부죄로 피고석에 굳이 서면 시민들은 그 방청석의 의자를 채웠다. 보도 기관도 다양한 기획을 준비하고, 일본변호사연맹도 의견서를 정리해 법률 잡지에도 몇몇 논고가 등장했다. 지문 제도 삼십여 년의 역사에서 전례 없는 관심의 고조를 보였다.

지문 날인의 현장은 말할 필요도 없이 지자체의 창구이다. 지문 거부를 목격하는 입장에 있는 자치 단체 직원의 자문自問, 각성이 촉구되었다. '지문 한 건에 특별 수당 70엔'의 반납에서부터 자치 노총 전국대회에서의 특별 결의(1983)에 이르는 움직임이다. 또 자치 단체 의회는 잇달아 법 개정을 요구하는 의견서를 채택했고, 날인 거부자에 대한 고발을 보류하는 자치 단체도 점점 늘어났다. 전국 시장회의 결의, 자치 단체장 연명으로 법무장관 앞으로 보내는 요청서도 몇 가지 제출됐다.

재일대한민국거류민단, 재일본조선인총연합회도 광범위한 서명 운동 등을 전개했다.(화교 대표자 회의에서도 요청서가 채택됐다) 한편, 재일 구미인 사이에도 지문 거부자가 나타나 문제에 대한 관심은 해외에도 퍼지게 되었다. 지문 문제는 일본 사회의 민족 차별이나 배외주의에 대한 비판이라는 국제 여론을 만들어 나갔다. '재일 문제'에 대한 국제적 관심도 예전에 없던 고조를 보였다.(「포위된 지문 날인 문제」, 『이코노미스트』 1987.3.17 참조)

당국은 운동의 확산에 대해 날인 거부자에게는 재입국(해외 도항)을 불허한다는 보복 조치를 중간부터 도입했다. 그러나 그래도 걷잡을 수 없다고 보고, 85년 5월, '회전 지문'을 '평면 지문'으로, '검은 잉크'를 '무색의 약물'로, 그리고 '5·14통보'라는 다음의 수단을 강구했다. 그 해의 대량 갱신기에는 1만을 크게 초과하는 거부, 유보자가 나오기에 이르고, 85년 가을부터는 날인 거부자에 대한 '체류 불허가, 국외 추방'이라는 새로운 보복 처분이 추가됐다.

그러나 그것만으로는 사태의 안정을 도모할 수 없어, 마침내 법 자체를 손대지 않을 수 없었고, '지문 1회안'이라는 것을 들고 나왔다. 다른 한편에서는 '법은 지켜라'라고 하면서 결국 '그 법을 바꾸기'에 이르기까지의 지그재그, 그것은 '운동의 증명'이 아닐까? 국회에 제출된 '법안'에 대해서 언급할 여유는 없지만, 지금까지 태어난 '재일'의 자기 각성과 시민운동의 전개는 법안의 성패를 넘는 지평을 이미 구축하고 있다고 할 수 있겠다.

확인 되어야 할 중요한 원점은 일반 외국인을 대상으로 한 입관법, 외국인등록법을 적용하는 것은 '재일'의 역사성을 말살하는 것이며 출발점에서 있어서 잘못된 것이다. 재류 자격 제도, 퇴거 강제 조항, 재입국허가 제도, 지문 날인 업무, 등록증의 상시 휴대 의무 등은 원래 일반 외국인을 염두에 두고 만들어진 것이다. 재일조선인은 일본 측의 자유재량에 맡길 존재가 아니라는 근본적 비판이 가해지지 않으면 안 될 지점까지 왔다.

4. 일본 국적화와 민족명의 주장

국제 인권 규약, 난민 협약이 가져온 영향은 앞에서 언급했지만, 또 하나 언급해야 할 인권 조약이 있다. 여자 차별 철폐 조약의 일본 비준과 그에 따른 국적법·호적법 개정, 그리고 그 '재일 문제'에 대한 영향이다. 이것들은 1985년 1월부터 시행되었고, 조금씩 결과가 나타나고 있다. 조약 비준에 의해서 일본 국적법이 부모 양계통으로 변경되었기 때문에, 일본인과 재일조선인 사이에 이후 출생하는 아이는 '일본 국민'이 된다.(단, 어머니가 일본인인 경우 그 아이는 아버지의 국적도 가지므로 이중 국적이 되고 22세까지 하나를 선택한다) 그러므로 태어난 아이가 한국 국적이나 조선적이 되는 것은 재일조선인끼리 결혼했을 경우로 한정되어, 이후는 재일조선인으로 출생하는 것은 감소한다.

또 국적법 개정에는 이미 태어나 20세 미만의 아이는 '신고'로 어머니의 일본 국적을 취득할 수 있다는 경과 조치가 포함되어 있다. 그 신고 기간은 87년 말까지로 한정되는데, 대상이 되는 재일조선인은 혼인 통계에서 추계하면 '약 6만'이다. 따라서 85년부터 87년까지 3년 동안에 한정되지만, 벌써 태어난 재일조선인의 수도 감소하게 된다.

〈표 1〉 최근 재일조선인 인구의 추이

	출생	사망	귀화	신고	증감
1984年	9,363	3,383	4,608	-	+1372
1985年	4,838	3,417	5,040	5,400	−9,019

*신고는 '신고에 의한 일본국적 취득'으로 총수에서 산출한 어림수.

	한국·조선적	증감
1984年 12月	687,135	
1985年 12月	683,313	-3,822
1986年 6月	680,991	-2,322

〈표3〉 재일조선인의 혼인건수

	혼인 총 수	조선인과 혼인	일본인과 혼인(同비율)
1984年	7,772	2,502	5,230(67.3%)
1985年	8,588	2,404	6,147(71.6%)

이 두 가지 영향이 어떤 결과를 가져오고 있는지를 알기 위해 몇 가지 표를 작성했다. 〈표 1〉은 법 개정 전후의 비교인데, 우선 출생 수가 거의 반감하고 있다. 게다가 경과 조치로 '신고 취득'이 더해져서 전체에서는 약 9,000명 감소되고, 기존의 증가가 크게 감소로 돌아섰다.(과도적인 '신고 취득'을 제외하고도 3,619명 감소됨) 〈표 2〉는 외국인 등록의 숫자인데, 감소는 3,800에 머물고 있다. 그러므로 〈표 1〉과 〈표 2〉를 합치면 약 5,000명이 한국에서의 입국 증가라고 생각된다. 최근 재일조선인의 배우자가 한국에서 내일하는 경우가 산견되는데, 어느 정도인지 숫자는 공표되지 않았다. 〈표 1〉은 아직 86년 통계가 나오지 않았지만 〈표 2〉의 반년 통계에서도 여전히 감소세가 계속되고 있는 것을 알 수 있다.

〈표 3〉은 혼인 통계인데, 약 70%는 배우자가 일본인으로 되어 있다.(그래서 그 아이는 '일본 국민'이 되고 외국인 등록에는 나오지 않는다) 다만 동포끼리의 결혼인 경우 85년에서는 '2404×2=4,808'로 〈표 3〉의

비율에서 나온 실감과는 다른 것인지도 모른다. 어쨌든 국적법 개정에 의해서 일본 국적화가 진행되고 있음은 틀림없다. '재일'은 문자 그대로 '한국 국적', '조선적', '일본 국적'이라는 삼자 병존의 시대에 들어갔음은 간과할 수 없다.

여자차별철폐조약의 비준에 의해 호적법도 개정되었지만, 가장 큰 특징은 '외국 성姓 허용'이다. 즉 ① 외국인과 결혼한 일본인은 상대의 '외국 성'을 호적상의 '씨氏'로 할 수 있다. ② 아버지 혹은 어머니가 외국인인 경우 아이는 그 부모의 '외국 성'을 호적상의 '씨'로 할 수 있다. 지금까지는 귀화에 있어서 현대판 '창씨개명'이라고도 할 수 있는 '일본식 성명'의 강요가 이어져왔다. 그러나 앞서 말한 '외국 성의 허용'은 이 단일 지향에 균열을 일으키게 되었다.

귀화 또는 일본인 어머니의 호적에 입적한 '일본 국적' 조선인 중에는 이전부터 '민족명'을 쓰고 조선인으로 살아가는 사람도 있었다. 법 개정이 시행된 같은 1985년에 이들에 의해서 '민족명을 되찾는 모임'이 발족한 것은 결코 우연이 아니다. 현재는 '통명'으로서 사용하고 있는 '민족명'을 호적상의 '본명'으로 하기 위해, 몇 명이 가정 법원에 '氏의 변경' 신청을 하기에 이르렀다. 지금까지 대부분은 기각되고 있지만 베트남인과 중국인의 사례에서는 귀화 전의 '민족명'으로 복귀하는 것을 허용하고 있다. 또, 귀화를 하는데 '민족명'을 그대로 허용하는 사례도 조금씩 나타나고 있다.

예전부터 당국이 고집해 온 '일본식 성명'은 이미 무너지기 시작했다고 할 수 있다. 그 사람의 이름을 보면 국적을 알 수 있다는 일본 특유의 현상에 변화의 조짐이 생겨난 것이다. 이름(통명)에서 일본인이라고 생각했더니 그 사람은 외국인이고, 외국 성이라서 외국인이라고 생각했더니 실은 일본인이었다는 사례가 충분히 일어날 수 있는 것이다. 법 개정이 된지 얼마 안 되었기 때문에 눈치 채지 못할지 모르지만, 현실에서 그런 일과 만나게 되는 것은 이제 시간문제이다. 일본인에게도 '재일'에게도 전혀 새로운 상황의 출현이라고는 할 수 있겠다. 난민 조약도 여자 차별 철폐 조약도 언뜻 보기에 '재일'과 무관하게 보이는 것이 의외로 큰 여파를 낳고 있음에 유의할 필요가 있다.

5. 민족교육을 어떻게 할까?

일본의 교육을 전면적으로 재검토한다고 칭하는 임시 교육 심의회는 초중고 합쳐서 약 1만의 '귀국 자녀'는 자주 언급해도, 약 10만의 '외국 국적 자녀'에 대해서는 한 마디도 언급하려 하지 않는다. 약 10만이란 숫자는 일본학교에서 수학하는 아이들이지만, 이밖에 수는 적지만 민족학교에서 수학하는 아이들이 있다. 아이들이 '민족의 아이'로 자라려면 어떻게 해야 할지, 주로 학교 교육에 대해서 살펴보고자 한다.

민족학교에서 수학하는 아이들에게 최대의 벽은 학교 그 자체의 인지 문제라고 할 수 있다. 문부성은 '각종학교'로서도 인정하지 말라고 통보하고 있지만, 허가권을 가진 지사의 판단에 따르고, 지금은 모두 각종학교로는 인가되고 있다. 그 졸업 자격은 일본학교의 상급 학교 입학 자격으로서는 인정되지 않는다. 대학 입학 자격에 대해서 보면 국립대는 하나도 인정하지 않고, 일부 사립대학과 공립대학이 인정하고 있을 뿐이다. 대학뿐 아니라 전문학교, 전수학교 등에서도 벽이 되고 있다. 또 사학 조성이 꽤 보급되어 있지만, 민족학교에 대한 그것은 어떤지. 스포츠의 각 경기 연맹 등은 민족학교의 가맹을 인정하고 있는가?(고시엔의 고교 야구를 목표로 하더라도 지방 예선에 참가할 수 없다)

오사카大阪의 백두학원(초·중·고) 및 금강학원(초)은 종래부터 예외적으로 '정규학교'의 허가 학교였지만, 최근 금강학원의 중·고교도 마찬가지로 허가되었다. '정규학교'와 '각종학교'의 두 종의 민족학교가 존재하는데, 양측의 장점과 단점은 어떤지를 새로운 허가 사례가 나온 곳에서 검토할 필요가 있는 것은 아닐까? 정규학교의 경우는 여기서 본 것 같은 인지문제가 발생할 여지가 없음은 말할 필요도 없다.

일본학교에서의 문제는 '일본명'이라는 '가면'을 쓰고 통학하는 데 집중적으로 드러나고 있다. 그것은 학교뿐만 아니라 일본사회의 한 축도縮圖이기도 하다. 그러나 지각 있는 교원들이 눈앞의 이러한 아이들을 정시하는 것에서 대처가 시작되었다. 그것은 '본명을 부르고, 말하는' 교육으로 자리매김하였다. 일본의 아이에게 자리잡은 민족적 편견과 차별 의식을 배제하고, 외국 국적의 아이에게는 민족적 자각을 키우고 차별에 지지 않는 주체를 함양시키고, 그 진로 보장에 대한 대처도 진행되고 있다.

교원 채용에서의 '국적 조항' 철폐도 실현되었고 약간이지만 채용

사례도 생겨났다. 외국인이 많은 상위 6대 도부현(오사카, 도쿄東京, 효고兵庫, 아이치愛知, 교토京都, 가나가와神奈川 순)이 문부성의 방침에도 불구하고 적어도 전형 요강에는 국적 조항을 두고 있지 않다. 눈앞의 외국 국적의 아이가 가진 '존재력'을 무시하는 데에 교육은 없다.

교원 채용과 관련하여, 이전부터 그다지 검토되지 않았던 외국인 추가 배급을 언급하고자 한다. '공립 의무 교육 제 학교의 학급 편성 및 교직원 정수의 표준에 관한 법률'(1958)은 교육이 곤란한 학교(산업 석탄 생산 지구, 부락민 생활 곤궁자 등의 밀집 지구, 외국인 밀집 지역의 4종)에는 교원을 증가 배치할 수 있도록 하고 있다. 외국인 밀집지구란 외국인이 10% 이상 재적하는 학교를 가리키고, 85년도에 전국에 100여 개 있다고 한다. 이 제도가 만들어진 취지는 아마 '부담료'일 것이다. 그러나 이 추가 배급 제도를 활용하여 일본학교에 재적하는 외국 국적 아동·학생에 관한 교육에 이바지하는 방도가 추구돼야 마땅하지 않을까?

단일 지향의 교육은 이질적인 것을 배척하는 '병세'를 보이고 있다. 조선인 아동·학생은 이른바 이를 검증하고 시정하는 존재이다. 귀국 자녀, 중국 귀환자, 주거 난민, 이들이 부딪치고 있는 일본사회의 벽, 그리고 그에 대한 관점을 제공하고 있는 것이 '재일'의 존재임을 교육 현장에서는 깨닫기 시작하고 있다. 문부성의 '비역사성', '반인권성'은 더더욱 씻기기 시작한 것 같다.

6. 차별 규제에 대한 대응

포스트 식민지문제인 '재일'문제는 과거의 역사를 토대로 새로운 '화해'와 '공존'의 사회를 구축하는 일이다. 과거의 침략은 아시아에 대한 멸시, 편견에 의해 지지되었고, 전후는 그것을 얼마나 극복·제거하는지가 과제인 것이다. '재일'은 그를 위한 중요한 역사의 증인이라고 할 수 있다.

어떠한 취업 기회를 갖는지는 생존권이 걸린 일이다. 가나가와현이 1984년 실시한 '현내 거주 외국인 실태 조사'에 따르면 재일조선인의 취업 상황은 다음과 같다. '자영업' 1에 대해서 '피고용'이 1·3이며 현 산하 일반인 '1대 8·5'와 큰 격차를 보였다. 그것도 영세한 음식점, 폐품 회수나 고물상 등 소매업, 건설업 등으로 쏠려 있다. 이러한 실태를 시정하기 위해서 어떤 조치가 강구되어야 할까? 지방 공무원에 대한 문호 개방의 중요성이 한층 부상한다.

참고로, 각 도부현 노동부가 매년 기업에 배포하고 공정한 채용을 촉구하는 '책자'을 조사해보았다. 외국인 주민이 많은 오사카, 도쿄, 효고, 아이치, 교토, 가나가와, 후쿠오카 가운데 도쿄, 아이치, 교토에 이르기까지 조선인 차별에 대해선 한 마디 언급하지 않는다. 다른 것들도 대부분은 동화 문제를 중심으로 쓰고 있을 뿐이다.

인권 계발 활동으로는 법무부 및 각 법무국의 인권 옹호 부문의 그것도 있다. 매년 12월의 인권 주간을 중심으로 다양한 인권 계발 활동이 이뤄지는데, 거기에 민족 차별이 등장하는 경우는 없다. 시청각 교재도 많이 만들어졌지만, 민족 차별을 다룬 것은 찾아볼 수 없다. 기존의 것은 부락 차별, 장애자 차별, 여성 차별로 한정되어 있어 여기에서도 쏙 빠져있다.

차별 해소를 위해 한발 더 나간 것으로 특별 입법이 있다. 동화대책사업특별조치법(1969, 그 이후 2개의 신법), 장애자고용촉진법(1960), 남녀고용기회균등법(1986) 등이 그것이다. 차별은 아무리 계몽·계발을 거듭해도, 그것만으로는 해결할 수 없는 측면이 있는 것은 아닐까? 영국은 인종관계법을, 프랑스는 인종차별규제법을 가지고 있으며, 미국에서는 공민권법이 그런 역할을 하고 있다. 미국은 적극적 차별 시정 조치(적극적 조치·행동)로 고용할당제를 실시하고 있다. 일본의 공립학교에는 약 100만의 교원이 있지만, 일본의 총 인구 중 외국인이 차지하는 비율을 0.6%라고 하면 전국에 6,000명 정도의 외국인 교원이 있어도 된다. 민족 차별을 규제하고 그 해소를 위한 어떠한 '적극적' 노력을 할지가 향후의 큰 과제의 한 가지일 것이다.

7. 역사에 대한 성실함

저는 일본의 법, 수많은 법 가운데 그 중에서도 외국인등록법 중의 지문날인항목의 부당성을 시정토록 요구하는 의미에서 지문 날인을 거부했을 뿐입니다. 그러나 그로 의해서, 나의 전 인격과 전 생활, 그리고 학문에 대한 희망까지 송두리째 파괴되고 있습니다. (…중략…) 나의 거부는 '위법'이 아니라 악법에 대한 고발이며 새로운 법, 즉 재일동포를 살리는 법을 새로 만들기 위한 작업이며, 오히려 한국 민중사의 우호 증진과 평화 구축의 토대가 되고 있다는 사실을 정부 당국은 인정하기를 바랍니다. (…중략…) 현재 일본이 나아가려는 온갖 살해 역사의 방향을 거부하는 뜻에서 일본에서의 공부를 포기하고 일본을 떠나기로 결심했습니다.

이는 지문을 거부한 한국인 유학생 김명식 씨가 일본을 떠나며 남긴 메시지에서 발췌한 것이다. '재일문제'가 시인이기도 한 김 씨의 시심을 크게 흔들어 놓은 것이다. 일본 '유학생 10만 명 계획'이 진행되는 중에, 그에게 공부 포기와 일본을 떠나기로 결심하게 한 것은 무엇이었을까? 나는 메시지를 훑어보면서, 쇼와 초기의 중국인 유학생이 '대對중국 문화 사업'의 확충이 진행되는 중에 공부를 포기하고 일본을 떠난 일을 떠올렸다. 때마침 '산동 출병'의 시기였고 지금 생각하면 끝없는 중국 침략의 전조였다. 김 씨는 다른 부분에서 다음과 같이 지적했다.

일본은 재일한국·조선인 문제를 외면하고, 구체적 해결책을 안 취했어요. 이는 또 역사 앞에서 책임 회피이며, 의무에 대한 태만의 죄입니다. (…중략…) 일본의 총리를 비롯한 16관료는 경쟁하듯 아시아 침략의 장본인인 전쟁 범죄자가 묻힌 야스쿠니 신사를 공식 참배하기 시작했습니다. 이를 정당화하기 위해서인지, 교과서를 왜곡하고 일본의 아시아 침략을 정당화하기 시작하면서 일본의 아시아 침략 책임이 조선에도 있다고 책임을 전가하기에 이르렀습니다.

시심에 비친 것이 김 씨로 하여금 "현대 일본이 나아가는 살해의 역사'라는 표현을 하게 한 것은 아닌가. 나카소네 총리 이하가 야스쿠니 공식 참배를 감행했던 같은 해에 과거의 동맹국인 서독의 바이츠제커 대통령은 연방 의회에서 "과거로부터 눈을 감는 자는 현재에 맹인이 된다"라는 감동적인 연설을 했다. 정상 회의에서 나카소네 총리와 동석한 서독의 슈미트 전 총리는 「친구를 갖지 않는 일본」(『세계』, 1986.11)에서 "전쟁 중 일본에 강제 연행된 한국인들이 공적으로 차별적인, 더 낮은 취급을 받고 있다는 문제도 있다"고 지적했다.

미일 무역 마찰 중 미 의회는 전쟁 중의 일본계 사람들에 대한 강제 수용 문제에 대해서 조사 위원회를 마련해 공청회를 열고 공식 사죄와 보상에 관한 권고를 채택하고 있다. '재일 문제'는 한일의 이른바 '1991년 문제'도 역시 이런 저런 법이나 행정의 문제 이전에 역사에 대한 성실함의 문제가 있고, 인간의 존엄이나 자존심과 관련된 문제가 있음을 우선적으로 고려해야 한다.

(번역 : 신승모)

세계의 '재일'·'재일'의 세계

다케다 세이지竹田青嗣 씨에게 듣다

인터뷰 : 고이삼高二三

1. 전후 50년에 대한 관점

고이삼 : 올해 1995년은 전후 50년, 전후 50년이라고 여기저기서 회자되고 있습니다. 당연히 여러 가지 기획도 있고 책도 나오고 있습니다만, 다케다 씨 자신이 여러 곳에 초대되어 대담을 하거나, 전후 50년을 총괄하거나 하시겠지만, 그래도 일반론이 아니라 자신에게 있어, 가령 전후 50년이라는 키워드에서는 이러한 것에 집중하고 싶다든가, 이런 것에 관해서라면 본심을 말하고 싶다는 것은 없으신지요.

다케다 : 전후 50년이라고 하면 일본이 침략한 전쟁을 떠올려서, 어

떻게 반성하냐는 것이 커다란 화제가 되기 쉽습니다만, 20세기의 세계 전쟁이라는 굉장히 역사적으로도 획기적인 전쟁, 제2차 대전이 있었지요. 기본적으로는 근대의 역사라는 것은 유럽을 중심으로 한 자본주의 시대였다. 자본주의가 처음으로 나와서 거기서 국민국가도 등장해 자본주의와 국민국가라는 새로운 원리의 귀결이 20세기의 세계전쟁에 이르렀다. 그로부터 50년이 지났습니다만, 저로서는 그런 점에 중점이 있습니다.

우선 그런 비참한 세계전쟁을 앞으로 일으키지 않기 위해서 어떻게 생각해야할까 하는 것이 하나 있다고 생각합니다. 또 하나는 그럴 때 함께 달라붙어 있는 것이 식민지전쟁, 식민지 지배의 문제입니다만, 그것을 포함해서 20세기에 나타난 모순을 전후 50년이 제대로 해결할 수 있는 방향으로 진행해 왔는가라는 것이 뭐라 해도 큰 문제라고 생각합니다. 저의 느낌으로는 헌법의 문제로서나 전쟁의 문제로서 말해지곤 합니다만, 일본이 일으킨 전쟁을 어떻게 반성하는가라는 점에 지나치게 중점이 놓여 있는 것 같아 저로서는 거기에 조금 불만이 있습니다. 일본이 어떻게 해서 반성하는가가 아니라 근대 세계 전체로서 식민지 경쟁과 제국주의전쟁이 필연적이었던 구조를 어떻게 극복해갈 수 있을까, 그 전체상을 짚어내는 것이 우선 중요한 문제라고 생각합니다. 저는 그런 문제로서, 전후 50년 동안에 세계 전체로서 대단히 큰 사상의 구조 변화라는 것이 있었고, 한마디로 말하자면 전후 50년이라는 것을 생각할 때에는 전후사상으로는 더 이상 생각할 수 없는, 역시 새로운 사상의 형태가 필요하다고 생각하고 있습니다.

덧붙여 말씀드리면 저는 전후사상이라는 것의 핵심은 이를테면 이토록 잔인한 전쟁, 이토록 비참한 전쟁이 일어났으니까, 이제 두 번 다시 그렇게 하지 않도록 노력하자, 라는 발상이라고 생각합니다. 그래서 전쟁은 좋지 않다는 목소리를 높이는 것입니다만, 그러나 이 발상으로는 아주 약하다고 생각합니다. 전쟁의 비참함을 교훈으로 삼아 이제 두 번 다시 싫다는 것뿐만이 아니고, 전쟁이나 여러 지배관계, 그 나름대로의 현실성과 필연성이 있는 것이겠지요. 그 원리를 잘 골라내서 그것이 작아져 가기 위한 조건을 찾아간다는 형태로 생각하지 않으면 약하다는 느낌을 저는 갖고 있습니다.

고이삼 : 실은 좀 더 깊이 있는 말씀을 듣고 싶은 데요, 시간도 제한되어 있고, 전후의 사상이라기보다도 다음의 새로운 사상이라고 할 때, 또한 유럽적인 자본주의적인, 사회주의적인 구조 안에서 제2차 세계대전이 되어, 지금은 어느 쪽인가 하면 민족문제라든가 지역분쟁의 형태로 나오고 있습니다.

지금까지도 전후 50년, '재일'의 역사가 있었습니다만, 앞으로의 일도 염두에 둔 형태로 일본에서, 일본사회에서 '재일'이 이 전후 50년 동안 지니던 의미, 그리고 앞으로 더욱더 혹시 중요해질지도 모를 의미라는 것이 있지 않을까라는 식으로 생각하고 있습니다만, 다케다 씨는 그 부분에 대해서 어떻게 생각합니까?

다케다 : 전후 50년 속에서 일본사회에서 재일조선인이라는 존재가

어떠한 의미를 지니고 있는가, 이런 물음이라면 좀 위압적인 데요, 지금 민족문제가 세계적으로 일어나고 있어서 민족문제와 공동체간의 문제만이 아니라 역시 공동체의 안쪽에서의 민족적인 다툼이라든가, 차별이라든가, 그러한 문제가 대단히 표면화되고 있습니다. 그래서 저의 생각으로는 커다란 국민국가끼리의, 특히 선진국끼리의 전쟁은 점점 불가능하게 되었다. 그 대신에 그런 문제가 나오게 된 겁니다. 그런 의미에서 일본 속에서의 재일조선인의 존재라는 것은 저로서는 그런 문제를 생각할 때에 아주 큰 의미를 지니고 있는 기분이 듭니다. 저는 저 자신으로서는 민족적 의식이랄까, 민족감각이라는 것이 거의 없습니다. 다만 '재일'이라는 아이덴티티가 있습니다. 제가 생각하기에는 가령 우리들의 상태는 다수자 속에 소수자로서 존재하고 있습니다만, 이것은 결코 단순한 다수자 대 소수자라는 관계가 아닙니다. 1세, 2세, 3세라는 세대 간에 있어서도 생활의식이 아주 상이하고, 귀속의식도 다릅니다. 일본사회에 한편으로 반발하고, 한편으로는 거기에 들어가려고 합니다. 그런 형태로 반드시 아이덴티티는 흩어지기 시작해서 다양성이 나타납니다. 이러한 재일조선인이 일본사회 속에서 지니고 있는 형태, 지금 우리들이 체험하고 있는 형태라는 것은, 결국 이것은 다수자와 소수자라는 문제 속에서 상당히 보편적인 형태인 겁니다.

2. 입장이 다른 '재일'의 세계

고이삼 : 제가 다케다 씨와 막 알게 되었을 무렵, 다케다 씨가 자신은 실은 민족과 만나기 전에 국가나 계급이나 혁명, 그쪽을 먼저 만났기 때문에, 유감이지만 '1세'들이 요망하는 원고는 쓰려고 생각해도 쓸 수 없다고 말씀하셔서, 저로서는 아주 강한 인상으로 남아 있습니다. 이회성李恢成 씨 세대 정도까지는, 총련이든 민단이든 모두 운동이라 하면 민족 운동이었습니다만, 저는 1951년 출생이지만 조금 그 위의 세대라 하면 극단적으로 말하자면 연합적군을 했던 일본인도 있고, 일본의 전공투 운동의 영향을 강하게 받고 있습니다. 그러니까 좀 전에 민족, 조선인이라기보다는 '재일'이라는 부분에서 민족적인 것과의 관계가 복잡하게 얽혀져 있었습니다만.

다케다 : 말씀드리려 했는데요, 영국과 아일랜드라든가, 일본계 미국인이라든가, 흑인, 히스패닉, 그리고 '아메리카 인디안' 또는 아이누도 그렇습니다만 저는 기본적으로는 같은 상황이라고 생각합니다. 쭉 하나로 뭉쳐 있는 것은 좀처럼 없는 겁니다. 차별이나 억압이 매우 강하면 아이덴티티의 내압이 높아질 수밖에 없습니다만, 그렇게 하지 않으면 차별당할 수밖에 없으니까 하나로 뭉쳐 있을 수밖에 없어요. 하지만 이것이 좀 느슨해지면 반드시 산산이 흩어져 버립니다. 물론 미국이나 영국에서는 차별이 심각하므로 재일과 비교하면 내압은 상당히 높다고는

생각합니다만.

그래서 제가, 가령 일본인에게 말하고 싶은 것은 이런 여러 분기방식을 잘 이해하면, 소수자라는 것은 무엇인가를 이해하게 된다, 그렇지 않으면 다수자와 소수자가 단순히 사이좋게 지내자라든가, 그런 감각으로는 알 수 없는 것이 있다는 것입니다.

저 같은 경우는 나중에 생각해보면 조금 벗어나 버렸기 때문에, 지금이라도 저와 같은 아이덴티티를 갖는 것은 '재일' 중에서는 그렇게 큰 보편성은 갖고 있지 않을지 모르겠습니다만, 여러 가지 분기방식의 하나로서는 그 나름대로 이러한 것도 있구나라는 식으로 되기 시작했다고 생각합니다. 하지만 특히 '3세', '4세'로 내려오게 될 때에, 그것이 소수자의 문제로서 어떤 형태로 표현되어져 갈 것이냐는 문제는 아주 중요한 것으로, 일본인도 그것을 잘 이해하지 못하면 일본사회 속에 그러한 소수민족을 떠안고 있는 것의 의미를 이해하지 못한 채로 지나쳐 버리게 되는 겁니다.

그러한 소수자로서 다수자 속에 존재하고 있고, 소수자의 안쪽에서도 여러 가지 문제가 나옵니다. 그 중에는 결국 지금 민족대립이라든가 공동체 안에서의 여러 차별문제 등을 어떻게 생각하면 좋을까라는 것의 원형이 여기에 있다고 생각합니다.

고이삼 : 저는 일본인이 그렇게 해서 차이를 알게 되면, 의외로 일본인과 조선인은 공생할 수 있을지도 모른다고 생각하고 있는데요. 의외로 힘든 것은 재일조선인들 사이에서 '1세'와 '2세'는 대단히 질적인 차

이가 있고, '2세'와 '3세'도 굉장히 질적인 차이가 있습니다. '4세' 이후
는 지금으로서는 어떠한 전개가 될지 모르니까 뭐라 말할 수 없지만, '3
세'와 '4세'도 이 또한 상당한 질적인 차이가 있어요. 하지만 의외로 당
사자들은 가장 알아차리지 못해서, 가령 '재일'의 소수자끼리, 그러니
까 함께 산다라는 진짜 키워드는 조선인끼리 함께 살 수 있을까 하면,
그것이 가장 어렵지 않을까 하고. 실은 박용복朴容福 씨와도 얘기한 것은
일본인과는 처음부터 다르다든가, 일본인 쪽도 '1세'는 '1세'와의 교류
방식, '2세'는 '2세'와의 교류방식, '3세'는 '3세'와의 교류방식이 되기
때문에 의외로 더불어 산다는 것이 가능할지도 모르지만, '2세'가 '3세'
와 함께 산다든가, '2세'가 '1세'와 함께 같은 것이라는 전제로 있으면
서로 민주주의적으로 솔직히 대화하면서 살아간다는 것은 어렵지 않을
까 싶습니다.

다케다 : 그거 재미있네요. 말씀하신대로 일본인부터 그러한 감각이
라는 것은 상상도 하지 못하는 부분이 있어서 '1세'는 자신들이 조선인
임은 자명한 사실이지요.

고이삼 : 조국에서 태어나고 자라 고향의 산이나 강을 기억하고 있는
것이죠.

다케다 : '2세'의 경우는 크게 말하면 자신이 조선인인 것이 처음에
는 굉장히 마이너스여서, 이 마이너스 부분에서 어떻게든 플러스로 전

환하지 않으면 힘들어서 살아갈 수 없다. 그런 조건이 '2세'의 기본조건입니다. 그런데 '3세', '4세'가 되면, 이 마이너스의 감각이 좀 다른 겁니다. 물론 3세도 상당히 다양합니다만, 가령 사기사와 메구무鷺沢萠의 소설에 표현되어 있는 것은, 혹은 강신자姜信子도 그렇습니다만 어떤 때 문득 생각해 보면 자신의 하나의 속성으로서 조선인이라는 것이 있다, 이것을 어떤 것으로서 이해해갈 것인가, 말하자면 그런 감각이 있다. 즉, 처음부터 굉장히 마이너스여서, 걷고 있는 것만으로 손가락질 당해서 왠지 떳떳하지 못하게 되는 것과는 다릅니다. '2세'는 학교에 가니 왜인지 '조선인'이라 말을 듣고 그것이 매우 떳떳하지 못하다, 거기에서 어떻게 해서 그것을 플러스로 가지고 갈 것인가, '3세'는 또 다릅니다. 그러니까 그만큼 아주 큰 차이가 있어서, 그 사이에서 아이덴티티를 어떻게 형성해갈 것인가를 두고 상당한 어긋남이 생긴다. 즉, 그것을 어떻게 해서 서로 이해해 갈 것이냐는 문제 속에, 이른바 상이한 아이덴티티를 지니고 있는 사람들끼리 어떻게 공통으로 서로 이해해서 함께 살아갈 수 있을까라는 문제의 원형도 있는 셈입니다. 그러니까 그것은 고이삼 씨가 말씀하신대로라고 생각합니다만.

고이삼 : 그보다는 이번 『호르몬 문화ほるもん文化』는 제6호입니다만, 한번은 차별받는 조선인이 아니라 차별하는 조선인이라는 특집을 해야지, 요컨대 조선인 사이에 있는 차별, 남녀차별이든지, 신체장애자에 대한 차별이라든지, 출신지에 의한 차별이든지, 조선인 사이에 있는 여러 가지 차별……. 차별당하고 있으면서 사실 조선인도 차별자인 거예

요. 아마 '1세'의 '2세'에 대한 차별이라든지 그것도 있을 테고, 그것을 제대로 밝히려고 합니다만, 그때에는 또 다케다 씨도 나와 주셔서 내가 조선인에게서 받은 차별이라든가……

　다케다 : 가해자가 있고 피해자가 있다는 단순한 도식이 아니라, 결국 서있는 장소가 여러 가지로 다르다는 것을 잘 수렴할 수 있는지 어떤지라는 것이군요. 저는 물론 일본인과도 다르고, 소위 민족의식을 갖고 있지 않지만 그래도 각각의 세대에서 그 사람이 이것은 뭔가 이상하다든가, 이것은 사실과 다르다는 느낌을 가지고서 뭔가 공정한 것을 붙잡고 싶다든가, 진짜를 손에 넣고 싶다고 하는, 그런 장소에서는 어딘가 밑바닥에 통하는 물길이 반드시 있다고 생각합니다. 재일이 다양한 아이덴티티를 지닌 것이 자신과 사회의 존재방식의 공정함을 원한다는 점에서 반드시 서로 연결되는 이치가 있다고. 이 문제는 작은 '재일' 세계에서의 일입니다만, 저로서는 거기서 시험되고 있는 것이 반드시 세계라든가, 좀 전에 전후 50년의 이야기를 했습니다만 여러 민족대립이든가 민족차별이 좀처럼 해결하기 힘든 위상으로 나타나 있을 때에, 그런 문제를 생각하기 위한 원형이 된다고 생각합니다.

　오히려 좀 더 적극적으로 말하자면, 지금의 세계수준에서의 여러 문제라는 것은 국가 간이나 공동체 간의 문제, 즉 강력한 정권들 사이의 문제라기보다도 오히려 환상으로서의, '우리'의 문제라고 생각합니다. '우리'와 '저들'이라는 환상이 성립하는 역학이지요. 그것은 우리들이라면 '재일성'이라는 것이지요. 그것은 자신들의 '재일'이 도대체 무엇인가라는 데에서 출발해서 비로소 풀 수 있는 문제라고 생각하고 있습니다. 그 구체성에 대해서는 조만간 쓸 생각입니다만.

3. 가장 약한 사람의 시점에서

고이삼 : 종교에서는 옴진리교에서 볼 수 있듯이, 형태로서는 보이고 있습니다만 일본인 가운데서도 그들은 탄압해도 상관없다는 식으로 생각하는 사람들이 나오고 있군요.

다케다 : 옴진리교에 관해서 말하면, 그것을 반사회라고 해서 옹호하는 것은 저는 잘못됐다고 생각합니다. 다만 지금의 인간이 자신과 사회의 연결 이미지를 가질 수 없기 때문에 매우 정체된 폐색감이 쌓여져 있음을 매우 상징하고 있다는 느낌이 듭니다. 잠깐 재일의 새로운 세대들에 대해서 말하면, 저는 강신자姜信子도 좋은 부분이 있다고 생각해요. 그것은 문장의 감각이랄까 그런 건데요, 저의 인상으론 그녀는 '재일' 속에서 '재일'로서의, 그 자신의 입장과 같은 것을 그다지 의식하지 않고 스스로 자신이 느끼고 있는 것을 솔직히 말하고 있다는 느낌이 들어요. 이양지李良枝가 『유희由熙』로 아쿠다가와상을 받았잖아요. 저로서는 이것이 일본인의 '재일'에 대한 이해를 받고 있는, 좋은 포수가 이렇게 해서 받고 있는 느낌. 그렇지만 그 부분이 약합니다. 이양지의 소설은

한마디로 말하자면 여성 특유의 생리적 감각이 풍부히 있어서 그런 부분에 재능을 많이 느끼지만, 『유희』는 그런 의미에서는 쓸모없다는 식으로 저는 생각해요.

지금 문득 생각한 것은 이회성이 '2세' 조선인의 하나의 전형을 그린 작가라고 한다면, 민족학교에 들어간 인간의 '2세' 전형이라는 것은 어떤 의미에서는 아직 아무도 표현하고 있지 않다. 어딘가에 표현하고 있는 사람이 있을지도 모르지만, 제가 보는 한, 아 과연, 이런 느낌으로 그들은 살고 있었구나는 것은 문학적으로는 아직 충분히 표현되어 있지 않다. 그러니까 그것은 이제부터 나와도 좋을 영역입니다.

문학에서 말하자면, 언제나 그 시대에 조선인이라는 것은 이런 것이라는 통념이 있지만, 거기서는 숨겨져 보이지 않는 면이 반드시 있는 겁니다. 숨겨져 보이지 않는 면을, 실은 '2세'는 이렇게 살고 있다, 이런 장소에서 제일 곤란해하고 여기서 가장 실패하고 있다. 그런 형태로 표현하는 것이 가장 중요한 점이지요. 그러한 문학의 표현이라는 것을 이회성이나 김학영金鶴泳은 했다고 생각합니다. 왜 그런 것이 문학으로서 중요한가 하면 실은 이렇게 해서 살고 있다, 실은 이런 부분에 큰 문제를 안고 있다는 것을 깊이 깨달았을 때, 그때 비로소 사회라는 것의 모순이 어떤 점에 가장 본질을 갖고 있고, 그러니까 어떤 이유로 또는 어떤 방향으로 사회라는 것을 바꿔가야 한다는 비전이 생생하게 나타나는 거지요. 이런 작업이 없으면, 재일조선인은 강제연행으로 끌려와서 모두 민족의 긍지를 소중히 하면서 노력하고 있다든지, 일본사회는 모순투성이고 혁명해야 한다든지, 그림 속의 떡처럼 죽은 비전밖에 지닐 수 없는 것입니다. 저도 최근에 조금씩 알게 되었지만, 그것은 학생 중에 조선학교 출신의 학생도 많이 있어서 저처럼 완전히 일본사회 속에서 '2세'로서 살아 온 인간과는 또 전혀 장소가 다른 셈입니다. 이런 것을 잘 표현하는 문학이 나온다면 좋겠네요.

고이삼 : 조선학교에 가서 김일성주의와 본심을 잘 가려 쓰고, 꿋꿋하게 살고 있는 사람들이 많이 있지요. 집에 돌아오면 김일성 욕을 하고, 저급함이 이렇고 저렇고, 자기 자신도 포함해서요. 그래도 학교에 가면 우등생으로 지내고 있고, 그 굴절된 상태를 실은 체험하고 오는 것일 텐데 말이죠.

다케다 : 조선학교에서 고교까지 활기차게 지내왔고, 아주 솔직한 그런 학생을 몇이나 알고 있습니다. 그러나 어떤 식으로 그것을 스스로 이해하면 좋을까, 대학에 들어가고 나서 여러 가지로 곤란해지죠. 정확히 우리들이 어렸을 때부터 왠지 모르게 떳떳하지 못한 것이 있어서, 그것을 어떻게 해서 스스로 잘 이해해 갈 것인지 고민하는 것과 완전히 마찬가지로, 고민 없이 여기까지 와서 일본인 사회에 나가 처음으로 여러 가지 갭과 만난다. 그것을 어떻게 이해할까 하는 것이 과제가 됩니다.

4. 민족의 문학, 인간의 문학

고이삼 : 이회성과 김학영이 '2세'라고 해도 매우 다르구나 하고 느꼈습니다만, 그런 부분도 있다고 생각합니다. '2세' 문학이라는 식으로 한마디로 말할 수 없는 부분이랄까……

다케다 : 저는 이회성이 전형적인 '2세' 문학이구나 하고 생각하는 것은, 기본적으로는 깨닫고 보니 자신이 조선인이고 그것이 떳떳하지 못하다. 게다가 일본사회에서 자신이 조선인이라는 것이 떳떳하지 못한 점이 있어서 우선 처음에 그 떳떳하지 못함에 대항하는 거점으로서 민주주의 교육이 있습니다. 거기서 공통점이 있는 겁니다. 이런 것은 이상하다, 모두 평등해야 하는데. 하지만 아무리 그렇게 생각해도 역시 차별받는다. 그래서 일단 반半쪽발이, 이른바 '반半일본인'이 되는 일본사회 속에서 민주주의적인 평등이념을 일단 손에 넣고, 거기에서 다시 한번 뒤집혀야만 한다. 그러한 '2세'가 부딪히는 곤란함의 형태를 문학적으로 처음 그려낸 것이 이회성이지요. 그 외에는 거의 없습니다.

그 이전의 작가로 김시종 씨라던가 김석범 씨가 있습니다. 김석범은 줄곧 제주도의 봉기사건을 써왔습니다만, 패전하여 조국으로 돌아가서 조국의 민중의 일원으로서 그 해방을 위하여 힘쓰려고 돌아가려 했더니, 조국은 레드 퍼지와 억압이 강한 곳으로 위험해져서 다시 되돌아 온 것이지요. 조선의 민중이 입고 있는 비참함을 가슴에 품고, 자신은 사실은 조국에 있어야 하는데 '재일'하고 있다. 그것의 의미를 계속 묻는다. 그것이 석범 씨의 문학의 이유가 되고 있습니다. 정말은 자신은 조국에 돌아가서 거기서 원래대로 돌아가 조국의 민중과 하나인 것으로, 정말은 자신은 조선인이다, 하지만 왜인지 '재일'하고 있다, 그런 감각이지요. 그러나 '2세'의 경우에는 지금 말한 것과 같은 형태로, 전혀 다른 곤란한 형태가 있어서 이회성은 그러한 것을 처음으로 그렸습니다.

그리고 저에게는 김학영이라는 작가가 매우 잘 맞았습니다만, 그 이유를 말해보겠습니다. 저의 세대에는 민족인가 '동화'인가라는 이항대립적인 질문이 있어서, 이것은 민족으로서 사는 것은 선^善이고, '동화'하는 것은 악^惡이라는 암묵적인 선악이원론이 있었습니다. 저는 일본인이 되려는 것은 아니지만, 민족적으로 산다는 것은 잘 맞지 않았던 거지요.

그래서 도대체 이것은 뭘까 계속 생각해왔습니다. 마침 그때 전공투의 시대로 자신은 얼마만큼 사회를 위해서 노력할 수 있는가와 같은 문제설정도 있어서, 그것과 겹치는 부분이 있습니다. 즉 민족으로서 살 것인가 아닌가라는 물음은, 너는 혁명을 위해서 얼마만큼 노력할 수 있는가라는 물음과, 젊은 세대에게 부여하는 문제설정으로서는 같은 거지요.

이 두 가지 가운데 한 가지밖에 길이 없다는 것은 뭔가 이상하지 않은가 하고 계속 생각해왔는데, 그때 김학영이라는 작가를 만났습니다. 김학영의 경우는 말더듬이라는 마이너스가 있어서, 그것이 재일조선인이라는 마이너스보다 한발 앞서 있었던 거지요. 그로 인해 김학영은 자신이 보통사람과 다른 인간으로서, 즉 금이 간 것으로서 뭔가 이상한 것으로서 존재하고 있다는 원체험을 이중으로 갖고 있었습니다. 이 이중성이 김학영의 문학에 '2세'적인 삶의 방식을 어떻게 모색할 것인가라는 것과는 다른 깊이를 주고 있다고 생각해요.

김학영과 같은 인간에게 있어서는 민족으로서 살 것인가 아닌가라는 문제는, 인간으로서 어디까지 노력해서 앞으로 나갈 것인가, 즉 바르다고 간주되는 것에 얼마만큼 적극적으로 동화될 수 있을까라는 외부로부터의 물음으로서 나타납니다. 하지만 그의 경우, 민족으로서 살아야 한다는 것은, 결국 너는 자신의 말더듬이라는 고뇌에 갇혀 있지만, 그런 보잘 것 없는 자신의 고뇌로부터 나와서 사회적인 정의正義 속에 살아야 하지 않느냐는 설문이 주어져 있는 셈입니다. 그러나 김학영으로서는 자신이 '말더듬이'라는 고뇌는 여기에 바른 것이 있어서 그것으로 향하면 극복할 수 있다는 직관이 전혀 작용하지 않습니다. 그것은 말더듬이의 독특한 부분으로, 조선인이라는 차별의 의식은 가령 반反차별이라든가 혹은 조선인으로서의 긍지를 가짐으로써 극복된다는 직관을 부여하는 셈입니다만, 말더듬이의 경우, 차별받고 있는 이유도 잘 모르겠다, 왜 말더듬이가 차별받는가라는 문제도 단순한 인과관계로서는 알겠지만 그 안에 갇힌 인간으로서는 거의 부조리입니다. 그래서 이것이 잘못되어 있어서 이런 식으로 하면 문제를 해결할 수 있다는 자명한 것이 아닌 겁니다.

이것을 한마디로 하면 김학영이 겪은 문제라는 것은 인간이 공동체 안에서 자신만 조금 뒤틀리어 있다. 그것에 의해 배제되고 있다, 차별받고 있다. 그때 그는 이른바 자신이 왜 그렇게 되어 있는지 모르지만, 인간이 아닌 것이 되어 있다. 자신이 보통의 인간이 아니다, 자신은 도대체 뭔가, 그것을 알 수 없다. 그 이해 불가함을 어떤 형태로 다시 이해하지 않으면 안 된다. 조선인이라는 것만이라면 그것은 꽤 확실한 인과가 있어서, 가령 조선인으로서의 민족적인 자각을 가짐으로써 회복할 수 있다. 그러나 말더듬이는 그것으로는 해결할 수 없는 문제로서 있는 것입니다.

결국 김학영이 자신의 체험에서 끄집어낸 것은 어떤 회복할 수 없는 마이너스 조건이 있다는 것으로, 그와 같은 측면에서 재일의 문제를 비추었습니다. 그때, 가령 우리들은 민족차별을 민족의 자각이라든가 그런 것으로 회복하려고 하지만 그런 것으로는 회복할 수 없는 측면이 실은 그 안에 포함되어 있고, 그것이 정말은 중요하다는 것을 저는 김학영의 소설을 읽었을 때 배웠습니다. 스스로 민족의식이라는 것이 좀처럼 맞지 않아서 자신을 어떻게 생각하면 좋을까하고 굉장히 고민했습니다만, 김학영의 소설을 읽었을 때 그런 장면에서 한 가지 납득이 가는 부분이 있었던 것입니다.

제가 생각하기에, 가령 자신은 선천적으로 호모라든가, 혹은 '말더듬이'라도 좋고, 좀 더 다른 항목이라도 그렇습니다만, 그런 것 중에는 언제나 그러한 회복 불가능성이라는 것이 있어서, 회복할 수 없는 것을 자신 안에 껴안은 채, 그것을 일단 받아들이고 다른 형태로 그것을 변환해 가지 않으면 살아갈 수 없는, 그런 조건인 셈입니다. 이것은 상징적으로 '말더듬이'라든가 조선인이라든가 혹은 우연히 호모라든가 하는 형태로 나옵니다만, 하지만 실은 커다란 사회 안에서는 여러 가지 국면으로 존재하는 매우 보편적인 문제입니다.

즉 한마디로 말하자면, 차별받고 있다, 그것이 회복할 수 있는 면과 회복할 수 없는 면이 있다. 회복할 수 없는 면이라는 것은 도대체 어떻게 이해하면 좋을까가 잘 잡히지 않으면, 이 사회를 어떻게 생각하고, 어디를 향해 변해가면 좋을지, 그 가장 중요한 점도 알 수 없게 되는 겁니다.

문학은 이 사회를 이렇게 바꾸자, 라고 특별히 말하지 않습니다. 말하려는 부분도 전혀 없지는 않지만 그 정도로는 말하지 않아요. 제 생각으로는 그것은 문학으로 말하는 것보다도 사상이나 정치의 논문으로 말하는 편이 손쉽습니다. 문학이 중요한 것은 사실은 그런 약한 인간이라든가 그런 궁지에 몰린 인간이 어떻게 곤란해하고, 어디에 가장 성가신 곤란함을 지니는가, 어디에 커다란 삶의 곤란함이 있는가 등, 보통은 좀처럼 보이지 않는 그런 것을 그린다. 거기에 중요한 의미가 있는 겁니다.

이것은 현대사회에서도 그러한 법이어서, 옴사건이 활로가 되고 있지만 역시 좀처럼 잘 보이지 않는 점으로 많은 사람이 곤란해하고 있습니다. 게다가 그것은 그들이 곤란해하고 있으니까 도와주어야만 한다는, 단순히 그런 것이 아니라 어디가 가장 곤란한가, 그것이 혹시 충분히 표현된다면 어떤 의미에서 매우 곤란해하고 있는 사람은 구원받는 면이 있습니다. 그것은 지금 시대의 문학에 있어서는 아주 커다란 일이 아닌가 싶습니다. 이야기가 길어졌습니다만, 저는 문학에 관해서는 그런 관념은 갖고 있습니다.

고이삼 : 표면적인 이해일지도 모르겠습니다만, 가령 김석범은 본래 있어야 할 모습으로 돌아간다, 그래야만 한다는 것으로 본래 복원할 수 있는 입장이고, 불가능했던 것에 대해서 묻거나 했겠지만, 김학영의 말더듬이라는 것은 복원할 수 없는, 돌아갈 수 없다는 그런 상황에서는 그것 자체가 이미 매우 희생적이라 할까, '재일'적이지 않은가라고 생각하는 겁니다. 이회성은『못다 꾼 꿈見果てぬ夢』을 쓰거나 해서 '반쪽발이'라든가 '재일'에 관한 것도 씁니다만, 하지만 본국이라든가 조국에서 예전의 '1세'들처럼 활로를 찾아내려고 하는 거지요. 그것은 복원하려고 하는 것으로서 생각합니다만, 역시 김학영의 경우는 돌아갈 곳에 돌아가지 못하는 듯한, 무언가 그런 것을 다케다 씨의 말씀을 들으면서 생각했습니다만 그런 식으로 해석해도 좋을까요.

다케다 : 그렇지요. 이회성도 초기 작품의 대부분은 '2세'가 어떤 점에서 가장 괴로워하고 있는가를 여실히 표현하고 있는 소설입니다만,『못다 꾼 꿈』을 즈음해서 사회개혁을 위한 도식이 되었다고 생각합니다. 그렇게 되면 역시 소설로서는 약하다. 저는 오에 겐자부로大江健三郎와 이회성은 그런 의미에서 닮아 있다고 생각합니다.

초기 소설은 매우 재미있고 뛰어납니다. 60년대의 매우 혼돈스런 와중에 한편으로 안보운동으로 상징되는 정치의 움직임이 있습니다. 하지만 그러한 정치적인 형태로는 표현을 지니지 못한 인간의 사회적인 억압감이랄까, 시대 속의 억압감을 매우 깊게 표현하고 있었다고 생각합니다. 그것이『만연원년의 풋볼万延元年のフットボール』에서부터 점점 정

치적인 도식이 되어 가서, 시대를 살고 있는 인간이 어디서 제일 곤란해 하고 있는가라는, 그 느낌이 없어졌습니다. 그래서 자신과 아이와의 공생 등을 테마로 삼아 간다, 그렇게 되면 소설로서는 다른 뉘앙스가 된다고 생각합니다만, 그것과 조금은 닮아 있는 거지요.

고이삼 : 그런 점에서는 이양지의 초기작품과 『유희』와의 차이라는 것은 있을지도 모르겠네요.

5. 세대의 안쪽에서 나온 문학

고이삼 : 양지는 알고 있습니다만, 『유희』는 본래 그녀가 바라는 작품이라고는 그녀 자신도 생각지 않았다고 하는데.

다케다 : 『유희』 앞에 『각(刻)』이라는 소설이 있어서 이것은 좀 밸런스를 바꾼 부분이 있지만 역시 꽤 좋은 부분이 묘사되어 있는 소설이라고 생각합니다.

고이삼 : 싫어한다고 하는 사람이 많습니다만, 특히 여자들은.

다케다 : 많을지도 모르겠네요. 그래도 그 작품은 나쁘지 않다고 생각합니다.

요전에『사상의 과학思想の科學』에서 노마 필드의 '재일'의 현상現狀에 관한 논문을 둘러싸고(『선망, 나른함, 수험을 넘어서羨望, かったるさ, 受験を越えて』), 저와 강상중姜尙中과 가토 노리히로加藤典洋 세 사람이서 이야기를 나누었습니다만, 거기서 나온 것은 강신자와 후카사와深澤夏衣, 그리고 종추월宗秋月과 이양지 등입니다. 거기에 조금 기술했습니다만, '재일'문학은 우선 자신이 어떤 장소에서 나와서 어떤 문제에 부딪쳐서 어떤 곤란함이 있었나를, 이른바 사회적 정치적 주석 없이 깊이 그려낼 수 있는가 어떤가가 승부라고 생각합니다.

그런 점에서 재일조선인 문학에서도, 문화라도 좋습니다만, 지금 어떻게 되어 있는가라고 자주 말을 듣습니다만, 저는 기본적으로는 조금 불만입니다. 문학이란 상당히 그런 의미에서 가혹한 것이고, 그런 것이 나오면 금방 아니까 그것은 그것대로 절대적인 것인 셈이지요.

고이삼 : 아까 김학영의 소설에서, 가령 현재의 약자랄까, 힘없는 입장의 사람들이라는 부분과 겹쳐 얘기하셨는데 지금의 젊은이들이랄까, '재일'에서도 그 '3세', '4세'들은 과연 그런 시점에서 김학영을 읽을 것인가, 읽을 수 있을까라는 느낌이 드는군요.

지금 그런 테마를 다루는 것 자체가 실로 촌스럽다는 식으로 여겨져 버리는 세상에서 그것을 문학으로 표현한다는 것은 지금 얼마만큼 받아들여질까라는 것을 우선 느끼는 부분과, 그리고 그 김학영의 그러한 문제를 지금의 젊은 사람들은 받아들일 수 있을까라는 그런 부분에 실로 '2세'와 '3세'의 울타리 같은 것을 느끼는 거지요.

다케다: 시대감각이 변해서 잘 받아들일 수 있을까라는 그런 느낌은 듭니다만, 하지만 우리들은 가령 도스토예프스키도 읽을 수 있고 나쓰메 소세키夏目漱石도 읽을 수 있잖아요. 문학이란 그런 것이지 않겠습니까.

물론 지금 김학영소설 같은 그런 어두운 것을 써도, 그건 역시 조금 다르다는 느낌은 있겠지요. 즉 그러한 고민방식으로는 누구도 살고 있지 않을 테고, 좀 더 산뜻하게 살고 있다고 생각합니다. 산뜻하게 살고 있지만 점점 왠지 공기가 부족해져서 괴로워지고 있는 듯한 그런 느낌이 아닌가 생각해요. 그것이 잘 표현될 수 있을까 어떤가. 혹은 실로 이 사람의, 이 세대의 안쪽에서 나온 표현이라는 것이 있다면 좋을 것이죠. 그러나 저의 느낌으로는 이미 세간에 '재일'에 관한 여러 주석이 있지만, 대개 그 주석을 빌리고 있습니다. 『유희』등은 전형적으로 그렇다고 생각합니다. 통념적인 주석을 빌리고 있다고 생각해요. 재일한국인이 한국에 가면 자신의 모어(일본어)와, 그리고 조국의 말 사이에서 찢긴다고 하는 것은 주석 이외의 아무것도 아닌 기분이 듭니다.

고이삼: 그녀 자신은 상당히 말을 잘했다고 생각해요. 그리고 조선어도 잘했습니다. 그러니까 역시 『유희』의 주인공인 유희의 그것과는 조금 다르지요. 제가 보기에는 언니라 불리는 한국의 언니와 유희 양쪽 다 이양지인 셈이지요.

6. 문화의 절대화는 새로운 차별을 낳는다

고이삼 : TV를 보면 무턱대고 한국이다 조선이다 하는 프로그램이 많아요. 그것은 이전에는 정치적인 뉴스라든가 이지메라든가 운운했는데, 최근에는 여행이나 먹거리이지요. 아까 강상중 씨가 말한 '재일' 문화라고 할 때, 당연히 가장 멋있는 문화의 상징이 문학일지도 모르지만 실은 음식이라든지 그런 것이어서 우리 딸이 다니는 소학교의 급식에서는 비빔밥이라는 메뉴가 있습니다. 이미 상당히 침투해 있어서 김치찌개를 어린이 요리 프로그램에서 만드는 등, '재일'을 제쳐 두고 한국에서 바로 온 듯합니다.

아라이 에이이치新井英一 씨에 관해서나, 다케다 씨에게 노래 등에 대해서도 좀 얘기를 들을 수 있으면 좋겠다고 생각했습니다만, 시간이 없으니까 무리겠지만 그런 의미에서 문화라는 식으로 말했던 겁니다.

다케다 : 문학만이 문화인 건 아니고 여러 수준에서 당연히 '재일' 문화라는 것은 있다고 생각하지만, 다만 '재일'은 일본인이 보더라도 끄집어내어야 할 것이 많을 듯한 독자의 영역으로, 그 영역의 독자성이라는 것을 제대로 표현할 수 있으면 굉장히 좋을 텐데 하는 느낌이 있습니다. 제가 이회성이나 김학영에게 받은 충격은 커서, 저는 그때까지 문학에 전혀 흥미가 없었는데도 비평을 쓰려고 생각했어요. 그것으로 가까스로 자신은 무엇인가가 납득이 간 부분이 있었습니다. '3세' 세대에서

자신들의 삶의 고유한 풍경을 제대로 파내면, 반드시 그런 문학의 표현이 되는 셈으로, 저는 '재일'의 젊은 세대에게 이렇게 해라라는 생각은 전혀 없습니다만, 문화라든가 문학의 표현으로서 말하자면 어디에서도 일반적인 주석을 가지고 오면 안 된다, 그것이 표현하는 일의 원칙이니까 자신의 내면에서만, 자신의 풍경만 확실히 표현하는 노력을 하는 편이 좋다, 그 얘기만은 해두고 싶다는 느낌이지요.

고이삼 : 아까 김학영의 말더듬이 얘기에서, 즉 회복되는 것과 회복되지 않는 것이라는 말씀이 있었습니다. 세대를 넘어 상실되고, 빼앗긴 것은 세대를 넘어 획득된다는 도식은 거기에 연결되지 않습니까. 즉 그 획득되어야 할 것이란 이미 '재일'에게 있어서 존재하지 않는 것인가라는 식으로 생각합니다. 그렇게 되면 어떤 사람인가라는 아이덴티티의 소재라는 것을 스스로 붙잡을 수 없는 것이 아닐까 하는 기분이 드는군요.

다케다 : 제가 김학영에게서 얻은 것은 그런 순서로 생각하는 것을 한차례 전부 그만둬 버리는 것이에요. 즉 차별이란 무엇인가, 그것은 상대편이 무리하게 끌고 와서 외국인으로서 일본사회 속에 내던져져서 그래서 차별받는다고. 그러니까 이것을 어떻게 해서 해결할까, 보통 그렇게 생각하지요.

그렇지만 김학영의 소설이 저에게 준 것은 조선인이라는 것만이 아니고 여러 의미에서 차별받고 있다는 것은 결국 재일조선인이든 말더듬이이든 그 외의 것이든 어떤 이유로 차별받고 있는 인간이 자기 자신 속에서 어떠한 과제를 가질 수밖에 없는가라는 문제입니다. 재일 '2세'의 경우에는 우선 마이너스가 나타나서 그 마이너스를 플러스로 전환하지 않으면 안 된다. 어떻게 전환하는가, 여러 가지 전환의 방법이 있어서 제일 전형적인 것은 민족의 자각을 되찾고 산다는 것이 한가지 방법입니다. 즉 인간은 자신 안에 있는 마이너스를 언제라도 어떠한 형태로 메우려고 하고 회복하려고 하면서 살고 있습니다. 하지만 자신 안에 있는 마이너스를 회복하려고 하면서 살 때의 전형은 한가지의 어떤 절대적인 목표, 재일조선인의 경우는 민족이고, 그 밖의 많은 경우는 가령 혁명이라든지, 자신은 프로야구의 스타가 되겠다든지, 큰 부자가 된다든지, 그런 일종의 절대적인 목표를 가집니다. 그렇지만 그 절대적인 목표는 다시 부서지는 경우가 있습니다. 부서지는 경우가 있다기보다도 부서지는 쪽이 보편적이지요. 즉 인간은 '재일'이든, 그 밖의 여러 것이든 다양한 형태로 마이너스의 면을 갖고 있는 법이어서, 어떤 절대적인 목표를 설정할 수 있는 것과 그렇지 않은 것이 있는 거지요.

즉 다시 자신의 마이너스를 잘 회복할 수 있는 면과 결코 회복할 수 없는 면이 있습니다. 제가 그런 형태로 자신을 이해했을 때에 자신이 '재일'이라는 것을 이해할 수 있었고, 그러자 그럼 재일조선인은 어떻게 하면 좋으냐는 문제는 자신이 자신을 어떻게 이해하는 것과는 또 다른 별개의 것입니다.

고이삼 : 즉 우리들이 아마 회복이라는 것을 추구해서 아까도 말한

것처럼 장구를 치고 춤을 추고 말을 배우는 일이 하나의 그런 회복의 경로이고 수단인 거네요. 회복이라는 것을 부정하면, 그런 작업이란 의미가 없는 건가, 혹은 그런 작업 없이 자기 자신을 인정하며 살아갈 수 있을까.

다케다 : 그런 작업을 절대화하면 그것은 또 일종의 내압이 되어서 배외적인 공동성을 만들거나 하는 것입니다. 그러니까 자신들이 장구를 치거나 말을 배우거나 문화를 공부하거나 하는 것은 물론 좋습니다만, 혹시 그런 문제에 대한 입장을 잘 정하지 못하면, 공동성의 문제, 공동체의 문제는 아무리 시간이 흘러도 같은 식으로 반복된다는 것이 저의 생각입니다.

고이삼 : 그것을 절대화하면 그것이 또 차별을 낳는 셈이니까요.

다케다 : 차별을 낳거나 다른 곳에서는 다시 민족대립을 만들거나, 여러 일이 되는 거지요.

고이삼 : 그럼 어떻게 하면 될까요.

다케다 : 결국 마이너스를 지닌 인간은 어떠한 형태로든 자신의 아이덴티티를 찾아내려고 합니다. 그때, 그것의 관계의 원형을 알지 못하면, 자신들이 만들어낸 공동성을 이번에는 절대화하게 되는 겁니다. 이것

을 이해하지 못하고, 한편으로 소수자가 압박받아 자신들의 공동성의 내압을 높이게 되고, 그러면 또 그것에 대해 다수자 쪽에서 이것을 억압하려고 합니다. 그러면 이 악순환은 언제까지라도 계속되게 됩니다.

고이삼 : 아무래도 아이가 있으면 아이에게 무엇을 전할까라는 것을.

다케다 : 결국 저는 아이가 자기 자신에 대해 확실히 공정하게 생각할 수 있도록 되길 바랄 뿐으로, 과도하게 전해준다는 것은 생각하지 않습니다.

고이삼 : 어린 아이라도 여러 가지 의문을 내놓을 테니까요.

다케다 : 그것은 정말로 어려운 면이 있다고 생각합니다.

고이삼 : 그 자신에 대응해서 스스로 무언가를 말하면서도 하나의 절대적인 것을 강요하고 있는 게 아닌가라고도 생각하고, 부모로서 강요할 수밖에 없다고도 생각하고요.

다케다 : 가르친다든가, 교육이란 문제인데요, 자신의 해결방법은 무엇이었는가 하면 젊은 시절에 일단 절대허무주의로 갔습니다. 절대허무주의라는 것은 무엇인가 하면 도스토예프스키 소설에서 가령 이안 카라마조프라든지 스타브로긴 같은 허무주의자가 있어요. 그렇게까지 극단

적이진 않지만 온갖 아이덴티티나 공동체나 그 모든 절대적인 관념은 모두 사전에 약속된 것이라는 그런 느낌. 하지만 일단 모든 관념은 모두 환상이고 모두 약속된 일이라는 식으로 생각하면 다시 굉장히 어두워집니다. 민족도 국가도 자신의 아이덴티티도 사회주의도 혁명도 모두 환상이라는 것이 되어서, 하지만 그것을 통해보면 역시 인간이라는 것은 무언가 소중한 것이라든지 이상이라든지 그런 것에 향하려고 하는 기분은 본질적이라는 것을 점점 절실히 느끼게 됩니다. 거기까지 시간이 아주 많이 들었습니다. 저로서는 그런, 일단 모든 것을 의심하는 장소를 통과한 것이 컸다는 느낌이 듭니다. 거기를 통해서 역시 인간에게는 보편적인 것의 근거가 있을 것이라고 생각할 수 있었기 때문입니다.

(번역 : 신승모)

전후戰後의 신문에 보이는 '조선인'

김용권金容權

'제3국인' 혹은 '3국인'이라는 말이 있다. 이러한 말에서 느껴지는 이미지는 어둡고 '죠센징チョーセンジン' '조선놈チョーセンヤロー'으로 연결되는 면이 있다. 당연히 같은 어감으로 받아들여져야 할 '제3국' '제3자'라는 말의 이미지와는 전혀 다르다. '제3국의 조정이 필요' '제3자의 의견을 듣는다'와 같은 문장의 '제3국' '제3자'에는 나쁜 이미지가 없다. '그는 제3자입니다' '그는 제3국인입니다'라는 두 개의 문장에서 '그'의 이미지는 같지 않다.

애당초 '제3국인'이라는 것은 "연합국민 및 중립국민, 즉 외국인은 아니지만, 동시에 일본인과 반드시 지위가 동일하지는 않은 조선인과 그 밖의 '종래 일본의 지배하에 있던 여러 나라의 국민'이다. 굳이 말하자면 해방국민이라 할 수 있을 것이다. 보통 조선인 외에 류큐인琉球人,

대만인을 들 수 있는데, 대만인의 지위는 아직 결정된 것은 아니다"[1]처럼, 승전국에서 봤을 때 '종래 일본의 지배하에 있던 여러 나라의 국민'에 대한 말이라고 할 수 있다. 단순히 말하면 연합국(=승전국)이 볼 때 조선인, 대만인, 류큐인을 그렇게 불렀던 것이다. 그렇다 하더라도 필자 자신의 경험으로 볼 때 역시 '제3국인'에서 느끼는 이미지는 '조선'에 한정된다.

그렇지만 "연합국에게 조선은 '제3국'이고 조선인이 '제3국인Third Nations'였다 할지라도, 일본에게는 '제3국'도 '제3국인'도 존재하지 않는다. 조선은 식민지 지배의 상대국이자 조선인은 자신들이 직접 억압해온 당사자가 아닌가. 연합국 미국과 추축국樞軸國 일본이라는 관계에서는 분명히 조선은 '제3국'이라 하더라도, 일본과 조선의 관계에서는 조선은 '제3국'이 아닐 터이다. 그것을 간과하고 점령군과 일체가 되어 '조선인·대만인'을 '제3국인'이라 부를 때 거기에는 과거 식민지 지배의 합법성을 믿어 의심치 않는 일본인의 어쩔 수 없는 사고방식이 근저에 있다고 하지 않을 수 없다"[2]는 것이다.

'제3국인' '3국인'이라는 말이 과거의 '센징鮮人' '한토징半島人' 혹은 '여보ㅋㅂ'를 대신하는 호칭으로서 재일조선인을 가리키게 되었고, "일본의 패전을 기회로 암시장에서 거들먹거리는 제3국인"이라는 식의 전후의 재일조선인에 대한 차별의 원형이 어떠한 시대배경을 토대로 형성되었는지 이하 소묘하고자 한다.

---

1   다카노 유이치[高野雄一] 논문, 『日本管理法令研究』 제14호.
2   우쓰미 아이코[内海愛子] 논문, 『조선연구』 제104호.

1946년 4월 22일, 시데하라幣原내각은 의회 내의 네 개의 야당(사회·공산·협동·자유)의 도각倒閣공동위원회와, 의회 밖의 노동조합, 농민조합, 여러 시민단체의 공동투쟁에 의해 와해되었다. 이때 공산당과 자유당이 공동투쟁을 한다고 하는 전무후무한 일이 일어났다. 이러한 일본의 정치사에 있어 전무후무한 사태의 배경에는 만성적이고 위기적인 식량사정과 악성 인플레, 게다가 심각한 실업문제가 있었다. 특히 식량문제는 일각의 유예도 없을 만큼 절실했다.

식량부족은 전쟁말기부터 만성화되어 있었고, 특히 일본의 패전 때는 1910년 이래 36년 만이라는 흉작에 더해, 700만 명 이상의 복원 군인, 식민자의 철수가 겹쳐서 위기적 상황을 드리우고 있었다. 신문지상에서도 "시작된 죽음의 행진, 아사는 이미 전국의 거리에"와 같은 표제가 매일 같이 장식되고 있었다. 요코하마橫浜에서는 하루 평균 3명, 나고야名古屋에서는 이미 72명, 오사카大阪에서는 오사카역 부근에 42명, 교토京都에서는 행로사行路死 300명, 고베神戸에서도 마찬가지로 행로사 148명, 후쿠오카福岡에서는 귀국자가 2주 사이에 100명 사망, 과 같이 각각 8·15 이후 3개월간의 사망자수를 보도하고 있다.[3]

당시(11월)의 마쓰무라松村 농업상도 "요즘 같은 추세가 계속된다면 인플레 위기가 해소될 희망이 없고, 오히려 가장 심각해져가는 것은 이쯤(1946.2)이라고 생각되는데, 실업자, 봉급생활자를 비롯한 일반대중이 지속해야 될 어두운 생활이 지금 같이 계속된다면, 이른 경우는 연

---

3   『아사히신문(朝日新聞)』, 1945.11.18.

내, 늦어도 2월경에는 그 가계가 심각한 불안에 직면하지 않을 수 없다"고 공공연한 발언을 했다. 정부의 2월 위기설이 무색하게 2월이 되어도 '위기'는 오지 않았지만, 그렇다고 생활이 좋아질 리도 없었다. 사람들은 그 무렵 당연시 되던 배급의 지연, 그것도 잡곡을 섞어 2홉 1작의 배급, 칼로리로 치면 1,050칼로리를 감수하면서도 이상하게 목숨을 부지하고 있었다. 보통 같아서는 이 정도의 칼로리로는 도저히 목숨을 부지하기 어렵겠지만, 점차 악화는 되었어도 급격히 심각해지지 않은 것은 '암시장闇市'의 덕분이었다. 사실, 전후 최초의 일본수상・히가시구니 나루히코東久邇稔彦는 전시 때부터 확대된 암시장은 패전국 일본의 도움이 되었다고 말하고 있다.[4]

식량난인 때인 만큼 농민은 과거처럼 위에서 시키는 대로 '공출'하기보다도 사러오는 사람들이나 암거래업자에게 파는 편이 이익이 많았으니 이것이 업자에게 암거래를 하게 만들었고, 암시장을 성립시키는 하나의 조건이었다.

"암거래 쌀 한 되(1.5킬로) 30엔에서 50엔. 공식(정부의 매입가격)의 5배 이상. 배급지연, 배급누락이 계속되어 사람들은 살기 위해 직접 사러 나갔지만, 보다시피 목숨을 거는 일"(『보도사진으로 보는 소화 40년』, 요미우리 '読売'신문사)이었으므로, 농민으로서도 '법'을 어긴다하더라도 공짜나 다름없다는 것을 뻔히 알면서 정부가 하라는 대로 팔아넘기는 일은 하지 않았던 것이다. 이러한 사태에 대해서 정부는 식량의 수용을 목적

---

4   R. H Mitchell, *"The Korean Minority in Japan"* 8장.

으로 '식량긴급조치령'을 공포하는 한편으로 신엔新円 전환 등을 실시했지만, 식량위기도 인플레도 전혀 진정되지 않았다.

식량위기의 원인으로는 전술한 바와 같이 자연재해로 인해 대흉작, 농민의 공출거부, 전쟁으로 인한 유통기구·교통기관의 마비, 게다가 '은닉물자' 등을 들 수 있다. 공산당은 당면한 과제로서 '헌법보다 밥이다!'라는 슬로건을 내걸고 사람들의 굶주림에 대응하려 하였고, 저널리즘에서도 민주주의의 이행을 식량문제의 해결과 연결시키는 논조를 펼쳤다. "(1946) 4월 10일 현재 전국의 식량 잔고는 8백 52만석, 1일당 배급량으로 나누면 약 73일분이므로 빠듯하게 6월 22일까지 연명이 가능할 뿐이다. 더구나 이것은 전국을 종이 위에서 평균을 낸 숫자라서 실제로는 그러한 평균은 존재하지 않는다."[5] 따라서 '평균'을 실제로 시행하려면 '민주인민정부' '민주인민전선'을 구축해야만 한다, 라는 주장이 빈번히 제창되었다.

1946년 5월, 전후 제1회 메이데이는 50만 명이 결집하여 궁성 앞 광장을 인파로 가득 메웠다. 여기에는 '일한만큼 먹게 하라!' '세이브·어스·프롬·스타베이션(기아로부터 구해라!)' 등의 현수막이 눈에 띄었다. 메이데이 실행위원회도 식량문제를 최우선으로 삼고 "대신들은 오늘은 쌀이 없어서 먹지 못한다는 경험 따위 없을 것이다, 배급지연이 계속되는 일반사회와는 너무 동떨어져 있다!"라고 말하며, 은닉물자의 적발, 배급물자의 인민관리 등을 정부에 요구했다. 굶주림의 한계를 넘긴

---

5 『아사히신문』, 1946.5.15 사설.

사람들은 실력행사도 마다하지 않았다. 5월 12일 세타가야世田谷구민의 '쌀을 달라'는 행진은 궁성으로 향했고, 처음으로 적기赤旗를 사카시타坂下문 아래로 들고 들어가 "짐은 배불리 먹고 있는데 인민은 굶어죽는다"며 호소했다. 19일에 열린 식량 메이데이는 수상관저에서 농성을 한다는 직접행동에 들어갔다.

마크·게인에 의하면, 요시다吉田는 대중의 힘을 눈앞에 접하자 조각을 포기하고 모든 것을 내던지려 하였다. 하지만 다음날 아침 맥아더 원수의 "일본사회의 아주 작은 부분이, 이 정도의 억제와 자기 존경을 갖는 것이 불가능하다면, 나는 이러한 개탄스런 상태를 통제하고 교정하기 위해 필요한 수단을 강구하지 않을 수 없다"(『일본일기ニッポン日記』)라는 경고에 의해 요시다는 기세를 회복하여 조각을 개시한다. 5월 22일의 요시다 내각의 성립을 계기로 맥아더 점령군의 이른바 '민주화정책'은 끝나고, 점령군에 대한 '환상'도 냉각되어 갔다. 그리고 요시다는 점령군의 '권력'만이 아니라, 천황이 가진 '권위'를 이용하려 했다.

"전 국민이 궁핍함을 나누고 괴로움을 함께 한다는 각오를 새로이 하고, 동포들이 서로 도와 이런 곤란한 상황을 헤쳐 나가야 한다……. 이런 때일수록 국민이 가족국가의 아름다운 전통을 살려 제각각의 이해를 넘어 현재의 난국을 이겨내고 조국 재건의 길로 나아가기를 간절히 바라며 또한 기대한다"라고 5월 24일 정오, 오후 7시, 9시의 3회에 걸쳐 NHK에서 천황의 방송이 나가고, 또 6월 6일의 치바千葉, 17일의 시즈오카静岡로의 순행 등이 그 예다.

요시다 내각은 당면한 식량, 인플레 등의 궁핍한 상황에 대한 불만을 진정시키기 위해 천황의 '권위'와 점령군의 '힘'을 이용했지만, 불만을 돌리기 위해 다시 재일조선인을 이용하려 했다. 즉 스케프·고츠─직접 그 원인으로 향하는 것이 아니라 다른 대상으로 원인을 돌려서 울적해 있는 불만을 전가─로 삼으려 했던 것이다. 그들이 획책한 것은 재일조선인에 대한 더러운 이미지였으며, 이로써 식량문제 등의 원인을 조선인에게 전가하려 했던 것이다.

위기상황에서의 유언비어는 그 발생→전파과정에 있어 그 사회의 뿌리 깊은 편견에 크게 규정되는 것이고, 그 편견을 선명하게 반영한다고 말들 하는데, 결론적으로 말하자면 이때 작위적으로 만들어진 전후의 재일조선인에 대한 편견이 지금도 여전히 존재하고 있다는 것을 지적할 수 있을 것이다.

"······블랙마켓에 중국인과 조선인 등이 암약하고 있었던 일이다. 그들은 이제 일본의 법률 테두리밖에 있었다. 그뿐이 아니라 일본에 대한 승전국의 인간이었다. 그들은 브로커나 레스토랑, 카바레의 경영자로서 완전히 자유롭게 대규모로 금지된 제품·밀수품을 들여와 철저한 경제 위반을 하고 있었다."[6]

"······최대의 적은 일본의 패전에 의해 우리 세상의 봄이라는 듯이 하이에나처럼 맹위를 떨치기 시작한 이른바 제3국인이었다!"[7]

"암시장이라면 제3국인을 쓰지 않으면 안 된다. 패전으로 재일조선인은 유리한 입장에 놓였다. 외국인이더라도 원래는 일본법의 아래에

6　도가와 이사무·戶川猪佐武, 『戰後風俗史』, 1960.
7　「남자의 길(おとこ道)」, 『소년 선데이(少年サンデー)』, 1970.8.30.

있어야 하지만, 일본 관헌의 약점을 파고들어 치외법권에 가까웠던 모양이다. 암시장의 식량도 이러한 제3국인에게는 손쉽게 들어가는 모양으로, 시내에는 도처에 제3국인이 경영하는 식당이 개점하였다."[8]

하지만 패전 후에도 '돌아가고 싶은 마음이 굴뚝같은' 조선인을 계속 노동력으로 사용하려다가 탄광에서는 노동쟁의가 일어나고, 혹은 마이즈루舞鶴 앞바다에서는 우키시마浮島호 폭발침몰사건에서 보듯이 귀국이 방해받고 있었다. 귀국할 때까지의 한 때, 허가수속도 필요 없이 재빨리 일수를 벌어서 굶주림을 면할 수 있는 암시장으로 달려가는 것은 자연스러운 일이었다. 일본인들조차 실업자만이 아니라 직업이 있는 자들도 정규의 봉급만으로는 굶어죽을 수밖에 없었기 때문에 암거래를 하고 있던 시대였다. 한마디로 일본전체가 암거래의 시대였던 것이다. 그럼에도 불구하고 재일조선인에 대한 오해가 지금도 여전히 따라다니고 있는데, 이러한 이유 없는 편견이 어떻게 만들어졌는지 살펴보자.

조선인에게 먼저 향한 비난은 탄광에서의 파업과 쟁의다. 식량을 보다 많이 확보하기 위한 비료의 생산에도, 철강의 생산에도, 혹은 철도를 움직이는 데도 석탄은 불가결하였지만, 그 생산 저하의 원인을 조선인 노동자의 쟁의 등으로 돌리는 것은 참을 수 없는 일이다.

"유바리夕張광업소 반도노무자 약 6천여 명은 8일 일제히 총파업을

---

8   오쿠야마 마스로·奧山益郎, 『戰後世相史辞典』, 1975.

개시했다. 갱내 한 라인의 8할을 차지하는 반도노무자의 작업정지로 출탄은 3분의 1로 감소하고 있다."[9]

"최근의 극단적인 석탄 부족의 원인은 직접적으로는 반도노무자 문제가 있고, 근본적으로는 탄광노무자의 식량부족에 있다……."[10]

"석탄의 결핍은 선화인鮮華人노동자의 철수에 의해 초래된 노동력의 부족이 근본적인 원인이라고 한다."[11]

조선인을 적대시하는 논조가 서서히 적나라하게 전개되어 가는데, 그걸 뒷받침한 것은 점령군의 '권력'이었다. 예를 들면, 전후 최초의 본격적인 스트라이크였다고 하는 북탄北炭유바리탄광에서 있었던 조선인 강제연행노동자의 귀국관철봉기 때 점령군이 취한 최초의 태도는, 1945년 10월 20일자의 유바리 주둔 연합군사령관 비레아스 대위에 의한 '포고'로, "하나, 본관은 연합군최고사령관의 명령에 의한 유바리지구 사령관으로서 이 시각 최계홍崔桂洪을 유바리지구 재주조선인의 총사령으로 임명한다, 총사령의 명은 바로 연합군최고사령관의 명령이 된다. 하나, 최계홍은 유바리지구 조선인의 치안유지를 위해 미국헌병의 권한을 부여한다. 하나, 만일 중대사고 발생의 경우는 즉시 유바리지구 사령관에게 보고해야 한다. 사령관은 최계홍을 배석시켜서 군기에 의해 처벌한다(유바리 경찰서는 연합군의 위임에 의해 동지구의 치안에 임한다)"라는 것이었다. 이 '포고'는 패전국민이 아닌 조선인에 대한 제법 타당한 권

---

9 『아사히신문』, 1945.10.9.
10 『마이니치신문(每日新聞)』, 1945.11.7.
11 『마이니치신문』, 1946.1.8.

한의 부여였지만, 다음날인 21일이 되자 점령군은 태도를 180도 변경하여 비레아스 대위는 "일하라, 전원에게 구호를 외쳐 일하게 하라" "폭력을 휘두르는 자는 제재를 가한다, 위원(조선인노동조합)은 이들을 적발하여 신고하라, 만일 신고하지 않을 경우 위원을 처벌한다" 등의 훈시를 하였다. 11월 1일, 홋카이도北海道 진주군 부르스 소장은 "'나는 일본 경찰 및 탄광당사자가 그 지역 및 탄광의 올바른 질서유지의 책임이 있다고 생각한다'는 취지를 표명하고, '범죄, 살인, 절도, 거택, 점포, 창고에 대한 침입 또는 다른 중대한 질서문란을 범하는 화인華人 및 조선인'을 '체포 또는 감금하는 권한'을 일본경찰에게 부여했다……"라는 등의 '포고문'을 발표하여, 석탄채굴과 치안유지를 위해 공갈을 치고 있었던 것이다.[12]

이러한 점령군의 재일조선인에 대한 혼란은 뚜렷한 주관이 없음을 말해주는 것이고, "본관(맥아더 원수)은 대만 출신 중국인과 조선인, 이들을 군사상의 안전이 허용하는 한 해방된 인민으로서 취급하지 않으면 안 된다. 그들은 이 지령에 사용되는 '일본인'이라는 단어에 포함되지 않지만, 그러나 그들은 지금까지 일본신민이었기 때문에 본관은 필요한 경우에는 적국민으로 취급할 수 있다"고 하는 1945년 11월 3일의 지령을 뒷받침하는 것이었다. '해방국민'으로서 취급하는 경우도 있지만, '적국인'으로 취급하는 경우도 있다고 하는, 모순으로 가득 찬 기만적인 점령군의 재일조선인에 대한 자세의 근저에는 재일조선인의 상황

---

12 이상, 스미야 미키오·隅谷三喜男 편저, 『日本労使関係史論』, 도츠카 히데오·戸塚秀夫 논문 참조.

을 아직도 잘 파악하지 못하고 있다는 사정이 있었고, 장래에 있어 그들의 실행 가능한 권력행사의 선택의 폭을 넓게 설정하려는 의도가 있었던 것이다. 그리고 일본의 점령은 연합국의, 실질적으로는 미군의 점령하에 놓여있었지만, 실제적인 경찰력의 행사에 있어 미군의 손과 발이 된 것은 일본의 관헌이었다. 정책결정의 레벨에 있어서도 일본정부는 총사령부로부터 '각서' '지령' 등을 받아 정책을 집행했다. 따라서 점령군의 통치는 간접통치였다.

이 '간접통치'는 일본정부의 재일조선인 정책, 나아가 탄압에 매우 유효하게 작용했다. 패전국 일본은 어떠한 견해를 동원한다 하더라도 계속해서 조선인을 지배, 예속할 수 없었으므로, '간접통치'를 기회로 삼아 점령군으로부터 '위임'을 이끌어 내고 최종책임과 권한은 점령군에게 돌려서 재일조선인을 전쟁 전과 비교해 보다 교묘하게 탄압했던 것이다. 이러한 '간접통치', 재일조선인의 사정에 어두운 점령군을 일본정부가 사주하여 재일조선인을 '적국민'으로 취급하도록 유도했다.

"현재 한 말 다섯 되의 쌀을 짊어진 적은 양의 매입은 처분되어 울상을 짓고 있는 사실로 볼 때 '강권'은 효과를 보고 있는 것 같은데, 큰 회사나 관청 관계의 암거래, 은닉물자에 대해서는 인민이 적발하지 않으면 경찰의 눈은 전혀 빛나지 않는다. ▲ 지금까지 재일중국인, 조선인은 아무리 큰 암거래를 하더라도 일본경찰은 전혀 손을 쓰지 못하는 듯한 '의의疑義'가 엿보이고 있는데, 맥아더 사령부에 의해 연합군 장병 및 그 휘하의 민간인을 제외하고 일본에 거주하는 일반 외국인은 일본정부의 법률에 따라야 한다는 것이 명시되었다. ▲ 이건 너무나 명백한 일로서

'제한'되어 있다고는 하더라도 주권국으로서 당연하다."[13]

이 기사가 게재되기까지의 과정에는 전제가 되는 복선이 있었다. "하나, 일본에 체재하는 연합국의 장병 및 그 휘하의 민간인은 연합국의 군법에 따른다. 하나, 위 이외의 일반 외국거주자는 당연히 일본정부의 법률에 따라야 한다"라는 총사령부의 '견해'가 그것인데, 이 '견해'가 널리 알려진 경위는 "최근 주식主食의 암거래 검거에 있어 중국인, 조선인은 법의 적용에 제외되어 있는 것이 아닌가하는 의심이 생기던 차에 6일의 신문기자단과의 (총사령부의)공동회견"[14]에 의해서다.

총사령부로부터 '보증'을 이끌어내는데 성공하자 저널리즘도 '자유롭고' 거창하게 재일조선인의 이미지를 더럽게 만들어 갔다.

"'가자, 암시장으로!' 세 대의 트럭에 분승한 60명의 경관이 M·P의 지휘 하에 일제검거를 실시했다. 고쿠라小倉시 단가르過교 부근의 조선인 암시장의 광경이다. 커다란 짐을 짊어진 일행은 호우 속을 경찰서로. (…중략…) M·P의 응원도 있어서 일망타진하여 검거한 이들 불령상인은 70여 명, 대부분 조선인이었지만 일본인도 20여 명, 그 중에 여성 4명."[15]

이런 종류의 즉흥적이고 의도적인 기사가 계속해서 보도되자 어떤 조선인은 다음과 같이 투서했다.

"저는 재일본조선인의 한 사람으로서 친애하는 일본인 여러분에게

---

13 『마이니치신문』, 「연적(硯滴)」―현재의 「여록(餘錄)」, 1946.2.8에 상당하는 칼럼.
14 『마이니치신문』, 1946.2.7.
15 『아사히그래프(アサヒグラフ)』, 1946.3.5.

한 말씀 드리고자 합니다. 종전이 된 오늘날 여전히 저는 '조선인 주제에 거드름을 피운다'라든가, '뭐야, 조선인이야, 죽어라 패줄까'라는 말을 때때로 듣습니다만, 솔직히 말해서 그때마다 화가 나서 참느라 힘듭니다. (…중략…) 하지만 현명하신 여러분, 무지한 우리를 경멸하기 전에 종전 이전의 일본정부가 우리들 조선인에 대해 어떠한 악역무도한 정치를 해왔는지 생각해볼 의향은 없습니까. ……"[16]

이처럼 점령군을 껴안은 일본정부의 처사에 재일조선인의 거의 대부분이 반대를 외치고 있었지만, 개중에는 일본정부 및 상업저널리즘의 논조에 동조하는 자도 있었다.

"일전에 상경하여 신조선건설동맹(민단의 전신)의 부위원장 원심창元心昌씨와 회담했다. '조선인에게 주식 4홉의 특전은 있는가'라고 필자가 묻자, '아니다'라고 답하는 원씨. '그런 요구를 할 생각이 없는가' '없다' 원씨의 담담한 얼굴에 필자는 의외라고 생각하면서 '외국인이니까 당연한 거 아닌가'라고 추궁하자, 원씨는 '설령 그러한 특전이 있다 해도 우리는 사퇴해야만 합니다. 이웃인 일본인이 2홉 1작으로 기아에 직면해있는데, 우리만 4홉으로 배불리 먹을 수 있습니까'라고 화를 내며 답했다. (…중략…) 이러한 원씨의 마음에 요즘의 많은 조선인의 모습을 겹쳐보니 한탄스런 생각이 들었다. 종전 직후의 혼란이라고는 하지만, 조선의 각지에서 일본인 총퇴각의 시위를 하고, 그밖에도 여러 가지로 괴롭혔다고 들었다. 또 일본 내의 탄광에서 조선의 노무자가 집단폭력

---

16 『마이니치신문』, 1946.3.24, 이규직 · 치바 · 千葉 거주.

행위를 행사하거나, 크고 작은 불상사건을 일으킨다는 말을 들었을 때, 필자는 일본의 조선통치의 실체를 떠올리며 만일 이때 조선인이 그러한 태도를 취하지 않았다면 오히려 높게 평가받았을 텐데 라는 마음에 유감스러웠다. ……"[17]

점령군 및 일본정부의 의향, 게다가 이러한 '목소리'를 배경으로 하여 『아사히신문』의 7월 13일자 사설은 「조선인의 취급에 대하여朝鮮人の取り扱いについて」라는 제목으로 다음과 같은 문장을 실었다.

"……일본의 통치하에 있었던 조선이 전쟁 중에 우리의 전력증강을 위해 많은 희생을 치른 일과, 일본 내에 재류하는 그들이 군수생산부문에 방대한 노동력을 제공한 일에 대하여 우리는 감사하고 있다. 그러나 종전 후의 생활모습에서는 솔직히 말해서 일본인의 감정을 불필요하게 자극한 일도 적지 않았다. 예를 들면 일부 사람들이 암시장에 터를 잡고 물자를 유출하고 물가를 교란시킨 일이 그러하다. 조선인이 정부의 통제밖에 있는 신분으로서, 자신들의 생활보호에만 급급한 나머지 정부의 식량, 물가정책 등에 나쁜 영향을 미치고 있는 것은 부정하기 어렵다. 앞으로 숫자는 줄어도 여전히 잔류 조선인의 생활이 마찬가지로 정부의 정책수행에 영향을 미치리라는 것은 부정하기 어렵다. 맥아더 사령부의 의향으로 볼 때, 잔류하는 조선인은 우리 경찰권의 행사를 거부할 수 없도록 되어 있다. 그러나 일본의 경찰당국이 각각의 사건의 경우에 조선인에 대해 충분한 힘을 발휘하지 못하고 있는 것이 현실이다. 그

---

17 『아사히신문』, 1946.6.18, 나가노 · 長野, 장혁주 · 張赫宙＝작가.

결과 때로는 이들 조선인의 행동이 전쟁 중에 융화되어 있던 일선日鮮인간의 감정을 멀어지게 만드는 일이 발생하는 것을 슬퍼한다……."

이틀 후의 14일자 '목소리声'란에 '조선인의 입장朝鮮人の立場'라는 제목으로 '사설'에 대한 반론이 게재되었다.

"……조선인이 모두 선량하다고는 하지 않겠지만, 종전 후에 일본인 제군은 우리들에 대해 따뜻한 말 한마디 하였던가, 해방된 일에 대해 축하 한마디를 하였던가! 정부로부터도 위로의 말 한마디 듣지 못했다. 그뿐이 아니라 생활의 활로를 하나도 제공하지 않고 구제책을 하나라도 실시한 일이 있는가? 오히려 기성사실 한두 가지를 과장해서 선전하며 여전히 탄압만 하고 있다고 나는 단언한다……."[18]

한두 가지의 사실을 기성화하려고 '재일조선인 뭐 하는 자들인가!'라는 식의 규탄이 국회에서 거론되기에 이른다. 7월 21일의 오노 반보쿠大野伴睦의 '긴급질문'은 다음과 같았다.

"……공익을 저해하는 암시장의 출현, 열차 내의 폭행, 무임승차, 세재의 문란과 무질서한 영업, 무허가 개점, 금융계의 통제 파괴, 폭력협박 등, 지금은 당당하게 이러한 악행은 대도시에서 소도시로 흘러가고 점차로 촌락에 그 모습을 드러내기에 이르렀습니다. 이러한 경향은 선량한 민중의 마음속까지 파고들어 불법을 저지르는 자 점차 증가하는 추세가 이어지고 있는 상황입니다. 우리들이 참으로 유감천만하게 생각하는 일로 이처럼 슬퍼해야할 사회질서의 파괴는 일본인이 아닌

---

18 도쿄·서종실＝조선건국촉진청년동맹.

자들이 주류를 이룬다는 것입니다⋯⋯."

계속해서 '정책도 정견도 없고 강인한 술수와 격렬한 남자의 대명사'로까지 알려진 진보당의 시이쿠마 사부로椎熊三朗가 8월 17일 본회의에서 긴급동의를 행했다.

"⋯⋯종전의 순간까지 동포로서 함께 매일 질서 있게 생활하고 있던 자가 즉시 변하여 마치 승전국의 국민인양, 게다가 멋대로 철도 등에 전용차라는 등 종이를 붙이거나, 혹은 다른 일본인 승객을 경멸 압박하고 차마 눈뜨고 보기 어려운 흉포한 거동으로 모든 악한 행동을 하고 있다는 사실은 매우 놀란 만한 일입니다. 제군, 이 조선인, 대만인 등의 최근까지의 차마 보기 힘든 이러한 행동은 패전의 괴로움에 허덕여온 우리에게 있어서는 그야말로 전신의 피가 역류하는 감정을 갖게 합니다. 이리하여 그들은 그 특수한 입장에 의해 경찰력이 미치지 않는다는 점을 이용해 암거래를 하는데, 일본의 암거래의 근원은 바로 오늘날의 불령 조선인 등이 중심이 되어 있다는 것은, 현재의 일본의 상업거래, 사회생활에 미치는 영향은 놀랄만합니다. 혹은 금지된 제품을 버젓이 밀매하고, 혹은 노점을 점거하는 등 경찰력을 계속 모욕하며 백주에 공공연히 거래하는 것을 우리들은 결코 무시할 수 없습니다⋯⋯."

그리고 시이쿠마는 신통화 신엔의 3분의 1은 이미 재일조선인의 수중에 있다고 단언하고, 당시의 이시바시石橋 재무상이 일주일 전에 국회에서 "5백억 엔의 유통엔 중의 2백억 엔은 귀국하지 않고 잔류하고 있는 제3국인의 수중"에 있다고 발언한 내용을 덧붙였다.

11월이 되자 경찰의 레벨에서 적나라한 반조선인 캠페인이 실시되었다. 경시청은 우에노上野 일대의 벽이란 벽에 반조선을 부추기는 포스터 수백 장을 붙였다. 포스터는 강도에 조심하라고 경고하고, 거기에는 나이프를 손에 든 조선인 강도가 공포에 떨고 있는 부인을 협박하는 그림이 그려져 있었던 것이다.(Mitchell 전게서)

이러한 일본에서의 반조선인 일대 캠페인에 대해서 재일조선인은 '시이쿠마발언'을 특히 중시했다. 그것은 시이쿠마 한 사람의 뜻이 아니라 여야가 일치되어 작성했다는 의문이 있었기 때문이다.

10월 17일, 오사카大阪에서 있었던 의회보고연설회에 항의하러 간 조선인들이 시이쿠마의 연설 초고는 누가 썼는지 추궁하자, "그 유명한 이누카이・犬養(다케루・建)씨도 머리를 긁적이고 어쩔 줄 모르다가, 어쨌든 그 사람의 이름만은 내 목이 떨어져도 말할 수 없다, 좌우지간 책임은 내가 지겠어……"[19]라고 말하며 책임회피를 했다. 이누카이는 '시이나 발언'에 대한 사죄를 11월 5일까지 라디오, 신문을 통해서 하겠다는 확약을 했다. '시이나 발언'의 초고는 결코 진보당 단독으로 만든 것은 아니었다. 『해방신문』은 다음과 같이 전하고 있다. "중의원 각 파 교섭위원회에서 일본공산당을 제외한 각 정당, 즉 진보당, 자유당, 협동당, 혹은 사회당까지 이 연설 내용을 검토하여 지지했다고 한다. 뿐만 아니라, 이러한 연설을 초안으로서 제출한 것은 일본정부의 사주에 의한 것이라고 한다. 그런 점에서 앞으로 우리는 일본자유당, 또는 일본정부에 대해서 이 문제에 어떤 견해를 가지고 있는지 추궁해가지 않으면

---

19 『해방신문(解放新聞)』, 10.20.

안 될 것이다."(10.9 사설)

　일억 총 암거래상이라던 시대에, 유독 조선인 또는 대만인만이 암거
래 행위를 했다고 하는 일대 캠페인의 진의는 어디에 있었던 것일까.
W・와그너는 "조선인이라는 것이 별 볼일 없는 존재이고, 범죄성이 있
고, 또 신용하기 어려운 존재라는 것을 점령군이 믿도록 유도했다. (…
중략…) 일본인 측은 조선인에 의해 행해진 비행을 일일이 상세하게 보
고하기를 주저하지 않았다……"[20]고 언급하고 있는데, 패전 후의 심각
한 식량난, 인플레, 실업문제의 비난에서 벗어나기 위해 재일조선인을
나쁜 존재로 만들어낸 것은 명백하다. 이러한 '여론'의 형성에 신문이
해낸 역할은 작지 않다고 할 수 있을 것이다.(김용권 프리 저널리스트)

(번역 : 김학동)

20　『일본의 조선 소수민족(日本における朝鮮少数民族)』 제4장.

동아시아의 왕정제 폐지에 대하여

김정미|金靜美

1. 서두

1989년 1월 7일 천황(일왕) 히로히토는 스스로 아시아 침략 책임을 지지 않고 죽었다. 살아생전에 그가 자행했던 범죄성을 자각하고 있지 않았다는 것은 쉽게 상상할 수 있다. 1975년 10월 처음이자 마지막으로 TV공개 기자회견 때 전쟁책임을 추궁하자 "나는 문학 쪽은 문외한이기 때문에 그런 복잡한 말 같은 건 잘 모릅니다"라며 애매한 말로 대답을 회피할 때에도, 천황 히로히토는 '황군'최고사령관으로서의 자신의 경력을 잊지 않고 있었을 것이다.

천황 히로히토는 1945년 이후, 약 40여 년간 스스로 아시아침략 책임을 회피하고 과거와 현재의 일본의 아시아침략에 대하여 일관되게 긍정하고 새로운 범죄를 되풀이한 뒤에 죽었다.

전후에 히로히토는 미국군의 계속적인 오키나와 점령을 적극적으로 지지하고 히로시마의 원폭투하를 "어쩔 수 없는 일이라고 생각합니다"라며 인정했다.

1984년 9월 6일, 히로히토는 전두환을 만찬회 자리에서 칭찬했다. 전두환은 베트남침략 때 한국군 장교로서 많은 베트남 민중을 살상한 인간이며, 1980년 5월에 한국 광주에서 있었던 민중학살의 최고책임자였다. 전두환의 몇백 배, 몇천 배나 민중을 학살한 최고책임자인 히로히토에게 전두환의 범죄는 가벼운 것일지도 모른다.

천황 히로히토가 일본인의 '신'이었던 시절에 히로히토의 군대는 아시아 각지에서 셀 수 없을 만큼의 많은 사람들을 죽였다. 히로히토를 '신'으로 여기는 병사가 유아, 갓난아이, 태아까지도 죽였다.

히로히토 천황에 필적하는 범죄자 무솔린은 1945년 4월 28일에 이탈리아인 파르티잔에게 총살당했다. 히틀러는 그로부터 이틀 뒤인 4월 30일에 자살했다. 그러나 히로히토만은 이후에도 살아남았다.

히로히토는 8월 15일 이후 적어도 바로 물러나야 했다. 왜 히로히토는 8월 이후에도 살아남아서 더구나 천황의 지위에 계속 남아 있었을까?

그것은 바로 많은 일본인이 패전 후에 일본의 아시아침략의 역사와 의미를 제대로 인식하지 못하고 그 최고책임자인 히로히토의 책임을 추궁할 수 없었기 때문이다.

미국제국주의자는 일본인 히로히토에 대한 태도를 분석하고 그를 이용할 수 있다고 판단하여 히로히토를 범죄자에서 제외시켰다. 그리고 히로히토는 아시아침략의 책임을 제대로 지려고 하지 않는 일본인의 상징이 되었다.

히로히토가 천황의 자리에 계속 있었던 것과, 많은 일본인이 스스로 아시아침략책임을 계속 회피해 온 것은 서로 무관하지 않다.

히로히토는 죽었다. 그러나 히로히토가 죽었다고 해서 그의 역사적 책임이 없어진 것은 아니다.

일본인은 1989년 1월 7일을 전범 히로히토의 책임을 추궁하는 새로운 출발점으로 할 수 있을 것인가?

2. 신해혁명과 3·1독립운동

20세기 초, 동아시아지역에 4인의 국왕이 있었다. 시베리아의 우수리 지역에는 러시아 황제가 있었고, 중국에는 청나라 황제, 조선에는 대한제국 황제가, 일본에는 일본천황(대외적으로는 황제)이 있었다.

동아시아지역에서 처음에 왕제도를 폐지한 것은 중국 민중이었다. 1911년 신해혁명으로 중국 민중은 청나라를 붕괴시키고, 주秦제국 성립 이후만 치더라도 2천백여 년간 계속되던 중국 왕정제를 폐지하고 아시아에서 최초의 민주공화국을 건설했다.

독일민중은 제1차 세계대전 패전 직전인 1918년 11월 독일 왕정제를 폐지했다.(빌헬름 2세는 네덜란드로 망명) 또한 같은 시기에 오스트리아·헝가리 2중제국의 황제 카를 1세 (헝가리 왕으로는 카를 4세)가 퇴위하고 베르사이유 강화회의 후, 1919년 9월에 오스트리아 헝가리 2중제국은 해체 되었다.

북서몽골(외몽고)은 신해혁명의 격동 속에서 청나라로부터 독립하여 대몽고제국이 되어 1911년 12월 28일에 제8대 보그도 게겐이 대몽고제국 일광황제가 되었다. 러시아혁명 후 수년간의 전쟁에서 북서몽골민중은 왕정제를 타파하고 1924년 11월 몽골인민공화국을 건국했다. 동남몽골(내몽고)에서 일본제국주의자는 신해혁명 전후부터 1945년까지 공상낙이포貢桑諾爾布, 운왕雲王, 덕왕德王들의 '왕족'을 이용해서 동남몽골의 남부를 식민지화 하려고 계속 책동하고(일본군부에 의한 '만몽독립운동' '내몽공작' '몽고연합자치정부의 내면지도' 등), 또한 '유조호柳条湖 사건' 후 동남몽골 동부를 군사점령하고 1932년 3월 '만주국'으로 편입했다.

조선에서는 어떠했는가?

1863년에 11세의 나이로 즉위한 조선국왕 고종高宗은 1897년 국명을 대한제국으로 고치고 스스로를 황제로 칭했다. 고종은 국가권력을 집중시키기 위해 1899년 8월에 대한제국국제國制를 제정 발포한다. 이 대한제국의 기준법(헌법)에는 황제의 권력을 제한하는 조항이 없어 고종은 3권을 모두 장악했다.

고종의 반민중적인 정치는 국민왕권을 지향하는 민주혁명에 적대적이었다.

고종이 자신에게 대한제국의 정치권력을 집중시킬 수년 전, 1894~

1895년에 조선 민중은 봉건사회 해체, 신분제도 타파, 외국의 침입을 저지하려고 대규모 투쟁을 일으켰다.(동학농민운동) 그러나 조선왕조의 정치권력자는 일본군사력을 빌려 조선 민중의 투쟁을 무참히 짓밟아 버렸다. 대한제국은 '축멸왜양逐滅倭洋''진멸권귀盡滅權貴'를 슬로건으로 내걸고 투쟁한 조선 민중의 패배 위에 쌓은 것이다.

대한제국황제 고종에 대한 권력의 과도한 집중은 일본의 대한제국 식민지화를 쉽게 할 수 있는 조건이 되었다. 국민의회가 없는 대한제국에서 고종과 각료의 승인(서명, 날인)만으로 일본은 대한제국을 '보호국'(식민지)으로 하는 절차를 완료할 수 있었다. 대한제국은 성립으로부터 8년 후인 1905년 11월 일본의 '보호국'이 되었다.

1868년 이후 재편된 일본의 왕제王制는 일본의 '탈아'(즉 아시아침략)를 위한 국민적 기반을 강화했는데, 조선의 왕제는 조선의 식민화를 초래했다. 침략을 저지하고 조선의 독립을 지키기 위해서 조선 민중은 늦어도 19세기 말에서 20세기 초에는 왕정제를 폐지했어야만 했다. 동학농민운동에서 동학농민군의 패배는 조선의 식민지화를 저지할 수 있는 민중 투쟁의 패배였던 것이다. 동학농민운동의 패배의 역사적 의미는 크다.

1905년 11월에 조선이 '보호국'이 되고 나서 2년 후, 일본침략자는 고종을 퇴위시키고(1907.7.20, 호위식) 고종의 차남인 순종純宗을 즉위시켰다.(8.27, 즉위식) 그리고 일본침략자는 고종을 퇴위시킨 후에 바로 대한제국 정규군을 해산시켰다.(8.1) 감옥과 군대라는 민중지배의 폭력장치를 관리하에 두지 않고는 국가권력을 손에 넣을 수 없다. 일본제국주의자는 조선 왕의 자리가 비어 있었을 때에, 조선왕이 관리할 군대를 강제적으로 해산시키고 조선의 전국토를 일본 정규군의 폭력으로 지배하려 했다.

이때부터 조선 민중은 조선독립을 위해서 무기를 들고 일본 정규군과의 투쟁을 시작했다. 침략자가 해산시킨 대한제국의 정규군 병사의 일부는 무기를 그 손에서 놓지 않고 일본 침략자에게 향했다. 수년간 조선 민중은 큰 희생을 치루면서 투쟁하고 결국 패했다. 1910년 8월에 대한제국은 일본에 '병합'되었다.

1919년 3월 1일 조선독립을 위해서 광범위한 대중운동이 개시되었다. 조선임시정부를 형성할 준비가 서울, 블라디보스토크, 상해 등에서 급속하게 퍼졌다. 블라디보스토크에서는 3월 17일에 대한민국의회가 임시정부 수립을 선언하고, 서울에서는 조선민국 원년 4월 10일자로 '조선민국임시정부조직포고문'이 발표되었다. 상해에서는 4월 10~11일에 제1회 임시의정원이 열리고, 대한민국 임시정부 수립이 선언되었다. 4월 23일에는 서울에서 한성임시정부가 조직되었다.

이들 임시정부는 결국 구체적으로 조선정부기능은 없었지만, 모두 왕정복고를 목표로 하지 않고, 독립된 민주공화국을 건국하려고 했다. 그것은 당시의 조선 민중의 의지를 반영한 것이라 할 수 있겠다.

동학농민운동 무렵부터 왕정제를 폐지하고 민주국가를 건설하려는 조선 민중운동이 개시되었다. 그리고 1907년 8월 이후 일본 정규군과의 대결에서 패배한 후에 일본제국주의를 제1의 적으로 여긴 조선 민중은 일본의 귀족이 된 조선 왕의 일족의 부활을 기대하지 않고, 왕 없는 독립국의 건설을 목표로 했다. 20세기 초부터 1919년까지 일본침략자와의 대결과정에서 조선 민중은 왕정제 폐지, 독립공화국 건국의 공동의지를 형성하고 있었다.

3·1독립운동은 조선독립을 실현하려는 운동이었지만 동시에 그것은 조선 민중의 총체로서 왕정제 폐지 의지를 명확하게 나타낸 운동이었다. 3·1독립운동의 전개과정에서 조선 민중은 중국 민중, 시베리아·우수리지역의 민중에 이어 동아시아에서 왕정제를 폐지했다고 할 수 있다.

3·1독립운동으로부터 24년 후인 1943년 3월 1일에 일본정부는 조선인 청년에 대한 징병제를 공포했다. 공포일이 3월 1일인 것은 조선인 청년을 일본군에 편성하는 데 있어서 일본침략자의 상황판단을 나타내고 있다.

조선인 청년의 군대 내 반란을 염려한 일본정부는 1931년에도 1937년에도 아시아침략에 조선인 청년을 병사로 이용할 수 없었다. 1943년에 일본정부가 조선인 청년을 일본군 병사로 하려 했던 것은 일본군 내부에 편성되더라도 조선인 청년이 무기를 일본침략자에게 들이댈 가능성이 희박해졌다고 판단했기 때문일 것이다. 1919년에 태어난 조선인은 1931년에는 12세, 1937년에는 18세, 1943년에는 24세였다. 1943년 시점에서 징병 최적 연령기의 조선인 청년은 3·1독립운동 이후의 '황민화교육'으로 조선어를 빼앗기고, 히로히토 천황에 대한 '충성심'을 기르고 있었다. 결국 전쟁 말기에는 특공대의 부원으로서 살아 돌아갈 수 없는 비행기를 탄 조선인 청년도 있었다.(그 중 한 사람 '해방'되기 4개월 반 전에 죽은 박동훈은 겨우 17세였다) 조선 왕을 부정한 조선 민중에게 일본왕이 강요되고 일본왕은 조선인 청년을 사지에 몰아넣었다.

일본제국주의자가 강요하는 일본 왕(현신인)과 일본의 신에 대하여 일부의 조선 민중은 지속적으로 투쟁했다. 그 과정에서 많은 사람들이 목숨을 잃었다. 1939년에는 일본의 신을 거부한 조선인기독교인 약 2천 명이 체포되고 그 중에 50명이 옥사했다.

1919년 독립운동의 고양을 계기로 왕정복고를 허락지 않고, 공화국을 건국하려 했던 조선 민중에게 히로히토 일본천황은 뭐였을까?

왕을 부정할 수 없는 일본 민중과는 달리 왕을 부정하고 왕제가 갖는 정신적 속박에서 해방된 조선 민중에게 히로히토 천황은 조선 민중의 정신을 극단적으로 억압하는 적이었다. 히로히토는 또한 타이완, 사할린남부, 쿠릴열도, 알류트열도의 민중의 적이기도 했다.

그리고 1934년 3월 1일 '만주제국'의 황제가 된 브이는 신해혁명으로 왕제에서 해방된 중국 동북부의 민중 앞에 25년 후에 다시 나타난 적이었다. 히로히토와 브이가 조선·중국 민중에 대해서 저지른 죄는 셀 수 없다. 그러나 히로히토의 죄에 비교하면 브이의 죄는 지극히 가벼운 것이었다.

3. 히로히토, 브이, 바오다이

1926년 히로히토가 천황이 되었을 때 시베리아의 우수리 지역, 몽골, 중국, 조선에도 국왕은 없었다. 동아시아에서 일본만이 국왕이 남아 있는 것은 왜일까? 일본이 소련, 몽골, 중국, 조선보다 '근대화'가 늦어지고 봉건적인 유제遺制로서 왕제가 잔존했기 때문인 것일까. 그렇지 않다.

메이지유신으로 일본 천황제는 재편되었다.

1894~1895년 일본은 조선과 중국을 전쟁터로 만들어 청과 전쟁하고 전쟁 후에는 타이완을 식민지화 했다.

1900년 2만 2천 명의 일본군은 러시아, 미국, 영국, 프랑스, 독일, 오스트리아, 이탈리아의 군대(총인원수 1만 4천 명)와 함께 중국에 침입하고 중국 민중의 의화단운동을 적대했다.

1904~1905년 일본은 조선과 중국을 전장으로 러시아와 전쟁을 하고 전후에 조선을 '보호국'(식민지)으로 만들어 중국 동북부의 침략권역을 러시아와 서로 나눠 가졌다.

청일 · 러일전쟁의 승리로 천황은 보다 더 신격화 되고 일본의 아시아침략을 위한 국민통합의 제도로서 천황제는 강화되었다.

'다이쇼大正' 천황시대, 일본군은 1914년에 중국을 침입하고, 1918~1925년에 시베리아침입, 1920~21년에 간도間島를 침입하여 중국, 소련, 조선 민중을 학살했다. 일본국내에서는 1923년에 관동關東 지역에서 일본인 시민과 경찰, 병사는 수천 명의 조선인과 중국인을 학살했다.

'다이쇼'천황의 시대는 데모크라시의 시대가 아니라 혁명에 대한 간섭의 시대이자 동아시아 민중에 대한 일본 민중의 침략의지가 강화된 시대였다. 그리고 그 말기인 1921년 11월에 히로히토는 섭정이 되고 1926년 말에 천황이 되었다.

1928년 3월 15일 히로히토의 즉위식 8개월 전, 일본관헌은 천황제를 타도하고 사회를 변혁하려는 일본인에 대한 대탄압을 자행했다. 게다가 히로히토의 즉위식 직전 10월 말~11월에 일본관헌은 일본국내의 조선인 투쟁을 염려하여 '요시찰조선인단속要視察朝鮮人取締'을 강행하고 식당, 밀집주거지역 등을 검색하여 많은 조선인을 연행하였다. 이 때 서진문徐鎭文 등 3명이 살해 되었다. 조선국내에서는 그 해 2월 전후, 4월 전후, 8월에 일본관헌은 조선인 공산주의자들 백여 명을 체포하였다.

히로히토의 즉위 뒤에서는 많은 민중이 희생되고 있었다.

이렇게 해서 즉위한 후에 히로히토는 일본의 아시아침략의 중핵으로서 범죄를 거듭해 갔다.

1931년 9월 18일 관동군은 중국 동북부의 군사점령을 개시하고 3일후 9월 21일에 조선 주둔 일본군도 압록강을 넘어서 중국 동북부에 침입했다. 히로히토는 관동군과 조선 주둔 일본군의 '독단'의 군사행동을 9월 22일에 승인(재하)했다. 이후에 관동군과 조선 주둔 일본군은 중국 동북부 각지에서 '3광三光 작전'을 반복하였다. 30세 히로히토는 명확히 스스로의 판단으로 일본군의 중국 동북부 침략을 승인한 것이다. 관동군과 조선 주둔 일본군은 히로히토 천황의 '통수권'을 어기고 군사행동을 개시했고 히로히토가 추인하지 않으면 그 이상은 움직이지 않았을 것이다.

그것만이 아니다. 1932년 1월 8일 오후 히로히토는 관동군에게 '칙어勅語'를 내고 그때까지의 관동군의 군사행동을 칭찬하고 게다가 침략을 밀어붙이도록 격려하였다.

히로히토가 관동군에게 '칙어勅語'를 내고 또다시 하나의 범죄를 저지르기 몇 시간 전에 이봉창李奉昌은 일본육군의 관병식에서 돌아가는 히로히토에게 사쿠라다桜田 문 가까이에서 폭탄을 던졌다. 이봉창은 9월 16일에 사형판결을 받고 10월 10일 이치가야市ヶ谷형무소에서 처형되었다. 32세였다.

일본제국주의자는 1932년 3월 1일 중국 동북부를 '만주국'으로 만들어 브이가 집정케 했다. 같은 날 중국공산당 동만특위는 3·1독립운동 13주기를 기념하여 '고동만중국노동군중서告東満中国労働群衆書'를 발표하고 조선, 중국의 두 민족이 연합하여 해방을 밀어붙일 것을 호소하였다.

한 달 후 4월 3일 조선·중국 민중의 항일전쟁을 제압하려고 조선 주둔 일본군이 두만강을 건너 간도지역에 침입했다. 히로히토는 이 침입을 그 전날에 미리 승인 했다. 히로히토의 명령하에서 그 후 수개월에 걸쳐 조선 주둔 일본군은 간도 전 지역에서 민중 살육을 하였다.(해란강海蘭江 학살 등)

1934년 3월 1일 일본제국주의자는 '만주국'을 제정帝政으로서 '만주제국'으로 개칭하고 브이를 황제 자리에 앉혔다. 일본제국주의자는 신해혁명으로 중국 민중이 폐지했음에도 불구하고 22년 후에 왕제를 부활시켰다.

일본제국주의자가 브이를 황제로 만든 것은 영국제국의 식민지 지배방법을 배운 것일지도 모른다. 1877년 영국의 빅토리아 국왕은 인도 황제를 겸임했다.(1910년 일본천황 무쓰히토는 조선황제를 겸임했다) 그리고 영국은 1919년 이후 고조된 이집트의 독립운동을 제압하기 위해서 1922년 왕정을 이용하여 이집트를 형식적으로 독립시켰다. 이집트 왕정은 영국이 이집트의 식민지 지배를 지속하기 위한 수단의 하나였다. (인도 민중이 영국 왕의 지배를 벗어난 것은 1947년 8월이고, 이집트의 왕제가 붕괴된 것은 1952년 7월이다)

국가는 폭력장치(군대와 감옥)를 쥐고 있는 자가 그 권력을 유지한다. '만주국'의 군대 중추는 일본제국의 고위급 군인이 독점하고, 히로히토는 그 최고 지휘관이었다. 브이는 '만주국군'에 대해서 어떤 실권도 가지고 있지 않았다.

황제브이는 1935년 4월 동경에 갔는데, 히로히토 천황은 동경역까지 브이를 마중 나가 환영했다. 브이는 1940년 6월, 또 한 번 일본에 가서 히로히토를 만났다. 귀국 후 7월 중순에 브이는 장춘에 '건국신묘建国神廟'와 '건국 충령탑建国忠靈塔'을 건설한다고 발표하였다. '건국신묘'는 '아마테라스 오오가미天照大神'를 '만주제국'의 건국 신으로 모시는 것이고, 중국 동북부의 민중에게 일본의 신을 강요하고 황민화를 위한 도구의 하나였다.

브이를 '만주국'의 황제로 만들어, 그 왕제를 이용하여 식민지 지배 유지에 성공한 일본제국주의자는 베트남침략의 수단으로도 왕제를 이용하려 했다.

1940년, 베트남에 침입한 일본군은 1945년 3월 응우옌 왕조의 바오다이를 '베트남제국'의 황제자리에 오르게 하였다. 그러나 5개월 후에 일본군은 항복하고, 8월 25일 베트남 민중은 바오다이를 퇴위시키고 베트남 왕제를 폐지하여 9월 2일 베트남 민주공화국을 건국했다.(8월 혁명)

1944년 8월 프랑스는 독일의 지배에서 해방되었다. 그리고 프랑스 제4공화국은 알제리, 튀니지, 모로코, 기니, 말리, 모리타니, 니제르, 베트남, 라오스, 캄보디아 등의 식민지 지배를 재개했다. 1946년 11월 프랑스는 베트남침략 전쟁을 개시하고, 1949년 3월 일본이 브이를 이용하여 '만주국'을 위조한 것처럼 바오다이를 이용해서 '베트남국'을 만들었다. 1954년 5월 7일 베트남 민중은 지엔비엔푸에서 프랑스 침략군을 괴멸시키고, 제네바에서 평화협정이 맺어졌지만 협정은 지켜지지 않고 남북 분단 상태가 강화되었다. 그 뒤 20년간 베트남 민족은 제국주의 국가의 침략에 반격하여 통일을 위해 싸워서 승리했다.

4. 왕제를 폐지한 분단국가의 통일

1945년 8월 15일 천황 히로히토는 무조건적으로 항복한다고 라디오를 통해서 방송했다. 일본의 식민지 지배는 끝났다.

8월 15일 서울에서는 조선건국준비회가 바로 활동을 개시하고, 9월 8일 조선인민공화국 정부를 수립했다. 그러나 조선인민공화국 정부는

10월 10일 미국군에 의해서 해체되었다.

조선 북반부는 소련군에 의해서 '해방'되고, 남반부는 미군에게 점령되었다. 조선이 '해방'된 날은 조선분단 시작의 날이 되었다.

조선이 '해방'되었을 때 조선에서 왕제를 부활시키려는 조직은 전혀 형성되지 않았다. 당시 조선인 중에 왕정복고를 원하는 사람이 한 사람도 없었다고 할 수 없지만 괄목한 세력의 왕정복고 파는 형성되지 않았다. 이미 조선의 왕제는 실질적으로 폐지되었다.

조선 민중은 남·북 모두 왕이 없는 공화국을 건국했다. 그러나 그것은 분단된 국가였다. 1950년 6월에 개시되었던 조선전쟁은 조선을 해방시키지 않고, 분단을 고착화했다.

아시아 근대사에서 조선 민족은 타국을 침략한 적이 없는 민족이었다. 그러나 한일조약조인 10일 후, 1965년 7월 2일 박정희 정권하의 한국내각은 한국정규군의 '베트남 출병'을 각의결정하고(8월 13일, 야당 없이 국회통과) 9월부터 출병이 시작되었다.

이후 맹호부대, 청룡부대, 십자성부대, 백마부대들이 베트남에서 민중학살을 반복했다. 이때 전 한국대통령 전두환, 현 한국대통령 노태우는 이들 부대의 지휘관이었다.

박정희는 일제강점기 다카기 마사히로高木正雄(혹은 岡本実. 군관학교 제2기생 '만주국군' 육군중위)의 이름으로 중국 동북부에서 항일 무장부대와 적대적인 민족반역자였다. 이 박정희 정권하에서 한국청년은 베트남에 침입한 것이다.(이때의 국무총리 정일권丁一權도 또한 나가시마 가즈마中島一権의 이름을 가진 '만주국'의 헌병장교였다)

조선근대사에서 조선 민족이 저지른 최대의 범죄는 베트남전쟁참전이 아니었을까? 한국군의 참전은 남북베트남의 통일을 방해했다. 스스로 분단을 극복하고자 한 한국 청년이 베트남에 가서 남북통일을 실현하려는 베트남 민중을 살상한 것이다.

1975년 4월 30일 베트남 민중은 남북 베트남 통일을 이루었다. 조선 민중은 지금도 분단 상태를 극복하지 못했다. 조선 민중이 병사로서 베트남에 침입하여 베트남의 남북통일을 방해하고 베트남 민중을 살상한 것에 대한 정리를 조선 민중은 아직 충분히 하지 못하고 있다. 조선 민중은 스스로 베트남 침략의 모든 과정을 분석하고 그 책임소재를 명확히 해야만 한다. 그와 같은 자기비판 없이 조선 민중은 분단을 극복해가는 윤리를 진정으로 확립할 수 없을 것이다.

조선 민중이 그와 같은 윤리를 확립하고 분단시대를 종식하는 것은 현대 국제정치·경제·문화의 복잡한 맥락 속에서 동아시아의 마지막 왕정 폐지를 앞당길 것이다.

5. 새로운 천황 아키히토의 역할

올해 1월 9일 히로히토의 왕위를 계승한 아키히토는 공공연하게 히로히토가 60여 년간 '한결같이 세계평화와 국민의 행복을 염원'했다고 '여러분(일본국민?)'을 향하여 허언을 했다.

아키히토도 또한 그의 아버지처럼 불성실하게 말장난으로 자기의 위치를 유지하려는 인물 같다. 아키히토는 히로히토가 오르지 '세계 평화'를 염원했다고 강변했지만, 히로히토가 말한 '평화'란 침략을 말한다. 히로히토는 중국 북동부를 침략한 관동군을 격려한 1931년 1월 7일의 '칙어'에서도, 중국 중앙부를 침략한 일본군에 대하여 1937년 11월 12일, 20일의 2통의 '칙어'에서도, 1941년 12월 8일의 동남아시아 침략전쟁(태평양전쟁) 개시 때의 '전쟁선언의 소서' 및 일본군에 대한 '칙어'에서도 침략목적은 '동양평화' '동양영구평화' '동아시아의 영원한 평화'를 위한 것이라고 말했다.

평화라는 말을 정면에 내걸고 아키히토는 새로운 천황으로서 등장했다. 그러나 히로히토가 염원했던 것이 평화가 아니었던 것과 마찬가지로 아키히토의 '평화'도 진정한 평화가 아니다.

10년 전인 1978년 8월 기자회견에서 아키히토는 "(천황이) 상징이라고 하는 것은 결코 전후에 생긴 것이 아니고, 매우 오래 전부터 상징적 존재였다"고 말했다. 이때 아키히토는 일본의 패전 전의 절대천황제와 이후의 상징 천황제는 동질의 역할을 가지는 것이라고 자인했다. 확실히 8·15이전도 이후도 천황은 일관하여 차별과 침략의 상징이었다.

히로히토로부터 왕위를 계승받은 아키히토는 동시에 히로히토로부터 아시아침략의 책임도 계승된 것을 자각해야 할 것이다. 수많은 아시아인의 목숨을 빼앗고 마음을 짓밟아 버린 히로히토의 책임이 그 죽음과 함께 없어지는 일은 없다.

"쇼와昭和천황이 죽은 지금 천황 개인의 책임을 묻기보다 천황제와 전쟁, 천황제와 식민지 지배·침략의 관계를 생각해 보는 편이 좋지 않을까"라는 히로히토에 대한 책임추궁의 심화를 견제하는 제언이, 히로히토의 사후 얼마 되지 않아 조선근대사를 연구하고 있는 일본인에 의해서 이루어지고 있다.(水野直樹, 「天皇問題の論理」, 『月報』 42호, 청구문고, 1989) 그러나 히로히토가 자행한 것을 제대로 분석하고, 히로히토의 책임을 철저히 추궁하지 않고서는 '천황제와 식민지 지배·침략관계'를 충분히 해명할 수 없다. 살아 있는 동안에 책임추궁을 거의 받지 않고, 죽으면 '개인책임을 묻기보다……'라고 해서는, 언제 히로히토의 책임을 묻겠는가. 일본의 지배층은 히로히토 개인의 생일을 '녹색의 날'로 이름을 바꿔서 일본국민이 기념할 날로 정했다. 일본인이 히로히토 개인의 책임추궁을 애매하게 하고 있는 한 히로히토의 생일은 언제까지나 일본국민의 '경축일'로 계속 있을 것이다.

히로히토의 책임추궁을 히로히토의 죽음으로 중단하는 것은 히로히토의 역사적 책임을 해제하고 히로히토가 오르지 세계평화를 기원했다는 등의 거짓을 허락하는 일이 되고 만다. 무솔린이나 히틀러와 다르게 히로히토의 경우는 그가 전범이었던 사실을 더구나 지금 많은 일본국민은 모르고 있기 때문에. 많은 일본국민이 그 사실을 알고 히로히토의 책임을 묻는 소리가 전 국민적 규모로 높아진다면 천황제폐지의 날은 가까워질 것이다.

침략자를 평화주의였다고 강변하며 아키히토는 1990년 가을에 즉위식을 거행하려고 하고 있다. 그리고 즉위식 후에 아키히토가 한국과 중국을 방문하는 것도 일정에 잡고 있다. 히로히토는 침략직후의 책임자였기에 조선에도 중국에도 갈 수 없었다. 히로히토가 할 수 없었던 것을 아키히토는 하려고 한다. 아키히토는 히로히토의 아시아침략 유지를 계승하고 새로운 아시아 평정을 위해 '황실외교'를 행하려 한다.

'원호元号'도 또한 천황제를 유지하기 위한 도구의 하나이다. 히로히토의 '평화'를 계승한다는 아키히토의 '원호'는 '평성헤이세이, 平成'이다. '평성'의 '평'은 결코 평화의 '평'이 아닐 것이다. 그것은 평정, 평멸, 평토의 '평'이고 '평정하다'는 의미를 가질 것 같은 생각이 든다.

'평성'이라는 기호는 '평화'를 내걸고 불평등사회의 최상위층에 들러붙어 일본의 제3세계 민중 수탈의 심볼이 된 아키히토의 본질을 나타내는 기호이다.

1868년에 복고한 일본의 황제는 그 이후 대외침략과 국민통합을 위한 제도로써 계속 살아서 지금 현재도 그 역할을 계속하고 있다. '원호' '기미가요' '일장기' 등 공교육에서의 강요는 그것을 확실히 나타낸다.

공교육에서 반동적인 방침이 매년 강화되어 왔는데, 현재 초등학교 이상의 일본인이라면 자위대가 일본군대가 아니라고 하는 사람은 거의 없을 것이다.(거짓말을 반복하는 일본 수상을 비롯한 정권담당자, 고관관료, 재계 사람은 별도로) 최근에는 자위대는 군대가 아니라는 포즈를 버리고 자위대간부는 구 일본군의 계급호칭도 부활시키려 하고 있다.

그럼에도 불구하고 일본은 헌법상으로는 군대를 갖지 않는 국가라는 것이다. 많은 일본인은 일본국가의 권력자가 헌법을 위반하여 군대를 유지·강화하고 있는 것을 수긍하고 있다. 국가의 기본법에 관련한 거짓이 일본에서는 통용되고 있는 것이다. 헌법을 지킨다고 한다면 아키히토는 자신을 천황으로 허락한 헌법 제2조만이 아니라 제9조도 지켜야만 하는 것이다. 아키히토가 아무리 '평화'를 얘기하더라도 향후 그가 히로히토처럼 자위대의 경례와 호위를 받고 자위대라는 일본정규군의 존재를 계속 인정하는 한, 헌법 제9조를 어기는 것이며 그의 '평화'가 거짓 평화인 것을 나타내는 것이다.

6. 재일조선인에게 있어서의 천황제와 천황

1945년 4월 이탈리아 민중은 무솔리니를 총살하고 사체를 공개했다. 무솔리니와 결탁했던 이탈리아 국왕 에마누엘 3세는 1946년 5월에 퇴위하고 아들 움베르토 2세에게 왕권을 물려주려 했으나 이탈리아 민중은 6월에 인민투표로 이탈리아 왕제를 폐지시켰다.

연합군이 왕제를 지지했음에도 불구하고 이탈리아 민중이 인민투표에서 왕정제 폐지를 결정할 수 있었던 것은 1943~1945년의 2년간에 걸친 반파시즘 파르티잔 전투의 경험이 있었기 때문일 것이다.

일본에서는 '극동재판'의 판결에 근거하여 도죠 히데기東条英機 들이 1948년 12월 23일(이날은 아키히토가 태어난 날로 올해부터 일본국민의 '경축일'이 된다)교수형에 처해졌지만 히로히토는 스스로 퇴위하려 하지 않았다.

일본의 패전 후 수년간은 천황제 폐지를 목표로 일본국민 운동이 일본 근·현대사상 가장 고양된 시기였다.

이 시기, 1946년에 김두용金斗鎔은 천황제 타도는 일본인과 재일조선인의 공통과제라고 말했다.(「일본에서 조선인문제」,『전위前衛』창간호, 1946)

이 시점에서의 김두용의 발언은 결과적으로 재일조선인 운동을 일본 공산당의 지도하에 두는 역할을 다했지만, 현재도 일본의 천황제타파 문제는 재일조선인에게도 관련이 있다. 1945년 8월의 '해방' 후에도 천황제와 천황은 일상생활의 장에서 또한 정치와 문화 영역에서 재일조선인을 억압하고 있다. 현재 재일조선인은 공교육의 장에서 '기미가요' '히노마루(일장기)'를 강요받고 있다. 천황일족이 사적으로 사용하고 있는 세금 중에는 참정권이 없는 재일조선인이 지불한 세금도 포함되어 있다. 그리고 천황제와 천황은 직접 눈에 보이는 형태로만 재일조선인을 억압하고 있는 것은 아니다.

천황제와 천황은 8·15이전에도 이후에도 일본 내셔널리즘 (일본국가주의·일본국수주의)으로 지탱되고 동시에 일본 내셔널리즘을 지탱하여 왔다.

일본 내셔널리즘은 비일본인을 배제시키려 한다. 천황제와 일본 내셔널리즘에 깊이 사로잡혀서 천황의 존재를 부정할 수 없는 일본인은 재일아시아인에게 있어서는 불가해적인 사람들이고 가해자로 바뀌지 않을 것이라는, 전적으로 신뢰 할 수 있는 이웃도 아니다. 일본인은 언제 천황제의 유대관계에서 해방되어 아시아인이 신뢰할 수 있는 이웃이 될 것인가?

세계근현대사에서 영국의 왕제와 함께 가장 침략적인 왕제이며, 동아시아에 남겨진 최후의 왕제인 일본 천황제를 폐지하는 것은 일본 민중에게 있어서 차별사상과 침략사상에서 해방 되는 것을 의미한다. 천황제 폐지는 무엇보다 먼저 일본 민중의 자아해방과 관련된 문제이다.

그리고 일상적으로 천황제와 천황으로부터 억압되어 있는 재일조선인에게 있어서 일본인이 천황제를 폐지할지 안할지 방관만 하고 있으면 안 된다.

지금은 많지는 않지만, 히로히토가 죽어도 침략의 역사는 지울 수 없다는 히로히토의 역사적 범죄를 명확히 해서 그 책임을 추궁하고, 천황제 폐지로 진정으로 해방된 사회를 건설하려고 하는 일본 민중이 있다. 그 사람들은 8·15 이전에 태어난 사람도 이후에 태어난 사람도 각자의 방법으로 타민족을 침략한 일본근대사를 책임지려는 것이다.

일본의 국경을 배제하고 아시아 전 지역의 규모로 본다면 히로히토는 아시아 민중의 적의에 둘러싸여 살았다. 일본의 국경 안에서도 히로히토에 대한 일본 민중의 적의가 날카로워지고 있는 것 같다. 히로히토는 8·15 이후에 일시적으로 불특정 다수의 일본 민중 앞에 나설 수 있었지만, 점점 경찰의 삼엄한 경비와 방탄유리의 경호에 둘러싸이게 되었다. 1974년 8월 히로히토 천황에게 향해진 전후 태생의 일본청년 남녀 몇 명의 공격 의지에는 동아시아만이 아니라 아시아 전 지역의 민중이 히로히토에 대한 증오와 적의가 응축하여 반영되어 있다고 할 수 있을 것이다.(大道寺将司, 『明けの星を見上げて』, れんが書房, 1983)

또한 재일조선인도 각각의 장면에서 일본천황제와 천황을 거부하는 것이 중요하다. 그것은 결코 일본내정에 대한 간섭이 아니다. 천황제와 천황에 의해서 억압받고 있는 이상, 재일조선인이 천황제와 천황을 거부하는 활동은 스스로의 인권을 지키기 위해서 해야 할 것이고, 그리고 할 수밖에 없는 활동인 것이다.

현재 지문날인을 거부하는 사람들은 약 750명인데(일본법무성조사), 그 중 재판 중인 30여 명에 대해 일본 정부는 히로히토의 장례식에 맞춰서 '정령대사政令大赦'를 내놓았다. 기소자체가 부당하고 무죄판결이 당연한 재판을 일본 정부는 히로히토의 이름으로 중지하고, 다른 한편에서는 16세의 조선인과 중국인 소년 소녀에게는 강제로 계속 지문날인을 시켰다.(지문날인 거부·외국인 등록법 파기에 대한 투쟁의 열기를 제압하기 위해서 일본 정부는 1988년 6월 1일부터 지문날인 강제를 1회에 한정하여 개정하고 16세의 소년 소녀로 강압의 표적을 좁혔다)

1985년 가을 가이난海南에 사는 14세의 소년은 가이난시와 법무성이 '동화운동추진월간'이나 '인권주간'을 겨냥하여 모집한 작문에 "이 사람들(지문날인 거부하고 있는 사람들)과 함께 싸워야만 한다"고 쓰고(『인권 존중 작문집』 가이난시 인권존중 추진위원회 외, 1985), 다다음해 1월 소년은 지문날인을 거부하였다. 또한 올해 3월초, 욧카이치四日市에 사는 소년은 지문날인을 거부하고 "지금부터는 적당히 살아갈 수 없다"고 말했다고 한다.(『「連帯する会」뉴스』 23호, 지문날인거부에 연대하는 미에三重모임, 1989.3.30)

재일조선인이 인권을 지키려는 투쟁은 히로히토의 이름에 의한 '대사大赦'를 거부하는 각지의 광범위한 운동을 비롯한 어떠한 투쟁도 모두 항상 예민하게 천황제와 천황문제에 관련되어 있다.

7. 결론

수많은 사람들의 목숨을 빼앗은 책임을 계속 회피하고 권력의 자리에 있던 히로히토는 나의 증오심을 불러일으킨다. 그 표정은 인간으로서 가장 소중한 것을 망가뜨리고 있는 것 같다. 이 사람 앞에서 황공해하는 일본인의 태도는 정말 추하다.

작년 가을 히로히토가 중태에 빠진 이후 '방명록'중에는 젊은 사람도 적지 않았다. 그것은 일본 국가권력과 엄청난 미디어의 정보조작에 의한 것이었겠지만, 젊은 일본인이 '방명록'에 이름을 적는 영상을 보고 두려워한 것은 나 한 사람만이 아니다. 일본에서 유학하고 있는 인도네시아의 한 여학생은 "우리나라 국민은 전쟁을 잊지 않고 있다 (…중략…) 궁전에 사람들이 모여드는 것을 보고 무서워졌다"고 말했다.(『朝日新聞』, 1989.1.17)

젊은이를 포함한 많은 일본인은 왜 천황제와 천황을 그대로 받아들이고 있는 걸까?

천황의 존재를 승인하는 사상은 평등사상과 대립된다. 천황의 존재는 인간은 평등하다는 당연한 감각을 소외시킨다. 1868년 왕정복고 이래 오늘날까지 천황의 존재는 일본인의 평등감각, 인권감각을 지속적으로 소외시켜 왔다.

왕정복고 이후 강화된 일본 내의 피차별 부락민에 대한 차별은 천황제 강화와 대응된다. 그리고 일본 내에서의 차별은 일본 국외로 향한 경우에는 보다 중층적이고 보다 강화된다.

　평등감각, 인권감각이 무뎌진 일본 대중은 국내에서도 국외에서도 비일본인 학살을 태연하게 실행할 수 있게 되었다. '황군'의 병사와 일본인 경찰, 일본인 지역주민에 의한 1895~1915년의 타이완에서의 학살, 1920년 10월 간도間島에서의 학살, 1923년 9월의 관동関東에서의 학살, 1930년 10~12월의 타이완台湾에서의 학살, 1937년 12월 남경南京에서의 학살, 1942~1943년 말레이시아, 싱가폴에서의 학살, 1943년 10월 칼리만탄섬 폰티아나크에서의 학살, 1945년 2월 마닐라에서의 학살은 비일본인에 대한 일본인의 차별 감각이 태연하고 비일본인을 살상할 수 있는 데까지 와 있다는 것을 보여주고 있다.

　1980년대에도 일본인 상사원商社員은 아시아의 민중으로부터 '양복을 입은 일본병사'라고 일컬어지는 활동을 하고, 일부 일본 민중은 아시아 각지에서 매춘을 하며 남아프리카 공화국산의 금으로 만들어진 '천황 재위 60주년 기념 금화'를 사서 흑인차별(학살)에 가담하였다. 그러한 일본 민중의 모습을 계산하면서 일본 외무성은 남아프리카 공화국대표를 히로히토의 장례식에 참가시켰다.

　천황의 존재는 민주주의에 대립하는 것이고, 배외주의를 강화하는 것으로 날마다 차별을 재생산한다.

　차별을 극복해가려는 일본인 학자 한 사람이 '위로는 천황차별, 아래로는 아이누족 차별과 부락민 차별, 오키나와 차별, 그리고 외부로는 재일조선인 차별이다. 이와 같은 절대차별은 일본이라는 조직·단체에 있어서 이른바 사람에게 사람이 아닌 사람을 만들어 냄'으로써 천황도

아이누도 피차별 부락민도 오키나와沖繩 사람도 재일조선인도 모두 '절대피차별자'이고 '보통 인간'의 희생자라고 주장한 적이 있다.(西順藏, 『日本と朝鮮の間』, 影書房, 1983) 천황 일족이 희생자라는 전도된 주장은 히로히토는 자신의 판단으로 행동할 수 없고 천황제의 희생자였다고 하는 식의 히로히토 면죄론자의 '논리'와 동질이다. 히로히토의 역사적 범죄행위의 거대함을 알려고 하지 않는 일본인은, 차별에 대해서 생각할 경우에도 '절대피차별자' 등의 조어를 사용하여 애매하고 이해하기 어려운 문체로 히로히토를 희생자인 것처럼 써서 '패전 전까지는 천황을 신처럼 모시고 천황이라는 인간에게 무례를 가했다……' 등으로 말할 수 있는 것이다. 천황 일족은 결코 아이누, 피차별 부락민, 오키나와인, 재일조선인과 동일한 용어로 규정될 만한 집단이 아니다.

천황제가 유지되어 천황 일족에게 거액의 세금이 충당되고, 또한 일본관헌에게 보호받아 생활하며 '국사'나 '복지활동'을 행하고 있는 한 일본사회는 평등사회가 될 수 없다.

히로히토 시대 말기인 1988년 4월, 시즈오카静岡에서 필리핀 여성 한 명이 아사餓死하고, 같은 해 10월에는 삿포로札幌에서 한 명의 어머니가 생활 보호비가 끊겨서 아사했다. 매년 겨울, 동경이나 오사카의 공원과 노상에서 추위와 병으로 인해 백 명이 넘는 최하층 사람들이 사망한다. 그리고 그 대극対極에 있는 천황과 그 일족은 천황 일족이라는 이유로 일본국가에서 매년 거액의 세금을 받아서 거대한 저택에서 풍유로운 생활을 지속하고 있다.

천황제와 천황 문제는 인간의 존엄과 해방에 관련된 근본문제이다.

왜, 인간의 불평등과 차별의 상징인 천황의 존재가 허락되고 있는가?

물론, 왕이 존재하지 않은 사회에서도 평등사회는 실현되지 않고, 차별도 해소되지 않는다. 왕정제 폐지는 평등사회실현을 위해 충분조건이 아니지만, 필요조건이다. 왕이 존재하는 사회는 결코 민주주의 사회일 수가 없다.

현재 아시아에서 일본 이외에 왕제가 유지되고 있는 것은 태국, 말레이시아, 보로네오, 부탄, 네팔의 5개국이다.

일본의 왕과 다르게 이들 5개국의 왕은 타국침략의 최고책임자가 된 적은 없다. 그러나 태국 국왕과 그 일족은 1976년 9월 피의 수요일에 확실히 나타나듯이 태국지배층에 의한 민중억압의 정점에 서 있고, 말레이시아의 왕(9지역의 왕이 5년마다 교대)은 말레이시아인 우선의 차별사회의 중핵이 되었고, 부탄왕은 라마 고급승려를 이용해 민중을 정치·경제·문화적으로 억압하고,(현재 국왕 왕추크는 히로히토의 사후 3일간 민중에게 추모케 하여 히로히토의 죽음을 자신의 권력 연명에 이용했다) 네팔의 왕은 네팔 회의파, 네팔 공산당을 비합법화 하고 카스트제도 위에서 민중을 지배하고 있다.

현 왕제의 각각의 성립과정, 성격, 왕에 대한 권력집중도는 동일하지 않다. 모든 국가의 왕제도도 권력의 유무에 의한 또는 빈부의 차별을 일상적으로 재생산하는 역할을 하고 있으며, 종교, 직업, 신분, 성, 인종, 민족에 의한 차별을 고착화시키는 역할을 하고 있다.

천황제를 비롯하여 모든 왕제는 반드시 폐지해야만 하는 것이고 언젠가는 반드시 폐지될 것이다.

(번역 : 한해윤)

변용 개념으로서의 재일성

재일조선인문학 / 재일문학을 생각하다

윤건차 尹健次

1

여기서 '변용 개념으로서의 재일성'은 우선 패전 / 해방 후의 재일조선인 문학에서 '재일'이 어떻게 표현되어 왔는가 혹은 '재일'이라는 현실이 그 문학 작품에 어떠한 영향을 끼쳤는가를 주제로 한다는 것이다. 따라서 시대에 흐름 안에서 '재일'의 내실을 살펴볼 것인데, '재일'이라는 단어는 그 자체로 '재일조선인'을 원형으로 하면서도 여러 가지 뜻을 내포한다. 게다가 '변용'이라는 표현을 쓰는 한 고정적이 아니라 가변적인 것임을 의미하나, '재일'이라는 틀 안에 넣는 이상, 그 가변성 역시 한정적인 성격을 띠게 된다.

일반적으로 '재일조선인문학' 내지는 '재일문학'이라는 장르가 있고, 그 안에 '재일조선인' 혹은 '재일'이 쓴 시가·소설·희곡·수필·평론 등의 문학 작품이 있다고들 한다. 하지만 실제로는 재일조선인과 재일이라는 명칭의 사용법이 이미 애매하여 종잡을 수 없다. 재일조선인이 누구이며, 재일은 무엇인가를 정의하는 것 자체가 어려운 일인데, 재일조선인문학 혹은 재일문학에 대해 묻는다는 것은 그것만으로는 수습하기 힘든 논의가 될지도 모른다.

따라서 여기에서는 30년 가까이 '재일조선인작가를 읽는 모임'을 주재하고 재일조선인문학 / 재일문학에 각별한 관심을 가져온 일본인 이소가이 지로磯貝治良의 작업을 염두에 두면서 필자 나름대로 '변용 개념으로서의 재일성'이라는 주제에 대해 생각해보고자 한다. 얼마 전에 나고야대학 유학생센터에서 「'재일'문학의 시대―작가 이소가이 지로를 모시고」라는 포럼이 개최되었을 때 필자도 거기에 참가해 약간의 발언을 할 기회가 있었는데, 이소가이 지로의 작업을 주목하고 이를 출발점으로 삼아 이 주제를 생각해보는 것이 더 이해하기 쉬울 것이라고 판단하기 때문이다.

우선 외부에 발송된 포럼의 '안내'를 살펴보면 다음과 같이 쓰여 있다. "전후 60년, 수많은 작가를 배출해왔던 재일조선인문학은 일본어 문학권의 전후 문학사에서 중요한 위치를 차지하며 커다란 덩어리를 형성해 왔습니다. 차별과 빈곤, 그리고 조국의 분단이라는 정치 상황에 농락당하면서도 늘 시대와 마주보며 진지한 말을 던져온 재일조선인문학은 '세계문학'을 관통하는 빛을 발하고 있습니다"라고 언급되어 있다. 실제, 포럼의 메인은 이소가이의 강연 '우뚝 솟은 재일조선인문학의 세계'였는데, 거기에서는 '재일조선인문학'이라는 명칭이 확고부동한 것처럼 사용되고 있었다. 단 최근의 이소가이는 재일조선인문학을 대신하여 ''재일'문학'이라는 용어를 많이 사용하는 것으로 보이며, 2006년 구로코 가즈오黑古一夫와 함께 면성勉誠출판에서 간행된 재일조선인문학전집에는 『'재일'문학전집』(전18권)이라는 제목이 붙어있다.

'재일조선인문학'과 '재일문학 / '재일'문학'이라는 명칭의 차이는 무엇인가, 이소가이의 관점을 검증하는 것은 이를 둘러싼 타당성뿐 아니라 '변용 개념으로서의 재일성'을 논하는 하나의 열쇠가 될 것이라고 생각한다. 실제로 이소가이는 전집 간행에 대해 "재일조선인문학이 아니라 '재일'문학으로 이름 붙인 것은 재일조선인문학이 변용됨에 따라 그러한 호칭이 어울리는 작가의 작품도 수록되어 있기 때문이고, 동시에 '재일'에 달린 괄호에는 재일조선인의 역사성과 존재성의 담겨있다"(『민족시보』, 2006.6.15)라고 말하고 있다.

재일조선인 사회에서 1세의 시대가 멀리 뒤편으로 물러나고, 2세와 3세, 그리고 4세가 중심이 되는 과정에 있다는 사실은 이론의 여지가 없다. 이러한 현실에 대해 민족성과 재일성이 풍화되었고, 심지어 일본 사회에 완전히 동화되었다는 시각을 당연시하는 경향까지 있다. 하지만 2세, 3세, 4세라는 호칭은 그 자체로 재일을 일반 일본인과 구별 짓고 있으며, 나아가 이들 세대가 일본인과 다른 역사성과 존재성을 떠안고 있다는 사실을 전제한다고 할 수 있다. 또한 재일조선인 내지는 재일이라고 말할 때 그것이 차별사회인 일본의 외국인등록증에 기재된 국적 표시와 깊이 관계한다고는 하나, 기본적으로는 개개인의 아이덴티티의 존립방식에 의해 결정적으로 좌우되는 것이고, 특히 문학표현에 있어서는 그렇다고 생각된다. 그런 의미에서 재일조선인문학 / 재일문학의 '변용 개념으로서의 재일성'이라는 것은 한 사람의 작가와 그 문학작품에 나타난 '가변적' 또는 '한정적'인 아이덴티티의 내실을 어떻게 생각할지의 문제가 될 것이다.

이 경우 개인의 아이덴티티 표현을 '재일성'으로 생각할 수도 있겠지만, 그것은 결코 객관적인 형태로 존재하지 않는다. 나아가 '재일성'은 늘 긍정적인 것이 아니며, '부친'과의 갈등과 일본인에 대한 열등감과 같이 부정적인 부분을 포함한다는 사실 역시 분명하다. 실제로 재일조선인문학 / 재일문학에 관해서 생각해봐도, 자칭·타칭의 '재일'이 존재하지만, 다른 이에게 재일이라 불릴 때 당사자가 위화감을 느끼면서 그 명칭을 부정하고 거부하는 예 역시 적잖이 있다. 유미리柳美里와 가네시로 가즈키金城一紀가 앞서 언급한 『'재일'문학전집』에 자신들의 작품이 수록되는 것을 거절한 이유도 이와 관련이 있을 것이다. 또한 성장 과정에서 청년들 다수가 '재일'이라는 현실을 완강히 부정하고자 하는 것은 재일조선인사회에서는 오히려 상식이라고 할 수 있다. 나중에 다루겠지만 그중에는 한반도 출신의 저명한 '재일'작가이면서도 스스로를 '일본인'으로 규정하며 조선과의 관계를 애매한 형태로 이어가고자 했던 작가가 존재했던 사실 역시 틀림없다.

2

　여기서 우선 '재일조선인'이란 무엇인가에 대해 확인해 두고자 한다. 단적으로 말해 재일조선인은 일본이 조선을 식민 지배한 결과 만들어진 '민족' 집단이고, 그런 의미에서 재일조선인은 일본에 남겨진 식민 지배의 유산이다. 패전 / 해방이 그 분수령이지만, 해방을 맞이한 재일조선인 대부분은 조국 해방에 환희하고, 독립국가 건설에 매진하고자 했다. 하지만 현실에서는 그날그날의 양식도 구하기 어려운 심한 생활고에 직면해야 했고, 돌아가야 할 조국은 남북의 분단 통치로 인해 몹시 혼란스러웠다. 그리고 무엇보다 재일조선인을 힘들게 했던 것은 내면화된 '황국신민'의 잔재와 투쟁하면서 '조선인'으로 되돌아가야 한다는 사실이었다. '황국신민'의 이름 아래, 한때는 '일본인'으로 살아가고자 했던 조선인에게 자기를 응시하고, 조선인으로서의 내실을 획득하는 과정은 더할 나위 없이 어려웠을 것이기 때문이다.

　이른바 천황을 정점으로 한 일본의 권위적 질서를 내면화했던 조선인에게 해방은 그 어떤 매개도, 자기변혁도 없이 맞이한 정치적 사변이었다. 따라서 조선인으로서의 주체 형성을 위해 일본사회를 비판적으로 바라보는 것은 당연한 수순이었고, 이를 위해 자기 내면에 있는 '황국신민'의 잔재＝'내 안에 있는 천황제'와 어쩔 수 없이 대결해야 했다. 뿐만 아니라 재일조선인은 그 출발부터 '분단시대'를 살아야 했고, 남한과 북한, 그리고 실제 살고 있는 일본이라는 세 국가 사이에서 신음하게 된다.

재일조선인문학 / 재일문학은 이러한 여러 조건들 속에서 규정되었지만, 그 내실을 살피기 전에 재일조선인의 역사와 재일조선인문학은 기본적으로 패전 / 해방 이후에 시작되었다는 사실에 주의해 둘 필요가 있다. 재일조선인문학에 대해 쓴 사전과 해설 중에는 재일조선인문학의 시작을 근대 일본에서의 조선인 문학 활동으로 드는 예가 존재한다. 1880년대 초기에 조선정부사절단의 일원으로 일본에 건너와, 4년간 체재한 이수연李樹延의 문학 활동을 재일조선인문학의 효시로 간주하고, 이후 일본에 유학한 이광수李光洙, 최남선崔南善, 전영택田栄沢 등의 작품까지 그 귀중한 성과로 보는 견해가 그것이다.

하지만 이러한 관점은 현시점에서 재일조선인문학 / 재일문학을 생각할 때 불필요한 혼란을 일으킬 여지가 있다. 조선이 일본제국의 식민지였던 시기에는 많은 조선인들이 두 나라를 왕복했고, 한반도에 사는 조선인과 일본에 사는 조선인을 적절히 구분하기가 어려웠다. 따라서 내선일체가 강조되던 시기에 이광수가 발표한 문학작품 모두 재일조선인문학에 속한다고 할 수 없다. 같은 의미에서 식민지시대에 일본에서 발표된 김사량金史良의 『빛 속으로光の中に』(1939) 또한 재일조선인문학으로 받아들이는 것은 적당하지 않다고 생각한다. 여기서 지금 '적당하지 않다'가 아니라 '적당하지 않다고 생각한다'라는 애매한 표현을 사용한 것은 때와 경우에 따라, 또 쓰는 사람에 따라 판단이 다르다는 것을 고려했기 때문이다.

『'재일'문학전집』에는 김사량의 작품이 장혁주張赫宙·野口赫宙, 고사명高史明의 작품과 함께 같은 권에 수록되어 있다. 이소가이는 그 이유에 대해 김사량의 작품, 특히 『빛 속으로』가 김달수金達寿와 김석범金石範, 그리고 이회성李恢成 등의 창작에 큰 영향을 미쳤기 때문에 빼기가 힘들었다고 설명하고 있다. 말하자면 김사량 문학은 재일조선인문학의 '전사前史'가 된다고 언급하고 있는 것이다. 이러한 설명이 이해할 여지가 있는 것은 사실이나, 단 원칙적으로는 역시 패전 / 해방 전에 일본에서 문학 활동을 하지 않았던 사람, 혹은 한반도에서 살았던 사람은 재일조선인문학에서 제외하는 것이 옳다고 생각한다. 그런 의미에서 2006년 간행된 『재일코리안 시 선집』이 1916년부터 2004년까지의 시기를 대상으로 삼아 식민지시기의 작품까지 수록한 것은 불필요한 혼란을 초래했을 뿐이라고 판단된다.

다만 개개인의 생활과 연속성을 고려할 때, 패전 / 해방을 계기로 문학작품이 갑자기 생긴 것이 아니라는 사실은 말할 것도 없다. 김달수를 시작으로 장혁주 등의 작가들은 패전 / 해방 전부터의 연속성 속에서 작품을 발표한 것이며, 그런 의미에서 비록 식민지시대의 문학 작품이라 하더라도 현재로 이어지는 문학 활동은 오늘날의 재일조선인문학 / 재일문학의 범주에서 생각할 수 있고, 또 그래야 한다고 본다. 그렇게 되면 김사량의 『빛 속으로』가 재일작가로서 계속해서 활약했던 이은직李殷直의 『흐름ながれ』와 함께, 1939년 아쿠타가와芥川상 후보작으로 선정되었던 일을 어떻게 생각해야 하는가와 같은 문제가 발생하겠지만, 이 문제 역시 오늘날의 재일조선인문학 / 재일문학이라는 큰 틀에서 판단할 필요가 있을 것이다.

필자가 아는 범위에서 이소가이는 재일조선인문학 / 재일문학에 대

해 2권의 평론집을 출간했다. 『시원의 빛―재일조선인문학론始原の光―在日朝鮮人文学論』(1979, 創樹社)과 『'재일'문학론在日'文学論』(2004, 新幹社)이 그것이다. 전자는 작가론으로 김사량, 김달수, 김석범, 오림준吳林俊, 김시종金時鐘, 김태생金泰生, 이회성, 고사명을 다루고 있는데 김학영金鶴泳이 빠져있다. 후자는 작가론보다는 재일조선인문학의 전체상을 그리는 작업에 고심하면서, ''재일'문학'의 정의와 변용 그리고 소개에 힘을 쏟고 있다. 이소가이는 이외에 『전후 일본문학 속 조선한국前後日本文学の中の朝鮮韓国』(1992, 大和書房)이라는 저서도 출판했는데 그 안에서 '일본명'재일조선인작가 다치하라 마사아키立原正秋, 이이오 겐지飯尾憲士, 미야모토 도쿠조宮本得蔵, 쓰카 고헤이つかこうへい, 이주인 시즈카伊集院静, 다케다 세이지竹田青嗣, 사기사와 메구무鷺沢萌를 다루고 있다. 이 같은 이소가이의 작업은 전체적으로 잘 구성되어 있어 재일조선인문학 / 재일문학 연구에서 필수 문헌이라고 할 수 있다.

그런데 이소가이는 『'재일'문학론』의 첫머리에서 재일조선인문학의 변천을 3개의 시기로 나눠서 논하고 있다.

첫 번째는 '정치의 계절'로 패전 / 해방부터 북송사업이 절정에 달해 있었던 1960년대 초까지이다. 이 시기에는 한반도가 그 어떤 계산과 완충 장치도 없이 귀속되어야 할 장소로 여겨졌고, 문학에서도 대부분 모국으로 그려졌던 상황이었기 때문에 일본어문학권임을 전제로 하는 '재일조선인문학'이라는 호칭 또한 유포되기 힘들었다고 지적한다. 이른바 조선인이 쓰는 작품이 존재한 것에 불과했고 김달수를 예외로 하면 일본 문학계는 이들 작품을 인지조차 못했다고 그는 지적한다.

김달수, 허남기許南麒, 이은직, 강순姜舜, 김시종 등으로 대표되는 이 시기의 문학은 조국 문학과 동일한 '민족문학'으로 의식되었다고 볼 수 있다.

두 번째는 1960년대 중반 이후로 '재일조선인문학'이라는 호칭이 유포되고, 그것이 일본어문학 안에서 독자적인 영역을 형성하기 시작한 시기이다. 김석범, 김학영, 이회성, 고사명 등이 활약하면서 재일조선인의 불우한 역사성과 현재에 입각해서 민족적 자아의 갈등과 주체 탐구를 실존적으로 주제화하고자 했다고 그는 언급한다. 이이오 겐지와 다치하라 마사아키도 활약했지만, 일본 이름인 탓에 재일조선인문학으로는 인식되지 않았다고 이소가이는 덧붙이고 있다.

세 번째는 1980년대 중반 이후로 바야흐로 재일조선인문학 세계에서 새로운 현상이 일어나, '재일문학' 또는 ''재일'문학'이라 부를 수밖에 없는 상황이 도래한 시기이다. 간략하게 정리하면, 일본사회로 동화되어가는 가운데 일본명의 작가가 다수 등장하게 되었는데, 이들 작품에서는 재일성이 더 이상 아이덴티티의 근거로 기능할 수 없게 되었다고 이소가이는 지적한다.

약간 중복될지도 모르겠지만, 이소가이가 쓴 다른 글을 소개하면, 재일조선인문학은 해방 후(전후) 60년 사이에 주제, 작풍, 일본어를 대하는 자세 등에서 그 성격이 변용되어 왔다고 그는 설명한다. 대략적으로 말하면, 제1문학세대는 식민지체험에 입각한 조국지향, 제2문학세대는 민족성 확립에 따르는 갈등, 제3문학세대는 일본사회로 동화하는 과정에서의 아이덴티티 모색으로 구분할 수 있는데, 이를 이소가이는

'재일조선인문학'에서 ''재일'문학'으로의 변용이라고 부르고 싶다고
기술하고 있다.(전술『民族時報』)

3

　　재일조선인문학 / 재일문학을 생각할 때 기본적인 것은 그것이 일본
어로 쓰여 있다는 사실이 아닐까 싶다. 이소가이는 제1기인 1960년대
초까지는 귀속해야할 조국과 관계를 맺으며 문학 활동도 대부분 모국
어로 이루어졌다고 지적하는데 꼭 그렇지만은 않았을 것이다. 허남기
의 시는 일본어뿐 아니라 조선어로도 발표되었으며, '북北'의 신문과 잡
지에 게재된 후 단행본으로도 간행되었던 것이 확실하다. 그의 조선어
작품은 본국의 시와 같은 것으로 인식되었고 따로 구별한다고 해도 '해
외동포' 또는 '재일동포'의 창작으로 취급되었던 것으로 추정된다. 그
러나 김달수와 허남기, 그리고 김시종과 같은 작가에, 비록 얼마 안 있
어 민족적 주체성을 잃어버리긴 하나 장혁주와 같은 작가가 일본어 작
품을 적잖이 발표하여, 또 현재에 이르는 시대의 흐름에서 재일조선인
문학 / 재일문학이 '일본어문학권·전후 문학사에 있어서 중요한 위치
를 차지하고'있다면 어디까지나 원칙론이긴 하지만 재일조선인문학 /
재일문학을 일본어로 창작된 작품으로 한정해도 크게 문제는 없을 것
으로 생각한다. 실제 조선어로 창작 활동을 이어가고 있는 총련계 작가

들은 자신의 작품이 재일조선인문학 / 재일문학의 범주 안에 포함되는 것을 거부하고 있는 것으로도 보인다.

이 경우 일본어로 쓰는 것이 재일의 역사성과 존재성을 망칠 것이라는 시각은 잘못되었다. 물론 김석범이 부끄러움을 담아서 "모국어를 상실한 채 과거 지배자의 말로 쓸 수밖에 없다는 사실에는 역시 일종의 통한의 정을 느낄 수밖에 없다"(『말의 주박ことばの呪縛』, 筑摩書房, 1972)라고 언급한 것은 틀림없다. 하지만 실제로 과거 식민지 종주국이었던 일본에 살며 일본어를 일상적으로 사용하고, 또한 독자의 압도적 다수가 일본어 사용자라는 조건 속에서 일본어로 피억압민족의 역사와 차별, 그리고 재일의 현실과 조국을 향한 그리움을 표현하는 행위는 비난받을 일이 아니며 오히려 이소가이가 지적했듯이 '제국언어에 순종하지 않은' 다른 언어의 세계를 발견하는 것이기도 하다.(전술『民族時報』) 사실상 황민화교육을 받은 김시종에게 밀항으로 건너온 나라 일본에서 일본어로 쓴다는 행위는 그 자체로 '나의 사고 질서에 완고히 자리하고 있던 일본어에 대해 내가 자학적으로 대면하는 방법'이었다. 김시종이 "미숙한 일본어를 철저히 다듬어 가되 능숙한 일본어에 길들지 않는 자신으로 있는 것. 그것이 내가 생각하는 일본어에 대한 보복입니다. 나는 일본에 대한 보복을 완수하고 싶다고 항상 생각하고 있습니다"[1]라고 언급했을 때, 문학을 통해 재일을 짊어지고 고군분투하는 행위가 실은 세계와 보편을 향한 과정임을 깨닫게 한다.

---

1 金時鐘,『わが生と死』岩波書店, 2004.

이러한 전제하에 논의를 이어가자면, 문학이 본래 어떤 특정한 시대 상황에 항거하면서 자기를 표현하는 것이라고 할 때, 재일조선인문학은 그 출발에서부터 피지배의 역사, 민족과 조국문제, 나아가 그러한 조건 속에서 실존하는 생의 문제와 싸워가야 할 운명이었다. 이것이 바로 1세대 재일조선인 작가의 '재일성'의 핵심이었다. 실제로 해방 직후에 『민주조선民主挑戰』과 『조선문예朝鮮文芸』 등의 잡지가 간행되면서 김달수, 이은직, 장두식張斗植, 허남기, 강순 등이 눈부신 활동을 시작한다. 김달수는 『현해탄玄海灘』(1954)에서 해방 전 조선지식인의 민족성 자각을 그렸고, 장두식은 『어느 재일조선인의 기록』(1966)에서 고난에 가득찬 재일의 생활을 묘사했다. 60년대에 이어진 이은직의 『탁류濁流』와 김석범의 『까마귀의 죽음鴉の死』, 그리고 김달수의 『태백산맥太白山脈』 등의 작품은 모두 민족분단이라는 비극 앞에서 자신들의 과제를 응시하고자 한 노력이었다.

본디 문학은 시대를 응시하고 그 안에 자신의 생활과 사상을 표출시켜 때로는 미래에 대한 지향과 목표를 소재로 삼는 것이다. 그런 점에서 재일조선인문학은 일본과 조선 근대사의 양방향에서 규정할 수밖에 없고, 그 안에서의 지향과 목표 또한 두 나라의 시대적 과제를 짊어지게 된다.

그런 관점에서 볼 때 일본 근대사는 크게 세 개의 축이 존재했다고 생각한다. 하나는 서양의 일본침략으로 서양의 입장에서 보면 새로운 자본주의 시장의 획득이었고, 다음은 그에 대항해서 일본이 천황제국가를 창출하여 천황중심의 국가건설과 국민통합을 노렸던 것이었으며, 마지막은 그러한 노력만으로는 현실의 강대한 침략에 대항하기 어렵다는 판단하에 독립 확보를 위한 아시아 침략을 개시한 것이었다. 국가의 이념 장치인 국민교육을 살펴보면 서양숭배 사상과 천황제이데올로기, 그리고 아시아 멸시관이라는 세 개의 축을 바탕으로 일본 '국민'의 아이덴티티를 구성해 갔다고 할 수 있다. 한편 조선 근대사의 세 축은 반제국・반봉건주의 투쟁, 식민지 근대의 강요, 남북분단이었고, 따라서 미래를 향한 지향과 목표는 반제국・반봉건주의에 대한 투쟁을 전개하고, 식민 지배의 잔재를 청산하며, 남북분단을 극복한다는 것을 의미했다.

위의 관점은 사회과학적인 접근에 가깝겠지만, 재일조선인문학이 이러한 틀 안에서 동일한 과제를 짊어지고 있다는 사실은 부인하기 어렵다. 게다가 그 본질적 규정을 위해 재일조선인문학은 일본과 조선 근대사의 세 축을 동시에 의식할 수밖에 없었을 것이다. 사실상 김달수를 비롯한 1세대 작가들의 창작은 역시 기본적으로는 이러한 문제의식 하에서 진행되었다고 봐도 좋다. 그렇다고 하면, 당초에는 조선의 현실을 직시하면서 집필 활동을 이어갔던 장혁주가 점차 민족적 주체성을 상실하고, 스스로 나락의 길로 빠지게 된 것을 어떻게 평가해야 할지가 문제가 될 것이다. 이는 조선 근대문학의 개척자였으나, 해방 전에 '친일파'로 전락한 이광수의 문학을 어떻게 평가해야 하는가와 같은 문제와도 연결되는데, 결론부터 밝히자면 이광수의 문학 역시 조선근대문학에서 빼놓을 수 없는 위치를 차지하고 있다. 그런 의미에서 장혁주의 문학도 재일조선인문학에 속한다고 할 수 있으나 단 그 내실은 먼저 말했던 '재일성'을 반전反轉시킨 것, 즉 '재일성'의 부정적인 부분이라고 평

가할 수 있다. 실제로 장혁주는 장편 『오호조선嗚呼朝鮮』(1952) 이후 자전적 장편 소설 『편력의 조서編曆の調書』(1954) 등의 작품을 썼는데, '친일'행위라는 결정적인 부의 유산과 정면에서 대치하는 것을 피하면서도 조선출신의 '나'란 존재에 계속해서 집착하는 내용을 그리고 있다.

재일조선인문학 / 재일문학이라는 것을 생각할 때 만약 이소가이가 말한 '일본명' 재일조선인작가의 존재를 부정한다면, 1980년대 이후 등장한 젊은 세대의 작가를 정당하게 평가할 수 없다는 우려가 있고, 재일조선인문학 / 재일문학의 정의 그 자체가 의심스러워질 수 있다. 그렇다면 '일본명' 재일조선인작가의 대표적인 존재인 다치하라 마사아키를 어떻게 평가할 것인가가 매우 중요한 문제가 된다. 주지하는 바와 같이 다치하라 마사아키는 본명이 김윤규로 경상북도 안동군에서 태어난 재일조선인 1세이다. 그는 스스로를 양반 이 씨와 일본인의 혼혈이라 말하면서 실제 출신을 숨겨왔다. 제아미世阿弥의 『후시카덴風姿花伝』에 나타난 예술론과 일본 중세문학에 깊은 영향을 받아, '중세'를 자신의 창작 거점으로 삼고 싶다고 그는 이야기한다. 대표작으로는 『겨울 여행冬の旅』, 『남은 눈残りの雪』, 『겨울의 유산冬のかたみ』 등이 존재하며, 제55회 나오키상直木賞까지 수상한 그는 일본문학의 대가라고 평가할 수 있다.

다치하라 문학은 일본문학인가 아니면 재일문학인가. 이것은 분명히 커다란 문제일 것이다. 『쓰루기가사키剣ヶ崎』(1965)에서 그는 혼혈은 죄악인가라는 명제를 제시한 후 일본인과 조선인(한국인)을 넘지 못할 대극에 위치한 존재로 설정하면서 일본의 섬나라 근성을 비판했지만, 한편으로는 주인공으로 하여금 일본인으로서 살아가고자 하는 각오를

말하게 한다. 이러한 지점에 작가가 떠안고 있었던 고독의 깊이를 엿볼 수 있는데, 단 다치하라가 내면 깊숙한 곳에서 평생 조선을 의식했던 것은 확실해 보인다. 그런 점에서 그의 문학의 특징이 미의식의 추구에 있고, 완전한 일본인으로 거듭나고자 했던 그에게 이러한 미의식이 작가로서의 아이덴티티의 핵심이었다고는 하나, 그 안에는 민족을 둘러싼 아릴듯한 갈등 역시 존재했다. 다시 말해 출신을 숨겨가며 '고독' 속으로 침잠한 것으로 보이는 그의 문학은 우회적이긴 하지만 재일조선인 문학과 이어진 무언가를 갖고 있다고 생각된다.

'고독'은 재일조선인 작가라면 누구나가 내면 깊숙이 간직할 수밖에 없었던 것일지도 모른다. 김석범의 『까마귀의 죽음』에서는 고독이라는 단어가 작품의 거의 마지막에 등장하는데, 작중 주인공의 "충만감 속에 그는 고독을 밀어냈다", "모든 것이 끝나고, 모든 것이 시작되었다— 그는 살아야 된다고 생각했다"와 같은 묘사와 함께 해방을 지향하는 방향으로 표현되고 있다. 어쩌면 여기에 김석범과 다치하라 마사아키의 문학적 차이가 존재하는 것인지도 모른다. 실제로 다카이 유이치高井有一는 『다치하라 마사아키』(新潮社, 1991)와 『작가의 생사作家の生き死』(角川書店, 1997)에서 다치하라의 고독에 대해 언급하면서 특히 그가 '스스로 구축한 아름다운 허구' 속에서 살아가려 했던(『다치하라 마사아키』)것이라고 지적한다. 스스로 허상을 만들며 살아가는 것이 상상을 초월한 긴장의 연속이었음을 여기에서 짐작할 수 있다.

일본 문학연구자 김정혜金貞惠는 이 같은 긴장감이 다치하라 마사아키를 미적지향으로 인도했고, '문화가 부재했던' 재일조선인 1세 작가로 하여금 '미美'에 대해 일본인 이상으로 집착하게 만들어 무로마치室町 시대의 천민들이 만든 정원과 노能에서 보여주는 일본 전통미에 빠지게 한 이유라고 설명하고 있다. 실제로 김정혜는 다치하라 문학에는 그의 출신을 드러내는 묘사가 곳곳에 존재하며, 또한 그가 살았던 가마쿠라鎌倉는 작가의 출생지인 안동교외와 매우 닮았고, 가마쿠라에 소재한 즈이센지瑞泉寺는 안동교외에 위치한 봉정사鳳停寺와 유사하다고 지적하고 있다.[2] 이렇게 볼 때 그가 완전한 일본인으로 살아야 한다고 집착했다고 해도, 그의 창작의 내면은 조선에 대한 갈등과 집착이 핵심이었다고 할 수 있을 것이다. 다만 그의 문학이 실존하는 생의 표출이었다는 사실은 틀림없으나, 역사적 존재로서의 재일이 피지배의 역사와 민족 그리고 조국과 마주해야 한다는 과제를 짊어졌던 시대에, 장혁주와는 다른 의미에서 '재일성'의 부정적 부분에 갇혀 있었다고 평가해야 할지도 모른다.

4

1960년대 말부터 70년대에 걸쳐서 이회성, 김학영, 고사명, 김태생, 정승박鄭承博, 정귀문鄭貴文, 양석일梁石日, 시인 신유인申有人, 최화국崔華國, 평론가 오림준吳林俊 등이 등장한다. 이회성은 1972년 『다듬이질 하는

---

2 김정혜, 「다치하라 마사아키の美意識と小説的形象」, 『日本語文学』 제35집, 2006.11.

여인砧をうつ女』으로 재일조선인으로서는 최초로 아쿠타가와상을 수상하였고, 이후 2세의 민족적 주체 확립과 조국통일운동 참여와 같은 주제를 적극적으로 그리면서 활동을 지속한다. 1980년대에 들어서면 이승옥李丞玉, 안우식安宇植 등이 민족분단의 고통과 민주화 투쟁을 주제로 한 한국문학의 번역과 소개에 정력적으로 임하게 된다. 이 시기는 남북분단 상황이 고착화되고, 재일조선인의 젊은이들이 정주화를 기정사실로 받아들이면서 '재일'이라는 새로운 호칭이 정착해 가던 때였다.

이소가이는 같은 2세대라 하더라도 후기 2세 작가는 재일을 지향하면서도 여전히 조국지향의 태도를 견지하고 있으나, 한편으로는 1세 작가들과 전기 2세 작가들의 민족이념과는 다른 형태의 지향이 이들에게 보인다고 지적한다.[3] 이는 '재일성'의 변용이라고 할 수 있는데, 조국과의 관계에서 자신을 한층 더 대상화하면서 조국의 사회상황과 민중문화와 연결되고자 하는 지향이 발견된다. 물론 이들의 '재일성'이란 재일지향임에도 민족적 주체에 대한 의지를 포함한 것으로 단락적인 동화에 직결되는 것이 아니다. 조국지향의 민족과 국가, 전통과 문화와 같은 것들이 차별사회인 일본의 현실과 격렬히 부딪히면서, 재일의식 내지는 아이덴티티를 형성했고, 이를 통해 새로운 존재양식을 가진 재일조선인문학이 출현했다고 볼 수 있다.

이소가이의 표현을 빌리자면, 이는 삶의 중심에 '나'를 놓고 개인의 외침을 행동 기점으로 하기 시작한 것이었으며, 시민 의식이 재일사회

---

3   磯貝治良, 「新しい世代の在日朝鮮人文学」, 『季刊三千里』第50号, 1987.5.

에 대두되면서 민족적 주체의식과의 분화 내지는 결합이 시작되었음을 말해준다.(전술 「새로운 시대의 재일조선인문학新しい世代の在日朝鮮人文学」) 그런 의미에서 1975년 와세다 대학 사회과학부에 입학 후 중퇴한 이양지李良枝가 '늘 감추고자 하는 의식과 아니라며 고개를 젓는 자신',[4] 다시 말해 민족적 아이덴티티 확립에 번민한 것은 그녀가 이른바 재일조선인문학의 마지막 지점에 서 있었음을 의미한다고 할 수 있다.

다만 이러한 맥락에서 볼 때 이소가이의 첫 평론집인 『시원의 빛』에서 김학영을 다루지 않은 것은 역시 아쉽다. 데뷔작 『얼어붙은 입凍える口』(1966)에서 작가는 말더듬이인 주인공=작자 개인의 고뇌와 재일조선인의 불우성을 중첩시켜 말더듬과의 분투를 일본사회의 폭압에 저항하고 민족의 진실한 독립과 통일을 위한 과정으로 그리고 있다. 이는 정치보다 인간 실존의 차원에서 문제에 다가가는 방법이었는데, 오늘날의 관점에서 볼 때 김학영에 대한 낮은 평가와 다치하라 마사아키를 바라보는 시선의 빈약함은 이소가이 자신의 조선관, 민족관, 이념성이 크게 영향을 끼친 것으로 생각된다. 솔직히 말해서, 필자 또한 김학영이 군사독재정권에 편드는 것처럼 한국에 출입하고, 민단계 신문인 『통일일보統一日報』에서 칼럼을 담당한 것이 몹시 마음에 들지 않았다. 싫다고 느꼈었다. 그러나 다케다 세이지가 『'재일'이라는 근거』(1983)에서, 김학영 문학에는 '말더듬이'와 '민족문제' 그리고 '아버지'라는 세 개의 커다란 모티프가 있으며, 이것들이 '괴로움의 원질'[5]로 선명한 울림을

---

4 「나는 조선인(わたしは朝鮮人)」, 『푸른 하늘에 외치고 싶다(青空に叫びたい)』, 高文研 수록.
5 竹田青嗣, 「解説」, 『金鶴泳作品集成』 作品社, 1986.

자아내고 있다고 평가한 것은 훌륭한 견해였다고 생각한다.

　다만 이소가이와 마찬가지로 필자 역시 다케다 세이지의 작업을 높게 평가하는 것은 아니다. 이소가이의 말을 원용하면, 그의 평론활동은 민족과의 관계로 봤을 때 일종의 회피현상을 보여주고 있다. 즉 작품해설에 의거한 그의 문학론은 수준이 높지만, 관점은 '조국', '민족', '민중'와 같은 '범형範型'을 부정하고 이른바 탈근대주의의 입장에서 작가의 내면을 조명하는 방식을 취하고 있다. 이를테면 재일의 불우성을 극복해야할 대상이 아니라 그 자체로 응시해야할 문학 주제로 설정함으로써 해방의 회로가 막힌 폐쇄적인 것으로 포착하고 있는 것이다.(전술 「새로운 세대의 재일조선인문학」) 필자 나름대로 표현하자면 재일조선인의 역사성과 존재성과는 떨어진 장소에서의 영위인 것이며, 그러한 태도에는 차별사회인 일본의 현실과 투쟁하거나 남북분단을 극복하고자 하는 관점이 빈약하다고 할 수 있다.

　다케다 세이지는 1996년 「재일과 대항주의」라는 논문을 집필한다.[6] 『'재일'이라는 근거』를 출판한 당시에 재일은 민족인가 동화인가라는 정치적·윤리적 결단을 촉구하는 질문과, 민족주의를 기축으로 할 것인지 아니면 그것을 외면할 것인지에 대한 선택에 직면해야 했는데, 자신은 그러한 질문의 설정 방식이 저절로 무의미해질 것이라고 예상했다고 그 글에서 쓰고 있다. 하지만 현실에서 자신의 예상은 반은 맞고 반은 틀린 것으로 보이며, 재일은 차별에 저항할 근거 또는 재일로 살아가

6　竹田靑嗣, 「在日と対抗主義」, 『岩波講座　現代社会学—民族・国家・エスニシティ』第24巻, 岩波書店, 1996.

는 근거로서 '민족적 아이덴티티'를 대체할 수 있는 본질적이며 새로운 이념을 찾아낸 것은 아니라고 덧붙이고 있다.

이를 있는 그대로 이해하면 재일은 민족적 아이덴티티라는 '극단적인 대항 이념'에 여전히 집착하고 있음을 의미하는데, 민족과 민족주의, 그리고 민족적 아이덴티티는 그 자체로 인간존재의 본원적 위치를 점하고 있다는 점에서 그의 발상 자체가 왜곡된 것은 아니라고 판단된다. 물론 민족과 민족주의, 그리고 민족적 아이덴티티는 용어의 사용방식에서 이미 오해받기 쉬우며, 항상 경계해야 할 여러 문제들을 떠안고 있는 것이 사실이다. 그럼에도 불구하고, 재일 2세는 몰라도 3, 4세들이 지금도 민족적 아이덴티티='민족적 자각'이라는 문제에 시달리는 모습을 볼 때, 민족을 회피한 형태로 문제가 해결될 것이라고는 도저히 생각하기 어렵다. 일본 지식인을 예로 들자면, 과거의 역사학자 이노우에 기요시井上淸와 사상가 다케우치 요시미竹內好가 '민족의 회로' 혹은 '민족적 자각'의 중요성을 강조한 사정은 기본적으로는 지금도 적용된다고 할 수 있다. 단적으로 말하면, 진정한 의미의 '일본인으로서의 민족적 자각'이 희박한 현실에서 일본인과 재일이 공생할 기반은 여전히 취약하다고 할 수밖에 없다. '일본인으로서의 민족적 자각'이라는 말에 아무래도 위화감이 있다면 '일본인으로서의 역사적 자각'이라고 해도 좋겠지만, 그 의미는 별반 다르지 않다.

5

처음에 말했듯이 1980년대 중반 이후, 재일조선인문학 세계에는 새로운 현상이 일어나며, '재일문학' 혹은 ''재일'문학'이라는 개념이 문단에 등장한다. 급격한 세대 교체의 흐름 속에서 일본사회로의 동화가 진행되고, 일본명 작가도 적잖이 등장했다. 이기승李起昇이 『제로한*ゼロハン』(1985)으로 군조群像신인문학상을 수상하고, 이양지가『유희由熙』(1988)로 아쿠타가와상을 수상했는데, 이 두 사람은 재일조선인문학과 재일문학 / '재일'문학에 경계에 위치한다고 할 수 있다. 이들은 일본뿐 아니라 조국으로 생각했던 한국에서조차 '외부자 의식'을 느껴야 하는 이중의 소외감을 그려냄으로써 기존 재일조선인문학과는 구별되는 세계를 표현했다. 여기에 시인 최화국은『묘담의猫談義』(1985)로 제35회 H氏상을 수상하기에 이른다.

1980년대부터 90년대에 걸쳐서 재일을 둘러싼 상황은 크게 변화한다. 세대교체가 이루어지고, 조국과의 관계가 멀어지는 가운데, 일본에서는 경제성장이 지속되면서 '시민'사회화와 세계화가 진행되었고 한국은 군사독재정권에서 민주정권으로 이행하는데 성공한다. 반면 북의 공화국은 경제피폐가 심화되고 국제적으로 고립되면서, 재일을 조국으로부터 유리시키거나 심지어 한국으로 접근하게끔 했다. 이소가이는 이 시기의 재일문학에 대해 '일본명 작가'의 존재를 포함하여 '민족'과 '국가', '조선인'과 '한국인', '재일'성 같은 것들이 아이덴티티의 근거로 거의 기능하지 못하는 상황에서, 재일의 독자적인 세계를 기반으로 '보편성'을 지향하는 것이 아니라, '나'내지는 '인간'과 '인간'의 관계성을 키워드로 문학적 아이덴티티가 설정되어 있는 것으로 보인다며 기존 재일조선인문학과의 차이를 설명한다. 하지만 동시에 '재일문학' 세대가 등장한 현재에도, 재일조선인문학으로서의 '재일문학'을 떠받치고 있는 것은 실은 일본 문학계와는 다른 영역에서 창작활동을 지속하고 있는 작가들이라며 그 사례로 김석범, 이회성, 김시종 등의 기성 작가와 시인들의 이름을 다시 언급하고 있다.(『'재일'문학론』)

여기서 '변용 개념으로서의 재일성'이라는 주제에서 볼 때, 1980년 대 이후의 재일조선인문학 / 재일문학에서, '민족'과 '국가', '조선인'과 '한국인', '재일'성 같은 것들이 더 이상 아이덴티티의 근거가 될 수 없다는 것이 사실이라면 이 주제를 다루는 것이 타당하지 않을 것이다. 이소가이 등이 편집하여 출판한 『'재일'문학 전집』 역시 성립 가능한지가 의심스러울 정도이다. 하지만 실제로 작품들을 읽어 보면, 새로운 세대의 문학도 직간접적으로 민족과 조국, 조선인과 한국인, 재일조선인 같은 문제들에 구애받고 있음이 곳곳에서 확인된다. 전집에 자신의 작품을 수록하지 않았던 유미리는 작가로 데뷔한 후 일본사회의 차별적 압력에 직면하면서 나날이 민족적 갈등을 경험해야 했고, 지금은 조선의 역사에 접근하고 있다고 봐도 좋다. 문단에 등장한 후 자신에게 4분의 1의 재일의 피가 흐르고 있음을 알게 된 사기사와 메구무 역시 할머니의 고향인 한국에서 어학연수를 한 경험을 바탕으로 에세이집을 발간했다.

시 분야에서도 『재일한국인 시 선집』 편자인 사가와 아키佐川亜紀는 남성뿐 아니라, 종추월宗秋月의 생동감 넘치는 시를 비롯한 재일 여성의 생생한 표현들을 소개하면서 독자적인 재일의 시 세계가 창조되는 과정에 있다고 높이 평가한다. 언어의 이화를 통해 '바른 일본어'가 아닌 '새롭고 독자적인 일본어'의 창조. 일본 현대시가 보지 않았던 사회와 느끼지 않았던 감각, 나아가 이르지 못했던 사상의 표출. 재일의 삶을 알리는 역사의 증언. 일본인과 일본어밖에 모르는 재일에게 전하고 싶다는 창작 동기. 일본의 사회, 역사, 문화에 대한 근본적 비판과 남북조선과는 다른 독자적인 존재.(「재일한국인의 시」, 『시와 사상』, 2004.7) 이러한 사가와의 표현이 최근의 재일 시의 특징이라면, 시 영역에서 재일조선인문학 / 재일문학이 존재한다는 사실은 틀림없어 보인다.

이렇게 보면 현시점에서 '재일성'의 핵심은 민족과 국가, 조국과 고향, 전통과 문화라기보다 오히려 '출신' 또는 '내력'에 대한 자각과 집착이라고 봐도 무리는 아니다. 출신과 내력을 받아들인다는 것은 그에 얽힌 역사와 사회의 존립 방식, 그리고 그 이면의 사정에 대해 의문을 품는 것을 의미한다. 당연히 이런 태도는 다수자와 강자 중심의 역사 및 사회의 존재 방식과 성립 과정, 나아가 그 이면의 사정들에 대해 반발하고 반항하며, 또한 그러한 현실을 시정하기 위해 필사적으로 투쟁하는 행위로 이어진다. 소수자와 약자의 입장에 서는 것은 '보편성'에 이르는 회로이며, 이것이야말로 재일의 역사성과 존재성 그 자체를 가리킨다. 나아가 이러한 자각은 피차별 부락과 재일외국인, 장애인과 여성 등의 소수자와 약자의 입장을 이해하는 것으로 연결된다.

실제로 현재의 '재일성' 즉 '재일'의 아이덴티티는 여러 가지 요소가 얽힌 복합적인 것이기는 하나, 무엇보다 자신의 출신과 내력을 확인하는 역사에 대한 성찰이 가장 중요한 의미를 지닌다. 혈연(피)이 아닌 출신과 내력의 자각, 즉 일본과 조선의 불행한 관계 속에서 만들어진 역사에 대한 성찰, 그리고 현재와 미래를 '함께 살아가기'위해서는 불가피한 '함께 싸우기'위한 새로운 아이덴티티의 획득. 그것은 물론 '코스모폴리탄cosmopolitan'이라는 말로는 다 표현할 수 없는 것이다. 알기 쉽게 말하면 '기원'이라는 말과 겹치는 것이지만, 재일조선인문학 / 재일문학의 성립 근거는 이에 대한 자각과 탐구, 또는 집착이 아닐까 생각된다. 비록 그 출발이 무의식적이며 무자각적이라 해도.

(번역 : 이승진)

'재일'에 대한 의견

협조를 위한 모색

문경수文京洙

상식적으로 사람들이 어떤 종류의 정치적인 행동을 취하는 배경에는 언제나 생활의 문제가 있다고 생각해야 한다. '민족'이나 '통일'이라는 재일조선인에게 있어 자명한 전제로 여겨져 온 가치 이념조차 생활자 일반의 일상적인 의식이나 행동으로 지탱되지 않으면 그저 관념적인 도식으로 끝나버린다.

재외 조선인의 문제를 생각할 경우, 본국의 변혁을 요구하는 실천자의 '이념'과, 그 땅에 뿌리를 계속 뻗고 있는 생활자 측의 구체적인 감정과는 본디 괴리되기 쉬운 경향이 있다는 것을 잊어서는 안 될 것이다. 재일조선인의 '정주화'의 진전도, 그런 '이념적인 것'과 '생활적인 것'의 괴리를 불문곡직하고 깊게 만들어왔다.

그런데 이 '괴리'의 문제, 바꾸어 말하면 재일조선인의 '정주화'의 문제가 어느 정도 자각적으로 논의되기 시작한 것은 내가 알기에는 1970년대 중반 무렵부터였다고 생각한다. 가령 76년에 강재언姜在彦 씨가 「재일조선인의 65년」(『계간 삼천리』8호)을 써서 재일조선인 문제의 구조적 변화를 지적하고 있고, 같은 무렵 요시오카 마스오吉岡增雄 씨는 「일본인학교에서의 재일조선인 교육의 재검토」(『무궁화』33~34호)에서 '정착화'하는 재일조선인 자제의 교육 상태를 문제 삼았다. 민단이 일본 정부에 대해서 속지주의 주장이나 지방자치체에의 선거권·피선거권의 간접 요구를 한 것도 이 무렵이고(민단 편『무엇이 문제인가』), 조선총련도 '정주화'라는 표현 자체에는 부정적이지만,『월간 조선자료』(74년 1월~2월호)의 이희수李熙洙 논문 「재일 조선공민의 생활상의 권리에 대한 일본 당국의 차별 정책」이나『조선시보』의 사설 등을 통해서, 재일조선인의 생활권 문제에 그 이전보다 관심을 보이기 시작했다. 또 행정 측의 대응으로서는 예의 사카나카 논문(사카나카 히데노리坂中英德, 「향후의 출입국 관리행정의 모습」,『입관월보』, 176호)이 요즘 발표되어 주목을 모았다.

한편, 히다치日立취직차별재판에 이어서, 오사카大阪, 가와사키川崎 등에서 행정차별반대 움직임이 있고, 기성의 조직적 움직임과는 다소 차원이 다른 생활권 옹호 운동이 산발적이기는 하지만 구체화되고 있었다.

이렇게 요즘 재일조선인의 '정주화'에 기인하는 움직임이나 논의가 전에 없이 활발해졌지만, 그것들은 다소 과장된 표현을 하자면 '정주화'라는 현실이 낳은 혼미 속에서의 모색이라고도 할 수 있는 것이었다.

한국전쟁(1950~53), 「4·19」(1960), 한일조약(1965), 남북공동성

명(1972)과 같이, 시대를 아무리 쌓아올려도 통일에의 전망은 바라기 힘든 채이고, 그 사이 '재일'은 '재일' 나름의 역사를 축적해왔다. 재일 조선인 자제의, 또 그 자녀(3세·4세)의 교육문제가 심각해지는 상황 속에서 '재일'의 종래의 모습이 근본적으로 반성을 요구받고 있다.

1

그런데 이렇게 '재일'이 어떤 종류의 고비를 맞고 있던 이 시기, 재일조선인 운동의 새로운 방향정립과 관련해서 한 가지 주목할 만한 논쟁이 전개되었다. 77년부터 78년에 걸쳐 행해진『조선연구』지상의 논쟁이 그것이다. 잘 알려진 대로 이 논쟁은 사토 가쓰미佐藤勝巳 씨 등 5명의 연명으로 발표된「자립한 관계를 지향하면서」(『조선연구』172호)라는 제목의 논문에서 시작되고, 이를 비판한 가지무라 히데키梶村秀樹 씨의 고군분투라는 형태로 전개되었다. 논쟁의 내용을 극히 줄여서 소개하면, 5명이 재일조선인의 '정주화'의 진전을 토대로 재일조선인은 "공화국이나 한국 이상으로 일본에서의 상태를 보다 진지하게 모색"해야 한다고 한 반면, 가지무라 씨는 자신의 견해가 5명에 대한 비판으로서 당연히 예상되는 통일 중시(본국 지향)라는 의미에서의 '전형'이 아님을 밝히고, 그러한 양자택일적인 관점 자체에 이의를 제기하고 있다.(「본지 172호 논문에 대한 나의 의견」,『조선연구』176호 및 18호「다시 본지 181호 논문에 대한 나의 의견,) 논쟁은 왕복 두 번의 응수 뒤에 논점이 다 나왔다는 점, 그리고 중요한 조선인의 참가를 얻지 못했음을 이유로 종결된다. 논쟁의 쟁점은 '정주화'의 인식, 사카나카 논문의 평가, 민족 교육의 상태, 일본인의 조선 문제에 대한 관계 방식 등 다양하며 현 시점에서 봐도 꽤 유익한 문제 제기가 이루어졌다.

그러나 이 논쟁은 '정주화'의 문제가 어느 정도 자각되고, 그것을 전제로 한 최초의 본격적인 논쟁이기도 해서, 「재일」 전체의 방향정립이라는 면에서는 모호한 점을 다분히 남기고 있었다. '정주화'라는 현실을 토대로 재일조선인을 둘러싼 논의가 더욱 뚜렷한 형태로 갈라지는 것은, 나의 느낌으로는 최근 몇 년이 아닌가 싶다. 그리고 그것은 대략 세 방향으로 갈라졌다고 해도 좋다. 하나는 최근 사토 가쓰미 씨의 논의로 대표되는 재일조선인의 일본인으로의 '동화'를 용인하는 방향이다. 또 하나는 이른바 '세 번째 길'이란 표현으로 제시되는 소수민족화의 방향이다.(이 방향은 공식 논의로서는 아직 소수파이지만, 재일조선인의 현재 기분으로서는 가장 다수파일지도 모른다) 마지막으로 '정주화'라는 현실을 승인하면서도, 그래도 역시 재일조선인의 본국에의 유대를 근본적인 문제로서 강조하는 입장도 여전히 유력하다.

여기에서는 『조선연구』 지상에서의 논쟁 내용까지 고려하면서, 이 방향들의 각각의 주장을 확인하고, 그런 후에 현재의 '재일'의 방향에 관한 내 나름의 '의견서'를 제출해보고자 한다.

2

　우선 사토 가쓰미 씨의 주장이다. 사토 씨의 최근 논조(이이다 다다시 飯田正 씨와의 대담, 「두 사람 모두 50년의 결론」, 『조선연구』 213호 및 「지금 민족 차별을 어떻게 파악할 것인가」, 『조선연구』 222호 등)를 요약하면 대체로 다음 과 같다. 첫째로 차별의 감소, 즉 제도적 차별이 없어졌다는 것, 둘째로 본명을 밝히는 의의를 부정, 셋째로 '재일'의 향후 모습으로 '동화'를 "자연의 흐름"으로서 시인하고 "요점은 인간의 내용"이라고 한 점, 이 세 가지로 정리할 수 있겠다.

　첫 번째의 차별의 감소라는 지적은 주로 최근 몇 년의 사회보장면에 서의 차별 조항 철폐를 가리킨다. 사토 씨는 국가와 지방자치체 모두 사 회복지·사회보장 항목, 200여 가운데 재일조선인에 적용되어도 좋은 항목이 197항목에 이르고, 그 전부가 적용되기에 이르렀다는 『통일일 보』(1982.2.18)에서의 박영성朴永成 씨의 발언을 인용하고, 이를 "사회보 장면에서의 제도적 차별이 전면적으로 철폐된" 것의 논거로 삼고 있다. 게다가 사토 씨는, 그러한 제도면에서의 차별 철폐가 행정이나 의회의 의식 변화를 반영한 것이라고까지 말한다. 그리고 "차별이 감소하고 있 는 현재, 일본 이름이 차별로부터의 도피도 아니거니와, 본명을 밝히는 것이 반드시 차별과의 투쟁인 것만도 아니다"는 것이다.

　사토 씨의 이런 차별인식의 가부에 대해서는 이미 오누마 야스아키 大沼保昭 씨(「변한 것, 변하지 않은 것」, 『조선연구』 225호)와, 서정우徐正禹 씨

(「차별의 본질은 변하지 않았다」, 『조선연구』 226)의 정곡을 찌른 비판이 있고, 여기에서 다시 언급할 필요는 없다고 생각한다. 특히 차별 문제의 핵심을 노동에 두고 취업 면에서 차별의 잔존을 설명한 서정우 씨의 지적은 우리의 실감에 가까운 것이다.

문제는 사토 씨의 '동화' 인식이다. '동화'에 대해서 사토 씨는 그것이 "자연의 흐름이며, 나쁜 일이라고는 조금도 생각지 않는다"고 단언하고 있다. 실은 사토 씨가 본명을 밝히는 일에 의미를 느끼지 않는다는 것의 배후에는 그러한 '동화' 인식이 숨어 있다고 여겨진다. 즉, '동화'가 시인된다면, '민족'이나 조선인으로서의 상태에 구애되어서 조선 이름을 밝히는 일은 전혀 의미가 없어지는 셈이다. 오히려 그것은 "자연의 흐름"에 반하는 행위라고 사토 씨는 말하고 싶은지도 모른다.

그렇지만 나로서는 '동화'가 단순히 "자연의 흐름"이라고는 도저히 생각되지 않는다. 물론 "자연의 흐름"이라는 측면도 있겠다. 그러나 이 '동화'를 근본에서 추진하고 있는 것은 오히려 이질적인 것을 이질적인 것으로서 받아들이려고 하지 않는 일본사회 측의 압력이고, 그것은 대개 '재일'의 문제를 논하려는 자의 공통된 인식이라고 할 수 있다. 실제로 사토 씨 자신이 공동 집필이라는 형태이긴 하지만, 앞서 언급한 논문(「자립한 관계를 지향하면서」) 속에서 사카나카 논문을 비판하면서 다음과 같이 말한다. 즉, 사토 씨 등 5명은, 문제는 "일본 사회의 '폐쇄적'인 '사회 풍토'에 있고", "일본과 다른 문화나 가치관을 용인하지 않고, 그것에 대해서 배제와 동화로만 대응하려고 한다……'사회적 풍토'를 개선하는 것이야말로 재일조선·한국인문제에서 결정적으로 중요한 일일 것이다"라고 쓰고 있다. 최근 몇 년간 사토 씨의 논조는 그러한 시점이 완전히 결여되어 있다.

사토 씨는 "왜 이런 일을 이 시점에서 굳이 말하는가 하면, 잘못된 현상現狀 인식으로 운동을 진행하면 대상자에게 피해를 주고, 아울러 실천자는 소모되어 낭비되어버릴 우려가 있기 때문이다"고 말하고 있는데, 도대체 사토 씨는 자그마한 제도적 차별의 철폐로 그러한 '사회적 풍토'까지도 변질됐다는 "현상 인식"에 입각해있는 것일까.

그런데, 사토 씨처럼 재일조선인이 일본 속에서 독자적인 존재성을 주장하는 것에 아무런 의의를 인정하지 않는다는 것은 유감스럽게도 최근에는 우리들 2세·3세 사이에도 널리 미친 생각이기도 하다. 지금까지 기술해온 것에서도 알 수 있듯이, 나의 「의견서」 자체는 그러한 입장의 부정을 전제로 하고 있다. 좌우지간 우리의 세계는 여전히 지배와 차별의 중층적인 관계 속에 있고, 조선인으로서의 민족의식을 갖는다는 것은 그런 불합리를 포함한 세계에서의 사회적 자각의 한 가지 양식·경로로서 여전히 의의를 지니는 것은 아닐까. 물론 나는 민족으로서의 의식이 사회적 자각의 유일한 경로라고는 생각지 않는다.

그 점, 지금까지의 '민족'에 대한 인식도 구체적 현실에 입각하여 어느 정도 상대화는 면하기 어렵다고 생각한다. 그러나 그렇다고 '재일'에게 있어서 민족의 문제가 단순히 "지식 분자가 자신의 존재 방법의 심리적 정체성을 (…중략…) 어떻게 발견하느냐는 문제밖에 안 된다" (「좌담회·'재일'을 살아가는 근거는 무엇인가」, 『유동流動』 1980.6호에서의 다케다 세이지竹田青嗣 씨의 발언)는 것은 아무래도 이상하다. 민족의 문제를 "정체성의 확립"이라는 식의 이른바 개인의 정신적 자립이나 구제의 문제로 왜소화할 수는 없다고 생각한다. 그렇지 않고 모종의 불합리한 현실이 있고, 그 현실로 피해를 받고 있는 측이 그 불합리성에 부딪혀 갈 때의 의식면에서의 공통된 유대로서 우리의 내셔널리즘이라는 것이 의미를 지닌다고 나는 생각한다.

물론 이러한 사고방식은 일본의 제도적·풍토적 상태와 현재의 북일 관계, 본국의 상황 등 우리를 둘러싼 '현상'을 기본적으로 옳다고 인정한다면 성립되지 않는 것이다. 만약 그런 현상 옹호의 입장에 선다면, 재일조선인의 독자적인 존재성은 무의미할 뿐 아니라, 오히려 그냥 골칫거리로밖에 보이지 않을 것이다. 사실 '동화'를 "자연의 흐름"으로서 시인하는 사토 씨의 입론에는 그러한 현상 긍정적인 정치 인식이 작용하고 있는 것으로 여겨진다. 그 의미에서 사토 씨의 '재일'에 대한 인식은 최근 그의 조선 문제 전반에 대한 정치적인 스탠스와 무관하지 않을 것이다.

3

사토 씨가 '동화'를 "자연의 흐름"으로 시인하는 것에 대해, 다음의 두 입장은 이를 단호히 부정한다. 『조선연구』지의 논쟁 내용과의 관련으로 말하면 '제3의 길'이란, 다섯 분의 주장을 보다 마무른데서 나온 견해라 해도 좋다. 한편, '본국 지향'은 그 논쟁 속에서 '전형'으로서 언급된 것이며, 당연히 내부에 다양한 변화를 포함하지만, 여기에서는 우선 김시종金時鐘 씨와 김석범金石範 씨의 주장을 생각해보기로 하자.

이 두 사람을 함께 논하는 것은 어쩌면 엉뚱한 것인지도 모른다. 솔직히 나는 두 사람에 대해서도, 두 사람의 관계도 잘 모른다. 그럼에도 여기에서 두 사람을 거론하는 것은 『조선인朝鮮人』(18호)의 이이누마 지로飯沼二郎 씨 등과의 「좌담회 · '제3의 길'에 관하여」에서 김시종 씨가 말하고 있는 것과, 『'재일'의 사상'在日'の思想』(지쿠마쇼보筑摩書房)에서 김석범 씨가 전개한 '사상'에는 기본적으로 공통되는 부분이 꽤 있다고 생각하고, 내용적으로도 현재의 '본국 지향'적인 사고방식을 아는 데 가장 적합하지 않을까 생각했기 때문이다. 즉, 여기서 김시종 씨라는 경우, 그 「좌담회」에서 제시된 그의 의견이며, 김석범 씨의 경우는 『'재일'의 사상』에 쓰여 있는 그의 생각에 불과한 것임을 미리 말해둔다.

먼저 김석범 씨의 『'재일'의 사상』에 대해서 살펴보고자 한다. 되풀이되지만 이 책에서 김석범 씨의 주장은 이른바 '통일 지향'형이고, 그 의미에서는 '전형'의 부류에 들어간다고 해도 좋다. '전형'이라고 하면 뭔가 진부한 울림이 있지만, 물론, 김석범 씨의 그것에 한해서는 그와 같은 것은 결코 아니다. 김석범 씨는 '재일'의 상황이나 의식의 변화를 잘 확인한 뒤, 즉 '정주화'의 현실을 파악한 후에 통일에 대한 사상을 이른바 재구축하고 있는 것이다. 김석범 씨는 일본을 '임시거처'로밖에 생각지 않는 "임시적인 시점의 전환"의 필요성을 인정하고, "조국 통일이 실현되면 재일조선인의 대부분이 귀환해서 문제가 해결되는 듯한" 통일 귀환론을 "현실에 일어나고 있는 문제로부터 눈을 돌리게 하는 주관적인 관점에 힘을 보태게 된다"고 부정한다. 물론 김석범 씨는 "많은 젊은 세대의 남북한에 대한 귀속성의 의식이 희박"화하고 있음도 잘 파악하고 있다. '정주화'에 동반한 그러한 모든 현실을 확인한 뒤, 김석범 씨는 그래도 역시 통일에 대한 사상을 다음과 같이 설명한다.

즉, "'재일'의 위치가 지니는 입지적 조건은 조국의 남에도 북에도 없는 것이다. 그 '재일'의 위치가 조국과 대응한다. 그 대응의 상태가 주동적일 때, 그것은 두드러지게 창조적이 될 것이다. 38도선을 '국경'으로 삼은 분단 조국을 하나로서 대응하는 위치에 있고, '재일'이 남과 북을 넘어선 통일을 향한 전체적인 시점을 가질 수 있는 바에 창조적인 성격이 있다." 즉, "'재일'의 위치는 조국 통일과의 관계없이는 있을 수 없다고 조차 말할 수 있다"고 주장한다. 이처럼 그 주장은 매우 설득적이고, 당파적인 정책 수준에 밀착하는 형태로 주장되는 부류의 '전형'과는 상당히 다르다.

하지만 그럼에도 불구하고 김석범 씨의 논의에는 본인 개인의 생활방식에 대해서라면 몰라도, '재일' 전체의 모습이라는 점에서는 적지 않은 무리가 있어 보인다. 김석범 씨는 일본의 귀화 정책=동화 정책의 불합리성을 파악한 뒤, '재일'의 위치를 통일로의 영위라는 방향에서 정위시키려고 하지만, 귀화정책이 이상하다는 것과, '재일'이 조국에 대해서 주도적으로 대응해야 한다는 것과의 논리의 연관이, 나로서는 분명치 않다. 김석범 씨의 그러한 주장의 근저에는 아마 "재일조선인의 의식 형성에 여전히 주도적 역할을 하고 있는 1세층을 포함해서 재일조선인의 존재를 생각한 경우, 도저히 자민족으로의 귀속성을 상실해버린 '소수 민족'과 같은 것은 아니다"라는 현실 인식이 있다고 생각한다.

하지만, 정말로 그렇게 단정할 수 있을까. 나는 '소수 민족'이라고도 할 수 없지만, '그렇지 않다'고도 단언할 수 없는 것이 지금의 '재일'의 현실이라고 생각하고 있다. 그리고 그 점에서 말하자면 당국의 귀화 정책이 '동화'의 강요를 의미하는 듯한 그런 것이라고 해서, '재일'은 통일로 향해야 한다는 식으로 매개 없이 단락적으로 결부시켜버릴 수는 없다고 생각한다. 극단적으로 말하면, 동화 정책이 시대착오라면 우리 손으로 그것을 바꾸기 위해서 **노력한다**는 방향성이 있어도 좋다고 생각한다. 즉, 우리는 일본의 '조선족' 시민으로서 현재의 귀화 제도를 시정하고, 이질적인 것이 이질적인 것으로서 인정받을 수 있는 사회로 일본을 개혁하는 일이야말로, 오히려 근본적인 과제라는 논리도 ('정주화'라는 현상을 감안한다면) 성립한다고 생각한다. 그러한 방향은 당연히 일본 사회의 민주화라는 것에도 관련되고, 그 '민주화'가 일본의 대對조선 정책의 변화를 낳고, 조선에 대해서 '긍정적'인 영향을 미친다는 형태로 논리를 세울 수도 있을 것이다.

나는 '제3의 길'이라는 주장을 그러한 것으로서 이해하고 있지만, 만약 그 이해가 빗나간 것이 아니라면 그것은 그걸로 '재일'이 취할 수 있는 하나의 적극적인 삶의 방식이라고 해도 좋지 않을까?

4

『조선인』지의 편집자였던 이이누마 지로 씨가 이 잡지에서 김동명金
東明 씨와의 「대담·재일조선인의 '제3의 길」(17호)과 「좌담회」(18호,
참가자는 이이누마 씨 외에 김시종, 히다카 로쿠로日高六郎, 쓰루미 슌스케鶴見俊輔,
오오사와 신이치로大沢真一郎 여러분)를 통해서 이 '제3의 길'이라는 사고방
식을 제기한 것은 잘 알려져 있다. 그 주장은 논문 형식으로 체계적으로
제시된 것은 아니므로 상당히 모호한 점도 있지만 요컨대, 재일조선인
이 그 민족성을 잃지 않고 일본에 영주한다는 것으로서 사실상의 소수
민족설이라고 해도 좋다.

김시종 씨는 「좌담회」 속에서 김석범 씨와 거의 공통된 입장에서 이
'제3의 길'을 비판하고 있는데, 비판점 중 하나는 일본인인 이이누마 씨
가 조선인의 생활방식과 "추세를 정하는 일"에 말참견을 하는 것 자체
에 향해져 있다.

『조선인』 17호에서 '제3의 길'에 관한 주장은 이이누마·김동명 두
사람에 의한 것인데, '김동명'은 가명이고, 어떤 사정이 있든지 간에 한
사람의 조선인으로서 책임 있는 발언으로서는 취급하기 힘들다. 그래
서 '제3의 길'이란 우선 이이누마 씨라는 일본인의 주장으로서 생각할
수밖에 없는 것이다. 그리고 그 일본인이 일본인과 그 사회에 대해서 이
민족을 이민족으로서 받아들이고, 구미 수준의 시민권을 부여해야 한
다고 해도 아무런 지장은 없을 것이다. 하지만 이이누마 씨는 명백히 그

선을 넘어서 조선인의 생활방식 자체에까지 개입한 발언을 하고 있다. 일본인이 그까지 말하는 것은 참으로 '쓸데없는 참견'이라서, 이 점, 김시종 씨의 불평도 이해할만 하다.

그러나 한편으로 일본인이 '재일'의 문제에 어디까지 발언할 수 있는가라는 문제는 항상 미묘한 문제를 포함하고 있고, 이 경우의 이이누마 씨의 주장도 단순히 "쓸데없는 참견"으로서 처리할 수 없는 일면을 지니고 있다. 왜냐하면 지금 단계에서 재일조선인 측의 주장으로서 활자화되고, 공적인 자리에서 문제 삼는 것은 1세이든가 그에 가까운 2세의 주장이 대부분이고, 재일조선인의 내부에서 '소수 민족화'나 '동화'로의 경사가 강한 2세나 3세의 목소리는 일반적으로는 표면에 나타나는 경우가 적었다고 생각한다. 1세를 중심으로 하는 '재일'의 지도적 부분과, 2세나 3세의 현실적 움직임에는 명백히 격리가 있고, 이이누마 씨라는 책임 있는 지식인이 '재일'의 압도적 부분을 차지하면서 표면에는 나타나기 어려운 2세나 3세의 사고방식을 '대변'한다는 것이라면, 그것은 그것대로 진지하게 검토할 만한 가치가 있다고 생각한다. 적어도 그러한 전제에서 생각지 않으면 논의가 전혀 진전되지 않는다.

그런데 김시종 씨의 '제3의 길'에 대한 보다 본질적인 비판점은, 그것이 본국과의 관계에서만 정위될 수 있는 '재일'의 적극적인 존재 의의를 애매하게 하고, "반대로 민족성을 분산시키는" 방향에서 작용한다는 점에 있다고 생각한다. '제3의 길'을 직접 언급한 것은 아니지만, 이 점에 대해서는 김석범 씨도 "정주가 동화로의 경사를 진행시켜 가듯이, 조국과 끊어진 소수 민족은 또한 동화의 길을 걷기 쉽다"는 표현으로 김시종 씨와 거의 비슷한 견해를 보이고 있다.

다른 한편으로 이러한 비판에 대해서 이이누마 씨는 "결코 일본에 영주한다는 것이 조국과 끊어져 버리는 것이 되진 않는다"고 반론한다. 즉, '제3의 길'을 취했다고 해도 "남북통일에 대해 적극적으로 발언"하거나 행동할 수 있다고 한다. 이 점, 이이누마 씨는 조선에 대해서 특수한 관계를 지닌 '조선계 일본시민'과 같은 것을 상상하고 있는 듯이 보인다. 물론 그렇다고 해서 이이누마 씨의 주장이 시민권이나 일본에서의 상태를 보다 중시하는 그것임에는 변함없지만. 나는 이 양자의 견해 차이는 재일조선인의 '정착화'라는 현실이 낳은, 일종의 모순을 반영한 것이라고 생각한다. 즉, 「좌담회」에서의 히다카 씨의 표현을 빌리자면 "시민권의 강조가 결과적으로 민족을 등지게 될지 모르"고, 그 반면 "민족의 시점에만 한정되면, 재일들의 일상적인 시민권 요구가 2차적인 과제로 간주될 뿐만 아니라, 그 요구 자체가 잘못이 될지도 모르는" 것이다. 나는 이런 모순적 존재로서의 '재일'의 상태를 생각할 경우, 결국 이이누마 씨 식으로 시민권을 강조하는 것도, 본국으로의 지향성을 강조하는 것도 모두 기본이라고 생각할 수밖에 없다.

김시종 씨는 '재일'을 주도적으로 살아가는 사람들에게 있어서 "일본인 수준의 '시민권'이란 것은, 일본인이 부여해준다고 하면 받아볼까 정도의 관심사일 뿐"이라고 한다. 하지만 일부의 사람은 차치하고, 재일조선인 전체로서는 그런 표현은 도저히 할 수 없을 것이다. 문화인도 정치 운동가도 그 무엇도 아닌, 압도적 다수의 조선인들은 전체로서는 역시 생활의 구체적인 조건을 조금이라도 좋게 하고 싶다는 방향으로 움직이는 것이고, 그 의미에서는 '시민적 권리'의 문제도 김시종 씨가 말하는 정도의 '관심사'는 아닐 것이다.

또 김시종 씨는 '제3의 길'이 "반대로 민족성을 분산시키는" 방향으로 작용한다고 하지만, 만약 그렇다면 김시종 씨의 본국 지향적인 사고방식이 '재일'의 동화 경향을 저지하는 데 있어서 '제3의 길' 이상으로 유효하다는 사실을 보여야만 한다. 김시종 씨는 '재일'의 존재 의의를 통일 조선에 대응시킴으로써 정위하고, 그것으로 이 문제에 부응하려고 하는 듯이 보인다. 가령 김시종 씨는 '재일'을 살아가는 '전망'이란 "자신의 나라와 민족의 앞날에 관련될 수 있는 확실한 것을 가지고 있는 존재체라는 확신"이라고 하고, '재일'이 "조국의 실정實情, 실태를 하나의 시야에 거둘 수 있는 입지 조건을 살아간다는 것은, 뒤집어보면 본국의 5천만 동포를 변모시킬 수 있는 존재체일 수도 있다"고도 한다. 앞서 인용했듯이 김석범 씨도 '재일'의, 남북한에 대해서 지니는 '창조적인 위치'를 강조한다.

나는 이 종류의 사고방식이 하나의 이념으로서, 혹은 '사상'으로서 합당한 것임을 부정할 생각은 없다. 그러나 이념이 그 자체로서 아무리 정론이더라도, 그것이 '재일'의 제각각의 생활 현실이나 작은 상황적 레벨의 생활개선 요구에 밀착하고 뿌리를 내린 것이 아니면 큰 힘이 되지는 않을 것이고, 2세·3세의 심각화하는 한편의 동화 경향을 저지하는 데에도 별로 도움이 되리라고는 여겨지지 않는다.

물론 설령 이념적이라도, 그것을 끈덕지게 설명하고 다니면, 김시종 씨가 실례로 든 '동기방同氣房' 같은 조국과의 관계에 "각성한" 청년 그룹을 다소 늘릴 수 있을지도 모른다. 하지만 그렇다 해도 그 외의 압도적 부분은 사실상 "조선으로부터 탈락"하고 "남는" 대로 방치되어 버릴 것이다. 그리고 '제3의 길'이라는 사고방식이 통일 지향의 이념으로는 도저히 지원할 수 없을 것 같은 2세나 3세를, '동화'의 길로 몰아넣지 않고 조금이라도 거두어 갈 수 있다면, 그것은 그것으로 '재일'의 한 가지 모습으로서 인정해야 하지 않겠는가.

5

나는 '제3의 길' 식의 방향을 한 가지 모습으로서 인정해야 한다고 생각하고, 현실적으로 말해서 인정하지 않을 수 없게 될 것으로도 생각하고 있다. 그러나 미리 말해두지만, 내가 말하고 있는 것은 어디까지나 "하나의 방식으로서"라는 것이지, '재일' 전체가 그래야 한다고는 전혀 생각지 않는다. 나 자신, 개인적으로는 본국의 변혁을 자신의 **주요한** 실천적 관심사로 삼아왔고, 앞으로도 그것을 바꿀 생각은 없다.

더 나아가 말해두어야 할 것은 여기서는 '동화'도 '본국 지향'도 아니라는 의미에서의 '제3'의 방향을, 이이누마 씨의 논의로 대표되는 형태로 논의해온 셈이지만, 그것은 편의상 그렇게 한 것에 불과하다는 것이다. 이이누마 씨가 주장하는 '제3의 길' 그 자체가 아니더라도 그런 식의 방향이 현실적으로 재일조선인 속에서 드러나고 있다는 현실이야말로 여기서는 문제이다. '동화'도 '본국 지향'도 아니라는 한에서의 제 3의 조류는 '재일'의 현재 기분으로서 지배적일 뿐만 아니라, 권리옹호 운동 등의 형태에서는 조직적인 움직임으로서도 어느 정도 구체화되고 있지 않은가.

지금까지 '재일'의 지도적 지식인이나 기성의 민족조직은 그러한 움직임에 대해서 비판이나 억제만으로 대응하는 경향이 있었다. 물론 비판이 나쁘다는 것은 아니다. 요컨대 역점을 어떻게 두는가이다. 즉, 나의 여기에서의 주장은 '제3의 길' 식의 방향에 대한 대응방법의 역점을, 그러한 비판일변도에서 쌍방의 협조점의 모색이라는 방향으로 옮겨야 한다는 것에 다름 아니다. 환언하면 "재일조선인의 운동에서의 다의적인 방향"[1]을 승인해야 한다는 것이다.

물론 그렇다고 해서 '본국 지향'적인 운동 모습과 '제3의 길' 방식의 모습 사이에 모순이나 알력이 조금도 생길 여지가 없다고는 생각지 않는다. 하지만 그것은 그것대로 건설적인 상호 비판이나 대화에 의해서 조정할 수 있을 것이고, 게다가 그러한 모순보다도 재일조선인 전체의 생활권의 옹호나, 민족교육 등의 면에서는 협조할 수 있는 부분 쪽이 오히려 많다고 생각한다. 나아가 만일 이이누마 씨 식의 '제3의 길'이 설령 이차적이더라도 본국의 변혁에 관여하려는 자세를 계속 유지하는 것이라면, 일본정부에 의한 한국의 현 정권에 대한 지원 조치 정책이나 한미일 군사일체화 정책에 대한 반대 행동 등, 본국의 변혁이나 평화 유

---

1 마쓰모토 쇼지[松本昌次], 「어떤 이의―이이누마 지로 씨에게」, 『조선인』18호.

지와 관련해서 제기되는 정치적 문제에 대해서도 공동으로 몰두할 수 있을 것이다. 어차피 현재의 '재일'의 추세로 미루어, 만약 '본국 지향'의 사람들이 그러한 협조점 모색의 노력을 게을리한다면, '재일' 속의 제3의 조류는 오히려 반동적인 방향으로 조직될지도 모른다는 점을 고려할 필요가 있다.

어쨌든 지금의 '재일'이라는 것은 상당히 모순된 존재체여서, 그것을 하나의 방향으로 결박하려고 하면 반드시 어딘가에 무리가 생긴다. 재일조선인운동의 다양화는 하나의 현실이며, 그 다양화는 '본국 지향' 적인 운동의 내부에도 미치고 있다. 어떠한 종류의 운동이라도 그것을 '재일' 전체의 유일한 모습으로 주장하는 것은 이제 불가능할 것이다. 요컨대 여러 가지 조류가 서로 해치는 일 없이 제각각의 활동을 어떻게 조정해 갈 수 있을 것인가라는 것밖에 없다고 생각한다. 그러기 위해서는 제각각의 조류가 자신들의 입장을 어느 정도 상대화할 수 있는 법을 몰라서는 안 된다. 그리고 그것은 '이념'이나 '사상'의 문제라기보다, 지금의 '재일'이 직면하는 현실의 요청이다.

(번역 : 신승모)

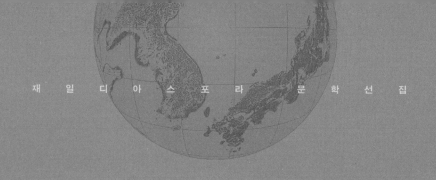

제2장

재일디아스포라 문학의
글로컬리즘과 문화정치학

발가벗겨진 자들

서경식徐京植 씨에게 듣다

인터뷰 : 김영金榮

에스니시티ethnicity와 네이션nation

김영 : 오늘은 서경식 씨에게 있어서 한반도, 고향이라는 것이 무엇인가에 대하여 들어 보도록 하겠습니다. 또 최근 민족 또는 에스니시티ethnicity라는 말을 둘러싼 논의라든가, 가지고 계신 생각에 대해서도 말씀해주셨으면 합니다.

재일조선인에게 있어서 민족이라는 말을 파악하는 방식도 상당히 변해오고 있는 현실이 있습니다. 지금까지 '재일'은 '민족'에 너무 농락되어 왔다고 느끼는 사람이 늘어나서, 그것을 '에스니시티'라는 말로 치환해서 이미지를 바꿔 보는 것만으로 '재일'에게 있어서의 민족문제가 새로워지는 듯이 느껴버리는 사람이 많아지고 있는 것 같습니다. 왜 에스니시티라는 말이 사용되게 되었는지, 에스니시티와 네이션nation은 어떻게 다른 것인지, 혹은 소수민족과 어떻게 다른 것인지, 그것이 '재일'의 경우라면 어떤가라는 것이 매우 이해하기 어려워지고 있습니다. 게다가 그것은 '재일'에게 있어서 중요한 관심사이지요. 그러한 것에 대해서 서경식 씨의 생각을 가능하면 일상에서의 경험을 통해서 말씀해주셨으면 합니다.

서경식 : 이광일李光一 씨라는 연구자가 이러한 테마를 착실히 연구하고 있어서(「데니즌과 국민국가(デニズンと国民国家)」, 『思想』, 1995.8), 저도 역사학 연구회에서 보고할 때 참고로 삼았습니다.

"에스니시티와 국민국가는 (…중략…) 종종 서로 '공모'하는 관계에 있다"고 지적하는 연구자도 있습니다.[1]

에스니시티라는 말이 폭넓게 사용되기 시작한 것은 80년대라고 생각합니다만, 민족=네이션이라는 것이 국가 형성과 결부된 개념이라고 하면, 에스니시티는 국가 내부의 일종의 민족집단, 언어집단, 문화집단이라는 것이죠. 그것은 미국의 공민권운동의 문맥에서 나온 말로 대단히 적극적인 의미를 갖고 있습니다만, 동시에 하나의 국가자체의 틀을 기존의 것으로서 전제로 삼는다는 이론적 경향을 갖고 있는 셈이죠. 즉, 미합중국이라면 미국 전체를 어떻게 할 것인가, 혹은 미합중국과 다른

---

1 佐藤成基, 「ネーション、ナショナリズム、エスニシティ」, 『思想』, 1995.8.

네이션이 어떤 관계에 있는가 등은 그 이론의 안에서는 때때로 누락되기 쉽습니다.

가령 신학의 세계에서도 중남미에 해방의 신학이 있고 미국에는 흑인의 신학이 있어서, 어느 쪽이든 피억압자의 입장에 서서 종래의 기성 기독교를 철저히 비판하는 급진적인 사상으로 70년대 이후에 나온 것입니다.

그런데 이 양자는 서로 친구로 인정하고 연대하려 합니다만, 이것이 반드시 일치하지는 않습니다. 왜냐하면 중남미 쪽에서 보면 미국의 흑인 신학자는 미국사회에서 자신이 차지할 파이의 몫이라는 것을 문제로 삼고 끝나는 경향을 지니고 있어서, 전체적으로 미국이 중남미에 대하여 어떤 착취를 취하고 있는가라는 것에는 좀처럼 주목하지 않습니다. 그러니까 복지라는 배당을 취한다는 것은 얼핏 국내적으로는 급진적이지만, 그 나라 자체가 타자에 대해서 제국주의적이라는 비판은 윤리적으로, 마음가짐으로서는 알고 있어도, 이론구조 속에서는 받아들이기 어려운 점이 있습니다. 즉, 미국이라는 나라의 부를 전체적으로 크게 하면, 자신들이 차지할 파이의 몫도 커진다. 그러니까 전체가 커진다는 것에 대한 비판을 좀처럼 할 수 없다. 물론 거기에 대하여 비판하고 있는 흑인 신학자도 있지만, 일반적인 경향으로서 그렇게 말할 수 있습니다.

흑인 신학 쪽에서는 중남미의 해방신학은 계급 일원론에 빠져 중남미사회에도 존재하는 인종차별이라든가 계급차별만으로는 해결할 수 없는 여러 가지 사회적 모순을, 반미・반제反帝라는 문제만으로 일원적

으로 설명하려고 하는 결함을 가지고 있다는 비판이 있습니다.[2]

이것은 신학 세계의 이야기입니다만, 딱 네이션과 에스니시티 논의의 틀이 어긋나는 것과 닮아 있습니다. 같은 시대에 비슷한 사회현상에 동반해서 나온 것이니 닮아 있는 것은 당연하지만요.

조선인으로 이것을 치환해보면, 재일조선인이 에스니시티다, 일본사회에 좋은 시민으로서, 조선인으로서의 민족적인 자각을 가지고 살아가면 좋다고 합니다. 그리고 일본사회 안에서 재일조선인이 받고 있는 차별이라든가 여러 가지 불이익을 해소해간다고 하면 그것 자체로서는 정당한 동기에 기초하고 있지만, 그 일본사회가 가령 조선과 이해 利害가 저촉될 때, 도대체 어떤 입장을 취할 것인가 하면 이론적으로 불분명합니다. 에스니시티라는 논의는 필연성을 가지고 나왔고, 선진적인 점도 있지만, 지금 에스니시티라는 논의 그 자체가 갖고 있는 일종의 한계성을 더욱 명확하게 하지 않으면 정말로 급진적인 것이 되지 못한다는 지적이 여러 곳에서 나오고 있다고 생각합니다.

재일조선인의 경우는 아시는 바와 같이 70년대 후반부터 소위 재일 지향인가 본국 지향인가라는 논쟁의 문맥 속에서 '제3의 길'식으로 조선계 일본인이라든가, 혹은 국적은 한국적, 조선적을 지닌 채로 일본사회의 시민으로서 살아간다는 목소리가 나왔습니다. 그들은 일본사회의 천황중심주의라든가 단일민족국가관, 일본의 자본주의가 갖고 있는 지구의 남북관계 속에서의 부정적인 역할이라든가, 그러한 것에 대하여

---

2   栗林輝夫, 『削冠の神学』, 新教出版社.

이의 신청이나 저항을 해왔다는 면은 평가해야 합니다. 하지만 그것은 어디까지나 일본사회라는 틀 속에서, 일본사회를 조금이라도 좋게 한다고 하는, 그러한 논의에 회수되어 가는 셈입니다. 하지만 제 생각으로는 우리의 앞에 있는 선택지는 그것만이 아니고, 우리의 장래는 에스니시티로서의 발전에만 걸려있다는 식으로 정할 수는 없습니다. 그렇게 정할 필요는 없다고 생각하고 있습니다.

우리는 오랫동안 우리 자신의 운명의 주인이 될 수 없었습니다. 어떤 의미에서는 실패와 좌절의 역사를 살아왔다고 할 수 있습니다. 식민지배를 받고, 해방 후도……. 그러니까 에스니시티인가 네이션인가를 이론적인 차원만으로 생각하는 것이 아니라 오히려 우리는 스스로의 운명의 주인이 되기 위해서는 어떻게 하면 좋은가, 무엇을 할 수 있는가라는 방향에서 다시 한 번 모든 것을 다시 짜서 생각해볼 수가 있고, 그것이 필요한 시기라고 생각하고 있습니다.

이광일 씨의 논문에서 구미의 연구소개로서 대단히 중요한 것은 국민국가에는 '이민', '정주외국인', '국민'이라는 세 가지 문이 있어서, 외국인을 받아들이는가, 배제하는가에 대한 최종적인 지배권을, 실은 언제나 지배 에스니시티가 쥐고 있다는 것이죠. 지금 일본에서는 투표권의 평등이 없습니다만, 만약 그것이 있더라도 압도적 다수의 에스닉그룹인 일본인들이 정치의 중심을 계속 잡고 있다는 것은 확실해요.

가령 프랑스에서는 모두가 프랑스인이고 보편적인 인간이라는 표면상의 원칙이지만, 현실에서는 그러한 식으로 움직이고 있지 않습니다. 가령 노골적으로 인종주의적으로 이민 규제와 같은 짓을 하는 사람에 대해서는 반론하면서도, 실은 법률을 엄격하게 하거나 문턱을 높게 하거나 합니다. 그것을 누가 정하고 있나 하면 역시 지배 에스니시티입니다.

조선인 네이션에게 있어서 식민지 지배로부터의 독립이 분단이라는 형태로 좌절되었습니다. 그 좌절이 지금까지도 계속되고 있습니다. 즉, 식민지 지배의 결과로서 이산한 조선인까지 받아들일 만한 통일조선이라는 네이션의 수립이 실패하고 있다는 현실을 배경으로, 네이션이 아니라 에스니시티라는 지향성을 지닌 사람들이 나옵니다. 그러나 현실적으로 네이션이 존재하지 않는 공간에서, 어디에도 국가가 없는 곳에서 에스니시티라는 것이 제각각 서로의 차이를 인정하면서 공존하고 있는 것이 아니라, 그 에스니시티 그룹은 실은 일본이라는 국가의 틀 속에 있는 셈입니다. 결국 에스니시티 그룹이라고 하더라도 국가라는 틀 밖에 존재할 수가 없고, 오히려 그 안에 있으면서도 틀 그 자체를 중시하지 않는다는 것입니다.

디아스포라의 묘

서경식 : 저는 올 여름도 독일이랑 프랑스에 다녀왔습니다만, 여행 목적 중 하나는 파울 첼란Paul Celan이라는 시인의 묘에 가보는 거였습니다. 저는 요 몇 년 동안 외국을 여행할 때 마다 여러 사람의 묘를 방문하는 일을 하고 있습니다. 잠깐 묘 이야기를 하겠습니다만, 재일조선인인

우리도 이제 슬슬 묘에 대해서 생각할 필요가 있다고 생각합니다. 이것은 종교적인 의미나 유교의 선조 숭배적인 의미에서 중요하다고 하는 것이 아니고, 그 묘에는 우리 공동체와의 연결의, 혹은 단절의 상징적인 것이 나타나는 게 아닌가 생각하고 있습니다.

제가 외국에 가서 보는 묘는 모두 이산한 자, 디아스포라라든가 소수민족이라든가, 고향에서 쫓겨난 사람들의 묘입니다. 어느 사이엔지 그런 묘를 보고 있는 셈입니다. 그러니 유대인인 경우가 많습니다. 파울 첼란이란 시인에게 왜 끌리는가 하면 파울 첼란은 원래는 하프스브르크 제국령으로 제2차 대전 전에는 루마니아령이었던 부코비나라는 곳에서 태어난 유대인입니다. 게다가 유대인이어서 루마니아의 파시스트와 나치스 독일에게 심하게 박해당해서, 양친은 강제수용소에서 죽고, 본인이 생활하던 부코비나의 유대인 공동체도 거의 전부 파괴됩니다. 아무도 없게 되고, 부코비나지방 자체가 분단되어서 한쪽이 소련, 한쪽이 루마니아가 됩니다. 그래서 그는 오스트리아를 거쳐 프랑스 파리로 옵니다. 그래도 그는 독일어로 시를 쓰지요. 그도 그럴 것이 그의 모어는 독일어니까, 자신의 부모를 죽인 자의 말로 왜 쓰냐는 질문을 받아도 시는 자신의 모어로밖에 쓸 수가 없다, 이 절대적인 모순을 평생 껴안았던 인간입니다. 그런 그의 시가 전후의 독일에서 평가됩니다. 독일어 시로서 훌륭하다고 말이죠. 전후 독일어문학의 최대 성과로 평가받게 됩니다. 매우 추상적인 시입니다. 시 자체를 소개하지 않으면 좀처럼 알 수 없지만, 의미를 알 수 없는 시를 많이 쓰고 있습니다. 하지만 그것은 독일 민족 공동체 안에서 의미 그 자체와 유착된 언어공간에서 지내고 있는 사람들이 보면 번개의 광채와 같은 힘을 가지고 있는 시입니다.

그러나 그에게 있어서는 이것은 바라는 바가 아니지요. 독일에 의해 양친이 살해당하고, 공동체가 파괴되고 고향에서 쫓겨나고, 자신에 남겨진 것은 모어뿐, 게다가 그 모어는 독일어. 그 모어로 쓴 시가 독일어 문학의 성과로 평가되었습니다. 그가 쓴 시를 독일어 교과서에 싣자는 이야기가 나오기도 했지만 그는 거부했습니다. 완고하게 독일에 가지 않고 계속 파리에 머물렀습니다. 뷰히너상이라는 큰 상을 받았을 때에 수상을 위한 강연에는 가지만, 거기서 청중으로부터 어떤 질문이 나왔을 때, 그것은 파울 첼란이 보자면 반 유대인주의 그 자체인 듯한 질문으로, 그는 강연을 도중에 그만두고 거기서 나와버렸습니다. 그런 사람이지만 마지막에는 자살하지요. 세느강에 몸을 던져서. 그 몸을 던진 장소를 보고, 그가 살던 집을 보고, 그가 묻혀있는 묘를 보고 왔습니다.

첼란이라는 것도 본명은 안첼인데, 철자를 바꿔 넣어서 만든 이름입니다. 결국 그는 고향도 가족도 이름도 모두 잃었습니다. 남은 것은 모어뿐이고, 그리고 파리에서 죽었습니다. 묘에 가보니 파울 첼란이라 쓰여 있고요, 자신이 만든 이름이니까 자신만의 이름이지요. 혈통의 계속성이라든가, 가족의 계속성의 상징으로서의 묘가 아니라 한 번 만인, 단편화된 파편이 되어서 부서져 흩어진 듯한 인생의 기억으로서의 묘가 거기에 있는 것이죠.

그것을 보고 저는 제 자신의 경우를 생각합니다. 저는 본의 아니게도 모어가 일본어입니다. 그 모어로 쓴 것(『아이의 눈물子どもの涙』, 柏書房) 이 일본 에세이스트 클럽 상을 받았지만, 그것은 뛰어난 일본어 표현에

주어진다고 되어 있습니다. 재일조선인이 뭔지도 모르는 사람에게 "일본인도 미치지 못할 정도의 일본어를 쓰신다"라든지 그런 말을 듣는 셈입니다. 그때에 느끼는 뭐라 할 수 없는 싫은 느낌과, 그것을 자신이 다수파에게 설명하지 않으면 안 되는 불쾌함, 그것을 극대화시킨 것이 파울 첼란의 경험이라고 생각합니다. 즉, 독일의 나치즘이라는 것이 자신들에게 미친 경험을 표상하려고 할 때, 그 언어가 독일어밖에 없다고 하는, 역전된 경험이지요. 그러나 일부의 유대인이 시오니스트로서 이번에는 만들어진 고향인 이스라엘과 일체화되어 갔습니다만, 결국 그는 오도카니 개인으로서 죽어갔습니다. 20세기 디아스포라 경험의 대단히 극한화된 형태이지요. 즉, 그가 어떤 문화를 짊어지고 있었는가, 어떤 사람이냐는 흔적, 이것은 신중히 말해야만 합니다만, 문화라든지 언어라든지를 넘었다는 식으로 미화된 밝은 이야기가 아니라, 그 모든 것을 빼앗긴 인간이, 빼앗긴 아픔 속에서, 하지만 일개의 맨몸의 인간으로서 살았다는 흔적을 찾는다는 의미가 있는 것입니다. 저의 부모님은 1980년과 83년에 돌아가셨습니다만, 실제로 죽을 때까지 저는 묘를 어떻게 할 것인가와 같은 일은 진지하게 생각하지 않았습니다. 본인은 한국으로 가져가서 묻히고 싶다고 정말로 바라고 있었을까 하고 생각해봅니다. 하지만 우리의 경우는 당시 군사정권에 의해서 형님들은 형무소에 투옥되어 있었고, 부모님의 뼈를 한국에 가지고 가는 것은 실제로 불가능했습니다. 그런데 일본에서 갑자기 묻으려고 해도 많은 절은 시주집이 아니면 받아주지 않습니다. 인간이 죽어가는 절차에서 종교라는 것이 개재하지요. 종교을 개재시키지 않기 위해서는 힘든 노력이 필요합니다. 그 힘든 노력을 생략하는 사람은 반드시 종교에 포박되어 가는 셈입니다.

제 경우는 교토京都에 있는 정토종의 절로, 여기는 행려병자를 거두던 절이어서 시주집이라든가 불교도라든가에 상관없이 거두어주는 절이기 때문에 거기에 묻었습니다. 묻고 보니 거기에는 재일조선인이 굉장히 많았습니다. 역시 그런 식으로 모두 죽어가고 있더군요. 보니 묘비의 앞면에는 일본명이 쓰여 있는데, 옆을 보니 경상남도 어디 어디 출신이라든가가 쓰여 있습니다. 묘비에까지 일본명을 쓰지 않으면 안 되는 것은 슬픈 일이지만, 경상남도만이라도 써두려고 한 것은 애처로운 느낌도 듭니다.

베네딕트 앤더슨이 『상상의 공동체』에서 어느 나라에나 있는 무명전사의 묘에는 오싹할 정도로 무서운 국민적 상상력이 충만해 있다고 쓰고 있지만, 야스쿠니靖国신사가 그렇듯이 이름 없는 인간이 집합해서 죽어갔다고 하는 것에 의미를 부여하면, 반드시 국가가 그 의미를 가로채버린다는 것입니다. 하지만 한 사람 한 사람의 인간은 살다가 죽어간다는 것의, 애처로운 단편화된 개인의 이야기를 남기고 싶다, 가지고 싶다고 생각하겠지요. 어떠한 이야기라도, 이 사람은 누구였는가, 어디에서 왔던가, 어떤 생을 살고 어떤 식으로 죽었는가를 상기시키지 않는 묘라는 것은, 말하자면 포스트 모던한 묘예요. 의미를 부정한 묘. 포스트 모던한 묘란 어떤 걸까 하고 저는 늘 생각하고 있었고 실제로 포스트 모던한 묘를 본 셈입니다.

2년 전에 폴란드에 가서 마이다네크라는 강제수용소에 갔었죠. 많은 수용소는 소련군이 오기 전에 나치스가 증거 인멸하고 도망갔지만, 이 마이다네크는 소련국경에 가까워서 증거를 인멸할 틈이 없었습니다. 그래서 백골의 산이 남았습니다. 소각로에서 태운 것을 그대로 끌어낸 것이 직경 2~30미터의 작은 산이 되었는데, 그것이 백골인 거예요. 그곳에 소형의 도쿄돔과 같은 지붕을 덮어서 그것은 사당이라고 불리고 있습니다. 아, 이거라고 저는 생각했습니다. 이것이 결국 포스트 모던한 묘라고. 즉, 거기에서는 사람이 대량으로 살해당했다는 것 이외는 어떤 개인의 이야기도 없는 것입니다. 그것이 누구인가, 어디의 누가 어떻게 죽었는가, 이미 이름도 알 수 없다, 그것이 포스트 모던적인 묘입니다. 포스트모던이란 궁극적으로는 그러한 것입니다.

우리 재일조선인은 크게 말하면, 나치스의 대량학살에, 어떤 의미에서는 공통된 인류사상의 폭력에 의해, 제국주의의 식민지 지배라는 폭력에 의해 일본사회에 살게 되었습니다. 일본사회에 그런 인간이 몇 십만인가 살아가고 있다는 것은 인류사 전체에서 보면 아주 조그마한 것으로, 누구도 그러한 것에는 주의를 기울이지도 않아요. 그러나 인류사의 폭력에 의해 우리는 이렇게 되고, 하지만 실패나 좌절의 인생 속에서 이런 식으로 살아왔다는 것, 집단적인 이야기로서, 커다란 국가라든가 민족의 정사正史에 회수되어 버리는 것이 아니라, 사람들 하나하나의 삶의 흔적이라는 것을 어떻게 남길 것인가라는 것이 우리 재일조선인의 중요한 과제로서 일어나고 있다고 생각합니다.

그것이 실로 '조국', '고국', '모국'이라는 것과 관계가 있어요. 우리 재일조선인의 대부분은 한국이든 북한이든 조국과 유대를 가지지 못하고, 혹은 갖고 있던 것을 잃고 일본에서 살고 죽어가는 운명이고, 게다가 그것은 스스로 선택했다기보다는 강요된 것입니다. 나라가 분단되어 있기 때문에 자유롭게 왕래할 수 없고, 남북 모두 정치에 문제가 있어서 그야말로 조국과의 교류를 누릴 수 없습니다. 일본이라는 사회는 군주제의 나라지요. 결국 이 나라는 우리에 대한 인류사상의 폭력을 수행한 책임자가 그대로 군주의 자리에 계속 앉아 있고, 그리고 다수자인 일본인의 대부분은 그것에 의심도 하고 있지 않는 그런 사회인 것이죠. 그 사회에 우리는 자신의 선택이 아니라, 말하자면 강요되어 생활하고 있음에도 불구하고, 그것을 에스니시티라든가, 자신은 이 사회의 자유를 자진해서 누리고 있다든가 말할 수 있겠는가라는 것입니다.

실감의 허망성虛妄性이란

김영 : 실제로 일본에서 살 것을 강요받아온 1세의 시대부터 2세, 3세로 바뀌어가는 속에서, 그 1세의 체험이 충분히 전해지지 않았다고 할 수 있겠습니다. 서경식 씨는 이전에 '실감의 허망성'이라는 것에 대해서 말씀하시고 계신데, 1세의 체험이 전해지지 않은 3세, 4세로 가면 강요된 토지에 살게 되었다는 실감은 없어서, 자신들은 일본이라는 경제대국의 은혜를 받으면서 자진해서 이 땅에 살기를 선택했다는 사람이 많습니다. 게다가 자신들이 이야기하는 모어는 일본어 이외의 그 어떤 것도

아니다, 이러한 '실감'에서 출발하면, 일본 안의 에스니시티로서, 앞서 말씀하신 흑인의 권리획득운동과 같은 형태로밖에 나오지 않는다고 생각합니다. 이것을 단순히 '실감의 허망성'이라 할 수 있을까요.

서경식 : 에스니시티로서의 권리 획득을 지향하는 사람들은 실은 아직 소수파이고, 마지막에는 저와 사고방식은 다를지도 모르지만, 전체 속에서 보면 저는 그 사람들을 매우 좋게 생각하고 있습니다. 그 사람들보다 더 걱정인 것은 '동화'입니다. 실감으로의 매몰이지만, 가령 우리들이 일본인이었다고 하더라도 실감에 매몰되어서는 안 됩니다. 지금의 일본에 일본인으로서 살아가고 있는 것이 가장 행복하다고, 아무런 근거도 없는 실감을 많은 사람이 지니고 있는 사회지요, 이 나라는. 자신들이 타자를 해쳤다는, 그것을 실감하지 못하고, 만들어진, 주어진 실감에 매몰되어 있습니다.

김영 : 타자를 억압하고 있다는 실감을 가지고 있지 않지요.

서경식 : 그래요. 이상적으로 말하면 소수파가 아니라 다수파라도 실감에 매몰되어서는 안 됩니다. 무릇 실감이라지만 정말로 그런 걸까 생각합니다. 소수파로서의 일상생활 속에서 느끼는 과도한 긴장이라든가, 막연한 불안이라든가, 학교 안에서 힘이 약한 아이가 집단 괴롭힘을 두려워하면서 쾌활하게 행동하고 있는 듯한, 그러한 자기방위의 기제로서의 실감주의라는 것에 매달리고 있는 게 아닐까라고 생각합니다.

하지만 이것은 조사해서 증거를 내놓을 수는 없고, 사회학자들이 의식 조사를 하지만, 그것은 그다지 신용할 수 없지요. "당신은 차별받은 적이 있습니까"라는 질문에 대한 답을 얼마만큼 신뢰할 수 있을까. 이 사회는 차별해서는 안 된다는 것을 원칙으로서 교육하면서, 하지만 차별받는 자에게 잘못이 있으니까, 약하기 때문에 진다, 즉 패배자라는 사상을 일상적으로 실천하고 있는 사회이기 때문에, 패배자라고 인정하라는 물음에 정직하게 대답할 수는 없습니다.

그러니까 저는 그것을 예리하게 분석하기 위해서는 정신분석학이라든가, 정신병리학이 필요하다고 생각합니다. 조사가 없지만, 아마 알코올 의존증이라든가, 가정 내 폭력이라든가, 분열증이라든가 그러한 무엇인가 정신적인 장애나 질환은 재일조선인에게 많지 않을까 생각합니다. 적어도 제 주위에는 많습니다.

프란츠 파농에게 「식민지주의와 정신장애」라는 논문이 있는데, 이것은 『대지의 저주받은 사람들地に呪われたる者』(みすず書房)의 1장입니다만, 원주민으로서 백인에게서 계속 위협받아온 알제리인들의, 원인을 명확히 특정할 수 없는 형태로 나타나는 여러 가지 정신적인 질환이라는 것을 식민지 지배와의 관계에서 고찰하고 있는 논문입니다. 거기에서 가장 중요한 사항은 식민지주의는 타자의 계통에 대한 부정이고, 타자에 대해서 인류의 어떠한 속성도 거절하려는 광포한 결의이다, 따라서 원주민은 항상 자신이란 무엇인가 하고 자신에게 묻지 않을 수 없다는 것입니다. 그 당시는 아이덴티티라는 말 등이 없는 시대여서 아이덴티티라고는 하지 않지만, 온갖 형태로 우리는 공기와 같이 보이지 않는

적의에 둘러싸여, 스스로를 부정당하고 있기 때문에, 자신은 무엇인가 하고 자신에게 묻습니다. 하지만 그 대답은 간단하지 않기 때문에 그러한 인과관계에서 일어나고 있는 것이 확실하지 않은 채로 여러 가지 정신질환이 되어 나타나는 게 아닐까 하고 저는 상상하고 있습니다. 그 이야기를 친구에게 했더니 의사가 쓴 보고서를 주었습니다. 규슈九州에 살고 있는 재일조선인 의사가 이 테마로 학회에서 보고했습니다. 하지만 일본에서는 이것을 역학적으로 조사할 수는 없습니다. 인권상의 문제라든가, 조직상의 문제가 있을지도 모른다, 그러니까 어떤 병원 안에서 어떤 병에 걸려 있는 비율에 재일이 몇 퍼센트, 일본인이 몇 퍼센트라는 식의 조사는 없다고 합니다.

김영 : 가와사키川崎의 조선인 집단거주지역으로 이케가미池上町라는 마을이 있습니다만, 60년대에 그곳의 조선인의 상황을 조사한 것이 있습니다. 복지관계의 조사입니다만, 생활보호률이나 직종의 경향, 아이들의 비행 경향 등을 일본인과 비교해서 수치로 분석하고 있는데 확연한 차이가 나타나고 있습니다. 그 원인을 조사자는 확실히 '인종차별'이라고 말하고 있습니다. 정신장애에 대한 조사는 없습니다만, 비행 경향과 통하는 문제인 듯한 느낌이 듭니다.

60년대까지는 빈곤 속에 뚜렷한 계급적인 차, 민족적인 차가 있어서 그것이 보기 쉬워져 있었지만, 지금은 그것이 보기 어려워졌다고 하지요. 그것이 고도성장 때, 그 이익을 재일조선인도 받아서, 그 나름대로 부를 얻게 되었고, 차별도 적어지고, 중류의식을 갖게 되었다고. 무언가 일본인의 대열에 들어갈 수 있어서 기뻐하고 있는 듯해서 이상합니다만, 그래도 빈곤에서의 탈출은 그 자체는 좋은 일이지요. 다만 빈곤을 통해서 보였던 것이 보이지 않게 된 것은 곤란합니다. 일본사회의 본질적인 문제는 변하고 있지 않기 때문에.

재일 2세 – 1970년대의 경험

서경식 : 저는 한국의 민중신학에 관한 연구회에 요 3~4년간 참가하고 있습니다.

1970년 11월에 전태일 씨가 한국의 평화시장 여자노동자의 무권리 상태에 항의해서 분신자살했습니다. 그 일에 충격을 받은 일부의 급진적인 크리스천이 그때까지의 기독교의 교의나 신학에 대해서 철저한 비판을 행하고, 결국 전태일과 같은 사람이야말로 예수 그리스도라고 말했습니다. 실로 예수는 가장 학대받은 자, 가장 차별받은 자, 가장 가난한 자 편에 섰던 사람이다, 그와 같은 일이 지금 한국에서 일어나고 있다고 주장했습니다. 그것이 1970년대의 박정희 군사체제 하에서 신학으로서 성숙하고, 한국 민주화운동의 일익을 담당했다, 그런 훌륭한 역사가 있지요. 김지하도 그렇습니다. 민중신학이 김지하로부터 많은 메시지를 받아서 노력한 부분이 있었습니다. 그런데 1980년대에 들어서 한국사회에서 전체가 경제적으로 향상되었다기보다 계급이 분화되어가서 풍부한 중산층도 나옴으로써 지금 민중신학 그 자체가 혼미상태에 있는 것입니다.

왜 그 연구회에 참가하고 있는가 하면, 실은 1970년대라는 시대가 결정적으로 중요하다고 생각하기 때문입니다. 1세들은 일제시대, 해방 직후, 1950년대의 경험을 짊어진 채, 그것을 우리에게 충분히 전하지 않고 사라져 가고 있습니다만, 우리 2세는 1970년대의 결정적으로 중요한 경험을 어떻게 해서 기록으로 남기고, 사상적으로 깊게 해결할 수 있을까라는 것을, 저는 언제나 생각합니다. 그러한 문제의식의 일환으로서 한국에서의 1970년대 민주화운동 속에서의 민중신학에 대해서 알아보려고 생각한 것입니다.

실은 그 전태일의 분신자살 1개월 후에 와세다早稲田대학의 양정명梁政明씨가 분신자살을 합니다. 그때 저는 와세다대학의 학생으로, 양정명 씨는 1년 선배입니다만 저는 그 양쪽을 다 본 입장이었던 셈이지요. 이 두 개의 분신자살이 1970년대에 일어났습니다. 하지만 전태일과 양정명은 말할 것도 없이 같은 민족이고, 같은 일제 지배에 의해서 탄생된 존재입니다. 양정명 씨는 야마구치山口현의 재일조선인으로서 극빈 속에서 살았고, 9살 때에 일가가 귀화해 버립니다만, 본인은 그 모순을 계속 안고 있었습니다. 그리고 와세다대학에 와서 가난해서 학비를 낼 수가 없어서 2부로 바꿔, 그렇게라도 학업을 계속한 사람입니다. 게다가 "김희로金嬉老동포재판지원"이라는 슬로건을 외치거나 하면서 분신자살해 버립니다. 완전히 고립된 분신자살이지요. 전태일 쪽은 민중신학자들이 예수의 십자가에 비유되는 사건이라고 말하고 있지만, 양쪽 다 20

세기에 조선인이 경험한 하나의 역사 속에서의 동시대적인 표현이라고 저는 보고 있습니다.

양정명 씨는 귀화한 사람이었지만, 와세다대학에서 조문연朝文研에도 갔고, 한문연韓文研에도 왔습니다. 야마토쇼보大和書房에서 나온 그의 유고집 『생명 다하더라도いのち燃え尽きるとも』를 거듭 읽어 보면, 거기에는 재일 2세의 전형적인 경험이 있습니다. 그런데 자신의 본의와 다르게 귀화했음에도 불구하고 일본국적을 갖고 있다는 이유로 재일조선인 학생운동은 그를 받아들일 수가 없었습니다.

그는 민족이라는 공동성에 복귀하려고 했지만 할 수 없었습니다. 한편 그는 크리스천인데 신 앞에서는 국적은 없고 평등하다고 하지만, 그러나 일본의 교회에 아무리 가도 그의 고뇌에 답할 수 있는 사람은 아무도 없었습니다. 또 민청계의 학생운동에도 관계하지만 당시 일본공산당 학생운동의 슬로건이 "조국과 학문을 위해서"인데, 그에게 있어서 조국이란 무엇인가라는 것이 문제가 됩니다. 그는 굉장히 머리가 좋은 사람으로, 당시의 20대 전반의 인간이 썼다고는 여겨지지 않는 일들을 생각하고 있었습니다만, 마지막 유서에는 재일조선인에 대한 차별 반대라든가, 일한조약 반대라든가, 평화통일 지지라든가, 조선인으로서의 슬로건이 쓰여 있었습니다. 또 김희로동포재판지원이라든가, 자신도 또한 한 사람의 R이라고도 썼습니다. R은 이진우李珍宇이지요.

일률적으로는 말할 수 없지만, 김희로 사건이나 이진우 사건 때 총련도 민단도 성가셔하고 있었습니다. 그러한 사건으로 재일조선인 전체의 이미지가 실추되는 것은 곤란하다는 대응이겠죠. 최창화崔昌華 목사가 조선인으로서는 단 한 사람, 김희로가 인질을 잡고 농성하던 스마 타쿄ᅡ又峽에 갔다고 합니다만, 결국 우리는 김희로와 이진우 두 사건을 제대로 받아들이지 않았을지도 모릅니다. 그런데 양정명 씨는 그것을 받아들이고 있습니다.

또 서승徐勝의 법정진술을 보면, 화상투성이의 모습으로 법정에 나와서, 아마 사형이 될 거라는 분위기 속에서 행한 진술입니다만, 역시 이진우 사건과 김희로 사건에 대해서 기술하고 있습니다. 그리고 자신들이 민족에 대한 긍지를 가질 수 없도록 강요받고 있는 정황이 있고, 그러한 정황을 개선하기 위해 적극적인 민족의식을 갖고 무슨 일인가를 이루고 싶었다고 말하고 있습니다.

저는 지금 새삼 생각합니다만 일본국적을 취득하게 된 양정명 씨, 혹은 모국 유학생으로서 한국에 돌아간 서승・서준식徐俊植과 같은 인간도, 같은 뿌리에서 나서, 실은 같은 모순에서 출발하고 있고, 같은 모순의 해결을 위해 진지한 시도를 했던 인간들이라 여깁니다. 여기에서는 양자의 차이를 강조하는 것이 아니라, 그 공통성을 크게 보는 일이 필요하다고 생각합니다. 양정명 씨는 특별히 자유로운 의사선택으로 일본국적을 취득한 것이 아니라서, 말하자면 일본국가에 의한 폭력적인 동화의 힘이 어떤 사람에 대해서는 대단히 강하게 작용하고, 어떤 사람은 그것에게서 보호받고 있다는, 단지 그 차이에 지나지 않는다는 것이죠. 서승이나 서준식은 한국에 유학할 수 있었지만, 가난한 그들이 그것을 할 수 있었을까, 그리 생각하면 오히려 한국에 유학했던 사람들이 특권적이고 혜택받고 있었던 것이어서, 그것조차 할 수 없는 주변적인 사람들이야말로 재일조선인 그 자체로서 존재하고 있다고 봐야합니다.

저에게 있어서 전태일과 양정명이라는 같은 시기에 일어난 분신자살이라는 것이 70년대의 출발점으로, 이 두 가지 경험이 어딘가에서 잘 교차해서 서로가 서로를 이해한다는 프로세스가 진행되면 좋았을 것이라 생각합니다. 즉, 재일조선인의 입장에서 평화시장의 노동자라든가, 거기서 목숨 걸고 싸우고 있는 사람들, 그것에 촉발되어서 스스로 지식인이라는 특권적인 지위를 버리고 운동에 들어가는 한국의 학생들, 형무소에 들어가면서도 싸우고 있는 사람들, 그 사람들에 대한 공감을 가져야 한다고 생각합니다. 또 한국 사람들의 입장에서 보자면 자신들의 싸움이 한국 안에서 시종하는 게 아니라, 모든 조선민족이 인간적으로 해방되기 위한 커다란 싸움의 일환이고, 해방되지 않으면 안 되는 사람들 중에는 재일조선인이나 양정명 씨처럼 일본국적을 취득해버린 사람들도 있다는 틀에서 파악해야만 합니다. 그와 같이 서로가 이해하고 경험의 교류가 필요했다, 아니 교류라기보다 서로 불꽃을 튀기는 듯한 일이 일어나야 했지만, 일어나지 않았습니다. 그것은 우리들이 무력했다는 것이 커다란 이유이긴 하지만요.

지금의 젊은이들의 실감을 운운하기 이전에 재일 2, 3세로 1970년대의 시대를 산 인간으로서 생각했을 때에, 그 1970년대의 경험이라는 것을 확실히 붙잡고, 그것을 젊은 사람들에게 전달하는 일을 해야 한다, 문학을 하는 사람은 문학으로, 교육을 하는 사람은 교육이라는 형태로 하지 않으면 안 된다고 강하게 생각합니다.

일본사회는 살기 쉬운가

김영 : 하지만 대부분의 젊은 세대는 전태일과 재일조선인인 양정명 두 사람을, 같은 역사를 공유하는 조선민족의 동시대 청년이라는 식으로, 좀처럼 서경식 씨처럼 연결시키지 못합니다. 즉, 한반도의 사람들이 좀처럼 보이지 않고, 지금 자신들이 지내고 있는 사회를 공유하고 있는 사람들에게만 눈이 갑니다. 그리고 역사를 공유하고 있는 데에 눈을 향한다든가, 루츠를 찾는 것은 고통이 생길 뿐이라고 여깁니다. 파울 첼란이 독일어 모어로 계속 번민했다는 이야기가 있었습니다만, 재일조선인의 경우 일본어입니다만 이미 신체화된 언어인데 그 모어로 왜 괴로워하지 않으면 안 되는 것인가. 본명에 대해서도 마찬가지지요. 창씨개명으로 조선명을 빼앗겼다고 하지만, 자신에게 있어서는 아이 때부터 계속 불린 일본명 쪽이 이미 본명이라 할 수 있다고 주장하는 젊은 사람이 늘고 있지요. 즉, 문제를 "빼앗겼다"고 하는 곳으로 가져가니까 괴롭다, 일부러 역사를 끄집어내니까 괴롭다고 말합니다. 그러한 사람들에게 1세나 2세의 경험을 전하는 것은 어렵지요.

서경식 : 다케다 세이지竹田青嗣 씨가 그러한 것을 말하고 있는데 그것에 대하여 저는 비판을 가지고 있습니다. 그는 지금의 이 일본사회에서 살고 있다는 것을 무조건의 전제로 삼아서, 거기서 살기 쉽게 살면 된다고 말합니다. 이른바 대항주의적인 이데올로기가 쉽게 사는 것을 방해

하고 있다, 이데올로기가 없어지면 살기 쉬워진다고, 시간이 지나면 서서히 차별이 없어진다고 합니다. 늦거나 빠르거나의 차이뿐이라는 이야기지요.[3]

하지만 과거를 뒤돌아보니까 괴로워한다는 것은 현재가 좋다는 전제에 서있는 것이죠. 현재가 좋다고 믿고 있는 사람들에게 좋지 않다는 것을 설득하는 것은 어려운 일입니다. 그러나 저는 현재가 좋지 않다고 생각합니다. 잘 보면, 많은 사람들도 현재가 좋지 않다고 생각하고 있지 않습니까. 좋지 않다고 생각하니까 그것이 무엇에 유래하고 있는가를 알고자 해서 과거를 보는 것이지요.

김영 : 지금의 정황에 모순이 있는지 없는지의 여부는 현상황 인식의 차이인 거군요.

서경식 : 하지만 다케다 세이지 씨의 현상황 인식에서도 현재가 좋다고는 생각하고 있지 않을 터입니다, 그가 쓰고 있는 것을 보면. 우리의 어쩔 수 없는 현실은 많이 있다고 생각합니다. 몇 년 전입니다만, 릿쿄立教대학에서 윤동주에 관한 강의를 할 때 학생에게 감상문을 쓰게 한 적이 있습니다. 일본인 학생 중에는 아름다운 시라든가, 상냥한 시라든가, 조선인에게 이런 상냥한 시를 쓰는 사람이 있었다니(웃음), 라는 것도 있고, 좋은지 나쁜지 모르겠다는 것도 있고, 자신들은 그다지 몰랐다고, 다양

---

3 「재일과 대항주의(在日と対抗主義)」, 『現代社会学』 24, 『民族・国家・エスニシティ』, 岩波書店.

한 사람이 있었지요. 그 중에는 만사 소극적인 시라든가, 더욱 심한 것은 여성입니다만, "윤동주의 시는 상냥한 서정적인 시이지만, 자신은 그것을 과거의 역사와는 결부시키려고 생각지 않습니다. 전쟁이나 지배라는 것은 인류사의 어느 시대에나 있는 일이고, 인간 중에 혜택 받고 태어나는 사람과 가난하게 태어나는 사람이 있듯이, 나라나 민족에도 가난의 제비를 뽑는다는 건 있다고 생각한다"고 완전히 악의 없이 쓰고 있습니다. 게다가 "나는 그것을 일본의 책임에 결부시키려고 하는 타입의 사람이 아닙니다. 하지만 그의 시는 아름답고 훌륭하다"고 쓰는 겁니다.

그런 한편 가게쇼보影書房에서 나온 윤동주의 시집(『하늘과 바람과 별과 시』)에는 권두화에 사진이 있습니다만, 그는 꽤 미남이지 않습니까. 잘 기억하고 있습니다만, 이런 감상문을 쓴 여성이 있었습니다. "윤동주의 상냥한 듯한 홑 눈꺼풀. 나는 자신의 학생증을 그 옆에 나란히 놓아본다. 학생증의 내 얼굴과 비교해보니 나도 홑 눈꺼풀이다, 나도 그와 같은 국적이다, 하지만 나는 그것을 말하지 못하고 있다" 이렇게 쓰고서 졸업해버렸습니다. 저도 그 사람이 재일조선인이라고는 일본명이었기 때문에 알지 못했습니다. 대학당국도 가르쳐주지 않았고, 수강생은 200명쯤 있었으니까 그것이 누군지 모릅니다. 거기에 있었는가 하고 말을 건네고 싶을 때는 일본의 군중 속으로 모래알처럼 사라져갑니다. 그 군중은 많은 경우에는 잔혹한 무관심, 그리고 소수자에 대한 노골적인 적의, 라는 일본사회입니다. 그녀는 그 후 취직했을지도 모르고, 어쩌면 일본인과 결혼했을지도 모릅니다. 가령 그것이 평등한 국제결혼이라고 말할 수 있는가, 그녀가 까닭 없는 피해자의식을 계속 지니고 있는 것이 나쁘다고 할 수 있는가라는 것이지요. 아마 그녀에게 당신은 어째서 일본명을 사용하고 있는가 물어보면, 어릴 때부터 쭉 이 이름이었기 때문에, 라고 답할 거라 생각합니다. 그것은 거짓말을 하고 있는 것이 아니고, 그런 거라고. 하지만 차분하게 생각해봤을 때, 이런 것이 행복인가라는 것이에요.

김영 : 그렇군요. 일본은 살기 좋아졌다고 말할 수 있는 사람은 그 사람이 일본사회에서 일종의 특권을 가지고 있기 때문일지도 모르죠.

본인 스스로도 이전에 문자를 쓴다고 하는 일종의 특권을 가져버린 재일조선인이라고 말씀하셨지만, 각자가 자신의 특권에 시선을 돌리지 않으면 지금의 일본이 살기 좋은지 어떤지 하는 것도 보이지 않는다고 생각합니다.

서경식 : 좀 전의 에스니시티 이야기가 됩니다만, 조선을 어떤 경우에 밟아서 뭉개거나, 이용물로 삼아서 일본사회가 번영하고, 그 이익을 우리가 누리는 것이 행복인건가라는 식으로 생각해보면, 우리는 일종의 국익관國益觀에서 자유롭다는 의미에서의 **특권**을 가지고 있는 셈입니다. 결국 이 나라가 살찐다는 것은 어딘가에서 누군가가 울고 있다는 것이 되는 게 아닌가 하고 끊임없이 생각을 할 수 있는 특권을, 우리는 가지고 있는 것입니다. 양쪽에 걸쳐서 살고 있는 셈이니까 그러한 삶의 방식을 해나가지 않으면, 우리도 제국주의나 혹은 타자에 대한 폭력과 수탈의 가담자가 되어 버린다고 생각합니다. 옛날처럼 전형적인 친일파

나, 혹은 귀화한 사람에 대해 우리가 갖고 있던 스테레오 타입의 고정적인 이미지처럼, 일본인 이상으로 일본인다워져서 일본을 위하여 노력하는 건 아니더라도, 에스닉한 재일조선인이면서 일본의 국익에 봉사하고, 타자의 수탈에 가담하는 일이 있을 수 있습니다. 한편으로 일본사회의 천황제를 비롯한 문제를 비판하고, 한편으로 조선이라는 것을 좋게 하는 것이 실감 있게 보이지 않을지도 모르겠지만, 자신의 인생과 연결되어 있다, 양쪽을 해야 한다, 그렇지 않으면 자기 인생의 운명에 있어서 주인이 아니고, 타자에 의해서 시종 농락되기만 하는 인생이 된다고 생각하는 것이죠.

군이 덧붙이자면, 다케다 씨는 지금 말한 차별의 가담자와 같은 것에 가까이 가고 있지요. 그가 지론으로서 반복하고 있는 것입니다만, 재일조선인은 르상티망을 버리라고 말하고 있습니다. 니체도 그렇게 말하고 있다고. 그는 몇 년 전인가 『마이니치每日신문』(1994.2.3 석간)에 썼습니다만, 이것을 도쿄東京대학의 야마우치 마사유키山內昌之 씨가 기뻐하며 인용해서, 재일조선인으로 민족교육을 받지 않은 젊은 사람들과는 다문화공생적인 사회를 잘 만들어 갈 수 있다, 그것은 재일조선인인 다케다 씨도 말하고 있는 대로이다, 와 같은 내용을 쓰고 있지요.(『제국의 종말론帝国の終末論』, 新潮社)

민족적인 조선의 역사나 사회, 일본과 조선의 관계, 그러한 과거를 반복하는 인간과는 공생할 수 없다는 것이지요. 이 사회에서 행복하게, 위협받지 않고 살고 싶으면, 그러한 의식을 버리라는 협박이지요. 르상티망을 서로 버리자고 해도, 크게 보면 일본인이 조선인에게 르상티망을 품을 이유는 없으니까.

또 하나, 다케다 세이지 씨가 더욱이 심한 것은 고바야시 요시노리小林よしのり, 하시즈메 다이사부로橋爪大三朗와 했던 좌담회. 고미치쇼보徑書房에서 나온 『전쟁·정의·국가론戦争·正義·国家論』이라는 책이었다고 생각합니다만, 작년에 나왔습니다. 거기서 가령 종군위안부에 대한 국가보상은 하지 않아도 된다는 입장을 말하고 있습니다. "그런 것을 말하면 일본이 식민지시대 당시에 했던 것을 모두 문제로 삼지 않으면 안 되게 된다. 끝이 없어지니까"라는 의미의 얘기를 하고 있습니다만, 본래 그것은 "모두" 문제로 삼지 않으면 안 되는 것이지요. 게다가 그는 나는 '재일'이니까 이러한 차별의 문제에 대해서 감도를 갖고 있다는 식으로, 언제나 서두에 말합니다. 그리고 가령 정치주의화하거나 이데올리기화한 운동이 어느 정도 독선적인 것이 되는지를 고바야시 요시노리와 함께 열변을 토하고 있습니다. 확실히 경우에 따라서는 운동 중에서의 장애로서 그러한 면이 있겠지요. 하지만 다케다 씨는 고바야시 요시노리의 작품에 노골적으로 나타나 있는 민족차별, 성차별에 대해서는 전혀 비판하려고 하지 않습니다.

김영 : 그가 분명히 일본인이 좋아하는 말을 골라서 발언하게 되었다고……

서경식 : 그의 안에 주관적으로 그러한 의도가 있는지 어떤지 모르겠습니다만. 그가 쓴 김학영金鶴泳에 대한 추도문인 「고뇌의 유래苦しみの由

末」라는 짧은 문장 등은 좋은 문장이에요. 저로서는 찬성할 수 없는 점도 있지만, 무시하거나 부정할 수 없다고 생각했습니다. 그러나 최근의 그의 언동은 비판해야 한다고 생각하고 있습니다.

고국·모국·조국의 세 가지 분열

서경식 : 다케다 세이지는 1947년생이고 아라이 쇼케이新井将敬와 서준식은 1948년에 태어났습니다. 앞서 1960년대, 1970년대의 경험이라는 것을 언급했지만, 우리는 그 동시대에 한편으로 다케다 세이지를 보고, 한편으로 아라이 쇼케이를 보고, 또 한편으로 서준식같은 사람도 나오는 것을 보았지요. 그것은 여러 인간이 있어서 여러 삶을 살아도 좋다는 간단한 이야기가 아니라, 각각의 인간이 재일조선인이라는 현실을 어떻게든 타개하려고, 혹은 벗어나려고 하는가 그러한 것을 위해 각자가 삶의 방식을 선택했던 것이죠. 그 삶의 방식을 서로 비추면서 1970년대의 경험을 엄격하게, 일본에 국한하지 않고, 하물며 민족운동에 국한하지 않고 더욱 넓게 다시 파악해서 봐야만 한다고 생각합니다.

저에게 있어서의 '고국', '모국', '조국'이라는 이야기입니다만, '고국'이라 하면 태어난 곳, 즉 고향으로 '모국'이 현재 속해 있는 바의 나라, '조국'이 루츠, 선조의 출신지라고 확실히 개념을 구별해서 생각지 않으면 더욱 혼란스럽다고 생각합니다. 재일조선인의 경우 이 '고국'과 '조국'이 대립하고 있다, 게다가 조국 그 자체가 두 개로 분단되어 있다, 대부분의 일본인은 이것이 세 가지 모두 일치하고 있는 셈입니다. 재일조선인은 분열되어 있다, 세 가지 모두 분열되어 있으니까 언제나 자신은 누구인가 생각하지만, 동시에 단지 분열하고 있을 뿐만 아니라, 가치에 있어서 대립하고 있지요. 한쪽이 다른 쪽을 부정하고 있는 셈입니다. 더욱 정확하게 말하면 서로가 서로를 부정하고 있는 것이 아니라, 일본이라는 자신이 태어난 나라(고국)가 자신의 루츠인 나라(조국)를 부정하고 지금도 바꾸지 않는 것입니다. 그 대립한 가치관이 자신의 안에 내재하고 있다, 그러니까 가령 귀화해도 고국과 모국은 일치시킬 수 있지만, 조국까지는 바꿀 수가 없으니까 역시 대립은 대립으로서 남는 것입니다. 양정명 씨는, 귀화한 것은 어머니를 배신한 것이라고 말합니다. 박실朴實 씨도 자신이 귀화한 것은 어머니를 배신한 것이라고 이렇게 말하고 있습니다. 내가 어머니라는 말을 사용할 때마다 평판이 나쁩니다만(웃음), 문자를 모르고 박해당하고, 집 안에서는 남편에게 맞고, 그리고 일용 노동을 해서 살아온, 그 어머니라는 것이 조국으로서 이미지가 되고, 그리고 자신이 나고 자란 나라(일본)는 때리고 있는 쪽이라는 이미지, 이것이 자신 안에 양쪽으로 있다는 것이겠지요. 이 분열을 어떻게든 통일하고 싶다, 통일해서 안정을 얻고 싶다고 원해서 여러 가지 해보는 거지요.

아라이 쇼케이는 적극적으로 귀화한다는 형태로, 그것을 통일하려고 했습니다. 아라이 쇼케이의 삶의 방식을 저는 결코 지지하지 않지만, 하지만 그가 재일조선인이 아니었다면 그런 것(자살)에까지는 가지 않지 않았을까. 가령 일본인의 보수정치가라면 여러 가지 스캔들이 있더라도 고향에 돌아와 재기를 기해서, 일문의 무리가 격려해서 논밭을 팔고 위로해주는 사람도 있거나 하는 것입니다. 하지만 그에게는 그게 없다, 그러니까 그는 귀화는 하고 있어도 실로 재일조선인이었다고 생각합니다. 그런 의미에서는 약간의 동정을 느낍니다.

서준식은 그 반대의 입장으로, 고국을 부정하고 조국 쪽에 일체화하려고 한 셈이죠. 이것은 이것대로 대단한 로마네스크한 이야기이기는 하지만, 그의 『전옥중서간全獄中書簡』(柏書房)을 읽으면, 그것 때문에 얼마나 정신적인 고뇌가 있었는지 알 수 있어요. 간단한 말로 하면, 자신은 고향을 그리워하는 것을 금지당한 인간이라고 말하고 있습니다. 즉한국의 옥중에 있는 비전향의 '빨갱이' 정치범도 제각각 고향을 그리워하고 가족을 그리워한다. 이북실향민도 고향을 그리워한다. 그러나 자신의 고향은 일본이다, 일본이 그립다고 생각하는 것만큼은 자신에게 금지한다. 누군가가 자신에게 금지하는 게 아니라, 자신이 자신에게 금지한다고. 그 사고방식은 어떤 의미에서 편협하고 부자연스럽지요. 태어난 곳이 그립다는 것은 자연스럽고 당연합니다. 그래도 자신이 태어난 곳에 대한 자연스러운 그리움을, 그 정도의 노력을 하면서 스스로에게 금하려고 하는 인간을 낳은 것도 '고국', '모국', '조국'의 세 가지가 분열해있는 우리 재일조선인의 정황인 것이죠.

'고국', '모국', '조국'의 세 가지 분열이라는 것은, 이것은 실은 이미 해결할 수는 없습니다. 하물며 더블인 사람들이 많이 나온다, 더욱이 하이브리드(다양)하게 되어 가지요. 그러니까 괜찮다고 하는 사람도 있습니다. 기분은 알겠지만 너무 단순하지요. 그 분열의 고통과 괴로움이라는 것은 절대적으로 있는 것입니다. 그것들로부터 눈을 돌려 즐거운 듯이 행동한다는 것은 살아가기 위해서는 필요할지도 모르지만 그것으로 해결될 것인가.

그 한편으로 분열을 하나로 통일하려고 해서 혈통도 출생지도 언어도 일체화한 인간만으로 성립하는 나라라는 것을 만들어서, 분열된 사람은 모두 없앤다고 하면 에스닉 크렌징(민족정화)의 사상이 되어 버립니다. 그렇지 않고 이처럼 분열되어 있는 인간들이 분열을 적극적으로 향수할 수 있는 민족이란 무엇인가를 생각하고 싶습니다. 또 이 분열의 고통의 주요한 원인은 일본이 식민지 지배를 반성하는 것을 국민적 합의로 삼고 있지 않고, 일본사회의 다수파가 그런 것을 조금도 생각하고 있지 않는 데에 있으니 이것을 제거한다. 가령 일본과 조선을 호주와 뉴질랜드처럼 양국이 단지 서로 이웃해 있는 나라 사이라는 관계에 한없이 가까이 간다. 그것 때문에 해야 하는 정치적 과제는 많이 있다. 일본에게 전후보상을 실현시킨다든가 식민지 지배를 공식 사죄시킨다든가, 그런 프로세스도 있고, 한일조약의 재검토도 있거니와 공화국과의 조약을 맺을 때 다시 한 번 속이지 못하게 한다든가. 조선 측에서 말하자면 더욱 민주적인 정치를 실현하고, 남북통일을 한다든가. 양측의 정치과제는 현기증이 날 정도로 어렵지만 해결되지 않으면 안 될 터입니다.

김영 : 그러한 과제의 해결을 위한 관계는 에스니시티의 존재로서는 할 수 없는가 라는 것입니다만. 에스니시티로서의 삶의 방식이라 하더라도 루츠를 부정하는 것은 아니고, 가령 소수민족으로서 자신들의 생

활권을 획득하기 위해 운동한다는 것도 결국은 세 가지 분열을 조금이라도 해소하려는 움직임에 귀결되어가는 것이라고 생각합니다만, 지금의 재일조선인에게 있어서 무엇이 문제인가 조금 더 상세히 말씀해주세요.

서경식 : 당신이 말하는 것을 기대할 수 있다고 생각해요, 논리적으로는. 하지만 제가 지적하는 위험도 내포하고 있습니다. 그것은 현실적으로는 맨 처음에 말한 대로 실감으로서는 관계가 없는 것 같아도, 실은 자신들의 존재양식을 규정하고 있는 정치적인 관계를 보지 않겠다고 하는 마음이 에스니시티론의 쪽으로 흐르고 있다는 것이지요.

『역사학연구歷史學研究』(1997.10)에 게재된 저의 논문은 「『에스닉 마이너리티』인가 『네이션』인가—재일조선인이 나아갈 길『エスニック・マイノリティ』か『ネイション』か—在日朝鮮人の進む道」」이라는 타이틀입니다. 스테레오 타입적인 종래의 사고방식으로 혈통도 언어도 거주지도 일치하고 있는 인간만으로 구성된 나라인가 아닌가의 양자택일을 강요한다는 이야기가 아니라, 개념부터 자신들의 존재를 규정하는 것이 아니고 재일조선인이 역사적으로도 현재적으로도 강요받고 있는 정황으로부터 출발해서, 우리의 존재부터 새로운 개념을 만들어가지 않으면 안 된다는 것을 말하고 싶었습니다.

그 논문에 가지무라 히데키梶村秀樹의 논문(「정주외국인으로서의 재일조선인定住外国人としての在日朝鮮人」, 『思想』, 1985.8)을 인용했습니다만, 우리의 경우는 1920년대에 일본제국주의가 조선에서의 농민 수탈을 강화해서

농민층 분해가 일어나고, 어떤 사람은 중국으로, 어떤 사람은 일본으로 이산하게 되었습니다. 그 자손이 우리 재일조선인이죠. 그렇다면 일본 제국이라는 커다란 우산 밑에서, 이른바 경계를 넘는 듯한 생활권을, 조선인은 형성한 셈입니다. 그때는 일본에 살고 있어서 조선에 송금한다든가, 백중맞이나 정월에 돌아간다든가, 혹은 거기에 좋은 일자리가 있으면 간다든가, 중국·만주에 가본다든가 하는 것이 자연스러웠던 것입니다. 도항증명이 있으니까 실제는 간단하지 않았지만. 제국주의의 우산 하에서 국경을 넘은 듯한 생활이 강요된 것이지만, 그런데 해방 후는 이번에는 북조선과 일본은 국교가 없다, 한국과 일본도 1965년까지는 국교가 없었고, 그 조선인의 생활권이 남북으로 끊어져버렸다, 한반도도 남북으로 잘려버렸다, 중국과도 잘려졌다. 즉 역사적으로 타자에게 강요되어 성립한 생활권이 다시 밖으로부터의 힘으로 종횡으로 찢겼습니다. 그 단편의 이것저것을 문제 삼아서 그것은 에스니시티이지만 이것은 네이션이다 등으로 말하고 있는 것입니다. 한국은 네이션이지만 '재일'은 에스니시티라고, 그런 게 아니라 우리는 역사적으로 그렇게 강요받아 왔으니까, 그와 같이 자유롭게 한반도이든 일본이든 중국이든 스스로의 생활권으로서 살 권리가 있다. 그러한 역사적 권리에 걸맞은 우리의 집단을 가리키는 개념은 무엇인가, 그것은 에스니시티인가 네이션인가, 어느 쪽도 스테레오 타입적인 개념은 들어맞지 않지만, 그래도 종래의 에스니시티 개념과 어떤 점이 다르고, 종래의 네이션 개념과 어떤 점에서 다른가를 생각해본 것이 그 논문입니다.

김영 : 스테레오 타입의 에스니시티의 사고방식에서 보자면, 재일조선인은 일본 속의 존재로서의 측면밖에 보이지 않는다는 것은 알겠군요.

꿈을 부정하면 현실을 되풀이할 뿐

서경식 : 제가 생각하는 것은 아무런 근심도 없이 일본과 조선을 의식하고, 그리고 일본에서는 정주외국인으로서 일본인과 동등한 인권을 누리고, 통일된 조선에서는 재외동포로서 국내의 사람과 같은 권리를 누린다, 이러한 관계이지요. 그리고 인간의 자유로운 행동의 결과, 자신의 거주지를 선택하고 직업을 선택한다, 그러한 관계. 현재와 같이 강요되고 있는 정황인데도 그것이 자유라고 믿으려고 하는 게 아니라 말이죠. 그것은 꿈같은 이야기라는 말이 틀림없이 나오겠죠. 그것은 반드시 부정하지 않는 것도 아니다. 하지만 꿈을 부정하면 현실을 되풀이해갈 뿐이니까 말이죠.

그럼 그러한 관계가 성립하기 위해서는 무엇이 필요한가 하면, 우선은 일본이 더욱 철저하게 다원적인 사회가 될 필요가 있습니다. 단적으로 말하면 천황제의 주박에서 일본사회는 해방되는 것이 필요합니다. 일본의 고도성장이 시민혁명과 다름없는 의식변화를 가져왔다는 논의가 있지만, 천황제가 꿈쩍도 하지 않는 현 상황을 보더라도 결코 시민혁명이라고 부를 수 없고, 오히려 일본국민의 의식은 후퇴하고 있습니다.

그거야말로 천황제를 '자연'스러운 것인 양 계속 받아들이고 있고, 의문도 없이 연호를 강제하거나 하고 있다, 지금의 학교에서의 일장기·기미가요도 그렇습니다. 일찍이 60년대 70년대는 적어도 의문을 가지면서 하고 있었습니다. 현재의 일본사회는 다원적인 것으로 변하지 않았습니다. 혹은 '제국적인 다민족국가'라는, 보다 나쁜 것이 형성되려고 하고 있습니다. 한편 조선 측도 통일된 조선이 역시 동시에 지극히 다원적인 나라가 되지 않으면 안 됩니다. 즉 고정적인 민족관을 가지고 조선어를 제대로 하지 못하는 녀석은 조선인이 아니라든가, 일본인의 피가 섞여 있는 녀석은 조선인이 아니라든가, 이러한 게 아니겠지요. 즉, 혈통도 언어도 아니고 이른바 '문화'도 아니라 제국주의와 식민지 지배의 20세기를 살아왔다는 역사의 공유, 그것을 전제로 조선인이라고 스스로 신고하는 사람은 누구라도 조선인으로 인정받는다, 그러한 조선인관을 저는 생각합니다. 가령 머리털이 금발이고 눈이 파랗더라도 말이죠. 구 소련에서 온 조선인이라면 있을 수 있죠.

일본사회는 사람들이 말하는 것처럼 견고해서 다문화화 할 것 같지 않지만, 우리 조선 측에도 같든지, 더욱 심한 문제가 있어서 그 양쪽에서 하지 않으면 우리는 결국 분열을 강요받은 채 찢겨져 끝날 것이라 생각합니다.

김영 : 확실히 저의 지인 중에서도 조선인으로서는 쿼터, 즉 어머니가 더블이라는 것이지만, 어머니의 본명도 모르며 조선인인 조부의 성도, 한반도의 어디 출신인지도 이미 알 수 없다는 사람이 있습니다. 그

렇게 되면 자신의 4분의 1이 공백이니까 정신적으로 불안정해진다고 말합니다. 그녀의 경우를 하나 보더라도 확실히 일본이 다원적이라고는 말하기 어렵군요.

서경식 : 저는 학교에 교단에 선 게 9년이 되지만, 양친 모두 재일조선인인 학생보다는 이른바 '더블'인 사람이 말을 걸어오는 경우가 많았어요. 전형적인 예로는 20살 때 친척의 결혼식에 갔다. 그러자 외가 쪽 친척에 한 문자뿐인 성을 지닌 사람이 많이 있었다. 처음 만나는 친척이어서 돌아와서 어머니에게 그 사람들은 누군지 캐묻자, 어머니가 실은 나는 (…중략…) 라는 고백을 했다. 나는 그런 어머니가 애처로웠다고. 어머니가 왜 아들인 나와 자신의 남편인 아버지에게 그렇게 조심하며 몸을 굽히듯이 해서 살고 있는가라는 것을 리포트에 써 준 학생이 있었습니다. 비슷한 예가 몇 개나 있습니다.

그 학생은 무슨 사람인가 하는 것이죠. 국적이 일본이니까 그는 조선인이 아닌 것인가. 그런 간단한 이야기가 아니라 그 학생이 순혈주의적인 의미가 아니고 자신 안에 있는 조선인 아이덴티티를 소중히 해서 살고 싶다고 생각했을 때에, 그러한 사람들에 의해서야말로 구성되는 공동체를 우리가 만들어놓고 기다리고 있다는 식으로 되지 않으면, 우리 재일조선인은 한없는 세분화라고 할까 단편화로 빠져들어갈 수밖에 없는 셈이지요.

김영 : 오히려 그러한 모순을 직접 껴안고 있어서, 그 모순이 복잡하

면 할수록 재일조선인의 모순이 응축되고 있다는 의미에서 그들이야말로 전형적인 재일조선인이라 할 수 있을지 모르겠네요.

서경식 : 재일조선인으로서 차별받고 있다는 것과 일본사회에서 계급적으로 가난하다는 것이 거의 같았던 시대는 대체로 지났습니다. 정말은 지금도 아마 연 수입 등을 비교했을 때에 평등하다고 말할 수 없다 생각하나 차별은 보이지 않습니다. 왜냐하면 재일조선인이라도 자영업자로 돈이 다소 자유로워진 인간이 조선인으로서 자기를 표상하는 것이어서, 그렇지 않고 보통의 일본의 노동사회에 매몰되어 있는 조선인은 자신이 조선인이라고 밝히고 나서지 않으니까 통계적인 대상에도 포함되지 않습니다. 그러니까 조선인이 갖고 있는 고통과 괴로움은 조선인으로서 자기를 표현할 수 없는, 이른바 주변의 사람들에게야말로 있다고 할 수 있겠지요. "저는 홑 눈꺼풀이어서……"라고 조용히 말하고서 일본사회에 흡수되어 가는 사람들, 까닭 없는 열등감을 자신의 남편에 대해서조차 품고 있는 사람들, 그리고 그 열등감의 이유를 전혀 모르고 해결할 수도 없는 사람들, 그러한 사람들이 재일조선인이라고 저는 생각합니다. 그러한 사람들에게 있어서의 해방인, 그러한 네이션의 구상을 제시해야만 합니다.

문화를 빼앗긴 고통 때문에

서경식 : 좀 전의 에스니시티 이야기에서 또 한 가지 문제가 되는 것은 누가 에스니시티인가라고 할 때, 문화환원주의로 되어가죠. 에스닉한 조선인이란 누구인가라고. 그것은 '문화'를 갖고 있는 사람이라고, 이렇게 되지요. 그리고 상호의 문화를 존중하는 것이 즉 에스닉 간의 평등이라고, 그러한 것이 되어버려요. 다문화주의라는 것의 표면적인 이해라고, 이러한 것이 됩니다. 80년대 후반부터 일본에서도 이문화 교류가 중요하다, 다문화주의라고 말하기 시작했지만 실은 뉴커머 노동자를 일본사회의 말단에 매끄럽게 받아들이기 위한 빤히 들여다보이는 프로파간다였습니다. 그럼 반대로 재일조선인의 경우, 일본의 문화를 지니니까 문화적으로는 일본인이라는 것이 되지만, 그래서 일본인과 사이좋게 하고 있는가 하면 그렇지 않습니다. 독자의 조선문화는 전부 빼앗겼다, 일본어밖에 말할 수 없는데 김치도 먹지 못하는데 차별받고 있습니다. 그러니까 문제는 문화의 차이가 아니에요.

이와나미岩波서점에서 나온 『신철학강의新哲學講義』라는 시리즈에 정영혜鄭暎惠 씨가 쓰고 있습니다만, 문화를 기축으로 하는 다원주의를 하면, 우선 문화의 스테레오 타입화가 생긴다고 합니다. 게다가 조선문화를 갖고 있는가 어떤가를 누가 정하는가 하면 다수자가 정합니다. 이것은 큰 문제이지요. 두 번째의 문제는 그 스테레오 타입화된 문화를 표상하는 사람이 그 문화집단의 리더가 되어버린다는 것. 즉 조선어를 할 수 있다거나, 조선문화에 정통해 있다고 자부하고 있는 사람. 더욱이 문제인 것은 그 문화공동체 자체가 갖고 있는 젠더라든가 계급이라든가 그러한 여러 가지 모순이 그 집단의 내부에 갇혀진다는 것이지요.

작년 마쓰야마松山 대학에서 한 심포지엄에서 「일본의 눈 한국의 눈 '재일'의 눈日本の眼 韓国の眼 「在日」の眼」이라는 것이 있어서, 저도 초대받아 연구회에서 발제했지만, 전체의 심포지엄에서는 정대균鄭大均이 발제했습니다. 거기서 정대균이 이런 얘기를 하고 있습니다. 자신은 한국에 오래 살아서 한국과 도쿄에 두 개의 아파트가 있다고. "아내도 서울에서 일을 하고 있습니다. 이러한 재일은 한국적을 유지하는 편이 편리합니다. 보통의 재일은 그렇게 조국과의 유대가 있는 것이 아닙니다. 재일은 한국적이라는 라벨을 가지고 걷고 있습니다만, 알맹이는 일본인과 다름이 없습니다. 라벨과 알맹이에 차이가 있을 때에는 라벨을 알맹이에 맞추어 바꾸는 것이 타당한 바이겠지요." 결국 귀화하라고 말하고 있는 것이죠. "지금 화제가 되고 있는 것은 국적 취득보다 국적조항의 논의이지요. 2일 전에 도쿄도의 보건부 여성이 승소한 사건이 있었습니다, 그것은 실은 저의 여동생입니다. 저는 '테이'라고 이름을 대고 있습니다만, 여동생은 '정'이라고 이름을 대고 있지요. 하지만 저로서는 여동생은 한국어도 모르고, 한국적을 유지하고 있는 것이 이상합니다. 한국어도 제대로 쓸 수 없는데 뭐가 '정'인가 생각하죠. 여동생도 귀화에 대해서 생각한 듯하지만 결국은 투사가 되어버렸습니다. 저는 귀화를 진행했습니다. 귀화해서 한국계 일본인으로 살아감으로써 일본인의 다양성을 스스로 만들어내어 간다는 방법도 있을 터이니까요. 진정한 다문화주의자가 생각해야 하는 것은 그러한 가능성이라고 생각합니다만"이라고 발언하고 있지요. (松山大學總合硏究所編, 『日本の眼 韓国の眼 「在日」の眼』, 晴耕雨読) 결국 그는 자신이 진정한 다문화주의자라고 말하고 있습니다. 그가 말하고 있는 것은 실로 문화환원주의, 문화의 스테레오 타입화이지요. 그러한 인간이 다문화주의자라고 스스로 자칭하고, 일본사회의 일부는 그를 다문화주의자라고 인정해서 다문화적 일본을 만들어가기 위한 오피니언 리더로서 그러한 곳에 부르는 셈이죠.

누가 어떤 사람인가라는 것을 문화의 유무라는 자격으로 세고 있다면 재일조선인의 99%는 조선인이 아닌 셈이지요. 그러나 그렇지는 않죠. 제가 언제나 말하고 있는 것은 문화가 있으니까 조선인이라는 게 아니라, 문화를 빼앗긴 고통이 있기 때문에 조선인이라는 것입니다.

김영 : 문화환원주의는 안 된다는 것은 잘 알겠습니다. 하지만 앞서 자신이 조선인이라고 자기 신고하는 사람은 모두 그렇다는 이야기가 있었습니다. 그러면 조선인이라고 밝히는 것만으로 좋고, 본명도 필요 없다는 것이 되어버리지 않겠습니까. 밝히고 나서는 것만으로 조선어도 조선에 대한 것을 알려고 하지 않아도, 그래도 조선인으로서의 아이덴티티는 계속 지닐 수 있는가라는 것이죠.

서경식 : 제가 꼭 말하고 싶은 것은 조선어라든가 조선문화라든가가 전부 가치가 없다는 것이 아닙니다. 그것들을 몸에 익힐 필요가 없다는 것을 말하고 싶은 것이 아닙니다. 조선어를 습득한다고 해도 아무리 노

력해도, 민족학교를 나와도 본국의 사람이 보면 약간 특이한 조선어이 지요. 그러나 약간 특이한 조선어는 본토의 조선어와 비교해서 뒤떨어진 것으로 있는 게 아니고, 그러한 식으로 우리의 문화가 있다고 하는 것이죠. 문화는 그러한 식으로 변용하면서 퍼져간다고, 그와 같이 파악할 필요가 있다는 것이죠. 그리고 문화를 자격조건으로서 파악하는 사고방식에는 저항하지 않으면 안 된다는 것입니다.

최근 귀화자가 늘고 있다거나 조선학교의 학생이 줄고 있다든가 하는 것에 위기감을 느낀 사람들이 중심이 되어 「민족성을 지키는 모임民族性を守る会」이라는 것이 생겼습니다. 올해 1월에 심포지엄 같은 것을 했어요. 거기서 최종적으로 심포지엄의 선언 같은 것을 냈는데, 그 사상은 "한 언어, 한 핏줄"이에요. 국제결혼에 반대하고 '피'를 지킨다는 것입니다. 무엇을 지켜야 하는지는 명확히 하고 있어요. 가령 민족교육의 권리는 절대 지켜야만 하는 것. 그러나 그것은 '피'를 지키는 것은 아니다. 그런데 단적으로 '피'를 지킨다고 말해버리는 편이 간단하니까. 하지만 그렇게 말함으로써 많은 친구, 지지자를 잃어버리게 되요.

저는 학생에게 교재로서 「만나지 않겠습니까お会いしませんか」라는 TV 프로그램의 비디오를 보여주고 감상문을 쓰게 하고 있습니다. 고베神戸의 조선고교의 김유미金有美라는 학생이 일본의 동세대 젊은이를 만나서 이야기합시다, 라고 말을 거는 스피치 이야기이죠. 거기서 홋카이도北海道의 사토佐藤 군이라는 학생이 가서 김유미 씨를 만나서 이야기하는데, 그때 사토 군이 왜 일본에서 태어나 자랐는데 조선인이려고 하고 있습니까 라고 묻습니다. 그리고 김유미 씨가 제 안에는 조선인의 피가 흐르

고 있어서라고 대답합니다. 그러자 이 비디오를 본 일본인 학생은 감상문에 역시 조선인은 민족주의가 강해서 혈통주의라고 쓰는 겁니다. 자신들은 민족주의로부터도 혈통주의로부터도 자유롭다고 착각하고 있는 일본인도 문제이지만, 실은 정말로 김유미 씨가 지키고 싶다고 말하고 있는 것은 '피'가 아니죠. 그녀의 할아버지가 일제시대에 일본에 와서 고생했다든가, 강제노동을 당하여 니시미야西宮에서 터널을 뚫었다든가, 전후 바로 조선학교를 만들었다든가 하는 이제는 파편이 되어가는 역사, 혹은 이야기, 그리고 존엄을 지키고 싶다는 것이겠지요. 그것을 '피'라고 말해버린다, '피'라고 말해버리면 부조리한 전도가 생겨서 역사를 지키고 싶다는 사람이 비난의 눈에 노출되게 되는 셈입니다. 많은 일본인은 그렇게 봅니다. 그런데도 대대적으로 「민족성을 지키는 모임」은 피를 지키려고 했다, 이렇게 되면 아마 정대균 같은 '다문화주의자'가 매우 기뻐하며 비판한다고 생각해요.

김영 : 총련이 지금 위기적인 상황에 있어서 '민족'으로 결속한다는 것이 요구되고 있다는 것이군요.

서경식 : 그렇죠. 무언가를 지키고 싶다는 것은 좋지만, 그때에 지키는 것은 자신들의 역사이고 존엄인 것이죠.

저는 제 책에도 썼습니다만, 이처럼 가장 다문화적이라는 것이야말로 가장 민족적이라고 생각하고 있습니다. 왜 다문화인가 하면 정대균류의 다문화가 아니라 20세기의 시대를 통해서 조선인에게 강요되어

온 부조리라는 것을 기성사실로서 받아들이고, 그 앞에서 굴복하는 것이 아니라 그 부조리 속에서 분만된 우리와 같은 존재를, 스스로 긍정하고 적극적인 존재로 바꿔가기 위해서는 어떻게 하면 좋을까라는 생각에서 나오는 것입니다. 그것이 저에게 있어서의 민족으로, 그것은 제국주의와 만나기 전의 민족과는 다른 셈이에요. 그러니까 언어와 문화, 역사조차도 빼앗기고 벗겨지거나 한 재일조선인도 그러면 그럴수록 민족이라고 말할 수 있는 것이 '다문화주의적인 민족주의'인 것이에요.

이러한 다문화주의적 민족주의는 실은 우리 조선인뿐만 아니라 전 세계적으로 시행착오 중인 실험이라는 것입니다. 제국주의 침략 이전의 여러 민족은 토지와 혈통과 언어가 일체가 된 닫힌 고리 안에서 몇 백 년이나 지내온 셈이지요. 제국주의에 의해서 거기에서 벗겨졌다. 스스로 나아가 해외에 가서 유리됐던 사람과 혼동해서는 안 된다. 피를 흘리고 파괴된 것입니다. 이른바 엔클로저enclosure에 의해서 농촌에서 쫓겨난 프롤레타리아트 예비군같은 것이죠. 그러한 사람들이 전 세계에 몇 억 명 있습니다. 미국사회에서는 60년대부터 이 사람들은 에스니시티라는 분류 안에서 안정되어 지낼 수 있다고 몇 번이나 말해왔지만, 실은 아직 다 설명하지 못하고 있습니다. 다른 한편으로 유럽에서도 이것은 네거티브적인 면이지만 계급적인 일체감이라는 것에 의하여 보편적인 사회를 실현할 수 있다는 것도 그리 간단하게 할 수 있는 게 아니라는 것이 증명되었습니다. 이러한 불안에 찬 격동의 시대이지요.

그러니까 우리는 학자가 부여한 개념에 우리를 적용시켜서 스스로 납득하려고 하는 것이 아니라, 우리 자신이 자기를 해방하고 싶다는 욕구에 충실히, 자신들의 개념을 만들어내어 간다는 것이 아닐까요.

김영 : 학자가 부여한 개념에 자기를 적용시키는 것은 확실히 난센스라고 생각합니다만, 가령 한 사람의 재일조선인이 자신은 조선인이라고 밝히고 나서면 다음에는 문화라고 해서 조선어를 공부하거나 합니다. 그것은 불안 투성이인 조선인으로서의 아이덴티티의 공백을 메워서 안심하고 싶다는 것이라고 생각합니다. 밝히지 않고 있는 것은 불안하고 괴로우니까 밝히지만, 그것만으로 불안으로부터는 벗어날 수 없는 셈이지요. 그러니까 그 후에도 불안에서 해방되기 위해, 안심을 얻기 위해 무언가를 구하지만, 그때에 학자가 부여한 개념을 단서로 삼아온 셈이군요.

서경식 : 심술궂은 표현을 하자면, 그렇게 간단히 안심할 수는 없는 거예요. 오히려 안심은 할 수 없는 것입니다. 우리들이 할 수 있는 것은 안심을 추구하는 것이 아니라 앞서 말한 파울 첼란의 묘 이야기는 아니지만, 이러한 역사 속에서 일본에 분만되고, 이처럼 싸우고, 이처럼 사라져간다고, 그러한, 이른바 묘비명을 스스로 새긴다는 것이죠.

김영 : 안심을 안주라고 할까, 단지 살기 쉬움만을 추구하면 방향을 잘못 보게 되는 측면은 있다고 생각합니다. 안심할 수 있는 바를 찾아서 결과적으로 타자를 억압하고 빼앗는 쪽에 서버리면, 중요한 것은 보이지 않기 때문이지요. 그러나 보통의 사람들은 저 자신도 포함해서 열심

히 일해서 조금이라도 많은 수입을 얻어 평온한 생활, 안심할 수 있는 생활을 하고 싶다는 일념으로 하루하루를 보내고 있는 셈입니다. 그런 사람들을 향해 안심은 할 수 없다고 하는 것은 너무나도 냉엄하다고 생각하게 되는군요. 역시 희망이 없으면 앞으로 나아갈 수 없습니다.

서경식 : 저에게도 마음에 그리는 유토피아가 없는 건 아닙니다. 그것은 디아스포라의, 세계에 산재한 전 조선인이 결집할 수가 있는 민족공동체입니다. 한국의 백낙청 씨는 '다국적 민족공동체'라고 말하고 있습니다만, 그것과 같은지 어떤지는 모르겠으나 저는 거기에 영감을 얻습니다. 즉 많은 국적에 걸쳐져 있지만 하나의 민족이라는 것입니다. 가령 팔레스타인 민족평의회·PNC와 같은 것이죠. 팔레스타인은 국가를 갖는 것 자체를 부정당해서 참혹한 경우를 당하고 있지만, 온갖 국적의 팔레스타인 사람이 민족평의회의 의원이라든가 PLO의 구성원으로서 팔레스타인 사람의 미래를 결정하는 프로세스에 관여한다는 것을 하고 있지요. 그러한 기관을 조선인도 설치해서, 그 경우 처음부터 의석의 반수는 여성에게 확보되어 있어서 전세계의 조선인에게서 대표가 뽑혀진다. 그 **조선인**이란 반복해서 말하지만 혈통주의도 언어주의도 아니고, 조선인의 역사를 살고 조선인이라 자기신고 할 수 있는 사람이지요. 그 사람들은 자신들의 운명을 결정할 수 있는 프로세스에 관여할 수 있습니다.

그런 커다란 이야기와, 일상의 생활 사이에는 간격이 있는 듯이 생각할지 모르겠으나, 그 정도의 꿈은 그려도 좋다고 저는 생각합니다. 실제로 인종차별정책이 심했을 때의 남아프리카 사람들에게 있어서 오늘날과 같은 일이 일어나는 것은 꿈같은 이야기였을 테니까요. 아니, 가까운 사례로 1970년대에 우리들은 한국의 군사정권은 언제 끝날 것인가 하고 생각하고 있었으니까.

뭐 일본사회 안에서 마멸되고 있는 현실 속에서 생활하는 동포에게 저의 이러한 이야기가 어느 정도 공감이 될지는 자신 없지만요. 다만 저는 우연히 70년대에 한국의 현실과 재일의 현실을 이중으로 볼 수 있는 입장에 몸을 두고, 또 여러 외국에 가서 유대인이라든가 아랍인이라든가 그러한 사람들의 경험을 참조할 수 있는 '특권적' 입장에 선 인간으로서, 이러한 제안, 유토피아를 말하는 일이 자신에게 주어진 일이라고 생각하고 있습니다.

김영 : 오늘은 바쁘신 중에 감사했습니다.

(번역 : 신승모)

특집 재일조선인문학의 현재와 미래

재일조선인문학의 현재 : '재일하는' 것의 의미

구로코 가즈오黑古一夫

---

1. '재일하는' 이방인

재일조선인(한국인) 제3세대에 해당하는 이양지李良枝의 문단 데뷔작 「나비타령ナビ・タリョン」(『群像』, 1982.11)은 '가족' 또는 '남자'로부터 계속 도망치는 결국 '조국=한국'에서 자신의 실존의 본질을 각성하는 인간의 이야기로 읽을 수 있다.

'일본'에도 '우리나라'에도 겁을 먹어 망설이고 있는 나는 도대체 어디로 가면 마음 편히 가야금을 뜯고 노래 부를 수 있을까? 또 한편으로 우리나라와 가까워지고 싶고, 우리말을 잘 구사하고 싶다는 생각이 있냐고 자문해 보면, 재일동포라는 기묘한 자존심이 머리를 쳐들어, 흉내내고 가까이가고, 능숙하게 된다는 것이 뭔가 강제적으로 막다른 골목에 몰린 것 같아 이쪽은 언제나 불리해서 안 된다. 애초에 아무것도 없는 입장이 화가 난다. 조금이라도 내가 좋아서 이렇게 이상한 발음이 된 게 아니다. 25년간 일본에서 태어나 자랐다는 사실에 어쩔 수 없는 결과라고 씩씩대 본다. 그러나 역시 나는 계단에 앉아 있다. 이상한 발음은 얼굴이 화끈거릴 정도로 부끄러워 계단에 웅크리고 앉은 채 문 열기를 주저하고 있다.

—「나비타령」

'조선인'인 것을 자각하면 할수록 역으로 자신이 태어나 자란 '일본'으로부터도 거절당하고 동일하게 '우리나라＝조국'으로부터도 멀어져 간다. 이 감각과 의식은 자신에게 생명을 준 선조 대대로의 땅＝조선에 대해서 뜨거운 망향의 상념을 지울 수 없는 '재일하는' 조선인 1세, 혹은 부모의 망향에 대한 상념을 어린 시절부터 듣고 자란 2세도 명확하게 이질적이라고 할 수 있다.

분명히 자신은 '조선인'이면서 거의 '일본인'과 다름없이 살아 온 사실, 이 두 개의 자신과 관련되어 피할 수 없는 사항은 '재일한다'라는 현실이 모순대립으로 분열된다. 이양지가 같은 작품 안에서 마지막 의지할 곳을 '우리나라＝한국'에서 주인공에게 "자신이 '일본'의 분위기를 팍팍 풍겼던 나체의 기묘한 이방인인 것을 깨닫는 데에 그렇게 시간은 걸리지 않았다"고 독백하게 한 것도 '재일하는' 자신이 실감한 것을 작자가 철저하게 자각적이었다는 증거라고 할 수 있다.

이와 같이 '우리나라'에도 '일본'에도 귀속하지 못하고 양쪽으로 분열된 실존을 살아야만 하는 '재일조선인'의 제3세대의 모습은 자신 안에 싹트고 자란, 피하려고 해도 피할 수 없는 '한'을 1세대와 같이 '아득한 산하'에 대한 그리움으로 승화시킨 것도, 또한 2세대와 같이 '조국통일'과 '혁명'이라는 이념으로 모아질 수도 없고 오르지 내부의 실존을 응시하는 것으로 반쯤 맞춰가려는 것 같이 보인다.

> 우리나라는 살아 있다. 풍경은 옮겨 간다. 나는 그 안에서 가야금을 뜯으며 판소리를 하고 그리고 살풀이를 춘다. 나는 있는 그대로의 모습으로 살아갈 수밖에 없다. 살아가는 것은 어디에 있어도 변함없다.
>
> —「나비타령」

"가야금을 뜯는다", "판소리를 한다", "살풀이를 춘다" '재일하는' 조선인인 자신의 아이덴티티를 찾으려 필사적 행위를 반복해가는 주인공. 그리고 그 결론은 "살아가는 것은 어디에 있어도 변함이 없다"고 각성한다. 「나비타령」의 주인공이 찾아 낸 지평은 말할 필요도 없이 재일하는 조선인의 모습을 그리는 이양지의 결론이라고 할 수 있다.

이양지를 '재일조선인작가' 3세대로서 명확하게 각인시켰던 조금 긴 작품 「각刻」(『群像』, 1984.8)에서는 분열된 '재일하는' 현실을 몽땅 그대로 받아들이려는 주인공이 나온다.

"순희야 나도 우리나라가 좋아"

"……"

"재일이라는 것은 팔자야. 한국이 뭐라고 하면서도 신경이 쓰이는
건 어쩔 수 없네."

"그러네."

나는 솔직히 인정했다. 춘자의 말투, 몸, 체취를 느꼈다. 그녀에게도
무수의 나, 무수의 1인칭이 얽혀있다."

—「각」

'자신'을 잘 파악하고 있는 그대로의 '자신'을 받아들이려고 하는
주인공의 자세는 '일본'에도 '우리나라'에도 동화=일체화 할 수 없는
'이방인'으로서의 존재를 각오한 자의 그것이라고 할 수 있을 것이다.
그러나 여기에서 서둘러 주註를 달아야 하는데, '재일조선인' 제3세대
가 '이방인'적 존재가 될 수밖에 없는 첫 번째 이유는 그들이 '일본'으
로부터 계속 '차별'받아 온 결과라는 것이다. 대륙의 동단에 떠있는 섬
나라라는 지리적 인문적 이유의 탓인지 '일본'은 국내에서 여러 가지
'차별'을 온존·재생산해 왔다. 부락차별, 조선인차별은 대표적인 사
례이다.

「나비·타령」에는 이혼소송 중인 부모의 삶을 혐오한 고등학생 주
인공이 가출하여 일하던 교토의 여관을 그만 둘 때 여관의 며느리가
"'은혜라는 것을 모르지 너는', '조선인인데도 일하게 해줬어'"라는 말
을 내뱉는 장면이 나온다.

'조선인'이라는 것만으로 '차별'대상이 되는 어쩔 수 없는 풍토는 전후 40년이 지난 오늘에도 전혀 변하지 않았다. 전전戰前 36년간에 걸쳐 '조선'을 식민지화한 종주국 '일본'에서 형성된 패배적인 '역사'의식은 '고도선진공업국가'가 된 현재에도 없어지지 않고, 아니 오히려 '지문날인강제' 등에서 엿볼 수 있듯이 은근히 견고하게 살아남아서 '차별'을 계속 재생산하고 있다. 이양지의 '이방인'은 그러한 '일본'의 '차별'로 강요된 것이라고 할 수 있다.

이양지와 거의 동시대라고 생각되는 『제로 한』(1985)으로 군상신인상을 수상한 이기승李起昇의 작품에도 이양지와 같은 사고방식을 볼 수 있다. '조선인'이라는 것을 오토바이를 타고 폭주행위로 해소시킨 주인공은 친구(조선인)의 추돌사를 계기로 '조국＝한국'으로 여행을 떠나는데, 조국의 땅을 처음 밟아 본 주인공은 감개무량해한다.

뒷부분의 넓은 갑판에 사람의 그림자가 있다. 높은 위치의 옆모습이 반짝이며 흔들리고 있다. 그것은 무너져서 슥 뺨을 타고 간다. 또는 고였다가 흐른다. 뺨은 눈물 범벅이가 된다.

영호는 눈물을 한 번 닦는다.

이 나라가 없었다면 이 땅이 없었다면 '조선' 따위가 없었다면 정대正大는 죽지 않았겠지.

경자慶子도 죽지 않았겠지, 그리고 나 또한 죽고 싶어 하면서 살지는 않았겠지. 태어난 것을 저주하지도 않았을 것이다. 원수다. 이 땅은 원수다.

그러나 이 땅은 단 한 명의 내 편인 엄마를 키운 땅이기도 하다. 증오

를 불태운 영호는 마음 한편에 간접적이라도 '조선'에 대한 그리움이
있을 줄은 몰랐다.

—『제로 한』

이 소설의 주인공도 '일본'과 '조국＝조선'과의 사이에서 분열한다.
'어머니의 나라＝조선'이 영혼 깊은 곳에서 메아리치는 것에 자각적이
면서 '일본인'과 똑같이 자란 현재를 용인할 수밖에 없는 주인공의 현
재는 분명히 귀속할 곳이 없는 '이방인'의 그것이다. 이기승의 소설 등
장인물들은 『제로 한』 그 다음의 「바람이 달린다風を走る」(『群像』,
1986.11)에도 결코 고도 경제성장 정책의 성공에 의한 '일본'의 '풍족
함'의 혜택을 받지 못한 계층의 사람들, 즉 풍족함의 혜택에서 소외되
어 저변에서 사는 '재일조선인'이다. 예를 들면 『바람이 달린다』의 주
인공인 히토기리 고헤이人斬り耕平라는 이명異名을 가진 노老깡패는 전쟁
중에 군 소속으로 미얀마에 강제 연행 된 조선인이며 현재는 근근이 포
로노 비디오를 제작하여 암에 걸린 몸을 지탱하며 사는 인물이다. 또한
고헤이에게 보호받는 유흥업소의 요코陽子도 자신이 조선인이라는 자각
도 없고, 조금 생각이 없는 조선인으로서 설정되어 있다. 아마도 이기승
은 하층에서 꿈틀거리는 조선인 군상을 '풍부한 사회＝일본'에게 버려
진 인간으로서 형상화하려고 한 것이다. 그리고 그 모티베이션의 끝에
'이방인'인 '재일조선인'의 현주소를 '일본'의 암부로 구상한 것이다.
여기에서 '일본'이 '차별'을 생산해 내는 사회라는 것이 전제되어 있다.
이 '일본'사회에 뿌리 박혀 있는 현존하는 '이방인＝조선인차별', 이것

은 '재일조선인' 1세, 2세는 물론 전부 '윤택한' 선진공업국가에서 태어나 자란 제3세대에 대해서도 예외 없이 같은 문제에 봉착되어 있다. 이양지, 이기승의 소설은 그것을 명백하게 방증해 보인다.

그러나 반면, 그들 제3세대의 문학은 '일본'의 '조선인차별'의 현실에 대해서는 이야기해도 그 내부에는 제1세대 김달수金達壽와 김석범金石範, 김시종金時鐘, 2세인 이회성李恢成, 김학영金鶴泳 들의 '작품'에서 볼 수 있는 '한怨念'이 그려져 있지 않다. 즉 '차별'에 대한 규탄이나 사투를 이양지나 이기승의 '작품'에서 읽어낼 수가 없는 것이다. 이 '차별'이 현전現前하는 '사회＝일본'에서 도망치려는 인물은 조형되어 있지만, 그 현실에 맞서려는 인물을 '작품' 안에서 찾아낼 수가 없다. 이것이 제3세대 '재일조선인문학'의 최대 특징이라고 할 수 있다.

이 제3세대의 공통적인 경향은 '일본'의 현대문학에 연이어 등장하는 젊은 세대, 예를 들면 시마다 마사히코島田雅彦나 고모리 교지小森恭二, 혹은 조금 더 이전의 무라카미 하루키村上春樹들이 '세계'나 '사회' '혁명' 등에 관심을 가지지 않고, 오르지 내면의 '공허'를 소재로 하여 처리하는 현실과 매우 조응하고 있다. 즉 현재에 스스로의 존재를 규정하는 '이방인'성에 의거함으로써, 다시 말하면 '재일조선인문학'의 일종의 존재 방식인 '민족'을 작품의 중심에 놓고 있어서 그들의 문학은 '문학주의'로 전락하지는 않았지만, '일본'의 현대문학의 좋지 않은 주류에 언제든 동화해버릴 수 있는 위험을 내포하고 있다는 것이다. 실제로 이양지의 새로운 작품 「내의来意」(『群像』, 1986.5) 등은 실존주의적경향이 강해지고, '민족'성은 편린조차 찾아 볼 수가 없다.

일찍이 오타 미노루小田実는 이회성과의 대담 '문학자와 조국'(『群像』,
1972.5)에서 "재일조선인의 문학을 일본문학으로서가 아니라 아시아
문학의 하나로서 보는 것이 좋다고 생각합니다. 즉 이것은 한국 문학으
로도 환원할 수 없고, 공화국 문학에도 환원될 수 없는 뭔가가 다른 것
으로서 존재 할 수 있지 않을까 하는 생각이 든다"고 발언했는데, 현재
의 이양지나 이기승의 소설을 읽고 있으면, '민족의 주체성'을 통해서
'아시아 문학=세계문학'으로 나가는 것이 아니고, '문학주의'라는 일
반론 속에 '재일조선인문학'을 해소해 가는 경향이 있는 것 같다. 그것
은 '조국분단'이라는 현실과 악전고투하면서 그래도 '재일하는' 조선인
의 주체를 파고들어 가는 것을 '작품'의 근거로 한 김달수, 김석범, 이회
성 등의 1세대 2세대의 문학과 비교하면 매우 약하다는 인상을 받는다.

2. '이루지 못한 꿈=자생적 사회주의의 실현'

비평가 다케다 세이지(강수차)竹田青嗣姜修次는 「이회성론李恢成論」(『'재
일'이라는 근거'在日'という根拠』, 1982)의 결론부에서 '재일조선인' 2세 이회
성이 목표로 하여 구현한 것에 대해 다음과 같이 썼다.

이회성의 성숙한 이념이 우리들에게 암시하고 있는 것은 실은 일본의
전후사회에 발생한 사회의식 문제이다. 그의 이념이 이와 같은 '전후' (일

본의) 의식의 패러다임을 계속 살고 있고, 그저 그 '실재성'의 결함을 메우기 위해서 '파시즘' '민주주의' '민족' '조국' '통일'이라는 이념적 '사회'를 끊임없이 부르짖던 변주형태인 것은 지금은 명확할 것이다.

우리들이 거기에서 목격한 것은 '사회'에 대한 '의미로의 욕망'을 강요하여 그것을 생활의식에 녹이는 행동 속에서 성숙한 '인간'다운 것의 가치와 의미를 발견하려는 **우리들 자신의** 생에 대한 욕망의 형태이다. 이 욕망의 형태는 '집', '사회', '집'이나 그 외 다양한 열정의 형태로 갇히고 그리고 시대적인 언설의 수위로 대립 구도 속으로 던져지고 말았다. 더구나 이 정열의 내부에서는 이 대립이 하나의 허구이고 게다가 시대적 허구인 것이 보이지 않는다.(강조는 원문)

어려운 평론이지만 요컨대 다케다는 이회성문학의 성질은 아버지로 상징된 '집'의식과의 격투에서 '민족' '조국'이라는 '정치'적인 패러다임이 지배하는 이념을 부르짖고, 자신이 가정을 만들었을 때 다시 '집'을 문제시하는 데에 있었다. 게다가 그 기적은 '허구'의 전후이념과 유사하다고 결론짓는다. '해석'하기 좋아하는 다케다다운 분석이지만 다케다의 이론에 따르면 '재일조선인문학'을 포함한 대부분의 전후문학은 '허구'의 이념에 의해서 형성된 것이다. 그러나 '허구'가 아닌 이념은 없고 그렇더라도 우리들의 삶은 그 이념에 의해서 유지되고 있는 부분이 있기 때문에 또한 그 허구가 있는 까닭에 '문학'이 존재하는 것을 고려하면 다케다의 해석은 논리적으로 치장되어 있지만 실은 실감주의를 고취시키고 있는 것에 지나지 않는다고 할 수 있다.

그리고 다케다의 「이회성론」에 관해서 말하면 그는 주도면밀하게 이회성의 '논리'를 구현 한 장편『이루지 못한 꿈見果てぬ夢』(『群像』, 1976.7~1979.4)에 대한 언급을 회피하고 있다. 즉 사할린에서 태어나 일본의 패전으로 홋카이도北海道에 귀향하여 그곳에서 성장한 '재일조선인' 작가 이회성의 성장사와 모든 이념을 쏟아 부운 대작『이루지 못한 꿈』이야말로 이회성론의 중심에 놓아야 했음에도 불구하고 다케다는 그 부분에 대해서는 전혀 언급하지 않는다. 다케다는 현재의 '정치'를 교묘하게 회피한 것이다. 그래서 이회성이 지향한 것이 '시대적인 허구'로 이해하는 것은 너무나도 편파적이다.

이회성이『이루지 못한 꿈』에서 최종적으로 추구한 것은 작가 자신의 말에 의하면 '자생적(토착)사회주의'의 가능성에 대한 것이고 그것을 실현하기 위해서 싸우는 사람들의 형상이었다. 이회성은『이루지 못한 꿈』을 끝낸 1년 후 호세法政대학에서의 강의록『청춘과 조국青春と祖国』(1981.6)의 '자생적 사회주의에 대하여'에서 "'자생적 사회주의' 사상은 마르크스 · 레닌주의를 기본원리로 하고 있습니다. 유물변증법의 관점에서 세상일을 판단하고 사적 유물론의 관점에 서서 역사의 발전을 보는 입장을 취합니다"라는 근본원리를 보여준 후 그 당면의 임무에 대해서 다음의 2항을 제시하고 있다.

　　첫째는 전두환全斗煥으로 대표되는 '유신잔당' 세력을 무찌르고 민주주의를 확립하여 정치 · 경제 · 사회 · 문화의 모든 분야에 민주주의를 정착시키는 것입니다.

둘째는 그 민주주의에 철저하게 의거하면서 경제 사회주의화를 지향하는 것입니다.

게다가 계속해서

한국혁명의 역사적과제로서 자생적 사회주의자는 이와 같이 생각하는 것입니다. 보시다시피 이 혁명은 2단계를 거치는 계속혁명의 방법입니다. 일찍이 레닌은 '정치적 민주주의의 길을 거치지 않고 다른 길을 지나서 사회주의로 나아가려는 자는 반드시 경제적인 의미로도 정치적인 의미로도 아둔하고 반동적인 결론에 도달한다'고 서술하고 있는데, 한국에서 정치·사회적인 제 사정, 예를 들면 노동자계층의 성숙도나 농민의 자각정도를 생각해 봐도 갑자기 군사독재 정권에 대한 사회주의 혁명을 주장하는 것은 무리가 있겠죠.

라고 그 내용을 설명하고 있다. 이 부분만을 보면 이회성이 주장하는 '자생적 사회주의'는 이전의 코민테른의 '일본에서의 정세와 일본 공산당의 임무에 관한 테제'(이른바 32년 테제)를 상기시키는 듯한 것으로 결코 새로운 '사회주의'상像의 제출은 아니다. 아니 오히려 오소독소 한 것이다. 그러나 여기에서 이회성의 '자생적 사회주의'의 옳고 그름에 대해서 논의해도 의미가 없다. 문제는 "북이든 남이든 우리조국"이라는 심정을 계속 토로하며 정치적으로도 북한의 김일성주의 (주체사상)에 가담하는 것이 아니고 그렇다고 해서 당연한 것이지만 남한의 군사독재정권도 용인하지 않는 작가 이회성의 '재일하는' 사상의 연장선상에 '사회주의'가 선택 된 것이다.

　이회성은 '자생적 사회주의'를 이야기 할 때 민주주의를 강조한다. 이것을 고려하면 이회성의 '자생적 사회주의'는 '인간의 얼굴을 한 사회주의' 즉, 지금까지 이 땅에서 실현하지 못한 '사회주의'를 목표로 한 것일지도 모른다. 그 증거로 장편『이루지 못한 꿈』의 주인공들, 조남식趙南植, 박채호朴采浩 등은 모두 과다할 정도의 '인간'으로서, 이상에 불타는 인물로 조형되어 있다.

　'민주주의'가 지금까지 실현되진 않은 '조국＝한국', 그래도 거기에서 '인간'을 회복하려는 투쟁을 일으킨 사람들이 존재하는 것을 강하게 밀어붙이고 게다가 그것이 어렵고 인고의 길임을 명확하게 표현한『이루지 못한 꿈』의 세계. 이것은 이회성의 '혁명＝인간해방'에 대한 간절한 바람을 증명하는 것이었다.

　'일본'의 식민지 사할린에서 태어나 이후 일관되게 '재일'로서 살아야만 했던 이회성에게 초기의『또 다시 그 길またふたたびの道』(1969)『가야코를 위해서伽倻子のために』(1970), 『다듬이질을 하는 여자砧をうつ女』(1971)『사람 얼굴의 큰 바위人面の大岩』(1972) 등의 작품에 보였다 안보였다 하는 주제인, '집', '아버지', '사할린', '빈곤' 등은 모두 대명제인 "자생적 사회주의"에 이르는 과정이 아니었던가. 물론 거기에는 청년기의 얼마간을 보냈던 "조선총련"의 체험＝'정치'에 의해서 자신을 '재일하는' 현실에서 해방하려는 체험이 농후하게 드리워져 있음을 고려해야만 한다.

　그러나 '북한이든 남한이든 우리조국'이라는 변화하는 '국가'을 넘어서 보편적'민족'에 다다른 이회성의 사상은 "조국한국·조국공화국"
과 함께 지양하는 "통일조국=자생적 사회주의국가"에 대한 이념으로
결정結晶되어, '재일하는' 자신의 당면 과제를 발견했다고 해도 과언이
아니었다. 『이루지 못한 꿈』의 주인공의 한 사람인 조남식이 '재일조선
인'이고 이야기의 대부분을 정치범으로 옥중에서 지내는 것을 생각하
면 '재일하는' 조선인의 여러 가지 고난 속에서의 해방은 또 "통일조국"
의 해방 없이는 있을 수 없다는 이회성의 각오를 파악할 수 있다. 문고판
『이루지 못한 꿈』의 해설 "강력한 권력에 '고집을 드러내는' 문학"을 쓴
오가사와라 마사루小笠原克는 "나르도니키"에게 꿈을 실었던 이시가와
타쿠보쿠石川啄木와 이회성을 아나로지컬하게 고찰하여 "타쿠보쿠가 그
린 '문학'상은 이회성의 존립을 역동적으로 지시한 것으로 근년에는 사
어가 된 '혁명=정치'소설에 대한 꿈을 강하고 소박하게 회복하는 것처
럼 보인다"고 이 장편소설의 모티베이션을 적확하게 지적했다. 요컨대
이회성은 『이루지 못한 꿈』에서 '혁명'의 가능성, 그것을 "한국"에 한정
시켜서 생각하는 것은 협소한 것이라고 말한다.

3. 또 하나의 '이루지 못한 꿈=제주도해방'

김석범金石範이 당당하게 계속 쓰고 있는 『화산도火山島』(제1부 1976.2~
1981.8)는 13살 때 처음 방문한 '고향=제주도'에서 1948년에 일어났

던 '4·3무장봉기사건'을 둘러싼 이야기이다. 지금까지 완결되지 않은 대하소설의 제1부만을 들어 작가의 특질을 논하는 것은 준비성이 부족하다는 비판을 면할 수 없을지도 모른다. 그러나 김석범은 이회성이 『이루지 못한 꿈』에서 시도한 것과 같이 4,500장의 『화산도』 제1부에 '재일조선인작가'로서의 자신의 모든 것을 쏟았다고 해도 과언이 아니다. 왜냐면 김석범은 『화산도』에서 '혁명'의 가능성, 혹은 불가능성을 '민중'의 삶에서 모색하고 있기 때문이다.

아시다시피 김석범은 단행본 『까마귀의 죽음鴉の死』(1969)으로 출발한 작가이다. 여기에는 「제주도 4·3봉기사건」에서 취재한 일련의 단편 『간수 박서방看守朴書房』, 『까마귀의 죽음』, 『관덕정観德亭』이 수록되어 있는데 이들 작품에서는 빨치산 측의 패배가 명확히 되어가는 시대가 그려져 있고, "제주경찰감방에서는 '석방!'과 학살과는 동의어였"(『간수박서방』)던 상황에서 살아가는 모습을 '혁명'의 주인공이 아닌 간수나 "협기부리는 할아범"(『관덕정』)이나 "스파이"(『까마귀의 죽음』)의 삶의 방식을 통해서 그려낸 것이다.

아마도 김석범은 이들 일련의 작품을 통해서 '혁명'의 패배과정에서 부상된 '인간'의 진실을 그려내려고 했을 것이다. "고향=제주도"는 '재일하는' 김석범에게는 언제까지나 변하지 않는 '이상=꿈'으로서 존재하지 않으면 안 된다. 그러나 고향에서는 미국군와 괴뢰 정권인 이승만 정권에 의해서 도민의 '해방=독립'을 갈구하는 행동이 압살되었다. 게다가 그것은 같은 '민족'이 피를 피로 씻는 듯한 가열된 상황을 만들어 낸 것이었다. '인간'이 슬픔의 민낯을 드러낸 것이다. 작가 김석범의

『까마귀의 죽음』의 연작에서의 시선은 그야말로 그러한 인간의 슬픈 존재에게 향해 있다. 분노보다도 비애를 이들 초기 작품에서는 강하게 드러난다. 예를 들면『까마귀의 죽음』의 최종부분. 빨치산 측의 스파이 정기준丁基俊은 군정청의 구내에 버려진 빨치산의 사체를 노리고 있는 까마귀를 자신의 권총으로 쏜 것을 상사에게 의심을 받았는데 그 이후의 장면에는 작가 김석범의 슬픔이 나타나 있다.

> 굉음으로 귀에 들리지 않는 불꽃이 번뜩였다. 기준은 한걸음 앞으로 내딛고 조용히 3발을 계속해서 어린 소녀의 가슴에 쐈다. 기준은 어째서 부장을 겨냥했던 탄환이 소녀 위에서 불이 뿜어져 나왔는지 몰랐다. 다행이라고 본능적으로 느낀 것뿐이었다. 내 가슴에 쏜 것 같은 그 불행한 탄환은 소녀의 유방 속 깊이 박혀 들어가 피를 뿜어냈다.
>
> ―『까마귀의 죽음』

물론 이들 연작『까마귀의 죽음』에 관통하는 '비애'의 기조는 김석범의 또 하나의 창작의도라고 생각되는 '민중의 차분함'과 조금도 모순되지 않는다. 빨치산과 격렬한 전투를 전개하고 있는 제주도의 경관이 되어 자신의 행동의 의미를 모른 채 처형된 간수 박백선朴百善의 유머조차 느끼게 하는 인물조형(『간수박서방』), 혹은 동네의 사람들로부터 무시당하면서도 자신의 생을 끌어안고 사는 협기부리는 할아범의 존재(『관덕정』)는 작가 김석범이 '민중'이라는 본질을 숙지하고 있었던 것을 방증한 것이었다. 루쉰魯迅의 아큐와의 유사점은 이미 많이 논해져 왔는데, 그건 그렇고 김석범의 '민중'은 비애와 강인함을 동시에 갖고 있는 존재라는 것을 강조해 두고 싶다.

　게다가 그것은 "열쇠뭉치에 대해서 특이한 취향의 의견이 두 개로 나뉘었다. 하나는 박서방이 남모르는 사람인지 어느 부자가 아닌지 하는 것. 또 하나는 외롭기 때문에 아내 대신에 열쇠뭉치를 껴안고 잤을 **것이었다는 것**"(강조─인용자, 『간수박서방』), "거기서 '협기부리는 할아범'이면서 인간이라는 것은 어떤 일이 있어도 '경찰'이 되어서는 안 된다고 사람들에게 타이르고 있다는 **것이었다**"(강조─인용자, 『관덕정』)라는 민담적으로 작품을 맺는 방법에도 나타난다. '이야기'적으로 작품을 끝내서 '민중'에게 작품을 되돌려 주는 방법, 이것은 작가가 '민중'의 본질을 충분히 알지 못하면 할 수 없는 것이다.

　'일본'에서 태어나 자라 '8·15해방' 후에 고향으로 돌아 온 적도 있는 '재일하는' 조선인 김석범의 '민중'은 그럼 어디에서 태어난 것인가. 김석범에게는 1958년 동경의 고마쓰가와小松川에서 발생한 '여고생 살인사건'의 범인 이진우李珍宇를 모델로 한 소설 『제사 없는 축제祭司なき祭り』(1981)가 있다. 거기에서는 오로지 지금까지의 이진우에 관한 문학적 이미지를 결정한 아키야마 슌秋山駿의 "내부의 인간"상을 전복시켜서 이진우 청년을 '재일하는 조선인 민중' 일반 속에 해방시키고 '재일조선인'이라면 누구나 '이진우'가 될 수 있는 가능성을 가지고 있다는 생각을 강하게 내세우고 있었다. '빈곤', '차별', '고향상실' 등의 부담을 견딜 수 없었던 청년에 대하여 자상하고 따뜻한 시선은 연작 『까마귀의 죽음』과 공통되는 것이었다.

'강인한 민중', 그리고 '제주도 4·3무장봉기'에 대한 고집, 이것은 '재일하는' 현실 속에 작가로서의 정체성을 획득해야만 했던 김석범의 '숙명'이라고 해도 좋을 것이다. 『화산도』에서 "8·15해방" 후에 "일본"에서 찾아온 게릴라 전사 남승지南承之, 혹은 구청에 근무하면서 최종적으로는 빨치산에 몸을 던지는 양준오梁俊午, 중학교 교사이면서 남로당(남조선노동당)의 활동을 하고 있는 유달현柳達鉉 등의 인물 활동을 세밀하게 묘사하면서, 이야기가 일본 유학 중에 사상운동을 해서 체포되고 서울 형무소에 들어 간 적이 있는 허무주의자(현실주의자)인 이방근李芳根의 눈을 통해서 전개되고 있는 것도, 단순히 테크닉의 틀을 넘어서 김석범이 고집하는 것의 질적인 측면을 나타내는 것이라고 생각할 수 있다. 즉 '혁명'내부의 관찰자로서 이방근을 설정함으로써 김석범은 '민중'과 함께 '이루지 못한 꿈'을 계속 꾸려고 결의하고 있는 것이다.

김석범은 「'재일'의 허구在日'の虚構」(1977)라는 에세이 중에서 『신약성서』의 「루카전伝」의 "죽은자로 하여금 죽은자를 장사시키고 그대는 가서 하나님의 나라를 전하라"라는 말을 인용하여 "기독교도가 아닌 나는 하나님의 나라를 나 나름대로 '혁명'"이라고 봤다며 『화산도』를 쓸 때에 힘이 되었다고 쓰고 있다. 모든 인간이 '인간'으로서의 얼굴로 생활하는 "하나님의 나라"의 실현, 그것은 "허무와 혁명을 테마로 하는" (좌담회 「재일조선인문학을 둘러싸고在日朝鮮人文学をめぐって」, 1981) 김석범의 뜨거운 희구였다고 할 수 있을 것이다.

4. '분단'의 비극

이회성이나 김석범에 선행하는 1세의 '재일조선인작가' 김달수는 1981년 3월, 37년만에 '고향＝한국'을 방문한다. 1930년 '일본'에 왔을 때부터 센다면 51년 만이다. 그에게는 어느 정도의 감회였을까? 장편 『현해탄玄海灘』(1952)이나 『태백산맥太白山脈』(1969)에 집성된 '재일조선인'의 삶을 일본공산당원 ― 조선총련의 활동가 ― 잡지 『삼천리三千里』의 책임자라는 정치적 문화적 입장을 배경으로 계속 묘사해온 김달수가 갑자기 전두환 군사독재정권이 지배하는 '한국'에 성묘한다. 조상, 친족을 소중하게 생각하는 조선인의 민족의식을 생각하면 노후에 들어선 김달수가 살아있는 동안 한 번만이라도 고향을 보고 싶어 하는 것은 충분히 수긍할 수 있다. 이 '재일하는 조선인'의 심정일반을 말하면 이회성의 『사할린 여행サハリンへの旅』(1983)에도 공통되는 점으로 김달수의 고향방문기 『고국까지故国まで』(1982)에 수록된 「순천에서 고향까지順天から故郷まで」의 문장 등은 감동적이기까지 하다.

그러나 조선반도 전체뿐만 아니라 전 세계를 흔든 80년 5월의 '광주사건'의 땅을 방문했을 때, 다음과 같은 냉담함은 김달수의 이력을 알고 있는 자에게는 놀라움을 주었다.

드디어 우리를 태운 작은 버스는 호남고속도로의 광주光州 인터체인지를 나와서 광주시내로 들어갔다. 나는 그 '광주사건'이 일어난 광주시가지의 일부를 봤을 뿐인데 뾰족한 것이 가슴을 압박하는 것을 느꼈는데, 버스는 북쪽으로 방향을 틀어 고지대로 올라가는가 싶더니 거기에 우뚝 서 있는 국립광주박물관 앞에 도착했다.

나는 버스에서 내려서도 눈이 휘둥그레진 채 그 박물관을 둘러봤다. 나는 그때까지 광주하면 작년 5월 '광주사건'인데, 그 박물관은 거기에 '신안해저문물'이 진열되어 있었다. 그런데 그 박물관 자체가 우선 나에게는 놀라움이었다.

―『고국까지』

여기에서 김달수가 '광주사건'에 대해서 전혀 언급하지 않았다는 것은 아니다. 김달수도 '일본'의 신문기사 정도는 언급하고 있다. 그러나 전두환 사령관이 수많은 시민과 학생을 학살한 것에 대한 언급도 없고, '광주사건'을 전후戰後의 한국 민주화 운동사로 자리 매김하는 일 등도 전혀 하지 않는다.

여기에서 '고향＝한국' 방문이 허가 된 김달수의 사상전환이라고 볼 수도 있지만 그것보다도 '조국'이 분단된 까닭에 '재일하는 조선인'도 분열된 채 굴절을 거듭하여 결국 '고향'에 이끌려서 군사독재정권도 허용하고 만 인간의 약함·비극의 드라마를 보는 편이 보다 자연스러울 것이다. 만약 '파시즘' ↔ '반공주의'라는 형태로 북과 남으로 '조선'이 분단되지 않았다면 김달수가 연기하는 비극도 없었을 것이다. 비록 국제정치 역학의 결과라 할지라도 견딜 수 없는 일이다.

김달수와는 전혀 다른 케이스인데 이회성과 같은 2세 작가 김학영

의 경우도 '조국분단' 현실로 비극을 겪어야만 했던 전형적인 예라고 할 수 있다. 김학영의 문학에 대해서는 종래로부터 그 문학적 출발을 말더듬이를 주인공으로 하는 『얼어붙은 입凍える口』(1966)과 같은 특징 있는 작풍을 통해서 '재일하는 조선인'의 현실보다도 '말더듬이' 쪽이 무거운 주제로 설정되어 있다고 지적되어 왔다. 예를 들면 앞에 언급한 다케다 세이지는 "김학영과 같은 작가는 말더듬이에서 유래한 '불운의식' 이, 조선인이기 때문에 오는 그것을 압도하고 배제해버린 것같이 보인다"(『'재일'이라는 근거』)고까지 단정하고 있다. 어떻게 읽으면 다케다와 같은 논리를 끌어낼 수 있는 것인지는 잘 모르겠지만 벡틀은 전혀 반대이다. '아버지·조선인·차별·빈곤' 등 재일조선인에게 공통적인 짐을 감수성이 풍부한 김학영 소년이 온몸으로 받아들인 까닭에 그는 '일본'에서 '말더듬이'라는 자기표현의 장애에 빠져서 거기에서 표현자＝소설가로 전환했다고밖에 생각할 수 없다. 초기작품 『착미錯迷』(1971), 『알코올램프あるこーるらんぷ』(1973), 『돌길石の道』(1973) 등을 읽어보면 그것은 명확하다.

게다가 초기작품 주제의 하나인 '아버지'와의 갈등은 '북'의 공화국을 지지하는 즉 조선총련의 하부활동가인 아버지와 그와 같은 아버지를 통해서 '북' 체제에 회의하는 아들이라는 도식에서 나온 것이다. '조선분단'이라는 현실이 '재일하는' 작가 김학영을 직격直擊하고 갈라놓아 간 것이다. 따라서 김학영의 문학을 논하는 데 있어서 '내면'이야 말로 중요하다는 방법(예를 들면 다케다 세이지)은 잘못 되었다. '내면'을 강요하는 것 즉 '재일하는' 현실을 문제로 삼지 않고 아무리 '문제로서의 내면'(다케다)이라고 해도 그것은 근대적 자아의 변주로서 그의 문학을 보고 있는 것이다.

'재일한다'라는 현실은 지금까지 봐 온 1,2세 문학자에게 좋든 싫든 '정치'에 가담할 수밖에 없었다. '정치'에서 가장 멀리 떨어진 작품을 써 왔다고 일컬어지는 김학영도 예외는 아니다. 자살하기 2년 전에 쓴 유일한 장편소설 『향수는 끝나고, 그리고 우리들은鄉愁は終り、そしてわれらは一』(1983)은 북조선의 스파이로서 한국에 온 남자 이야기인데, 이와 같은 무대설정을 생각하면 이 작품에서 김학영이 한 발짝 두 발짝이나 '정치'에 발을 들여 스스로를 '민단'계의 문학자로서 자기 규정한 것이라고 생각할 수 있다. 이 장편의 배후에 있는 '정치'에 대한 어두운 정념을 읽어내면 "대의명분이나 이념에서 자신의 사고의 계류繫留지점의 하나를 찾는 것을 완고하게 거부한 것은 김학영의 수치이다"(오케타니 히데아키桶谷秀昭, 「김학영의 죽음을 생각한다金鶴泳の死に想ふ」, 『김학영 작품집성金鶴泳作品集成』 부록) 등으로 점잖을 빼고 있을 수는 없다. 다만 "청일전쟁을 의전義戰이었다"(동일)는 사상을 옹호하는 민족주의 문학자 오케타니의 입장에서 보면 자신의 규정에 맞춰서 김학영의 '정치'를 각색해야만 했겠지만.

어쨌든 김학영을 '정치'와 마주하게 한 것, 그것은 틀림없이 '조선'이 분단되어 있는 현실이었다. "조선의 스파이"라는 선정적인 설정은 그때까지 철저하게 '재일하는' 자신을 응시하는 자세에서의 일대 비약이었다. 그리고 김학영은 46세의 젊은 나이에 자살했다. 여기에서 '조국'이 분단되어 있는 현실이 '재일조선인'에게 강요한 비극의 전형을 보는 것도 반드시 잘못된 것은 아닐 것이다.

'조국분단'의 고착화는 '남한'과만 관계를 맺고 점점 그 관계를 깊고 강하게 만들어가는 '일본'에서 생활하는 '재일하는' 모든 조선인에게 이양지의 작품에서 보이는 뿌리 없는 풀 같은 '이방인'을 강요하는 것이 된다. '이방인'에서 '동화(귀화)'로라는 것이 지문날인 등의 야만적인 행동을 강요하는 '일본'이 노리는 것이었겠지만 모든 '정치'적인 상황이 변용된다. 그 원리에 따르면 '분단'이 굳어지는 것도 있을 수 없다. 그렇다면 그것에 많은 원인이 있는 '재일조선인'의 문제도 거기에서 대부분은 해결을 볼지도 모른다. 물론 변용을 필연화하는 여러 가지 힘이 필요하지만…….[1]

(번역 : 한해윤)

---

1 〔저자주〕: 여기에서 다룬 작가만으로 '재일조선인문학의 현재'를 모두 이야기 할 수 없는 것은 분명하다. 이 외에도 고사명(高史明), 김시종(金時鐘), 종추월(宗秋月)등, 각각의 독자적인 문학 세계를 가진 작가·시인들, 혹은 새로운 점에서는 이이오 겐시(飯尾憲士), 쓰카 고헤이도 언급하면 보다 '현재'는 충실해졌을 것이다. 그러나 제한된 분량으로 어떻게 접근할까? 이것은 글쓴이의 문학사상의 문제로 실로 어려움 있다는 것을 한마디 덧붙여 두고 싶다.

재일 / 문학의 미래

일본과의 교착로에서

이소가이 지로磯貝治良

윤건차尹健次의 『사상체험의 교착』[1]에는 여러 곳에 시의 단편이 실려 있다. 시인들은 어떻게 시대에 참여하고, 각 시대의 과제를 시에 표현했을까? 사상체험을 표상하는 데 시를 활용한 저자의 방법론은 특이하면서도 의표를 찌른다. 사회·정치사를 다루는 이런 딱딱한 종류의 글에 쉽게 다가갈 수 있도록 하는 데 매우 효과적이다. 이 책에 삽입된 시의 마지막 부분이 저작시라는 사실도 저자의 시에 대한 범상치 않은 집착을 보여준다.

---

1 尹健次, 『思想体験の交錯』, 岩波書店, 2008.

여로

그는

땅 끝에서부터

뚜벅뚜벅 걸어와서는

앞으로도

지쳐 쓰러질 때까지

터벅터벅

홀로 걸어가겠노라고 말한다

추레하고

후줄근한 옷을 입고

어깨에

다 닳아 해어진 자루를 늘어뜨리고

그는 터벅터벅 걸어간다

아마

이 길이

그에게 허락된

단 하나의

'여로'인가 보다

— 윤건차

　그렇다. 윤건차는 시를 쓰는 사람이었다. 시집 『여로』[2]가 있으며, 모리타 스스무森田 進, 사가와 아키佐川亜紀 편, 『재일코리안시선집』[3]에도 4

편의 시가 수록되어 있다.

앞에 실린 시는 그 가운데 한 편이다. '여로'는 인생의 깨달음으로 해석되기도 하며, 재일을 실향한 나그네로 보고, 그 신세를 여로에 빗대어 노래한 것으로도 읽을 수 있다. 나그네란 조선민족의 전통적인 독특한 감정을 담아 드러내는 말로 단순히 여행자라는 의미는 아니다. 낯선 '약속의 땅'을 찾아 흔들림 없이 계속 걸어가는 그 정신상을 나타내는 측면이 강하다. 어느 쪽이든 윤건차는 소박한 시심詩心에 인생과 재일을 교차시켜 청춘의 여정을 시작한 것이다.

1. '천황제와 조선'이라는 키워드

『사상체험의 교착』 안에서 저자는 '천황제와 조선'을 과제화하여 집착한다. 전후에서 현재에 이르는 사상체험을 독해하는 축으로 삼을 뿐만 아니라 때로는 그 지점에서의 물음을 절대화한다. 시점을 일본에 두고있는 경우가 특히 그렇다. 일본 및 일본인의 사상체험의 귀추가 그 키워드에 의해 결정되어진 것이기 때문이다. 현대적 상황에 견주어 덧붙이자면, 이러한 키워드에 대한 과제화와 집착이야말로 윤건차라는 사상가의 핵심이라고 할 수 있다.

그렇다면 '천황제와 조선'은 재일조선인문학과 전후의 일본문학에

---

2 尹健次, 『旅路』, 自家版, 1966.
3 森田進, 佐川亜紀 編, 『在日コリアン詩選集』, 土曜美術社出版販売, 2005.

서 어떻게 그려졌을까? 그 주제를 둘러싸고 재일 / 문학과 일본 / 일본 문학은 과연 만날 수 있었을까? 소설작품을 통해 소묘적으로 살펴보자.

2. 재일조선인 문학은 천황(帝)을 어떻게 그렸나

김달수의 『현해탄』[4]은 일제강점기 말 서울(당시 경성)을 무대로 조선 민족의 고뇌와 저항, 배신을 그린 장편이다. 거기에 조광소라는 인물이 등장한다. 그가 아무나 붙잡고서는 황국신민의 서사皇国臣民の誓詞를 가르쳤기 때문에 사람들은 그를 두고 '황국신민서사'라고 불렀다.

그는 "하나, 우리는 황국신민이다. 충성으로써 군국에 보답하자. 둘, 우리 황국신민은 서로 신애협력信愛協力하여 단결을 굳게 하자. 셋, 우리 황국신민은 인고단련忍苦鍛鍊의 힘을 양성하여 황도를 선양하자"라고 암송한 후, 일장 연설을 늘어놓는다. "군국君国, 다시 말해 일본을 섬기자. 우리는 일본에 대해서 보답해야만 한다. 정말이지 요즘 애들은 글러먹었어. 금방 어째서? 뭘? 이라고 생각한다더군. 이유나 도리 같은 건 아예 따지지도 마라. 알겠나? 그리고 또 어떤 녀석은 다른 문구는 아예 입도 뻥긋하지 않고, '서로 신애협력하여 단결을 굳게 하자'와 '인고단련의 힘을 양성하여'라는 말만 외우고 있던 것도 나는 알고 있었지만, 이것도 안 돼. 안 된다는 증거로 그 녀석은 아직 서대문(형무소)에서 못나

---

4   金達寿, 「玄海灘」, 『金達寿小説全集』 第6巻, 筑摩書房, 1980.(초판은 1954년 발행)

오고 있어. 알겠나?"

또 그는 큰 길에서 약을 파는 약장수처럼 연설한다. "그런데 너희들, 그 뭐냐, '우리는 황국신민이다'에서 이 황국이라는 건 말이야, 일본어에 같은 발음으로 광고広告라는 말도 있지. 하지만 이 말은 절대 그 전봇대 따위에 붙어있는 광고라는 의미가 아니야……"

일제강점기에 조선 민중이 '황국신민서사'를 표면적으로는 따르면서도, 몰래 독립에 대한 의지를 드러낸 사실은 잘 알려져 있다.

조광소라는 인물은 그런 연설을 하고 나선, 탁배기 한 사발을 찾는데, 실은 '황국신민의 서사'를 선전하는 척 하면서 그것을 풍자하여 독립정신의 단련과 민족의 단결, 일본 제국주의에 대한 보복을 호소하고 있었던 것이다. 유치장에 연행이라도 되면 '잠시 여행을 다녀왔다'고 말하는 조광소는 사실 민중의 의지를 대변하는 숨은 용사였다고 할 수 있다.

같은 일제강점기 말, 사실에 근거하여 그린 장편으로 레이라羅麗의 『산하애호』[5]가 있다. 레이라라고 하면 흔히 미스테리 소설 분야에서 이름을 날린 작가로 알려져 있지만, 나는 이 작품을 그의 대표작으로 본다. 1943년 12월 5일, 메이지대학에서 개최된 「반도학도출병총결기대회半島学徒出兵総決起大会」의 현장에서는 「일선동조동근론日鮮同祖同根論」을 설파한 최남선, 「조선민족말소론朝鮮民族抹消論」을 주장한 이광수의 모습이 그려진다. 존경하는 선배의 변절에 절망한 주인공인 조선인 지식청

---

5   麗羅, 『山河哀号』, 集英社, 1979.

년은 무심결에 항의를 하다가 연행된다. 끌려간 유치장에서 그를 심문하면서 가혹한 고문을 가한 사람은 조선인 경부였다. 소설에 천황이 등장하지는 않지만 '내선일체內鮮一体'의 실상을 그리며 천황제식민지국가를 이면에서 고발하고 있다.

이이오 켄지飯尾憲士의 「군가軍歌」[6]는 천황에 대한 혐오를 꽤나 노골적으로 토로한다. 이이오의 아버지는 조선인, 어머니는 일본인이다.

주인공 나시지梨地는 작품의 무대인 육군예과사관학교 30년 만의 동기회에서 씁쓸하게 고백한다. "짐의 육해군장병들은 전력을 다해 싸우라宣戰詔書라고 명령하고, 죽임 당한 이도 혼백을 담아, 필사감투必死敢鬪하고 황토에 침입하는 자는 모조리 멸하고, 한 명도 살아남지 못하게 하라決戰訓며 격문을 띄우고, 짐은 그대들을 수족같이 의지하니 그대들은 짐을 우두머리로 믿고 따르라軍人勅諭고 말씀하신 히로히토裕仁 천황은 조금의 자기비판도 하지 않는다.(교활하고 인정머리 없는 사람이구만)"

연회가 이어지고 군가 대합창이 시작되려고 할 때 나시지는 생각한다. '그 주군이라는 사람의 명령으로 옆 나라를 병합시켜 버리고, (…중략…) 일본 이름으로 바뀌는 것이 부끄러워 자살한 이도 있다. 반대로 일본 내지에서 조선 이름을 내내 숨기며 살아가는 이도 있다. 아버지도 그 중 한 사람이었다. 여기에 앉아 있는 사람들은 그런데도 더욱 폐하의 곁에서 배운 행복이라고 찬양할 생각인 건가?'

나시지는 군가 부르기를 거부하고 양복점 직원이었던 아버지가 재

---

6   飯尾憲士, 『隻眼の人』, 文藝春秋, 1984.

봉틀 앞에서 등을 굽히고, 바늘을 움직이고 있는 모습을 떠올렸다.

　제2세대 작가 중에서는 이회성이 천황(제)을 제재로 한 소설을 썼다. 그 가운데 1편이 「증인이 없는 광경」[7]이다. 국민학교 5학년 때 사할린(당시 가라후토, 樺太)에서 일본의 패전을 맞은 김문호는 어떤 일본인 급우에게도 지지 않으려 한 위장 '황국소년'이었다. 선생님에게는 '봐라, 김산을. 김산의 태도는 기특하다고 말하지 않을 수 없구나. 대화혼을 몸에 담으려고 열심히 노력하잖니?'라고 칭찬하자, '선생님, 저는 아직 황국정신이 부족합니다. 저는 폐하의 아이로서 모두를 똑같이 사랑해주시는 폐하의 마음에 부응해서, 더욱……'이라며 결의를 피력한다. 주인공 김문호는 작가의 체험을 반영한 인물일 것이다. 황국화 교육 안에서 자란 조선인은 시인 김시종과 같은 경우도 그렇지만, 향학심向学心에 불타는 현명한 청소년 수준의 '황국소년'이 되려고 애썼다.

　24년이 지난 지금, 김문호는 '동화 소년'이었던 과거의 그림자에 짓눌리기는 했지만 조선인으로서 제대로 살아가려 하고 있다. 그런 그의 곁에 '파시스트 소년'이었던 당시의 친한 친구로부터 편지가 도착한다. 편지에는 패전 후 1개월 정도 지났을 무렵 두 사람이 학교의 뒤편에 있던 신궁산神宮山에 올랐던 추억과 호박밭에서 일본군사의 주검을 목격한 장면이 적혀 있었다. 하지만 김문호는 도무지 그 기억이 떠오르지 않았다. 일본인 '파시스트 소년'이 봤다고 하는 광경을 조선인 '황국 소년'은 정말로 보지 못한 것일까? 그의 잠재의식이 꺼림칙한 과거의 기억을

7　李恢成, 「証人のいない光景」, 『われら靑春の途上にて』, 講談社, 1970.

말살시킨 것일까? 아니면 일본인 이상으로 '황국 신민'을 위장한 조선 소년이란 처음부터 허망한 존재였던 것일까?

그리고 이회성은 『추방과 자유』[8]에서 히로히토 암살을 몽상하는 귀화청년의 모습을 쫓는다. 전쟁 중 대본영본부와 천황의 피난소御座所를 만드는 공사에서 강제 노동을 하는 조선인이 많이 죽었던 마쓰시로松代. 주인공 석시웅은 그곳의 '삼각병사三角兵舍'[9]에서 태어났다. 그는 체 게 바라Che Guevara에 심취한 심정적 테리리스트였다. 그는 아프리카 모 국가의 일본대사관에서 운전수로 일하는 중에 천황의 원유회에 가게 된다. 히로히토 암살이란 몽마에 사로잡힌 그는 계획이 일본인이 설치한 함정이란 것을 알면서도 실행으로 옮기기로 결심한다. 결국 암살계획은 미수로 끝나버리고, 그는 과거에 아버지가 마쓰시로에서 동포들에게 천황숭배를 강요하고, 과혹한 노동을 강제했다는 사실을 알게 된다. 아버지의 유언은 왜노倭奴에 대한 원한이었지만.

필자가 보고 들은 것에 대한 감상에 지나지 않지만, 재일 1세 및 전쟁 중에 태어난 세대인 2세는 히로히토 천황 혹은 천황제에 대한 원한 Ressentiment이 깊었고, 80년대까지는 탄핵의 목소리도 자주 냈었다. 식민지 통치와 그에 수반한 대부분의 억압이 천황의 이름으로 행해졌기 때문이었다. 하지만 90년대 이후, 2세대 안에서 천황제에 대한 회의의 목소리가 있었지만, 3세대 이후의 청년부터는 천황(제)에 대한 관심조차 희미해진 것 같다.

---

8   李恢成, 『追放と自由』, 新潮社, 1975.
9   특공대원들이 출격하기 전까지 머물던 천장이 삼각형 형태로 이루어진 반지하식 내무반.

재일 세대의 교착에 따른 역사체험의 희박화, 일본사회의 법제도(정신풍토) 변화에 따른 재일의 가치관 변질과 동질화 지향, 일본적 취득자의 증가 등 일본을 둘러싼 상황의 급변을 함께 고려한다면, 어쩔 수 없는 양상일지도 모른다. 그렇기 때문에 윤건차가 입에 침이 마르도록 제기하는 '천황제'라고 하는 아포리아難問는 일본인이 끊임없이 되돌아와서 짊어져야할 무거운 짐이라고 생각한다.

그밖에 떠오르는 관련 작품들은 다음과 같다. 발전소 공사현장에 징용된 주인공이 중국인 포로와 교류하는 모습과 탈주를 그린, 정승박의 『벌거벗은 포로』(文藝春秋),[10] 일본인의 내적 "뿌리인 천황제草の根天皇制"를 그린 츠카코우헤이つかこうへい의 『전쟁에서 죽지 못한 아버지를 위해서』,[11] 조선왕실의 먼 후손인 해군 소좌가 제국군대 내부의 민족차별에 정이 떨어져 일본을 탈출하여, 에놀라 게이Enola Gay[12]의 파일럿이 된다는 기상천외한 패러디 『히로시마에 원폭을 떨어트린 날』[13] 외.

3. 전후의 일본문학은 천황(제)을 어떻게 그렸나

졸저 『전후일본문학 안의 조선한국』[14]이 나온 시기는 1992년이다.

---

10 鄭承博, 『裸の捕虜』, 文藝春秋, 1973.
11 つかこうへい, 『戦争で死ねなかったお父さんのために』, 角川文庫, 1984.
12 1945년 8월 6일 최초의 원자 폭탄을 일본에 투하한 미국 B-29의 애칭.
13 つかこうへい, 『広嶋に原爆を落とす日』, 角川文庫, 1989.
14 磯貝治良, 『戦後日本文学のなかの朝鮮韓国』, 大和書房, 1992.

오다 마코토小田実, 나카가미 켄지中上健次라고 하는 주요 작가가 빠져 질타를 받았지만, 80명 남짓의 작가와 130편 이상의 소설작품을 언급·소개하였다. 그 후에 계간『청구青丘』의 1993년 봄·15호부터 1996년 봄·25호(19호차)까지 10회에 걸쳐「현대일본문학 안의 조선한국」이라는 제목으로 앞의 책에서 빠진 작가·작품과 이후에 등록한 작가·작품을 다뤘다. 지금은『청구』가 연재된 지 10년 이상이 지났다. 그 10여년까지 포함해서 전체를 말하는 건 극히 어려운 작업이다. 따라서 내가 나름대로 선정한 두 명의 작가를 다루고 마무리할 수밖에 없을 듯하다.

　전후 일본문학에서 천황(제)가 얼마나 그려지고 있는가를 되짚어보면, 주된 것은 윤건차가『사상체험의 교착』안에서 언급한 나카노 시게하루中野重治, 후카자와 시치로深沢七郎, 오에 겐자부로大江健三郎, 미시마 유키오三島由紀夫, 키리야마 카사네桐山襲 등의 작품에 미사와 치렌見沢知廉의『천황놀이天皇ごっこ』(新潮社)까지 더하면, 거의 다이지 않을까?『신일본문학新日本文学』이 천황제의 강좌를 열거나 천황(제)을 다룬 작품이 여러 편 실린 적은 있지만 말이다. 전쟁체험과 맞서서 새로운 사상의 형성으로 출발한 제1차 전후파의 소설 안에서 천황(제)을 정면으로 추구한 작품을 볼 수 없었던 점이 다소 불가사의하다. 물론 그 소설의 배경에서 천황제의 음영을 읽어내는 것도 불가능하지는 않지만.

　'조선'에 대해서도 같은 것을 말할 수 있다. 제1차 전후파의 소설에는 조선(인)이 거의 등장하지 않았다. 앞서 언급한 졸저를 냈을 때, 하니야 유타카埴谷雄高의 대장편『사령』[15] 안에서 세 명의 조선인─제비나 개의 행동을 보고 운을 점치는 땜장이, 그 땜장이를 찾아온 호궁胡弓을 치는 청년, 선인장을 각별히 사랑하는 '그만의 단 하나의 운동 팜플렛'을 계속 만들어가는 고독하고, 상냥한 인쇄공—이 등장하는 것을 다루었다. 나중에 하니야 씨가 저서를 보내주었는데, 책의 속표지에는 사인과 함께 "사령 안의 조선인에 착목한 당신에게 감탄했다"라고 씌어 있었다. '하니야 씨가 좋게 봐 주셨구나'라는 생각과 함께 제1차 전후파가 조선(인)을 그리지 않았던 이유는 뭘까? 라는 질문이 나의 숙제가 되었다.

조선(인)은 오히려 제1차 전후파를 계승하는 작가들에 의해서 그려졌다. 이노우에 미츠하루井上光晴의 『허구의 크레인』[16]은 주인공 나카시로 쿠라오仲代庫男가 도쿄공습을 피해 규슈에 있는 고향마을로 돌아오는 도중, 간몬해협関門海峡의 배 위에서 조우하는 장면에서 시작된다.

경계경보의 사이렌이 요란하게 어두운 하늘에 울린다. 갑판에는 "아이고~ 아이고~"라고 소리치며 서로 맞대고 있는 사람들의 검은 무리가 있었다. "천황폐하를 위하여 단호하게 나아가자!"라는 일본어만 암송하면서 연행되어 온 조선인들이었다.

연락선에는 특공출격을 위해 남으로 향하는 견습사관들이 올라타고 있다. 다시 한 번 경보가 울리고, 폭음이 커졌을 때 조선인 무리는 '아이고' 소리를 더욱 크게 외친다. 돌연 한 부대를 통솔하던 대위가 칼을 뽑으라는 명령을 내린다. 견습사관들은 한 마디 말도 않고, 차고 있던 군도를 일제히 뽑아 자세를 취했다. 군도는 납과 같은 빛을 발했다.

---

15 埴谷雄高, 『死靈 1945~1995』, 講談社, 1998.
16 井上光晴, 『虚構のクレーン』, 未来社, 1960.

주인공은 '천황폐하를 위해서'라는 짧은 문장의 일본어가 천황을 모욕하는 듯한 느낌이 드는 한편, 정연하게 칼을 뽑고 서있는 견습사관들의 묘한 모습을 보면서도 모욕감을 느끼며 충격을 받는다. '조선인도 같은 일본인이 아닌가?' '대위는 어째서 같은 일본인을 향해 군도를 들이대는 것인가?'라며 주인공은 곱씹는다.

주인공의 청춘시절에는 거역하기 어려운 전쟁의 중압 아래에서 천황귀일天皇歸一의 주박과 그 묶임으로부터 자기를 떼어내려 하는 고통과의 상충이 있었다. '모욕감'이든 '충격'이든 '같은 일본 동포'라는 도착적 심정이든, 그것들은 주박에 뒤틀린 의식의 투영에 지나지 않았다. 하지만 그 뒤틀림은 그 시대의 청춘이 봉착한 현실이며, 주인공으로 형상화된 작가자신의 고백이었음에 틀림없다. 이노우에는 전후를 기점으로 집요하게 조선(인)을 계속 그렸다. 피부 안쪽 깊이 달라붙은 딱지를 떼어내는 것처럼.

이노우에 문학에 있어서 원체험은 '탄광'이며, '천황제'이며, '전쟁'이며, '당黨체험'이었지만, 그 초기 작품의 대부분에서는 조선(인) 체험을 그렸다. 특히, 『황폐한 여름』,[17] 『타국의 죽음』[18] (앞과 동일) 등 일본의 전후를 역으로 비추는 어두운 부분으로 조선전쟁을 주제로 하였다.

고바야시 마사루小林勝는 1927년, 조선의 경상도에서 태어나 17년간 소년기를 식민자의 아들로 자란 작가이다. 「포드・1927년」[19]에 시작

---

17 井上光晴, 『荒廃の夏』, 河出書房, 1965.
18 井上光晴, 『他国の死』, 河出書房, 1968.
19 小林勝, 「フォード・一九二七年」, 『小林勝作品集』第1卷, 白川書院, 1975.

된, 거의 20년간의 창작활동은 자신의 조선체험과의 치열한 격투였다.

윤건차도 이 책 안에서 다루었듯이 고바야시는 생전에 자신이 나고 자란 조선을 "'그립다'라고 말해선 안 된다"라며 스스로 경계한다. 일본인이 '그립다'라고 생각할 때, 식민지 침략 아래에서 수난을 겪으며 살아온 조선인의 마음을 짓밟는 것이 되며, 그 이상으로 수난을 강제한 식민지 일본인의 자기 척결을 흐리게 한다는 것을 알고 있었기 때문이다. 고바야시의 소설에서 조선은 틀림없는 원풍경이었지만, '고향'이라고 의식하는 것을 강하게 거부했다.

전후의 고바야시에게 있어서 '조선'이란 무엇이었을까? 사망하기 2년 전에 발표한 「발굽 갈라진 놈」[20]에 있는 에피소드를 한 가지 소개하고자 한다.

폐외과의사인 주인공 '나'의 어린 시절, 집에 '에이코'라고 불리는 시중을 드는 하녀가 있었다. 얼마 안 있어 일본이 패전하고, 조선이 해방되던 날, 마을에는 태극기가 펄럭이고, 독립만세를 연호하는 사람들의 행렬이 넘쳐났다. '나'는 군중 가운데 '에이코'의 모습을 발견하고, '에이코!'하며 그녀의 이름을 불렀다. 그녀는 머리를 옆으로 돌리며, "나는 옥순이에요"라고 대답한다. 그랬다. '에이코'라는 건 애초에 가공의 인물이고, 일본인들만 실재한다고 무식하게 믿은 허구에 지나지 않았던 것이라며 '나'는 생각한다.

고바야시 마사루小林勝와 이노우에 미츠하루井上光晴의 문학은 조선

20　小林勝, 「蹄の割れたもの」, 『小林勝作品集』 第4卷, 白川書院, 1975.

(인)으로부터 '거부되고 있다'는 의식과 일본(인)의 침략적 에고이즘 egoism을 조명하는 것에서 비롯된 것이지만, 거기에는 일본인의 '원죄' 라고 하는 뼈아픈 감각도 있었던 것이 틀림없다. 또 일본(인)과 조선(인) 의 관계를 가해 / 피해의 도식으로서 파악할 수밖에 없다는 절박한 자각 도 있었다.

현재의 시점에서 그러한 죄장의식罪障意識과 도식의 감상성을 비판하 는 것은 쉽다. 하지만 고바야시도 이노우에도 전후 사상을 비판적으로 구축하기 위해서는 과거의 시간과 자기 체험에서 출발할 수밖에 없었 다. 일본(인)의 전후에서 현재가 '조선'이라는 부채를 망각의 수렁에 버 린 것으로 보일 때, 두 작가의 고집이 가진 의미는 크다. 고바야시와 이 노우에는 문학에 있어서 '전후 책임' 또는 '민족 책임'을 강하게 의식하 고 있었다. 특히 고바야시가 그러했다.

'조선'을 소재로 한 소설에 변화가 나타나게 된 것은 1990년대부터 일까? 미스테리와 같은 엔터테인먼트 분야에서 그러한 변화가 늘어나 고 있었던 것이다. 그 중에는 우수한 작품도 있지만, '전후 책임' 또는 '민족 책임'을 의식한 작품은 적다. 또한 논픽션 작품과 체험기 등 '조 선'과 '한국'을 제재로 한 담론의 주제도 상당히 가벼워지면서 비중이 낮아졌다. 이는 고바야시 마사루나 이노우에 미즈하루 등의 고투가 있 었기 때문에 허용될 수 있었다는 것이 나의 지론이다.

고바야시는 『쪽바리』[21]의 「후기를 대신하여あとがきに代えて」 안에서

---

21 小林勝, 『チョッパリ』, 三省堂, 1970.

"나에게 있어 조선이란 무엇인가라는 건 현실 문제라기에는 바로 미래에 관련된 것이기도 하며, (…중략…) 나는 '과거'를 되돌아보는 것이 아니라, 그 원점에 서서, 거기에서 미래를 자세히 보고자 하는 겁니다"라고 기술한다. 이 고바야시는 1971년에 44세로 세상을 떠났으며, 이노우에는 70년대 이후부터 거의 '조선'에 대해 쓰지 않았다.

일본인은 총체적으로 아직까지도 '천황제일'의 주박과 단일민족국가의 환상에 취해 있으면서, 정직한 조선 / 아시아 / 타자 인식을 갖지 못한 채 부유하고 있다. 일본의 전후문학 및 현대문학은 재일 / 문학과 여전히 만나지 못하고 있다.

4. 재일/문학의 변용과 미래

재일사회 및 의식 양태와 그와 병행하는 문학은 현재 큰 변화를 맞이하고 있다. 그에 대한 "소멸론"까지 돌고 있다. 나는 그러한 주장에 동의하지 않지만, '재일' 문학의 미래를 생각하는 것이 중요한 과제임에는 틀림없다.

우선 변모 양상을 간단히 살펴보자. 구체적인 것은 『'재일' 문학론』[22] 참조하기 바란다.

전후=해방 후의 재일조선인의 일본어문학은 주지하듯이 제1문학

---

22 磯貝治良, 『〈在日〉文学論』, 新幹社, 2004.

세대의 사람들에 의해 시작되었다. 식민지 지배하에서 청춘을 보낸 작가·시인들이다. 그들이 그 체험을 자기체험으로 그린 것은 굳이 언급할 필요도 없을 것이다. 더욱 주목할 것은 자기의 역사 / 사상체험을 조국 / 민족의 명운과 겹쳐 '거대한 서사'로 만든 지점이다. 그리고 '거대한 서사'가 식민지 시대에 훼손된 자신의 사상과 조국 / 민족의 역사를 새롭게 바로 세우려는 시도였던 것은 당연했다. 재일조선인의 일본어문학은 해방으로부터 5년 뒤에 일어난 한국전쟁을 통절하게 주제화했는데, 그에 대한 문학적 전략은 식민지체험과 땅의 연속이었다.

제1문학세대의 작가·시인들은 일본어로 창작하는 것에 강한 저항감을 갖고 있었다. 김석범은 그 저항감을 '말의 주박'이라고 표현하며, 보편에 이르는 길을 진지하게 추구했다. 오림준은 '강제된 일본어'를 고발하는 것에만 머문다면 일본어로 쓰는 우리의 주체는 어떻게 될 것인가, 해방 후에도 일본어를 표현 수단으로 삼고 있는 이상, 우리는 일본어를 선택한 것이라고 말한 바 있다.

어느 쪽이든 제1문학세대의 특징은 아름다운 일본어를 따르지 않는데 있었다. 근대 일본이 국민국가를 형성하는 과정에서 일본어는 피식민지인 조선, 대만뿐만 아니라 판도를 넓히려 한 아시아·태평양 지역의 민중에 대해서 제국언어로써 기능했다. 제1문학세대의 거칠고 특이한 언어표현은, 그 제국언어를 순순히 따르지 않겠다는 증거이다.

제2문학세대는 식민지 시대에 유소년기를 보내고 1960년대 중반부터 작가·시인으로서 등장한 사람들이다. 조선반도의 분단과 일본사회의 고도경제성장을 배경으로 재일사회에 "정주지향"이 나타난 시기이다. 당연히 조선인으로서 일본에서 어떻게 살 것인가라는 그 민족적 자아의 갈등이 주제화되었다. 동시에 제1문학세대가 혈육화血肉化한 제국 언어에 대한 저항감은 약해져 일본어로의 동질화가 시작되었다.

나는 이양지를 제2문학세대의 마지막 사람이라고 생각한다. 그녀는 재일을 어떻게 살 것인가라는 그 민족적 자아와 갈등한 끝에 자신의 자아에서 활로를 찾아내려 고심하며, 바통을 제3문학세대에게 이어주었다.

제1문학세대와 병행하여 제2문학세대가 활약하기 시작한 1970년대, 새로운 싹이 돋아나기 시작했다. 그때까지 전형적인 남성사회였던 재일 / 문학에 여성이 등장한 것이다. 폐색되어 있었던 여성이 자기표현을 시작하게 된 배경은 무엇일까? 자세하게 설명할 여유는 없지만,[23] 재일사회의 생활실태의 개편에 따른 가치관의 개방이 객관적 배경에 있었던 것은 분명하다. 하지만 그 이상으로 '재일 세대'를 중심으로 기존의 민족 조직에 기대지 않고, 한 사람 한 사람이 목소리를 높여 개인의 권리＝인권을 주장하려는 시민의식의 생성이 있었다. 80년대에 치러진 지문등록거부투쟁指紋押捺拒否鬪争은 그 전형이었다. '재일을 살다'라는 표현이 상투구가 된 것도 이 시기였다. 여성 작가·시인의 등장은 이러한 재일사회의 변화와 무관하지 않다.

제3문학세대가 등장한 90년대 이후, 여성 작가들의 대두는 더욱 뚜렷해졌으며 현재 그들은 재일문학의 전선에 서 있다. 그 문학은 민족의 지에서 완전히 벗어나지는 않아도, 자기 정체성 찾기의 축을 '나'의 자

---

23 磯貝治良의「変容と継承―〈在日文学〉の六十年」,(『社会文学』26号, 社会文学会, 2007)와『架橋』26号(在日朝鮮人作家を読む会, 2006)를 참조.

아自我 · 가족家族 · 성性에 두고 다양한 방식으로 도전하여, 재일문학의 장을 넓히고 있다.

제3문학세대의 양상은 '재일조선인문학'이라고 하는 '정통적인' 호칭이 어울리지 않다고 판단하여, 나는 일단 '재일문학'이라고 부르고 있다.

문학의 변용은 분명 새로운 재일사회와 재일세대의 다양화하는 의식과 함께 이루어지고 있다. '재일은 어디로 가는 것인가? 이대로 데라시네déraciné(근거가 없는 사람)의 존재가 되어 일본사회에 묻혀버릴 수밖에 없는 것인가?' 앞선 세대뿐만 아니라 문제의식을 가진 사람들에게서 가끔 듣는 말이다. 윤건차가 이 책을 쓴 주된 동기 중에 하나는 그러한 위기감도 있었으리라 생각된다.

5. 재일은 어디로 가는가?

나도 젊은 재일세대와 이야기하거나 행동을 같이 할 기회가 적지 않다. 일단 그 체험에 대한 감상을 소개하고자 한다.

담당 강의가 「마이너리티 연구」인지라 재일코리안在日コリアン[24] 수강생이 매년 몇 명 있다. 7, 8년 전까지는 민족명을 자기 이름으로 대든가, 통명이라도 그 근본ルーツ, roots을 유지하는 성이 주류였다. 지금은 출석부를 본

---

24 원문의 표현인 '在日コリアン'을 그대로 옮긴다.

것만으로는 재일인지 아닌지 알 수 없는 일반적인 일본식 이름이 대부분이다. 제출된 레포트 안에서 부모 또는 부모 중 누군가가 코리안이라고 적혀 있는 것을 보고나서야 재일코리안이라는 사실을 처음 알게 된다.

그 학생들의 과반수는 이미 일본국적을 취득한 사람들이다. 그녀들 / 그들의 대다수는 "재일은 일본국적을 얻어야만 한다"라며 꽤나 강한 어조로 말한다. 그러한 태도에는 일본 국적을 취득한 것에 대한 굴절된 심리가 반영된 부분도 있지만 본인은 자각하지 못한다. 부모는 40대 후반에서 50대 전반의 연령대이기 때문에 2세대라고 해도 조부모로부터 민족적 소양을 직접 이어받지 않고 일본사회의 가치관에 동질화하여 자라난 연령대일 것이다.

"지금은 한국 국적이지만, 내년에 가족으로 귀화하기로 했습니다"라고 말하는 학생도 있다. "내년이 되면 대학을 그만두기로 했습니다"라고 말하는 게 사실인지 알 수 없는 담담한 어조로. 민족적인 활동을 하고 있는 재일 세대 안에서는 국적적 / 민족적 자기 정체성을 계속 고수하는 젊은 사람들도 있기 때문에 앞서 기술한 사례를 한결같은 추세라고는 볼 수는 없다. 하지만 현대의 일반을 보여주고 있는 것은 분명하다.

동세대의 재일 안에서는 1 · 2세대에서 볼 수 없었던 새로운 감각이 나타나고 있다. 예를 들어, '재일'의 개념을 새롭게 바꿔야만 한다는 주장이다. '재일'이라는 카테고리에서 일계日系 외국인이나 아시아에서 온 뉴커머New commer＝新来人도 포함되어야 한다는 것이다. 그리고 그들은 일본사회에서 마이너리트의 권리를 함께 찾으려는 활동을 모색하기 시작했다.

어느 쪽이든 이들 재일 세대의 의식=가치관의 변화는 외부상황의 변화와 연관되어 있다. 1985년에 일본의 국적법이 부모양계주의로 개정되어, 1991년에는 외국인등록법에서 특별영주자의 지문 강제가 제외되었다. 민족 차별도 표면적으로는 이전보다 덜 나타나게 되었다. 그렇게 말한 법제도·정신풍토의 변화가 동질화와 맞물리면서, 재일세대의 감각에서 일본국가/사회에 대한 대항성을 잃게 되었다고 생각된다. 일본 국적 취득자가 연간 1만 명을 넘은 것은 95년이며, 그 후로도 거의 비슷한 추이를 보이고 있다.

하지만 재일사회/의식의 변용의 원인을 세대 교차로만 한정시키는 것은 적절하지 않다. 나와 같은 또래의 재일 감각도 계속 변화하고 있을 것이라 생각된다. 흔한 예이긴 하지만, 2세대로서 딸/아들을 같은 동포들끼리 결혼시키는 것이 지금까지는 일종의 신분staus이 되었다. 지금은 그러한 가치관이 옅어지고 있다. 친구나 지인 중에서 몇은 큰아이를 동포와 결혼시켰지만, 현재 미혼인 아이들은 일본인과의 결혼을 허락하겠다는 발언도 늘고 있다. 3세대에 있어서 일본인과의 결혼 건수는 이미 80%를 넘는다.

물론 2세대 안에서는 재일사회/의식의 변용에 대한 비판적인 목소리도 높다. 어떤 친구들은 '2세 원죄론'까지 주장한다. 2세는 1세가 온갖 고생 끝에 일궈낸 생활 기반에 의지하면서 다음 세대에 민족의 소양과 감성을 물려주지 못하고 있다는 것이다.

좁은 교우 경험에서 느낀 점에 지나지 않지만, 3세대 이후의 젊은이들이야말로 자기 정체성을 찾으려 힘든 싸움을 하고 있는 것은 아닐까?

제1세대는 민족의지뿐만 아니라 고향에 대한 집착도 품고 있어서 자기 정체성의 불안이 고민거리가 되는 일은 거의 없었다. 제2세대는 재일과 조국 사이에서 흔들리면서도, 민족의지에서 완전히 이탈할 수는 없었다. 하지만 그 뒤에 이어진 세대는 외부 상황의 변화라는 파도를 정면으로 뒤집어쓰고, 어떤 자기 정체성을 찾아 떠나거나 성가신 문제에 보다 혹독하게 직면하고 있는 것은 아닐까?

보잘 것 없는 사례이지만, 나에게도 재일在日 한인과 일본인의 "국제결혼"을 중매할 기회가 있다. 일본학교를 졸업하고, 민족적 소양이 상태로 살아 온 재일여성이 일본인과 결혼하여 아이도 낳아, 일본국적을 취득하기로 결정한다. 그 순간에 정신의 균형을 잃어버려 우울한 상태가 되어 버린 경우도 있었다. 일본국가의 법제도가 완화되면서 표면적으로는 일본 사회의 차별을 보기 어려워졌지만, 정신심층에 자리한 손 댈 수 없는 불안, 억압감은 여전히 깊지 않을까? 80년대 후반 무렵부터 재일이 말하고, 그에 호응하는 형태로 일본인도 언급하게 된 '민족을 넘는다'는 담론은 정신의 심층에서는 다다르지 않는, 모종의 함정 또는 일시적인 피난을 위한 주저moratorium에 지나지 않는 것은 아닐까?

윤건차는 이 책 안에서 일본인을 향한 '민족'관의 복원을 요구한다. 그에 덧붙여 강한 어조로 일본인의 '민족 책임'을 키워드로 내세운다. 그것은 자민족에게도 향하고 있어, 박유하의 『화해를 위해서─교과서·위안부·야스쿠니·독도』(平凡社)에 대한 비판의 근거가 된다.

윤건차는 새로운 재일세대의 변용을 일정 부분 용인하면서도 역사·문화·기원은 지울 수 없는 것이며, 잊어서도 안 된다고 다음 세대를 향해 호소한다. 그 메시지의 기저에 있는 것도 '민족'에 대한 집착과 원망일 것이다. 윤건차에게 있어서 '민족'은 일관되게 흔들리지 않는 사상축인 것이다. 지금에 와서 민족을 언급하는 것은 통하지 않는다고 비난하는 사람들도 있겠지만, 나는 그 사상축을 신뢰한다.

그렇다면 나는 이미 일본 국적을 취득한 젊은 사람, '내년 봄에 귀화 신청을 하기로 했다'는 학생, 더욱이 '민족이나 조국 따윈 상관없어'라며 공언하는 젊은 사람들과 어떻게 마주할 것인가? 국적은 외투를 갈아입는 것처럼 간단하지는 않지만 갈아입을 수는 있다. 국적이 어디든, 민족적 소양의 유무가 어떻든지 간에 다음과 같이 말할 수 있지는 않을까? 조부모들의 뿌리를 잇는 사람들이 지금 경험하고 있는 수난과 감동을 동시대의 체험으로서 우리 것과 같이 공유하는 것은 가능할 것이다. 그것 또한 민족의지가 아닌가—라고 말이다.

새로운 재일세대는 일본사회에 있어서 어떤 의미에서는 새롭게 뿌리를 내리는 존재가 되어 가고 있다. 의식 / 가치관이 변용된다고 해서 그 양상을 새롭게 하면서 소멸하는 일은 없다고 생각한다.

마지막으로 재일문학의 미래에 대해서 나름대로 생각해 보고자 한다. 오늘날 재일문학은 일본문학 안에 매몰되어 먹혀 언젠가는 사라져버릴 것이라는 비관론도 있다. 일본인 중에는 그렇게 되기를 바라는 욕망이 느껴지는 경우도 있다. 양석일의 원작소설이나 『GO』가 영화화되어 히트를 쳐도, 그로 인해 일본인이 '재일'을 제대로 의식하는 일은 많지 않다. 한편, 재일 작가 안에서도 자신의 문학이 '재일문학'이라고 규정되는 것에 위화감을 느끼는 경향도 강해지고 있다.

분명 문학은 민족적 기원·역사문화·언어 등의 속성과 상관없이, 그것을 넘어 세계에 열린 '보편'을 향하는 것이다. 그리고 지금 재일문학은 '세계문학'으로의 길을 열고 있다고 할 수 있다. 하지만 그것은 재일이 짊어진 역사적·현재적인 존재성을 떼어놓고서는 불가능하다고 생각한다. 실상 새로운 세대의 문학을 보더라도 훌륭한 작품은 '재일'이라는 토양에서 태어나고 있다. 주제와 방법이 심각하든, 가볍든, 새로운 자기 정체성을 찾는 고투가 문학적 리얼리티를 창출하고 있다. 재일에 있어서 실재적 자기 정체성과 문학적 자기 정체성은 서로 떨어질 수 없도록 묶여 있는 것이다.

　앞에서 다룬 재일의 문제와 동일한 문제가 재일문학에도 따라다닌다. 하지만 재일문학은 그 양상을 변용시키면서도, 새로운 문학 전략을 짜낼 것이다. 그저 '일본문학'에 먹혀 사라지진 않을 것이다. 우리들이 천황(제)에 따르지 않고 일본국가 / 사회의 부조리와 싸워 나간다면, 반드시 재일 / 문학과 교차로에서 만날 수 있을 것이다.

(번역 : 방윤제)

재일디아스포라 시의 크리올^{Criole}성

사가와 아키|佐川亜紀

1. 재일 시의 크리올성이란 무엇인가

　　─이 혹성은 혼욕이다 「중립 원인(中立猿人)」, 『미아방송(迷子放送)』에서

근년, 크리올문학에 대한 관심이 높아지고 있다. 재일문학을 크리올
문학으로서 파악하는 주장도 나오기 시작하고 있지만, 처음부터 재일문
학이 주체이기 때문에 크리올적 관점은 보다 풍요롭게 읽는 방법, 새롭
게 평가하는 시점으로서 생각하고 싶다. 하지만 또한 크리올적 관점은
자기·언어·문화인식 자체를 근본적으로 변혁하는 사상이고, 21세기
의 중요한 사조로까지 부상하고 있고, 종래의 재일문학의 파악에도 변
화를 가져올 양의성을 지니고, 다면적 검토가 필요하다고 여겨진다.

『크리올 예찬^{クレオール礼賛}』을 주창한 카리브해의 작가, 패트릭 샤모와조^{Patrick Chamoiseau}가 1952년생, 라파엘 콩피앙^{Raphael Confiant}이 1951년생으로 비교적 젊고, 해방 후 태어난 재일 2세 작가·시인의 연령과 대략 겹치고 있는 것은 흥미로운 일이다. 혼합성을 중시하면, 2세, 3세의 문학이야말로 본격적인 크리올문학이라는 규정도 있을 수 있을지 모른다.

재일문학의 크리올성을 논의한 것으로서는 재일 2세 작가·원수일^{元秀一, 1950~}의 「포스트콜로니얼로서의 재일문학─크리올화의 수류^{コロニアルとしての在日文学─クレオール化の水流}」[1]가 있다. 거기에서는 앞서 말한 샤모와조나 콩피앙 등의 『크리올 예찬』을 인용하면서, "나는 스스로의 창작의 방법론, 존재론으로서 상기의 '크리올성'에 전적으로 찬동한다"고 하고 자신의 저서 『이카이노이야기^{猪飼野物語}』의 방법론은 다언어주의이고 "이카이노어라고도 할 수 있는 크리올적 대화법이다"라고 기술하고 있다. 가와무라 미나토^{川村湊}는 이 방법을 지지함과 함께 일본어 그 자체도 크리올화할 것이라고 말하고 있다.[2] 원수일은 김석범^{金石範}, 김달수^{金達壽}의 소설작품을 통해서 사고하는 중에서 언어의 다원성에 머무르지 않고, 감성이나 지성의 다원성, 가령 웃음의 독이 적은 일본문학에 "홍소의 독을 담는다"고 지적하고 있는 것이 주목된다. "한데 크리올성이란 환언하면 홍소라는 독에 다름아니다." 확실히 크리올어로 쓴 작품이 크리올문학이지만, 『크리올 예찬』에서도 언어적 측면에 머무르지 않는다고 기술

1 『関西大学東西学術研究所研究叢刊16ポストコロニアル文学の研究』, 2001.
2 川村湊, 『韓国·朝鮮·在日を読む』, インパクト出版会, 2003.

하고 있다. "우리들의 크리올성은 따라서 이 터무니없는 혼교混交에서 태어난 것이다. 사람들이 그것을 언어적 측면이나 하나의 구성요소로 한정하는 것은 너무 성급하다." "우리들은 용인과 거절 안에서, 즉 더할 나위 없이 복잡한 양의성과 친하게 교제하면서, 일체의 환원, 순수함, 빈곤화의 밖에서 부단의 문제제기 속에서 단련되어 온 것이다."[3]

우선 크리올이란 무엇인가를 살펴보자. 유럽인 특히 프랑스인의 카리브해 지역에 대한 식민지 경영에 의해서 생긴 노동과 생활 때문에 만들어진 언어가 피진pidgin이고, 식민지에서 탄생한 다음 세대가 생활 전반에 이를 정도로 피진을 발전시킨 것이 크리올이라 불리고 있다.[4] 그리고 종래 결락된 말이라고 불리던 크리올을 새로운 창조로서 파악하고, 복합문화의 적극적 산물로서 평가하고, 더 나아가서는 미국도 유럽도 물론 일본도 모든 문화는 크리올문화라는 바까지 논의를 진행한 것이 이마후쿠 류타今福龍太 등도 제창하는 '크리올주의'일 것이다. "언어와 같은 확고한 문화적 체계조차, 접촉이나 융합의 결과로서 전통이나 일관성에서 분리된, '원형'으로의 환원력에 항상 노출되어 있다는 것의 중요성에 대해서이다. 즉 이 크리올화의 힘은 토착문화와 모어의 정통성을 근거로서 완성되어 온 모든 제도나 지식이나 논리를 전혀 새로운 비제도적인 로직으로 무화하고, 인간을 인간의 안쪽에서 갱신하고, 혁신하는 비전을 창출하는 전략이 될 가능성을 숨기고 있다고 할 수 있다."[5]

---

3   ジャン・ベルナベ, パトリック・シャモワゾ, ラファエル・コンフィアン, 恒川邦夫訳, 『クレオール礼賛』, 平凡社, 1997.

4   西谷修訳, 「訳者まえがき」, 『クレオールとは何か』, 平凡社, 2004.

5   今福龍太, 『クレオール主義』, ちくま学芸文庫, 2003.

도식적이지만 단일문화주의와 크리올문화주의의 차이를 제시한다.

단일문화주의	크리올주의
순혈의 중시	혼혈의 중시
순수화	혼합화
단일언어 우위	다언어 우위
아버지	어머니 · 아이
기원회귀	생성유동
전통적 과거	가변적 현재

원수일이 말하듯이 재일문학을 크리올문학으로서도 고찰할 수 있을 뿐 아니라, 세계적 가치부여가 가능하다.

① 조선어인가 일본어인가, 조선문학인가 일본문학인가라는 이항대립을 넘는다. 세계의 크리올문학의 하나로서 생각한다. 조선과 일본의 관계만에 머물지 않고, 세계적 관점으로 넓힌다.

② 그러모은 말, 불완전한 말이라고 멸시해온 말을 오히려 새로운 창조로 생각한다. 종래의 비평에서 표현방법론에 대한 언급이 부족했지만, 언어표현을 좀 더 적극적으로 세심하게 본다.

③ 언어뿐만 아니라, 모든 면의 혼혈성, 다중성을 플러스로 파악하고, 보다 전략적으로 방법화한다.

④ 일본어 · 일본문화 자체, 조선어 · 조선문화 자체도 어떠한 언어, 문화도 잡종이고 크리올이라는 문화의 기본구조의 전환.

그래서 내가 크리올작품이라고 생각하는 관점을, 다언어표현만이 아니라 조선적 요소와 일본적 요소(및 미국이나 중국 등 다른 문화요소)와의

"혼합과 위화"로서 살펴보고자 한다. 재일 시는 단순한 혼합이 아니다. 조선어로도 일본어로도 일체화될 수 없고, 위화감을 느끼면서 양자의 요소를 지니는 새로운 표현으로서 성립해왔다. 그리고 "혼합과 위화"는 크리올문학에 공통된 것일 것이다. 미쿠모 도시코みくも年子, 1941~가 "고향/ 두 개/ 피의 고향과/ 피로 물든 고향/ 고향/ 두 개/ 사실은 이미 바꿀 수도 없다/ 말로 어떻게 나누더라도/ 마음속에서 이어져버린 미움과 사랑"(「고향 두 개ふるさとふたつ」)이라고 쓴 미움과 사랑이다.

크리올문학의 기본인 "장소로서의 자기", "창조성"은 김시종金時鐘, 1929~이 예전부터 제창해온 "사이를 살다", "재일을 주동적으로 살다"와 공통되는 부분이 느껴진다.

우리들은 쉽사리 너무나 명료한 정당성으로의 의존, '민족적 주체성'이라는 불분명한 조국에의 의거도依據度를 지님으로써밖에 "재일"의 실존을 가늠할 수가 없었습니다. 당연한 일이지만 이와 같은 발상의 토대에서는 '재일'을 주동적으로 사는 사상 따위, 탄생할 리가 없습니다. 왜냐하면 그것은 본국을 모방하여 사는, 재일의 의태일 수밖에 없기 때문입니다. (…중략…)

이것은 결코 애매모호한 주체성이 아니라 재일을 살아가는 대응력으로서, 오히려 재점검되어야만 하는 재일의 특색이라고도 할 수 있는 것입니다. 만약 거기에 '재일'을 살아가는 것의 필연과 전망이 부여된다면, 이 강건한 우유부단함은 반드시 조국통일의 전망으로 일정 이상의 작용을 하는, '재일인'의 자질로도 되겠지요. 아직 한 번도 조국에 없었던 것, '재일'로 함양된 의식 · 발상 · 언어, 그것들을 하나로 섞은 생활 감각을 지니고, 살아간다, 이 '재일'의 주체를 어떻게 살 것인가. 거기에 어떻게 '재일'의 주체성을 만들어나갈 것인가에 의해서, "민족차별"은 우리들을 멸시하고, 욕되게 하는 것으로서 보다는, 일본인 자신의 불쌍한 치부에 불과한 것으로서 당사자인 일본인을 움츠러들게 하겠지요.[6]

아득바득 익힌 각박한 일본어의 아집을 어떻게 하면 앍게 벗내낼 수 있을까. 더듬거리는 일본어에 어디까지나 투철하고, 숙달된 일본어에 담합하지 않는 자신일 것. 그것이 내가 껴안은 일본어에 대한, 나의 보복입니다.[7]

"숙달된 일본어"라는 일본어의 이화異化로 일본어에 보복하는 일. 이것에 대해서 우카이 사토시鵜飼哲는 "김시종의 시는 일본어를 그 유한성으로, 일찍이 없었던 방법으로 대질시키는 것이다." "어디까지 파괴이며, '일본어'라는 고유명의 역사적 함의에 이미 걸맞지 않게 되는 아슬아슬한 한계까지 이 말을 억지로 끌고 간다. 그리고 그것에 의해서 이 말의 '사후의 삶'을 슬쩍 보이게 한다"라고 지적한다. 사계절에 대해서도 다른 감각과 사실史實을 대비시키고 있다고 예증하고 있다.[8] 이것에서 김시종은 재일이 일본에서 살아가는 것을 주동적으로 파악하면서,

---

6   金時鐘, 『「在日」のはざまで』, 立風書房, 1986.
7   金時鐘, 『わが生と詩』, 岩波書店, 2004.
8   三浦信孝 · 糟谷啓介編, 『言語帝国主義とは何か』, 藤原書店, 2000.

말이나 감성은 단순한 혼합이 아니라 일본어를, 일본의 감성을 이화시키고 있음을 알 수 있다. 자기의식에 대해서도 '재일'의 삶을 적극적으로 긍정함과 동시에, 조선에서도 일본에서도 이화하고 자율적인 존재로 "아직 한 번도 조국에 없었던 것"을 창조한다고 터득한다. "사이를 살다"는 두 개의 요소를 끊임없이 의식하면서, 그 어느 쪽에도 동화하지 않고 상황을 플러스로 전환하는 길을 구하는 상태일 것이다.

여기에서 김시종 이외의 재일시인에 있어서의 크리올성을 살펴보자. 이 경우 원수일도 김석범 등에서 생각하고 있듯이 이카이노어와 같은 다언어성만으로 한정되지 않는다. 전부의 재일시인을 고찰할 수는 없기 때문에 자세한 것은 『재일코리안시선집 1916~2004在日コリアン詩選集1916~2004』(森田進・佐川亜紀編, 土曜美術社出版販売, 2005)와 『'재일'문학전집在日'文学全集』 제2, 5, 17, 18권(磯貝治良・黒古一夫編, 勉誠出版, 2006)을 참조하시기 바란다.

허남기許南麒, 1918~1988는 나중에 조선어로 쓰게 되었지만, 초기의 일본어로 쓴 시는 크리올성을 지니고 있다. 작품 「상처투성이인 시에 바치는 노래傷だらけの詩にあたえる歌」에서 "누덕누덕 기운"이라는 혼합성을 의식하고 있으면서, 비탄하기보다 그 말로 자기회복하려고 하는 태도가 느껴진다.(허남기는 초기에는 국제적 계급연대의 외국어로서 일본어를 사용한다고 『민주조선民主朝鮮』에서 말한 바 있다) 문법적으로도 '시들'이라는, 조선어에 많은 복수형을 사용하는 있는 것이 주목된다. 또한 「화승총의 노래火繩銃のうた」 등도 문절 사이에 한 글자 여백이 많다. 이것은 조선어의 띄어쓰기 영향일지도 모르지만, 어떤 리듬을 만들어내고 있다. 게다

가 조선어라면 띄어쓰기에서도 음독으로 이어서 읽는 곳을 일본어니까 배열 그대로 읽으면 통상의 사이를 두는 방식과 다르게 된다. 즉, 일본어도 아니고 조선어도 아닌 독자의 리듬이 생겨나고 있는 것이다. 좀 더 방법적으로 단어나 문절을 뿔뿔이 표시하는 방법은 재일이 아닌 시인도 행하고 있지만, 조선어와의 관계는 아니다.

시 속에서 피진이라는 말을 쓴 것은 신유인申有人, 1914~1994이었다. "식민지의 '노예어'를 / 언어학자는 Pidgin이라 칭했다. / 비참한 현실을 살아남기 위한 / 말의 그러모음이 '피진'이며 / '말을 하는 가축'의 일상어가 되지만 / 그 아이들에게는 / '신성한 모어'였다. / 태어나는 아이에게 / 그 어머니를 선택할 수 없듯이 / 어머니의 말도 선택할 수 없었다. / 어머니로부터 흘러나오는 / 젖과 말은 / 인간의 증표가 되어서 / 그 마음과 육체를 키운다. / 지금 일본에는 / 70만의 조선족이 있지만 / 그 주류는 재일 3, 4세로 / 그 대부분은 조선어를 모른다. / 조선어는 그들의 모국어이기는 해도 / 모어는 아니었다. / 그들의 모어는 / 정확한 조선어도 일본어도 아닌 / '그러모은' '이카이노어'였다. / 일본 현대사가 / 이 신생 일본어에 / 민절悶絶하지 않는 것은 왜일까?"(「말의 청구서コトバのツケ」) 이 시의 마지막과 같이 카리브해문학, 프랑스문학 경유가 아니라, '이카이노어'에서 다문화주의를 보편화할 수 없었던 일본 현대사의 단일문화 모습을 비춰내고 있다고도 할 수 있겠다.

한국, 일본, 미국으로 주거를 옮긴 최화국崔華國, 1915~1997의 크리올성에 대해서는 아라카와 요지荒川洋治가 「일곱 빛깔의 말七色のことば」, 이바라기 노리코茨木のり子가 「오미五味」(다섯 가지 맛)라고 평가할 정도로,

한국어, 영어, 일본어, 그것도 에도^{江戸}의 상공업 지역 장인 사이에서 쓰던 기세 좋은 말투에서 격조 높은 표현까지 여러 갈래에 걸쳐서 국제적 다언어성의 좋은 예이다. "특별히 차이니즈 재패니즈 만이 / 황색인종인 듯 / 아시아에는 말이야 가장 아시아다운 / 짓밟혀도 짓밟혀도 주눅 들지 않는 / 슬퍼도 슬퍼도 울지 않는 / 죽여도 죽여도 죽지 않는 / 끓여도 구워도 먹을 수 없는 / '코리 판즈'라는 종족이 있음을 / 알지 못하군 어이"[9] '코리 판즈ㅋㅡ리ㅡ·판즈'란 중국인이 한국인을 멸시할 때에 사용하는 말, 이라고 주가 있고, 다민족국가 미국에서의 아시아인 사이의 차별의식을 나타내고 있다. 이러한 현실까지도 다채로운 말로 비춰낸다.

종추월^{宗秋月}, 1944~은 보다 일찍부터 자각적으로 이카이노어를 사용하고 있었다. 여성시인은 2세가 되어서 다수 개화했음으로 크리올성을 보다 강하게 표현하고 있다고 할 수 있겠다.

자과

사과의 과육을 베어 먹는

방울져 떨어지는

이 얼마나 투명한 것.

사과를 자과

---

9   『崔華國詩集』, 土曜美術社, 1989.

라고 말하는 어머니의

나무아미타불

나무

나무아무타불

목 가득 스며드는 경문

여운을 혀로 하거나 얽거나 하고

주먹에 못 미치는 위장에

녹아 떨어지는 일본어의 맛

먼지가 끓어오르는 강을 따라

장이 끓어오르는 거리 속

차양 아래에서 행상하는 어머니

쪼그리고 앉은 가슴이

사과

한 무더기 100엔

—종추월

'닝고にんご', '나무아무타불なむあむたぶつ'의 크리올어. 서양 사과와 다른 조선의 산야에 자생하는 작은 능금을 사모하는 '닝고'. "투명한, 격정의 맛"에의 애착. 종추월은 그것들을 재일 특유의 말과 맛으로서 애착을 가지고 가치를 부여했다. 한국의 연구자 김훈아金壎我는 『재일조선인여성문학론在日朝鮮人女性文學論』(作品社, 2004)에서 "생활 속의 구체적인 민중의 말"의 맛과 힘을 펴냈다고 종추월의 표현을 평가하고 있다.

"나무아무타불"을 더욱 방법화한 것이, 윤민철尹敏哲, 1952~이 관동대지진의 죽은 자의 목소리를 나타낸 「지진 재해 (5) 영혼 2」이다. "들립니다 / 마지막 중얼거림 / 6천의 / 죽는 그 순간". 관동대지진 때, 일본에 있던 조선인은 탁음의 발음이 되는지 안 되는지에 따라서 선별되었다. 유명한 쓰보이 시게지壺井繁治의 작품 「15엔 50전＋五円五＋錢」에 있는 대로 "츄코엔 코춋센"이라 발음해서 연행, 학살당한 것이다. 윤민철은 그것을 역으로 취해서 당시의 조선인의 일본어 구어로 "마지막 중얼거림さいこのつぶやき"을 새겨 넣는다. 크리올어는 구어가 주체로, 식민지의 학살과 폭압의 역사를 배경으로 하고 있음을 훌륭하게 표현하고 있다. 언어의 발음에 의한 선별은 구약성서의 '시보레테'와 '세보레테'의 차이에 의한 에브라임인 학살에도 보인다. 홀로코스트를 살아남고 독일어로 시 창작을 하다 자살한 유대인 시인 파울 첼란에 대해서 자크 데리다가 『시보레트』에서 논의하고 있다. "우리로서는 언어의 국경선을 따라서 ― 즉, 아시는 바와 같이 거기를 통행할 권리, 실제로는 생존에의 권리를 손에 넣기 위해서 실로 시보레트라고 말하지 않으면 안 되는 그런 장소에서―오랫동안 사고하면서 멈추어 서지 않을 수 없을 것이다."[10]

전미혜全美惠, 1955~도 한국어, 영어, 일본어를 상당히 섞고, 게다가 '지금' '여기'에 구애된다. "드럼이 울린다…… 장구와 얼마만큼…… 기타가 말한다…… 가야금과 얼마만큼……"(赤坂 「MUGEN」にて, 1985) "라고 쓰면 되지요 '여기'는 / 라고 시를 쓸 때의 나는 / 나는 그때만 재일일

10　ジャック・デリダ, 飯吉光夫訳, 『シボレート』, 岩波書店, 1990.

지도 모릅니다. / 내 기분은 '여기'에만 있을지도 모릅니다."(「私は?って詩を書く時の私」)

박경미1956~는 거트루드 스타인Gertrude Stein의 표준영어에서 벗어난 흑인영어에 대한 개안을 통해서 벗어나 있는 것에서 오히려 보편으로의 통로를 찾아낸다. 즉, 반드시 "그 장소, 그 시대의 말투, 생활의 스타일에 다 수거되지 않고, 위화되어 있는 정신의 작용, 감정의 움직임이 존재하는 것이다."[11] 실제 작품에서도 시집 『고양이가 고양이양이를 물고 찾아온다ねこがねこ子をくわえてやってくる』 등 표현 자체에 새로운 영역을 개척하고 있다.

송민호宋敏鎬, 1963~도 전 세계의 온갖 언어, 온갖 문화를 상대화하고, 세련된 지성으로 탈구축한다. "체코인이 신경 쓰는 독일차나 일본식품이 흘러나온다 / 그런데 뭐라고 공용어"(「最初の公用語」)

하지만 혼혈의 괴로움, 갈등은 작은 것이 아니다. 하기 루이코萩ルイ子, 1950~는 "호랑이와 / 채찍을 든 조련사가 / 늑골의 우리 안에서 / 하고 있는 격투 / 호랑이가 조선이고 / 조련사가 일본인 것일까" "호랑이와 조련사는 / 나의 절반씩 분신이에요 // 피골이 상접한 호랑이는 / 채찍을 맞고서 / 우리를 뚫을 정도로 / 소리 높여 운다"(「春を取り戻すために」)라고 내면의 싸움을 적고 있다.

시마 히로미嶋博美, 1950~는 어머니가 조선인임을 숨기고 살지 않으면 안 되었다. "뼈마디가 울퉁불퉁한 손바닥이랑 / 느릿한 말씨를 만날

---

11 ぱくきょんみ, 『いつも鳥が飛んでいる』, 五柳書院, 2004.

때마다 / 나는 타인에게 숨기고 어머니에게 응석부렸다"(「母とわたし」)

이명숙李明淑, 1932~은 귀화해도 "일본인이 되면 / 일본인이 고용해 준다고 / 말을 듣고 / 귀화해도 / 조선인은 조선인 / 이라고 거절당하고" 틈새를 살아가는 생존권조차 성립하지 않는 일본사회를 부각시키고 있다.

최룡원崔龍源, 1952~은 "아 일본인과 조선인의 피 / 어느 쪽이 쓰고 짤까 / 그런 어리석은 질문을 나는 나에게 / 계속 묻지 않으면 안 된다"(「エレジ―」)고 하면서, "자 돌아가자 / 자 돌아가자 모두 하나였던 날로"(「海辺で」)라고 바란다.

아라이 도요키치新井豊吉, 1955~는 유년시절, 주사를 부리는 아버지를 겁내서 도망쳤지만, 죽은 후 아버지의 고향인 대구에 가서 혈연관계를 확인한다. "족보를 보고 선천적으로 일본국적을 지닌 / 아들들은 기뻐했다 / 덧붙이는 것에도 찬성했다 / 무엇이 어떻게 바뀌든 / 연하든 짙든 / 피는 떠드는 것이다"(「血筋」)

하지만 김리자1951~가 쓰듯이 자신의 고향을 실감할 수 없는 것도 재일 2세의 현실이다. "발에 익숙하지 않은 고무신을 / 그래도 / 신으려고 생각할 때 / 혼은 아버지의 고향을 찾는다 // 끝날 때 / 내가 그리워할 고향은 어디일까"(「白いコムシン」) 아버지나 어머니의 인생을 더듬어가는 일이 스스로의 고향으로의 여행이 된다.

이미자李美子, 1943~는 도쿄출생으로 고등학교까지 조선고교에 다니고, 대학은 영문과를 졸업했다. 도쿄 가와사키川崎의 다마가와多摩川 냇가는 많은 재일이 지내왔다. '둑 아래 조선', '갈비집 번창기' 등 재일의 생활을 확실한 필치로 묘사하고, 가나로 쓴 조선어도 들어가 있지만, 종추월이나 원수일 만큼 다언어적이지 않다. 차분한, 최근에는 은근한 유머도 있어서 깊은 맛이 있다. 오사카와 도쿄에서는 언어나 기품의 차이가 있을 것이다.

다언어성이 두드러지는 표현만이 크리올성을 지닌다고는 한정할 수 없다. 세련된 표현으로 조선과 일본의 감성을 혼교시킬 수도 있다.

최현석崔賢錫, 1935~은 시집『구과毬果』의 3판의 일·한·영어판을 2006년에 출판했는데, 작품 집필은 1955년이라고 기록되어 있다. 아직 20살 즈음의 작품이라고는 여겨지지 않을 정도로 높은 수준의 표현과 숙달된 일본어인데, 한국판의 서문을 쓴 시인 서연주徐延柱가 썼듯이 조선의 불퇴전의 의지를 느끼게 한다. 생물을 먹을 때의 살생에 대해서는 이시가키 린石垣りん의「바지라기シジミ」라는 유명한 시가 있다. 거기서 먹는 사람이 '마귀할멈'이라 여겨지고 죄의식과 삶의 조건을 느끼게 하는데, 바지라기는 움직이지 않는다. 하지만 최현석의「뱀蛇」은 새끼를 밴 살모사의 죽은 어미 살모사도 막 태어난 새끼 살모사도 가해자에 저항하고, 가해자도 그 적의를 나타낸다는 내용이다. "목이 잘려 떨어진 후에도 / 괴로워하며 뒹구는 새끼 밴 살모사의 / 태를 찢고서 / 끄집어낸 순간 / 찔러 죽였지만 / 태아인 살모사는 이미 살아 / 입을 벌리고 / 자기를 파낸 자의 강철 같은 손을 / 물어 쓰러뜨리려고 한 것이다 // 이 불타고 명확한 적의를 띠고 / 닮으려고 해서 중얼거리고 / 각인되었다"

조남철趙南哲, 1955~은 제1시집『바람의 조선風の朝鮮』에서 조선의 역사를 상징적 물상物象으로서 전개했다. 또한 제2시집『나무의 부락樹の部

濤』에서 "조선인 아버지와 / 조선인 어머니의 배에서 / 이국의 조선인 부락에서 / 태어났다는 것을 / 잊어서는 안 돼요"라고 자신의 뿌리를 확실히 파악하고 있다. 조선어에도 유능하고, 일본어도 정확하다. 다언어성이지는 않지만, 조선을 강하게 나타내고 있다.

조선어로도 시 창작을 하고 있는 시인에는 이방세李芳世, 노진용盧進容 등이 있다.

이방세1949~는 할매라는 한국 경상도의 방언을 사용하거나, "핫핫 핫픽" 등 조선어와 일본어 의태어를 중첩하는 수사법 놀이 등 독특하고 친밀감을 느끼기 쉽다. 다언어성이 있는 아동시는 귀중하다.

노진용1952~은 한신대지진 때 재일이 재해를 입었음을 호소하기 위해 처음으로 일본어로 시집을 썼다고 한다. 누구를 향해서 쓸 것인가, 독자의 문제도 언어선택의 조건에 들어가는 것이겠다.

재일 3세인 정장丁章, 1968~은 표현론뿐만 아니라 사회사상적으로도 재일의 말을 의식화하고, '재일사람 말'이라는 새로운 말을 제기한다. "재일사람의 말 그것은 / 결코 돌아갈 수가 없는 일본어와 / 어디까지나 도달할 수 없는 우리말로 / 자아내지는 / 새로운 말 // 일본어라도 일본어가 아니고 / 일본어에서 비어져 나와 있어서 / 일본어로 파악하려고 해도 / 다 파악할 수 없는 / 사람의 일본어 // 우리말이라도 우리말이 아닌 / 사람의 우리말은 / 우리말을 높게 올려다 보고 / 아득히 멀리 바라고 있는 만큼 / 낮은 곳과도 가까운 / 발치의 뿌리 깊은 곳에서부터 / 싹트고 자라나는 / 새로운 변이종 / 설령 흉하더라도 서투르더라도 / 뿌리 깊은 우리말 // 일본어의 / 아이 / 인 우리말 // 그것이야말로 / 사람말이다 / 침묵하고 있어서는 안 된다 / 침묵하고 있는 동안에도 / 이 일본어의 열도랑 / 그 우리말의 반도로부터 / 정체를 알 수 없는 강대한 힘들의 손 / 사람에게 재빨리 이르러서 / 아싹 / 쥐어 깨지거나 / 그들의 품까지 / 깜쪽같이 / 끌려들어가고 만다 // 사람답게 살기 위해 / 대치하고 저항할 수가 있는 / 사람 말이야말로 / 힘이다 / 자아내자" 일본어도 아니고, 우리말도 아닌 재일사람 말의 실로 선언적 작품이다. 이것을 다언어의 면에서도 내부의 재일사람의 면에서도 발전시켜갈 것으로 기대하고 싶다.

쿼터인 나카무라 준中村純, 1970~은 호적으로부터 국가로부터의 자유를 바라면서, 조부의 역사를 더듬어 찾고, 한국어를 배우는 점이 독자적이다. 한국어의 받침을 파악하는 방식도 독특한 파악이 있다. "받침은 어머니를 기다리는 아이 / 혼자면 / 목 안에 작게 우물거린다 의지할 곳 없는 자음 / 달려드는 어머니를 찾아서 / 튀듯이 세계로 나간다 / 나에게도 어머니가 있었음을 깨닫고 / 어머니 입술 모양을 상기하려고 하고 있다"(「パッチム」).

더욱 젊은 1978년생, 어머니가 일본인이고 재일한국인 3세인 시인 일봉一峰은 우주인적 감각으로 지구를 보면서, 경계 없음이 아니라 자신을 국경이라 생각한다. 우주에서 생각해 내는 것은 여러 민족의 혼혈을 통해서 일종의 '우주적 인종' 탄생의 비전을 갖기에 이른 러시아 아방가르드의 시인 흘레브니꼬프Велимир Хлебников이다.[12] 우주적 사고가 기

---

12 龜山郁夫, 『甦えるフレ―ブニコフ』, 晶文社, 1989.

대되는 시대인데도 지구의 각지에서 국경분쟁은 끊이질 않는다. 일봉은 런던유학으로 연극, 무용도 배우고, 배우이기도 하고, 스스로 시연가詩演家라고 칭한다. 시의 개념을 넓힘과 함께 지구성地球性과 고독, 역사와 현재를 동시에 느끼고, "우리들의 독백"을 지향한다. "어머니인 별에 금의환향하자 / 저 반도의 한가운데를 겨냥해서 / 우주선에서 몸을 던졌다 / 나는 광속으로 타면서 / 38도선 위에 떨어졌다 / 나의 모양으로 국경에 박혔다 // 머리는 북으로 / 다리는 남으로 / 전신에 이 별의 기억이 박혔다 // 내 위를 바람이 달린다 / 내 밑에서 과거가 외친다 // 자신의 피가 시내가 되어 / 지구에 스미는 것을 봤다 // 안녕하세요 / 북의 국경경비대 여러분 / 안녕하세요 / 남의 국경경비대 여러분 // 나는 망명자가 아니다 / 나는 여러분의 국경입니다 / 하늘에서 내려온 / 그저 재일동포입니다 // 위를 보고 드러누웠더니 / 태양이 웃고 있었다 // 저건 북의 태양인가 / 아니면 남의 태양인가"(「凱旋飛行」)

2. 크리올주의에 대한 비판

크리올주의에 가장 비판이 많은 것은 종래의 민족주의문학의 관점에서이다. 가령 아마 마자마는 「『크리올성을 칭송한다』비판『クレオール性を讚える』批判」에서 아프리카중심주의의 입장에서 비판하고 있다.[13] 기본

---

13 「現代思想　特集・クレオール」, 青土社, 1997.1.

적으로는 포스트모던의 유럽중심의 수법으로 포괄되는 것을 보완하고 있음에 불과하고, 사회정치적 현실에 대한 어프로치가 경박하고, 사회 인류학적 관점도 근거가 분명치 않다고 고발한다. "하지만 우선 무엇보다도 동화에 대한 저항인 네그리튀드(흑인성)의 출현을 필요로 한 여러 상황이 어떠한 점에서 바뀌었는가가 설명되어 있지 않다. 첫째, 요 5, 60년의 역사를 면밀히 검토해보더라도 어떤 단절을 발견해내는 것은 불가능하다. 그 반대로 우리들이 거기서 보는 것은 근본적으로 인종주의적인 같은 동화정책의 계속, 그러기는커녕 그 강화인 것이다." "우리들이 무엇인가 경사스런 크리올성 속에 모두 연결되어 있다고 선언하고, 또한 프랑스어가 우리들에게 강요되고 또 계속 강요되어지고 있다는데도, 이 언어를 정복했다는 식으로 선언하는 것이 과연 우리들의 상황을 개선하고, 우리들을 해방하는 가장 좋은 방법인지 어떤지, 굉장히 미덥지 않다."

재일문학으로 가져와서 내 나름대로 생각해보면, 비판의 첫 번째는 현실의 언어·문화의 지배관계에 너무나 낙관적이지 않은가라는 것이다. 다언어의 장이라 하더라도 언어가 평화공존하고 있는 것은 아니다. 김시종이 재일을 긍정하고 근거로서 삼으면서, 조선어 교사로서 조선어를 보급시키는 것을 강하게 바랐던 상황은 바뀌고 있지 않다. 그러기는 커녕 재일가정의 핵가족화, 싱글화도 진행되고, 구승으로서 조선어, 조선문화 나아가 재일 크리올어가 전해질 가능성도 약해지고 있다. 일본어의 크리올화는 종주국적인 미국어 쪽에서 시작되고 있기 때문에, 실태는 일본에서 만든 영어의 피진어가 너무 만연해서 관공서에서도 일본어로 고치라고 변환표가 나왔을 정도이다. 단순한 혼합된 말이라면 J-pop(일본)이나 K-pop(한국)에 보이는 영어와의 혼합은 훨씬 많다. 일본어의 파괴표현이라면 최근에는 컴퓨터에서 점점 더 용이해졌기 때문에 인터넷도 포함하면 단어나 구문의 개변은 굉장히 많을 정도이다. 문제는 소수언어, 마이너리티문화인 것이다. 원수일은 크리올성은 포스트콜로니얼과 이중나선구조라고 말하고 있고, 그 말대로이지만, 크리올의 원천인 콜로니얼 식민지성의 구조가 세계적으로 강고하게 존재하는 게 아닐까. 그러기는커녕 9·11이후 한층 두드러진 것이 아닐까. 멀지 않아 중국어가 아시아언어로서 크게 대두하기 시작해서 한자문화권인 조선어, 일본어도 다른 혼합이 될지도 모르지만. 중국어에서 생각하자면 정말로 일본어의 표기는 지금 그대로도 크리올어이다.

두 번째로 현재성, 현장성은 한 시기, 한 지역에 한정되는 것이 아닌가. '이카이노어'는 어느 시기의 고유한 장소의 언어에 불과한 것이 아닌가. 역설적이지만, 크리올성을 자인하는 원수일의 작품만큼 지금까지 조선어를 가타카나로 나타내서 다량으로 섞은 작품은 없었다. 그때까지 일본인 독자에게 조선어에 대한 차별의식이 있었음은 사실로, 이와 같이 생생하게 도입한 것은 획기적이다. 하지만 후속세대는 그렇게 조선어를 자연스럽게 사용할 수 있을 것인가.

세 번째는 모든 문화를 상대화하는 것은 조선성을 상대화하고, 역사도 상대화하고, 확산을 조장시키지 않는가. 문화의 상대화는 마이너리티문화에 불리하지 않은가.

네 번째로 너무 가변성을 강조하는 것은 실태적으로는 일반적인 문학으로 해소되고, 언젠가는 개성을 없애는 게 아닐까. 게다가 혈통이 재일이라도 재일문학이 아니라, 다만 문학이고 싶다는 창작자가 있음을 부정할 수는 없다.

다섯 번째로 협의의 크리올어 사용만을 지향하면, 그것은 일본어로, 조선어로, 와 같은 사고가 되는 것은 아닌가. 크리올어도 집단 언어임에는 변함이 없기 때문이다. 살고 있는 곳이나 생육환경에 의해 섞이는 어원도 가감도 다르다. 정확한 일본어나, 정확한 조선어로 써도 내면의 혼재하는 갈등을 쓸 수가 있다.

재일 시에서 눈에 띄는 섞인 말이 적은 것은 기록성, 증언성이 높았던 것도 커다란 요인이라고 생각한다. 일본어는 도구로서 사용된 것이다. 어떻게 일본 땅에서 살아왔는가, 부모의 내력도 포함해 과거 현재의 고난을 새기고, 일본인에게 호소하고, 동포에게 남기고 싶다는 기분은 창작동기로서 많다. 이것은 재일시사와의 관계에서도 생각해야 하고, 해방 전의 전사에는 모더니즘시가 상당히 많이 쓰였는데, 해방 후는 리얼리즘(좀 더 말하면 사회주의 리얼리즘)이 우세한 방법이 된 이유도 분석할 필요가 있다. 전사가 유복한 명가 출신의 유학생 중심이었던 것에 대해, 해방 후는 거의가 생활고를 우선 강요받았다는 사회조건도 고려에 넣어야할 것이다.

비판은 지당하고 검토가 필요할 것이다. 하지만 앞서 예를 든 것처럼 복합문화성, 다언어문화성의 창조력은 앞으로도 상당히 유효하고, 재일 이외의 시인 중에서도 방법화해서 시 창작을 하고 있는 사람이 있다. 세계적으로 보더라도 노벨문학상을 수상한 카리브해의 센트 루시아 출신인 데릭 월컷Derek Walcott, 아일랜드의 쉐이머스 히니eamus Heaney 등 크리올성 안에서 훌륭한 시업을 이룬 시인은 너무 많아서 일일이 셀 수가 없을 정도이다. 크리올성은 21세기 문화의 중심적 테마의 하나라고 할 수 있겠다. 구체적인 방법면에서도 더욱 여러 가지 실험이 가능하다. 재일문학의 크리올성에 대해서는 앞으로도 논의가 행해질 것이다.

젊은 재일시인의 '재일사람 말', 자유와 역사성, '우리들의 독백' 등 모순을 품으면서도 근본적 혼합성을 제기하고 있는 말에 기대하고 싶다. 갈등의 틈새기에서 계속 쓰는 일이 현재의, 미래의 지구규모의 문학으로 통하는 길일 것이다.

(번역 : 신승모)

'국가어^{國家語}'의 주박을 넘어서

허의 얽힘을 풀다

박화미|朴和美

1. 들어가며

올해 여름, 나는 어느 연수 여행에서 미합중국 태평양 연안의 오래
곤주에 2주간 체재했다. 여행의 여러 추억 속에서 아직도 신선하게 마
음에 새겨져 있는 것은 한 명의 '재일' 뉴질랜드인 여성 써니(가명)와의
만남이었다. 언제부터였는지 나는 다양한 '사이'를 살아가는 인간에게
강하게 이끌리게 되었다. 확고한 '소속'이나 '귀속'을 갖지 않고 (혹은 배
제당하며) 살아가고 있는 사람들에게 형언할 수 없는 친근감을 느끼고
만다. 첫 대면임에도 불구하고 내가 써니에게 가진 호감도 그런 나의 경
향이 영향을 준 것이리라. 재일 2세인 써니의 외견은 어디를 보아도 백

인이지만, 일본에서 태어나 자란 그녀의 '모어'는 나와 같은 일본어이다. 당연하지만 외국 국적을 가진 일본정주자라는 공통항목을 가지면서도 선교사인 부모 아래에서 일본에서 태어난 써니와, 일본의 한반도 식민지화에 따른 '사생아'로서 일본에서 태어난 나의 정주 이력에는 큰 차이가 있다. 그리고 그 차이가 의미하는 바는 깊고 무겁다. 그녀는 큰 소리로 "일본이 너무 좋아"라고 외치지만, 나는 그렇게 할 수 없다. 그럼에도 일본사회의 여러 국면에서 '사이'를 살아가는 그녀의 존재에 나는 격려를 받는 것이다. 아, 여기에도 '사이 인간'이 있구나, 하고.

그 외견 때문에 획일화를 으뜸으로 치는 일본사회에서 "두드러져 버리는" 것이 제일 큰 고민이라는 써니. 다른 한편으로, 신체적 차이가 거의 없는 것이나 다름없기 때문에 필사적으로 노력하지 않으면 일본인 사이에 매몰돼 '자신'의 존재가 지워져 버릴 것을 두려워하는 나. 둘의 고민에는 둘이 가진 배경의 차이가 반영되어 있지만, 일본인 '메이저리티majority' 안에서 비·일본인 '마이너리티minority'로서 살아가고 있는 우리들에게는 "너는 누구냐?"라고 묻는 일본어의 목소리가 끊임없이 들린다. 설령 제2언어로서 영어를 할 수 있어도, 써니는 뉴질랜드를 자신의 '있을 곳'이라고는 느낄 수 없다고 한다. 그리고 한국어를 거의 할 수 없는 나에게는 1세나 일부의 2세와 같이 언젠가 돌아갈 '고향' 혹은 '조국'으로서 한국을 이미지하는 것이 힘들다. 둘에게 있어 자신을 표현하는 데에 가장 편한 언어는 일본어이다. 그 가장 유창하게 사용할 수 있는 일본어가 '자신'이라는 존재를 형성하는 것이라면 써니나 나와 같이 일본에서 비·일본인 마이너리티로서 살아가는 인간에게 있어서 '언어와 아이덴티티'를 둘러싼 문제군은 생각할 가치가 있는 문제일 것이다. 나는, 그리고 아마도 써니 역시 일본사회를 앞으로도 계속 정주해갈 장소라고 생각하고 있다. 하지만 그것은 일본사회에서 일본인과 완전히 똑같은 방식으로 산다는 것을 의미하지는 않을 것이다. 그렇기 때문에 야말로 이제까지 이상으로 '모국'이나 '모국어'와 같은 것으로부터 멀어지고, 일본어의 세계에 푹 잠기어 살아가게 될 우리 자식 세대의 사람들(3세, 4세)을 위해서라도 일본사회에서 살아가는 마이너리티의 '언어와 아이덴티티'의 문제를 확실히 생각해 둘 필요가 있는 것은 아닐까.

2. 변모하는 재일코리안

어떻든 써니와의 만남은 나에게 '재일'한다는 것의 의미를 다시 생각할 좋은 기회를 가져다주었다. 더는 '재일'=일본에 정주하는 한반도 출신자와 그 자손이라는 구도가 통용되지 않는 시대에 접어들었음을 실감시켜주었기 때문이다. 애당초 근대의 시작은 지구 규모로 사람이 이동하는 시대의 막을 열었다고도 할 수 있다. 그리고 우리들이 살고 있는 현대는 사람, 물건, 자본, 그리고 정보 등이 전례 없는 속도로 지구상을 오가는 것이 가능해진 시대인 것이다. 선진국을 자인하는 일본이 이러한 세계의 조류밖에 있을 수는 없다. 그렇다면 일본으로 흘러들어오는 사람의 흐름은 어떻게 되어 있는가. 그러한 사람의 움직임의 일단을

'외국인등록자'에 초점을 맞추어 살펴보도록 하자. 법무성 입국관리국에서 발표한 외국인등록자 통계에 따르면, 2005년 말 현재 외국인등록자는 201만 1,555명을 헤아리고, 처음으로 200만대를 돌파했다고 한다. 이는 일본인 총인구의 1.57퍼센트에 해당한다고 한다. 그리고 저출산 고령화를 절박한 문제로 파악하고 있는 일본사회에서는 이 비율이 매년 늘어날 것이 예상된다.

나의 우선적인 관심은 한반도(구식민지) 출신자를 가족으로 지니고 일본에서 정주하는 사람들(이하 '재일코리안')[1]이기에, 여기부터는 재일코리안에 초점을 맞추어 이야기를 진행시키고자 한다. 국적별로 본 등록자수는 「한국·조선」 국적이 이제까지 계속 최고 자리를 차지해 왔다. 이번 통계 역시 「한국·조선」 국적이 59만 8,687명으로 간신히 최고 자리를 유지하고 있지만, 그 수는 매년 계속 줄어들고 있다. 한편 매년 착실하게 그 수를 늘리고 있는 「중국」 국적은 51만 9,561명을 헤아리고, 「한국·조선」 국적을 따라잡아 뛰어넘는 것도 그리 먼 일이 아닐 듯하다. 그렇다고 해서 재일코리안이 일본에서 사라져 없어지고 있는 것은 아니다. 9할에 가까운 한국·조선 국적의 사람들이 일본인과 결혼해 있는 현재, 그러한 혼인으로 태어난 아이들은 거의 자동적으로 일본국적을 취득하고 있다. 또 매년 1만 명 가까이가 한국·조선 국적에

1　한반도(구식민지) 출신자를 선조로 지니고 일본에 정주하는 사람을 총칭하는 것은 쉽지 않다. 이제까지도 '재일조선인', '재일한국인', '재일한국·조선인', '재일코리안' 등의 총칭이 그 나름대로의 '시민권'을 가지고 널리 사용되고 있다. 하지만 냉전과 분단국가 이데올로기의 영향을 전혀 받지 않은 호칭은 적고, 무엇을 사용하는가에 따라 그 사람의 '정치'적인 입장이 추궁 받게 되기 때문에 어느 것을 사용한다고 해도 다소 망설임이 따라붙는다. 이 소론에서는 더블이나 쿼터, 그리고 귀화한 사람들도 포함하고자 하는 의미를 담아 '재일코리안'이라는 호칭을 사용한다.

서 일본국으로 국적을 변경하고 있다고도 한다. 이러한 경향에서 알 수 있는 것은 상당한 수의 재일코리안이 외국인등록자로서가 아니라, 일본국적 보유자로서 일본에서 생활하기 시작하고 있다는 것이다.

이러한 통계의 추이가 이야기하고 있는 것은 재일코리안을 둘러싼 환경이 1세나 2세가 주류였던 시대에서, 3세나 4세가 그 중심이 되고 있는 현재, 이제까지 없었던 큰 변모를 이루고 있다는 사실이다. 나 자신의 친척을 예로 들어 보아도 작년부터 올해에 걸쳐 조카 두 명이 일본으로 '귀화'(일본국적취득)했다. 여동생도 '귀화' 수속을 시작하고 있다. 각자의 '귀화' 이유를 듣고, 이제는 조선·한국 국적 보유는 아이러니컬한 의미에서 한 가지 **特権**이 되고 있는지도 모른다는 복잡한 심경에 빠져버렸다. 완고하게 국민주의를 관철하고자 하는 일본에서 비·국민으로서 살아가기에는 너무나도 많은 불편과 부자유를 각오해야만 할 것 같다. 여동생의 경우에도 생활을 위해, 즉 고용을 확보하기 위해 '귀화'하지 않을 수 없게끔 되었다. 이렇게 가까운 곳에서부터 서서히 변화가 일어나고 있음을 실감하게 되는 오늘날의 요즘이다.

당연한 일이지만 재일코리안의 상태 변화가 나열된 숫자만으로 나타나는 것은 아니다. 나 자신의 관심은 이러한 수치로부터는 보이지 않는 변화의 내실이라는 것에 향해 있다. 20세기 후반에 한반도의 언어와 생활습관을 (정도의 차이는 있겠지만) 신체에 확실히 새겨두고 있는 1세에서 일본에서 태어나 자란 2세로 세대교체가 이루어지고, 21세기를 맞이한 현재, 한반도의 냄새를 거의 몸에 지니고 있지 않은 3세나 4세가 성인이 되려 하고 있다. 이러한 배경 속에서 재일코리안으로서 살아가는 사람들의 내면에는 도대체 어떤 변천이 찾아오고 있는 것일까. 그와 동시에 2.5세를 자인하는 나 자신의 사고방식에 어떠한 변화가 있었던 것일까, 그리고 나는 이제부터 미래를 향해 어떠한 변화를 기대하고 있는 것일까. 이러한 문제를 나는 기회 있을 때마다 계속 생각해 왔다. 여기에서는 내가 철이 들었을 즈음부터 계속 관심을 가져 온 '재일코리안의 말'을 둘러싸고 이제까지 어떠한 것들이 이야기되어 왔는가를, 나의 문제의식을 따라 추적해감으로써 재일코리안의 변화의 한 측면을 탐구하고자 한다.

3. 모어와 모국어의 사이에서

우선은 '말' 혹은 '언어' 그 자체에 대하여 생각해 보자. 말 혹은 언어에 대해서 이야기할 때, 괴테의 "외국어를 알지 못하는 자는 자신의 언어도 알지 못한다"는 한 문장이 자주 인용된다.[2] 이 문언에 나타나 있듯이 모어를 향한 자각은 외국어 등의 모어 이외의 언어를 통해 비로소 획득할 수 있는 것 같다. 모어와 외국어를 더욱 깊이 이해하기 위해 다나카 가쓰히코田中克彦는『국가어를 넘어서』에서 칼.W.L.하이제의 다음과 같은 말을 소개하고 있다.[3]

---

2   片岡義男, 『日本語の外へ』, 角川書店, 2003, 337쪽.
3   田中克彦, 『国家語をこえて』, ちくま学芸文庫, 1993, 115쪽.

우리들은 자신의 말 안에 너무 사로잡혀 있으며, 또 그 말은 너무나도 자신의 근처에 있기 때문에 그것을 관찰의 대상으로는 삼기 힘들다. 외국어와, 또 그 외국어가 우리들의 정신 안에 생생하게 나타내는 낯선 사고의 세계를 접함으로써 비로소 스스로의 소유물을 깨닫는 것이다.

그럼 하이제가 의미하는 바를 일본사회에 적용시키면 도대체 어떤 광경이 보일까. 많은 일본인은 일본어라고 불리는 말·언어를 통상적으로는 무자각 하에 사용하고 있는 것이 아닐까. 실제로 일본국내에서 생활하는 한 일본어 이외의 언어=외국어를 접할 기회는 거의 없으며, 일본어를 특별히 관찰의 대상으로 삼을 필요성도 기본적으로는 없어 보인다. 또 '단일민족, 단일언어, 단일문화' 신화가 널리 믿어지고 있는 일본사회에서는 일본민족인 것과 일본어 화자인 것, 그리고 일본국민인 것 사이에 이렇다 할 어긋남은 찾아낼 수 없고, 그 사이에는 갈등이랄 것은 그다지 보이지 않는다. 하이제가 지적하고 있듯이, 모어인 일본어가 너무나도 가까이에 있기 때문에 새삼스레 자신들의 언어를 대상화할 수 없는 상태이다.(한국에서 생활한 적이 없는 나이지만 한국에서도 사정은 일본과 크게 다르지 않고, 자신들의 언어인 한국어를 대상화하는 것은 어려울 것이다)

그런데 이렇게 모어인 일본어에 대해 무심한 채로 있을 수 있는 '토박이' 일본인과는 달리 많은 재일코리안에게 있어서는 어느 언어로 이야기하는가가 아이덴티티(자기동일성)에 얽힌 문제이기 때문에 모어에 구애받을 수밖에 없고, 무관심한 태도를 취할 수 없다. 같은 일본사회에서 마찬가지로 일본어를 사용하며 생활하면서도, 재일코리안은 늘 모어인 일본어에 대한 위화감을 가지게 되어 버리는 존재인 것이다. 가령 오사카大阪 출신의 재일코리안 친구는 나와 둘이서 나눈 왕복편지[4]에서 "재일조선인으로서 자각적으로 의식적으로 살아가려 할 때에 '모어'인 '일본어'와 '모국어'인 '조선어' 사이에 생기는 여러 갈등 때문에, 반드시 그렇다고 해도 될 정도로 직면하는 과제라고 할까 문제이기도 하고, 새삼스러운 기분도 듭니다만 한편으로 죽을 때까지 도망칠 수 없는 주제인 것은 아닐까 하는 생각도 하고 있습니다"라고, 재일코리안의 언어를 둘러싼 주박을 이야기하고 있다. 그러면 그녀로 하여금 "죽을 때까지 도망칠 수 없는 주제"라고 말하게 만든, 재일코리안의 언어상황[5]이란 도대체 어떤 것일까.

'재일문학'이라 칭해지는 분야에서도 이 "도망칠 수 없는 주제"에 정면에서 맞붙은 사람들이 있다. 1세 시인인 김시종金時鐘은 자신과 일본어 사이의 피할 수 없는 관계를, 자신의 치부를 드러내면서 기록하고 있다. 당연하지만 1세의 실존상태는 일본의 식민지 지배의 역사를 무시하고서는 이야기할 수 없다. 자신들의 이름을 빼앗기고(창씨개명), 언어를 빼앗긴(황국신민화) 경험을 기억하고 있는 1세가 구 종주국의 국어인 일본어에 대해 굴절된 심리를 가진다고 하여도 이상한 일이 아니다. 황국소년이었던 김시종은 16세 때 일본의 패전(한반도의 입장에서는 해방)에 의해서 그때까지 당당히 길러 쌓아온 말이 헛되이 되는 것을 체험한다.[6]

---

4 李恩子・朴和美, 「在日の〈言葉〉をめぐって」, 『戦争と性』(22号), 2004, 133쪽.
5 일반적으로 이민은 3세대에서 출신국의 언어능력을 잃고, 받아들인 나라의 언어를 습득해 간다고 일컬어지고 있다. 광의적인 의미에서의 강제이주자(디아스포라)인 재일코리안도 1세대 이외에 한국어・조선어로 읽고 쓰기가 가능한 사람은 이민학교(특히 총련계)에 다녔거나 혹은 한국으로 유학을 다녀온 적이 있는 사람들로 한정되고, 2세 이후의 대다수 재일코리안은 한국어・조선어를 알지 못하고 일본어를 모어로서 생활하고 있다.

스스로가 관여한 것도 아닌 '해방'으로 일본인이 아니게 된 때부터 김시종의 '진정한 자신은 누구인가'라는 실존적인 물음과의 격투가 시작된다. 동시에 자신의 말이란 무엇인가를 필사적으로 생각하게도 된다. 그리고 "벽을 할퀴는 듯한" 심정으로 자기 나라의 문자와 읽기·쓰기를 2개월 정도의 시간을 들여 익혀 간다.[7] 그러한 고뇌 끝에 도달한 것이 일본어를 무기로 삼아 시를 쓰는 것, 일본어로 문학을 해나가는 것이었다. 그는 이러한 굴절된 심정을 『'재일'의 사이에서』에서 다음과 같이 적고 있다.[8]

저의 일본어라는 것은 상당히 과중한 규제 안에서 길러진 것입니다. 하지만 종전이 되어 조선이 일본의 속박에서 벗어날 수 있었다는 것과, 제가 과중한 규제에 의해 기를 수 있었던 일본어를 포기한다는 것은 등질한 것이 아닙니다. 저의 요람기搖籃期의 꿈이 가득 차 있는 일본어를 저는 포기할 생각은 전혀 없습니다. 그렇지 않고, 과중한 규제에 의해 기를 수 있었던 일본어를, 일본인에게 향하는 최대의 무기로서 저는 구사하고 싶습니다.

하지만 김시종은 자신이 사용하는 일본어의 '질'에 철저하게 구애된다. 그가 자아내는 일본어는 "일본어가 아닌 일본어로서", "또 하나의

---

6 金石範·金時鐘, 『なぜ書きつづけてきたか·なぜ沈黙してきたか』, 平凡社, 2001, 149쪽.
7 위의 책, 21쪽.
8 金時鐘, 『「在日」のはざまで』, 立風書房, 1986, 221쪽.

일본어로서"[9] 나타난다. 그 자신은 자신의 일본어를 "재일조선인어로 서의 일본어"[10]라고 위치지우고 있다. 김시종이 도달한 경지가 1세대들 사이에서 보편적으로 공유되는 것이라고는 할 수 없지만, 꼼짝할 수 없 는 벼랑 끝에서 언어와 계속 격투해 온 그의 말 안에 '인간과 언어'의 긴 박한 관계를 근원적인 수준에서 생각하게 하는 힘을 느끼는 것은 나뿐 만이 아닐 것이다.

2세에도 이러한 말의 문제에 정면에서 맞붙은 작가가 있다. 일본 문 단으로의 등용문인 아쿠타가와상을 재일코리안 여성으로서 처음으로 수상한 이양지李良枝의 수상작품 『유희由熙』도 바로 이러한 재일코리안 의 혀의 얽힘을 주제로 삼고 있다. 작품에는 '진정한 자기'를 추구해서 한국에 유학한 젊은 재일코리안 여성 유희가 '모어'와 '모국어'의 사이 에서 고뇌하는 모습이, 하숙집 언니[11]의 눈을 통해서 그려지고 있다. 저 자에 의하면 유희는 일본어의 'あ'와 한국어의 '아' 사이에서 말의 지팡 이를 잡지 못하고, 고민하다 결국은 일본에 돌아간다고 한다.[12] 아쿠타 가와상 수상 3년 후, 급성 심근염으로 37세의 젊은 나이에 급서한 이양 지는 에세이에서 "명분상 혹은 관념상으로는 한국어는 모국어이며 내 아이덴티티의 중심에 위치해야 할 언어임에 틀림은 없습니다. 하지만 실제로는 모국어인 한국어는 어디까지나 외국어이며, 이국의 말로서

9   森田進·佐川亜紀編, 『在日コリアン詩選集』, 土曜美術社出版販売, 2005, 459쪽.
10   金石範·金時鐘, 앞의 책, 152쪽.
11   한국문화에서 친한 관계에서는 연하의 여성이 연상의 여성에게 친근함을 담아 '언니'라고 부르는 습관이 있다.
12   李良枝, 『李良枝全集』, 講談社, 1993, 647쪽.

받아들일 수밖에 없었습니다"라고, 스스로의 언어에 대한 복잡한 심정을 토로하고 있다.[13]

즉 재일코리안 2세대로서 자각적으로 살아가려 하면, 이 '언어와 아이덴티티'의 문제가 거대한 벽처럼 눈앞을 가로막아 버린다는 것이다. 하지만 이양지는 스스로의 체험을 바탕으로 한『유희』로 아쿠타가와상을 수상한 후에도, 도대체 자신은 누구인가 하는 아이덴티티의 문제를 계속해서 고민한다. 그리고 "혹시 자신은 '자신이 만든 모국'뿐만 아니라, 이 자기 자신에게도 휘둘리고 있는 것은 아닐까. 자신은 한국인이며, 한국인이어야만 하며, 또 한국인이고 싶다는 '자신이 만든 모국'에게 자기 자신이 휘둘리고 있는 것은 아닐까"[14] 라며 이제까지의 자기 아이덴티티의 틀 자체에 의문을 가지기 시작하고 있다. 유감스럽게도 이양지는 그 스스로 발한 물음에 답하는 일 없이 하늘로 날아오르고 말았다.

1세인 김시종에게 있어서는 '실존'이, 그리고 2세인 이양지에게 있어서는 '아이덴티티'가 키워드로 되어 있다. 세대를 달리하는 두 사람이지만 '진정한 자신'을 찾기 위해 '모국어'를 필사적으로 배운다는 경험을 공유하고 있다. 김시종은 일본의 조선통치에 의해 일본인이 되었고, 이양지는 전후 일본에서 살아가기 위해 부모에 의해 일본 국적이 된다. 하지만 한반도 출신인 양친 아래에서 태어난 두 사람에게는 '민족적 출자'와 '민족의 피'에 대한 의심과 같은 것은 없다. 우여곡절이 있었다고는 해도, 둘에게 있어서 민족의 '모국', '조국', '본국'은 자명한 것

---

13 위의 책, 663쪽.
14 李良枝, 앞의 책, 635쪽.

으로서 존재하고 있는 듯하다. 그러므로 일본의 식민지 지배로 자신의 본래 있어야 할 모습이 손상을 입었기 때문에, 본래의 모습, 즉 조선민족의 '진정한 자신'을 회복하는 일이 요청되어 버리는 것이다.

그리고 또 한 사람, 이 '언어와 아이덴티티'의 문제와 대치한 작가가 있다. 2004년에 36세의 나이로 스스로의 목숨을 끊은 사기사와 메구무鷺沢萠이다. 그녀는 6개월에 걸친 서울 연세대학으로의 어학유학 중에, 그곳에서 느끼고 생각한 것을 적어 『개나리도 꽃, 사쿠라도 꽃』이라는 한 작품을 완성했다. 그 안에서 사기사와는 한국에 미처 다 끊을 수 없는 관계를 가져 버린 인간의 심정은 복잡하다고 말하면서, "나로 말할 것 같으면 한국의 피가 들어간 가족 중에서 누구 한 명도 한국어를 읽지도 말하지도 못한다는 것은 역시 쓸쓸한 일이라는 기분이 들어서"[15] 한국유학을 결정했다고 심정을 토로한다. 그녀의 경우에는 스무 살을 지나고 나서 아버지 쪽의 할머니의 출자(한반도 출신)를 알게 된 쿼터 재일 코리안이다. 사기사와는 성인이 된 후에 조우한 '민족적 아이덴티티'의 문제와 타협을 짓기 위해 자신 안에 흐르는 민족의 피와 민족의 말인 '한국어'를 일체화시키는 것을 하나의 방책으로서 골랐다. 하지만 김시종이나 이양지와는 달리 쿼터인 그녀에게는 문자 그대로 4분의 1밖에 민족의 피는 흐르지 않는다. 이 '묽은' 피 때문에 아무리 노력을 하더라도 '본국'의 한국인뿐만 아니라 일본에 사는 한국 국적의 친구마저도 그녀의 민족적 출신에 의심의 눈길을 보내는 것이다. 가령 이양지와 친

---

15 鷺沢萠, 『ケナリも花、サクラも花』, 新潮文庫, 1997, 87쪽.

교가 있었다는 한국의 여성기자는 이양지와 사기사와 메구무를 비교하여, 사기사와가 한국과 관계하는 방식이 어중간하다고 비난하는 듯한 어조로 추궁한다. "한국에 대한 애정은 있습니까?"라고.[16] 이러한 차가운 시선은 일본으로 돌아가고 나서도 따라붙는다. 한창 유학경험을 반추하고 있을 때, 사기사와에게 3세 여성은 "분별없는 말"을 던진다. "역시 달라. 역시 내가 보자면 당신은 일본인이야"[17]라고.

4. 국민국가의 주박

이렇게 해서 세 명의 표현자의 말과 귀속의식 사이의 갈등을 개관하고 느끼는 것은, 재일코리안 전체를 포위하는, 거역할 수 없는 '국민국가'라는 상상의 공동체의 주박이다. 근대라는 시대가 지구상에 남김없이 그어 놓은 '국경'이라는 경계선. 재일코리안은 지금도 그 선긋기의 '폭력'에 계속 노출되고 있는 것은 아닐까. '너는 누구냐'고 아무렇지도 않게 물을 수 있는 자는 자신이 속하는 국민국가에 아무런 의심도 가지지 않은 인간임이 틀림없다. 이런 둔감함은 유달리 일본인만의 특기가 아니다. 사기사와 메구무에게 차가운 눈길을 향하는 한국인 기자의 시선 안에도 동질의 둔감함은 간파할 수가 있다. 일본에서 '너는 누구냐'

---

16 平田由実, 「非・決定のアイデンティティ」, 『脱アイデンティティ』(上野千鶴子編), 勁草書房, 2005, 174쪽.
17 鷺沢萠, 앞의 책, 155쪽.

라는 물음을 계속 받아 온 재일코리안은 설령 한국에 갔다고 하더라도 이번에는 '자신들의 나라(우리나라)'의 기원에 의심을 갖지 않는 한국인에게 같은 식으로 '너는 누구냐'는 질문을 받고 만다. 어느 쪽에 가더라도 재일코리안은 각각의 '국민국가'의 정회원(국민=민족)으로서의 자격에 문제가 있다고 여겨져 버리는 존재인 것 같다. 그렇다는 것은 근대가 만들어 낸 이 선긋기(국민국가=민족국가)의 '정당성' 그 자체를 무너뜨려 가지 않는 한, 재일코리안은 계속 '가짜 조선인 / 한국인' 혹은 '가짜 일본인'일 수밖에 없어 보인다.

그렇다면 왜 '언어와 아이덴티티'를 생각할 때에 국민국가의 존재가 문제가 되는 것일까. 근대의 역사를 펼쳐 보면 국민국가 창설의 프로세스에서 '일국가 일언어'를 목표로 하여 나라가 만들어졌다는 것을 알수 있다. 하지만 이 시도가 완전히 성공했다고는 말하기 힘들다. 현재에도 200 가까운 국가 수에 대해서 (연구자에 따라서 숫자가 달라지지만) 6천 이상이나 되는 언어가 지구상에 존재하고 있다고 일컬어지고 있으니까. 어쨌든 많은 근대국가는 '단일민족, 단일언어, 단일문화'를 이상으로 표방하고, 실제로 그것을 통용시키려고 했다. 그런데 본디 다양하고 다언어를 사용하는 인간집단을 하나로 묶으려고 하는 것 자체에 무리가 있기 마련으로, 그러한 무모한 시도로 인한 균열이 재일코리안도 포함한 에스닉 마이너리티의 문제로서 전 세계에 현재 나타나고 있는 것이 바로 현대가 아닐까. 비서양권에서 유일하게 그리고 가장 빨리 근대화에 성공한 일본도 메이지明治정부의 구호 아래에서 '고향말'을 '표준어'라고 불리는 '국어'로 일체화하고, 국민에게는 '읽고 쓰기 주판'을,

아이들에게는 학교에서 '국어'를 습득시킴으로써 근대화에 매진했다. 즉 '국어'를 신체화한 '진정한 일본인' 역시 요 백수십 년 사이에 만들어진 존재에 지나지 않는 것이다. 이렇게 근대사를 시야에 넣음으로써, '국어', '국가어', '모국어'라는 말이 태어난 배경이 보이게 된다.

이렇게 말하는 나도 국민국가의 속박에서 자유로웠던 것은 아니다. 나 역시 예외가 아니어서, 이제까지 보아 온 것처럼 '모어'와 '모국어'의 틈새에서 계속 고민해 온 재일코리안 중 한 사람이다. 철이 들 무렵 이미 신체화 되어 있던 언어는 일본어인데도, 재일코리안인 **주제에** 구종주국의 국어인 일본어밖에 말할 수 없는 자신에게 언제나 일종의 양심의 가책을 느껴 왔다. 또한 재일코리안으로서 '진정한 자신'을 모색한다면, '모국어'인 조선어 · 한국어를 습득해야 한다는 질책의 목소리에도 시달려왔다. 한국계 민족학교의 고등과에 3년간 다녔던 나이지만, 나의 한국어는 간단한 인사를 할 수 있는 이상으로 향상되지는 않았다. 김시종처럼 '벽을 할퀴는' 정도의 진지함으로 조선어 · 한국어와 대치해 오지 않았던 나에게는, 일본어의 'あ'와 한국어의 '아'의 차이에 고뇌하는 이양지의 모습이 눈부시게 비친다. 정직하게 말하면 나는 고등학교를 졸업할 때까지 '본국'(한국)에서 파견된 교사들이 가르치는 국어(한국어)와 국사(한국사) 수업에 친숙해지지 못했다. 중학교까지 다녔던 일본학교에서 느낀 소외감을, 그러한 수업에서도 나는 계속해서 느끼고 있었던 듯하다. 일본학교에서 '우리들'이라고 했을 때에 자신이 그 '우리들'에 들어가지 않음을 언제나 의식해 왔다. 비슷한 소외감이 한국학교의 '국어'나 '국사' 수업 때에도 따라붙었다. 교사들이 높은 소리로

'우리말', 그리고 '우리나라'를 연호할 때, 그 '우리'에 자신이 들어가지 않음을 감지하고 있었다.

또 당시의 나는 '민족적 아이덴티티'만을 고민하고 있었던 건 아니다. 재일코리안 사회에서의 '여자'의 위치에 대해서도 고민하고 있었다. 누구누구의 '딸', 누구누구의 '아내', 누구누구의 '엄마'로서밖에 살아갈 방도가 없다는 것에 분노를 느끼고 있었다. 슬픈 일이지만 내 어머니의 사는 방식·그렇게 살도록 강제된 방식은 나에게 있어서 인생의 본보기(롤모델)가 될 수는 없었다. 정신을 차리니 어머니처럼 살지 않기·그렇게 살도록 강제되지 않기 위해서는 어떻게 해야 좋은가, 그것만을 생각하고 있었다. 그리고 스스로에게 한 가지의 약속을 했다. 이제부터는 자신의 힘으로 살아가자고. 그리고 경제적인 자립을 도모하기 위해 '영어'라는 세계에서 범용성이 높은 언어를 배울 것을 결의했다. 이후의 나는 가질 수 있는 얼마 안 되는 자원(시간과 에너지)을 모국어로서의 한국어가 아닌 영어를 공부하기 위해서 사용하게 되었다. 현재의 '한류 붐'의 도래와 같은 것은 상상도 할 수 없었던 당시(70년대 전반)에는 일본에서 한국어는 약소언어로밖에 인식되지 않았고, 한국어의 습득은 직업선택을 민족계의 기업·조직으로 좁혀 버리는 것을 의미했다. 민족계 기업·조직이 가지는 온정적 가부장제의 체질은 당시의 나에게 있어서 강한 기피감을 일으키는 것이었다. 그곳으로의 접근은 나에게 있어서는 살고 싶지 않은 / 가고 싶지 않은 방향으로의 적신호 이외의 그 무엇도 아니었다. 지금이 되어 생각해 보면, 당시의 나에게는 '민족적 아이덴티티'보다도 '젠더 아이덴티티'의 문제 쪽이 더 절박하였던 모양이다. 어쨌든 나는 한국어가 아니라, 취직에 유리한 영어의 습득을 의식적으로 선택했다. 즉 일본에서의 사회적 '약자'인 자신에게, 영어라는 부가가치를 붙여 노동시장에 내보내려고 한 것이다. 정보망 같은 것을 거의 갖고 있지 않았던 당시의 나에게 그 이외의 '자립'을 향한 방법은 떠오르지 않았다.

20세기 후반의 세계 패권언어인 영어를 어느 정도 구사할 수 있게 됨으로써, 조선 국적·한국 국적에는 거의 문호가 열려 있지 않았던 기업에 어떻게든 자리를 얻을 수 있었다. 하지만 어딘가 마음 속 깊은 곳에서 너무나도 실리적인 선택을 한 자신에게 떳떳하지 못함을 느끼고도 있었다. 아무리 자립을 위해서라고 해도 '모국어'인 한국어가 아니라, '외국어'인 영어를 선택한 자신을 책망하는 기분이 침전되어 있었다. 이렇게 해서 언어와 아이덴티티의 갈등을 둘러싸고 나는 폭주하는 '떳떳하지 못한 느낌'에 포위되게 된다. 그러한 일본에서의 살기 / 숨쉬기 힘든 상황에서 도망치기 위해 나는 영어권 나라들로의 탈출을 몇 번인가 반복했다. 그리고 일본을 뛰쳐나가 당시 이민을 비교적 관대하게 받아들였던 (영어권의) 나라들에서 생활하는 속에서 나는 많은 '사이 인간'(선주민이나 강제이주자나 이민, 그리고 그 자손 등)과 해후하고, 그녀·그들의 모습을 앎으로써, 일본사회에서의 재일코리안으로서의 자신의 '위치'를 상대화할 수 있게 되어갔다. 당연히 '진정한 자신'이라는 사고방식 그 자체에도 의문을 가지게 된다. '진정한 자신' 찾기란 국민국가라는 체제·이데올로기가 '사이 인간'에게 부과하는 '후미에踏み絵(일본에도시대에 그리스도교를 엄금하기 위하여, 그리스도·성모 마리아 등의 상을 새긴

목판·동판 등을 밟게 하여 신자가 아님을 증명하게 하던 일. 변하여 권력 기관에 의한 개인의 사상 조사 또는 그 수단을 의미한다.—옮긴이 주)'라는 것도 깨달아 갔다. 근대의 국민국가체제에는 '사이'에서 살아가려 하는 인간을 철두철미하게 제거하려는 메커니즘이 내장되어 있다. 국민국가의 틀 안에서 '평범'하게 살고 싶다면 우선은 깔끔하고 명확하게 국민으로서 자기 규정할 것이 요구된다. 그 국민국가의 '표준어'를 말하고, 하나의 성별을 각인하고, 한 사람의 이성과의 전유專有적 관계를 선언하고, 하나의 국가에 대한 충성을 맹세하는 것 등이 요구되어져 버리는 것이다. 그곳에는 삐져나온 사람인 '사이 인간'이 있을 곳은 준비되어 있지 않다.

이러한 근대의 배타적인 '국민=민족'국가주의라는 전제를 무비판적으로 받아들여 버리면, 일본어를 모어로 하는 조선 국적·한국 국적의 재일코리안과 같은 사람들은 국민국가의 선긋기에 의해 농락당하고, 자신의 몸을 찢기게 된다. 그렇게 찢겨진 자아를 안은 재일코리안은 조선 국적·한국 국적 이외의 재일코리안에게도 부정적인 영향을 부여해간다. 재일코리안의 혀의 얽힘도 실은 이러한 상황에서 파생된 문제인 것이다. 그렇다는 것은 이 나쁜 연쇄를 끊기 위해서도 이제까지 자명시해 온 국민국가와 언어의 관계, '국어'라는 언어관, 그리고 무관심하게 사용해 온 '모어'와 '모국어'라는 말의 개념을 다시 한 번 정중하게 검증해 갈 필요가 있을 듯하다.

5. 모어에 대해 생각하다

우선은 모어라는 말을 살펴보자. 모어를 설명할 때에 보행기술 획득의 비유가 사용되는 경우가 있다. 다리에 장애를 지니지 않은 인간은 알지 못하는 새에 보행이라는 신체적 능력을 몸에 익혀 간다. 그리고 보행능력과 비슷하게 우리들은 정신을 차려 보니 '언어'라고 칭해지는 능력을 몸에 익히고 있다. 이렇게 해서 부지불식간에 몸에 익힌 언어가 '모어'라고 불리는 것이다. 덧붙여 사전에서 모어라는 단어를 찾아보면, first language나 mother tongue나 native tongue 등의 영단어가 나온다. 또 전자사전 등에 게재되어 있는 모어라는 용어의 의미내용은 다음의 네 가지로 정리된다.[18]

① 개인이 최초로 습득한 말 혹은 언어
② 대체 불가능한, 사고나 인격과 결부된 언어
③ 근대에서 민족어가 모어로서의 상징적 역할을 맡는다
④ '모어'와 '모국어'는 동일하지 않다

이러한 설명에서도 알 수 있듯이, 모어는 여러 가지 기능을 가지고 있다. 전자 두 가지는 언어심리학과 언어교육의 견지에서, 그리고 후자 두 가지는 사상사나 정치에 관련된 것으로 해석되고 있다. 모어는 문자

---

18 李恩子・朴和美, 앞의 책, 142쪽.

그대로 '어머니의 말'을 의미하고 있지만, 실제로는 어머니(혹은 성별에 관계없이 아이를 돌보는 사람)가 속하는 언어공동체의 언어를 가리키고 있다. 지구적 규모에서 사람의 이동이 시작되는 근대 이전에는 사람은 태어난 토지에서 죽는 것이 극히 보통이었다. 그 태어나 자란 지역에서 가족을 만들고 가족이나 친족을 통해 언어나 문화를 계승하고 있었다. 그런데 야마모토 마유미山本真弓가 「재일조선인과 언어문제」에서 지적하고 있는 것처럼, "대규모의 인구이동의 흐름을 일으킨 근·현대라는 시대는 픽션으로서의 국민국가가 그 중앙집권적 성질을 강화하면서 근대화해가는 과정이기도 했다. 그리고 그렇게 해서 성립한 근대국가는 국가권력이라는 폭력 장치를 이용하여 종종 어머니로부터 아이에게의 자연스러운 형태의 언어 계승을 저지해 온"[19] 것이다. 어머니에게서 아이로의 언어 계승을 저지하는 형태로서 야마모토는 "국가권력에 의한 인구이동(강제이주)"과 "언어정책"의 두 가지를 든다. 식민지하의 한반도에서는 이러한 두 가지 형태에 의해서 어머니로부터 아이에게로의 언어 계승이 끊긴다는 현상이 여기저기에서 일어나고 말았다. 재일코리안은 이러한 역사를 계승하고 있음을 잊어서는 안 된다. 야마모토는 나아가 계속해서 "조선어를 말하는 모친을 가진 일본태생의 재일조선인에게 있어서, 혹은 유소년기에 일본에 건너온 재일조선인 1세에게 있어서 모어는 반드시 '어머니의 말'을 의미하지는 않는다. 어머니가 속하는 언어공동체가 다르기 때문이다. 이때 모어는 '어머니의 말'이라는,

---

19 山本真弓, 「在日朝鮮人と言語問題」, 『季刊·三千里』 44号, 1985, 156쪽.

그 근원적인 의미를 상실하고 있다"[20]고 말한다. 즉 재일코리안의 혀의 얽힘은 '모어'와 '모국어' 사이에 있을 뿐만 아니라, '모어' 그 자체의 비틀림과도 관련되어 있는 것이다.

재일코리안의 언어 문제는 복잡하다고 말하는 야마모토는 영어의 mother tongue(독어의 Muttersprache)가 '모국어'라고 잘못 번역되어 버린 것이, 재일코리안의 언어를 둘러싼 논의에 혼란을 불러왔다고 지적한다. 영어의 mother tongue란 '어머니의 말'을 의미하고, 언어와 화자의 관계를 설명하는 것으로, 거기에 국가가 개입할 여지는 없다고 한다. 한편으로 영어에서는 국가와 언어의 관계를 나타내는 개념으로서 공용어official language나 국어national language나 국가어state language라는 용어가 사용되고 있는데도, 일본어의 '모국어'는 이 둘의 개념을 혼동한 지극히 부정확한 말이 되어 버렸다고 한다. 그리고 일본에서는 이러한 개념적으로 부정확한 용어가 유포되어 버렸다. 여기에서 야마모토는 흥미로운 것을 지적하고 있다. 설령 잘못된 개념이더라도 재일코리안에게는 이 '모국어'라는 말이 매력적인 울림을 가져 버린다고. "나라를 떠나 국가와의 연결이 희박해진 인간에게 있어서 모국이라든지 조국이라는 말의 울림은 일종의 마력을 가지고 그 사람의 마음을 붙잡는다[21]"고.

그러면 야마모토가 시사하는 말의 '마력'이란 도대체 어떠한 것일까. 확실히 '모어'나 '모국어'와 같이 '모母'라는 문자를 수반하는 말에 대해서 생각하려고 하면, 거기에 '정서 / 정동情動'이라 해야 할 이데올

---

20 山本真弓, 위의 책, 157쪽.
21 위의 책, 154~155쪽.

로기가 작동해버리는 듯하다. 다만 여기에서 중요한 것은 말이 지니는 이데올로기성을 감상적인 '말의 마력'으로서 다루어 버리는 것이 아니라, 더욱 드라이하고 현실적인 어프로치를 시도해보는 일이 아닐까. 가령 '모'라는 기호에는 거기에 본질적인 무언가가 있다고 여겨지게 만드는 '자장磁場'과 같은 것이 있을지도 모른다. '모성'이라는 말을 예로 들면 잘 알 수 있듯이, 이 '모'라는 표식에는 본질주의적인 발상이 포함되어 있는 듯하다. 왜냐하면 재일코리안이 자신들이 생활하고 있는 언어 공동체의 언어인 일본어에 대해서 생각하려 해도 기존의 '모어'나 '모국어'라는 틀 안에서 생각하는 한, 거기에 일종의 본질주의에 빠져버릴 위험성이 따라붙는다. 즉 '모어'와 '모국어'의 차이를 이야기할 셈이었던 것이, 어느 사이에 근대의 '국민국가' 형성의 이데올로기에 의해서 결국은 하나의 '국가언어'(일본의 국어)와, 또 하나의 '국가언어'(한국의 경우에는 한국어) 사이의 '권력관계'의 이야기로 바뀌어 버릴 가능성이 있다는 것이다. 그렇기 때문에 재일코리안의 혀의 얽힘을 풀기 위해서도 한번은 각각의 언어(일본어와 한국어)를 '국가언어'로서 다시 대상화해 볼 필요가 있을 것이다. 그때에 중요한 것은 말의 이데올로기성을 의식한다는 것이다. '모어'라는 말의 예가 나타내는 것처럼, 어느 특정한 개념용어를 발표한 순간에 거기에 그 말 특유의 역사적 · 문화적 · 사회적 배경을 지닌 '자장'이 생겨나버릴 위험성이 있다. 그러한 자장에 끌려들어가 버리면, 도대체 언어에서 무엇이 현실에서 일어나고 있는지가 보이지 않게 되고 마는 것이다.

일본에서 태어나 자란 많은 재일코리안이 일본어를 말하고 있다는 사실은 개인의 선택을 초월한 근대 '국민국가' 간의 선긋기 전투라는 요인이 가져온 것이다. 재일코리안에게 '모어'와 '모국어'의 혀의 얽힘을 가져온 역사적 책임을 계속 추궁하는 일은 필요하지만, 일본어라는 '국가언어'와, 한국어 혹은 조선어라는 또 하나의 '국가언어' 사이를 단순히 진자처럼 흔들거리며 움직이는 존재로서 재일코리안을 파악하여 버리면, 자신들의 삶의 방식을 스스로 결정해 간다는 '자기결정'에 필요한 언어의 주체를 만들어가지는 못할 것이다. 민족적 아이덴티티가 주어진 것으로서 거기에 있는 것이 아니라, 타자와의 관계 속에서 매일 쇄신되어 가는 것이라는 사실을 알게 된 지금, 언어나 말에 대해서도 비슷한 생각을 해 나갈 필요가 있을지도 모른다. 즉 '올바른 국어'가 거기에 있는 것이 아니라, 말이라는 것은 다종다양한 언어와 접촉함으로써, 그 경합 속에서 매일 쇄신되면서 사용되는 것이라는 사실을.

그럼 많은 재일코리안에게 있어서 모어(제1언어)인 일본어와 재일코리안의 관계를 이제부터 어떻게 생각해 나가야 좋을까. 실은 이번 가을, 내가 친구들과 조금씩 번역을 진행하고 있었던 『뛰어넘자, 그 울타리를 —자유의 실천으로서의 페미니즘 교육』(벨 훅스)이라는 책이 출판되게 되었다. 저자인 벨 훅스는 일본에서는 거의 알려져 있지 않지만 영어권에서는 '문화비평가', 그리고 '교육자'로서 높은 평가를 받고 있는 아프리카계 미국인 여성이다. 내가 번역작업에 참가하고자 생각한 것은 제11장 「언어—새로운 세계와 그리고 새로운 말을」에 강한 시사를 받아 어떻게든 내 손으로 이 장을 번역하고 싶었기 때문이다. 처음 「언어」의 장을 읽었을 때 느꼈던, 내 안에서 무언가가 둥실 빠져나가는 듯한 감각을 지금도 잊지 않고 있다. 특히 그녀의 미국에서의 '표준영어'와 '블랙 버내큘러black vernacular'(흑인 독자의 생활언어)를 둘러싼 비평은 나를 말의 주박에서 해방시키는 하나의 길을 제시해 주었다.

6. 모어 그 자체의 비틀림

훅스는 「언어」에서 "이것은 억압자의 언어, 하지만 그것이 필요하다, 당신과 이야기하기 위해서는"이라는 에이드리언 리치Adrienne Rich(시인, 급진적 페미니스트)의 시 한 구절을 반복해서 인용하고, 아프리카 대지에서 송두리째 뽑혀 '신세계' 미국으로 납치당한 아프리카인과 '언어'와의 관계를 다양한 각도에서 고찰하고 있다. '표준영어'와 '블랙 버내큘러' 사이의 꼼짝달싹 못하는 관계를, 흑인여성의 '위치'에서 설봉도 날카롭게 분석해 가는 그녀의 필력에 나는 그저 매료되었다. 물론 역사적·사회적·문화적 배경을 달리하는 흑인과 재일코리안의 경험을, 같은 자리에서 이야기하는 것의 위험성을 깨닫지 못한 것은 아니다. 특히 초대국 미국에서 태어나 자란 그녀에게는 근대의 국민국가 이데올로기(국가어와 국가의 관계, 국가언어라는 언어권력)에 대한 시좌가 거의 존재하지 않음을 마음에 담아 둘 필요가 있겠다. 그럼에도 훅스의 비판의 대상 범위에 관계없이, '디아스포라'라는 개념에서 재일코리안과 아프리카계 미국인의 모습을 바라보았을 때, 거기에는 근대화가 낳은 에스닉 마이너리티라는 근대의 '이단아'의 모습이 비추어질 터이다.

훅스는 처음에 리치의 "이것은 억압자의 언어, 하지만 그것이 필요하다, 당신과 이야기하기 위해서는"을 보았을 때, "억압자의 언어"라는 관념에 저항을 느꼈다고 말한다. 이야기하는 것을 배우기 시작하고, 스스로를 주체화하는 장으로서 언어를 막 추구하기 시작한 그녀의 의기를 꺾는 논리처럼 여겨졌다고 말하는 것이다. 그녀의 움츠러드는 모습을 나는 손바닥 보듯이 이해할 수 있다. 무언가를 생각한다는 것의 의미를 이해하기 시작했을 때, 그 사고를 관장하는 언어가 억압자가 '소유'하는 말이라고 한다면, 거기에 저항감이 생기는 게 당연할 것이다. 나도 훅스와 마찬가지로 억압자의 언어(=구 종주국의 국어)인 일본어를 사용하는 것을 고민해 왔다. 흑인인 훅스에게 있어서 "억압자의 언어"란 미합중국의 백인이 사용하는 '표준영어'를 말한다. 그녀는 말한다. "표준영어는 고향에서 쫓겨난 자들의 입에서 나온 말이 아니다. 그것은 정복과 지배의 언어인 것이다"라고. 하지만 사고를 거듭하는 중에 훅스는 "나를 상처 입히고 있는 것은 영어라는 언어 그 자체가 아니라, 억압자가 그 언어를 사용해 행하고 있는 것, 영어를 등급 매기기와 내쫓기의 영역으로 만들어 가는 그 수법, 명예를 빼앗고 폄훼하며 식민지화하는 흉기로서 그것이 사용되고 있다는 사실이다[22]"라는 것을 이해해 간다.

다언어를 사용하는 아프리카 대륙에서 미 대륙으로 물건처럼 옮겨져

---

22 ベル・フックス, 『とびこえよ、その囲いを—自由の実践としてのフェミニズム教育』(1997)(里見実 외역), 新水社, 2006, 196쪽.

'신세계'에서 노예가 된 아프리카 흑인들에게 있어서 검은 피부만이 유대를 나타내는 증거였다. 그 유대를 맺기 위해서 공통의 언어를 필요로 한 것이다. 설령 그것이 억압자의 언어라고 하더라도. 훅스는 말한다. "아프리카인들은 처음에는 영어를 '억압자의 언어'로서 듣고, 이어서 그것을 저항의 성채가 될 수 있는 것으로서 다시 들었던 것이다"[23]라고. 서로의 의사소통을 도모하기 위해 흑인들은 억압자의 언어를 필요로 한 것이다. 훅스는 계속해서 이야기한다. 흑인들은 영어를 개작하여 정복과 지배의 영역을 넘어서 자신들을 이야기할 수 있는 다른 무언가로 변형해 갔다고. 즉 노예가 된 흑인들은 영어의 깨어진 파편을 주워서 거기에서 하나의 대항언어를 만들어 내고 말았다. 이렇게 해서 억압자의 언어를 바꾸어 만들고, 저항의 문화를 형성함으로써, 흑인들은 표준영어의 영역 안에서는 통상 허용되지 않는 것도 서로 말할 수 있는 내밀한 통화通話의 세계를 만들어 냈다. 그리고 훅스는 이러한 블랙 버내큘러의 혁명적인 힘이 오늘날의 미국 흑인문화에서도 계속 살아가고 있다고 주장한다.

검은 피부를 유대로 공통의 언어를 계속 모색한 흑인노예의 상황과, 식민지 통치에 의해 공통언어를 빼앗긴 조선·한국인의 상황은 전혀 다르다. 그럼에도 일본어를 제1언어로 하여 살아가는 재일코리안인 나는, 훅스가 제시하는 '대항언어'라는 사고방식에 강하게 끌린다. 하지만 생각해 보면, 김시종이 제창해 마지않던 "재일조선인어로서의 일본어"에도 이러한 '대항언어'의 정신이 깃들어 있는지도 모른다. 다만 김시종

---

23 위의 책, 198쪽.

의 일본어 표현활동이 "찢어진 데가 많은, 깨진, 규칙을 깨는 블랙 버내 큘러를 창출한다[24]"는 흑인들의 정신(비 · 표준영어 세계의 창출)을 공유하고 있는지 어떤지는 의심스럽다.

여기서 나는 또 하나의 '사이 인간' 다와다 요코多和田葉子가 『엑소포니Exophonie 모어의 밖으로 나서는 여행』에서 오스트리아 시인 에른스트 얀들의 방송극 「휴머니스트」를 거론하면서 이야기한 말을 떠올린다.[25]

말은 부서져 가는 것으로밖에 새로운 생명을 얻을 수 없다는 것, 그리고 그 부서지는 방식을 역사의 우연에 맡겨두어서는 안 된다는 것, 예술은 예술적으로 부순다는 것을 이 방송극은 가르쳐준다. 말장난은 한가한 사람의 심심풀이라고 생각하는 사람이 있는 것 같으나, 말장난이야말로 궁지에 몰린 자, 박해당한 자가 적극적으로 붙잡는 표현의 가능성이다.

이러한 저항의 언어표현의 가능성을 찾기 위해 다시 훅스의 말에 귀를 기울이고자 한다.[26]

정확하지 않은 어법, 정확하지 않은 말의 배열 안에야말로 저항의 장소로서의 언어를 추구하는 반역의 정신이 깃들어 있기 때문이다. 표준적인 용법과 의미를 파손하는 듯한 방법으로 영어가 사용되고 있기 때

---

24 위의 책, 204쪽.
25 多和田葉子, 『エクソフォニ―母語の外へ出る旅』, 岩波書店, 2003, 70쪽.
26 ベル · フックス, 앞의 책, 199쪽.

문에 백인은 종종 흑인의 발화를 이해하지 못하게 되지만, 흑인들은 그렇게 함으로써 영어를 억압자의 언어를 초월한 것으로 바꾸어 버렸다.

이 얼마나 매혹적인 도발인가. 김시종은 "일본어를, 일본인을 향한 최대의 무기로서" 구사하고 싶다고 말한다. 하지만 일본어를 구사한다는 것은 올바르다고 여겨지는 일본어를 그대로 사용한다는 것만을 의미하고 있지는 않다. 다양성과 다문화주의를 인정한다는 것은 다양한 목소리가 표준어와는 다른 말로, 불완전한 버내큘러로 이야기할 수 있는 언어공간을 새롭게 만들어 낸다는 실천이 동반되어야만 할 것이다. 그러기 위해서는 미리 올바른 표준어라는 것을 조정措定해 버려서는 안 된다. 표준영어를 '바르다'고 해버린 순간, 비·표준영어인 버내큘러는 '바르지 않은' 것으로 여겨져 버리기 때문이다. 이러한 이분법 자체를 해체해 가는 것이 저항의 실천인 것이다.

7. 새로운 일본어의 창출

히라타 유미平田由実는 「비·결정의 아이덴티티」라는 논문에서, 사기사와 메구무의 『개나리도 꽃, 사쿠라도 꽃』을 텍스트로 삼아 사기사와의 민족적 아이덴티티 혼란과 공중에 매달린 상태를 분석하고 있다. 그 안에서 "뒤섞인 언어의 가능성"에 대하여 언급하고 있다. 사기사와는 한국에서 만나게 된 재일코리안 그리고 재미코리안과의 교류의 장에서, 언어가 "전체적으로 뒤섞여"지고 있음에 흥미를 가진다. 그러한 사기사와의 말에 대한 관심을 쫓으면서, 히라타는 "온갖 언어가 그 확고한 윤곽을 잃고 '뒤섞인' 언어로 변화하고 있는 것은, 그것을 말하는 사람들의 잡다하고 혼효混淆된 아이덴티티를 반영하고 있기 때문이다"[27]라고 논의한다. 강한 언어가 약한 언어를 구축해 온 역사를 생각하면, 언어가 혼효하고 잡종화하는 것을 손 놓고 칭찬할 수는 없다고 말하면서도, 히라타는 뒤섞인 언어의 가능성과 필요성에 구애된다.

하지만 생각해 보면, 많은 재일코리안에게 있어서 '뒤섞인 언어' 혹은 '짬뽕 언어'라는 현상은 일상의 한 장면에 지나지 않는다. 몇 년인가 전에 재일코리안 여성 네 명이서 서울에 놀러 간 적이 있다. 밤을 새서 이야기를 나누었을 때의 우리들이 사용한 언어는 완전히 '짬뽕'이었다. 나와 다른 한 명은 도쿄 출신으로 한국학교의 동급생, 하지만 한국어는 잘 모른다. 다른 두 명은 간사이關西 출신으로 유창한 한국어를 말한다. 네 명 중 두 사람은 미국 대학을 졸업해서 영어를 제2언어로서 배운 경험을 지닌다. 자연히 네 사람의 대화의 장은 세 가지 언어와 오사카 방언과 간사이 방언이 난무하는 이상야릇한 언어상황이 되었다. 재미있었던 것은 친구 중 한 명이 사용하는 한국어도 영어도 유달리 오사카 사투리 억양이 강했던 일이다. 그 어투는 '○○어'라는 범주를 넘어서 그친구 독자적인 '(개인명)어'라고밖에 말할 방도가 없는 것이 되어 있었

---

27 平田由実, 앞의 책, 192쪽.

다. 그리고 네 명 모두 누가 '○○어'를, 혹은 '○○방언'을 말하고 있는 지를 거의 의식하고 있지 않았다. 각각의 입에서 그때그때의 화제에 가장 적합한 말이 물 흐르듯 자연스럽게 그 자리에 나왔고, 우리들은 그 모두를 이해할 수 있었다. 사람의 말을 '이해한다'는 것은 말 하나하나의 사전적인 의미를 이해한다는 것이 아닐 터이다. 서로 이해한다는 것은 거기에 존재하는 상황을 어떤 식으로 공유하고, 거기에 있는 사람을 어떻게 받아들이는가 하는 것이 아닐까.

히라타가 논문에서 전개하고 있는 논점은 내가 의미하는 바와 겹치는 부분이 있다. 히라타는 불순하고 불완전한 뒤섞인 언어의 실천 안에서 여러 차이를 서열화하는 권력관계의 연쇄를 끊을 가능성을 보고 있다. 그리고 "이 세계에 있어서 커뮤니케이션 안에 반입되는 권력관계에 저항하기 위해서 필요한 것은 '완벽한 언어'의 소유자로서 행동하거나, 혹은 '완벽한 언어'의 화자가 아닌 상대가 하는 말을 커뮤니케이션의 노이즈로서 배제하는 것이 아니라, 어떻게 해서든 그 말을 알아들으려는 노력에 의해서 언어의 허용도와 강도를 높이는 것이어야 한다"[28]고 말한다. 가령 『재일코리안 시선집在日コリアン詩選集』에 수록된 1968년 출생인 정장丁章의 「재일사람말在日サラムマル」이라는 작품에는 '불순'하다고 여겨지는 재일코리안의 뒤섞인 언어를, 스스로의 의사로 다시 정의하고자 하는 저항의 정신을 읽어낼 수 있다. 일본어와 한국어라는 두 개의 국가어에 '폭삭' 찌그러지지 않기 위한 각오가 이 시에는 담겨 있다.

---

28 平田由実, 앞의 책, 193쪽.

재일사람의 말 그것은 / 결코 돌아올 방도가 없는 일본어와 / 어디까지나 도달할 수 없는 우리말로 / 자아내어지는 / 새로운 말

일본어라도 일본어가 아니고 / 일본어로부터 비어져 나와 있고 / 일본어로 붙잡으려고 해도 / 다 붙잡을 수 없는 / 사람의 일본어

우리말이라도 우리말이 아닌 / 사람의 우리말은 / 우리말을 높게 올려다보고 / 아득히 멀리 바라보고 있는 만큼 / 낮고도 가까운 / 발밑의 뿌리 깊은 곳에서 / 싹트고 자라나는 / 새로운 변이종 / 설령 추하고 변변치 못하더라도 / 뿌리 깊은 우리말

일본어의 / 이단아 / 인 우리말

그것이야말로 / 사람말이다 / 침묵해서는 안 된다 / 침묵하고 있는 동안에도 / 이 일본어의 열도나 / 저 우리말의 반도로부터 / 정체를 알 수 없는 강대한 힘들의 손 / 사람에게 재빠르게 자라 와서 / 폭삭 / 찌부러지든가 / 그들의 품에까지 / 감쪽같이 / 끌려들어가 버린다.

사람답게 살기 위해 / 대치하고 저항할 수 있는 / 사람말이야말로 / 힘이다 / 자아내자

우리들은 이양지가 스스로의 아이덴티티의 틀에 의심의 눈을 향했던 것과 마찬가지로, 현대를 살아가는(재일코리안을 포함하는) 모든 사람을 다 뒤덮는 근대 '국민국가'의 틀 그 자체를 의심해야만 한다. 하이제

의 지적처럼 우리들은 자신의 말 안에 너무나도 사로잡혀 있다. 특히 우리들을 분단하는 국가어=민족어 안에 너무나 사로잡혀 있다. 이 근대의 틀을 벗어나기 위한 수단으로 '대항언어'나 '뒤섞인 언어'가 나름대로의 의미를 가지는 것은 분명하다. 다만 나에게는 이러한 복수의 국가언어를 섞어서 사용하는 것이나, 몇 개의 국가언어를 사용할 수 있도록 되는 것만으로는 아직 무언가가 부족한 듯한 기분이 든다. 그것은 대항언어나 뒤섞인 언어의 실천만으로는 아직 국가어 그 자체를 실체화한 채이기 때문이다. 우선 나 자신은 국가어에 한정되지 않는 복수의 언어가 서로 경합하는 '현장'에서, 어떻게 해서 '바른 언어'라는 사고방식을 무화시켜 갈 수 있을지를 계속 생각해 나가고 싶다.

『재일코리안 시선집』의 편자 중 하나인 사가와 아키佐川亜紀는 「시론・해설詩論・解説」에서 재일코리안의 시 창작이 이제까지의 리얼리즘적 수법에서 새로운 세대의 포스트모더니즘적 수법으로 다양화하고 있다고 논의한다. 그리고 「재일코리안 시의 특색」을 다음과 같이 간결하게 정리하고 있다.

- 일본어를 이화異化한다. '올바른 일본어'가 아니라 '새롭고 독자적인 일본어'의 창조, 시의 경우는 특히 그 기대가 높다고 생각한다.
- 일본 현대시가 보지 않았던 사회・느끼지 않았던 감각・도달할 수 없었던 사상의 표출.
- 재일코리안의 생을 알린다. 역사의 증언이기도 하다. 일본어 창작의 동기로서 일본인 및 일본어밖에 알지 못하는 재일에게 전하고

싶다는 생각은 커다란 비율을 차지하고 있다.

- 일본사회 · 역사 · 문화에 대한 근본적 비판성을 지닌다.
- 일본 근 · 현대시, 한국 · 조선 근 · 현대시와 상관관계를 가지면서도, 다른 독자적인 존재이다.
- 일본어 · 일본문학을 상대화함으로써 국제적 시점을 넣는다.

사가와의 정리는 내가 소개한 벨 훅스의 블랙 버내큘러에 관한 주장과 겹치는 부분이 상당히 있다. 하지만 결코 간과해서는 안 되는 것은 '당사자'성의 문제이다. 훅스는 자신이 태어나 자란 남부의 버내큘러에 의거하여 흑인들의 저항 문화로서의 다종다양한 블랙 버내큘러에 대해서 이야기하고 있다. 한편, 「시론 · 해설」에 간결하게 정리된 「재일코리안 시의 특색」은 설령 일본어를 상대화하려고 하는 진지한 자세가 거기에 있었다고 하더라도 역시 당사자의 버내큘러적인 목소리는 아니다. '새로운 독자적인 일본어'의 창출은 두 국가어 사이를 진자처럼 움직일 수밖에 없는 재일코리안의 주체 회복을 위해서 활용되어야만 한다. 재일코리안에 의한 '새롭고 독자적인 일본어'는 일본어를 풍부하게 하기 위해서도, 보다 국제화되기 위해서도 아니고, 우선은 재일코리안이 안전하게 살아가기 위한 것이지 않으면 의미가 없을 것이다.

8. 마치며

나는 이 논고에서 재일코리안을 주박하는 두 국가어에 대해서 논의해 왔다. 하지만 나의 시좌는 이미 제1언어 그 자체의 상대화를 향해 간다. '모국어'와 '외국어', '모어'와 '모국어', 혹은 '제1언어'와 '제2언어'라는 식으로 대비를 해버리면, 후자가 '부자유'스러운 만큼 극히 소박하게 전자는 '자유'라고 착각해 버릴 위험이 따라붙는다. 실은 우리들이 조심해야만 하는 것은 자유로운 언어 같은 건 없다는 것이다. 언어는 어디까지 가더라도 우리들에게 있어서 계속 미지의 '타자'이다. 이렇게 해서 가까스로 국가어의 주박에서 해방되어 가고 있는 나는, 다음은 모어 혹은 제1언어의 바깥을 향한 여행을 지향하면서 나의 배를 저어가고자 한다.

(번역 : 신승모)

재사할린 조선인 디아스포라를 찾아서

사할린 문학여행

가와무라 미나토川村 湊

　삼십 년 전, 왓카나이稚內북소학교 학생이었던 나의 놀이터는 뒷산裏山공원이었다. 노샤푸ノシャップ곶을 향해 가늘어져가는 산줄기는 이윽고 소야宗谷해협에 함몰되고 말지만, 바로 앞에 있는 뒷산공원(당시에는 그렇게 부르고 있었다. 왓카나이공원이 정식명칭이다) 변두리의 커다란 돌문 사이에 여성이 하늘을 우러러 몸을 젖히고 있는 듯한 모습의 청동상이 있었다.

　빙설의 문이라고 이름 붙여진 그 상은 내가 소학교를 졸업하던 해에 세워진 것인데, 사할린에서 돌아오지 못한 채 목숨을 잃은 사람들을 위령하는 것이라 했다. 우리 개구쟁이들은 그 거대한 여신상이나 그 옆에 있는 마찬가지로 젊은 여성의 얼굴이 새겨진 기념비에 자신들의 놀이터를 점거당한 기분이 들었지만, 사할린으로부터의 귀환의 비참함이라든가, 마오카眞岡의 전화국에서 집단자결을 한 9명의 여성전화교환수 등의 이야기는 자주 들어왔으므로 왜 그런 기념비나 동상이 세워져있는 지는 이해하고 있었다. 빙설의 문이나 여성전화교환수의 순직비가 있는 뒷산에서는 날씨가 좋아 시계가 탁 트인 날이면 사할린의 산맥이 어렴풋이 수평선 너머에 떠 있는 것이 보였기 때문이다. 소학교 학생이던 나는 저곳에 한 번 가보고 싶다고 생각하고 있었다. 그리고 삼십 년 후인 1992년 여름, 나는 삼십 년 전의 나와 거의 같은 나이인 아들을 데리고 그립던 왓카나이항의 안벽을 떠나 북방파제의 돔을 뒤로하고 왕년의 사할린항로를 마오카항, 현재의 홀름스크항을 향해 나아가는 배를 타고 있었던 것이다.

사할린에 가려고 생각한 이유는 어릴 적부터 한 번 가보고 싶다는 이른바 소년시절의 '이루지 못한 꿈'의 실현과, 일본의 식민지로서의 사할린의 흔적을 보고 싶다는 점, 그리고 가능하면 '사할린의 기민棄民'이라 불리는 재사할린 조선민족 사람들과 만나고 싶다는 세 가지가 있었다. 한국, 북조선, 중국조선족자치구, 그리고 일본과 미국이라는 조선민족이 살고 있는 나라, 지역을 각각 방문한 적이 있어서, 이번에는 재러시아의 조선민족을 '보고 싶다'고 생각했던 것이다. 특히 사할린 재류 조선인은 일본의 전쟁책임, 식민지책임의 원점을 되묻게 되는 문제를 내포하고 있다. 그러나 일본 국내에서의 보도나 소개에서는 '유기遺棄'라든가 '기민棄民'이라는 말로 일본의 전쟁책임을 규탄하거나 속죄하는 목소리는 들려도, 현재까지의 소련체제하, 그리고 지금의 러시아공화국의 정치 하에서 조선계 러시아인으로서 살고 있을 많은 조선민족의 목소리는 거의 들리지 않고 있는 것이다.

일본이 패전했을 때는 약 4만 명의 조선인이 사할린에 잔류하고 있었고 본래는 그(그녀)들을 신속히 고향인 조선반도로 귀환시키는 것이 일본의 책임이었다. 그러나 일본을 점령한 미국과 GHQ, 그리고 사할린 남부(남사할린)을 군사 점령한 소련군이라는 2대 강국의 냉전대립의 여파도 있어 조선인의 사할린으로부터의 귀환은 중단된 채 어느덧 반세기에 가까운 세월이 흘렀던 것이다. 물론 사할린으로 조선인을 거의 강제적으로 노동자(와 그 가족)로서 내몰아간 일본의 책임은 명백하다. 하지만 재사할린 조선인을 일본 또는 한국으로 귀환시키지 않은 직접적인 당사자는 소련이다. 전후의 노동력의 확보, 북조선과의 관계라는 이유를 생각해볼 수 있지만, 애당초 국내에 수용소군도群島를 가지고 있는 스탈린주의의 사회주의체제 국가에 이동이나 이주의 자유라는 사고나 인권의 배려 등은 기대할 수도 없었다.

"바보 같기는, 귀환할 수 없어. 돌아갈 수 있는 것은 일본인뿐이야. 조선인에게 여권 같은 건 나오지 않아. 그 정도는 알고 있을 텐데."
그러고 보면 정말 그랬다. 마오카에서는 많은 조선인이 고국으로 돌아가고 싶어 했지만, 돌아갔다는 이야기는 들어본 적이 없다.

이회성의 데뷔작『또 다시 그 길またふたたびの道』의 한 구절이다. 주인공인 철오哲午의 가족은 일본인의 여권을 위조하여 귀환선을 타고 일본으로 건너온다. 그곳에서 고향인 조선반도로 돌아간다는 것이다. 그러

나 조부는 하나 있던 딸이 죽은 땅에 뼈를 묻겠다며 함께 돌아가기를 거부하고 있었다. 가족 중에서는 처제와 조부모가 철오의 부친, 장모, 형, 여동생 등의 귀국조와 헤어져 사할린에 잔류하기로 결정한 것이다. 가족의 해체. 이처럼 뿔뿔이 흩어진 일가족의 비극을 이회성은 감동적으로 그려낸다. 스탈린 동상이 있는 광장 옆에 서서 돌아가는 철오 일행을 전송하는 조부. "보지마라. 보지 않는 게 좋다"라는 아버지의 말에 고개를 숙이고 그 앞을 지나가는 가족. 돌아가는 자와 남는 자와의, 어느 쪽이든 암담한 미래로 이어지는 갈림길이었던 것이다.

45년 전, 철오의 가족이 귀환선에 올랐던 홀름스크(마오카항)에 우리들이 탄 전세선박은 입항하였고 사할린의 여행은 시작되었다. 하지만 홀름스크로 이름을 바꾼 이 도시는 아직 '마오카' 그대로의 광경을 도시 내부 곳곳에 남기고 있었다. 항구를 전망할 수 있는 언덕에 올라가 항구와 도시를 내려다보니 항구 옆에 오래된 공장과 그 굴뚝이 보인다. 오지王子제지製紙의 구마오카공장이다. 소련 점령 이후에도 일본이 남긴 공장시설과 항만, 철도 등은 거의 그대로 소련이 인계받아 조업을 계속했다. 설비투자도 기술혁신도 없이 시간이 멈춘 그대로의 45년 간. 과연 구마오카역은 신역을 건축한다고 해서 더 이상 사용되지 않고 황폐해져 있었는데, 그 황폐한 역사의 내부만이 아니라, 우에노上野역을 닮았다는 외형만은 여전히 홀름스크의 큰길에 면해 있었다.

홀름스크항은 사할린 최대의 항구로 대륙과 사할린의 연락선이 매일 한 번 왕복하는 본토로 향하는 현관입구였다. 목재나 수산물 등의 사할린 자원의 반출항구이자, 본토로부터는 식료품과 잡화 등을 반입한다. 사할린에서 자급할 수 있는 것은 연어와 연어알젓, 가리비 정도가 아니냐고, 사할린에 체재하던 5일간 매일 같이 나오는 이 세 가지 음식에 어지간히 질려버린 나는 아들에게 말했다. 갓 지은 밥에 연어알젓을 올리고 연어 살점을 구워서 간장에 찍어 먹으면 맛있을 텐데, 라고 나는 중얼거리며 빵에 버터를 바르고 그 위에 연어알젓을 얹어 먹으며 몇 번이고 그런 생각을 했다. 식초에 절인 연어나 가리비 같은 건 내게는 조금도 맛있다는 생각이 들지 않았던 것이다.

이런 연유로 나는 자유시장으로 김치를 사러갔다. 빵에 김치를 곁들여 먹으면 다소 낫지 않을까 생각했던 것이다. 자유시장은 홀름스크에도 유지노사할린스크에도 코르사코프에도 어느 도시에든 있다. 버들개지 같은 풀솜이 날리는, 넓은 가로수가 심어져 있는 코르사코프구오오도마리・旧大泊의 중앙공원 도로 옆에는 러시아인이나 조선인 할머니와 아주머니들이 보드카 한 병, 담배 몇 갑이라는 초라한 장사를 비롯하여, 양품이나 청량음료, 야채, 과일을 파는 노점 등이 줄지어 늘어서 있다.

그러나 그 중에서도 주도인 유지노사할린스크의 보크자리나야 거리의 노천시장이 사할린 최대의 시장일 것이다. 이 거리와 사할린스카야 거리가 만나는 일대는 제법 축제 기분을 맛볼 수 있을 만큼 북적거린다. 물론 국영의 식료품점도 있기는 하다. 빵과 야채와 조미료, 병조림, 통조림 등을 죽 늘어놓고 팔지만, 너무 상품 종류가 적고 또 과일이나 활어, 달걀이나 과자 등은 거의 없다. 이러한 것들이 자유시장에 가면 살 수 있다. 시장바구니를 든 사할린의 시민들이 줄지어 자유시장으로 몰려가는 이유이다.

자유시장은 조선인 할머니나 아주머니들의 천국이다. 담배나 꽃을 진열대 위에 늘어놓고 근근이 장사를 하고 있는 할머니가 있는가 하면, 자신의 밭에서 막 따온 것으로 보이는 딸기, 토마토, 당근과 오이를 수북이 올려놓고 파는 아주머니도 있다. 트럭을 몰고 와서 달걀과 수박, 연어나 비스킷 등을 마구 팔아치우는 본격적인 상인도 있다. 물론 모든 상인들이 조선인은 아니지만, 인구로 5.7퍼센트밖에 되지 않는 조선인이 적어도 반절은 된다고 생각하게 만드는 것이 자유시장인 것이다. 수다를 떨기도 하고, 손님을 불러 세우기도 하고, 가격을 흥정하기도 하는 등 시장의 분위기를 끌어올리고 있는 것은 그 누구보다도 조선인 여성들이다.

김치나 깍두기, 나물과 고추장도 있다. 작은 비닐봉지에 담긴 그러한 음식들은 집에서 만든 것으로, 배추, 고춧가루, 마늘 등 김치의 재료를 팔고 있는 노천상인도 있다. 그러나 내가 먹어본 사할린의 김치는 너무 짜서 그다지 맛있지 않았다. 모국에서 멀어진 45년 사이에 고향의 맛은 쇠퇴되고 만 것일까. 배추와 무 등 김치의 재료도 구하기 어려운 상황에서는 맛있는 김치를 바라기 어려울지도 모르지만.

"꽃 좀 사가세요."

"아이고, 어딜 가면 저렇게 검어질까."

"여행자가 꽃을 사서 어쩌려고."

유지노사할린스크역 앞 길가에 줄지은 아주머니들 사이에서 그런 수다가 들려온다. 일본어와 조선어가 섞여있다. 나는 마셜제도와 트럭

제도를 돌아다니던 그 길로 사할린으로 건너왔던 것이다. 남양의 햇볕에 그을린 피부는 그대로였다. 여름이 짧고 눈과 얼음에 갇힌 사할린에서 햇볕에 그을릴 기회가 별로 없는지도 모른다. 그러고 보면 근교의 토나이차호수까지 멀리 나간 날은 비가 좀 내리는 바람에 오호츠크해에 면한 모래사장이 여름임에도 으스스 추웠다. 나무로 만들어진 어부들의 집은 내가 홋카이도北海道의 오호츠크연안의 마을에서 자란 무렵의 어부들의 집과 그물을 보관하는 오두막이나 파수막과 비슷했다. 닮았다기보다도 홋카이도의 쓸쓸한 어촌풍경이 삼사십 년이나 변함없이 그대로 있다는 편이 나았다. 가시가 있는 해당화를 추위에 떨고 있는 아들에게 가르쳐주면서 나는 그 여름의 추위에 강한 향수를 느끼고 있었다. 홋카이도에서 조차 사라져버린 추위와 가난함과 황폐한 바다가 사할린에는 있었다. 삼십 년 전의 내가 바라보던 섬의 모습으로서의 사할린이 그대로 남아 있었던 것이다.

사할린에 있는 동안 나는 향수를 자극하는 풍경을 연거푸 만나고 있었다. 나는 아바시리網走에서 태어나 소학교, 중학교 시절에는 샤리斜里, 왓카나이稚內에서 지냈다. 오호츠크 연안의 어촌, 그것이 나의 원풍경이다. 침엽수림과 얼룩조릿대, 소의 방목과 해안의 식물군. 늪과 호수의 경관, 지붕이 낮은 목조주택 등, 사할린과 홋카이도의 오호츠크 연안지역은 자연의 풍토, 그 문화에 있어서 완전히 연결되어 있다고밖에 생각되지 않았다. 소야해협을 건너 삼십 년 전의 홋카이도로 시간여행을 한다. 그러나 나와 함께 여행을 온 일행들은 삼십 년이 아니라 오십 년, 육십 년 전의 '사할린'을 시간여행하고 있는 모양이었다. 초로의 여성이

버스 창문을 통해 뚫어지게 밖을 응시하고 있다. 저기에는 학교가 있었다, 여기에는 국수공장이 있었고, 저기에는 동급생 아이가 있던 철도의 사택이 있었다……

유지노사할린스크시, 구도요하라旧豊原시. 역 앞에 펼쳐진 레닌광장에는 거대한 레닌상이 아직 남아있고, 공산주의거리라는 주도로의 이름도 소련풍이지만, 천수각天守閣스타일의 향토박물관(구사할린청박물관)은 '도요하라'의 추억을 새긴 채 서있었다. 구척식은행拓銀 도요하라지점은 지금은 미술관이 되어 있는데, 석조의 서양건축은 소련시대의 다른 건축물보다도 견고하고 아름답게 보이는 것은 너무 팔이 안으로 굽은 것일까. 요시다 도모코吉田知子의 단편소설『도요하라豊原』는 이 도시에서 죽은 모친을 남겨둔 채 일본으로 돌아가는 소년의 이야기다. 일본인은 모두 이 도시에 뭔가를 남겨놓은 채 일본으로 돌아갔던 것이다.

역 앞에서 똑바로 가면 나오는 구 아사히가오카旭が丘의 산자락에는 사할린 신사神社가 있었다. 돌로 된 좌대와 돌계단의 일부, 석등의 흔적이 남아 있는 정도로 그밖에는 숲과 풀밭으로 변해있었지만, 이상하게도 소련인들은 그곳에 다른 건물을 세우려하지 않았다. 다만 가가린의 동상이 있는 광장이나 큰길의 조망은 희고 큰 건물에 의해 가려져 있다. 신사의 돌계단 흔적을 보고 있자니, 건물 안에서 조선계로 보이는 초로의 여성이 나왔기에, 이 건물은 뭐냐고 조선어로 물어보았다. "병원이에요"라고 그 여성은 약간 사투리가 섞인 일본어로 대답했다. "그곳에는 신사가 있어서 일본인이 많이 왔었다"고 생각이 난 듯 말했다. "일본에서 오셨어요?" 이번에는 조선어였다. "예, 도쿄에서 왔습니다."

"일본은 꽤나 부자가 되었다면서요."

"그래도 보통사람들의 삶은 어디나 마찬가지 아닌가요." 나는 그렇게 대답하면서 사할린 제일이라는 백화점의 빈약한 물품과 단조로움을 떠올리고는 자신의 경박한 말에 약간의 부끄러움을 느꼈다.

역 앞에서 곧장 이어지는 사할린신사를 가로막듯이 러시아인은 병원을 일부러 그런 위치에 세운 것일까. 낙엽송숲 속의 사할린신사의 흔적은 관광객인 우리의 안내인인 조선인 김씨도 러시아인 나타샤양도 알지 못했다. 근처에 있는 사람들에게 물어 간신히 그 장소를 찾아냈던 것이다. 가가린광장에는 소련군 전차가 사할린 해방 기념을 위해 좌대 위에 진열되어 있었지만, 그 뒤쪽 풀숲 속에는 일본인들의 신을 위한 사당의 흔적이 있고, 수십 년 만에 다시 방문한 일본인이 그 흔적을 찾고 있다. 병원의 간호사로 보이는 초로의 조선인 여성은 그런 일본인을 보고 어떤 기분이 들었을까. 일단 전원 철수했던 일본인이 다시 줄줄이 찾아왔다, 도대체 뭘 하러? 그녀의 눈에는 그러한 불신과 의혹이 어른거리고 있었던 것은 아닐까. 일본인이 이 땅에 남기고 간 것, 그것은 신사나 건물의 흔적이 아니라, 시장의 할머니들의 일본어와 일본인에 대한 불신이 아닐까, 나는 겨우 사할린에 온 의미를 깨달은 듯한 기분이 들었던 것이다.

유즈리하라 마사코讓原昌子라는 작가가 있었다. 나는 그녀의 소설『북쪽의 투쟁朔北の戰い』이라는 종이 질이 좋지 않은 책을 고서점에서 입수하여 읽었다. 소화昭和 1921년에 삿포로札幌 고산서방에서 간행된 것이다. 유즈리하라 마사코의 양친은 이바라키현茨城縣 출신으로 자녀들을

데리고 일가가 사할린으로 건너온 이주민이었다. 작품집『북쪽의 투쟁』은 그러한 양친과 일가의 사할린 생활의 고투를 자연주의 풍으로 그려낸 사할린 개척문학이라 할 수 있는데, 식민지 사할린의 혹독한 풍토, 이민생활의 곤란을 그려낸 일본의 근대문학에는 보기 드문 소설이다. 창작집의 '후기'에는 이렇게 써있다.

"다이쇼大正시대, 사할린 섬으로 건너온 이민들의 대부분이 내지內地(본토)의 경제공황에 희생되어 생활에 쫓기다가 농촌과 도시에서 그 피맺힌 길을 아득히 먼 해외로 찾아 떠났다 ― 이른바 일본제국주의의 희생자였다. 그들은 미지의 식민지에 유일한 꿈을 걸고 이주해갔다. 그러나 결국은 그들의 절망적인 말을 빌리자면, '검은 까마귀는 어디를 가도 검었던' 것이다. 그들은 여전히 가난한 채로 종국에는 마지막 꿈도 깨지고 멀리 떠나온 고향을 그리워하며 사할린의 빙설 아래에 뼈를 묻어가는 것이었다. 나의 양친도 역시 그러한 희생자의 일부였다."

해외식민지의 개척민과 이민의 고생과 곤란에 대해 쓰인 문장은 많다. 사할린의 개척과 어로, 그리고 소련의 침공으로 귀환에 이르는 일본인의 고난과 그 비극적인 운명을 다룬 문학작품은 적지 않다. 야마모토 유조山本有三의 희곡『생명의 관生命の冠』은 사할린의 수산업개발의 고난을 그려낸 것이고, 이와노 호메이岩野泡鳴의 이른바 '호메이 5부작泡鳴五部作'은 사할린에서 게통조림공장 경영에 실패한 그의 방랑 같은 삶의 궤적을 그려낸 것이다. 사무가와 고타로寒川光太郎의 소설에도 사할린 개척기의 러시아 유형수나 일본인 이민의 고난을 주제로 한 작품이 많다.

유즈리하라 마사코의『북쪽의 투쟁』도 그러한 사할린 개척의 소설이

라고 할 수 있겠지만, 그러나 그녀의 문학에 단순히 사할린 개척의 고생담, 잔혹한 이야기와는 다른 독자성이 있다고 한다면, 그것은 그녀가 일본인 개척이민의 비참함과 고투만이 아니라, 그곳에 마찬가지로(보다 비참한 상태로) 있었던 조선인의 존재를 공감적으로 그려낸 것이라고 생각한다. 1949년 4월호의 『신일본문학新日本文学』에 유즈리하라 마사코의 유작으로서 『조선야끼朝鮮ヤキ』라는 소설이 발표되어 있다. 이것은 같은 해에 38세로 사망한 그녀의 마지막 작품인데, 그곳에는 사할린의 탄광촌에서 일하는 조선인 일가의 불행한 처지가 전개되고 있는 것이다.

주인공인 '나'는 사할린 서해안에 있는 탄광촌의 소학교 교사로, 담임을 맡고 있는 학급에 이용손李龍孫이라는 조선인 학생이 있었다. 명랑하고 활달한 학생이었지만, 가정방문을 해보니 집안에서는 학교에서와는 달리 까다롭고 우울한 느낌의 소년이라는 것을 알게 된다. 그의 부친은 광부였고 누나는 선탄부라는 가정환경은 결코 풍족하지 않았으며, 조선인 광부들의 비참한 노동환경과 상황을 듣고 '나'는 암울한 기분에 휩싸인다. 사할린의 탄광에는 '조선야끼朝鮮ヤキ'라는 말이 있었다. '기합(야끼)을 넣는다'고 할 때의 '야끼'였는데, 탄광의 노무담당이 조선인 광부에 대해 휘두르는 린치는 정말 혹독해서 '조선야끼'라는 말이 생겼다고 한다. 이용손의 일가도 그러한 조선인에 대한 일본인의 부당하고 가혹한 차별, 학대, 냉대의 대상이 되어 있는 것이다.

조선인 광부의 도망사건이 있었고, 그들이 조선인부락으로 도망쳐 들어오는 바람에 조선인 노무담당, 거기다가 무장경관과의 충돌이 일어나 조선인들은 차례로 검거되었다. 그 와중에 이용손의 일가는 행방

불명이 되었고 마을의 탄광병원 의사가 검거되었다. 사실은 그가 용손의 형인 이원춘이라는 조선인이었고 조선독립운동의 투사였는데, 일본인 의사로서 사할린에 잠입해 있었던 것이다. '나'는 이용손의 어두운 그림자가 그러한 가족의 감당하기 어려울 만큼 중대한 비밀을 알고 있던 소년의 암울함에 다름 아니었음을 새삼 깨닫게 된다.

간단히 정리하면 이상과 같은 줄거리지만, 1948년이라는 시기에 이처럼 일본인 측에서 본 사할린의 조선인 광부 일가의 이야기를 쓰고 있다는 점만으로도 이 소설은 특필할 가치가 있을 지도 모른다. 김사량의 『빛 속으로光の中に』와 약간 설정이 공통되는 느낌도 있는데, 양심적인 방관자에 지나지 않는 일본인과, 저항운동에 가담했다가 좌절해간(이원춘은 자살하였고 가족은 도망쳤다) 조선인을 대비적으로 그려내는 일은 전후파적인 진보적사상의 범주에 속하는 것일지도 모르지만, 유즈리하라 마사코는 사할린을 묘사하면서 단순히 일본인 측의 피해자 의식이나 민족적인 편견에 얽매이는 일은 면했다고 할 수 있을 것이다.

그러나 물론 이러한 '사할린문학'이 진귀한 부류에 속한다는 것을 다시 한 번 말해두고 싶다. 일본인은 사할린에 일본인과 러시아인 외에 조선인과 북방 소수민족이 있었다는 것을 거의 완전히 잊어버리고 있었던 것이다. 유즈리하라 마사코의 소설이 전후에 거의 잊혀져 있었듯이.

사할린에서 내가 본 것은 소련연방의 해체와 러시아공화국으로 이행되는 과정의 경제적, 사회적 혼란의 양상이었다. 1루블=1엔이라는 환율이었지만, 공식적으로는 1루블=250~270엔이었으므로, 실제로는 250분의 1로 화폐가치가 하락해있었다. 따라서 자유 시장은 마치

물물교환으로 시작하는 원시적인 '시장'의 발생 현장이라는 느낌이 들 정도였다. 사람들이 자신의 집에서 생산한 물건을 가져와 시장에서 교환한다. 그곳에서 도량형이 탄생하고, 상업이 탄생하고, 자본이 탄생한다. 사할린의 노천시장을 보고 있자면 소학교의 사회과 교과서에 나오는 그러한 내용이 그대로 현실로서 존재하는 듯한 기분이 들었다.

그러한 가운데 조선인들은 지금까지 러시아인의 압박에서 상대적으로 자유롭게 활발한 활동을 펼치고 있는 것처럼 보인다. 홀름스크에서 돌아가는 배의 승선을 기다리는 동안 시내를 어슬렁거리던 우리들(나와 아들)은 소프트크림의 행렬을 발견하고 그 긴 열의 뒤에 섰다.(아이들에게 인기가 있는 소프트크림은 제조가 수요를 따라잡지 못해 30분간이나 기다려야 했다) 마침 그 행렬에 서 있던 조선계의 부모 및 자녀 일행과 이야기를 나누었다. 그 젊은 아버지는 내가 일본에서 왔다는 것을 알자, 일본의 중고차가 사할린에서 얼마나 비싸게 팔리는지 이야기하기 시작했다. 자신에게는 일본에도 한국에도 친척이 있어서 그들을 연줄로 일본차를 수입해서 돈을 벌었다고 한다. 한국과 일본에서 자본을 도입해 사할린에서 장사를 하면 얼마든지 돈을 벌 수 있다고 한다. 그에게는 발흥하는 초기 자본주의에 대한 무한한 신뢰와 기대가 있는 것처럼 생각되었다.

일본인이 쫓겨나고 그리고 방치되어 있던 땅에 조선인은 계속 살아왔다. 그리고 그들은 지금 그러한 네트워크를 살려서 사할린의 경제를 재건하려 하고 있다. 나는 그들을 '유기된 조선인'이라든가 '사할린 기민'이라고 부르는 것이 부당하다는 것을 느끼지 않을 수 없었다. 그들은 조선계 러시아인이자 사할린의 초기 자본주의의 발흥을 짊어진 중요한 역할을 하고 있는 것이 아닌가? "조선의 사람들에게는 더 이상 그러한 애절한 노래도, 그리고 1910년의 한일합방 이래의 굴욕 가득한 역사도 모두 먼 전설에 지나지 않게 될 것이다"라고 유즈리하라 마사코는 『조선야끼』의 마지막에 쓰고 있다. 향수와 망향의 사할린이라는 틀에 박힌 문구는 이제 끝내야 되는 게 아닌가. 그러한 향수가 끝났을 때야말로 먼 전설로서 '사할린시대'의 일을 이야기할 수 있는 것이 아닐까.

돌아오는 배 안에서 나는 아들에게 물었다. 왓카나이에 도착하면 먼저 무얼 먹을까, 하고.

"불고기!"

아들의 간단명료한 대답에는 손톱만큼의 감상도 섞여있지 않았다.

(번역 : 김학동)

조선문학의 개화를 위해

오다기리 히데오 小田切秀雄

1

지금까지 조선에 대해서는 두 개의 일본이 있었다. 말할 필요도 없이 하나의 일본은 제국주의 침략자로서 조선을 식민지 노예화한 일본이고, 또 하나는 자각한 조선인과 손을 잡고 서로 일본의 제국주의와 싸우며 양국민의 진실한 해방을 원하던 진보적인 민중의 일본이었다. 다만 후자의 일본은 충분히 성장하기도 전에 이번의 전쟁을 위한 전자의 맹렬한 탄압 때문에 후퇴하지 않을 수 없었고 조선민중과의 진실한 제휴도 중단되었던 것이다.

이러한 두 개의 일본은 조선문화에 대해서도 결정적으로 대립되는 태도를 보이고 있었다. 침략자 일본은 통일적인 행정기구와 철도부설, 자원개척, 공업조직, 학교시설과 같은 조선의 근대화를 위해 기본적인 변혁을 위로부터 강제하였는데, 지금이야말로 그러한 것들은 조선민중이 자신의 발전을 위해 역용할 수 있게 되었지만, 얼마 전까지만 해도 그러한 것들은 모두 조선민중의 식민지적 착취, 생활의 노예화를 위한 것일 뿐이었다. 이렇게 강제된 수준이 낮고 정체된 생활은 조선민족의 독자적인 문화의 풍부한 개화를 근본적으로 불가능하게 만들었을 뿐만 아니라, 한편으로 낮은 수준의 반동적 교육의 강요, 또 다른 면에서는 민족문화의 발전을 위한 자각적인 노력에 대한 끊임없는 탄압이 거미줄처럼 둘러 쳐진 억압 조직에 의해 억눌리고 있었다. 낮은 수준의 반동적 교육의 강요란 무엇인가? 예를 들면, 총독부판 이외의 조선사에 대한 철저한 통제, 그리고 일본어 사용의 강제 등. 자신의 민족의 역사에 대해서 아무것도 알 수 없는 민족, 자기 나라의 언어를 충분히 구사할 수 없는 민족이 그에 의해 만들어졌다. 자신의 민족의 역사에 대해서 진실을 알지 못하는 것은 비단 조선민족만은 아니었다. 일본인 역시 관제의 위조된 역사로서의 '국사교육'에 의해 무릇 비과학적인 일본사를 억지로 배운 것은 마찬가지다. 그러나 조선어를 전혀 모르는 조선인이 지금은 많이 있다! 나는 종전 후에 갑자기 가중된 그러한 조선인의 인간적인 깊은 고뇌에 대해 자주 들어왔다. 그리고 일본어 사용의 강제에 의해 조선어의 진전은 근본적으로 막혀 있었기 때문에, 복잡해진 오늘날의 생활의 표현을 위해서는 앞으로 급속히 개량해 가야할 많은 불비를 지니고 있다고 한다.

조선의 문화에 대해 제국주의 일본이 행한 것은 이러한 일이었다. 진보적인 민중의 일본은 이러한 모든 일에 대해 절대적으로 반대하고자 하였다. 반대는 다양한 형태로 시도되기는 했다. 그러나 그러한 시도는 별다른 성과를 거두기도 전에 후퇴하다가 끝났다. 다만 겨우 1925년에 창립되어 10년 뒤인 35년에 해산된 조선프롤레타리아예술동맹(카프) 등의 정신적 연계, 일본의 진보적인 문화운동 안에서의 조선인과의 제휴 등이 정치적인 면 이외에서 실현되었을 뿐이다.

이제 제국주의 일본은 쓰러졌다. 반동세력은 여전히 일본에 남아 현재 충격으로부터 재기하여 진보적민중의 일본에 대해 공세로 돌아서고 있으나, 그러나 더 이상 진보적민중은 자신의 일본을 상실하지는 않을 것이다. 그리고 이러한 일본은 이번에야말로 일체의 민족적인 평등관과 우정으로써 조선민족의 자립과 신민주주의적 발전을 위해 손을 내밀고, 손을 내미는 일을 명예로 느낄 것이다.

2

조선민족의 내부에 감춰져 있던 다양한 인간적 가능성은 지금까지 그 일체가 유로流路 발전할 기회를 빼앗겨왔다. 문화적인 면에서의 가능성이 개개의 조선인의 내부에 감춰져 있음에 틀림이 없었음에도, 이것이 마음껏 발전할 수 있을 리가 없었다. 잠들어 있던 가능성은 싹을 틔우기도 전에 매장되었고, 맴돌고 있던 것은 잠에서 깨어날 기회도 얻지 못하였으며, 싹을 틔우려 했던 것은 억압에 의해 일그러지거나 침묵을 강요당했다. 하지만 우리들은 알고 있다. 김소운이 번역한 「조선민요선朝鮮民謠選」, 「조선동요선朝鮮童謠選」(이와나미문고・岩波文庫)이 독특한 아름다움으로 우리의 혼을 흔들고, 그 혼의 흔들림이 언제까지나 잊히지 않는 진폭과 깊이를 지니고 있던 일을. 그것은 제국주의 일본의 강압에도 불구하고 여전히 사라지지 않고 조선민중 사이에 남아 있던 예술적인 탤런트의 표현 그 자체였다. 그리고 그러한 민요는 또 민중 사이에 전해지고 있는 민속무용의 비할 바 없이 여유로운 아름다움과 관계되어 있다. 나는 최근에 어떤 장소에서 무용의 전문가도 아무것도 아닌 잡다한 계급의 젊은 조선인들이 송별회라는 흥분된 공기 속에서 슬금슬금 일어나 고향의 춤을 추었을 때의 그 신체를 움직이던 방식, 민중적인 리듬, 자유롭고 생기 있는 표현적인 선 등에 대해 깊은 감동을 받았다. 그것은 눈이 휘둥그레질 정도로 여유롭고 발랄한 몸동작이었고, 신체 전체가 생기에 넘치는 표현 그 자체였으며, 보고 있자니 취해서 정신을 잃을 정도의 즐거움이었다. 이 무용은 제국주의 일본의 암울한 지배가 아직 실시되기 전의 조선을 생각하지 않을 수 없게 만들었다. 그리고 그것이 36년간에 걸친 피압박의 참담한 날들 속에서도 잊히지 않고 민중 속에 전해진 그 전달방식에 대한 상상으로 나를 이끌어 가고 말았다. 나는 최승희崔承喜의 무용을 두 번밖에 보지 못했다. 하지만 지금의 나는 최승희의 노력이 얼마나 조선민중이 지닌 본래의 재능에 깊이 뿌리를 내리고 있는가 하는 점, 그리고 장래에 반드시 최승희와 같은 방향뿐만 아니라 보다 다양한 방향에서 탁월한 무용이 탄생할 것이 틀림없다는 점을 알게 되었다. ─청년들의 그 춤은 노래와 반주를 동반하고 있었다. 나는 조선어를 모른다. 그러나 그 노래하는 조선어 민요(나는 물었다. 그리고 민요라는 것을 알게 되었다)는 아름다웠다. 일본의 민요와 같은 억제된 발성법과는 달리, 훨씬 자연스럽고 솔직한 발성으로 반복해 노래하였다.

그리고 나는 장혁주張赫宙와 김사량金史良의 문학작품에 대해 알고 있다. 조선어로 쓰인 훌륭한 작품이 있는지 어떤지 나는 알지 못했다. 10년쯤 전에, 늘 왕래하던 조선인 친구 한 사람이 있었는데(한일우·韓一愚라고 나와 같은 학교에 다니고 있던 학생이었다. 이삼 년 뒤 졸업하고 귀국한 이후, 아마 체포된 것인지 소식이 끊겼다. 지금은 어떻게 지내고 있을까?), 조선어 일반 신문에 게재된 소설─그중에는 이광수의 소설 등도 있었다─을 일본어로 읽어준 적이 있었지만, 전체적으로 뛰어난 작품은 없었다. 정말로 뛰어난 소설은 애당초 그러한 장소에 연재될 리가 없었을 테니까, 이에 대해서 나는 아무런 말도 할 수가 없다. 다만 장혁주나 김사량의 작품이 뛰어나면 뛰어날수록 그것이 조선어로 쓰이지 않고 일본어로 쓰인 것에 왠지 모를 어색함을 느꼈다.

그러나 작품은 훌륭했다. 훗날의 장혁주의 타락은 별도로 하고, 작가적으로 출발하던 무렵의 「아귀도餓鬼道」, 「쫓겨나는 사람들追はれる人々」, 「권이라는 남자権といふ男」, 「산신령山霊」 등은 뛰어났다. 잠시 뒤에 나타난 김사량의 최초의 작품집 「빛 속으로光のなかに」에 수록된 여러 단편, 그리고 「무궁일가無窮一家」 등과 함께, 각각의 작가적인 개성은 현저히 달리하면서도 모두 공통된 어떤 대륙적인 굵직함, 일본의 근대소

설과는 이질적이고 독자적인 대상 파악의 방식, 19세기 러시아문학에 보다 통하는 바가 많다고 생각되는 사실적인 인물의 형상화, ──이러한 것이 아직 어느 정도 전개되거나 성숙되지도 못한 채, 그럼에도 확실히 파악되는 하나의 독특한 성격으로서 장래의 가능성을 보여주고 있었던 것이다. 나는 그러한 작품을 사랑했다. 그리고 사랑했기 때문에 이후에 장혁주의 「아귀도」가 김문집金文輯이라는 사람의 대작이었다는 것이 전해지고, 또 그 뒤에 제국주의 일본의 탄압으로 점차 그때까지의 자신을 상실하더니 마침내 「가토 기요마사加藤清正」의 작가로까지 타락해 간 것에 대해 말할 수 없는 분노를 느끼며, 김사량이 타락하는 대신에 체포되기도 하고 침묵하기도 했던 일에 대해 애달픈 아픔과 깊은 분노를 느끼지 않을 수 없었다. 이들 두 사람 외에 또 내가 알고 있는 두세 명의 작가, 예를 들면 이조명李兆鳴 이라든가, 영문학 출신의 어떤 비평가(이름이 기억나지 않는다) 등이 차례로 활동을 그만두었다. 그리고 이런 일을 지켜보고 있었던 만큼 '대동아문학자회의'에서 가와카미 데츠타로河上徹太郎와 함께 추하고 천한 짓을 다한 이광수(최근의 졸저, 「문학주체의 형성文学主体の形成」에서 이 일에 다소 언급해 두었다) 등에 대해서는 형용하기 어려운 울분과 모욕을 느끼지 않을 수 없었다.

초기의 장혁주와 김사량, 이 두 사람의 작품은 조선민족의 내부에 잠재되어 있는 문학적 가능성을 강하게 예고하고 있다. 예고는 마침내 크고 또 깊은 규모로 실현될 것이다. 제국주의 일본으로부터의 해방은 또 이러한 가능성 그 자체의 해방에 다름이 아니고, 세계문학은 앞으로 하나의 완전히 새로운 민족문학을 그 실제의 리스트 안에 추가할 가능성을 지니게 된 것이다.

3

올봄에 나는 「문학시평文學時評」의 각국의 문학통신란에 최근 조선문학의 동향에 대해 짧은 글을 쓰게 되어 조련朝連문화부의 친구들에게 조선의 문학동향에 대해 여러 가지 물어본 일이 있었다. 그리고 오랜만에 그 이름을 들어보는 김사량이 종전 후 북에서 국경을 넘어와, 어떤 때는 몇 백 리를 걸어서 경성까지 와, 그곳에서 왕성하게 작품을 쓰기 시작했다는 것, 돌아올 때 두 편의 드라마를 가져왔다는 것 등에 대해 알게 되었다. 이 소식은 내 마음을 얼마나 밝게 만들었던지! 그리고 나는 전혀 그 이름을 모르는 한설야韓雪野라는 작가라든가, 권환權煥이라는 시인·비평가 등이 뛰어난 작품을 쓰기 시작했다는 것을 알았다. 김사량을 비롯한 이러한 사람들이 중심이 되어 조선프롤레타리아문학동맹이 만들어지고, 그 후 발전하여 조선문학동맹이 되고, 영화동맹 등 기타와 연합하여 조선예술연맹 안에서 유력한 일익을 담당하고 있다는 것, 문학잡지 등 몇 종류가 창간되어 있다는 것, 이러한 일 등에 대해 알게 되었다.

하지만, 정치적인 여러 문제의 퇴적을 막 결집된 힘으로 하나하나 실제적으로 헤쳐 나가야 하는 수많은 시대적인 곤란은, 재능 있는 조선문학자로 하여금 작품 제작에 몰두하게 만드는 대신, 정치적인 활동에 그 대부분의 노력을 기울일 수밖에 없는 상태에 몰아넣고 있다고도 전해진다. 이건 어쩔 수 없는 일이기도 하다. 그러나 또 어쩔 수 없다는 말로 넘어갈 수 있는 문제도 아니다. ― 이 문제는 조선만의 문제는 아니고 실은 우리들 자신의 문제이기도 하다. 정치냐 문학이냐 양자택일의 문제가 아니고, 정치와 문학의 정당한 관계를 어떻게 새로이 정립시킬 것인가 하는 곤란한 과제는 우리들 앞에도 아직 충분히 연구·해결되지 못한 채 버티고 서 있다.

나는 여기에서 이 문제에 대한 깊이 있는 사고를 언급할 공간을 갖고 있지 않다. 다만 다음과 같은 한마디를 남기고 싶다. 마침 일본인이 메이지明治유신 이래로 80년간의 반봉건적인 반동교육을 받을 수밖에 없었던 편애하고 정체적인 생활로 인해 일그러지고 상처 입은, 그 왜곡과 상처로부터 스스로 일어나야 한다는 것, 자신의 왜곡과 상처를 그 근원까지 파헤쳐 이것을 근본적으로 잘라내 변혁하고, 그럼으로써 스스로 새로운 인간이 되어 가야만 한다. 이것과 마찬가지로 새로운 진보주의적 민주주의의 조선을 건설하기 위해서는 조선인 자신이 종래의 어쩔 수 없었던 식민지적 인간 내용으로부터 자신의 손으로 해방되어야 한다는 것, 새롭고 자유로운 조선인으로서 풍부한 인간 내용과 생활을 만들어가야만 한다는 것, ― 이런 모든 것들이 인간과 그 생활 현실의 내용 문제를 직접 자신의 과제로 삼는 문학에 있어, 문학의 독자적인 역할 그 자체를, 정치적으로 매우 의미 깊은 것으로 삼고 있는 일, 이 일이야말로 무엇보다 주목할 가치가 있다. 문학 자체로서 그 본래의 과제에 똑바로 맞서나가는 일이야말로 무엇보다 강력하게 정치적인 기능을 얻게 되는 일이다.

　마지막으로 나는 자신의 하나의 꿈에 대해 쓰고 싶다. 그것은 일본의 진보적인 문학운동과 조선의 문학운동의 연계이다. 일찍이 이 일은 어느 정도는 이루어지고 있었다. 그것은 제국주의 일본으로서가 아니라, 오히려 그 일본으로부터 광폭한 억압과 추궁에 쫓기며 그와의 싸움을 통해 자각한 조선인과 진보적인 민중의 일본 사이에 실현된 것이었다. 이러한 연계가 앞으로 또 종래보다 한층 넓고 또 깊은 규모로 실현되지 못할 어떤 이유가 있단 말인가? 그런 이유는 하나도 없다. 우리는 그런 기회가 오기를 기다리고 있다. 자유로운 조선문학의 개화와 자유로운 일본문학의 개화의 깊은 연계! 그것은 꿈이 아니라 언젠가 틀림없는 현실이 될 것이다. 이미 발족한 「민주조선民主朝鮮」과 거기에 모인 재일조선인문학자들이 그러한 현실을 위해 열린 커다란 창문이 되기를 나는 기대한다.

　우리는 다양한 꿈을, 그것이 인간적인 꿈인 한, 모든 꿈을 꿀 자유를 지니고 있다. 그러나 꿈의 실현이야말로 곤란한 일이다. 무엇보다 일본의 문학 자체가 아직 그 끝을 알 수 없는 정체 속에 발목이 잡혀있다. 이 상태를 헤쳐 나가기 위한 고통에 가득 찬 노력을 기울여야만 한다. 사정은 조선에 있어서도 근본적으로는 마찬가지일 것이다. 우리는 신문학을 위한 노력 속에서 서로 배워갈 수 있을 것이다. 그리고 그러한 관계 속에서만이 이윽고 꿈은 아름답게 실현되어 갈 것이 틀림없다.

(번역 : 김학동)

제3장

재일디아스포라 문학의
해석 지평

김사량 시론

양석일梁石日

1

1910년 국권침탈 이후, 반세기에 걸친 엄청난 굴욕과 고뇌의 세월을 지나 드디어 재일조선인이라는 역사적 부조리가 극복되고 있다. 아마도 재일조선인이라는 존재는 시간문제로 환원되겠지만 여전히 많은 시련과 어려운 조건이 가로놓여있다. 우리의 정신이 강인한 순화의 방향을 향해서 스스로의 의사역량을 고쳐시킬 때 자기애로부터 객관적 인식에 대한 잔인한 이미지 프로세스를 경험해야만 할 것이다. 거기에는 모든 논리의 위험성이 기다린다. 그러나 다시 우리들에게 가장 필요한 사고는 논리적 구명究明이자 가치판단이다. 심정과 정서의 감성적 정념의 규범에서 우리의 과거는 거의 무제한적으로 방치되어 왔다. 남조선의 무법을 개탄하고 북조선의 자기모순을 운운하는 망명亡命의식과는 관계가 없다. 그런 망명의식으로는 어떠한 가치판단을 내릴 수가 없다. 뿐만 아니라, 현 단계에서 그것들은 조선민족을 보다 추상화하는 반작용이 있다. 그들이 하나같이 말하는 것은 즉 리버럴liberal이 이 중간적 존재론에 개입한다. 이 존재론에는 두 개의 위험성이 있다. 하나는 허무주의적 정념이고, 또 하나는 종교이다. 인간의 정념 속에서 종교의 위치는 20세기후반인 오늘날에도 여전히 강력하고 그것들은 국가이성에 우월하고 때로는 정치이념과 주객전도에 이르는 이율배반의 상태가 태연하게 사회현상을 이루고 있다. 오늘날의 부루조아 사회의 정신적 지주는 리버럴로서 리버럴이야말로 우리에게 최대의 관심이며 구원의 진리에 대한 지름길이라고 외치고 있다. 그렇지만 리버럴한 상태란 무엇인가? 추상적 리버럴이 존재할 수 있을까? 종교라는 가장 추상적인 관념 안에서 우리는 과연 리버럴한 상태가 될 수 있을까. 어느 정치가는 실각에 의해서, 어느 실업가는 파산에 의해서, 또 어느 예술가는 창조의 비인간적인 추구과정에 있어서, 각각 자기 해방의 최종적인 구언을 종교에서 구하는 것을 우리들은 알고 있다. 즉, 종교는 인간이 현실에 대한 관심을 잃어버린 것으로, 자비라는 명목하에 문을 여는 은닉의 장소이다. 현실에 대한 현실성을 잃은 것에 어떤 리버럴한 상태가 있을 수 있는가? 리버럴이란 우리가 외부의 제 조건의 투쟁에서 획득한 것으로써 추상적으로 존재하는 것이 아니다. 망명의식은 이것을 종교에 유사한 패턴의 추상적인 리버럴을 목표로 한다. 재일조선인의 리버럴은 역사적 부조리의 초극을 위한 투쟁을 빼고는 논할 수 없다. 김사량金史良은 이러한 초극을 위한 투쟁의 자세를 마지막까지 유지한 소수의 한 사람이다. 그러나 우리가 김사량을 문제 삼을 때에 처음에 충돌하는 문제가 있다. 즉 그(재일조선인작가)의 작품은 일본 문학에 속하는 것인지, 조선 문학에 속하는 것인지. 내가 김사량을 문제 삼은 의도의 일부분도 여기에 있는데, 결론부터 말하자면 일본어로 작품 활동을 하고 있는 재일조선인 작가의 작품 역시 조선 문학인 것이다.

"그는 한쪽으로는 조선어로 창작을 하더라도 그것이 일본어로 쓰여 있는 한 그 내용의 여하를 불문하고 일본 문학의 일환으로 취급해야 한다고 생각하므로 나는 여기에서 '넓은 의미에서의 일본 문학의 그것'이라고 해 두겠다"(김달수金達壽, 「재일조선인작가와 작품」, 『문학』, 1952.2) 위에서 언급한 김달수의 문장은 감성적이며 비논리적이다. 그는 한쪽에서는 조선어로 창작하고 있는 한 그것은 조선 문학이고, 다른 한편에서는 일본어로 창작하는 한 일본 문학이라고 한다. 그는 완전한 자기모순에 빠져 있다. 우리 사고가 항상 자기모순이라는 지양止揚의 과정, 즉 하나의 운동 형태로써의 자기모순을 부정하는 것은 아니다. 그러나 낭떠러지에 양다리를 걸치고 있는 그는 언젠가 피로로 지쳐서 가랑이가 찢어지는 것은 자명한 이치다. 예술을 창조하는 과정에서의 자기모순은 그것을 초극하려는 에너지와 예술성(혹은 주체성)의 농축의 결과, 무언가로 승화 될 가능성은 있다. 그러나 우리 존재의 자기모순은 어디에 의존하는가가 아니라, 본질적으로 어디에 존재하는 자기모순이여야 한다. 김달수가 "넓은 의미에서의 일본의 그것"이라는 매우 애매한 말을 하는 것도 불안의 논리에서 왔다. "넓은 의미에서의"라는 말을 보다 확대하면 조선 문학의 카테고리에 들어갈 것 같은, 반대로 카테고리를 압축해 가면 결국에 일본 문학 영역에서 벗어나는 불안정한 역학의 무드를 가지고 있다.

우리 존재는 단순히 우연히 표류한 원시적이며 자연 발생적인 생존의식이 아니라 깊은 혼으로 이어지는 역사적 존재라는 것은 말할 필요도 없다. 따라서 우리의 의식을 결정짓는 기본적인 존재론은 중요한 의미를 가지며 동시에 복잡한 양식을 구성한다. 그것은 오늘날에는 순수한 존재가 아니라는 것을 의미하며 현실에서 주체성의 비정합적인 조합을 강하게 요구한다. 만일 지금 한 사람의 조선인이 프랑스에 거주하면서 문학 활동을 하고 있다고 치자. 그 경우, 그는 어쩔 수 없이 프랑스 문학에 속하게 될지도 모르지만, 그것은 어디까지가 어쩔 수 없는 경우이지 저항의 무저항이라는 독립된 심리상태의 반영일 수밖에 없을 것이다. 혹시 일본에서 저항의 무저항이라는 독립된 심리상태의 반영만을 형상하고 있다면 그는 국적불명자로 코즈모폴리터니즘cosmopolitanism으로 타락할 것이다.

우리는 분명히 조선과는 이질적인 풍토에서 생존하고 있는데, 그러나 그에 따라 우리 민족적 제 특징이 소멸되고 개별적인 민족을 형성하고 있는 것은 아니다. 또한 일본어를 구사하고 일본사상, 문화에 큰 영향을 받고 있다고는 하지만 일본민족에 속해 있는 것도 아니다. 이들 현상은 일본제국주의의 강제에 의한 일시적인 역사적 부조리이다.

일부 섣부른 사람들이 동양의 유대인이라는 표현을 쓰기도 하지만 심한 오류이다. 스탈린이 지적하듯이 유대인은 이미 민족적 제 특징을 상실했지만, 우리는 그 정도의 시간이 지나지 않았다. 우리언어의 공통성이 없는 것이 아니라 언어기능의 내면적 심리상태에 대한 반응은 등가적이다. 그것은 공통적인 기반에 보편적인 의지력으로의 저항정신이고, 재일조선인 작가의 뛰어난 작품에는 이 저항정신이라는 악바리 기질이 내재되어 있다. 그러나 문학이란 무엇보다도 민족적 유산이라고 단언하는 것은 오늘날의 각도에서 보면 조금 성급하고 오소독스한 느낌을 피할 수 없겠지만, 일본 제국주의로부터 해방 및 붕괴와 창조의 혼돈 과정에 있는 조국통일과 주체성 회복을 위한 고뇌의 결실은 조선민족의 유산이라고 할 수 있다. 우리의 문학 활동을 조선의 운명과 분리하여 생각하는 것은 불가능하기 때문이다. 만일 재일조선인 작가가 일본 문학에 속한다면 우리는 필연적으로 일본 민족과 운명을 같이 하고 일본 민족의 유산으로써의 문학 활동을 할 필요가 있을 것이다. 내가 '민족'이라는 말을 이제 와서 강조하는 것에 대해 거부감을 느끼는 독자도 있겠지만, 현재 우리가 놓인 위치는 그와 같은 위치이다. 여기에서 우리는 반대로 일본 작가들의 입장에서 고찰해 보는 것도 하나의 시점일 것이다. 일방적으로 일본 문학에 속한다고 주장해도 일본 작가의 입장에서 과연 재일조선인 작가들의 작품을 일본 문학의 일환으로 인정하고 있는지 아닌지는 의문이 들기 때문이다. 오히려 그것은 매우 난처한 것일지도 모른다. 왜냐면 명확한 민족주체성 없이 국제적인 의사소통은 희박하기 때문이다.

오늘날 일본의 사상 상황은 혼돈스럽다. 미이케三池투쟁, 안보투쟁,

간바 미치코樺 美智子의 죽음, 게다가 아사누마 이네지로浅沼稲次郎 의 암살에 이른 것도, 제국주의 침투력은 깊고 넓게, 일본의 혁신진영은 혁명의 본질론에 있어서 딱 두 개로 나뉘어 끝없는 곡예를 전개하고 있다. 전위를 자부하는 자, 전위를 의심하는 자, 전위의 부재를 둘러싸고 이제 소외감각은 혁신 중의 혁신에서 논리화 되고 있다. 고도자본주의 사회에서 혁명논리의 오리무중 속에 내몰린 소외감각과 이미 사회주의사회를 소유하고 있는 우리의 소외감각은 깊은 관계가 있다. 아마도 재일조선인 작가가 일본사상 상황의 기반에서 발언하고 형상할 수 있다고 생각해도 그것은 샴쌍생아적 상태가 될 수밖에 없다. 그리고 짓궂게도 의사불통을 야기시킬 뿐이다. 문제해명은 우리에게 내재하는 자기증식에 대한 비생산성과 내셔널리즘의 논리적 모순에 존재한다.

일본어로 작품 활동을 하는 자는 그것이 일본어인 이상이라는 전제하에, 거꾸로 조선어만을 구사하는 자의 입장에서는 일종의 멸시적인 감각에서 일본어작품을 조선 문학의 일환으로 생각하는 것을 거부하고 있는 사실. 일본 문학에 속한다는 한 가지에서 일치를 보면서 이 양자의 속에 있는 민족의식은 거의 화해하기 어려운 근친의 증오에 의존한다. 이 결정적인 순간의 오차는 거리감에서 무한적인 이탈을 만들고 내셔널리즘과 인터내셔널의 혼란을 초래하는 것이다.

노선전환 이전의 민전民戰이 일본 공산당의 일원으로서 삼반三反투쟁에 참가하고 일본의 혁명운동의 직접적인 동력 역할을 자부한 잘못은 내셔널리즘과 인터내셔널의 혼동의 결과이다. 따라서 우리 문학이 일본 문학에 속하고, 일본혁명의 주요한 핵에너지가 되려는 것은 노선전환 이전의 이론과 똑같은 중대한 잘못을 범하고 있다. 일본어인 이상이라는 입장과 조선 문학을 순수하게 보호하려는 유치한 심정에서 일본어작품을 조선 문학으로 인정하지 않으려는 입장 중에 전자는 인터내셔널의 착각으로, 후자는 내셔널리즘의 빈곤에 원인이 있다.

2

내가 김사량을 조선 문학의 일환으로 규정한 것은 결국 내 자신의 문학 본질도 규정하는 일이다. 이것은 내가 김사량론을 써야만 했던 필요성을 의미하지만 동시에 재일조선인 작가에게도 김사량을 다뤄야만 했던 필요성이 내재되어 있다. 그럼에도 불구하고 오늘날까지 김사량론이 문제제기가 없었던 것은 그들의 나태함이나 문학적 수요의 빈곤이라기보다는 의식적으로 피해 온 경향이 있다. 애초에 문학적 수요의 빈곤 그 자체가 재일조선인 문학운동의 환영과 닮은 허무한 형태여서 김사량론 부재의 원인도 된다. 그리고 김사량문학이 갖는 공감의 광장에 모인 그들의 감수성은 자신의 문학 방법확립의 노력을 포기하기에 이른다. 그것은 조국공화국의 사회주의 리얼리즘에 무조건 영합하는 자세와 본질적으로 다르지 않다. 재일조선인의 입각점, 자신의 고뇌와 굴욕의 근원을 구명하는 과정에서 조국공화국의 사회주의 리얼리즘과 융합하는 방법의 다양성을 단일화하고 마는 것이다. 거기에서는 김사량에 대한 충분한 평가는 이루어지지 않고, 향후 우리 문학운동을 전진시키기 위한 방법도 나오지 않는다.

일본 문단에서의 발언은 별 볼일 없을 것이다. 왜냐하면 그들은 결국 아웃사이더의 선에서 한발도 안으로 들어갈 수 없는 지점에 있기 때문에, 김사량에 대한 발언도 이른바 번역문학을 해명하는 성질 이상의 것은 아니다. 그들이 서구문학에 대해서 숙지한 내용에 비하면 우리에 대한 문명과 인간성에 대한 조형은 매우 빈약하다. 그들의 연대의식은 일찍이 일본 제국주의의 탄압하에 학대받아 온 일반적인 피해자 입장 이상일 리는 없다. 고작 자기 주체를 유지하는 것이 최대한이었다? 고 말해버리면 그만이다. 파시즘이 맹위를 떨치던 시기에 어떤 사람은 문학을 포기하고 또는 침묵하고, 또 어떤 자는 파시즘에 몸을 팔기도하고, 연이은 해체와 연이은 전향으로 그만 질식 상태를 초래했는데, 그 중에서 김사량의 강렬한 민족의식이 선명한 색채로 일본 문단으로부터 주목을 받는 현상적인 범주를 벗어나지 않는다. 그리고 일본 문학자, 사상가들은 프랑스의 휴머니즘을 무기로 저항운동에 근거하여 원래 휴머니즘정신도 저항운동의 토양도 없는 자신들의 역사를 되돌아보지 않고, 그 공허한 모래언덕에 밀어 넣었다. 그것은 그럴싸한 도피이며 일본 지식인의 나약함이라고 나는 해석하고 있다. 김사량은 아마도 일본 문학운동의 한 요인이라고 생각하지 않고 오로지 재일조선인의 역사실체에 다가서는 데에 시종일관 했다. 그가 3년이라는 단기간에 정력적인 창작을 남기고 일찍이 인민혁명군에 참가한 사실로 그 일단을 엿볼 수 있다. 그러나 그가 남보다 먼저 인민혁명군에 참가한 의의와 그의 문학의 원형에는 깊은 단층이 있고, 그 단층의 저변에 일종의 근친증오가 숨 쉬고 있다는 것을 알아차린다. 그런 이유로 그는 절실하게 그와 같은 치밀한 계획과 모험을 무릅쓰고 인민혁명군에 참가 했던 것이었다.

우리는 김사량 문학의 원형에서 지우기 어려운 근친증오를 보지 않을 수 없다. 그의 문체의 유머 뒤에 통렬한 비아냥이 담겨있고 시니컬함 뒤에 유머와 비애가 계속 얽히면서 복잡한 심리를 구성해 가는 특질, 이것은 조선인의 원형질을 묘사하는데 적합한 문장법이라고 할 수 있다. 그는 항상 각도를 바꿔서 조선인의 원형질을 표현한다. 그 원형질에 밀착한 부조리와 모순과 상극의 실존적인 형상이 그가 의도한 이상으로 강하게 우리를 사로잡는다. 내가 김사량의 작품을 접했을 때 충격의 깊이는 이상하리만치 그때까지 수면 아래에 있었던 피, 혹은 감수성의 연속적인 경련이 계속되었던 것을 기억하고 있다. 거기서 분명히 내 피가 계속 반복되는 인과율의 씁쓰름한 애증의 축도縮圖의 진폭을 보았다. 지금까지 미분화한 혈연에 대한 정념이 부글부글거리며 게다가 일종의 환멸적인 비애를 동반하여 넘쳐 났다. 그것은 어제까지 거의 잠재적인 영상에 지나지 않았던 할아버지와 아버지, 그리고 먼 과거의 피투성이가 된 원상原像과 나의 사고가 얽히기 시작하였다. 나는 그때부터 부모, 형제, 친족과 주위의 동포들의 용모를 응시하게 되었다.

김사량 문학의 중요성은 그 기록성에 있다고 생각하는데 그것이 동시에 재일조선인의 내부형성의 핵이 된다. 따라서 일반적인 '없어져 가는 것에 대한 비애'라는 감상은 거의 의미를 갖지 못한다. 김사량 자신도 그 문학의 격렬함에도 불구하고 이 감상에 빠져 있는 것은 부정할 수 없는 것이다. 이것은 김사량을 아는 데에 있어서 매우 흥미 있고 우리문학의 자질과 확연히 구분되는 요인이기도 하다. 그러나 그의 문학 속에 숨겨진 격렬한 저항과 비평정신에는 그가 동포를 진심으로 사랑하면서도 사랑과 증오가 얽혀서 그 얽힘이 우리에 의해서 더욱더 깊어지고 단절해 가는 무한현실로 환원되어, 끝없는 나선형의 근친증오가 펼쳐지는 저항의 변증법이 있다. 그것은 이제 그의 의사와는 관계없이 우리 내부에 무겁게 가라앉아 사고를 뒤흔든다.

그의 처녀작품인 『토성랑土城廊』은 그의 문학의 출발점이자 원점이기도 하지만 『토성랑』이 갖는 이미지의 풍부함은 김사량 문학이 이후 어떤 주체를 일관할지 암시한 기념비적인 작품이며, 이미 재일조선인의 가혹함과 근원을 묘사하고 있다고 할 수 있다. 그것은 김사량의 분노의 도가니이기도 했다. 『토성랑』의 쓰레기장의 인간상은 자신의 의지와는 상관없이 운명에 휘둘리는 굶주림과 광기와 절망이 꿈틀거리는 모양, 그러면서 절망 끝에 생명에 대한 집착과 허망에 이끌려가듯, 이른바 대좌對座 — 마주보는 거울 속으로 자신의 환영을 쫓아 빨려 들어가는 비창함이 있다. 게다가 일본 제국주의의 무리한 사기행위나 다름없는 토지개혁으로 지주, 양반의 몰락과 함께 50이 되어 비로소 자유의 몸이 된 한 사람의 노비의 이성異性에 대한 향수가, 그가 짊어 온 역사의 원죄를 말하고 있다. 그는 점점 한 사람의 남성으로서 자각해 가지만, 긴 노비생활로 이제는 넘을 수 없는 계급이념의 자박自縛에 사로잡혀 있기 때문에 조용한 이성에 대한 욕망에도 불구하고 결국 계급관념에서 벗어날 수가 없다. 이 벗어날 수 없는 초조함은 당시 조선의 운명의 초조함으로 연결되어 있다.

그것은 사람 좋은 원삼元三노인이 시대의 탁류에 휘말려 죽은 후에, 그와 똑같은 처지의 후예들이 일본 제국주의의 괜찮은 노동력이 되었기 때문이다. 생매장 당한 인종, 굶주린 임금 노동자의 최초의 원형이 원삼노인인 것이다. 빈곤의 역사와 역사의 빈곤의 톱니바퀴에 낀 그들은 자신의 영혼을 되돌리기 위해서는 김사량이 일찍이 참가했던 인민혁명군의 출현을 기다려만 했다. 국권침탈 후, 파괴라는 한길만을 더듬어 온 조선의 운명을 구원하고 싶은 이미지를 그리면서, 다른 한편에서 그 이미지를 파괴하는 저력의 힘을 생각했던 것은 말할 필요도 없다. 오늘날 또 박정희朴正熙군사정권하에서 한일회담이라는 조선의 운명의 중대한 위기를 목전에 두고 김사량의 작품, 특히 이『토성랑』을 읽는 것은 당연히 남조선의 방대한 수의 굶주린 임금노동자가 떠올라 참기 힘들어 진다. 김사량의 문학은 남조선의 가혹한 운명과 맞물려 오늘날 점점 날카롭게 다가오지만 그 날카로움은 고도의 예술성에 있기보다는 누를 수 없는 행동에 대한 정열이 아직도 부글부글 끓어오르기 때문일지도 모른다. 그의 누르기 힘든 행동에 대한 정열은 조선의 저변으로 더욱 더 깊게 내려간다. 마치 바다없는 늪과 같은 암흑의 세계로 희미한 등을 지고 내려간다.『무성한 풀草深し』은 그러한 그의 비통의 균열조차 있다. 너무 깊은 그 비극에 아연질색하고 "이 무슨 비참한 고향의 모습이냐. 오히려 그것을 아는 것이 무서울 것 같은 기분마저 든다. 우리 생활을 먼저 알아야 한다며 공명하여 따라온 그가 아닌가" 라고 절망적으로 부르짖으면서도 그 비극의 근원으로 자신을 재촉할 수밖에 없는 것이다.

『무성한 풀』의 테마인 화전민은 붕괴직전에 있던 농민이 40내지 50%를 점했는데 이 무서운 원시상태의 화전민이야 말로 당시 조선농민을 집약적으로 상징하고 있다. 그러면서도 인류의 원시림을 헤매는 듯한 착각에 사로잡힌 김사량의 고통은 상상을 초월한다.

깊은 산속을 몇 시간이나 걸어가는 도중에 드디어 조금 높은 산의 습곡 사이로 하나의 오두막집을 발견했다. 그것은 숨으려는 듯 납작하고 집 뒤에는 2, 3그루의 적송나무가 서 있었다. 산기슭 쪽에는 넓게 화전이 일구어져 있고 그것이 희한하게도 파란 것으로 덮여져 있다. 지금에라도 날아가 버릴 것 같은 오두막집 안은 쥐 죽은 듯이 조용하고 말을 걸어 보았지만, 대답이 없다. 봉당을 들여다보니 깨진 항아리와 더러운 그릇이 몇 개가 놓여 있고 작은 가마 옆에는 화덕 하나가 세워져 있었다. 어슴푸레한 방안을 들여다보았지만 거기에도 마찬가지로 아무런 가재도구가 없다. 뭔가 찌든 썩은 냄새에 파리가 윙윙거리며 날아다니고 흙벽에는 숯으로 쓴 수상한 부적이 더덕더덕 붙어 있었다. 이상한 기분으로 그것을 바라보고 있는데 갑자기 방안에서 아이들의 째지는 울음소리가 들려와서 인식仁植은 깜짝 놀라 꼼짝도 못하고 서있었다. 봤더니 정말로 어두운 한쪽 구석에 아이 2명의 그림자가 벽에 딱 달라붙은 채 겁에 질려 울고 있었다.

"어, 꼬마들이 거기에 있었어" 묘하게 숨이 막힐 것 같으면서도 그는 말을 했다. "나는 무서운 사람이 아냐, 아버지와 엄마는 어디 갔어?"

아이들은 나오기는커녕 점점 심하게 울어댔다. 부모들은 멀리서 그가 찾아오는 것을 보고 틀림없이 삼림감수라고 착각해서 아이들을 남겨 둔 채 어딘가로 허둥지둥 피해 숨었을 것이다.

"나는 전혀 무서운 사람이 아니야"라고 말하면서 인식은 허리를 굽혀 등짐을 어깨에서 내렸다. "꼬마들, 자 와 보렴, 울지마."

그러나 가방에서 단 과자가 들어있는 포장을 꺼내려는 그의 손은 그렇게 생각한 탓인지 심하게 떨렸다. '어, 좋은 것을 줄 거예요'라는 말이 아무리해도 이어서 나오지 않는다. 이런 산 속의 아이들에게는 완구를 주어도 장난감이라는 것도 모르고 또 과자를 주더라도 음식인 것을 모른다는 얘기가 문득 떠올랐기 때문이었다. 아이들은 점점 무서워졌는지 구석으로 꼭 껴안은 채로 뒷걸음을 쳤다. 그런데 갑자기 울음소리가 멈춰서 뒤를 돌아보니 쥐새끼처럼 조금씩 봉당으로 빠져나가서 다시 '와' 하고 울기 시작하면서 바깥쪽으로 모습을 나타내더니 도망치기 시작했다. 인식은 자신도 모르게 털썩 주저앉았다. 등줄기가 흠뻑 젖었다. 옴짝달싹 할 수가 없었다. 아이 둘은 상의를 입지 않고 게다가 맨발이다. 큰애는 딸인지 머리카락이 새집처럼 벙벙하다. 열심히 작은애의 손을 당겨서 달려간다. 남자아이가 넘어질 뻔하자 그녀는 아이를 껴안듯이 해서는 또다시 자갈 위를 달리는 것이었다. 심한 산바람으로 그들은 비틀비틀 거리며 걷고, 태양은 그들의 새까만 상반신을 바로 위에서 구릿빛으로 달궜다. "엄마, 엄마"하고 사내아이가 막 울었다. 그 소리에 놀란 듯이 근처 바위구석에서 큰 매가 날아올랐다.

이 적막한 광경은 지금까지 되돌아보지 않았던 근대조선의 정신풍토인데 이 현기증 나는 전 세기적인 생활양식과 굶주림은 우리 미래의 어두운 뒷면을 상상하게 한다. 긴 세월 빛을 쬐지 못한 그들에게 한줄기 빛을 가지고 내려간 김사량은 그러나 또다시 화전민의 생혈을 빨아먹는 원시종교나 사이비 종교를 외치는 기도사祈禱師의 실태를 알지만, 이 기도사는 현재에도 우리 주변에 뿌리 깊게 서식한다. 우리 어머니도 이 사이비 종교의 노예가 되어 몹시 피폐했다. 그리고 예외 없이 재일동포 집의 벽과 천정 구석에는 붓글씨로 휘갈겨 쓴 기이한 부적이 붙어 있고 그 계보를 추적해가다 보면 이 화전민까지 도달한다. 김사량의 고뇌는 이런 무지와 빈초貧楚의 토착 위에 쌓아진 유대감에 대한 증오이다. 그가 조선인의 원상에 집요하게 다가가 극명하게 묘사하려고 한 리얼리즘의 이유가 여기에 있다. 아마도 이『무성한 풀』에서 근친에 대한 증오심으로 그의 이성과 정념이 유착되고, 그의 리얼리즘이 후일에『천마天馬』를 쓰게 했다고 생각한다.

　『무성한 풀』의 의대생은 사소한 감상과 비애의 자문을 계속 해왔지만,『천마』에서는 조선의 무기력 속에서 부유하는 음울하고 허무한 인간상을, 준열峻烈한 자세로 묘사해야만 했다. 이『천마』가 김사량의 작품 중 가장 중요하다고 생각하는 이유는 그가『토성랑』에서 노비의 자유에 대한 생명력과 역사의 원죄를 언급하고,『기자림箕子林』에서는 메울 수 없는 계층관념과 봉건성에 속박된 몰락자의 철저한 무기력을 그리고, 소심하고 오만하며 탐욕스런 군수의 이미지를 쌓아가는 동안에 그 정점에서 조선지식인의 영상이 선명해지고 그 영상을 더 이상 구할 수 없는 이중성에서 포착했기 때문이다. 거기에는 조선인의 모든 요소가 집중되어 있다. 조선민중이 역사의 원죄를 내재하고 있다고 한다면 지식인은 그 원죄를 사상적인 투쟁을 거치지 않고 법적으로 스스로의 죄를 용인한 장본인인 것이다. 물론, 엄밀한 의미에서는 조선인 중에는 지식인이라고 부를 만한 대상은 존재하지 않으며, 다만 귀족, 양반출신이 시간을 들여 유학을 머리에 채우고 한시를 읊은 것에 지나지 않고, 1945년 이전에는 지극히 소수의 사람이 일본 대학 출신의 간판을 가지고 귀향하여 그 간판으로 어느 한 지위에 오른 것에 지나지 않는다. 모든 교양과 지식은 계층에 대한 욕망과 밀착되어 있는 것으로 그 이외는 어떤 의미도 갖지 않는다. 『기자림』에서 초시初試가 주위 사람들로부터 그만큼의 모욕과 저주, 욕설을 들으면서도 조용히 우월감에 빠져 있었던 것은 한문을 읽을 수 있다는 한 점 때문이다.

또 『무궁일가無窮一家』의 최노인도 그렇다. 이것은(한문을 읽을 수 있다는 것은) 귀족 아니면 양반출신이라는 것을 증명하고 우월감을 가질 수 있는 이유이기도 하다. 80%이상의 사람이 문맹에 의한 무지몽매無知蒙昧 속에서 한문을 읽을 수 있다는 것은 확실히 하나의 특질이기도 했지만, 동시에 그들 자신이 무지하면서 무명몽매無名蒙昧한 민중 위에 책상다리를 하고 앉을 수 있었던 것은 오로지 계급의식 덕분이다. 오늘날에도 단편적인 지식과 케케묵은 시나 소설을 읽는다는 이유로 스스로를 뛰어난 문학자라고 공언하고 다니는 동포를 볼 수 있다. 그가 지식인인 척 과시하는 태도는 주위의 모든 문맹, 아니면 예술과는 전혀 관계가 없는 사람들뿐인 것은 제쳐두고 그 위에 책상다리를 하고 앉아 있지만 그것을 뒤집어보면 그 자신의 교양에 대한 심한 콤플렉스에서 오는 무교양의 교양주의 결과이다. 『천마』의 주인공인 현룡玄龍의 지리멸렬한 언동과 비굴함은 이것을 여실하게 체현하고 있다. 그리고 이것은 더욱더 현재적인 현상이며 본질이기도 하다.

"그렇지만 실제로 그 사람들은 자신이 말한 것처럼 문단과 극장 등에서 상당히 활약하고 있을까요?" "그렇습니다. 그 무리가 일류입니다" "이번에 조선인 녀석들의 작품이 일본어로 번역된 것을 읽고 나는 일단 안심했습니다. 진짜 안심했습니다. 그 정도라면 나 같은 아마추어라도 쓸 수 있습니다. 조선의 지방적인 문화도 역시 이곳에 와 있는 우리의 손으로 쌓아올려야만 합니다. 그런데, 자 하나 어떻습니까?"

라며 조선에 시찰하러 와 있는 일본 작가 다나카田中에게 관립전문학교 교수인 가도이角井가 술잔을 기울이면서 조선문화인을 하나같이 깎아내리며 멸시하는 태도와, 거기서 우연히 해후한 현룡玄龍이 그를 따라서 같은 동포문화인을 깎아내리는 장면은 일종의 비극적 희극으로 전환한다. 김사량은 여기에서는 냉정한 제3자처럼 보이지만, 사실 그는 이러한 조선의 불모정신과 재능에 대한 질투와 비슷한 초조함으로 현룡을 자해와 해학으로 착란과 절망의 바닥으로 떨어뜨리는 것이다. 현룡의 황폐된 내부는 당시 조선의 현실 그 자체였다. 그것은 식민지의 진흙탕에서 기어 다니는 인간의 한 전형이다. 괴멸에 직면한 조선의 운명이 점점 구원받기 어려운 심연 속으로 잠식되어 갈 때 김사량은 현룡의 내부가 부식되어 가는 이미지, 광기의 이미지를 외부에 내던짐으로써 저항의식을 제시한 것이었다. 그것은 그 파시즘의 도가니에서 취할 수 있는 남은 방법이었을지도 모른다.

3

김사량문학은 진지한 리얼리즘의 추구이다. 그의 내부에 있는 감수성에도 불구하고 매우 비감상적인 작품계열은 리얼리즘에 대한 일종의 집념의 결과라고 할 수 있다. 그것은 아직 방법으로써의 리얼리즘이 아니지만 긴팔을 뻗어 방법론을 뽐내는 가짜 리얼리즘과는 본질적으로 다른 방법에 대한 맹아의 모종을 반짝인다. 그것은 논리적으로는 방법론을 전제로 한 방법이다. 그것은 내셔널리즘의 세계관(정확한 의미에서의 유물변증법은 아니지만)에 다가가는 것이며, 동시에 그것은 혼란과 위축된 '비판정신'의 수동적, 백치적, 혹은 가짜 방법보다 우월하다. 왜냐하면 긴팔을 뻗어서 방법론의 유사리얼리즘은 예리한 지향이 되지 못하고, 결국에 분열과 파괴라는 내부모순에 저항할 수 없었는데 김사량문학은 그때 정말로 방법이 될 수 있는 것이다. 굳이 말하자면 무의식적 방법은 내셔널리즘의 문학적 특징이다. 자기중심주의를 포기하고 객관적인 묘사 속으로 주체를 끌어들이려고 하는 그는 스스로 현룡을 착란 시킬 필요가 있었다. 그의 문학의 암초는 이 현룡의 착란으로 한층 더 눈에 띈다. 그것은 가능성의 절망이라는 비미래적인 이미지가 아니라 그것에 대한 안티테제를 독자의 암초에 새겨 넣는 기능을 가지고 있다.

김사량은 허술한 리얼리즘과는 거리가 있는 존재이다. 예를 들면 그의 작품에 대하여 "토스토옙스키적인 인간이 피하기 어려운 모순과 심연이 있다" "토스토옙스키적인 작품에 나올 것 같은 인간에 대한 파악 방식과 격렬하게 호흡 한다"고 하는 토스토옙스키와의 관련은, 실존적 인간을 포함한 허무주의를 암시한다. 그러나 김사량의 작품에서 허무주의를 읽는 것은 허무주의에 대한 일반적인 견해에서 온 것이다. 허무주의가 일본 토양에 싹 트기 시작한 것은 1945년 이후여서 그 이전의 가열 된 비합법 시대의 깊은 상흔의 고통 속에서 허무주의가 맹아된 것 치고는 사회구조가 너무 단순하다. 그것은 해체 되고 또다시 가치 전도가 반복되어 허탈감과 혼돈混沌이 일상생활의 심층부에 뿌리박혀야만 한다. 전후의 수많은 전위적인 좌절을 거쳐야만 했다. 허무란 일반개념은 당시 전체로 스며들었을지도 모르지만, 허무주의는 전전과 전후의 2중구조의 좌절로 절망적인 지점에서 겨우 자기 응시를 시작했던 것이다. 김사량은 이러한 복잡한 인간성의 절망이라는 명제에서 출발한 것이 아니고 우리의 원체험에 끝까지 충실했다. 그것은 조선인이 선천적으로 내재된 낙천적인 생명력의 순수함과 강인함의 복원이다. 우리 현실이 아무리 희망이 없고 절망의 심연에 꼼짝 못하고 있었더라도 결단코 그것은 생명력의 순수함과 강인함의 복원이여야만 한다. 김사량 내부에 약동하는 이 완고한 열정은 그 작품 전체의 많은 소재와 테마를 본원적인 생生으로 해방시키려는 것이다. 그것은 허무주의 이전에도 이후에도 없다. 엉성한 허무주의와는 관계가 없는 정의감의 끊임없는 고뇌

이다. 이 끊임없는 고뇌는 동시에 높은 휴머니즘을 노래한다.『십장 꼽새親方コブセ』는 이러한 휴머니즘으로 김사량의 가장 원숙한 가작佳作으로 꼽을 수 있을 것이다. 나는 이 소박하고 힘 있는 리얼리즘이 김사량의 본래의 당연한 자질이라고 생각한다. 그러나 이 정의감과 리얼리즘은 그가 공화국의 인민의용군에 참가한 행동과 아울러 우리에게 한 가지 문제를 제기한다. 그것은 그의 일본에서의 창작과 공화국에서의 창작의 상이점이고 이것은 현실에서 사회주의사회를 소유한 우리에게 매우 시사적인 문제를 포함하고 있다고 생각한다.『바다가 보인다海が見える』에서 김사량 본래의 리얼리즘에 대한 일보 후퇴를 인정할 수 있는데, 이 리얼리즘의 일보 후퇴는 오히려 김사량 자신이 피할 수 없는 민족자결권을 획득하기 위한 대가였을 것이다. 일본에서 김사량의 작품이 부르주아적이라는 의미는 아니다. 일본과 공화국은 모든 점에서 본질적으로 다르고 당연히 그 발상법에서 차원이 다른 것은 당연히 이상하지도 않다. 그의 사회주의 리얼리즘에 대한 조예가 어느 정도였는지 알 수도 없지만, 시기적으로 봐서 랩ラ이론에 적잖게 영향을 받았다고 추측된다. 그러나 그것으로 그의 리얼리즘이 일보 후퇴했다고도 생각되지 않는다. 오늘날에도 랩이론이 훨씬 이전에 비판받았음에도 불구하고 자칫하면 랩이론으로 돌아가는 것을 몇 번이나 보고 사회주의 리얼리즘의 이론과 실천이 이념과 일치하지 않는 현상은 사회주의 리얼리즘 그 자체가 민족적 계층투쟁과 역사적 단계에서 규제되고 있는 사회주의 리얼리즘 이론, 특히 랩이론과 케네노프이론을 김사량에게 끼워 맞출 생각은 없다. 김사량의 경우에 세계관과 방법을 동일시한 것이 아니

라, 내셔널리즘과 방법을 일원론으로 환원한 것이다. 그런 까닭에 그는 랩이론의 공식에서 벗어나 매우 올바른 내셔널리즘 문학을 지향할 수 있게 되었다. 따라서 그가 본래의 리얼리즘에서 일보 후퇴한 것은 그가 직면한 현실이 보다 계몽적이고 보다 도의적인 그리고 보다 기능적인 (이들 요소는 모두 통속성에 의존하는 것은 분명하다) 창작태도를 요구해 온 것이고 그것에 대하여 고상한 이론이나 높은 예술성도 또다시 일보 양보해야만 했다. 물론 엄밀히 말하면 이것은 김사량의 문학적 미숙함을 말하는 것이다. 그렇다고는 하지만 프롤레타리아 작가들이 하나같이 빠진 교조주의와 도식주의에 빠졌던 것은 아니다. 민족의 운명을 건 격렬한 상황에 처한 그는 문학의 진실을 의심하지 않고 그저 쓰는 행위가 있을 뿐이었다. 이러한 김사량의 본질에서 찾아야 할 것은 이론과 예술의 전위성이 아니고 피 끓음이며 면면히 이어온 연대감이자 흑인들이 외치는 '흑인성'과도 비슷한 끈질긴 성질의 이미지이며 그 이상의 무언가를 찾아서는 안 된다. 우리는 우리 자신에 대하여 그 이상의 무엇을 찾을 수 있겠는가.

(번역 : 한해윤)

홍종우洪鐘羽론

임전혜任展慧

홍종우의 첫 번째 책으로 장편인 『경작하는 사람들의 무리耕す人々の群』가 아오키 히로시靑木洪라는 이름으로 제일서방第一書房에서 간행된 것은 1941년 8월의 일이다. 그때 홍종우는 33세였다. 이듬해, 「민며느리」(『中央公論』 2월호)만을 발표한 채 고향인 황해도 겸이포로 돌아왔다. 한 권의 단행본과 하나의 단편, 이것이 일본에서 활동한 홍종우 문학의 전부였다. 작품의 양이 적다고 해서 바로 홍종우의 문학적 재능이 부족했다고는 말할 수 없을 것이다. 장혁주張赫宙 · 김사량金史良은 예외로 치더라도, 1945년 이전의 재일조선인 작가 중에는 겨우 한두 작품만을 발표한 채 모습을 감춘 이들이 적지 않다. 이것은 각자의 재능이 고갈된 탓도 있겠지만, 가장 큰 원인 중의 하나로 어두운 시대의 비문학적 환경이라는 외적인 조건이 짙게 그림자를 드리우고 있었다는 것을 간과해서는 안 될 것이다.

피압박민족의 한 사람으로서 살아가는 것 자체가 지난했던 시절에 숱한 재일조선인 작가들은 자신의 재능을 충분히 꽃피우지 못하고 끝났다. 태평양전쟁을 사이에 둔 어두운 시기 ― 일본의 작가에게도 그랬겠지만, 특히 피압박민족의 작가에게는 가장 불행한 계절이었다고밖에 말할 수 없는 시기에 문학적 출발을 했던 작가의 한 사람이 홍종우였다.

1942년에 고향으로 돌아온 홍종우는 최재서가 발행하고 있던 일본어 잡지 『국민문학國民文學』에 두 개의 단편 ―「아내의 고향妻の故郷」(1942. 4)·「고향의 누이ふるさとの姉」(1942.10) ― 과 에세이 「고향의 노래ふるさとのうた」(1942.7)를 발표했다. 그밖에 『네거리 소설집辻小說集』(스기야마杉山 서점 간행, 1943.8)에 수록되어 있는 「작은 위문편지小さな慰問文」가 있다. 이것이 귀국 후의 홍종우가 발표한 작품의 전부이다.

홍종우는 1908년 조선 북부의 황해도 농촌에서 태어났다. 일곱 번째에 겨우 얻은 사내아이였다고 한다. 부친은 원래 황주군에서 면장을 지낸 일도 있어 상당한 자산을 지닌 인망가였으나, 금전상의 과실로 면장을 그만두고 고향을 떠나게 되었다고 한다.

고향과 인접한 군郡의 농촌으로 옮겨간 홍종우의 부친은 '사숙私塾'을 열어 마을의 아이들에게 한자를 가르치는 한편으로 농사를 짓고 있었다고 한다. 홍종우가 태어난 것은 고향을 쫓겨난 일가가 타향으로 옮겨간 지 얼마 지나지 않아서였다고 「고향의 누이」에 쓰고 있다.

"어머니의 뱃속에 있을 때부터 방랑의 운명을 짊어지고 이 세상에 태어난 나는, 전전하던 타향에서 조모와 부모, 그리고 형제자매를 잃고 말아, 피를 나눈 혈육으로서 남은 것은 나이가 많은 누이 둘 뿐이다.

(…중략…) 그 아래 네 명의 누이는 웬만큼 자라 모두 죽고 말았는데, 첫 번째 누이는 열두 살 때 아홉 살 먹은 신랑에게 시집보내졌고, 두 번째 누이는 열일곱 살 때―영락한 일가의 희생양이 되어 역시 나이가 어린 가난한 농민에게 보내졌다. 영락한 일가족은 시집보낸 누이의 몸값을 받아 급한 불을 끌 수가 있었던 것이다"라고 같은 작품에 쓰여 있다.

'남존여비'의 사상이 팽배하던 당시에 일곱 번째로 간신히 태어난 사내아이 홍종우에 대해 일가는 "얼른 훌륭하게 자라서 고향의 집을 되찾아와야지"라는 소망을 걸고 있었던 것이다.

홍종우가 열 살 때이던 여름에 아버지는 41세로 세상을 떠나고 일가는 다시 길거리를 헤맨다. 얼마 지나지 않아 둘째 누이에 기대어 그 시댁 근처로 이주한다.

"어머니는 머리에 소쿠리를 이고 행상을 시작하였고, 우리들은 서당 대신 등에 싸리나무 지게를 짊어져야 했다."(「고향의 누이」)

여기에서도 정착하지 못하고 일가는 다시 큰 누이가 있는 녹새벌로 옮긴다.

홍종우는 여기에서 마을의 사립 소학교를 1년 반 정도 다녀 4년제 과정을 수료했다. 홍종우의 생애 중에 학교의 문턱을 넘나든 것은 이때의 1년 반이 전부였다. 그 무렵의 일은 『경작하는 사람들의 무리』의 '후기'에 다음과 같이 쓰여 있다.

"우리 일가는 사과와 무의 산지―녹새벌―여기가 가장 살기 좋다고 또 다시 이주해 왔다. (…중략…) 녹새벌의 작은 평야에 둘러싸인 이

지방에 임시 주거를 마련한 우리 일가는 어느 지방에서보다도 가장 긴 —4년 정도— 세월을 살았다. 이곳에서 나는 어머니에게 이끌려 여름에는 녹새벌의 무밭이나 보리밭에서 품삯 일을 하고, 가을에는 사과를 짊어지고 부락과 부락을 돌아다녔다. 내가 1년 반 정도 학교 문지방을 드나든 것도 이곳이었다.”

큰 매형의 몸이 망가져 생계가 끊기자 누이 일가는 간도로 이주하게 되었고, 홍종우 일가도 동행하였다. 간도에서 지낸 8년간 홍종우는 “아이 돌보기, 머슴, 상점 점원, 영사관 급사” 등을 하였는데, 모든 일이 생각처럼 되지 않았고 조모와 남동생을 이곳에서 잃는다.

간도로 이주한 지 9년째 되던 겨울, 어머니를 누이에게 맡긴 홍종우는 일본으로 건너가 미장이로서 큐슈, 오사카, 도쿄를 전전한다. 일본으로 건너간 지 5년째 되는 해에 어머니가 돌아가신다.

“나는 본래 고향이 없는 부랑아로서 자랐다”는 홍종우 자신의 말은 결코 과장이나 감상이 아니었던 것이다.

『경작하는 사람들의 무리』의 ‘후기’에 “나 같은 것이 격에도 맞지 않는 문학에 매달린 탓으로 얼마나 어머니에게 불효를 하고 얼마나 어머니를 고생시켰는지 모른다”는 말이 있다.

홍종우는 자신의 문학지망을 ‘격에도 맞지 않는’이라고 자조하듯 말하고 있는데, 홍종우가 창작에 대한 충동을 지니기 시작한 것은 꽤 이전부터의 일인 듯하다. 정규의 문학교육을 받을 기회를 갖지 못한 홍종우가 사숙한 것은 호소다 타미키細田民樹였다.

“지금부터 대략 10년 전, 나는 조선의 청진으로부터 홍종우라는 한 청년 노동자의 긴 편지를 받았다. 그 내용에는 내 작품을 읽은 감상을 시작으로 자신의 성장과정 등이, 능숙한 필적이었지만, 그러나 어색한 일본어 문장으로 쓰여 있었다"(「서문」, 『경작하는 사람들의 무리』)고 호소다 타미키는 홍종우와의 서신왕래가 시작된 당시의 모습을 적고 있다. "무엇보다 문학을 좋아하므로 장래에 '일본어 문장'으로 작품을 쓰고 싶다"고 썼던 홍종우의 그때 소원은 꼬박 10년 뒤에 『경작하는 사람들의 무리』의 간행으로 달성된 셈이다. '고절 십년'이라는 말은 이러한 홍종우의 경우에 꼭 들어맞을 것이다.

『경작하는 사람들의 무리』가 출판된 1941년은 홍종우 개인에게 뿐만 아니라, 조선문학사에 있어서도 하나의 단락을 짓는 해로서 잊을 수가 없다.

조선어 문예잡지 『문장文章』, 『인문평론人文評論』이 강제 폐간된 것은 같은 해 4월의 일이다. 같은 해 11월에 창간된 유일한 문예잡지 『국민문학國民文學』은 일본제국주의의 어용잡지로서 조선 작가에 대한 일본어 강제에 결정적인 역할을 수행했던 것이다.

『국민문학』의 주간 겸 발행인이었던 최재서崔載瑞는 「국민문학론」의 제창자로서 일제말기 조선문학계에 일본제국주의 이데올로그로서 등장하여 문학자들의 언동을 견제했다. 여기서 말하는 「국민문학론」의 논리라는 것은 조선문학을 '황민화'라는 하나의 궤도에 올려서 조선의 문학과 문학자를 미증유의 황폐화를 향해 똑바로 달리게 만드는 것에 다름없었던 것이다. 『국민문학』의 사명에 대해 최재서는 다음과 같이 적고 있다.

"국민문학은 그저 막다른 벽에 부딪친 문단을 타개하기 위한 이런저런 생각 중에 아무렇게나 선택된 제목이 아니다. (…중략…) 단적으로 말하자면 유럽의 전통에 뿌리를 둔 이른바 근대문학의 연장선에서가 아니라, 일본정신에 의해 통일된 동서 문화의 종합을 기반에 두고 비약하려는 일본국민의 이상을 띠고 있는 것이다."[1]

『국민문학』이라는 잡지명도 이와 같은 최재서의 말과 직접적인 관련이 있을 것이다.

『국민문학』은 당시 조선의 유일한 문예잡지로서 조선에 재주하고 있던 일본인 문학자들도 기고를 하고 있었다. 조선인과 일본인 집필자의 수는 거의 반반이다.

창간호만 보더라도 다나카 히데미쓰田中英光, 미야자키 세이타로宮崎清太郎, 사토 기요시佐藤清, 스기모토 나가오杉本長夫, 쓰다 쓰요시津田剛, 가라시마 다케시辛島驍 등의 일본인이 이름을 열거하고 있다. 일본에서 돌아온 김용제金龍濟, 김종한金鐘漢도『국민문학』의 주된 집필 멤버였다. 도쿄에서 프롤레타리아 시인으로 출발한 김용제는 조선에 돌아오자마자 일본제국주의 찬미의 시를 마구 썼는데, 그 처참하게 전락하는 모습은 특히 눈에 띄는 존재였다. 홍종우의 귀국 후의 작품도 역시 이 잡지에 발표되었던 것이다.

즉, 1941년은 12월 8일의 태평양전쟁 발발을 계기로 근대 조선문학이 최대의 암흑기로 빠져들어 가는 최초의 해였던 것이다.

---

1 「국민문학의 요건」,『국민문학』 창간호, 1941.11.

재일조선인 작가들에게도 사정은 마찬가지였다. 재일조선인 작가 각자가 일본제국주의의 식민지 정책에 대한 명확한 태도를 취하도록 압박당한 해였다고 말할 수 있다.

장혁주가 조선어는 조만간 '감퇴'하고 '동양의 국제어'라 할 만한 일본어가 이를 대신할 것이라고 「조선의 지식인에게 고함朝鮮の知識人に訴う」에 쓴 것은 1939년 2월이었다. 그해 장혁주는 '대륙개척문예간담회'의 '국책 펜부대'의 일원으로 중국에 간다. 그 뒤에도 중국을 방문하는데, 두 번에 걸친 현지의 견문은 나중에 장혁주가 일본제국주의의 중국대륙 침략을 찬미한 일련의 작품—『광야의 처녀曠野の乙女』(1941.5), 『행복한 신민幸福の民』(1943.4), 『개간開墾』(1943.4) — 을 쓰는 계기가 되었던 것이다.

'중앙협화회中央協和會'(1936, 재일조선인의 동화를 목적으로 조직된 특고경찰의 외곽단체)의 기관지 『협화사업協和事業』에 장혁주가 「춘향전」의 연재를 시작하는 것은 1940년 8월호부터이다. 김사량의 「광명光冥」이 『문학계文學界』에 발표된 것은 1941년 2월이고, 그 뒤 약 1년 후에 김사량은 고향으로 돌아온다. 「광명」의 파탄이 보여주듯이 이제는 국책적인 작품 이외에는 발표의 장이 닫혀 있었던 것이다. 간신히 김달수金達壽·이은직李殷直이 무명이라는 것을 최대의 무기로 삼아 『예술과藝術科』(나중에 『新藝術』로 개명)에 작품을 발표하고 있었던 것이 눈에 띌 뿐이다.

홍종우가 『경작하는 사람들의 무리』의 작가로서 모습을 보인 것은 이와 같은 험악한 시대가 절정에 달했을 때였다.

『경작하는 사람들의 무리』는 당초 세 권의 구상으로 쓰기 시작했지만, 남은 두 권은 결국 쓰지 못하고 말았다. 『경작하는 사람들의 무리』를 집필할 무렵의 홍종우의 모습을 호소다 타미키는 다음과 같이 적고 있다.

"주간에 힘든 육체노동을 하면서도 밤은 밤대로 늦게까지 이 소설을 쓰려고 노력하는 그의 열성적인 모습은 옆에서 보기에도 애처로울 정도였다."(「서문」, 『경작하는 사람들의 무리』)

이 장편은 주인공 용민이 이웃마을의 지주 집에서 지내온 8년간의 머슴생활에 종지부를 찍는 아침 장면에서 출발한다.

"8년간의 머슴살이에서 자유로운 몸이 되어 유유히 자신의 집으로 돌아갈 수 있게 된 날―이제 날이 샜을 거라며 눈을 떴을 때는 고인 듯한 어둠 속이었다. 몇 시나 되었을까 귀를 기울여 주위를 살폈지만, 쥐 죽은 듯이 조용한 것이 닭울음소리조차 들리지 않았다. 캄캄한 어둠 속에서 등을 맞댄 채 자고 있는 벙어리의 커다랗게 코고는 소리와 잠버릇이 나쁜 그 곰 같은 손이 자꾸만 덮쳐올 뿐이었다. (…중략…) 빨리 이곳을 나가고 싶다……. 집에 돌아가고 싶다……. 그리고 어머니와 여동생이랑 남동생이랑……. 다들 만나고 싶다……. 특히 그 가엾은 장님 여동생을!……. 아아 지금 쯤 우리 집은 다들 어떻게 지내고 있을까……. 다들 내가 돌아온다는 이야기를 하고 있을까?……. 유달리 참을성 있는 용민도 과연 오늘 아침만큼은 평소와 달랐다."

용민은 양반의 장남으로 태어났지만, 술과 도박으로 신세를 망친 아버지 때문에 가산을 잃는다. 그러한 아버지도 용민이 아홉 살 되던 해에 빚만 남기고 강에 빠져 죽는다. 서른다섯의 나이에 남편을 잃은 용민의 모친은 빚의 변제와 다섯 자식들의 양육비를 위해 행상을 시작한다. 용민의 누이는 부친이 '윷놀이 도박'을 일삼아 '천민'으로 멸시당하고 있는 집에 거금을 받고 시집보냈다. 용민이 열여섯 살 때 대기근이 발생하는 바람에 행상도 탐탁지 않아 일가족은 굶어죽기 직전까지 내몰린다.

용민의 모친은 '소화가 되지 않는 개똥보리'까지 주우러 돌아다닌다. 큰 이모 일가가 간도로 간 것도 이때였다. 생각다 못한 용민의 모친은 열 살이 되는 막내딸을 '50원'이라는 돈을 받고 '민며느리'로 보낸다. '딸을 잡아먹는 듯한 괴로운 한해'를 보낸 이듬해, 새로운 '산 제물'로서 용민은 머슴이 된다. 그로부터 8년.

8년에 걸친 고생의 대가로 받은 '이백삼십 원'과 '송아지 한 마리'를 끌고 용민은 마을에서 가장 가난한 생가로 돌아온다. 집에서는 살 사람이 없는 돌투성이의 작은 밭, 장님인 여동생과 집안의 일꾼인 남동생, 그리고 지금도 여전히 무거운 짐을 머리에 이고 행상을 다니는 모친이 용민의 귀가를 기다리고 있다. 마을에 돌아온 용민을 먼저 놀라게 한 것은 고향사람들의 비참하게 변한 모습이었다. 일본인 회사에 땅을 빼앗겨 어린 아이들을 데리고 간도로 이주해간 사람, 한밤중에도 개똥을 주우러 다니는 '개척광開拓狂'이라 불리는 사람, 지주의 간계로 땅을 잃고 술에 빠져 세월을 보내는 큰아버지 등.

용민은 서둘러 마을청년들의 '계'에 가입하고 청년들의 협력으로 외양간을 짓는다. 두 달 뒤에는 3년 전에 쌍방의 부모끼리 결혼을 정한 뒤 서로 얼굴도 모르는 채 지내온 약혼자와의 혼례도 마친다. 일찍이 부친이 팔았던 논의 소작을 지주와 결정하고 온 용민은 주위 사람들의 어두운 분위기와는 달리 경작의 의욕을 불태우며 마음이 들떠있다.

홍종우는 농촌에서 자란 작가 자신의 체험을 살린 섬세한 주의력을 바탕으로 식민지시대 조선 빈농의 모습을 용민 일가를 통해 묘사하고 있다. '계' 가입자 간의 협동작업, 김치 담그기, 혼례, 시장의 모습 등을 구성 안에 들여놓으며, 조선 농촌의 대륙적인 분위기와 그곳에서 이루어지는 농민의 일상을 생생하게 그려내는데 성공하고 있다. 용민이 자작농인 큰아버지 일가와의 사이에서 느끼는 위화감은 가난함이 농민의 성격이나 감수성을 크게 좌지우지 할 수밖에 없는 경제적·사회적 구조를 그 안쪽에서 비춰내는 형식을 취하고 있다. 양반계급으로부터 만이 아니라, 가난한 농민들로부터 조차 '천민'이라고 멸시당하는 사람들이 경제적인 실력을 쌓아가면서 봉건적인 신분제도를 서서히 무너뜨려가는 모습이 용민의 누이가 시집간 시댁의 변화를 통해서 묘사되고 있다.

그중에서도 대지를 힘차게 눌러 밟고 억세게 살아가는 용민 모친의 모습은 인상적이다. 젊어서 남편을 여의고, 두 딸이 시집을 가게 된 사정에 마음을 아파하며, 더구나 집에는 장님인 딸이 있다는 거듭된 불행에도 굴하지 않고, 선악의 판단에 그릇됨이 없는 맑은 눈과 따뜻한 마음을 잃어버리지 않고 행상에 힘쓰는 용민 모친의 모습은 1945년 이전의 조선문학이 만들어낸 조선여성상의 하나로서 잊을 수가 없다.

이 작품에 묘사되고 있는 농민들은 노인이건 청년이건 각각 조선의 풍토 안에서 길러진 선이 굵은 유머와 리얼리티를 간직한 채 제각기 형상화되고 있다.

홍종우의 굵직한 리얼리즘은 완벽하지 않은 일본어라고 하는 표현상의 제약을 극복하고 조선의 북부, 황해도의 자연과 황폐해져 가는 일본제국주의하의 조선농촌에서 극히 가난한 용민 일가의 인간상을 극명하게 그려내고 있는 것이다. 그러나 홍종우의 리얼리즘은 조선농민이 황폐해진 근본적인 원인으로서의 식민지체제 그 자체에 대한 비판적인 추궁에는 이르지 못하고 끝났다. 이촌 농민을 등장시킬 때의 감상적인 묘사법, 일본인 토지회사의 존재는 겨우 농민의 대화 끝에서 언급되는 정도이고, 농지수탈에 직접적으로 관여한 일본인은 한 사람도 묘사되지 않고 있는 어색함, 주인공의 소박함과 선의가 때로는 묘하게 색이바랜 듯한 밝음을 느끼게 만드는 일 등은 모두 조선농촌의 실태를 식민지체제와의 복잡한 관계를 포함한 시점에서 재검토하려는 시도를 하지 않았던 홍종우의 애매한 자세 그 자체와 연결되어 있다. 이런 점은 시대의 나쁜 기류에 대한 배려 때문이라고 생각할 수도 있겠지만, 홍종우의 작가적 자질 그 자체와 관련되어 있다고 할 수 있을 것이다.

홍종우는 풍부한 상상력을 충분히 구사해서 창작을 하는 작가가 아니라, 자신의 체험·관찰을 직접 나타내는 것으로 작품의 리얼리티를 획득하는 사소설적인 방법을 계속했던 작가였다. 『경작하는 사람들의 무리』 속에서 북조선 농촌의 자연과 풍속 그리고 인정 등이 생생하게 묘사되어 있는 것도 황해도에서 태어나 소년시절을 그 땅에서 보냈다는 홍종우 자신의 체험이 토대가 되어 있기 때문이다. 홍종우의 이와 같은 창작태도는 『경작하는 사람들의 무리』 이후에 발표된 「민며느리」 「아내의 고향」(일본인 여성과 결혼한 주인공─작가 자신의 모습에 중첩되어 있는데, 도쿄 근교의 산촌에 있는 아내의 친정을 방문한 하루를 묘사한 작품), 「고향

의 누이」(십 년 만에 재회한 누이 일가의 기울어진 생활상을 묘사한 작품) 등을
통해서 지속되고 있다.

「민며느리」는 조선농촌의 가난이 낳은 민며느리의 슬픈 관습을 깊
은 슬픔과 의분에 불타는 필체로 그려내고 있다. 너무나 사랑스런 딸을
얼마 안 되는 돈과 바꾸어 민며느리로 보내야만 할 정도로 빈곤의 수렁
에 내몰린 농민의 절망적인 실정과, 그 악습에 기대어 발호하는 몰인정
한 사람들에 대한 분노가 작가의 인간적인 마음의 고통으로서 행간에
흘러넘치고 있다. 「민며느리」는 조선농촌의 가난함과 암담함을 그 현
실적인 벽과 함께 그려낸 뛰어난 작품이다. 여기에서도 열일곱 살에 민
며느리로 보낸 둘째 누나의 몸값으로 일가가 입에 풀칠을 한 홍종우 자
신의 체험이 뒷받침되고 있는 것이다.

『경작하는 사람들의 무리』와 「민며느리」를 통해 확인되는 한 가지
는 자신의 체험을 고집하는 홍종우의 좁은 시야가 저절로 작품세계의
확산에 테를 씌우고 말았다는 점이다. 이 테를 어떻게 벗길 것인가는 홍
종우 자신의 리얼리즘이 지닌 한계를 어떻게 타파해 갈 것인가를 의미
하고 있었던 셈이다. 그러나 『경작하는 사람들의 무리』의 속편은 쓰지
못하고 말았으며, 그때까지의 창작방법의 연장선상에 위치하는 「아내
의 고향」, 「고향의 누이」 등이 발표되었을 뿐이므로, 홍종우는 결국 작
가인 자신에게 부과된 크고 무거운 과제와 맞서지 못한 채 끝나버렸다
고 말할 수 있다.

『경작하는 사람들의 무리』가 간행되고 한 달이 지난 1941년 9월에
이와카미 준이치岩上順一는 이 작품을 당시의 일본문단에 제창되고 있던

국민문학론과의 관계에 대해 다음과 같이 평가했다.

"나는 단언한다. 이 작품이야말로 국민문학으로서의 기본적인 조건을 생각하기 위한 최상의 전거가 되어야할 위대한 문학의 제일보라고.

그것은 첫째 그 지역에 밀착된 국민생활을 광범위하고 또한 구체적으로 파악하고 있기 때문이다. 그것은 무엇보다도 일개 지역의 특수성과 그곳에 축적되어 있는 생활형태 그 자체의 특수성이라는 기초 위에 서 있다."(「眺望」, 『문학의 주체』, 1942.2 수록)

이와카미 준이치는 『경작하는 사람들의 무리』를 논함으로써 침략전쟁에 대한 협력을 내용으로 한 국책적인 국민문학과는 전혀 다른, 진정한 국민문학의 출현을 위한 방안을 모색하고자 했던 것이다. 동시에 거기에는 시마키 겐사쿠島木健作의 「생활의 탐구生活の探求」, 와다 쓰토和田伝의 「오히나타무라本日向村」 등과는 다른 농민문학의 출현을, 이라는 기대도 담겨있었을 것이다. 그렇지만 이와키 준이치로서도 『경작하는 사람들의 무리』와 그 작가를 무턱대고 칭찬한 것이 아니라, 넌지시 다음과 같은 경고를 덧붙이는 일을 잊지 않았다. 다카기 타쿠高木卓, 사쿠라다 쓰네히사桜田常久, 김사량, 홍종우 등을 논한 「신인론新人論」(1941.10)에서 "더구나 오늘날 그들은 신인으로서의 명성이 한창이다. 그 명성이 애당초 얼마나 위험한 함정 속에 서 있는가. 이 일을 그들 자신이 깨닫지 못한다면 그들의 전락 또한 틀림없다고 염려하는 것은 과연 나 혼자만일까"라고 언급한다.

홍종우에게 있어 '위험한 함정'은 아리마有馬상의 수상이라는 형태로 나타났다. 홍종우의 『경작하는 사람들의 무리』는 간행된 이듬해인

1942년 9월에 농민문학간화회農民文學懇話會의 아리마상을 받았다.

농민문학간화회는 1938년 11월에 당시의 농림대신 아리마 요리야스有馬賴寧를 고문으로 하고, 시마키 겐사쿠, 마루야마 요시지丸山義二, 와다 쓰토, 카기야마 히로시鍵山博史 등에 의해 결성되었다.

"일본·만주·중국日滿支을 일체로 하는 문화건설에 초석의 일부로서 역할을 하고 싶다. 예를 들면 일본內地농촌에서 이루어지고 있는 '분촌分村'의 문제, 대륙이민의 문제, 그런 면에서 국책에 한껏 협력하고 싶다"고 하는 「발표식의 준비」문에서도 엿보이듯이 이 모임은 국책협력을 주된 목표로 '농민작가의 대륙 파견' '농민작가의 후방 파견'을 두 개의 기둥으로 삼고 있었다. 농민문학간화회의 결성은 대륙개척문예간화회, 국방문예연맹, 경국문예회 등의 국책문학단체가 결성되는 계기가 되기도 했다. 농민문학간화회는 1942년 9월의 제4차 총회를 마지막으로 일본문학보국회에 합류했기 때문에 홍종우는 아리마상의 마지막 수상자가 된다. 덧붙이자면 제1회는 마루야마 요시지의 『시골田舍』이 수상했다.

아리마상을 『경작하는 사람들의 무리』에게 준 이유는 명확하지 않다. 그러나 태평양전쟁 개시 후 병참기지로서의 중요성이 한층 깊어진 조선에 사람들의 관심을 돌리는데 시의적절한 것으로서 『경작하는 사람들의 무리』의 이색적인 소재가 눈에 띈 것은 아닐까. 어쨌든 아리마상의 선고위원들은 홍종우에게 '내선일체'라는 국책에 걸 맞는 농민문학을 쓸 수 있는 조선인작가로서의 위치와 역할을 기대하고 있었음에 틀림없다는 것은 분명할 것이다.

고향에 돌아온 홍종우의 모습을 전하는 것으로 다나카 히데미쓰田中

英光의 다음과 같은 글이 있다.

"교키치享吉의 옆에 앉은 것은 그 무렵 일본에서 농민문학상을 받고 이른바 금의환향하여 경성에 돌아온 일본명 아오키 히로시靑木洪라고 하는 미장이 출신의 조선인 작가. (…중략…) 그 작품이 농민문학상을 받은 것인데, 그것을 정중하게 아오키에게 준 것은 당시의 농림대신 아리마 요리야스 백작. 아오키는 그를 아리마 각하라고 부르며 감사 감격했는데, 그는 무학에다 호인인 까닭에, 그 후 시국편승적인 작품을 아무것도 쓰지 못하고 조선으로 돌아간다. (…중략…) 아오키는 순진하고 칠칠치 못한 술꾼"(『만취한 배醉いどれ船』)

홍종우에 대한 멸시의 시선을 담고 있는 다나카 히데미쓰의 평가 전부를 그대로 용인하고 싶지는 않다. 홍종우는 「민며느리」를 발표한 뒤에 바로 고향에 돌아갔기 때문에 그가 농민문학상 수상 뒤에 '경성으로 돌아갔다'는 것은 다나카 히데미쓰의 착각이지만, 그렇다 하더라도 홍종우의 일면을 잘 파악하고 있는 것도 사실이다. 또한 간접적이긴 하지만 홍종우 자신이 아리마상 수상에 어떠한 태도를 취하고 있었는지 엿볼 수 있는 것이 흥미롭다.

아리마상이라는 하나의 문학상에 내포되어 있는 권력의 가시를 간파하지 못한 홍종우는 수상을 영광이라고 느낀 순간부터 그 가시에 찔려 스스로가 동포들까지도 상처를 입히는 가시로 변한 것을 알아차리지 못했던 것이다.

홍종우는 일본제국주의에 대한 저항과 순응 사이의 어느 쪽인가로 기울었다는 태도를 보이지 않고 일본을 떠났지만, 고향에 돌아온 뒤로는 그 균형이 단숨에 무너졌다. 고향에서의 홍종우는 일본제국주의 권력에 영합하고 문학과 실생활에 있어서 그 자신을 잃어가는 모습은 이후의 아리마상 수상 작가답다고 할 수밖에 없었다.

조선에 대한 징병제의 실시에 임해서 『국민문학』(1942.7)이 '군인과 작가 징병의 감격을 말한다'라는 좌담회를 가졌을 때 출석자의 한 사람이었던 홍종우는 그 석상에서 다음과 같이 말한다.

"저도 국민의 한 사람으로서 드디어 징병제가 실시되게 된 것은 감격스럽기 그지없습니다."

"저도 도쿄에서 십 년 만에 돌아와 일본의 청년과 조선의 청년을 비교해보니 조선 청년은 아주 많이 태만합니다. 그것은 민족적 전통이라고도 생각합니다만, 또 하나는 군대정신이 결여되어 있기 때문이 아닌가 싶은데, 저는 곰곰이 그런 생각을 했던 것입니다. 군대정신을 잔뜩 불어넣어야 합니다."

에세이 「고향의 노래ふるさとのうた」에는 조카를 '특별보국대'의 일원으로 만들려고 '면장'에게 직접 부탁한 일, 마을사람으로부터 아이의 명명을 부탁받아 "동양의 평화와 건설을 목표로 하고 있는 지금, 그야말로 온 나라가 싸우고 있는 만큼, 이러한 전시하의 새로운 국민의 탄생을 의미심장"하게 생각하여 '구니오征男'라고 지었더니 그 부모들은 반기지 않았다는 등의 글을 넉살좋게 쓰고 있다.

일본문학보국회편 『네거리 소설집辻小説集』에 「작은 위문편지小さな慰問文」를 게재한 것은 이듬해 8월의 일이다. 『네거리 소설집』은 대정익찬회大正翼賛会의 제창에 의해 이루어진 '건함헌금建艦献金' 운동의 일환으로

서 일본문학보국회의 요청에 응한 문학자들이 각기 자발적으로 4백자의 짧은 글을 실은 것이다.

국민총력조선연맹에 의해 파견된 해군견학단의 일원으로서 일본 각지를 방문한 것도 1943년으로, 8월 28일에 서울을 출발한 뒤 거의 1개월 만에 돌아왔다. 같이 파견된 김사량이 당시의 르포를「해군행海軍行」으로 발표한데 비해 홍종우의 글은 아직 확인되지 않고 있다.

그 후 홍종우는 황해제철소의 사내보 편집에 관여하다가 해방 직전에는 '응징사應徵士'로서 일했다.

1945년 5월 조선문인보국회 소설부회小說部會에 의해 기획된『결전문학총서』1권의 집필자 10명 중의 한 사람으로 결정된 것이 해방 전의 홍종우의 소식을 전하는 마지막 단서이다.

그렇다 하더라도 홍종우는 어떠한 내적 경과를 거쳐 일본제국주의 식민지정책의 찬미자·협력자가 되고 말았던 것일까.

이것이 홍종우의 일본관 및 일본인관과 깊게 관련되어 있다는 것은 말할 필요도 없을 것이다.

앞에서『경작하는 사람들의 무리』의 시대적·사회적 의식의 결여를 지적할 때, 그것이 검열에 대한 배려 때문일 거라고 쓴 바 있는데, 그 일만이 결정적인 이유는 아니다. 홍종우의 일본과의 관련 양상이 무거운 비중을 지닌 채 드러나고 있기에 그러하다.

일본인 회사에 토지를 빼앗기고 어쩔 수 없이 마을을 떠나게 된 일가를 마을사람들이 동구 밖까지 모두 나와 전송하는 광경을 묘사할 때, 홍종우는 주인공의 모친에게 다음과 같이 말하게 한다.

"가난은 무서운 게야……. 노목이 홍수로 뿌리 채 쓸려가듯이 고향도 해로동혈偕老同穴도 용서란 없어……. 난 몸이 가루가 되어도 저런 꼴은 당하고 싶지 않아."

주인공 용민도 "빈둥거리다가 땅을 잃고 비참한 결과를 맞아 다른 지방으로 흘러들어가는 동포들의 의지박약, 노력부족"을 슬퍼한다. 또 마을의 지적인 청년 한 사람은 소작에 허덕이는 동포를 "비굴하게도 소중한 토지까지 지배당하고 있는 무지한 놈들"이라고 냉정하게 매도한다.

식민지체제의 강화에 의해 촉발되는 조선농촌의 황폐화·궁핍화가 농민 각자의 "노력부족"이나 "무지" 등에 의한 것으로 파악하는 한, 일본인 토지회사에 대한 비판이 홍종우의 시각에 자리 잡지 못하는 것도 당연한 일이다. 홍종우는 자신의 절실한 체험과 사고를 충분히 살리면서도, 조선농민의 궁핍화 문제를 농촌이라고 하는 틀에서 벗어나 사회구조와의 복잡한 관계 속에서 추구하려는 노력은 기울이지 않았던 것이다.

"아아 농촌의 토지문제 — 도시에는 노동문제 — 사욕을 채우기 위해 강한 자는 약한 자를 괴롭히고, 약한 자는 보다 약한 자를, 그리고 서로 다투고 대립하고, 이리하여 많은 범죄를 만들고 많은 비극을 낳는 것이다. (…중략…) 아아, 언제쯤이나 평화로운 시대가 올 것인가……. 내가 '보비'(주인공의 앞을 보지 못하는 여동생의 이름-인용자)가 되고 싶은 것은 그러한 추악함을 보고 싶지 않기 때문이다."

앞에 나온 청년의 그러한 말은 농촌의 비참함을 '약육강식'의 논리로 재단하고 그 상태의 타파를 위한 실마리조차 찾아내지 못하고 있는 홍종우 자신의 솔직한 감개일 것이다.

홍종우는 동포에 대해서도 절망의 시선으로 그려낸다.

"홍수에 무너지기 쉬운 흙덩어리와 같은 백의민족의 연약함"

"좁은 골목이나 시장의 구석구석에는 분수도 모른 채 술에 취한 주정꾼이 나뒹굴고 있을 뿐만 아니라, 종국에는 대단한 격투까지 벌이다가 순찰하던 경관에게 끌려가는 광경도 적지 않지만, 이것이 장이 열릴 때마다 반복되는 것도 특색이었다. 이 특색은 즉 민족성에서 오는 특색으로서……."

이 작품에 보이는 감상으로의 지나친 경도 역시 조선농촌의 상태와 동포에 대한 홍종우의 깊은 절망에 의한 것일 터이다.

"의지할 곳 없는 방랑 생활자에게 있어 고향만큼 그리운 곳은 없다. 고향은 내 아버지이자 내 어머니이고, 내 동포인 것이다."(「후기」, 『경작하는 사람들의 무리』)

홍종우가 이렇게 말할 때는 그것은 비참함과 역겨움을 내포한 현실의 고향과 고향 사람들에 대한 애정이 아니라, 추억의 세계에 숨 쉬고 있는 고향에 대한 애정이라 할 수 있을 것이다. 현실과 동포에 대한 절망은 홍종우의 자연에 대한 관심을 보다 강하게 만드는 요인이기도 했다. 『경작하는 사람들의 무리』에 있어서도 황해도의 자연과 풍경의 묘사는 생생하고 아름답다.

홍종우 자신 다음과 같이 쓰기도 한다.

"노동도 방랑도 또 연애도 모두 그를 슬프게 만드는 결과가 되었다. 이러한 비애가 일의 외피를 어둡게 만들고 의심을 깊게 만들었던 것이다. 그러나 자연은 언제나 그를 위로해주었다."(「아내의 고향」)

그렇지만 그러한 고향의 자연과 풍경도 일본의 그것과 대비시킬 때 순식간에 정취를 잃어버린다.

"그는 늘 느끼는 것이지만, 내지內地(일본—역자)의 풍물은 모두 자연이건 도로건 가옥의 구조이건 경지이건 간에 어느 것이나 정연한 질서가 유지되고 있었다. 모든 것이 섬세하게 정비되어 있었고, 개성적이고 색채적이며 또 우아하고 아름다웠다."(전게)

일본의 자연과 풍물에 대한 친근감과 공감이 홍종우의 일본인 그리고 일본 그 자체에 대한 동경과 겹쳐져 간 것도 자연스런 결과였을 것이다.

"어떤 이유에서인지 그는 소년시절부터 한결같이 내지를 동경했다. 특히 내지의 아름다운 자연에, 또한 섬세하고 어딘지 요염한 향기를 풍기는 내지의 여성을 동경했다."(전게)

「아내의 고향」은 이처럼 홍종우의 일본에 대한 경도 과정이 홍종우 자신에 의해 분명히 언급되고 있어서 흥미로울 뿐만 아니라, 홍종우가 쓴 '시국편승적'인 유일한 작품이라는 특색에 의해서도 눈에 띈다.

작가 자신에게 중첩되어 있는 주인공은 일본인 여성과 결혼했을 때 오랫동안 마음에 품고 있던 일본인 여성에 대한 '동경'이 그와 같은 형태로 달성된 것을 기뻐하면서도, "고향이 다른 사람들끼리 부부가 되다니 세상일은 묘하다"라는 염려를 느끼게 된다. 그런 주인공을 향해 아내는 밝게 말한다. "내지와 조선이 하나의 나라가 된 것과 마찬가지에요. 생각하는 것만큼 이상한 일도 아니라고 봐요."

이 '내선일체內鮮一體'의 논리는 주인공의 불안을 해소시킬 뿐만 아니라, "내선일체의 결합으로 생긴 동아東亞의 아이를 말이지. 꼭 좀 부탁해"와 같이 부부의 유대를 깊게 만들기 위한 빠뜨릴 수 없는 중요한 요소로서 기능해 간다. 주인공은 처음 대면하는 장인을 향해 다음과 같이 말하기도 한다.

"때는 바야흐로 일체결합을 통해 동아의 건설을 목표로 약진하고 있습니다. 저는 기술로서 살아가는 장인입니다. 이 기술로 저는 아내와 자식을 부양해 갈 것이니 아버님은 안심하십시오."

조선인 청년과 일본인 여성의 연애·결혼이라는 테마는 '내선일체'의 방책을 구현한 소재로서, 당시의『국민문학』과 관련된 작가들이 즐겨 찾던 것 중 하나였다. 그러나 이러한 작가들의 대부분은 권력자에 대한 영합을 목적으로 하고 있었고, 이것을 '시국'에 맞는 소재로서 손쉽게 취급하는 경향이 강했던 것이다. 따라서 조선인 청년과 일본인 여성의 연애·결혼의 파탄이 묘사되었다고 해도 거기에는 당연한 일이지만, 양자 결합의 곤란에 근본적으로 가로놓여 있는 피억압민족과 억압민족의 모순까지 파고들어 추궁하지는 못하고 일종의 풍속소설적인 정취만을 나타내고 있었던 것이다. 「아내의 고향」도 예외는 아니다.

다나카 히데미쓰가 지적했듯이 '시국편승적'인 작품을 쓰지 못하는 것이야말로 사소설적인 창작방법을 계속해온 홍종우의 뚜렷한 특색 중의 하나였던 것이다. 『경작하는 사람들의 무리』의 달성은 그러한 홍종우의 작가적 자질이 긍정적인 방향으로 발휘된 덕분이다. 『경작하는 사람들의 무리』의 간행이 1941년이라는 어둡고 험악한 시류 속에서 신선한 인상을 주며 주목받은 것도 이 작품의 '시국'적인 색채가 희박하다는 것과 무관하지 않다. 이러한 작가가 적시를 노려 발표한 「아내의 고향」이 실패작일 수밖에 없었던 것도 자연스러운 일이라 하겠다.

「아내의 고향」의 비판을 시도하는 것이 이 글의 목적은 아니다. '시국'에 맞는 작품을 재간 있게 써 낼 수 있는 타입의 작가가 아닌 홍종우가 시류의 요청에 손쉽게 휘말려 이와 같은 작품을 썼다는 경솔함을 지적하고 싶었던 것이다.

이 작품을 발표하고 5개월이 지난 뒤에 홍종우는 아리마상을 수상했다. 홍종우에 대한 수상을 결정한 아리마상 선고위원들의 기대와는 달리 아리마상 수상 후의 홍종우가 「고향의 누이」를 발표했을 뿐 작품다운 작품을 쓰지 않았던 것도 「아내의 고향」의 실패가 실증하고 있듯이 '시국'에 맞는 작품을 쓸 만한 재주와 기교의 부족을 홍종우 자신이 잘 알고 있었기 때문일 것이다. 권력 측이 불어주는 피리에 맞추어 춤을 추고 싶어도 춤추지 못하는 작가가 홍종우였다.

홍종우를 창작으로 이끈 동기로 작용하기도 했던 고향에 대한 사랑은 일본제국주의의 식민지였던 현실로서의 고향에 대한 사랑과 겹쳐지지 않았던 것이다.

홍종우의 마음속에 자리 잡고 있던 그것은 추억의 막에 감싸인 고향의 이미지였던 것이다. 홍종우의 현실로서의 고향에 대한 사랑은 고향의 비참한 현실과 태만한 민족으로만 눈에 비쳤던 동포에 대한 깊은 절망에 가로막혀 있었다. 그리고 그것은 자신의 고향을 사랑하는 일조차 자유롭지 않은 조국의 상태를 타파해가기 위해 싸우는 많은 조선인들과는 끝내 연결되지 못하고 말았다. 현실을 직시할 때 순식간에 홍종우를 감싸 안았던 감상과 비애의 불안정한 감정은 일본의 자연과 풍물에 대한 동경을 실마리로 삼으면서 일본제국주의의 식민지 정책에 대한 찬동에까지 이르게 된다. 홍종우의 고향에 대한 사랑은 결국 일본제국주의에 수렴되어 가는 취약함을 내포하고 있었던 것에 불과했기 때문이다. 길지 않은 그 문학생활에 있어서 홍종우가 단 한 번도 본명을 사용하지 않고 일본명인 아오키 히로시라는 이름으로 작품을 계속 발표한 것도 가볍게 지나칠 일은 아니다.

(번역 : 김학동)

떠오르는대로 김시종의 시를 말하다

이소가이 지로磯貝治良

장난기 가득한 소년의 눈빛이

틈새를 향해 달릴

때에는 도깨비 같다

하늘과 땅속 안과 밖

틈새를 갈라 꿰뚫고 나갈

때에는 뿌리를 내리는 존재같고

우물거리는 소리가 물 밑에서 튀어

틈새를 퇴색시키며 왕래할

때에는 말의 원기原基처럼

웃음의 약동 풍자의 탄도

틈새를 스치며 춤출

때에는 탈춤처럼

망향 아닌 망향이

백 년을 짊어지고 바다를 건널

때에는 '재일'의 역공 같다

— 김시종에 대해 말하기에 앞서 목차를 대신한 시 같은 글

1. '김시종'이란 누구인가? 어디에서 왔으며, 어디로 가는가?

김시종金時鐘은 조선반도에서 왔다. 제주도에서 왔다. 4・3의 땅에서 왔다. 해협의 사선을 건너 왔다. 그리고 시의 원향原鄉에서 왔다.

정말로 그럼에 틀림없다. 그럼에 틀림없지만, 어디에도 확증은 없다고 각오하는 것에서부터 시작해야 할 것 같다. 존재하면서도 존재하지 않는 곳, 존재하지 않으면서도 존재하는 곳, 그런 자유로운 경계에 이끌려보고 싶다. 그러면 김시종 시와 사유의 또 다른 초상이 모습을 드러내주지 않을까? '김시종'이란 누구인가? '문제로서의' 김시종.

내가 김시종론 「복원과 대치외復元と對峙と」를 『원시인原詩人』 제12호

에 실은 것은 1979년 봄이었다.[1] 그 글은 김시종을 다룬 평론에서 보이는 언설을 통해 그의 사상과 위상을 확인하려는 것이었다. 그 뒤로 재일문학의 전체상을 다루는 글 안에서 김시종의 시상과 시법에 대하여 몇 가지나 기술하여 왔으나 그것들은 수박 겉핥기 수준에 지나지 않는다. 돌이켜보면 김시종 문학을 만난 지 삼십여 년이 흘렀음에도 나는 그의 문학과 본격적으로 마주하는 것을 피해왔다. 나로서는 도저히 감당하기 어렵다는 강박관념을 앞세우면서도 마치 숙제와도 같은 무거운 짐에서 벗어나지 못한 채로 말이다.

시에 근거하여 김시종을 이야기해보려고 하지만, 과연 그것이 잘 될지는 의문이다. 여하튼 나는 시에 대해선 완전 초짜다. 시라카와 시즈카白川靜의 문학입문에 따르면, '시'라고 하는 문학은 다음과 같은 의미라고 한다. 오른쪽 부수의 '寺'는 지속되는 것. 그 옆의 말을 의미하는 '言'를 붙인 '시'는 주술적인 말의 힘이 지속되고 있는 '노래'라고 한다.

그렇다고 해서 이러한 '시'라는 문자의 유래가 시를 통해 김시종에 대하여 말하는 데 도움이 될 것 같지도 않다. 이제 김시종의 시어들이 말하는 소리에 귀를 기울일 수밖에 없다.

---

1 『新文学』, 1979.8, 9月 合併号에 전재(転載). 같은 해 발표된 『始原の光—在日朝鮮人文学論』, 創樹社, 1979에서 발췌함.

2. 네가 서 있는 그 지점이 지평이다

시집 『지평선地平線』 안에 『자서自序』라는 제목의 시에 있는 한 행이다. 갑자기 널리 알려진 시어를 가지고 나왔지만, 내 마음 속에 줄곧 우뚝 솟아있던 단장斷章이었다. 이 하나의 행을 단서로 김시종의 표현법에 접근할 수 있을 지도 모른다. 동시에 더욱 관심을 끄는 것은 김시종에게 있어서 실존 / 존재론과 시의 관계다.

김시종은 '재일'의 실존이라는 것을 계속 말해왔다. '재일在日'을 살아가는 근거 또는 자기 정체성이라고도 바꾸어 말할 수도 있을 것이다. 산문적으로 말하면, 분단된 조선반도의 남북을 등거리, 동일한 시야로 인식하는, 통일을 조망하는 사고와 행동. 양립하는 두 국가 어느 쪽의 정체성에도 속하지 않고, 그 어느 쪽의 변수도 되지 않는 '재일'이라고 하는 고유의 지점에 선다. 바로 그 지점이 조선반도와 '재일'의 해협을 땅 밑에서 잇는 민족의 지평이다. 그러한 세계관 안에서 사는 것. 김시종은 '재일'이라는 실존의 기점을 그곳에 세운다.

이러한 해석이 크게 틀린 것은 아니다. 하지만 그것만으로는 부족하다. '네가 서있는 그 지점이 지평이다'라는 짧은 시구에는 더 큰 기층基層의 존재론이 내포되어 있지 않을까? 그 뿌리가 되는 존재론이 시의 말 / 이미지 게다가 사상 / 시법을 낳은 것은 아닐까? 존재(론)의 뿌리가 김시종의 시를 시로써 성립하게 하는 것은 아닐까? 그 비밀을 밝히는 것이 나로서는 버거울지 모르지만 말이다.

가령, 이러한 시점을 설정해 보자. 사람이 서 있는 그곳이 존재의 중심이다. 주변이나 변방에서는 있을 리 없는, 사람이 선 그곳이 언제까지나 중심이다. 하지만 중심만으로 존재가 성립할 수 없는, 중심을 몇 개나 품은 타원이라 하더라도, '외부'와 관계를 맺지 않는 주체라는 존재는 성립하지 않기 때문에. 세계·역사·현실 사회 등 '외부'와의 항쟁의 끝에 그것들이 내재화되고, 겨우 주체라는 존재가 발생/형성되는 것 같기 때문에. 사람이 선 그 지점이 세계와 사람을 잇는 지평인 듯하다.

시가 서 있는 그곳이 언제나 시를 쓰는 자의 중심이다. 하지만 중심만이 시를 낳는 것일까? 과연 중심만으로 시는 성립하는 것일까? 세계·역사·현실사회 등 '외부'와의 항쟁 끝에 그것들을 내재화하여, 비로소 말·이미지·시법·시상이 모습을 드러내는 것은 아닌지. 시가 선 그곳이 세계와 시를 잇는 지평인 것이다.

그것이 시를 시로써 성립하도록 하는 창조의 논리라고 한다면, 김시종의 시적 논리는 거기에 있는 것이 아닐까? 김시종이 누차 일본의 현대시를 단호하게 비판한 것도 현대의 일본어가 그러한 창조의 논리를 잃어가고 있는 것과 관련되어 있는 듯하다.

논의를 좀 더 넓혀 보자. '세계문학'이라는 것은 애초에 존재하지 않는다. 창조 주체가 선 곳, 그곳이 문학의 중심이며, 그 무수한 중심을 품은 구불구불한 타원이 '세계문학'을 형성하고 있는 것이다. 조금 성급히 말하자면, 그것이 '문학'이라는 '제국주의'를 기피하는 나의 지론 같은 것이다. 표현행위는 보편적으로 권위/권력을 기피한다. 김시종의 표현이 시든, 이야기든, 담론이든, 어쩌다 도회韜晦의 몸짓에 뒤틀리고,

그 몸부림에서 빛을 발하는 것은 아마 항쟁 끝의 예리함일 것이다.

아니. 잠깐. 나도 모르게 자기 이야기에 빠져 막다른 골목으로 들어와 버린 듯하다.

내가 유일하게 '사숙私淑'으로 삼은 문학사상가, 고故 마루야마 시즈카丸山静는 문장을 쓰는 데 고초를 겪은 사람이었다. 차고 넘치는 지식을 갖고 있는 작가이지만, 의외로 저작은 그리 많지 않다. 그 이유는 무엇일까? 보통의 논자들은 평론 등을 쓸 때, 이미 얻은 결론을 마지막에 두고, 거기까지 이르는 과정을 이런 저런 언설로 채운다. 하지만 그는 생각에 생각을 거듭하여 도달한 결론을 질문의 시작처럼 말머리에 두고 펜을 잡는다. 그렇기에 한층 새로운 사고의 여행을 떠나지 않으면 안 된다. 그가 글을 쓰는 데 어려움을 겪는 이유는 여기에 있다. 평범한 논자에게도 미치지 못하는 내가 그것을 따라해봤자 잘 될 리 없을 것이다.

이야기의 방식을 완전히 바꿔보자.

3. 그곳에는 소년 김시종이 있었다

국민학교 5학년 가을이라고 하니 아마 12살 무렵이었을까? 소년은 반 친구와 둘이서 바다를 보고 있었다. 소풍으로 갔었던 전의 해변. 강아지 한 마리가 모래사장을 돌아다니고 있다. 강아지의 목에는 개 목걸이 대신 줄이 묶여 있었다. 어부가 사용하는 바닷물에도 녹지 않는 굵고

억센 줄이다. 소년은 가슴을 졸이면서 그 광경을 보고 있었던 게 틀림없다. 집으로 돌아와서도 신경이 쓰여 밤에 잠을 잘 수 없었다. 강아지는 더 자랄텐데 계속 줄에 묶인 채로 있으면 어떡하지? 소년은 마치 자기 목을 조이는 것처럼 마음이 아팠다. 이튿날, 소년은 그 광경을 함께 보았던 반 친구에게 말했다.

"김군, 답답해서 못 참겠어"

그러자 반 친구 김용섭은 소년의 '일본명'을 부르며 말한다.

"고겐光原! 그게 시야! 네 시는 그거야"

「내가 만난 사람들」에서 말하는 에피소드는, 김시종 시의 이른바 원향原鄕을 말하고 있다. 그 원향은 감상이든 정서든 낭만이든 (일본적) 서정이든 어떤 식으로 말해도 이상할 것이 없었다. 하지만 그렇게 되지 않았고, 김시종은 원형질을 그대로 간직한 채 다른 길을 걸었다. 그 길에는 식민체험과 시 표현, 그리고 삶의 존재를 둘러싼 '싸움'이 기다리고 있었지만, 그것은 먼 훗날의 이야기다.

김시종 시에 나오는 원경에 두 명의 소년이 있는 해변의 풍경이 겹쳐진 그 장면에서 나는 알 수 없는 매력을 느낀다. 장편 시집 『니가타』[2]

---

2   金時鐘, 『新潟―長篇詩』, 「II 海鳴りのなかを」, 構造社, 1970.

의 「II 해명 속을」의 2를 보자.

김시종은 시의 원질原質 또는 존재 근거에 대해 여러 차례 말하였다. 에두르지 않고, 간단명료한 어조로. 예를 들면 아래의 인용문처럼 말이다.

저마다 자신의 삶의 방식으로 힘껏 살아가려고 하잖아요. 그것이 이미 시예요. 쓰지 않는 시라는 것도 존재합니다. 살아가려는 의지력 그 자체가 시입니다. 존재 그 자체가 시라고 말하는 편이 아름답죠. 시라고 하는 것은 특정된 것이 아니에요. 모두가 시를 갖고 있습니다.

그렇다면 시인이란 어떤 사람일까요? 문학이나 말로 말하지 않아도 자기 시를 살아가고 있는, 그런 사람들의 생각을 말로 할 수 있는 사람들입니다. 그저 우연히 말할 수 있게 된 것 뿐이죠. 그러니까 시인은 자신의 시를 스스로 쓰지만, 필연적으로 타자의 존재, 생명을 겸비하고 있어요. 일본의 현대시가 지루한 건 말이죠. 타자와의 균형을 염두에 두고 쓰는 사람이 없기 때문입니다.

일본의 현대시를 일도양단一刀兩斷하는 김시종의 태도는 조금 매정하게 느껴질지 모르지만, 요즘의 시 풍속을 보자면 절로 수긍하게 된다. 분명 현대시의 상당수가 비뚤게 성장한 자아의 독 안에 빠진 채 그것을 깨부수려는 의지도 없이 자족하고 있다. 이는 시에 국한된 이야기만은 아니다. 일본과 그 사회는 타자로의 상상력 / 타자의식을 잃어버리고, '유대'와 같은 공허한 말속임수와 배타주의에 취해 있다.

이 이야기는 일단 다음으로 미뤄두기로 하고, 여기에서 주목할 것은

김시종의 너무나도 간단명료하고, 근본적이며, 실존적인 '원시론原詩論'
이다. 김시종의 시어는 때때로 '존재存在'와 '비재非在'을 전환시키며 장
난꾸러기Trickster 같이 독자에게 속임수를 건다. 그 속임수에 독자는 종
종 어려움을 겪게 된다. 하지만 그 장치에도 시에서 발생하는 원질이 잠
재되어 있는 듯하다. 후에 그 시들을 읽기 위해서 김시종의 '원시론'을
기억해두자.

그런데 당신은 김시종이 가끔 떠올리는 장난기 가득한 소년의 얼굴
을 본 적이 있는가? 기억은 희미하지만 내가 김시종과 만난 것은 1979
년 「복원과 대치復元と對峙」를 『원시인原詩人』에 발표한 지 얼마 지나지 않
았을 무렵일 것이다. 전화 통화를 한 것이니 만났다는 표현은 조금 이상
할지도 모른다. 오노 도자부로小野十三郎씨로부터 한 말씀을 들었다는 내
용의 통화였다. 오노 도자부로가 졸문을 칭찬해줘서 기뻤다는 그 한 마
디는 확실히 기억하지만, 나머지는 어떤 대화가 있었는지 잘 기억이 나
지 않는다. 상냥한 듯한 '돈깨나 들인 일본어'의 '냄새'가 귓전에 맴돈다.

아, (생각해보니) 김시종의 목소리를 처음 접한 것은 그때가 아니다.
그 전 해에, 나고야에서 시인 김시종의 강연회가 있어 들은 적이 있다.
그 강연록 「'연대'라는 것에 대해서」는 「'재일'의 틈새」에 수록되어 있
다. 자료에 따르면 민족차별과 싸우는 연각협의회 제4회 정기총회의 기
조 강연이었기 때문에 1978년의 가을이었다. 「재일조선인작가를 읽는
모임」이 시작되고 1년도 채 안 되었을 무렵, 나는 그 모임의 동료를 따
라 참가하게 되었는데, 김시종과 말을 나눌 기회는 좀처럼 없었다.

그 뒤 릿부쇼보판風立書房版 『'재일'의 틈새』[3] 출판기념회에서 처음으

로 그와 이야기를 나누었다. 나고야에서 온 사람이 별로 없었는지, 지명되어 무언가를 이야기했던 것 같다. 그 후로도 여러 가지 일로 가끔 만났지만, 손에 꼽을 정도다. 아마 1996년 봄이었을 것이다. 서울에 방문하여 호텔에서 담배를 한 대 피고 있을 때, 당시 유학중이던 아이자와 카쿠愛沢革에게서 전화가 와서, 제주도 요리를 전문으로 하는 술집에 간 적이 있다. 그곳에는 김시종씨가 김석범씨, 현기영씨와 함께 4·3관련 젊은이들에게 둘러싸여 있었다. (당시, 문학사상가 임헌영씨의 주선으로 아이자와 카쿠에게 불려나간 것이지만, 둘이 어떻게 내가 있는 호텔을 알고 있었는지 지금도 수수께끼다)

이야기가 잠시 딴 길로 새고 말았다. 여기는 추억 이야기를 할 자리가 아니다. 김시종이 가끔 떠올리는 천진난만한 소년의 얼굴에 대해서 이야기하는 자리이다.

당신은 종종 그 얼굴을 볼 것이다. 김시종으로부터 타고난 목소리의 이야기를 들을 때, 또 김시종의 시를 읽을 때, 문득 불쑥 나타나 아무렇지도 않은 듯 지나가는, 그 표정을. 시인의 엄격한 모습에 속지 마라. 딱딱한 시어에 속지 마라. 천진난만한 소년의 치기와 순수와 유머를 놓치지 마라. 다시는 속지 마라. 치기와 순수와 유머가 무엇을 꾸미고 있는지를. 시인이 소년의 천진난만한 미소를 띠우게 놔두면서, 신랄한 비평의 말을 놓치지 마라.

---

3   金時鐘, 『'在日'のはざまで』, 風立書房, 1986.

4. 도달할 수 없는 / 불가능성의 시어들

김시종의 시어들은 왜 항상 약속의 장소에 이르지 못하는 것인가? 예를 들면 이런 식으로.

'도달한 곳에 항상 없는 나'
'끝은 항상 끝나기 전에 끝나버린다'
'있지도 않고 없어도 그대로인 골목'
'거저 맺은 인연 인연 맺은 누구도 그곳에는 없다'

무작정 떠오르는 대로 열거해보았다. 이 외에도 시를 1편씩 골라 낼 수도 있을 것이다. 하지만 김시종 시의 독자에게는 이것으로도 충분할 것이다. 이 글에서는 원시의 인용을 가능한 피하고자 한다. 아직 김시종 시를 많이 읽지 않은 사람은 나의 주장이 부적절하지는 않은지 의심하면서 그의 시군을 읽어주기 바란다.

이 시어들은 조금도 "표현" 속에 숨기거나 감추려 하지 않는다. 시가 성립하는 존재성에 그것은 관계되어 있을 것이다.

피식민자로서 성장기의 감정 성장과 사고 형성이 훼손되어버린 사실을, 김시종은 언어의 문제를 구실로 삼아 지나치다 싶을 정도로 솔직하고, 집요하게 계속 말한다. 조국이 반환된 후 손상된 말은 아무 탈 없이 부모의 말로 돌아왔을까? 여기서 묻고자 하는 것은 조선어의 탈환

여부가 아니다. '재일'시인으로서 시 존재의 근거로 '일본어'를 '주체적'으로 선택한 시인은, 있어야 할 말에 무사히 도달한 것일까?

그 질문을 짊어지면서 일본적인 서정과의 고투는 시작된다. 시는 본래 리듬인 리리시즘lyricism에서 탄생한 것이므로, 모순 한 가운데서의 고투라고도 할 수 있다. 고투의 끝에 시인은 '이제 하나의 일본어 시'를 우뚝 세운다. 제국 언어를 부수고 이화시킨다.

김시종의 시가 거부한 것은 '일본적 / 단가적 서정'이며, 서정 그 자체가 거부되었다고는 생각되지 않는다. 김시종은 이른바 '또 하나의 서정'에 시 정신을 내걸었다고 할 수 있다. 거기에서 불쑥 나타난 것이 비평으로써의 시어/시법과 그 리듬이었다. '비평의 시 정신이 서정을 넘어서 더한 서정으로.' 김시종이 창조하는 시와 사상의 과정을 그렇게 말할 수 없는 것일까? 사시전집四時全集『잃어버린 계절』[4]은 그 과정의, 어느 도달 지점을 드러내는 것처럼 보인다.

하지만 절대 모순의 한 가운데서도 계속 싸울 수밖에 없는 김시종의 시어들은 여전히 도착점이 보이지 않는 저 멀리 도달을 향해 가는 길에 있다고 느껴진다.

김시종은 약속의 땅으로 가는 중계지(임시적인 땅)로서 일본에 건너왔다. 그 당시 '약속의 땅'은 사회주의 조선이었다. 하지만 그 조국은 변용하여, 시인의 시와 삶의 터전에 깊은 상처를 입혔다. 지금도 여전히 '사회주의 조선'을 부정하지는 않지만, 분단된 두 국가 성립의 정당성

---

4   金時鐘,『失くした季節—金時鐘四時詩集』, 藤原書店, 2010.

을 인정할 수는 없다. 시인이 그렇게 말했다고 해도 그토록 애태웠던 희망이 뜻하지 않게 아픔으로 변질된 것은 분명하다.

'네가 서 있는 그 지점이 지평이다'라고 해도, 경계로 인해 눈빛이 반짝인다 해도, 그곳은 월경조차 어려운 이향임에 틀림없다. 그리고 시어들과 삶이 머무는 이향이라는 것은 변하지 않는다. 시인은 여전히 약속의 땅에 도달하지 못한 채 계속 걸어가고 있다. '재일'이 이미 바꿀 수 없는 실존이라고 해도. 일본어가 이미 시어들이 태어나는 언어라고 해도.

김시종이 써왔던 방대한 시군의 과반수는 '재일'의 신세와 관련되어 있다. 어떤 때는 불우한 처지를 과감히 되받아치는 '재일' 민중의 웃음과 풍자의 리듬이며, 또 어떤 때는 정처 없이 골목길을 끝없이 떠도는 '재일' 생활자의 절개이고, 어떤 때는 익살스러울 정도로 아무렇지도 않은 듯 부조리를 지나쳐버리는 '재일' 대중의 파르스farce이며, 어떤 때는 땅바닥을 기어 다니며 질주한 끝에 작열하는 '재일' 무법자의 분노이자, 또 어떤 때는 정치라는 어둠에게 농락되는 '재일' 활동가의 애절함이며, 어떤 때는 내가 있는 이곳이 나의 조선이라며 크게 웃는 '재일'이다.

김시종의 시작詩作은 '재일'의 신세를 땅에 뿌리 내리고 있다. 그리고 시어들은 바다를 저 멀리서 바라보는 지평선에 서서, '재일'의 실존을 더듬어 일어나려고 한다. '재일'의 자립에 조준을 겨냥하고, '재일'의 해방을 찾는 과감한 척후병과 같이 어두운 밤을 달린다.

그럼에도 약속의 땅은 멀다. '재일'이 세대를 거듭하며, 있어야 할 곳에서 눈을 돌리려하기 때문이 아니다. 있어야 할 '재일'의 실존에서 이탈하려하기 때문도 아니다. 어떤 식이라도 갱신은 가능할 것이다. 세대를 거듭하면서도 '재일'의 역사성과 존재성을 소거하는 것은 불가능하다. 그 탄생으로 돌아가서, 새로운 '민족' 개념을 갱신할 것이다. '지금 여기'에 어울리는 '민족'의 개념을. 그렇게 하여 '재일'은 새롭게 되살아나기를 반복하여 새롭게 태어나는 존재로 계속해서 남는다. 그 과정을 견인하는 데는 현실과 상상력의 길항이 필요하다고 해도 말이다.

아무래도 이야기가 너무 나가버린 것 같다. 다시 시 이야기로 돌아가자.

5. 말의 검열, 시상의 깊이, 그것은 부조리에서 태어난다

약속의 땅은 멀다. 그 땅이 두 개로 나뉘어 멀어졌기 때문이다. 서 있는 '그 지점'이 삶의 현장이라고 해도, 어찌할 수 없이 '재일'은 조국에서 멀어지고 있다. 때문에 김시종의 시어들은 지평선에 서서 눈을 모아 멀어진 땅을 응시한다. 미도달 / 불가능성과 투쟁하면서 자신들의 말을 출산한다. 부조리의 한가운데 있음으로 해서 일어서는 말의 치열함을. 시상의 예리함을.

시집 『광주시편』[5]이 그것을 말한다. 살육을 아랑곳하지 않는 정치권력에 대한 분노와 싸움에 쓰러져간 젊은 생명들에 대한 진혼—그 시화詩化의 가운데서 시어들이 우뚝 선다.

---

5   金時鐘, 『光州詩片』福武書店, 1983.

1980년 5월, '5월 광주'라 불리는 시민봉기가 일어났다.

그 광경은 일본 텔레비전에서도 방송되었고, '재일' 활동가들에 의해 영상화되었다. 본국에서는 함구령이 내려진 가운데 '재일' 청년들에 의해 책자로 제작되면서 그 실태가 전해졌다. 책자는 몰래 본국 사람들의 손에 건네져 보도 통제를 피해 유포되었다.

그 정보들을 통해서 광주사태를 접하게 되었을 때, 나는 큰 충격을 받았다. '재일' 친구들의 얼굴이 떠올랐다. 그들은 이 사태를 어떻게 견디고, 어떻게 받아들이고 있을까? 그들에게 들은 것은 멀어진 조국과의 단절감이었다. '재일'은 나라에서 일어나고 있는 사태에 참여할 수 없는 그런 초조함과 무력감이었다.

어쩌면 『광주시편』의 시어들은 그런 '소박'하고 '근경'한 '재일'의 존재처럼 발하여, 그 단절을 응시하고, 항거하면서 불쑥 모습을 드러내는 것은 아닐까? 그 말의 예리함과 시상의 깊이는.

『광주시편』이 '재일'로 있도록 그 미실현 / 불가시의 통증을 일으킨다고 해도, 여기에서는 응시와 저항의 몸짓 그 자체가 시이다. 시라는 점에 따라 지평을 넓히려 한다.

잠시 다른 이야기를 하겠다. 『광주시편』을 처음 읽었을 때의 메모가 1984년 2월 26일에 쓴 노트에 기록되어 있다. 20년 전의 젊은 필자가 쓴 낡은 증명서 같은 메모다. 그래도 『광주시편』을 읽고, 김시종의 시를 사유하는 데 약간의 참고는 될 것이다. 딱딱한 문체를 그대로 옮겨 적겠다.

모티브와 시풍에 대해서

조선인으로서 삶의 존재 방식을 묻는 것이 모티브였던 것은 아닐까?

시인은 어떤 마음으로 이 시를 쓰고 있을까? — 격정을 맞으며, 조국과 자기를 대치시키고 있다. 자기척결.

시풍의 다양성. 자기대상화의 엄격함.

'광주는 자기자신이다'라고 하는 감각. 동시체험적인 의식이입.

'두드리다 / 홀로 남은 / 조선도'라고 하는 위치 감각.

'개인의 자립이 민족의 자립과 일체화되어야만 한다'는 사유가 시인 안에 있다.

주제에 대해서.

투쟁과 압박을 길항시켜 '광주사태'를 서경敍景 / 서사敍事한 시.

—「흐트러져 펄럭이는」,「이 깊은 하늘의 바닥을」,「뼈」,「입 다문 말」,「수囚」,「명복을 빌지 말라」,「3년」,「미친 우의愚意」

'광주'와 '재일'의 관계. 그 단절감과 일체화로의 의사 교착을 노래한 시

—「먼 천둥」,「바래지는 시간 속」,「옅은 밤샘」,「창」,「거리」,「날들이여, 박정한 저 내장안內障眼의 어둠이여」

광주봉기를 '세계'의 이미지로서 파악하고, '보편'의식을 탐구하는 시.

—「바람」,「아직 있다면」,「불」,「벼랑」,「돌고 돌아서」,「그리하여 지금」,「마음에게」

'광주'는 시인의 사상과 민족이 재회하는 해방 후 체험의 새로운 원기原基가 되었다.

'광주'는 현대사 모순의 상징이 되었다. 그 균열에서 태어난 사색적 혁명시. 구하는 사유.

'시'라는 건 상상력 안에서 변할 수 있는 가능성의 예지감이다.(김시종)

지금 생각해보면 상당히 조잡한 분류로 주제 분류가 타당한 지 아닌지도 애매한 부분이 있다. 한 편의 시는 분해 불가능한 신체이며, 포섭적인 우주인 까닭에 주제를 구분하는 것은 애초에 무리였을지도 모른다. 아마 『광주시편』에 접근하기 위한 방편으로 메모했던 것 같다. 김시종의 시에서 드러나는 '말의 검열', '시상의 깊이'에 대해서는 앞에서 언급한 바 있다. 또 다시 노트의 전철을 밟게 될지도 모르지만, 『광주시편』에서 시 몇 구절을 발췌해 보고자 한다.

광주는 왁자지껄한
빛의
암흑이다

광주는 요구이자
거절이며
회생이다

감을 눈이 없는 사자死者의 죽음이다
땅에 묻지 마라 사람들아
명복을 빌지 말라

이 글을 처음 쓰기 시작할 때, 내 나름대로 몇 가지 규칙을 정했다. (그것은 글의 마지막에 다시 정리할 것이다) 원시의 인용은 가능한 피하며, 동시에 어느 한 권의 시 서평에 들어가지 않을 것. 김시종의 방대한 시군을 읽고, 그 시군에서 나름의 포인트를 잡은 다음, 그에 대해 이야기한다. 마음먹은 한 가지가 그것이었다. 하지만 그 초심에서 조금 벗어나버린 듯하다.

6. 시어들이 비재非在를 통해 존재를 말하다

하니야 유타카埴谷雄高는 『불합리하므로 나를 믿는다』고 했으며, 김시종은 「존재하는 것은 그 자체로 허무하다」고 말했다. 나는 샤르트르 Jean-Paul Sartre의 『존재와 무』를 학창시절부터 30세까지 10년에 걸쳐 읽었다. 소설 『구토』, 『자유에의 길』을 읽은 것도 그 무렵으로, 후에도 몇 번인가 다시 읽었다. 좀 더 정확히 말하면, 진분쇼인人文書院에서 나온 평론, 소설, 희곡(「알토나의 유폐자들」 등)의 매력에 완전히 푹 빠져있었다. 소설, 희곡, 실존문학 / 상황론 같은 종류는 그나마 나았지만, 『존재와 무』는 잘 읽히지 않았다. 어렴풋하게나마 '존재'와 '무'의 관계성을 느낀 정도라고나 할까?

그 무렵 나는 알베르 카뮈Albert Camus에게도 매료되어 있었다. 『이방인』, 『페스트』 등과 같은 소설과 산문시가 감성적으로 잘 맞았다. 카뮈를 모방해 극한상황을 장면으로 한 소설을 쓰기도 했다. 『시지포스 신화』, 『반항적 인간』도 샤르트르의 철학론에 비하면 알기 쉬운, '부조리'에 홀려 있었다. 나는 샤르트르·카뮈의 논쟁에서 사상적으로는 샤르트르에 기울어져 있으면서도, 알기 쉽다는 이유로 쉽게 카뮈의 편을 들었다. 어느 쪽이든 책장에 나열된 두 사람의 책을 본 친구에게서 이것이 네 창작의 감자(참고서)[6]냐고 놀림 받은 그런 '푸른 계절'이었다.

김시종을 말하는 자리에 구태여 샤르트르 / 카뮈를 들고 나온 것은 김시종 시가 존재론이라는 것을 말하기 위해서이다.

'결국 자신에 대한 질문일 수밖에 없는 말이라는 것을 알았다.'
'자기가 자신이 아닌 것처럼 자기가 깨 먹다.'
'텅 빈 방에 있는 짐도 없는 수하물에 아내가 고이 개어 놓은 행방불명된 내가 있다.'
'덕분에 난 항상 부재한다.'

다소 적절한 인용은 아닐 수도 있다. 찬찬히 살펴보면 발견할 수 있겠지만, 지금 여기서는 잠시 접어두고자 한다.

김시종의 시어들은 부조리에서 나타났다. 도달할 수 없는 / 불가능성의 시어에 대해서는 이미 앞에서 언급한 바 있다. 그에 이어 또 한 번 집 위에 집을 짓는 격의 이야기가 될지도 모르지만, 다음과 같이 말할

---

6 땅 속에서 감자를 캐내듯이 창작의 아이디어를 샤르트르와 카뮈의 책을 참고하여 찾아낸다는 의미로 '감자(イモ)'라는 표현을 사용한 것으로 보임.

수 있을 것이다. 김시종의 시는 비재非在가 말하는 존재론이다.

'비재'란 무엇인가? 나에게는 매우 답하기 어려운 질문이다. 하물며 존재론 안의 '비재'가 무엇이냐고 묻는다면 선뜻 대답하기 어렵다. 김시종의 시어에는 자주 '존재'를 이화異化하는 '비재' 또는 '비재'를 이화하는 '존재'가 나타난다. 거기에 있고 어디에도 없다. 있어야 할 장소임에도 항상 그곳에는 자신이 없다. 확실히 도착했음에도 부재不在하는 것이다.

김시종의 시군이 말하는 '비재 / 존재'를 해석한 것이라고 생각할 수 있다. 그 말들이 가져온 이미지에서 기시감을 착각할 수도 있다. 왜일까? 아마, 우리(들)이 김시종의 시를 김시종의 인생에 투영하여 읽기 때문이다. 유소년기에 자기도 모르게 틈입해 온 식민지, 획득한 자각도 없는 상태에서 찾아온 '해방'을 얻게 된 조국. 그토록 바라던 조국은 작열하고, 끊기고 찢긴 민족의 분단. 폭력과 살육에 의해 성립되어 눌러 앉은 정당성 없는 국가. 그럼에도 바라던 땅은 이미 '타자의 땅.' 그리고 이향 일본에서의 생활과 사유. 그런 내력이야말로 시인이 시인의 비재非在 의식을 낳는 근원이라고 해석한 것이라고 생각할 수 있다. 이런 방식의 해석은 분명 가능하며, 틀리지 않았을 수 있다.

하지만 거기에 머물러도 좋은 걸까? 시인의 내력을 거울에 비추듯 견주어 읽음으로써 시적 신체의 자립을 박탈해버린 것은 아닐까? 시어가 시어로서 드러나는 그 고유한 출처를 볼 수 없게 되는 것은 아닐까? 물론, 김시종 시와 시상은 시인 인생의 원체험, 강요된 사색의 현장과 무관하다고는 할 수 없다. 하지만 인생의 현장 / 체험을 누구나 김시종과 같이 사유했던 것일까? 유소년기의 피식민체험 / '일본인'체험과 '해방'되었을 때의 위화감, 4·3봉기와 관련한 반성과 도일度日에 따른 배신감. '사회주의 조국'으로의 명암이 교차하는 심정. 그리고 '재일'로 인한 복합 의식. 그것들을 김시종과 같이 솔직히 표출하고, 자신을 척결해나가는 사람이 달리 누가 있을까?

김시종은 그 일을 과감히 이어간다. 그것이 김시종의 사상을 돋보이게 하는 고유한 지점이다. 그렇다면 김시종은 무엇을 하였는가? 피해·가해, 빼앗은 것·빼앗긴 것, 훼손한 것·훼손된 것, 노출한 것·노출된 것—그것들을 정당화시킬 차별화의 도식을 괄호 안에 묶어, 해체시키고 있다. 클리셰Cliché로부터 사고와 사상을 해방시키려는 것이다. 그렇게 시어와 시상의 강인함은 태어난다. 진부한 표현이라 조금 부끄럽지만, 시인의 성실과 양심과 진실, 그리고 시적창조의 근거를, 우리(들)는 김시종에게서 배웠다. 그렇게 말한다고 해도 쓸모없는 오마주는 아닐 것이다.

시 그 자체가 김시종의 신체와 인생체험의 총체와 사유가 존재하도록, 그 어둠을 찢어 섬광의 덩어리와 같이 올라선다. 비재非在와 존재存在의 만남, 양립하지 않는 이음매를 찢고서. 모순을 밑씨로 하는 변증법의 반짝거리는 씨앗처럼.

시인이 '시의 실존'이라고, 또 '시는 존재론이다'라고 말하는 그 지평이 조금은 엿보였을까?

7. 시가 비평일 때

　일제 강점기 유소년 시절, 일본의 창가·시가에 의해 뿌리째 감성이 훼손되었다. 조선의 리듬을 전달받지 못하고 빼앗겨 버렸다. 김시종은 그러한 사실을 노골적일 정도로 허심탄회하게 말한다. 모어 / 모국어로부터 얼마나 가로막혀 있었을까? 해방의 날까지 아·야·어·여도 모른 채, 가나다라마바사도 쓸 수 없었다며 극단적인 표현을 서슴지 않는다.

　시인의 정신은 정치투쟁 속에서 또는 민족 소양에의 회심回心 속에서 모어 / 모국어를 탈환하려고 달린다. 그리고 살아가기 위해서 멈추지 않고 일본으로. 거기서 만난 것이 오노 도자부로小野十三朗라는 희대의 시인, 그리고 그의 시와 시론이었다. 그 만남이 일본의 창가·시가에 의해 훼손된 감성과 리듬을 복원하는 시와 시상의 "개안開眼"이었다는 것은 너무 성급하게 말하는 것일까. 시인의 시작詩作과 시상의 진정한 여정은 거기에서 시작되며, 외부와 내부와의 고투의 과정이 이어지기 때문이다.

　'오노 도자부로'와의 만남과 김시종에게 있어 시작詩作의 "회천回天"에 대해서는 시인 자신이 말하고, 사람들에 의해서도 언급되어왔다. 김시종의 시를 말할 때, 일본적 / 단가적 서정의 거부라는 시작詩作 방법과 시 사상에 대해서도 정설화되어 있는 듯하다. 그것을 여기서 굳이 다시 논하고자 함이 아니다. 한 번 더 양해를 구하지만, 이미 많은 사람들에 의해 이루어진 논술의 반복은 피하고 싶다는 것이, 이 글을 쓰면서 한 결심 중의 하나이다. 하지만 이 글에서 오노 도자부로와의 만남이라든지, 일본적 / 단가적 서정의 거부에 대해서 말하지 않는 진짜 이유는 이렇다. 김시종의 시와 시상은 고투의 과정을 거쳐, 지금은 이미 그것 이외에 변환할 수 없는 그 자체의 '우주'로서 서 있는 것이다.

그렇다면 김시종의 시에서는 무엇이 시작되고, 무엇이 일어나고 있는가? 그것을 언급하지 않으면 안 된다.

앞서 아시아태평양 전쟁의 전전 / 전시체제 아래, 일본적 전통이라는 '신화'가 손쉽게 '요괴'로 변해버린 것은 잘 알려져 있다. 야스로 요쥬우로오保田与重郎와 같은 일본 낭만파 사람들을 끌어들일 것도 없이, 와카和歌적 서정은 천황사관 / 성전사상의 버팀목이 되었다. 구불구불한 길이라고는 하지만 '전후적인 것'은 천황사관 / 성전사상에 대한 저항 의지가 있었을 것이다.

조선시인·김시종이 일본적 / 와카적 서정을 거부한 것은 그 저항의 문맥에서 생각하는 것도 가능하다. 하지만 시언어와 그것에 따라 성립하는 시의 신체는 본성, 서정 / 리리시즘과 리듬의 힘을 근원으로 하여, 그것에 의거한다. 김시종이 '서정'의 단어에 '리듬'이라고 토를 다는 것은 그 때문일 것이다. 시인은 서정 그 자체를 거부하지 않는다. '외부'의 지배에게 약탈당하고, '내부'의 자기애에게 도취된 — 그런 서정을 거부하는 것은 아닌지. 김시종의 시 창작 과정은배반하는 야누스와의 곤란한 항쟁을 비춰주는 것은 아닐까?

그리하여 나타난 것이 '비평'이라는 것이다. '외부'와 '내부'를 왕래하며, 때때로 정곡을 찌르는 '비평'이라는 것(의 힘).

'시는 비평이다'

'비평하는 서정'

김시종의 시에서 이런 목소리가 들린다.

자신을 자신으로부터 떼어내어 스스로를 대상화한다. 바로 그때, 비로소 시 / 서정이 비평이 될 수 있는 그 한 쪽 날개가 펼쳐진다. 역사와 현실 / 정치와 상황이 자신을 집어 삼킨 '외부'라면, 시가 그 봉쇄를 찢어 삼키고 비평의 총좌를 설치했을 때, 나머지 한 쪽 날개가 펼쳐진다.

시정신과 비평정신이 그렇게 혼인하는 것은 아닐까?

김시종 시의 지평과는 비교할 수 없을 정도로 부족하지만, 그러한 지점을 생각하면서 소설을 쓰고 있다. 자기를 대상화하지 않고서 소설의 비평성은 얻을 수 없다. '외부'와의 대치 없이는 비평으로서의 소설은 존재할 수 없다. '사소설'을 쓸 수 없는 것은 그러한 점 때문이기도 하다. 그런 점에서 말하고자 한다. 정치와 싸우지 않으려 하는 훌륭한 소설은 성립되지 않는다. 좋은 소설이 정치적인 것은 그런 까닭일 것이다.

그렇다면, 자기대상화와 '외부'와의 대치를 위한 툴ᵒᵒ은 무엇인가? 허구의 리얼리즘과 상상력. 그것이 '세계'를 변화시킨다. 시 또한, 허구의 리얼리즘이며, 상상력에 따라 '세계'를 변화시키는 것일지도 모른다.

아무래도 나는 쓸데없는 곳에 시간을 낭비하고 있는 듯하다. 그것만이라면 괜찮지만, 말 / 관념의 게임에 걸려버린 듯하다. 내가 말하고자 하는 것은 유감스럽게도 시가 시로서 존재하는 고유의 구조는 아닌 것 같다. 대체로 '표현'에 대한 공통적으로 틀에 박힌 속설일지도 모른다.

　김시종의 시 세계는 비평하는 시군이다. 거기에는 시정신과 비평정신이 틀림없이 혼인하고 있다. 역사와 현실 / 정치와 상황이라고 말한 '외부'에 대한 비평은 말할 것도 없이, 그것들에 포위된 자기 / 내부에도 날카로운 비평의 추를 내린다. 그에 따라 시어들은 일본적 시가 / 서정을 쏘아, 시의 지평을 우뚝 세운다. 더욱이 자신 / 내부에 내려진 비평의 추는 반전하여 '외부'에 대한 역공의 보루가 된다. 시인에게 있어서 '재일'이라는 것이 자신 / 내부에 있다는 것은 말할 것도 없다.

　이상의 것은 시집의 페이지를 임의로 펼치기만 해도 전해질 것이다.

　'외부'와 '내부'를 왕래하는 비평정신. 그것은 김시종 시에서 자주 풍자와 해학, 골계와 비애의 틈새를 왕래하면서 잘 갈고 닦여, 리듬이 되어 약동한다. 풍자도 해학도 골계도 비애도, 하나의 리듬이 되어 만들어지고, 리듬이 그것들을 시(어)화시킨다. 시법의 혼인이라고 그것을 부르는 것은 아닐까?

　　노래 또 하나[7]

　　두드린다.
　　두들긴다.
　　바쁜 것만이

7　金時鐘, 「うたまたいとつ」, 『猪飼野詩集』, 東京新聞出版局, 1978.

밥벌이가 된다.

마누라에
아이들에
어머니에 여동생
입에 쌓이는 못을 땀을
토하고 두드리고
두들겨댄다.

일당 오천엔
벌이
열 켤레 두드려
사십엔
한가한 녀석들이나
계산해보게!

두드리고 나르고
쌓아 올리고
온 집안 나서서 꾸려 간다.
온 일본 구두 밑창
때리고 두들겨
밥 먹는다.

두드리고 두들기고
두들겨댄다.
어긋나는 우리의
도망치는 계절에
이 울분 두들기고
두들겨댄다.
봄엔 가을용 두드려
겨울 지나면
여름 불경기다!
한 집안 벌이가 어떻든 간에
경기 하나에
매달린 밥줄.
그러니 바지런히
두들겨댄다.

두드리고 두들기고
두들겨댄다.
석유 벼락부자 배 불린
빌어먹을 정치를 두들겨댄다!
어째서 우린
이 모양인가.
남한테 밟혀 밥이 되는
그런 일로 살아가는가.

발등부터 납작이 눌러
두드린다.
두들긴다.
바닥 밑창까지 두들긴다!

뼈가 운다고
어머니가 울고
아버지는 말없이
선반[8] 위로.

돌아갈 땅은
어디에 있나
고향이 그토록 먼 줄
어느 누가 알았던가.

두드리고 더듬어
두들겨댄다.
침묵의 아버지를
두들겨댄다.

30년 견디어

---

8 조상의 뼈를 모시는 불단.(佛壇)

방 두 개짜리.
죽은 아버지가
남기신 것.

두드리고 두들기고
두들겨 패서
풀어지려나
뼈의 시름이다.

두드린다.
두들긴다.
일본이라는 나라를

두드린다.
홀로 남은 조선도
울려 퍼지라고
두들긴다!

통일 기다리다
어머니 돌아가시겠지.
나는 나대로
하릴없이
늙어 가겠지.

두드려도
두들겨도
못다 두드릴
스쳐 지날 뿐인
해年를 두드린다
두드리고 두들기고
두들겨 패서
밥벌이할 뿐인
나를 두들긴다.

이래도 고향보다는
낫다지.
벌이가 있어서
찾아온다지.

고뿔에나 걸려
죽어 버려라!
하찮은 적선에 매달리는
그런 나라야말로 뒈져 버려라!

칸코쿠 칸코구
못 세 개.
엄청 기다란 놈을

갖다 세우고
단숨에 땅땅
두드린다!
툭하면
잡아넣는
쇠창살 감옥을
두들긴다!

두드린다.
두들긴다.
악마도 악마
색안경
그놈에게 돈 대는
어르신들.

알고 있으니까
두드린다!
정치는 모르지만
알고 있다!
힘겨운 생활에
나쁜 거래.

두드린다.

두드린다.
산도 보고 싶다.
바다도 보고 싶다.
아버지의 고향
가 보고도 싶다.
이 손가락 부수어
얼빠진 듯

멍하니 푸른 하늘
바라보고 싶다.

그걸 못 한다.
원망도 않는다.
두드리다 두들기다
두들겨대다
골목길 해가 진다.
벌이는 멀었다.
우리도 격자에
갇힌 생활이다.

두드린다.
두들긴다.
투덜댈 틈도 없다.

울지도 않는다.

두들겨야지.

두드린다.

두드린다.

두들긴다.

8. 시가 '재일을 산다'고 할 때

주지하다시피 김시종 시 대부분은 '재일'의 상황과 그 지점에서 멀리 바라보는 삶의 조망을 노래한다. '재일'의 신세의 저편에 확실한 실존과 존재의 소재를 찾아서. 시들은 결국 '재일'과 멀어진 '조국' 사이를 왕래한다.

나는 시를 잘 모르기에 번쩍이는 시어와 만나면 흠칫 놀라 얼어붙는다. 그런 나라도 알고 있다. 시가 메타포 / 비유이며, 알레고리 / 우의愚意라는 것을. 시 또한 '세계'를 변화시키는 허구와 상상력이라는 것을.

시의 비유와 우의가 가리키는 의미를 어느 순간 시의 바깥에서 찾으려 하는 것은 그 때문일 것이다. 가령, 해방이 되었던 8 · 15, 4 · 3사태와 정치투쟁의 체험, 밀항, 6 · 25(한국전쟁), 민족조직과의 불화, 5월 광주, '재일'이라는 존재성 ― 그때 시인의 체험과 대조하면서 독해한다고 하자. 그 나름의 해석 방식이 틀렸다고는 할 수 없다. 하지만 그것만으로 충분한 것일까?

김시종의 시에는 비유와 우의가 미약하게 은은한 빛을 내는 광석과 같이 새겨져 있다. 그렇다기보다 시인 고유의 그 군건함이 시를 시로서 성립시키고 있다. 여기에 나는 약간의 망설임이 있다. 그것들을 시인의 체험과 대조하면서 해석하는 방법이 과연 온전한 것일까라는. 시를 읽고 해석하는 데 다소 안이한 방편이지는 않을까? 김시종의 본령을 훼손시키는 것은 아닐까? 김시종의 비유와 우의를 시에서 외재화하는 것, 변환하는 것은 사실 불가능한 것은 아닐까?

나는 왜 이렇게 애써 뭔가를 감추려는 듯한 말들을 늘어놓고 있는 걸까? 나로서는 김시종 시의 비유와 우의에서 보통 수단으로는 이해할 수 없는 지점이 있기 때문이다. 김시종 시의 비유와 우의는 다의多義적이며, 다성어多声語적이다. 그렇게 생각할 수밖에 없다. 게다가 그 다의성과 다성성에 의해 시가 일어서고 있는 것이라고 생각할 따름이다.

> 그것은 상자다
> 상자는 / 끈질기게 매복해 있는 / 목적지 없는 기대의 기다림이다.
> 상자는 살아서 / 상자에 파묻힌다. / 어디까지나 그것은 / 상자다.
> 상자 속에서 / 상자는 타인을 들이지 않는 / 고집이 센 / 빗장이다.

「매일 깊은 곳에서日日の深みで(3)」에 나타나는 '상자'는 무엇일까? 물론 그것은 매일 매일을 살아가는 데 필요한 운을 만들 재료가 들어있는 '상자'이다. 또 한편으로 그것은 생활과 실존을 가두는 빗장이 걸린 '감옥'이다. 그렇다면 이야기는 단순해진다. 다만 직유·비유·암유 안에

서 그것이 가리키는 소재를 찾는다고 해도, '왜 하필 '상자'인 걸까?'라는 궁금증은 더욱 커진다. '상자'가 아베코보安部公房의 「상자인간箱男」,[9]의 그것과는 다르다는 것은 군이 말하지 않아도 알 것이다.

'상자'가 시를 시로서 이루어지게 하기 때문이다. '상자'는 다른 비유와 우의 안에서 그것이 아니면 안 되는 단어 / 의미로서 선택된다. 그것이 단어의 출현 / 전체totalization이라고 해도 왜 '상자'인가라는 질문에 나는 여전히 머리를 긁적이게 된다. '상자'는 도대체 무엇일까?

'상자'는 비유이자 우의임에 틀림없다. 그 위에서 그것들을 뛰어넘는 시어의 의미를 획득하기 시작하는 것으로 보인다.

> 이카이노의 겨울 숭어가 / 한 마리. / 시대극에나 나올 법한 과장된 어깨 위로 / 바닷바람의 기억에 날려 / 덜렁덜렁 거린다.

위에 실린 인용은 김시종의 시 「겨울 숭어寒ぼら」의 마지막 5행이다. 아주 좋아하는 구절이다. 이것은 이미 정경이며, 이미지이자 상황이며, 시의 오마주이다. '겨울 숭어'는 비유이고, 우의이고, '겨울 숭어' 그 자체다.

내가 생각하고 있는 것, 그 사유의 내용과 논리를 정확하게 문장으로 표현하기란 매우 어렵다. 완전히 동떨어진 것은 아니라도 어딘가 모르게 어긋나 버린다. 그런 상실감이 항상 뒤따른다. 예를 들어 막 깨어

---

9 安部公房, 『箱男』, 新潮社, 1973.

난 잠자리에서 또는 일상이 되어버린 7km 걷기 도중에 쓸만하다고 느껴지는 문맥이 머리나 시야에 나타난다. 그것을 정작 문장으로 쓰려고 해도 쓰여진 그것은 원이미지에서 벗어나 있다. 분명하게 뇌리를 스쳤던 사유와 논리가 미약한 바람에 날려 흔적만을 남기고 도망쳐 버린다. 지금까지 말하며 써 온 문장에서도 그 어긋난 느낌은 항상 따라다닌다.

아무래도 말의 표현이란 비슷한 가상의 존재 / 픽션인 듯하다. 이야기를 바꿔보자.

'재일을 살다'

김시종이 최초로 이 말을 한 것은 언제였을까? 1950년대? 60년대 초반? 재일조선인 사회가 정치 한가운데 있었던 시기였음은 분명하다. 1세대와 그들의 등을 가까이에서 지켜 본 2세대가 재일사회의 전선에 서서, 바다 건너편으로 향해 짙은 눈을 부릅뜨고 있었다. 일본에서의 생활은 어디까지나 '임시 생활'이었던 시기였다.

김시종의 의지가 담긴 이 언설은 수난의 시기도 있었지만 얼마 지나지 않아 '재일의 실존'을 정립시키는 역할을 담당하게 되었다. 때때로 시인 자신의 의지에 대한 내실을 떠나 기성의 유행어 양상을 보이면서도.

김시종의 '재일을 살다'는 재일사회의 '풍화'의 틈새를 둘러싸고, '재일'과 바다 건너의 '조국' 사이에서 뚜렷한 항적을 그리며 왕래한다. '재일이 조선이다'고 하는 테제 / 신체성은 그렇게 획득되고, 견지되어 왔다.

나는 '재일'을 노래한 시군의 기저를, 그 지점에서 보고자 한다.

김시종의 시군을 읽을 때, 우리(들)은 '재일'의 초상과 드라마가 만화경과 같이 전개되는 것을 알게 된다. 때로는 삶의 숨결로, 때로는 신세에 대한 한탄으로, 때로는 그것을 강요하는 것에 대한 야유로, 때로는 망향으로, 때로는 민중의 지혜로, 때로는 재일을 살아가는 것에 대한 긍지로 말이다. 상투적으로 말하자면, (블랙)유머와 페이소스, 분노와 비애, 파스farce와 '어리석은 자'의 계보— 의 만화경인 것이다. 그런데도 시어들은 왜 땅 속에 처박히지 않는 걸까? 어째서 패배의 벼랑 끝에서 뿌리의 생명감과 역공에 대한 몸짓이 드러나는 걸까? 시어들은 어째서 반짝이는 지상에서 튀어올라 크게 약동의 몸부림을 하는 것인가?

시인이 자신을 객체로 전환하여 버리기 때문이라고, 노래하는 대상으로의 애정과 공명이 시인의 뿌리에 있기 때문이라고, 말해보지만 '왜'라는 질문은 그 모습을 지우지 않는다.

예를 들어, 김시종 시 안의 '망향'은 왜 '망향이 아닌 망향'인 걸까? 「공석空席」, 「전설이문伝説異聞」, 「귀향帰鄕」 등의 시가 떠오른다. 망향이 망향이자 망향이 아닌 것은 '망향'에 휘감긴 (감상의) 서정을, 김시종 시는 도려내기 때문이라 해도 질문에 답하는 형태의 동어반복에 지나지 않는다. '왜'라는 질문은 계속 이어진다.

9. 훌륭한 시/문학은 '정치적'이다

'재일조선인은 정치적 존재이다'는 사람들의 입을 통해서 전해져 내려 온 언설이다. 개인의 존재성인 동시에 재일조선인 사회의 존재성으로, 요구하지 않고 세워진, 부여받은 역사적 문맥 안에서 이야기 되었다. 식민지 침략의 소산, 냉전하의 민족분단, 전후 일본정부의 관리 / 지배정책 — 그 '정치'의 부조리에 '재일'의 존재성은 규정되어 왔다. 그런 까닭에 '실존'의 협곡 사이마다 정치가 얽혀있다.

이러한 '재일'이 지닌 '존재의 정치성'은 세대를 거치면서 이제는 그 의식이 점점 희미해졌다. 적어도 표면적으론. '재일의 실존은 정치적이다'라는 명제는 예전에는 강요되고, 외부로부터 주어진 것이었다. 지금은 그것과는 정반대로 스스로 획득하지 않으면 안 되는 '명제'가 되어 있을지도 모른다. '재일'의 실존을 바로세우기 위해서.

어째서 수많은 서랍 속에서 고르고 골라 '정치와 문학'과 같은 어려운 문제를 꺼내 든 것인가? 김시종에 대해서 그것을 말하고 싶기 때문이다. 어려운 문제이므로 간단히 살펴보고자 한다.

김시종은 문자대로 '정치' 과잉의 중심으로부터 벗어나려 한 시인이다. 그리고 물밑에서 수면으로 떠올라 다시 '문학'으로 비상한 시인이다.

'문학과 정치', 이 얼마나 케케묵은 문제란 말인가. 적어도 세간의 흐름은 그렇다. '성애性愛'라든지 '분위기'라든지 '사회의 정념'이라든지 '수법의 참신함'이라든가 — 그것들은 표층의 리얼리티가 겨루고 있는 듯하다. '인간을 그리는 것이 문학의 정도'라는 것은 누구나 말한다. '인간을 그리는' 방법과 인간관은 사람들마다 다양하다고 하더라도. 그건 그것대로 좋다고 하더라도 '인간을 그린다'고 하는 모델 / 척도에서 '정치'가 교묘하게 배제되어 사어화死語化된다.

어째서 '인간을 그리는 것'에 '정치'는 쓸모없고, 되레 방해되는 걸까? 그 지점이 마음에 걸리는 부분이다. 사람은 '정치'에 규정되어 살아간다. '가족'을 그리고, '연애'를 그리고, '범죄'를 그리고, '우정'을 그리고, '도시의 고독'을 그리고, '사회의 병리'를 그리는 그때 사람들은 꼼짝없이 '정치'에 규정될 수밖에 없다. '멜로드라마' 역시 예외는 아니다. 지금·여기에 있는 '나'의, 그것이 조건이 될 것이다. 적어도 근대 국민국가가 사람들을 구속한 이후의.

'정치 / 현대'라는 것은 그러한 '요괴'이며, 그 '요괴'와 칼을 맞대고 싸우는 것 ― 그것이야말로 '인간을 그린다'는 조건일 것이다. 그럼에도 '인간을 그리다'에서 '정치'가 배제된 이유는 무엇일까?

분명 '정치와 문학'논쟁에서는 소모적인 논의가 반복되었다. '정치의 우위성', '정치와 문학의 이항대립론', '조직과 개인', '동반자 문학', '프로파간다 문학' 등의 개념을, 지금에 와서는 유물이라고 말할 수밖에 없는 논쟁이. 일전에 극히 일부분에 가담했던 논의의 장에서 나는 이런 대화를 나눈 적이 있었다. '(그것은)문학으로서는 맞지만, 정치적으로는 틀렸다' 또는 '정치적으로는 맞지만 문학적으로는 틀렸다'는 발언. 나의 반론은 이랬다. '문학적으로 맞다면 정치적으로 맞다', '정치적으로 틀렸다면 문학적으로도 옳지 않다.'

이런 논의는 지금의 우리(들)에 있어서 크게 중요하지 않다. 중요한 것은 김시종의 시 / 문학이 '정치'를 뱃속에 가득 담아 소화시키며, 시를 시로서 자립시키는 것이다. 불가사리와 같이 '정치'라는 쇳덩어리를 삼켜 부수고, 융해시켜 시 / 문학으로서 되살려 보여주는 것이다. 통설 같긴 하지만, 이렇게도 말할 수 있지는 않을까? '시 / 문학'이라는 또 다른 현실에 '정치'를 되살리는 것이다.'

김시종의 내력과는 별개로(그럼에도 더욱 거기에 의거하여), '정치'와 시 / 문학의 대립을 지양해 버렸다. '김시종'이라는 존재는 그것이다.

'싸워가면서 걸어가면, '재일'과 만날 수 있다', 나는 그렇게 자신에게 되뇌이며 문학과 마주해 왔다. 또는 '싸우지 않고서는 '재일'과 만날 수 없다'고. 감회를 담아 말하자면, 그 이정표가 바로 김시종의 시와 김석범의 소설이다.

'정치와 문학'과 관련하여 이미 앞에서 말한 것 같지만, 내가 위조한 테제를 소개한다.

'훌륭한 문학은 정치적이며, 정치적이지 않은 문학은 존재하지 않는다.'

이제 이 글의 마무리를 할 때인 것 같다. 글을 쓰기 시작하면서 다짐한 것을 한 번 더 남기고자 한다.

김시종에 대해서 이미 많이 다루어진 것(통설?)은 최대한 피해서 쓴다. 시인의 내력, 개인사에 대해서는(이미 잘 알려진데다 이 책에 연보가 달려 있을테니) 필요한 부분만 최소로 다룬다.

시의 인용도 피한다.(이 글의 독자가 있더라도, 필요하면, 김시종의 시를 다시 읽어 줄 테니까 말이다. 그럼에도 유혹을 참지 못하고 1편만 전문을 실어버렸다. 몇 군데에서 시의 구절을 끌어 왔지만, 인용할 생각은 아니었다)

아카데미즘 / 학술논문의 언설, 기술 스타일을 피하고, 파롤 / 입말로 쓸 것.(그 때문에 제멋대로 이야기가 장황하게 흘러가버린 걸지도……)

'김시종'을 일단 "탈구축"하는 것을 시도한다.

김시종 시를 40여 년간 계속 읽어오고, 내 머릿속에 넣어 뒀다가 잊어버린 기억처럼 어떤 테마 같은 것을 추출한다. 추출된 그것을 우선 사유 / 관념어로 설정한다. 그 뒤에 몇 가지 구체적 이미지/사고에 따라 부연한다—그런 순서로 실마리를 풀어가고자 한다.

이러한 최초의 계획들은 아무래도 미수에 그친 것 같다. 전부 예상에서 벗어나 그냥 원점으로 돌아간 듯하다.(원고를 쓰기로 하면서 결심한 것들이라며 염치도 없이 나열한 건 슬픈 변명일지도)

'김시종'은 누구인가? 어디에서 왔으며, 또 어디로 가는 걸까? 그것을 아는 이는 아무도 없다. 질문 앞에 있는 것이 너무 크다. 태양은 빛나고 있다. 우리는 그저 지평선의 노래를 마냥 걸어가는 나그네의 실루엣을 바라볼 뿐이다.

(번역 : 방윤제)

『산다는 것의 의미』와 그 후

고사명高史明

저는 학교 교육이라는 것을 교실 안에서 받은 적이 거의 없어서, 지금으로 말하자면 중학교에 해당하는 고등소학교 1학년 1학기까지밖에 학교에 다니지 못했습니다. 틀림없이 여러분이 보자면 기묘한, 일그러진 인생을 보내온 인간, 아마 그렇게도 여겨질 것 같은 염려를 품으면서, 감히 오늘 이곳에 인연을 맺으러 왔습니다.

그런데 지금 시대라는 것을 생각해봅니다. 이 시대는 대단히 무겁고 깊은 과제를 우리에게 들이대고 있다고 생각합니다. 그것은 일본인·조선인뿐만 아니라, 세계적인 과제로서 근대문명 전체에 대한 물음입니다. 이 문명의 은혜를 받고 있는 우리에게는 지금 무거운 과제가 들이대어지고 있습니다. 그와 같은 문제의식을 지니고 있는 인간으로서, 문외한은 문외한 나름대로 무엇을 생각하고 있는지, 그것을 말씀드리려고 합니다. 그것이 조선을 위해서도 일본을 위해서도 아시아를 위해서도 세계를 위해서가 된다면 더할 바가 없겠습니다. 인간으로서 무언가 도움이 되기를 바라는 것입니다.

시간이 한정되어 있으므로, 주어진 「『산다는 것의 의미』와 그 후」로 초점을 묶어서 말씀드리겠습니다. 그 책은 일본의 패전 때까지를 쓰고 있습니다. '그 후'라고 하면, 그 패전 후의 일이 되겠지요. 그 패전 이후의 나날을 저는 어떻게 살았는가. 그 후 저는 불량소년이 되어서 형무소에 잡혀 들어갔습니다. 그리고서 밖으로 나와서 한국전쟁 때에는 사회운동에 관여했습니다. 꽤 바쁜 나날을 보내고 있었습니다. 그 당시 지인과 신쥬쿠新宿 등지에서 만나면, "야, 안녕하신가?" "안녕하세요." "어디 갔다 왔소, 건강한가?" "응, 형무소에 들어가 있었소"라는 식의 회화를 주고받고는 했습니다. 다음에 또 만나면 "어디 갔다 왔소, 건강한가?" "응, 형무소에 들어가 있었소"라는 식으로 반복되던 형편이었습니다. 1년에 4번이나 5번이나 잡혀 들어가는 상태였습니다. 그 일에 관해서는 앞으로 올해(1997) 1월, 2월, 3월에 지쿠마쇼보筑摩書房에서 출판되니까, 또 얼굴을 마주보고 있으면 도저히 말하기 힘든 이야기이라서 흥미가 있으시면 꼭 이 책 쪽을 읽어주십시오.

여기서 말씀드릴 것은 「『살아가는 것의 의미』와 그 후」입니다. 그것도 저희 아이와 저의 관계를 중점으로 생각해보려고 합니다. 이 일은 어떤 의미에서는 실로 사적인 일입니다만, 어떤 의미에서는 일본, 조선, 그리고 미래를 생각하는 데 있어 지극히 소중한 문제를 포함하고 있지 않을까 생각하기 때문에, 뻔뻔스럽기는 합니다만, 사적인 일로 묶어서 이야기를 진행하고자 합니다.

『산다는 것의 의미生きることの意味』가 출판된 것은 1974년이었던 것으로 기억합니다. 그 무렵 저희에게는 외아들이 있었습니다. 제가 조선인이고, 그 아이의 어머니가 일본인, 이 두 사람 사이에서 태어난 아이입니다. 그 아이는 말하자면 매우 커다란 곤란함을 삶의 조건으로 지니고 있었습니다. 당시, 저희는 그 곤란함을 생각해서 아이를 갖는 것, 혹은 아이와 함께 살아갈 수 있다는 것을 거의 포기하고 있었습니다. 하지만, 그런 저희에게 포기하고 있던 아이가 태어난 것입니다. 아이로서는 상당히 무책임한 부모라고, 태어났을 때부터 생각하지 않았을까 싶습니다. 하지만 여하튼 태어났습니다. 저희는 이제 열심히 필사적으로 살려고 했습니다. 그리고 아이의 미래를 생각했습니다. 이 아이의 행복은 어디로 열려갈 것인가. 저희는 그 아이가 일본과 조선의 가교가 되어주기를 바랐습니다. 그 이외에 그 아이의 행복의 길은 찾을 수 없습니다. 일본인인 어머니에게 붙으면 조선인인 제 쪽은 공동화空洞化하고, 제 쪽으로만 의지해가면 어머니 쪽의 입장이 없어지기 때문입니다. 저희는 그 아이가 가교가 되어주었으면 하는 바람을 계속 갖고 있었습니다.

생각하면 그 아이가 어릴 때에는 매우 행복했다고 생각합니다. 저의 지금까지의 인생에서는 그 아이와 함께였던 시절이 가장 행복했구나 하고 생각할 정도로 행복했습니다. 그리고 상냥한 아이였다고 생각합니다. 지금은 이지메いじめ(괴롭힘, 따돌림) 문제가 있습니다만, 그 무렵에도 이지메 문제가 있었는지 어떤지 모르겠습니다만, 전학생이든지 친

구가 안 생기는 아이가 있으면 학교 선생님은 우리 애 옆 자리에 앉히곤 했습니다. 그러면 대개는 잘 적응하곤 했습니다. 매우 밝고 애교가 있는 아이였습니다. 저희도 그게 매우 기뻤습니다.

하지만 중학생이 되어서, 1학년 1학기가 끝나기 전인 7월 17일, 하필이면 스스로 목숨을 끊어 세상을 떠나버립니다. 정말로 이 일은 저에게 있어서는, 등뼈가 부러진다는 표현이 있습니다만, 그 이상의 일이었다고 할 수 있는, 그렇게밖에 말할 도리가 없는 사건이었습니다.

왜 그는 죽었는가. 그 질문 속에는, 더듬어 가면 일본과 조선의, 과거와 현재와 미래, 그것이 한 가닥 붉은 실이 되어 연결되어 있는 것이 보이기 시작합니다. 하지만 그것은 또한 동시에 세계사와도 관련되는 문제인 듯이도 여겨집니다.

왜 죽었나. 그리고 죽은 후, 저희는 죽은 아이와 어떠한 대화를 계속해왔는가. 이미 21년이 됩니다만, 그 동안의 대화, 그것을 말씀드려보고 싶습니다. 정말로 사적인 일이라 죄송합니다.

우선은 그 아이의 윤곽을 조금 말씀드리겠습니다. 그저 한마디뿐입니다. 그 아이는 소학교 6학년인 12월, 그때까지의 일기장을 전부 다 썼다고 해서, 어머니는 새 일기장을 사주었습니다. 사후에 그 일기장이 그의 책상 위에 있었습니다. 처음으로 저는 그가 일기장 안에 시를 써두었음을 알게 되었습니다. 그 첫머리는 이렇습니다.

나의 성城

나의 성은 그 어떤 것보다도

아주 멋진 성

기타가 굴러다니고

라디오는 침대 위

찢어진 청바지

의자 위

포스터는 벽에서

웃음을 띠고 있다

크리스마스에 받은

오셀로 게임

지금은 색도 바래지기 시작했습니다

이것이 나의

성의 부하들입니다

　그가 이것을 쓴 것은 6학년 때 12월이었습니다. 천진난만한 시선이 지금도 시의 행간에서 떠오릅니다. 자기 방의 왕이 된 양으로 앉아 있습니다. 라디오가 침대 옆 책장 위에 있었습니다. 또 무릎 부분에 구멍이 난 청바지가 자주 의자 위에 내던져져 있곤 했습니다. 혹은 그는 제임스 딘이라는 배우를 좋아해서, 커다란 포스터가 벽에 붙어 있었습니다. 그 것을 보고 그것이 내 성의 부하라고 씁니다. 뭐, 왕이 된 셈으로 말입니다. 그러한 의미에서 그의 천진난만함이 그대로 넘쳐나고 있는 듯한 시라고 저는 생각합니다.

하지만 다음해 2월, 도쿄에 큰 눈이 내렸습니다. 저희는 함께 둘이서 눈사람을 만들고 즐거워했는데, 그 때의 시는 「눈」이었습니다.

눈

새하얀 보석을
자꾸자꾸 하늘에서
떨어뜨린다
그런데도 우린
받아도 소용없다
그것은……
바로 녹여버리는 것
하늘과 같이 소중히 하지 않는다
그런데도 왜
하늘은 우리에게
〈눈〉이라는
보석을 떨어뜨리는 걸까

하늘에서 떨어지는 눈은 새하얗습니다. 그러나 그는 "그런데도 우린, 받아도 소용없다"고 썼습니다. 왜인가. 인간은 '눈'을 하늘과 같이 소중히 다루지 않는 것입니다. 바로 녹여버린다. 이 아이의 말 속에는 그 새하얀 눈도, 내가 움켜쥐면 새까맣게 더러워진다, 라는 시선이 있습니다. 좀 더 깊게 말하자면, 나라는 것은 어느덧 더러워져 버렸다는 것입니다. 그 6학년 12월의 천진난만한 말의 뒷면에는 이 말이 이미 스며들어 있었다고 해도 좋겠지요. 거기에서 그의 짧은 인생입니다만, 인간으로서의 굉장한 갈등이 생겨나고 있었습니다. 저는 그것을 아이의 말 속에서 읽어낼 수 있습니다.

그 고뇌는 어떤 때는 인간 마음의 상냥함을 깊게 합니다. 하지만, 고독과 우울의 노예로도 삼고, 더 나아가서는 인간이라는 건 죽는 것이라는, 죽음에의 시선에도 이릅니다. 그 죽음에의 의식이 나타난 즈음부터, 그의 말 속에서 이러한 표현이 나오고 있었습니다.

인간
인간이란, 모두 얼굴 모양을 여러 가지로 바꾼다.

재미있는 표현입니다. 그러나 이것은 인간이 부정하기 힘든 사실입니다. 12살이지만 그는 실로 사람이 여러 가지 얼굴을 지니고 있다는 사실에 부딪혔습니다. 그리고 다음 시.

혼자

혼자
단지 무너져 스러지는 것을
기다릴 뿐

어째서 그렇게 된 것일까. 다음에 쓰여 있던 말은 「자신」이었습니다.

자신

자기 자신의

뇌보다

타인의 뇌 쪽을

이해하기 쉽다

모두

믿을 수 없다

그것은

자신을

믿을 수 없으니까

이 아이가 죽기 바로 전에 읽고 있던 작품은 나쓰메 소세키夏目漱石의 「마음こゝろ」이었습니다. 다 읽기 전에 죽었습니다만, 식사 때에도 테이블 위에 펼쳐놓고 읽고 있었습니다. 좀 지나친 모습이어서, 아무리 둔감한 아버지라도 좀 이상하다고 느꼈습니다. 무엇을 그다지도 열중해서 읽고 있는 걸까하고 궁금해 손에 들어보니, 그것이 「마음」이었던 것입니다. 소세키가 만년에 쓴 「마음」. 거기서 소세키는 주인공에게 이렇게 말하도록 합니다. "나는 내 자신조차 신용하고 있지 않습니다." 즉 스스로 자신을 신용할 수 없기 때문에 다른 사람도 신용할 수 없게 되었습니

다, 라고 합니다. 이 말에는 아마도 메이지明治라는 시대를 살아간 소세키가 본 근대 일본인의 마음이 있습니다. 그리고 소세키는 나아가 이렇게 말했습니다. "자유와 독립과 나로 가득 찬 현대에 태어난 우리는 그 희생으로서 모두 이 쓸쓸함을 맛보지 않으면 안 되겠지요"라고. 이것이 현대가 획득한 인간의 자유와 독립의 내실이라는 것입니다. 죽은 아이는 아마도 소세키가 「마음」에서 쓴 말을, 아직 읽지 않았을 거라고 여겨집니다. 읽기 시작해서 얼마 안 있어 죽었으니까요.

하지만 여기에는 우연이라 하기에는 너무나도 강하게 공명하는 울림이 있습니다. 즉, 근대인은 메이지 시대에 있어서도, 전전도 전후에 있어서도, 자신을 중심으로 살고 있으면서, 그 자신을 믿지 않는다. 혼자입니다. 그것이 우리들 마음의 내용이지 않을까요. 그러한 것을 아이가 죽은 후에 생각하게 되었습니다. 인간이란 정말로 어떤 생물일까요. 그리고 인간을 인간으로 만드는 인간의 지혜라는 것은 무엇인가. 인간의 지혜에는 어둠이 가로놓여 있습니다. 실은 그 어둠이 일본과 조선 사이의 뿌리 깊은 '어둠'으로서도 가로막고 있는 것이 아닐까, 라는 생각이 지금 저에게는 있습니다. 그래서 그것을 다시 한 번 깊이 생각해보고 싶습니다.

아이는 『어린 왕자Le Petit Prince』를 애독하고 있었습니다. 많은 책을 사랑했지만, 특히 이 책을 애독하고 있었습니다. 이 『어린 왕자』와 관련해서, 지금의 소세키의 말과 죽은 아이의 말 중에 서로 겹치는 것 속에서 그 '어둠'을 생각하고, 더욱 깊게 그 '어둠'에 접근해가보고자 합니다.

4학년인 때에 애독하던 『어린 왕자』를 그는 5학년이 된 후 독서 감상문에서 다루었습니다. 그 감상문을 도입부로서 보겠습니다.

『어린 왕자』를 읽고서 5학년 3반 오카 마사후미岡真史

　"나는 이 책을 읽고서, 왜인지 견딜 수 없는 기분과 슬픈 기분이 마구 뒤섞여서 가슴이 따끔따끔해오는 것을 느꼈습니다. 이 책의 줄거리는 이렇습니다." 이것이 시작이었습니다. 그리고 어린 왕자가 이 세상에서 남긴 마지막 말, 즉 별로 돌아갈 때의 말을 독서 감상문 속에 인용하고 있습니다.

　"왕자님은 지구에 도착해서 겨우 이야기를 이해해주는 한 비행사를 만날 수 있었습니다. 그래서 이 비행사와 여러 가지 이야기를 한 후, 마지막으로 '자, 이제 아무런 미련도 없다'고 말하고서 쓰러진 것이었습니다"라고 씁니다. 그리고 그 인용한 말을 감상문의 결말에 다시 한 번 거론하고 있습니다. 짧은 문장 속에 두 번이나 이 마지막 말이 있는 것입니다. "자, 이제 아무런 미련도 없다." 그곳을 인용하겠습니다.

　"왕자님이 지구에서 겨우 자신의 이야기를 이해할 수 있는 사람을 발견해서 여러 가지 이야기를 한 후, '자, 이제 아무런 미련도 없다'고 말한 의미를 잘 알 수 있습니다. 이 책은 실로 쓸쓸한 이야기였다고 생각합니다. 나는 어른이 되어도 아이가 이해할 수 있는 그런 인간이고 싶다고 생각합니다. 이 책의 작가는 생텍쥐페리라는 사람입니다."

　감상문 중에 두 번이나 인용한 말, 아마 그에게 있어서는 아주 소중한 말이었겠지요. 하지만 그뿐만이 아닌 의미가 여기에는 숨어 있었습니다. 몇 번인가 저는 이 독서 감상문과 『어린 왕자』를 비교해서 읽으면서 깨달았습니다. 저는 멍청했습니다. 제 생각으로 읽었던 탓일까요, 두 번이나 인용하고 있는 말이 원문과 다르다는 것을 알아차리지 못했습니다. 어떤 식으로 다른가 하면, 그는 이렇게 쓰고 있습니다. 마지막에 "자, 이제 아무런 미련도 없다"고. 하지만 생텍쥐페리의 『어린 왕자』의 말은 이랬습니다. "자……이제, 아무런 할 말은 없다……." "할 말은 없다"와 "미련은 없다." 이 둘은 비슷하기는 하지만 다릅니다. 그는 정성껏 두 번이나 "미련은 없다"고 쓰고 있습니다. 이 차이의 깊이를 깨달았을 때, 저는 다시 한 번 깜짝 놀랐습니다. 미련은 없다, 라는 것은 영원한 이별을 알리는 듯한 말입니다. 그 깜짝 놀란 눈으로 마지막 말을 다시 읽어보면, 한층 이것은 생각하지 않을 수 없는 말이었습니다. 그는 썼던 것입니다.

"나는 어른이 되어도 아이가 이해할 수 있는 그런 인간이고 싶다고 생각합니다"라고. 이 말은 저를 새삼 『어린 왕자』로 이끄는 말이었습니다. 생텍쥐페리는 『어린 왕자』의 「서문」에서 뭐라고 썼을까요. 『어린 왕자』는 아동문학이라고 여겨지고 있습니다. 확실히 어린이에게 바쳐진 것입니다. 하지만 단순한 아동문학, 아동물이 아닙니다. 저에게는 선입관이 있어서, 어느 사이엔지 아동물이라고 믿어버리고 있었습니다. 그러나 생텍쥐페리는 서문에 이렇게 쓰고 있습니다.

"나는 이 책을 한 어른에게 바쳤는데, 아이들에게는 미안하게 생각한다"고. 『어린 왕자』는 어른에게 바쳐진 책이었던 것입니다. 왜인가. 그는 말합니다. "그 어른은 옛날, 한 번은 아이였으니까, 나는 그 아이에

게 이 책을 바치고 싶다고 생각한다. 어른은 누구나 처음에 아이였다. (하지만 그것을 잊지 않고 있는 어른은 얼마 없다)" 이렇게 말하고 있습니다. 아이였지만, 아이였던 것을 잊어버린 어른에게 이 책을 바친다고. 우리 집의 죽은 아이는 그 말을 그대로 받아들이고 있습니다. 죽은 아이에게 는 확실히 받아들여졌고, 저에게는 보이지 않았던『어린 왕자』의 시선. 그 겹침 아래에 있는 것이야말로 저의 어둠이었습니다. 즉 아이였던 적 이 있는데도, 아이였던 시절을 잊어버린 어른의, 이른바 어른을 어른답 게 만드는 어른의 이성이야말로 저의 어둠이고, 또한 시대의 어둠이기 도 합니다. 그것이야말로 또한『어린 왕자』의 소중한 근원입니다. 명백 히 생텍쥐페리는 현대의 근본을 응시하고 있었습니다. 그것은 저의 어 둠이고, 또한 가령 후쿠자와 유키치福沢諭吉의『탈아론脱亜論』이나『학문 의 권장学問のすすめ』에도 공통하는 어둠이라고도 생각합니다. 우리 현대 인의 근본적 과제는 어디에 있는가. 그것이『어린 왕자』에서 주시되고 있었다고 할 수 있겠지요.

그래서 다음으로 그 문제로 들어가 보고 싶습니다. 옛날에 아이였던 어른이, 아이였던 적을 잊어버린다는 것은 무엇인가. 어른은 아이에 비 해서 보다 이성적 존재입니다. 하지만, '이성'이란 무엇인가. 가정假定을 세워, 실험으로 확인해가는, 그 개념조작을 할 수 있는 어른의 지혜의 근원에 있는 것은 무엇인가. 우리들의 '이성'이란 말하자면 수학적인 지혜라고 해도 좋겠지요. 갈릴레이의 지동설에 공통하는 지혜입니다. 그리고 가령『학문의 권장』을 쓴 후쿠자와 유키치의 눈의 요점도 실로 거기에 있습니다. 그 첫머리 부분을 읽으면 다음과 같습니다. "하늘은 사람 위에 사람을 만들지 않고, 사람 밑에 사람을 만들지 않는다고 할 수 있다." 아마 그는 미국 독립선언의 사상을 받았다고 생각합니다만, 그 시선에 입각해서 이것을 쓴 셈입니다. 그런 후에 인간세계의 불평등으로 눈을 향합니다. 그리고 말합니다. "사람은 배우지 않으면 지혜가 없다, 지혜 없는 자는 어리석은 사람이라고 할 수 있다, 그렇다면 현인과 우인을 가르는 구분은 배움과 배우지 않음에 의해 생기는 것이다"라고. 그리고 그는 무엇을 배우는 것이라고 보고 있는가. 이것이 핵심입니다. "학문이란 단지 어려운 글자를 알고, (…중략…) 시를 짓는 등, 세상에 실익 없는 문학을 말함이 아니다. (…중략…) 일과일학一科一學도 실사實事를 파악해, 그 일에 관하여 그것에 따르고, 가까이 사물의 도리를 구해 오늘날 쓸모가 있어야 한다. 위로는 인간 보통의 실학으로, 사람은 귀천상하의 구별 없이 모두 다 소양을 쌓아야 함을 이해한다면, 이 이해가 있고나서 그 후에 사농공상士農工商 제각각 그 본분을 다하고, 각자의 가업을 경영하고, 몸도 독립하고 집도 독립하고, 천하 국가도 독립해야 한다."

그가 여기서 말하는 '실학'이란 무엇인가. '실사구시實事求是'라는 말이 있습니다. 유럽에서 일어난 근대가 아시아와 만났을 때, 조선의 개화파는 그것을 슬로건으로 삼았습니다. 그 중심에 있던 박지원朴趾源의 손자인 박규수朴珪壽는 김옥균金玉均의 스승이었습니다. 그리고 후쿠자와 유치키와 김옥균은 친했습니다. 즉 '실학'이라는 말의 내용은 수학적 합리성입니다. 말하자면 근대문명의 근본입니다. 하지만 이 '이성'이란 무엇인가?

조금 얘기를 벗어나서 해보면, 오늘날의 이지메 문제 등도 여기에 관련되어 있습니다. 전후 곧 이 일본에서는 전쟁의 반성에서 휴머니즘, 이성이 크게 사람들을 사로잡았습니다. 교육의 목표도 아이들을 이성적인 인간으로 만들자, 그런 것이 교육이념의 목표였던 것입니다. 그렇지만 그 인간이란 문명 대 야만으로 나눠진 문명 측의 인간의 이미지가 중심이지 않았던가. 그리고 그 문명 측의 중심에 있는 것이 후쿠자와 유키치가 여기서 말하는 실학이지 않은가. 실은 생텍쥐페리가 『어린 왕자』에서 정면에서 응시하고 있던 것이야말로, 이 근대문명의 근원이었다고 간주해도 좋을 것입니다.

　『어린 왕자』에서 그는 별에서 온 왕자님과 조우한 비행사 사이에서 어떠한 것을 문제로 삼고 있는가. 별의 왕자님과 조우한 비행사의 회화에서 왕자님은 어디에서 왔는지가 문제가 되었습니다. 그리고 B의 612번이라는 말이 나옵니다. 하지만 이것은 왕자님이 반드시 좋아하는 말이라고는 할 수 없습니다. 어른이 그런 식으로 명명하고 있는 것입니다. 그런데 이 B의 612번과 관련해서 왕자님은 다음과 같이 말합니다. "어른이라는 것은 숫자를 좋아합니다. 새로 생긴 친구 이야기를 할 때, 어른은 가장 중요한 일은 묻지 않습니다. '어떤 목소리를 지녔니?'라든가, '어떤 놀이를 좋아해?'라든가, '나비를 채집하는 사람?'이라든가 하는 것은 전혀 묻지 않고, '그 사람은 몇 살?'이라든가, '형제는 몇 명 있니?'라든가, '체중은 어느 정도?'라든가, '아버지는 어느 정도 돈을 벌고 있니?'라든가 하는 것을 묻습니다. 그리고 간신히 어떤 사람인지 알겠다는 식입니다"라는 겁니다.

이 말은 무엇인가. 확실히 어른은 숫자를 좋아합니다. 무릇 근대문명 그 자체가 수학적 합리성을 근본으로 삼아서 구축되어 있는 것이니까. 그 합리성이란 하지만 무엇인 걸까. 생텍쥐페리의 말을 살펴봅시다. "어른이란 것은 그런 것입니다. 나쁘게 생각해서는 안 됩니다. 아이는 어른을 크게 관대하게 봐주지 않으면 안 됩니다"라고 합니다. 그리고 아이의 시선을 제출합니다. "하지만 우리들에게는 사물 그 자체, 일 그 자체가 소중하니까, 물론 번호 따윈 어떻든 상관없습니다"라고. 이 문제제기는 근본적입니다. 인간의 대상적인 시선은 결코 그것, 그 일, 그 자체가 아닙니다. 오히려 거기에는 인간의 근본적인 어둠이 가로막고 있는 것입니다. 인간의 지혜의 근본에 있는 것은 무엇인가, 이것이 실로 중요합니다.

생텍쥐페리는 『어린 왕자』를 쓰기 전에, 우편 운반을 하는 비행기의 비행사였습니다. 리비아의 사막에서 조난했습니다. 그리고 3일 동안 물 없이 사막에서 보냈습니다. 그것은 죽어도 이상할 것 없을 체험입니다. 앞으로 2~3시간 지나면 죽는다. 그 극한상황일 때에 마침 지나가던 현지인 한 사람에게 구조됩니다. 그리고 물을 받습니다. 그 물은 실로 그를 정말로 구한 물, 생명의 물이라고 해도 좋을 것입니다만, 그 물을 마신 순간을 그는 어떻게 파악하고 있을까요. 「인간의 토지人間の土地」 안에서 그는 말합니다.

"아 물! 물이여, 그대에게는 맛도, 색도, 풍미도 없다. 그대를 정의할 수는 없다. 사람은 단지 그대를 모르면서 그대를 맛본다.

그대는 생명에 필요한 것이 아니다.
그대가 생명이다!"

　이것은 실로 의미심장한 말입니다. 우리들은 자연을 어떻게 보고 있
는가. 음식물은 인간이 살아가는 양식, 물도 또한 인간이 살아가는 양식
입니다. 하지만, 그 '양식'이라 생각하는 인간과 자연의 관계는 무엇인
가. 실로 인간은 자연을 대상화하는 주체적 존재로서 자연과 마주하고,
생명과 마주하고 있습니다. 그 경우의 생명은 나의 것, 으로 되어 있겠
지요. 그것이 근대인의 자유이고, 독립입니다. 이를테면 자연은 인간의
소유물입니다. 인간은 그런 입장에서 물을 대하는 것입니다. 그 인간이
극한상황에서 물을 만나면 뭐라고 생각할까요. 물이야말로 생명의 양
식이었다, 라는 생각이 들지 않겠습니까. 하지만, 극한상황에서 등장한
말이 "그대가 생명이다"였습니다. 물 그 자체가 생명인 것이라고 합니
다. 인간이 살아가는 양식이 아니라, 수단이 아니라, 물 그 자체가 생명
이라고 합니다. 여기에는 모든 것을 대상화하고자 하는 인간과 물의 관
계를 멋있게 넘어서고 있습니다. 그리고 그는 거기에서 소생하고 있는
것입니다. 저는 그 세계가 그를 『어린 왕자』라는 이야기로 이끌었을 것
이라고 생각하고 있습니다.
　그와 같은 눈으로 아이와 저에 관해서 되돌아보면, 실로 저에게 부
족했던 것이란 진실의 '생명'을 보는 눈이었습니다. 인간의 대상적으로
작용하는 눈이야말로 차별의 원천입니다. 전 생명, 전 존재의 평등성을
그 시선의 바로 이면에서 잃어버리는 것입니다. 물을 직접, 그것을 생명

으로 볼 수가 없다, 다른 말로 하자면 자연을 대상화할 수는 있지만, 자연 그 자체를 볼 수가 없는 눈, 그것이 아이와 저 사이에 결정적인 단절을 불러일으킨 것으로서 있었다. 이 눈은 무엇인가. 근대문명 전체가 재고됩니다.

유럽에서 시작된 근대문명이 세계에 퍼져가는 과정에서 일어난 여러 가지 불행, 그 폭풍우 속에서 아시아 안의 불행도 일어난 것이 아닐까요. 그 야만과 문명이라는 등급 매김은 그 표출이지 않을까요. 그 세계화의 불행의 근원을 밑바닥까지 보면, 실로 인간이 자연에서 왔으면서 자연 그 자체를, 그 자체로서 보는 눈을 상실했다고 하는 어둠이 있지 않을까요. 오늘날의 자연파괴는 실로 그 발로입니다. 오늘날, 인간이 대상적으로 작용하는 눈은 과학에까지 이르렀습니다. 게다가 이것이 기술과 연결되어 대량생산, 대량소비 시대를 낳고, 만능인 것처럼 여겨지고 있습니다. 하지만 과학의 근원에는 그것을 만능시한 순간 출현하는 '무명無明'이 잠재해 있습니다. '생명'을 잃는다. 기호화되는 것입니다. 저는 후쿠자와 유치키도 그 어둠에서 벗어날 수 없었다고 보고 있습니다. 『탈아론脫亞論』은 그 결과입니다.

그 시대의 격렬한 상황 속에서 그는 그 나름대로 노예가 되지 않기 위해서 노력했겠습니다만, 하지만 노예가 되지 않기 위해서 노력하는 그 방법이 노예를 삼는 것과 같은 무기를 사용했다고 할 수 없을까요. 게다가 메이지유신明治維新의 전환기에는 일본이 전통적으로 성숙시켜 온 소중한 사상을 잘라 버리는 일과, 같은 무기를 사용할 것이 병행하고 있었습니다. "사물 그 자체, 일 그 자체가 소중하니까, 물론 번호 따위 어떻든 상관없습니다"라는 말은 실로 근원적인 말입니다. 그것을 지금 한 걸음, 우선은 저와 아이의 대화의 말로서 말씀드리고 싶습니다. 그런 후에 가령 현재 소련이 붕괴하고 있으니까, 소련은 이제 끝난 것이라고 여겨지고 있지만, 저는 그렇게 생각하지 않기 때문에 마르크스가 내걸었던 맹점에서도 한마디만이라도 언급해두고 싶습니다.

우선은 아이와 저의 대화에 좀 더 깊이 들어가고 싶습니다만, 그 대화에 들어가기 전에, 머리 체조를 해주셨으면 합니다. 아이란 천진난만합니다. 그 아이의 말로 조금 여러분들의 머릿속에 산소를 주입하고자 하니 양해를 구합니다. 1학년 때의 시를 조금 읽어보고자 합니다. 1학년일 때 인간은 모두 천진난만합니다. 우리 애도 그랬습니다.

제목은 「똥」입니다. 작가는 나루오 다카스미 군입니다.

똥

학교에서 달려서 돌아와
똥을 쌌습니다
팬티를 벗었더니
갑자기 불쑥 나왔습니다
길구나 하고 보고 있자니
변소 앞까지 있었습니다
큰 소리로 어머니를 불렀더니
까악-하고 놀랐습니다

내가 싼 똥 중에서
이것이 가장 컸다
아버지 고추보다 훨씬 깁니다
나는 밤까지 흘려보내지 않았다
누나도 깜짝 놀라서
자로 재 주었다
30센티나 되었습니다.

정말로 즐거운 시이지 않습니까. 어린이는 타고난 시인입니다. 그 표현은 전신적全身的입니다. 학교에 가는 건강한 아이가 셔츠 한 장으로 달려가는 걸 눈으로 보면 안심이 되고 기뻐집니다. 1학년은 아직 지금과 같은 시를 만듭니다. 우리 애도 그랬습니다. 그 아이가 6학년을 졸업하고 중학생이 됩니다. 그 때에 저희가 주고받은 말에, 제가 어떻게 자연을 잃고 있었는지가 나타나 있습니다. 그 아이에게 한 저의 말로 끝내고 다음 문제로 들어가 보고자 합니다.

중학생이 된 지 얼마 안 되어 그는 『잭의 말』이라 제목을 붙여서 일련의 심상을 말로 표현했습니다.

추운 밤이지만,
난로를 생각하면 따뜻하다
봄이다! 이제 곧 꽃의 싹이 나오겠지
굉장한 모래 먼지다

저곳에서 걷고 있는 사람 괜찮을까

중학교보다 소학교 쪽이 통학로가 짧다

개가 짖지 않고 내 쪽을 보고 있다

해질녘의 그림자란 꿍장히 길다

키 큰 자신을 보면 왠지 기쁘다

이런 말이 처음에 쓰여 있었습니다. 그리고 저에게는 하나하나가 모두 수긍이 가는 말이었습니다.

해질녘의 그림자를 보고서 키 큰 자신을 보면 왠지 기쁘다, 고 쓴다. 실로 소년다운 시선입니다. 그런데 다음은 이렇습니다.

고추잠자리의 날개가 눈부시다.

뭘 본걸까, 하고 저는 생각했습니다. 쓰여 있는 건 봄이었습니다. 아니 봄이 아니더라도, 우리 집 주변에는 거의 잠자리의 모습은 볼 수 없습니다. 그는 무엇을 말하고 싶었던 걸까. 다음 말을 이렇습니다.

인생은 사계절이 있는 식물이다.

싹 상태가 변하고 있습니다. 여러 가지 생각하고 있는 동안에 저 나름의 해석이 나왔습니다. 그림자를 기뻐하고 있을 때까지는 눈이 밖으로 향하고 있었습니다. 그 눈이 안으로 향하고 있다. 안쪽에 무엇이 있었는

가. "인생은 사계절이 있는 식물이다"입니다. 사계절이 있는 식물이라는 것은, 나라는 존재는 죽는 것이라는 자각이 있어야 비로소 말로 표현할 수 있는 것이겠지요. 그 인간의 사계절이 마음에 보였다, 눈부셨던 것이겠지요. 고추잠자리의 날개가 눈부시다고 말합니다. 이 말을 두 개 나란히 놓아보면, 이것은 실로 자아탄생의 증거였습니다. 그렇기 때문에 또한 저희들 부모에 대해서도 그는 훌륭하게 대상화하고 있었습니다.

술을 마시고 취하는 인간과 취하기 위해 술을 마시는 사람은 다르다

이 말은 저에 대해서 쓴 것입니다. 저의 술 마시는 방법이 대개 낮에 일을 하고, 저녁에 마시기 시작해 맥주부터 시작해서 위스키까지 쭉 잘 때까지 마신다, 취하기 위해서 술을 마신다. 아이는 그런 아버지의 모습을 보고 아버지의 가장 특징적인 부분을 이렇게 해서 훌륭히 파악했습니다. 이것이야말로 실로 자립의 증거입니다.

다음은 어머니입니다.

휴일은 기분이 좋다

어머니는 학교 교사를 하고 있었습니다. 여하튼 바쁩니다. 때문에 휴일은 굉장히 기분이 좋다. 그리고 또 하나 저희에 관한 말이 있었습니다.

검어져 있는 사과는 썩은 걸까, 꿀인 걸까……?

대수롭지 않은 말입니다. 하지만 이것은 저희에게 있어서는 대단히 괴로운 말이었습니다. 아침 식탁에 사과가 나옵니다. 어떤 것은 심 주위가 당화糖化해 있습니다. 그러자 아이가 먹으려 들지 않았습니다. 그래서 저희는 말했습니다. 이건 꿀이니까, 먹도록 해라, 고. 마지못해 먹었습니다. 그리고 저희는 아, 이 아이는 솔직한 좋은 아이로군, 하고 생각한 것입니다. 하지만 그는 확실히 썼습니다.

검어져 있는 사과는 썩은 걸까, 꿀인 걸까······?

의문부까지 붙이고 있습니다. 그리고『잭의 말』의 마지막 부분은 이렇습니다.

인간은 북풍과 남풍을 알고 있다   하지만 본인은 어떨까

인간이 대상화하는 지혜는 대상 파악의 순간에 자신을 놓치는 건 아닐까. 이것이 제대로 간파되고 있습니다. 저는 그렇게 생각합니다. 가리는 아이는 튼튼하게 자라지 않는다고 알고 있는 아버지는 술을 취하기 위해 마시고 있습니다, 라는 것입니다.

그것을 몰랐던 때, 저는 아이에게 뭐라고 말하고 있었는가. 그 아이가 중학생이 되었을 때, 저는 크게 기뻐해서 학교에 따라 갔습니다. 그리고 축하회가 있었습니다. 조촐한 가족 3인의 축하회. 거실로 되돌아와서, 그리고선 용돈은 얼마로 올려준다, 라든가 그런 얘기도 했습니다.

그 때에 저는 그 아이에게 뭐라 말했는가. 그 말 속에 저 자신에게 있어서도 또 그 아이에게 있어서도, 그리고 현대문명 전체에 있어서도 어둠이라 해도 좋을 어둠이 있었다고 저는 생각하고 있습니다.

"너는 오늘부터 중학생이다"라고 저는 말했습니다. "앞으로는 자신의 일은 스스로 책임을 져라". 그리고 두 번째로 무슨 말을 했던가. "다른 사람에게 폐를 끼치지 마라", "타인에게 폐를 끼치지 않고, 자신의 일을 스스로 한다면 아버지는 이제부터 일체 간섭하지 않겠다"고 그렇게 말했습니다. 저의 이 말은 실로 자유와 독립과 자신으로 가득 찬 현대를 살아가는 인간의 살아가는 형태를 나타내고 있겠지요. 그러나 이 자유와 독립에는 그 주체적 인간의 발밑에 있는 '대지'가 없습니다. 이 독립된 주체라는 것은 소세키의 「마음」에서 말하자면, "평소에는 모두 선한 사람, 그것이 여차할 때에는 악인으로 변하니까 무서운" 것이라는 말에 단적으로 나타나 있다고 해도 되겠습니다. 가령 구 유고슬라비아 사람들의 비극에서도 볼 수 있습니다. 그 어둠은 국경을 넘어서, 민족을 넘어서, 시대를 넘어서 현대 세계를 뒤덮고 있습니다.

평소에는 모두 선인인 인간. 그 인간이 어째서 표변하는 걸까. 대상적으로 작용하고, 사물 그 자체, 일 그 자체와의 단절을 품고 있는 인간의 '지혜'에는 언제나 공포와 증오가 숨어듭니다. 저는 그렇게 생각합니다. 저는 그것을 역전시켜서 아이에게 이렇게 말하는 편이 좋았던 것입니다. 타인에게 폐를 끼치지 말라는 것은 잘못된 게 아니다. 타인에게 폐를 끼치면 곤란하다. 하지만, 타인에게 폐를 끼치지 말라고 말한 순간, 그 12년간 그때까지 성장해오는 과정에서 인연을 맺어왔던 타인의 모습이 완전히 사라져 없어져 버리게 되겠지요. 없앨 생각이 없었다 하더라도. 저는 다르게 말했어야 했습니다. 너는 12살이 되었다. 중학생이다. 네가 여기에 오기 까지는 얼마만큼 타인의 도움을 받았을까. 그것을 우선 생각해주었으면 한다. 입고 있는 양복은 자신이 만들었나, 만든 사람이 따로 있다, 그 사람의 일이 없었다면 돈을 내서 살 수도 없다. 타인에게 폐를 끼치지 않는다는 건 타인에게 얼마만큼 폐를 끼쳐왔는지를 아는 것에서부터 시작된다. 12살이 된 이상에는 그것을 생각해주었으면 한다. 돈이 인간의 관계를 맺어 주고 있더라도, 본래 인간이 살아있지 않으면 인간의 관계는 만들어지지 않습니다. 그것이 보이기 시작하면 얼마나 생물의 생명을 받아왔는지도 알게 될 거라고.

인간과 생물을, 12살이 된 이상에는 생명과 생명의 관계로서, 그와 같은 시선으로 보았으면 한다. 그와 같은 시선을 가질 수 있어야 진정한 자신이다. 따라서 스스로 자신의 책임을 진다는 것은 받아온 것을 되돌려줄 수 있는 길을 여는 일이라고 말하는 것이 옳았습니다. 하지만 그렇지 못했습니다. 타인에게 폐를 끼치지 말라고 말했습니다. 하지만 그런 자신 안의 속 내용은 무엇이었던가. 나는 눈의 흰 빛을 잃었다는 내용이었습니다. 그리고 인간은 모두 얼굴 모양을 여러 가지로 바꾼다는 두려움입니다. 모두를 믿을 수 없으니까, 자신을 믿을 수 없다. 즉, 모두 믿을 수 없다는 고독 지옥의 자신입니다. 생각해보면, 현대인은 아마 모두 이 고독을 살고 있는 것이 아닐까요.

반복해서 말씀드립니다만, 그것이 자연을 상실한 인간의 모습입니다. 일본과 조선의 역사를 매우 뒤틀린 것으로 만든 근원도 그렇습니다.

요컨대 근대문명을 지탱해온, 어떤 의미에서는 실로 훌륭한 것인 사이언스, 그것이 절대시될 때 어둠이 되는 것이었습니다. 원폭의 출현은 그 어둠의 상징이겠지요. 좀 더 그것을 세속에서의 일로 말하자면, 이지메 문제가 있습니다. 중학생인 오코우치大河内 군이 죽었을 때, 큰 소동이 일어났습니다. 하지만 이 비극에 대한 어른들의 대응은 전부 대처요법이지 않았습니까. 이지메가 일어났다, 누군가가 괴롭힘을 당하고, 누가 괴롭혔는가, 거기에 어떻게 대응하는가, 그런 것밖에 얘기하지 않았습니다. 무엇이 진정한 원인이고, 그 극복에는 무엇이 필요한가라는 문제는 전혀 제기되지 않았습니다. 즉 대상화의 어둠에까지 내려가려고 하지 않습니다. 그렇게 되면 하지 마라 하지 마라, 살아라 살아라, 그밖에 할 말이 없게 됩니다.

즉, 이지메를 극복하기 위해서는 우선 어른의 '지혜'를 다시 직시해야 합니다. 아이는 어디에서 태어나 자라는가. 부모로부터 태어나는 것이지요. 그리고 부모 품에 안긴 요람기가 있고, 그 다음에 모방기가 있고, 모방기의 다음에는 소중한 노동기가 있습니다. 자신이 자라는 장소, 가장 인간관계가 밀접한 장소에서, 단순한 부모의 모방이 아니라 자신의 노력으로 자신을 부모에게 인정받고, 자신을 확인한다는 노동기가 있고 학령기로 이행해갑니다. 그 노동기가 지금 어떻게 되어 있는가라고 하면, 전기청소기가 나온 즈음부터 아이가 청소를 돕는 일이 없어졌다. 편리한 문명생활이 성장단계에서 매우 소중한 단계를, 학습으로 내쫓아서 그대로 학령기로 가게 되어 있습니다. 말하자면 오늘날의 풍요로움은 인간 자아의 토대를 지옥으로 떨어트리고 있는 것입니다. 이래서 대학에서 만점을 따고, 사회에 나와서 자아의 발밑으로 나락을 보면 어떻게 되는가. 옴진리교에 들어가서 수행하는 것 외에 아무런 기쁨도 없어진다. 매우 상태가 나쁘게도 인간의 행복을 만들어내는 것이 인간의 불행의 근원이 되고 있는 일입니다. 그것은 근대를 지탱하는 이념의 문제와도 관련되어 있겠지요. 극단적으로 말하면, '이지메'라는 것은 숫자를 좋아하는 어른의 지혜가 아이의 생명의 대지를 부수고 있는데에 원인이 있습니다.

근대인이 말하는 '이성'이란 무엇인가. 인간이란 무엇인가. 20세기는 혁명과 전쟁의 시대였습니다. 제1차 세계대전을 계기로 소비에트 연방이 탄생되고, 제2차 세계대전 후에 소비에트 연방이 붕괴합니다. 그러한 커다란 사건에 입각한 위에서 지금 다시 한 번, 인간의 이성에 눈을 돌리면 마르크스가 매우 커다란 위치를 차지하고 있음을 깨닫게 됩니다. 그 사람의 말에서 근대인의 말이 지닌 지혜의 어둠을 생각해보고자 합니다.

그는 말합니다. "인간 대 인간의 직접적·자연적·필연적 관계는 남성 대 여성의 관계이다. 이 자연스런 유적類的관계에 있어서는 인간 대 자연의 관계는 직접적으로 인간 대 인간의 관계이고, 또 인간 대 인간의 관계는 직접적으로 인간 대 자연의 관계, 즉 인간에게 고유한 자연적 규정이다."(『경제학·철학초고』) 확실히 여기까지는 납득할 수 있는 말이라고 생각합니다. 그러나 다음에 납득할 수 없는 말을 그는 하고 있습니다. 그는 거기에서 이 관계를 남성 대 여성으로까지 넓혀서, 자연의 관계라고 하는 것입니다. "남성 대 여성의 관계는 인간 대 인간의 가장 자연스런 관계이다"라고. 정말로 그럴까요. 그는 말을 사용하는 의미를 완전히 간과하고 있지 않은가. 인간인 남자와 여자의 관계가 자연일까요. 이만큼 반反자연이고, 부자연스런 것은 없습니다. 인간의 성욕은 반드시 아기를 출산할 것을 목적으로 하지 않는다. 인간은 쾌락을 목적으로 성관계로 들어갈 수 있습니다. 이것은 자연이 아닌 반자연입니다. 마르크스에게는 그것이 보이지 않았습니다. 완전히 보이지 않았습니다. 그것은 대상화하는 스스로의 지혜를 응시하는 눈을 지니지 않았기 때문이 아닌가.

그 근원에 있는 것은 무엇인가. 마르크스주의라는 사상을, 마르크스의 맹우인 앵겔스는 어떻게 보고 있었는가. 그들의 시대는 실험과학이 폭발적인 성과를 거두고 있던 시대였습니다. 세포의 발견이 있고, 에너지 보존과 변화의 원리가 확인되고 있었습니다. 산업혁명 이후의 자연과학의 전개는 실로 폭발적입니다. 마르크스는 그 자연과학의 성과 위에 서서, 그 성과를 사회과학에 응용한 것이었습니다. 거기에는 '과학'을 보는 눈이 과학만능이 되어버리는 경우가 있었다고 할 수 있습니다. 따라서 인간도, 그리고 인간이 대상화하는 지혜도 커다란 맹점으로서 그의 안에 포함된 것입니다. 그것이 그대로 좀 전의 말에 나타나 있지요. 그러한 의미에서는 그것은 이른바 대항해시대 이후, 콜롬부스 500년 이후, 인간이 줄곧 만들어온 문명인의 눈과 같은 어둠을 그 근원에 껴안고 있다고 생각합니다. 어린이에 대해서는 어른이 우위, 자연에 대해서는 인간이 우위, 그리고 문명과 야만으로 모든 것을 가늠해갑니다.

자, 여기까지 오면 그럼 자연을 보는 눈은 어떤 눈이 있는가, 그러한 것이 과제가 됩니다. 제 경우를 말씀드리면, 그것이 아이의 죽음으로 배운 일입니다. 마지막으로 그 후의 신란親鸞(일본 가마쿠리鎌倉시대의 고승. 정토진종淨土真宗의 시조로 여겨진다ー옮긴이)과의 만남에 대해서 생각하겠습니다. 가령, 저는 아이가 죽은 후, 『단니쇼歎異抄』를 만났습니다. 『단니쇼』에 이러한 말이 있습니다.

일체의 유정有情은 모두 대대 끊임없이 부모형제이다.

일체의 살아 있는 모든 것은 모습 모양은 달라 있어도, 생명으로서 보자면 그것은 부모형제와 같다는 것입니다. 그런데 그 앞에 주의해야 할 말이 있습니다.

신란은 부모의 효양孝養을 위해서라고 해서 한번이라도 염불을 외운 일이 아직껏 없다.

저는 이 말을 보고 처음에 깜짝 놀랐습니다. 죽은 아이와는 대화할 말이 없습니다. 그것이 살아있는 사람 중심의 의식입니다. 그 슬픔의 밑바닥에서 인간은 무엇을 생각하는가. 거기에서 공양供養이라는 것이 출현합니다. 저는 무신론자이니까, 장례식도 무신론으로 치뤘습니다. 하지만, 역시 아이와의 대화가 필요해집니다. 그것이 부모라는 것입니다. 그 대화의 회로가 없기 때문에 공양이라는 것을 생각한다. 그렇다면 염불이라도 외울까, 라는 것이 됩니다. 그 때가 되어서 비로소 저는 신란은 공양을 위한 염불을 한 번도 읊은 적이 없다는 말에 감동했습니다. 깜짝 놀랐습니다. 게다가 신란은 그 이유로서 일체의 생명은 모두 부모·형제와 같은 관계에 있다는 것입니다. 오늘날 말하는 생태계라는 말의 선취로도 보입니다. 하지만 신란의 말은 오늘날의 생태계라는 개념과는 다릅니다. 보다 근본적입니다. 개념화해가는 인간의 지혜를 도려내고, 보다 직접적으로 생명의 세계를 나타내고 있습니다. 인간의 지혜라는 것은 무엇인가, 『단니쇼』의 4장에는 다음과 같은 말이 있었습니다.

"자비慈悲(다른 사람을 사랑하고 슬퍼하는 태도)에, 성도聖道와 정토淨土의 차이가 있습니다. 성도의 자비란 어디까지나 인간의 입장으로서 자신의 힘으로 노력해서, 다른 사람을 가엾게 여기고 슬퍼하고, 키우려는 자세입니다. 하지만 그것은 생각대로 구하려는 것은 지극히 어렵습니다. 그에 대해 정토의 자비란 나무아미타불이라는, 커다란 자비의 마음으로 본질적으로 생각하는 것처럼 모든 살아있는 것을 구제하는 일입니다. 이 어지러운 세상을 전제로 하여 아무리 사랑스럽고 가엾다고 생각해도, 정말로 구할 수는 없다는 것은 알고 있으니까, 그와 같은 자비는 일관된 것이 아닙니다. 그렇기 때문에 나무아미타불의 가르침을 살아가는 일만이 철저한, 큰 자비심인 것입니다"라고.

"이 어지러운 세상을 전제로 하여 아무리 사랑스럽고 가엾다고 생각해도, 정말로 구할 수는 없다는 것은 알고 있으니까, 그와 같은 자비는 일관된 것이 아닙니다"라는 말을 제가 들은 것은 아이가 죽고 나서였습니다. 수긍하지 않을 수 없었습니다. 그렇지만 도대체 여기서 말하고 있는 것은 무엇일까요. 그 요점의 하나는 "자비-다른 사람을 사랑하고 슬퍼하는 태도에, 성도聖道와 정토淨土의 차이가 있다"입니다. 자비라는 것은 사무양심四無量心의 마음입니다. 그 사四라는 것은 자慈와 비悲와 희喜와 사捨입니다. 자慈는 만인에의 평등한 우정입니다. 비悲는 만인의 고뇌를 줄이는 사랑의 마음입니다. 희喜는 다른 사람의 기쁨을 자신의 기쁨, 만인의 기쁨을 자신의 기쁨으로 삼을 수 없는 사심邪心을 버리는 지혜, 이것이 사捨입니다. 성도라는 것은 그것을 자신의 힘으로 실현하는 길을 의미합니다. 그렇다고 하나 그것은 인간이 할 수 있는 일일까요. 신란은 그것이 불가능하다고 알고, 만인에게 알린 사람이었습니다. 게다가 그 근거로 인간에게 고유한 대상화하는 지혜의 어둠을 간파하고 있었습니다. 제 경우로 말씀드리면, 다른 사람에게 폐를 끼치지 마라, 자신의 일은 스스로 책임을 지라고 말은 했어도, 자신의 일을 스스로 책임질 수 없는 인간의 어둠을 간과하고 있었습니다. 인간이란 자신의 일을 스스로 책임질 수 없다. 왜인가. 근대인은 생명을 사물화私物化하고 있습니다. 스스로 자신의 책임을 지려고 하면, 점점 사물화의 어둠이 넓어지겠지요. 그 집대성이 국가범죄입니다. 20세기는 그 어둠이 큰 폭풍우가 된 시대입니다.

생텍쥐페리는 그 인간의 어둠을 사막에서 마주친 물에게 배웠습니다. "물이여, 그대는 생명에 필요한 것이 아니다. 그대는 생명이다"라고 합니다. 이것이 진정한 마음이라고, 저는 그렇게 생각합니다. 그런데 좀 전부터 말하고 있는 신란의 생명에의 시선은, 생텍쥐페리의 "그대는 생명이다"라는 말과 통하고 있습니다. 가령 신란에게는 유명한 '자연법이장自然法爾章'이라 불리는 말이 있습니다. "자연自然이라는 것은 자自는 저절로라는 의미이다. 그렇게 된다는 말이다. 연然이라는 것은 그렇게 하도록 한다는 말인데, 중생 측의 조처가 아니다. 아미타불의 서원誓願

이기 때문에 법이法爾라고 한다. 법이라는 것은 아미타불의 서원이기에 그렇게 하게 하는 것을 법이라고 하는 것이다." 이 말을 자연의 주인이 되려고 해온 근대인의 시선과 비교해보십시오. 주객의 위치가 완전히 전환되어 있지요. 이 근원적 전환이야말로 오늘날 근원적으로 일본, 아시아, 세계, 현대 문제라고 할 때, 중요해집니다. 지금 시대는 엄청난 곤란에 직면하고 있습니다.

비약이 됩니다만, 노무라 스스무野村進 씨가『코리안 세계의 여행コリアン世界の旅』을 발표하셨습니다. 거기서 그는 '민족'과의 관련으로 제가 말한 '동붕同朋'이라는 말을 거론하고 있습니다. '동포'라는 글자와 함께 '동붕'이라는 표현이 있습니다. 현대세계에서는 거의 '동포'를 사용하겠지요. 국민국가의 등장과 함께 '민족'이라 하면, 그 유대는 우선 '동포'입니다. '포胞'라는 글자, 이것은 태의胎衣를 의미합니다. 즉, 사람의 관계를 태의의 유대에서 생각하는 것입니다. 확실히 태의에 감싸여 있으면, 인간은 안심할 수 있습니다. 따뜻한 어머니의 뱃속에 싸여있는 듯한 것이니까. 그 정도의 따뜻함과 유대의 깊이를 생각할 수 있습니다. 하지만 그것은 일변하면 자신의 어머니를 죽인 놈은 반드시 두 사람 분을 죽여주겠다, 이런 식으로 반드시 됩니다. 이것이 자연을 상실한 인간 지혜의 어둠인 것입니다. 그것에 대해서 '붕朋'이라는 글자는 조개가 두 개 늘어서 있는 셈입니다. 조개 안에는 피 냄새가 안 납니다. 저는 태의를 부정하는 것은 아닙니다. 태의 없이는 인간은 태어날 수 없는 것입니다. 하지만 그 태의의 유대를 정말로 소중히 하려고 생각한다면, 태의만으로 굳어져 있으면 반드시 자연을 대상화해서 이용하는 근대의 지혜,

그 근대의 어둠을 넘을 수는 없습니다. 국가 간의 항쟁을 넘을 수는 없습니다. 그렇게 생각합니다.

그리고 여기에는 '재일'이라는 조건에 관련되는 오늘과 미래가 있겠지요. 생각해보면 저는 이미 65세가 됩니다만, 한 번도 선거에 간 적도 없습니다. 그러한 존재입니다만, 이것이 상당히 재미있습니다. 즉, 밖에 있으니까, 근대 세계가 잘 보인다. 그런 말을 하면, 이놈하고 야단맞을 것 같습니다만, 인간, 자신의 얼굴을 자기 눈으로는 볼 수 없는 것입니다. '재일'이라면 이를테면 일본을 비추는 거울이라고도 할 수 있겠지요. 일본을 통해서 오늘날의 세계를 비춘다. 그 삶의 조건은 그만큼 곤란합니다만, 정말로 비추는 것과 비춰지는 것이 그곳에 열린다. 그와 같은 관계가 되는 것이 바람직합니다. 과학과 같이 절대적으로 어느 쪽인가가 주인이 되는 것이 아니라, 비추는 것이 비춰지고, 비춰지는 것이 비추는 것으로 되는 사회관계였으면 좋겠다고 생각합니다. 그것이 또한 인간과 자연의 관계를 진정으로 여는 일임에 틀림없다고 생각합니다.

『살아가는 것의 의미』의 소년편을 쓰고서 20년 이상의 세월이 흘렀습니다. 그 동안 세계는 크게 변동했습니다. 사적으로도 아이의 죽음이 있었습니다. 하지만 바뀌지 않는 것도 있습니다. 생자와 사자의 관계, 자연과 인간의 관계는 기본적으로는 지금도 근대의 레일 위에 있습니다. 이것을 바꾸는 일이 지금 절실히 요구되고 있습니다. 이것이 지금 제가 생각하고 있는 바입니다. 고맙습니다.

(번역 : 신승모)

김학영론

이순애李順愛

다양성은 현실의 단면을 잘라냈을 때 개개의 단면이 독자적인 형태를 가지게 됨을 의미합니다. 하지만 이것은 제각각 흩어져 있지 않고 어딘가에서 연결되어 있는 현실이며, 그렇지 않다면 애초에 다양성이라는 개념은 성립할 수 없습니다. 다양한 각도로 잘라져 나온 크고 작은 파편의 바다 속에서, 우리들 재일조선인은 과연 무엇을 건져낼 수 있을까요.

최근 재일조선인의 갖가지 발언 중에 진실이 담겨 있다고 느껴지는 것이 두 개 있습니다. 하나는 재일세대는 '새로운 외래사상으로서 『대항주의』를 잘 극복할 수 있을까'(「재일과 대항주의在日と対抗主義」)라고 묻고 있는 다케다 세이지의 발언, 다른 하나는 '어머니가 돌아가시면 내 안에서 한국이라는 존재는 사라질 것입니다'(『마이니치 신문每日新聞』)라고 이야기한 쓰가 고헤이의 발언입니다. 다케다 세이지는 1947년생이고 쓰카 고헤이는 1948년생입니다. 두 사람 모두 60년대에 학창시절을 보냈고 재일조선인 운동과는 연이 없이 살아왔습니다.

지금으로부터 7년 전인 1990년에 『호르몬문화ほるもん文化』가 창간되었을 때 '60년대 프롤로그'라는 글에서 나는 다음과 같이 썼습니다.

(재일론으로서) 60년대를 극복한 이론은 아직 나오지 않은 것이 아닐까요

다시 말하지만 젊은 감성이 출현하기 시작한 것이 사실이라 해도 이들 모두는 60년대에 시작한 재일론의 맥락에서 딱 멈춘 채 단발적으로 표현하고 있을 뿐입니다. 새로움은 있다 하더라도 '뛰어 넘었다'고 평가할 만한 수준에는 전반적으로 미치지 못하고 있습니다.

예를 들어 하이브리드성의 가능성을 부정적으로 보는 문예평론가 가토 노리히로加藤典洋에게서 다음과 같은 문제의식을 엿볼 수 있습니다.

하이브리드가 되면서 새로운 감성이 출현하고 있다는 의견은, 정말 그렇다고 생각한다. 그러나 러시아의 혁명가 세르게이 네차에후Sergei Gennadiievich Nechaev가 언급했던 24살 이상까지는 아니라 하더라도, 4, 50살 이상의 사람들이 즉시 전부 소멸할 수 있다면 그렇게 말할 수도 있겠으나 사회가 변용한다는 것은 역시 주어진 질문이 소멸될 때 이루어지며, 그 질문들이 해결됨으로써 앞으로 나아가는 것이라고 생각합니다.

— 「패전후론과 아이덴티티(敗戦後論とアイデンティティ)」

스스로를 향한 질문이 지속되고 있음을 느낍니다. 축적되어가는 사고와 같은 것이 재일론에는 결핍되어 있습니다.

1. 60년대의 재일론

그렇다면 60년대에 주류를 이루었던 재일론이란 과연 어떤 것인지 간단히 살펴보겠습니다. 그 시대에 2세들 사이에서 여러 가지 대립이 있었음에도 불구하고 공유되었던 캐치프레이즈가 '민족사에 대한 창조적 참여'와 '민족적 주체성 확립'이었습니다. 그리고 그러한 깃발 아래에 있었던 60년대의 재일론을 거의 고전적으로 표현한 것이, 재일한국인 정치범 서승이 1972년 서울 고등법원에서 행했던 최후진술이었습니다.

일본에 사는 교포는 한국인으로서의 의식을 가지고는 있으나, 그것은 어디까지나 기초적인 수준이며 실은 차별받기 때문에 스스로가 한국인임을 느끼고 의식합니다. 반대로 이야기하자면 적극적인 의미에서 참다운 민족의식을 자각하지 못하고 있다고 할 수 있습니다.

"차별받기 때문에 스스로가 한국인임을 의식합니다"라고 우리들의 매우 일반적인 원초적 모습을 표현하고 있습니다만 그것을 가리켜 '적극적인 의미에서 참다운 민족의식'은 아니라고 단정하고 있습니다. 결론적으로 말하자면 나는 바로 여기에 60년대 재일론의 사상적 약점이 상징적으로 드러나 있다고 보고 있습니다. 서승은 90년대에 들어 자신의 이론을 보완하면서 다음과 같이 쓰고 있습니다.

> 나는 일본사회의 차별구조 안에서 외부로부터 규정된 민족의식의 내실을 묻어버리고 싶었습니다. (…중략…) 일본의 차별구조 안에서 일본인이 아니라고 규정된 스스로의 민족의식에 적극적인 내용을 부여하고 싶었던 것입니다. 주체성 다시 말해 주체성을 지닌 인간의 확립이라는 것이었습니다.
>
> ─『민중이 진실한 승리자(民衆が真の勝利者)』

여기에서 이야기하고 있는 '적극적인 내용'이란 다음과 같은 것으로 보입니다.

> 적극적인 민족의식이란 앞에서 언급한 것처럼 자국의 문화와 역사, 전통과 언어 그 외의 모든 것들에 대해 깊이 이해하고 인식하며, 이들을 사랑하고 자랑스럽게 여기는 것으로
>
> ─「최후진술(最後陳述)」

위의 글에 확실히 드러나 있는 것처럼 이러한 사고방식의 취약성은 '외부로부터 규정된 민족의식의 내실을 묻어 버리기'위해 다시 한 번 '외부'로부터 그 '내실'을 가져오려 한다는데 있습니다. 감성의 새로움

만으로는 이러한 사고를 타파하기에 부족합니다. 말하자면 정치범들의 내실마저도 포용할 수 있는 별종의 내실을 우리 안에서 끄집어내지 않는 한 어려운 일이지 않을까요. 이러한 곤란이 오늘날까지 이어지고 있는 이유 중 하나가 60년대를 살아간 사람들이 그 시대의 사고 틀에 대해 근본적인 질문을 던지지 않았기 때문입니다. 표면적인 성쇠야 어쨌든 간에, 그들은 좌절 따위 한 적이 없는 것이 아닐까요. 근본적인 비판 정신을 표출할 현실적 근거를 찾지 못했다고 생각할 수밖에 없습니다.

이처럼 "차별받았기 때문에 스스로를 한국인이라고 느끼고 의식하는" 2세가 존재하는 한편, 50년대 말에 이미 "스스로가 조선인이라는 사실을 도저히 실감하기 어려웠다"(학생 P군 『계림鷄林』)라고 토로하는 재일조선인이 출현하면서 자기주장을 시작하고 있었습니다. 1958년 11월에 '재일조선인 유일의 대중적 문화지'로 창간된 『계림』에서 아래와 같은 목소리를 드문드문 발견할 수 있습니다.

일본에서 태어나 일본에서 교육받은 이들은 이미 조선인이 아니다. 일본인인 것이다. 아버지의 땅인 조선에 대해 동경심과 그리움을 느끼기는 했다. 하지만 실감할 수 있는 고향은 조선이 아니었다. 일본의 산천이었다. 조선의 상징적인 풍경인 파랗게 갠 날씨와 언덕 너머로 늘어서 있는 포플러 나무를 그리워하기 이전에, 축축한 5월 장마가 이어지는 동경의 검게 물든 도랑 냄새를 미치도록 원했다. 의식 이전의 문제였다. 정신적인 일본인! (…중략…) 완전한 일본인이 되려 하여도 거부당하고, 조국 조선을 향한 애정을 갖기도 힘든 무지한 소년이 현실의 냉혹한 벽에 부딪혀 꼼짝 못한 채 발버둥친 끝에 죽음을 생각했다. 실행할 수 있을 것 같았다.

— 조규양, 「김사량의 등장을 전후하여」

거의 대부분의 조선인조직은 우리들이 전혀 모국어 교육을 받지 못했다는 사실을 무시한 채 "국어로 안 쓴 것은 문학이 아니며, 의미도 없다"라고 비판했다. 하지만 우리들은 이러한 전면적인 부정을 깨끗하게 받아들이기 힘들었다.

— 김철앙, 「서클 『청구(靑丘)』에 대한 일」

재일조선인 단체 총련은 『계림』의 창간 직후인 1959년 1월에 이 잡지에 대해 '조금도' 협력 할 수 없다는 공문을 전국 하부조직에 보냅니다. 『계림』 편집부는 "총련은 결코 그런 입장을 취해선 안 된다"라며 대응했지만, 1959년 12월에 5호를 마지막으로 결국 잡지는 종간됩니다.

"'민족과 국가를 위해'라고는 하나 결국 관념적인 먼 세계인 것처럼 느꼈던" P군, 최초의 재일 2세 작가였던 김학영도 그러한 사람 중에 하나였습니다.

2. 김학영에 대하여

잘 알려진 것처럼 김학영을 논한 연구로는 다케다 세이지의 글이 그 양과 질에서 압도적입니다. 이회성과 김석범의 작품을 읽으며 '너는 인간이 아니라는 느낌에 사로 잡혔'(「'재일'과 김학영 문학의 의미在日と金鶴泳文学の意味」)던 다케다가 김학영을 만나면서 스스로가 "'재일'이라는 사실에 고무'(「동경을 내버리다憧憬を放つ」)되었던 절실한 감동이 그의 연구에 흐르고 있습니다. '민족의식이 들어오지 않았다. 어딘가 잘 맞지 않았다'(「재일한다는 것에 대한 시좌在日することの視座」)는 자신의 느낌과, 그러한 느낌을 '주체성을 빼앗기고 있다', 혹은 '자연스러운 민족성을 잃고 있다'(「불행한 엇갈림不幸なすれ違い」)라며 부정적으로 간주하는 2세론의 사이에서, 다케다는 스스로가 '재일 안에서 '낙오자''(「재일한다는 것에 대한 시좌」)가 되는 것은 아닌가하고 고뇌했습니다. 이 사실을 우선 무겁게 받아들여야 한다고 생각합니다. '새로운 세대의 삶의 형태를 풍화 내지는 동화라고 규정하고 비판하려는 언설'(「재일동포·그 보편성과 개인在日同胞·その普遍と個」)에 대해 다케다가 강하게 반발한 것은 당연한 결과였습니다. 저는 다케다와는 다른 유형의 '민족'을 찾아온 인간입니다만, 앞선 언설들에 대해서 반발하기보다 경박하다고 느끼고 있었습니다. 82년 경 저는 에세이에서 다음과 같이 썼습니다.

재일조선인 2, 3세들의 민족의식에 대해 풍화되었다거나, 조국에서 멀어지고 있다고 말한다. 최근 자주 볼 수 있는 이런 표현들을 접할 때마다 나는 혐오감을 느낀다. 뭐가 민족의식의 풍화란 말인가, 라고 생각한다.

―「내가 보고 있는 것(私が見ているもの)」

예를 들어 이양지에 대한 평가에서 다케다의 접근 방식과는 전혀 다르지만 저는 거의 비슷한 결론에 도달했습니다. 『각刻』은 '호출된 '재일' 모티프'를 그렸으며, 『유희由熙』는 '고뇌를 자기 안쪽으로 파고 들어감으로써 처리하지 않고, 타자의 시선에 호소해 의탁해버리는 나약함'(『주간 독서인週刊読書人』)을 묘사했다고 그는 평가합니다. 저희 표현으로 말하자면 이양지 소설은 발견되어야 할 현실과 감수성이 부재합니다. 그것이 재일 세대론의 형태로 여실히 드러난 것이, 「내게 있어서의 모국과 일본私にとっての母国と日本」이라는 한국 강연이었습니다.

그런데 60년대를 생각할 때, 당시의 재일사회를 그렸던 김학영이라는 작가를 빼놓을 수 없습니다. 김학영은 민족운동에 여러 가지로 관여하고 있었습니다. 다케다는 이 작가에 대해, "김학영은 동화인가 민족인가, 남인가 북인가와 같은 장소로부터 아주 깊이 파고들어간 결과 이젠 더 이상 파낼 것이 없어져 버렸다"(「과도기의 재일동포문학過渡期の在日同胞文学」)라고 평하고 있습니다. 여기가 다케다와 제가 분기하는 지점입니다만, 구체적으로 이야기하기 전에 우선 확인해 두고 싶은 것이 있습니다. 그것은 우리 둘 사이에 시대 배경에 대한 사실 인식이 조금 달랐다는 것입니다. 그는 다음과 같이 지적합니다.

일본사회에 '동화'해 살아 갈 것인가, 그렇지 않으면 '공산주의자'로서 조국 통일 건설에 몸을 내던지는 삶을 선택할 것인가와 같이 빼도 박도 못하는 '양자택일적인' 물음

— 「고통의 원질(苦しみの原質)」

'귀속인가 동화인가', '남인가 북인가'라는 일찍이 움직일 수 없다고 생각되었던 양자택일적인 재일의 근본 문제

— 「재일동포문학의 세대교체(在日同胞文学の世代交代)」

이러한 도식은 50년대 말 이전, 혹은 70년대에 들어 한국민족자주통일동맹(한민자통)이 '운동방향의 전환'을 이루어 낸 이후라면 어느 정도 적용 가능하겠지만, 60년대에 청춘기를 보내면서 작가 활동을 시작한 김학영의 상황을 설명하기에는 조금 부족하다고 생각됩니다. 1960년 한국에서 일어난 4월 혁명이 재일세대에게 준 의미가 바로 이 지점에 있기 때문입니다.

재일청년들은 "이승만 정권식 자유민주주의인가, 김일성 정권식 사회주의＝개인숭배체제인가"라는 헛된 양자택일론의 혼미함으로부터 벗어나, 민주주의적 권리의식을 정립한 민중의 지혜와 힘으로 조국의 자주적 평화통일을 이룩해야만 스스로가 원하는 조국을 찾을 수 있다는 사실을 깨달았다.

— 이상기, 「민족사를 향한 새로운 참여를(民族史への新しい参与を)」

다케다 세이지의 문맥에서 살펴보면 그가 가리키는 것은 필시 조총련 측의 양자택일을 의미한다고 생각됩니다만, 59년 『조선신문朝鮮新聞』(11월에 통일조선신문으로 개명) 창간 이후 '남인가 북인가'론은 적어도 재일 조선인 사회로부터는 비판받으면서 흔들려 왔다고 할 수 있습니다. 특히 60년대 재일 2세대들의 민족과 운동을 둘러싼 갈등은 이 사태를 빼놓고 이야기하기 힘들다고 해도 과언이 아닙니다. 김학영의 작품을 살펴보면 작가가 이러한 소용돌이 속에 있었음은 확실합니다.

또한 다케다는 김학영이 말더듬이었다는 사실에 대해 "어디에도 역전의 계기는 없었다"(「고통의 원질」)라고 지적합니다만, 김학영 자신은 "말더듬도 하나의 발화 방식이라고 여길 수 있게 되었고, 말더듬에서 스스로를 해방시킴으로써 크게 덕을 봤다고 생각합니다"(「통일일보統一日報」)라고 쓰고 있습니다. 나아가 다케다는 '거의 스무 살'까지 "작가는 '재일'이라면 누구라고 경험했을 '차별'과 그로 인해 겪게 되는 굴욕감과 인연이 없지는 않았을 것이다"(『재일이라는 근거在日という根拠』)라고 전제하며 김학영론을 전개하고 있습니다만, 김학영 자신은 "조선인에 대한 차별은 저의 주요한 관심사가 아닙니다. 저 자신은 조선인이라는 이유 때문에 차별받거나 무시당하며 따돌림 당한 기억이 전혀 없습니다"(「자기 해방의 문학自己解放の文学」)라고 기술하고 있습니다.

이처럼 전제를 둘러싼 사실 곳곳에서 저와 다케다는 인식을 달리합니다만, 이에 대해서는 여기에서 깊게 다루지 않고 김학영이라는 작가에 대해 몇 가지 문제를 제기해 보려 합니다.

3. 말더듬과 '민족' 문제

김학영은 1966년에 『얼어붙은 입凍える口』으로 문예상을 수상하면서 데뷔하게 되는데, 이 작품에 대해 다케다는 다음과 같이 언급합니다.

그는 자신의 '재일'이라는 고통을 '말더듬'의 고통과 겹쳐 그려냄으로써, '민족'문제에 하나의 새로운 광학을 가져왔다.

—「고통의 원질」

김학영 문학의 독자성을 한마디로 말하자면 자신의 '민족'문제를 '말더듬'체험을 통해 표현했다는 것이 될 것이다.

—「불우성으로서의 '재일'(不遇性としての『在日』)」

제가 김학영의 작품을 보고 느낀 감상은 다케다의 표현처럼 '민족'의 문제가 말더듬의 문제와 중첩된 것이 아니라, '나는 나일뿐이다'(『한 마리의 양一匹の羊』)라는 지평에서 병렬적으로 그려졌다는 것입니다. 이우환의 지적처럼 "말더듬을 추적하면서도 점점 더 말더듬을 범주화시킬 뿐, 결국 말을 더듬지 않는 이도 내 바깥의 말더듬이들이라는 사실을 발견하지 못하고 있었다"(『'재일조선인문학'의 '절대의 탐구'『在日朝鮮人文学』における『絶対の探求』』)라는 시점이 더 강조될 뿐이라고 생각합니다. 말더듬의 고통을 중첩시키려 했던 작가에게 재일이라는 고통은 상징적으

로는 "내 안의 조선인 의식은 언제나 관념으로서의 민족의식일 뿐, 실감할 수 있는 것이 아니다"(『얼어붙은 입』)와 같은 것으로, 그것은 '결코 되돌릴 수 없는 불우성'으로 말더듬과 중첩되어 있다고 다케다는 말합니다. ''세계'로부터 거부당하고 있다는 감수성'(「고통의 원질」)이라고. 여기에서 다케다는 재일세대 나아가 다케다 자신 또한 경험할 수밖에 없었던 고통의 핵심을 보고 있다고 할 수 있습니다.

　　스스로가 어떤 공동체로부터도 배제되어 버린 인간이라는 양해가
　　있습니다.

— 다케다 세이지, 「사상으로서의 80년대(思想としての80年代)」

다케다가 재일세대의 경험 속에서 끄집어낸 감수성은 같은 세대의 눈으로 본 2세 이해라는 측면에서 여타 추종을 불허하는 날카로움을 지니고 있습니다. 따라서 제가 여기에서 제기하고 싶은 문제는 김학영이라는 작가 또한 어느 정도 이 경험을 보려했다는 사실입니다.

말더듬과 '민족'이라는 문제가 중층적으로 다뤄지지 않았다고 보는 제 견해의 근거는, 민족 문제를 그리는 장면에서는 주인공이 말더듬이로 등장하지 않는다는데 있습니다. 조선인 앞에서는 말더듬이로 묘사되지 않습니다. 그리고 말더듬 묘사와 민족 묘사에는 미묘한 온도차가 있습니다. 주인공은 스스로를 '기이한 조선인'이라고 하면서도, '2, 3세 중에 적지 않은 이들이 마찬가지일 것이라고, 나는 생각한다'라고 말합니다. 여기에는 '거부당하고 있다'라기보다는 이미 어느 부분에서 이질

적인 존재가 아니라는 점을 알고 있다는 느낌이 희미하게 있습니다. 가혹해 보이지만 말더듬과 같이 고독감에 괴로워하지 않습니다. 뒤에서 조금 다룰 것입니다만, 이런 차이는 북조선계 학생조직을 통해 동세대 동포들과 접촉했던 작가의 경험이 영향을 주었다고 생각됩니다.

> '북'의 한 구성원이 되는 길밖에 없다, 라는 고정관념에 사로잡혀 있었다. 당시는 나 또한 '조국'을 믿고 있었다.
> 가까운 시일 (북조선에) 나도 돌아가야 한다는 생각에 사로잡혀 있었다.
> ─「통일일보」

다케다는 "김학영은 남인가 북인가라는 양자택일에 자신을 내던지는 것이 도저히 불가능했다"(「고통의 유래」)라고 언급했으나, 실제로는 다른 많은 동포들과 마찬가지로, 김학영은 양자 택일의 선택 앞에서 한쪽을 버리려고 했었던 것으로 보입니다. 그리고 후일 주지하다시피 다른 한 쪽을 선택하게 됩니다.

제 마음에 걸리는 것은 "내 안의 조선인 의식은 언제나 관념으로서의 민족의식일 뿐, 실감할 수 있는 것이 아니다"라는 의식 자체가 작가의 내부에서 '외측의 문제'로 위치하고 있었던 것은 아닌가 하는 점입니다.

> 나의 마음은 조금 더 다른 곳에 사로잡혀 있었다. 조금 더 다른 장소, 다시 말해 나의 바깥쪽이 아니라 안쪽, 나의 말더듬 안에. (…중략…)

정치문제만이 아니라, 말더듬 이외의 모든 것이, 내게 있어 거의 문제가
될 수 없었다.

—『얼어붙은 입』

나중에 작가는 다음과 같이 에세이에 쓰고 있습니다.

나의 경우, 내측의 문제, 스스로의 자아의 문제가 출발점일 뿐, 외측
의 예를 들어 차별과 그로 인한 분노는 글을 쓰는 모티프가 되지 못한다.

—「자기 해방의 문학」

재일조선인 2세의 심리나 그 전형을 쓰는 것은 흥미가 일지 않을 뿐
아니라, 내게 그런 것을 쓸 자격과 능력 또한 없다. 나는 스스로를 알 뿐,
재일동포 2세 일반에 대한 것은 모르기 때문이다.

—「스펙트르(スペクトル)」

'일본인과 거의 같은 심정으로 주위를 보고, 듣고, 경험하면서 나날
을 보내고 있는' 주인공은 그로 인해 반대로 다음과 같은 문제에 직면하
게 됩니다.

마치 조선인은 모두 민족적 콤플렉스로 고민해야 한다는 것이다. 그
점이 나는 이해되지 않았다.

—『얼어붙은 입』

조선인을 향한 편견에 대한 이야기를 일본인이 할 때, '언제나 사로잡히는 것', '자신의 말이 입에서 나오는 순간 사라질 것 같은 불안'을 주인공은 '일본인이 그런 일들을 아무리 주장해도 (…중략…) 결국 단 하나의 단어로 들을 뿐일 것이라는 헛수고 같은 느낌'이라고 생각합니다. 자신에게는 절실함이 없기 때문에 '사라짐'을 깨닫지 못하고 있는 듯 보입니다.

작가 나름의 '민족'에 대한 감도, 즉 실감나지 않는 '자신의 '민족' 문제가 작가의 내측에서 어느 정도의 무게를 지니고 있었냐는 문제입니다. 말더듬 내지는 유년의 체험과 같이, 그야말로 작가가 이야기하는 '자아'의 심층부 '안쪽'과 절대적으로 관여하는 문제로서 무엇과도 양보할 수 없는 자신의 진실로서 포착하고 있었는가, 그렇지 않았는가.

'말더듬과 민족적 부성負性의 절묘한 중첩'(「김학영 문학의 세계金鶴泳文學の世界」)이라 지적하며, '이 두 문제는 떨어지기 어렵게 얽혀 있다'(『재일이라는 근거』)라고 논한 다케다의 독법은 하지만 작가의 안에서는 다르게 위치하고 있었습니다. 김학영은 문예상의 응모작으로 『얼어붙은 입』을 출판사에 보낸 후, '자신보다 두 살 위의 동포 친척'에게 복사본을 읽게 하였는데 그 전말에 대해 다음과 같이 밝히고 있습니다.

그는 『얼어붙은 입』의 내용 중 재일조선인 문제를 다룬 부분이 신경 쓰이는 것처럼 보였다. 조선인이라고는 하나 일본어로 발표하는 이상 독자는 동포보다는 일본인이 많을 것이다. 즉 조선인문제에 무관심한, 더 나아가 조선인에 대해 편견을 가진 일본인을 대상으로 발표하는 이상 조금 더 재미있어야 하지 않을까라는 것이 그의 의견이었다. 다시 말해 소설을 쓰는 것은 좋지만 조선인문제는 쓰지 말라고 그는 말하고 싶어 하는 것 같았다.

역시 그런 것일까— 원래부터 작품에 자신이 없었기 때문에 나는 그런 내용을 쓰지 않기로 결심하고 해당 부분을 상당 부분 없애는 방향으로 수정하고 있었는데, 생각지도 못한 수상 소식을 듣게 된 것이었다.

잡지에 싣기 전에 여기 저기 손을 보면서 재일조선인문제를 다룬 부분을 없애는 편이 좋을지 편집자에게 묻자, 그는 그렇게 하면 중요한 부분이 빠져 버린다고 말하는 것이었다.

—『얼어붙은 입』에 대해(『凍える口』のこと)

작품의 모티프로서 '떨어지기 어렵게 얽혀' 있었던 것으로 보기 어렵다고 할 수 있습니다. 의식하지 않았지만, 의식하게 되었다라고 보는 것도 조금 맞지 않다고 생각됩니다. 그렇게 본다면 오히려 이질적인 것이라고 의식하고 있었다는 것이 맞을 것입니다. 문예상을 받았을 때 수상소감에서 작가는 다음과 같이 말합니다.

인간은 언제나 전체 속의 하나로 살아간다. 전체를 바꾸어 말하면 역사이며, 시대이며, 사회이며, 혹은 민족이다. 그리고 전체에는 전체의, 개인에는 개인의 문제와 고뇌가 있다. 게다가 이 둘은 대부분의 경우 전혀 이질적인 것이다.

—『문예(文芸)』

또한『얼어붙은 입』으로부터 3년 후에 발표한『눈초리의 벽まなざしの
壁』에서, 주인공의 말더듬는 고통을 다룬『겨울날에』라는 소설을 비평
가 K가 '눈초리'를 무시하고 있다고 비판한 것에 대해, 주인공은 '묵살
한 것에 지나지 않다'며 다음과 같이 반발합니다.

조선인은 항상 일본인에 대한 콤플렉스로 고민해야 한다는 식의 K
의 글을 그는 납득하기 힘들었다. (…중략…) 그보다는 눈초리에 고통
받으면서, 그 눈초리가 의미하는 것에 결코 부합하지 않는, 뭔가 투명한
불안과 같은 것을 느끼게 되는 것이었다.

여기에서 '투명한 불안'이 작가가 말하는 '자아의 문제'라는 것은 일
목요연하나, '눈초리'를 둘러싼 고통이 이 문제와 '결코 부합하지'않는
다고 표현되고 있습니다. 또한 1972년에 발표한 에세이에서 '작가인
나 자신'의 원체험은 '부모의 불화'와 '말더듬의 기억'(「한 마리의 양」) 이
두 가지라고 쓰고 있습니다.

자신이 쓰는 모티프가 '내측의 문제, 자기의 자아의 문제'라는 것을
알 수 있습니다. 그렇지만 바로 이 부분 '내측의 문제'에 대한 상상력의
교착에서 제가 느끼는 것은, 작가가 자신과 가까운 이들 이외의 인물들
이 직면하는 삶의 어려움의 '내측'에는 거의 못 들어가고 있다는 사실
입니다. 전체로서의 민족차별 묘사에는 리얼리티가 없습니다. 가령『얼
어붙은 입』안에서 주인공이 대학에서 자기 소개하는 장면이 있습니다
만, 자신의 본명을 말하면서 주인공은 조금도 동요하지 않습니다. 차별의 경험이 없고, 민족적 콤플렉스가 없다는 것에 대해 타인에게 이러쿵 저러쿵 들어야 할 이유가 없다는 것이 그 자신의 솔직한 목소리라고 생각됩니다. 그러나 이러한 점과, 그렇기 때문에 민족 차별의 문제는 자신에게 '외측'의 문제라고 말더듬의 고통을 묘사한 작가가 단호히 말해버리는 점을 바로 연결지을 수 있을까요.

"자신의 '민족' 문제를 말더듬의 기억을 통해 말했다"라는 동질성의 측면보다는 오히려 '말더듬'과 '아버지'의 문제가 작가 내부에 만들어버린 질감과 '자신의 '민족' 문제' 사이의 '박리감剝離感'(「한 마리의 양」)을 결국 메우지 못하고, '민족' 문제를 말더듬 문제처럼 그려내지 못한 데에 작가로서 살아간 김학영의 딜레마가 있었다고 저는 생각합니다.

여기에서 다케다의 김학영론의 에센스를 요약하면 다음과 같습니다. 2세들은 여러 가지 불우의식으로 인해 '모두가 익사할 것 같은 불안에 싸여 지푸라기를 붙잡았다.'(「가라앉는 것의 광경沈みゆくものの光景」) 그리고 많은 청년들에게 ''민족'이라는 단어는 어떤 독특한 광채를 띠며 나타나'지만, 그것은 '순수하게 '민족', '동일성', '삶의 방식'과 같은 관념 모두에 해당하는 물음으로 자립하게'된다. 그것은 '이러한 관념 모두에게 현실성을 부여했던 감정 세계의 존재 방식을 억압(망집)'함으로써 가능하며, ''민족문제'는 청년에게 언제라도 "자신이 본래 무엇이며, 어떻게 살아야 하는가"와 같은 형이상학적인 관념의 문제'(『재일이라는 근거』)로 나타난다. 그러나 김학영의 경우는 다르다.

그에게 '재일'이라는 상황은 결코 '민족적 자각'이라는 길을 통해 극복할 수 있는 것이 아니었다. '민족' 이념은 인간을 민족과 조국의 일원으로 규정하고, 그 장소에서 살아가는 것 이외에는 결코 불우성을 극복할 방법이 없다는 사실을 강변함으로써, 순식간에 우리들의 현실을 감추어 버린다. 김학영의 '민족' 문제에 대한 감수성은 '민족'이라는 이념에 따라다니는 이와 같은 함정을 직관하는 것이었다. (…중략…) 그의 문학은 오히려 정치적인 이념과 사소설적인 '화해'의 이야기에 근접하면서도, 마지막에는 끊임없이 고통의 원질을 조명하는 형태로 나아갔다. 작가는 그런 의미에서 결국 '세계'와 화해하지 못했으나, 그로부터 지속적으로 거부당한 인간의 눈초리로 우리들 삶의 핵심 깊은 곳을 꿰뚫고 있는 것처럼 보인다.

—「고통의 원질」

다케다가 말하려는 것을 과감하게 한 마디로 정리하면, 김학영은 이념으로부터 도망치지 않았다는 것입니다.

재일세대에 의한 '민족' 논의와 재일론의 결함 하나를 제대로 짚고 있다고 할 수 있습니다. 이러한 비판이 재일조선인 운동에 직접 관여해오지 않은 인간에 의해 행해져야 한다는 사실에, 운동의 가장자리에 있었던 저 자신 부끄러움을 느낍니다. 2세들의 운동이 내포했던 정치주의와 엘리트주의, 은폐되었던 권력의식에 대해 보다 빨리 엄격한 내부비판이 나와야 했습니다. '강변'이라고 지적받아도 어쩔 수 없는 체질이 있었다고 인정할 수밖에 없습니다. 그러나 다케다는 결함을 잘 포착하고 있으나, '민족 이념'에 투영되어 있었던 '감정세계'의 존재 가능성은 보려고 하지 않습니다. 왜 '민족'은 '관념의 문제'라고 결론내리고 있을까요. 왜 '민족'을 묻는 것이 '감정세계의 존재 방식을 억압하는 것'으로 여겨져야 할까요. 이 점에 대해서는 전혀 승복하기 어렵습니다. 그곳에는 단순히 '형이상학적인 관념의 문제'로는 해결할 수 없는 개개인의 '내측'의 문제도 있었습니다. 그것은 '민족주의자가 되기 전에 좌익이 되어버렸다'(「사상으로서의 80년대」)와 같은 수준의 문제가 아닙니다. 그 '내측'에 김학영 소설의 주인공들과 작가 자신이 들어가지 못했습니다. 작가가 말하는 민족의식이 있다든지 없다든지 하는 것과 이것은 별개의 문제라고 생각합니다. '항상 공동체로부터 떠밀렸'(「가라앉는 거의 광경」)던 김학영이 '지속적으로 거부당해 버린 장소로부터 특권적인 진리'(『재일이라는 근거』)를 보여 주었다는 식으로 이것을 평가하는 것은 약간의 비약이 있다고 저는 생각합니다. 김학영이 '민족의식 상실자'라는 관념을 자신의 '내측'에 교차되어 오는 하나의 진실로 확실히 인식하고 있었다면, 어떠한 형태이건 간에 '이것이야말로 내게 있어서의 민족이라는 내실이다'라는 장소로 시간이 걸리더라도 나아갔을 것이라고 판단됩니다. 그렇지 않다면 '민족이라는 원리'(「고통의 유래」)에 대한 위화감 자체가 '외측의 문제', 하나의 변변치 못한 타율적인 관념으로 쇠퇴해 버릴 것이기 때문입니다.

다케다는 다음과 같이 말합니다.

김학영은 언제나 이러한 욕망에 억눌리면서도 결국 계속 시도하고 좌절했다. 하지만 그로 인해 그의 문학은 단순히 '재일'의 불우성을 넘어 돌이킬 수 없는 고통 속에서 살아가야 하는 인간의 삶의 형태를 비추고 있는 것으로 보인다.(「고통의 원질」)

저는 '단순히 '재일'의 불우성'을 넘어서는 안된다고 생각합니다.

4. 주체의 회복

'결코 돌이킬 수 없는 불우성'으로 김학영이 느꼈던 것으로 보이는 '민족' 문제가 말더듬과 같은 '내측의 문제'로 깊이 포착된 것이 아니라고 제가 생각하는 또 하나의 근거는 '주체의 회복'을 둘러싼 문제입니다.

> 주체의 회복을 통한 차별의 극복이어야 한다. 이것이 김학영 앞에 펼쳐졌던 '재일'세계의 매우 일반적인 이론이었다. 작가가 청춘시절을 겪기 시작했을 즈음, 이것이 얼마나 강고한 풍경이었을지 상상하기 어렵지 않다. 김학영은 거의 혼자 힘으로 이러한 '재일'의 상황과 저항하였고
>
> — 다케다 세이지, 「김학영 문학의 세계」

바꿔 말하면 김학영은 "'재일'사회에서는 거의 정형화되어 버린 민족적 각성과 불우의식의 극복이라는 길을 선택하지 않았다"(「고통의 원

질」) 전형적인 1960년대의 '민족적 주체성 확립'론에 대해 작가가 저항했다는 내용입니다.

확실히 김학영 소설의 주인공들은 "일본인이 되지도 못하고, 손을 흔들며 귀국선에 올라타는, 민족의식에 가득 찬 텔레비전 화면 속의 조선인도 되지 못한 채, 그 사이에 유리되어 붕 뜬 채 방황하는 자신"(『유리층遊離層』), "조국을 먼 존재로 느낄 수밖에 없"(『착미錯迷』)는 스스로에 대해 집착하고 있습니다. 하지만 그러한 집착은 "자신이 떠안고 있는 것을 안이하게 사회적인 것으로 전가하지 않는다"(「김학영 사람과 문학金鶴泳 人と文學」)라는 다케다의 해석보다, "비판받더라도 어쩔 수 없었다"(『착미』)라는 지점에서 제로는 아니지만 타협해 버린 것으로 읽어야 하지 않을까요. 작가는 『유리층』과 『착미』를 집필한 직후 다음과 같은 문장을 남기고 있습니다.

우리들 재일조선인 '2세'는 이러한 기형성을 다소 가지고 있는 존재라고 할 수 있지 않을까 (…중략…) 우리들은 또한 같은 조선인이라도 가령 40세 이상의 '1세'들처럼 실감으로서 절실한 '조국의식'을 가질 수가 없다 (…중략…) 문자 그대로, '뿌리 없는 풀' 같은 '출구 없는' 존재인 것이다. 조국이 남북으로 분단되어 있는 현황이 한층 이 상황에 박차를 가한다. 우선 눈을 조선으로 향하게 할 필요가 있을 것이다. 그리고 분단된 조선을 통일시키는 것이 자신들의 생활과 삶의 방식, 미래에 있어 얼마나 크게 관여해 올 것인가, 얼마나 중요한 문제인가와 같은 것들을 '실감으로서' 인식하는 것이 우선 필요할 것이다. 그 작업이 자발

적으로 폐쇄적인 환경 속에서 살고 있는 우리들에게, 스스로의 길을 전망하게 하고, 한 발자국 걸음을 떼게 하는 원동력이 되지 않을까. 모든 문제의식을 풍화시켜 버릴 듯한 일본에서의 미온적인 일상이, 부드러운 떡처럼 등짝에 딱 달라붙어 있다. 그런 상황 안에서 이것은 지난한 작업일지도 모른다. 그러나 이것을 돌파하지 못한다면 우리들의 길은 언제까지고 열리지 않을 것이다.(「찢어 발겨진 자引き裂かれたもの」)

※ 이 글은 71년 간행된 『조선인으로서의 일본인朝鮮人としての日本人』에서 '김학영씨가 다음과 같이 썼다'라고 오림준이 길게 인용한 것인데, 원문은 찾을 수 없었습니다. 『김학영 작품집성金鶴泳作品集成』에 딸려 있는 '연보, 자료'에도 누락되어 있습니다.

김학영의 문체에는 무리함이 느껴집니다.

1972년 2월에 발표된 『알콜램프あるこーるらんぷ』를 마지막으로, 김학영 소설에서 1960년대 조총련과 한민자통(한국민족자주통일동맹, 65년 7월 결성)의 진흙탕 싸움 같았던 조직간 갈등을 배경으로 한 생생한 정치 이야기가 사라졌고, 이후 그려진 테마는 작가의 원체험인 집과 아버지의 폭력과 같은 문제로 수렴되어 갑니다. 정치에 대해 작가는 다음과 같이 언급합니다.

솔직히 나는 정치적인 문제에 거의 관심이 없는 인간이었다. 아무런 느낌이 없는 것이다. 관심이 없기 때문에, 그 문제를 잘 알지 못했다. 그렇지만 한국인이라면 왠지 정치적인 운동에 참가해야 한다는 의식이 있었고, 정치적인 문제를 자신의 문제로 실감할 수 없었음에도 불구하고, 의무처럼 관여하고 있었다.

―「통일일보」

소설에서 정치색을 배제해 간 것은 자연스러운 과정이었습니다. 그리고 거의 같은 시기에 "『알콜램프』 이후 작가가 묘사한 아버지란 존재가, 이제는 거대한 힘을 지닌 전제군주 역할을 그만 두고 커다란 고통을 짊어진 존재로 그려지게 되었다"(「고통의 원질」)라고 다케다는 지적합니다. 작가에게 일종의 전환기였던 것입니다. 변화의 계기 중 하나는 1972년 행했던 한국방문이었던 것으로 보입니다. 작가는 최승묵이라는 또 하나의 필명으로(「수국あじさい」이라는 글이 존재하는 것을 감안할 때 거의 틀림없다), 한민자통의 기관지인 「통일조선신문統一朝鮮新聞」(「통일일보」의 전신)의 '창'이라는 란에 칼럼을 연재하고 있었는데, 한국에서의 감상을 「편견偏見」이라는 제목으로 쓰고 있습니다.

무엇보다 나는 내 머리 속에 있었던 한국과, 현실의 한국 사이의 격차에 크게 놀랐다. 의외로 풍부한 물자. 일본과 큰 차이 없는 백화점의 상품. (…중략…) 그곳은 결코 '지옥'이 아니었다. 꽤 제대로 된 인간의 생활이었다. 지옥 같을 것이라고 한국을 상상하고 있었던 내게 너무나 일상적인 생활이 존재한다는 사실이 경이적이었고, 눈이 떠지는 느낌이었다.

그리고 1973년 「통일일보」의 논설위원으로 취임한 사실에 대해, 이

번에는 김학영이라는 이름으로 칼럼을 쓰기 시작하는데, 이때부터 재일론으로서 '민족의식 상실자'(『얼어붙은 입』)에 대한 집착에서 더욱 벗어나 '민족적 주체성' 쪽으로 접근해 간 것으로 보입니다. 작가는 "일부러 '긴카쿠에이'라고 조선식 이름을 일본식으로 발음하여 읽는 것이 어딘가 자신이라는 인간의 내실을 드러내는 듯하다"(「한 마리의 양」)라고 1972년에 썼는데, 이 무렵부터 "일본발음이 아닌 한국 발음으로 '김학영'이라고 말하게"(김양기, 「김학영씨를 추모하며金鶴泳氏を悼んで」)되었다고 합니다.

　앞으로 무슨 문제가 벌어질지도 모르겠다. 그때 아버지 안의 조선인으로서의 주체성이 문제시 될 것이다. 아버지 안의 조선인이 굳건하다면, 자식들이 동요할 일은 없을 것이다.

—『'실은-'의 우울(実は-の憂鬱)』

　준비된 자세가 아니라, 자연스러운 기분으로 본명을 말할 수 있도록 우선 한국인으로서의 주체성을 자신 안에서 키울 것, 평범한 말이지만 통명 문제를 정말 해결하는 길은 결국 이 방법밖에 없는 듯하다.
　우리들 재일한국인 한 사람 한 사람이 각종 중압에도 불구하고 본명을 쓰는 이유는 한국인으로서, 다시 말해 인간으로서의 자기동일성을 회복하여 '소외로부터 해방'하여 '본래 있어야 할 장소'로 돌아가기 위한 하나의 단서로서, 일견 사소해 보이지만 실은 큰 의미를 지니고 있기 때문이 아닐까.

2세들은 교육에 의해 일본사회에 대해 1세 만큼 이질감을 느끼지 않게 되었다. 그러나 학교 교육이든 사회에서의 자기 교육이든, 이 교육은 환경에 순응하기 위한, 즉 '이질'을 해소하고 풍화시키기 위한 것이다. 이러한 교육으로 매우 일본적인 존재가 되었다. 그렇지만 정숙하고 고상하게 되었다는 것은 실은 진보가 아니라, 그저 무기력해져 버린 것이 아닐까.

—「통일일보」

위의 글들은 김학영의 표현입니다만, 60년대적인 사고의 틀에서 벗어나지 못했다는 점을 보여주고 있다고 생각합니다. '동료들과 유리되어 붕 뜬 채 방황하고 있었던 자신'이라는 감각이 사라져 있습니다. 다만 작가는 '자기동일성을 회복한다'라고 칼럼에서는 쓰고 있습니다만, 이 구조를 소설에 반영한 일은 없었습니다. 또한 반대로 이 구조를 밑바닥에서 천천히 해명하려는 소설도 쓰지 않았습니다. 마지막까지 '반일본인성'(「공백의 사람空白の人」)과 '조선인으로서의 주체성' 사이에서 꼼짝달싹할 수 없었던 것이 아닐까라고 저는 생각합니다.

이처럼 소설에서 정치색을 배제해 갔던 김학영이 『끌鑿』 이후 5년 만에 발표한 것이 1982년의 『향수는 끝나고, 그리고 우리들은—郷愁は終わり、そしてわれらは』이라는 작품이었습니다. 이 작품은 귀화한 재일조선인이 북한의 스파이가 되어 한국에서 체포된 이야기로 실화를 바탕으로 하고 있습니다만, 작가는 집필 동기를 다음과 같이 언급하고 있습니다.

이 소재를 발견했을 때 김대중 사건이 벌어졌고, 일본의 저널리즘은 반한 캠페인을 맹렬하게 진행하고 있었습니다. 이 사건에 대해 한국 당국이 사과해야 한다고 재일조선인의 한 사람으로서 생각하고 있었습니다만, 정치적으로 적을 말살하는 것은 '북한'도 마찬가지입니다. 정치의 비정함은 남도 북도 마찬가지가 아닐까, 이 작품을 쓴 동기의 하나였을지도 모릅니다.

—「자기 해방의 문학」

1966년까지 김학영의 세 여동생이 북한으로 귀국했습니다. 이 때 '굳이 여동생을 제지하지 않'은 작가는 시간이 흘러 '그때 왜 여동생이 '북'으로 돌아가는 것을 허락했을까'를 후회하기 시작했고, 이것이 '한'이 되어 '하나의 삶의 장애'(『통일일보』)가 되었다고 말합니다. 그러나 김학영은 『향수는 끝나고, 그리고 우리들은』을 한창 집필 중이던 82년 칼럼에 다음과 같이 씁니다.

민족문제 운운하기 전에 나는 나 자신을 먼저 구해야 한다.

—「통일일보」

"'나는 괴롭고, 괴로워……. 정말 어떻게 할 수 없을 만큼 괴롭다. 정말로 괴롭다'라고 눈물을 뚝뚝 흘리면서 장에서 뽑아내듯 신음했다."(아리마 히로카즈有馬弘純, 『기억 속의 김학영思い出の金鶴泳』) 김학영에게 결정적인 진실은 반복해서 소설화된 것처럼 유년 시절에서 유래된 '어디에서 오

는지 알 수 없는 쓰라림'(『얼어붙은 입』)이었다고 생각됩니다. 아버지의 폭력에 의한 가정의 불화가 '지옥'이었다고 작가는 말합니다.

격앙된 아버지에게 머리를 붙잡힌 채 도로에 끌려 나왔던 어느 날 밤의 어머니 (…중략…) 어머니가 몸으로 겪고 있던 근심은 나에게도 근원적인 근심이었다. 살아가는 것이 고통이라고 생각되었을 때, 나는 이 고통의 근원이 그 옛날 부모의 참혹한 부부싸움과 그것이 벌어졌던 고향 집이라고 느끼곤 했다.

—「그날(その日)」

자살한 그날까지 김학영을 고통 주었던 정체를 알 수 없는 불안함, 다케다의 표현으로는 '인간 고통의 진정한 소재' 또는 '인간 고통의 원질'이라는 것. '어떤 관념으로도 바꿀 수 없'던 뭐든 간에, 그런 것은 바꿀 수 있는 것이 아닙니다. 각인되어 버린 체감이기 때문에. 퍼즐이 아닌 것입니다. 이 점을 다케다 세이지는 잘 알고 있는 사람이라고 생각됩니다.

— 1997.8.

(번역 : 이승진)

근대사의 그림자를 응시하며*

김희명론

이수경李修京

식민지조선에서 15세 무렵에 일본으로 건너가 실 제조공장의 열악한 환경에서 노동생활을 체험한 김희명金熙明은 재일조선인·무산노동자에 대한 착취와 차별, 사회의 부조리 등을 시와 평론을 통해서 호소한 초기 재일문학자이다. 그러나 태어난 한국은커녕 일본에서도 별로 알려지지 않은 것이 현재 상황이다. 일본에 건너 온 초기에 조선인 노동자를 포함한 무산노동자의 열악한 환경을 호소하고, 프롤레타리아 문예잡지를 통해서 사회주의이론을 전개하여 실천적 문예활동에 적극적이었던 김희명은, 1928년 동경부東京府의 촉탁囑託 직원이 되어 전후에 일

---

* 추기 : 본고의 일부에는 졸고 「김희명의 반제국주의사상과 사회운동(金熙明の反帝国主義思想と社会運動)」(『日本語文学』제36편, 2007년 3월)의 김희명 인용문의 재인용 및 수정·가필을 수렴한 것을 미리 말해 둔다.

본으로 귀화한다. 이와 같은 경력으로 한국에서는 친일문학자라는 해석도 있어 지금까지 활발한 연구가 이루어지지 않았다. 그러나 김희명은 평생을 그 나름대로 문예활동을 계속하여 만년에는 한일의 불행한 역사의 실태를 구명하려고 노력했다. 초기의 활동내용은 빈곤층인 무산노동자의 인권과 평등에 대하여 호소하고 조국의 현 상황과 복지개선 등이 많았고, 만년에는 일본제국주의 전략에 농락당한 근대조선사에 밀착하여 한일관계뿐만 아니라 재일의 존재배경에 대해서 언급하려고 시도했다. 그렇지만 김희명은 ① 자산가인 일본인 여성과의 결혼 ② 전시 중 동경부에 취직 ③ 소설작품보다도 평론이 다수 ④ 전후 귀화 등의 이유로 한일문학계에서 소외되어 왔다고 해도 과언이 아니다. 그러나 김희명은 일본에서 활발한 집필활동을 하였고, 초기 재일 문학의 동향을 알기 위한 귀중한 존재이다. 게다가 피지배국이었던 조국과 지배국인 일본사회의 사이에서 아이덴티티를 찾아 온 '재일'의 근저에 내재한 더블 스탠다드를 구명하기 위해서도 김희명 연구는 가치가 있다.

일본에서는 필자에 의해서 김희명 연구가 본격적으로 시작되었다고 볼 수 있지만[1] 지금까지 불분명한 점이 많고 관련자료·정보 수집에는 꽤나 많은 시간이 걸렸다. 본고에서는 최근까지 입수한 자료와 정보를 새로운 지견으로 제시함과 동시에 초기 재일문학자로서의 프롤레타리

---

1 일본에서 김희명 연구는 다음의 논고를 참고 하길 바란다. 졸고 「문화교류와 평화사회의 창조(文化交流と平和社会の創造)」, 『平和研究』 제29호, 早稲田大学出版, 2004. 졸고 『세계사에서의 관동대지진(世界史の中の関東大震災)』 관동대지진 80주년 기념행사실행위원회편, 일본경제평론사, 2004. 졸고 「『문예전선』에서 일본인작가·김희명」, 『사회문학』 제20호, 2004. 졸고 『제국의 사이에 산 한일문학자(帝国の狭間に生きた日韓文学者)』, 緑陰書房, 2005.

아 문예활동에 전력을 다하여 일본에서 조국을 가슴에 묻은 경위 등을 명확히 할 것이다.

1. 김희명과 일본

김희명이 요요사洋洋社에서 출판한 『흥선대원군과 민비興宣大院君と閔妃』(1967),[2] 『일본의 3대 조선침략사日本の三大朝鮮侵略史』(1973) 등에 의하면 출신지는 한국중부지방의 충남 논산읍으로 되어 있다. 그러나 지금까지 김희명의 생년월일과 출신에 관한 내용을 확인할 수가 없고, 『현대한국인 인명사전·현대생활용어사전합동연감 1968년판 10주년기념별권』[3]의 1905년 3월 18일이 사용되어 왔다. 그러나 2006년 11월 6일에 필자가 유족을 만나서 "김희명이 토끼띠라는" 증언을 얻고 난 후, 연구협력자가 김희명은 1903년 3월 18일에 논산읍 본정 33번지(현재의 논산시 화지동)출신인 것을 확인하였다. 1903년의 간지干支가 따 "계란癸卯"의 토끼해여서 이치에 맞는다. 그러나 유족은 일본인이고 아버지와의 관계를 갖고 싶지 않다고 밝혀서 얼마간의 단서는 확보했지만, 구체적인 내용을 알 수가 없었다. 김희명의 차녀 I 자 씨로부터 확보된 내용을

2　본서는 『친화(親和)』지에 2년간 22회에 걸쳐서 연재한 작품을 집대성한 것이다. 鈴木一·李弘植, 「서문」, 『흥선대원군과 민비 』, 洋洋社, 1967, 1~3쪽 참조.

3　『현대한국인 인명사전·현대생활용어사전합동연감 1968년판 10주년기념별권』, 합동통신사, 1968, 47쪽 참조.

정리하면 이하와 같다.

①아버지에게는 형제가 없음[4] ② 만년에 정규직으로 취직하지 않고 술을 마시며 돌아다녀서 어머니인 하쓰코ハ고구가 경제활동을 함 ③ 아들을 원했지만 딸 둘을 낳았으며, 장녀는 이미 죽음 ④ 집에서는 '조선'에 대하여 일절 언급하지 않는 생활을 했음 ⑤ 딸들은 어렸을 때부터 교육열이 강한 어머니 밑에서 영재교육을 받음 ⑥ 차녀인 자신은 항상 정치와는 선을 긋는 일본인으로서 '일류' 아티스트를 목표로 해옴 ⑦ 김희명이 노후에 쓴 책 출판비용은 차녀가 준비했음 ⑧ 아버지 김희명은 복잡한 경험에서 현재 '외국인은 매장될 수 없는' 가마쿠라鎌倉공동묘지에 안장되었음.[5]

이들 정보는 후에 필자가 일본의 S씨, 한국 논산시 거주의 Y씨의 교시教示를 얻어서 구체적인 정보를 확보하게 되었다. 그 후 공동연구자로서 김희명을 연구하고 있는 부산외국어대학교의 박경수朴庚守교수가 김희명의 장남 김희순金熙淳의 5남인 김영현金永顯에게 증언을 얻어 김희명의 성장과정에 대해 새로운 사실이 더해졌다. 일련의 새로운 내용을 정리해 보면 김희명은 아버지인 김문연金文淵과 어머니・이공연李公淵의 3남으로서, 1903년 3월 18일에 앞에서 언급한 논산읍에서 태어났다. 그

---

4 그러나, 한국 호적에 김희명은 3명의 형제가 있고, 현재 그 형의 조카의 생존이 확인되었다. 논산의 Y 및 박경수 교수의 교시에 의한다.

5 한 구획 1,000만 엔이나 하는 가마쿠라 공동묘지에 외국인은 들어갈 수 없다. 김희명은 현재 일본명인 金光史郎가 아닌 다른 이름으로 다른 사람의 합동묘지 속에 들어가 있다. S씨의 교시에 사의를 표한다.

리고 한국에서는 당시 4년제인 논산공립보통학교(현재 부창富倉초등학교)를 졸업한다. 그 후에 일본에 건너가 1926년 1월 28일에 아내인 아리이즈미 하쓰有泉はつ와 혼인신고서를 제출하고, 1926년 10월 20일에 장녀인 미요光洋를, 1929년 11월 14일에 차녀인 미후미光郁를 갖게 된다. 그러나 아들을 간절히 원하던 김희명은 큰형인 김희순의 아들(김영현의 동생), 영수永壽(1935년생. 현재 생존)[6]를 양자로 맞아 일본에 불러들이지만 아내의 심한 반대로 김영수는 일본에서 운전기술을 습득한 후에 귀국한다. 결국 김희명이 한국 땅을 밟은 것은 일본의 패전 후인 재일거류민단에 소속했던 때가 된다. 당시, 두 번 정도 한국을 방문하지만 한국 내 친척과의 교류가 없고 숙부이긴 하지만 김희명은 민족주의자라기보다도 '친일'적 입장의 인물이었다는 인상이 김영현에게는 남아 있다.

이들의 내용에서 김희명과 친족과의 관계가 친밀하지 않았던 것을 확인할 수 있는데, 양자문제와 한국친척관계의 복잡함을 감추기 위해 차녀는 아버지에게는 형제가 없다는 거짓말을 한 것으로 추정된다.

그런데 차녀가 가지고 있던 위비에는 향년이 1977년 1월 2일이었다. 그리고 가마쿠라 공동묘지에 영민해 있는 김희명의 묘명에는 향년 75세라고 새겨져 있다. 게다가 필자에게 협력해준 S씨의 교시에 의하면[7] 김희명과 아내 하쓰코는 1975년 8월 25일에 일본으로 귀화했다. 보충하면 아내는 원래 일본인이었지만 식민지시대에 김희명의 호적에

---

6 박경수 교수가 본인과의 인터뷰를 시도했지만, 김희명과 관련된 질문을 받고 싶지 않다며 응해 주지 않았다.
7 2000년 1월 19일, 김희명관련의 정보에 대해서 S 씨에 의한 교시를 받았다. 깊이 사의를 표한다.

입적했기 때문에 김씨 성을 사용하고 있었다.[8] 그러나 두 사람이 일본에 귀화할 때 아내의 결혼 전에 "아리이즈미"라는 성은 사용하지 않고, 김희명의 창씨개명이었던 "가네미쓰 시로金光史郎"의 "가네미쓰"로 바꿨다고 보여진다. 결과적으로 김희명이 사망하는 1년 반전 즈음에 귀화한 형태가 되었는데, 당시 시대적 상황을 고려하면 귀화는 결코 간단한 일이 아니고 부부가 동시에 귀화한 데에는 자녀의 결혼 등 여러 가지 이유가 있었을 것이다. 전후에는 한국거류민단의 부단장까지 역임하고 만년에는 조선(한국)인으로서의 아이덴티티를 찾는 노력을, 마지막까지 '김희명'의 이름으로 조선 침략사를 계속 집필한 김희명으로서는 복잡한 선택이었다고 추측할 수 있다.

그런데 김희명의 출생과 사망 출신지 등은 상기에서 밝혔지만 일본에 건너가기 전의 성장과정에 관한 자료가 전무하기 때문에 얼마간의 회상과 작품에서 언급한 내용으로 추측할 수밖에 없다.

앞에서 김희명의 본적은 '대한민국 충청남도 논산군 논산면 본정 33번지'인 것을 확인했지만, 산간지방 논산에서의 추억과 성장과정에 대해서 김희명의 회상은 아직 확인 되지 않는다. 다만 1927년의 『태평양시인太平洋詩人』 1월호에 발표한 「조선의 자장가 2편朝鮮の子守唄二扁」에는 "포플러 가로수, 아카시아가 무성한 나무 아래에서 석양을 바라보며 부모님이 논에서 돌아올 것을 기다리는 작은 누나가, 등에 업은 갓난쟁이와 그 자장가를 떠올린 나는 자신의 소년시절을 그리워한다"[9] 라는 향

---

8   식민지시대, 조선인 남자와 결혼한 일본인여자는 조선호적에 입적하기 위해 '有泉'는 없어졌다.
9   김희명, 「조선의 자장가 2편」, 「태평양시인」, 1927.1, 8쪽.

수를 서술하고 있다. 이 문장에서 김희명의 본가는 농업을 하고 있었다고 생각된다. 그러나 김희명에게는 누나가 없기 때문에 여기에서 표현되어 있는 "누나"란 어머니와 고향의 가족을 그리워하는 향수의 소재가 되었다고 추측할 수가 있다.

김희명의 도일직후에 대해서는 1927년의 『문예전선文芸戦線』 10월호에 게재되어 있는 「제사공장회상製絲工場回想」 중에서 그 동향을 알 수가 있다. 일본까지의 경위에 대해서는 서술하고 있지 않지만 나가노長野의 스와諏訪호 주변에 있던 지인을 의지하여 15세 전후에 일본에 왔던 것이 기술되어 있다. "아직 15살 안팎의 소년시절의 일이다. 무모한 여행이 며칠이나 계속되던 어느 날 내가 숙박을 정한 것은 신슈信州의 스와호반이었다. (…중략…) 그 밤은 여관의 노파에게 이끌려서 오카다니岡谷의 시내에 가서 미야자카宮坂라는 제사공장에 소년공으로 고용되었다. 사장인 미야자카 씨 부부는 신분과 경력에 대해서 전부 듣자 네가 희망한다면 학교에 들어가도 좋다고 해서 때마침 집에 돌아와 있던 아들 가즈오오一男 씨를 소개받았다. 가즈오오 씨는 와세다早稲田 대학의 문과에 재학 중이었다. 내가 문학에 뜻이 있기 때문에 두 사람은 어느샌가 여러 가지 공감대가 생겼다"[10]고 서술한다. 여기에서 김희명이 문학에 뜻을 두고 진학을 생각하고 있었던 것과 학비를 위해 미야자카 제사공장에서 일한 것임을 알 수 있다. 당시의 스와 주변에는 이러한 공장이 많았고 매우 싼 임금으로 착취당한 노동자가 많았으며, 특히 여공의 처

---

10   김희명, 「제사공장회상」, 『문예전선』 제4권 제10호, 1929.10, 80쪽.

참한 노동실태가 만연된 때이기도 했다. 김희명이 속해 있었던 공장생활도 열악 그자체였고 "나는 3년간을 통해서 최하급의 작업에 쓰였다. 각 공장에서 실 짜기 통에 남겨진 실밥과 번데기 등을 주워 모와 오면 나는 그것을 한쪽 손으로 휘감아서 골라 뽑는다. 내 손은 실과 지푸라기에 베고 찔려서 고로케의 반죽이 될 것 같은 고기 토막이 되어 있었다. 피가 나오고 고름으로 게다가 그것이 터져서 짓무른다. 또한 추위가 얇은 옷의 몸속으로 파고 든다"[11]고 당시의 실상을 토로했다. 3년간 그곳에서의 힘든 공장생활을 통해서 노동자의 처참함을 체험한 김희명은 후에 프롤레타리아 문예운동에 적극적으로 가담하여 평등이론을 전개한다.

또한 보다 체계적인 사상형성은 일본대학 사회학과에 입학 후, 그곳의 사회과학연구회를 통해서 행하게 된다. 일본대학 사회학과는 1920년 4월에 일본의 사립대학으로서는 처음으로 사회과를 막 설치했지만 문학에 뜻이 있던 김희명이 왜 사회학을 선택했는지, 언제 입학하고 언제 졸업했는지는 불분명하다. 필자가 일본대학 교무과에서 조사해 보니, 그의 친구인 요요사의 초대사장인 우메다 미쓰유키梅田道之의 이름은 분명히 1926년의 졸업자명부에 있지만 김희명의 이름은 확인할 수가 없었다. 야간이 설치되어, 주간에 일하면서 다녔을 가능성이 있고 1926년에 졸업하지 않았을 가능성도 배제할 수 없다. 보충하면 1926년의『성문학性文学』1월호에는 동인들의 이름이 나열되어 설날의 인사

---

11 김희명, 「제사공장회상」, 앞의 책, 80쪽.

가 있었지만 거기에는 각자의 이름에 직함이 붙어 있고, 예를 들면 문학사와 의학박사, 변호사 등이다. 그러나 김희명의 이름에는 아무것도 안 쓰여 있는 것으로 보아 1927년의 설날까지는 졸업하지 않았을 것으로 추측된다. 1927년 3월 혹은 1928년 3월 졸업도 생각해 볼 수 있지만 이번에는 확인할 수가 없었다. 어쨌든 대학 입학·졸업의 확인 작업도 향후에 필요하다.

2. 사상형성과 프롤레타리아 문예활동

김희명의 일본에서의 활동은 현재 1922년 10월호의 『아시아 공론亜細亜公論』 6호에 발표된 「시조詩調」,[12]가 가장 빠르다고 할 수 있다. 그 다음 해인 1923년 1월에는 동잡지에서 조선고전의 '추풍감별곡'을 '평양감별곡'의 제목으로 번역하고 있고 1923년인 『대동공론大東公論』 7월호에서는 일본과 조선의 피차별 계급의 타파와 인도적 평등을 호소하는 내용을 발표했다. 평등과 인권은 그 후의 김희명의 작품에서 일관되게 나오는 용어 중 하나이기도 하다. 그 배경에는 그의 성장과정과 식민지로 변한 조국에서의 기억이 작용했을 가능성도 있지만 무엇보다도 스와에서의 차별과 억압, 힘든 노동생활이 후일 그의 활동의 원점이 되었을 것이다.

게다가 1923년에 『대동공론』에 발표된 「죽음을 응시하며死を見つめ

---

12 김희명, 「시조」, 『아시아 공론』, 1922.10, 80~81쪽.

て」의 반 이상이 삭제 된 것을 보면 검열에 저촉될 정도의 격렬한 사상적인 내용이었다고 보여 진다. 또한 "하는 대로 내버려둬 되는 대로 참고 따라"[13] 라고 쓰여 진 부분에서 김희명이 대외적인 강압에 일종의 포기조차 보이고 있는 것을 알 수 있다. 이 작품은 김희명의 일본사회에 대한 저항의식의 표출이라고 할 수 있다. 이미 노동현장의 체험 등으로 사회의식은 높아졌고 사상적 형성을 시작한 김희명이 적극적으로 문학활동을 하는 것은 1925년부터라고 할 수 있다. 특히 1923년 9월 당시, 메구로目黒에 주거한 김희명은 관동대지진이 일어난 하루 동안에 조선인 학살의 지옥을 목격하고 엄청난 충격을 받았던 것 같다. 대학에서 사회과학연구회에 소속해 있던 그는 『씨뿌리는 사람種蒔く人』이 마지막으로 낸 『씨 뿌리는 잡기種蒔く雜記』의 조선인학살에 대한 항의 등으로 친근감을 갖고, 『씨 뿌리는 사람』의 주요 동인들이 새롭게 창간 한 『문예전선』에 끼어들었다고 생각된다. 주지하는 바와 같이 1925년 3월의 치안유지법으로 사상활동 탄압과 보통 선거법의 성립, 다음해 초의 치안유지법 적용사건의 교토京都 학련 사건발생, 노동농민당결성, 박열朴烈・가네코 후미코金子文子 체포사건 등으로 "조선인" "주의자" 라는 다중의 억압 하에서 자신의 마음을 의지할 곳을 찾는 중에 『문예전선』과 만났다고 추측된다.

김희명이 처음으로 『문예전선』에 등장한 것은 1925년 11월에 『문예전선』 제2권 제7호에서 「다행幸い」을 발표하고 나서이다. 그 안에는

---

13 김희명, 「죽음을 응시하며」, 『대동공론』, 1923.7, 65쪽.

"피스톨·폭탄 등 모든 살인도구. (…중략…) 그들이 나를 요구한 날에 웃으며 표적으로 서 주겠다는 준비가 되어있다. 그래서 나는 다행이라고 외친다"[14] 고 써져 있다. 흡사 지옥과 같은 관동대지진에서의 동포학살을 목격하고 목숨을 걸고 저항과 분노의 투쟁선언을 하는 듯한 내용이다. 바꿔 말하면 국가권력으로 죽는 것이 숙원이라고 말하는 듯한 분노와 각오를 표명하고 있다. 이 시가 『문예전선』에 등장하는 최초의 아시아인[15] 의 작품이기도 하다. 그 후에 『문예전선』 1926년 신년호에 「쇄사슬과 망치腐りと槌」란에서 권병길權炳吉이 「영원한 자유 永遠の自由」라는 짧은 시를,[16] 같은 해 4월호에서는 한식韓植이 「목탄이여 타라炭よ燃へてくれ」를 발표하고[17] 한설야韓雪野의 동 잡지에 대한 비판문을 게재하는 등, 김희명의 발표 이후에 가끔 조선인의 문장이 실리게 되었다. 또한 김희명은 동년 3월의 『문예전선』에서 「이방애수異邦哀愁」를 발표했다. 빈곤과 차별 속에서 엄마 없이 9살에 학교에도 가지 못한 조선인 노동자 아들을 묘사한 이 작품은 일본의 피억압계층 동포의 현실을 호소한 작품이라고 할 수 있다.[18]

---

14 김희명, 「다행」, 『문예전선』 제2권 제7호, 1925.11, 31쪽.
15 다만 당시는 식민지 지배하에서의 동화정책에 의해서 조선인은 일본인으로서 자리 매겨져 있었다.
16 권병길, 「영원한 자유」, 『문예전선』 제3권 제1호, 1926.1, 79쪽. 다만, 시의 내용은 생활 속에서 자유를 추구하고 있을 뿐, 그 정도 뛰어난 작품이라고는 말하기 어렵다.
17 한식, 「목탄이여 타라」, 『문예전선』 제3권 4호, 1926.4, 12~13쪽.
18 이 시에 관해서는 앞에 게재한 졸고 「『문예전선』에서 일본인작가·김희명」, 95쪽에서 상세하게 서술하고 있다.

3. 클라르테운동과 야수주의의 영향

김희명이 특정 인물로부터 사상적인 영향을 받았다고 명기되어 있는 문장은 현재 확인 되지 않았다. 또한 당시 격렬한 이론투쟁을 하고 있던 조선 프롤레타리아 예술동맹 카프와 재일 좌익단체의 제3전선사와의 관련성을 알 수 있는 자료도 발견되지 않았다. 때문에 일찍부터 조직적 활동에 참가하지 않았다고 여겨진다. 다만 그의 작품과 사상활동의 여기저기서 얼마간 확인할 수 가 있다. 그 중에서도 프랑스의 클라르테운동 내지 그 주창자인 앙리 바르뷔스, 야수주의의 영향을 무시할 수 없다.

클라르테운동은 주지하는 바와 같이 제1차 세계대전에 41세의 나이로 지원 참전한 프랑스 작가 앙리 바르뷔스Henri Barbusse가 1919년에 세계반전反戰지식인 운동으로 전개한 것이다.[19] 일본에서는 고마키 오우미小牧近江가 프랑스에서 귀국한 후 『씨 뿌리는 사람』, 『우리들我等』 등에 소개하여 널리 알려지게 되었다. 그렇지만 김희명이 바르뷔스에 접한 것이 언제였는지는 명확하지 않다. 다만, 학생시절에 사회학을 공부하면서 대학의 사회과학연구회에 속해 있던 김희명이 학생시절에 클라르테운동에 대하여 알았을 가능성을 시사하는 내용이 있다. 김희명의

---

19 클라르테 및 김기진(金基鎭) 등에 대한 상세는 이하의 졸고 참조. 이수경, 『근대한국의 지식인과 국제평화운동(近代韓国の知識人と国際平和運動)』, 明石書店, 2003; 이수경, 『제국의 사이에서 산 한일문학자(帝国の狭間に生きた日韓文学者)』, 緑陰書房, 2005; 이수경 외편, 『클라르테 운동과 『씨뿌리는 사람』(クラルテ運動と『種蒔く人』)』, 御茶ノ水書房, 2000.

최초 장편 창작으로 1930년의 『사회복리社会福利』에 게재된 '인텔리'인 주인공 모리森가 등장인물인 겐이치建一에 대해서 말하는 장면에서 "모리가 문과에 소속되어 사회학을 전공했다고 들었기 때문이기도 하지만 (…중략…) 최근에는 앙리 바르뷔스의 등에 대해서는 특히 열정적으로 이야기 했다. 사실 그는 유행하는 책은 얼추 읽었다. (…중략…) 클라르테는 영어 번역본을 2번이나 한 장씩 넘기면서 읽었다고 한다. 그리고 그 큰 스케일과 깊고 넓은 인도주의에는 매우 감탄했다고 했다"[20]고 서술하고 있다. 상기작품에서 김희명은 겐이치에게 자신을 투영시키고 있고 사회학전공을 시사하면서 『클라르테クラルテ』의 문학적 스케일의 크기와 인도주의에 감탄했던 자신의 의견을 서술하고 있는 것을 알 수 있다. 당시 『클라르테』가 유행하고 있었음을 확인할 수 있다. 게다가 김희명의 작품 여기저기에서는 바르뷔스의 영향을 엿볼 수 있는 표현이 나타나 있다. 예를 들면 "참호塹壕" "빛" "죽음" 등은 『클라르테』에 나타나는 바르뷔스의 인도주의적 평등을 의식한 표현으로 지배국 일본의 부조리한 차별과 관동대지진 등에서의 동포학살에 저항하는 의미로 "죽음"을 이용했을 가능성이 있다. 특히 1927년의 『문예전선』 9월호에는 1926년 6월에 일어난 제2공산당사건[21] 때에 검거된 이준택李準沢을 모델로 한 「이끼 아래를 가다苔の下を行く」가 발표되었지만,[22] 본 작품 안

---

20 김희명, 「인텔리(インテリゲンチャ)」, 『사회복리』 제14권 제7호, 1930.7, 101쪽.

21 조선공산당은 1925년 4월 17일에 김재봉(金在鳳) 등을 중심으로 결성되어 각 지부설치와 노농 단체의 지도, 민족주의 운동의 전개에 전력을 하기 하지만 강해진 공산당탄압과 검거에 의해서 1928년 12월 코민테른으로부터 당 승인이 취소되어 괴멸에 이르렀다.

22 다음의 문헌에서 상세하게 서술하고 있다. 이수경, 『제국의 사이에서 산 한국문학자』, 綠陰書房, 2005, 227쪽.

에 등장하는 이는 아들 "광조光潮"에게 미래의 희망을 걸었다. 거기에는 "빛" "만민평등" "희망"이라는 도식이 존재하는 것을 알 수 있다. 또한 마지막 부분에서는 "나는 전선의 맨 앞에 서서 적어도 참호의 한 구석이라도 파겠지. 우리들이 갈 길은 오로지 하나이다. 붉은 태양의 길이 그것이다"[23]라고 서술하고 틀림없이 앙리 바르뷔스가 전쟁의 실태와 권력구도에 내재된 모순에 대하여 『포화砲火』 『클라르테』에서 주장한 내용과 통하는 부분이라고 할 수 있다. 게다가 김희명의 일본명은 "가네미쓰"로 되어 있고, 비록 나중에 개명을 하긴 하지만 장녀가 태어난 1926년은 김희명에게 사상활동이 적극적으로 된 시기이며 자신의 아이 이름을 "미쓰요光洋"라고 지운 것은 반드시 우연이라고 하기는 어렵다. 덧붙여 말하면 딸들의 이름의 한국식 발음은 남자이름이며 김희명이 얼마나 사내아이를 바라고 있었는지 엿볼 수 있다.

한편 김희명은 1928년 『전위前衛』 2월호에는 바르뷔스작인 『클라르테』를 그림책 형태로 소개하고 전선 병사들의 사는 모습과 참호부대의 모습, 전쟁의 처참함을 쓰고 있다. 원작인 『클라르테』를 특징적으로 파악하고 단문의 그림이 삽화된 이야기로 되어 있지만, 김희명이 『클라르테』와 바르뷔스의 사상에 공명하고 그 작품의 의도를 주지시키려는 노력을 읽어낼 수 있다.

더구나 바르뷔스의 평등주의와 인도주의를 만나서 자신의 사회적 역할을 자각하면서 김희명은 프롤레타리아 문예운동을 통해서 피지배층

---

23 김희명, 「이끼 아래를 가다」, 『문예전선』 제4권 제9호, 1927.9, 171쪽.

의 현상을 널리 주시시키고자 한 점과 그들의 생활을 사회전체의 과제로써 해결 해야만 하는 책무를 의식한다. 또한 권력의 억압과 차별로 고통받는 무산노동자층을 위한 문학자로서의 역할이 어떤 모습이어야 할까를 모색하면서 자신의 사회적 의식을 문예활동으로 전개하고자 하였다. 김희명은 『야수군野獸群』의 편집자[24]로서 일본에서 무산계급의 독립과 해방을 목적으로 조일양국의 상호연계의 장을 마련하려고 노력했다.

　1926년 7월에 간행된 『야수군』은 프랑스의 야수파사상에 자극되어 탄생된 아나키즘 잡지였다. 창간호에 실린 『야수군』의 간행취지는 "우리는 야수의 무리다! (…중략…) 우리는 전우를 부르는 야수의 무리다. 우리는 빼앗긴 진리탈환을 위해 결투해야만 한다!(이하 소멸)"[25]고 표명한다. 지워진 부분도 많지만 같은 목적의식을 가진 동인지를 통해서 사회 부조리와 싸우는 것이 주요취지이다. 그 편집동인에는 니키 지로仁木二郎, 아리이즈미 유쓰루有泉讓, 사토무라 긴조里村欣三 등이다. 특히 아리이즈미는 결혼 전 김희명의 아내의 성으로, 『야수군』의 창간호에서 「젖먹이 자매乳飮姉妹」를 게재한 아리이즈미 유쓰루가 김희명의 결혼과도 관련이 있을 것이다.

　김희명은 동잡지에서 "생존 의의적 인간 생활창조의 원동력을 만들기 위한 운동이자 절규이며 신시대를 맞이해야 하는 신문명의 강조 내지 사회적정의 확보와 인류애의 고조이다"[26]라고 『야수군』간행의 의미

24　창간호의 발행 겸 편집자에는 김희명 이외에 片山庚子, 有泉讓, 仁木二郎가 나열되어 있다.
25　『야수군』창간호, 1926.8 전문.
26　김희명, 「야수주의 제창과 그 미완성 이론 그 하나 野獸主義提唱とその不完成なる理論(その1)」, 『야수군』창간호, 1926.8, 2~3쪽.

를 명기하였다. 또한 동시에 본문에서는 "빛을 갈구하는 사람들"에서 바르뷔스가 클라르테 운동에서 외치던 "빛=진리·광명"과 자유를 갈구하는 인물의 회화를 희곡풍으로 그리고 있다. 이들 내용에서 김희명 안에 있는 『클라르테』의 영향이 어느 정도였는지 알 수 있다. 그 중에서도 무용을 했던 아내 하쓰코의 협력과 같은 해 5월에 카페·브라질에서 개최된 야수군 주최의 문예만담회에 참가했던 당시의 쟁쟁한 문학자 등이 소개되어 있다. 이들 운동을 통해서 보다 명확한 사상적 투쟁의식에 눈을 뜬 김희명은 반제국주의·차별철거의 평등주의를 제창하지만 이미 사상 잡지에 대한 경찰의 감시가 심하고 잡지 내용에는 검열로 복자伏字가 조금 보여서 전도다난前途多難의 조짐도 여기저기 눈에 띈다.

또한 『야수군』 제2권 제2호에는 김하쓰코도 편집당번 외에 조선출신의 리·태쓰, 서기준徐基俊, 성춘경成春慶 등도 이름을 올리고 있고 『야수군』이 조일연대의 사상문예 잡지로서의 성질도 보이고 있다.

게다가 김희명이 1926년 1월에 「프롤레타리아 예술보다 다다이즘을 매장하라プロ芸術よりダダを葬れ」를 발표했던 잡지 『조국』의 편집자인 나이토 다쓰오内藤辰雄가 「계급혼에 대해서階級魂に就いて」를 발표하는 등, 김희명의 사상활동의 동지들도 볼 수 있다. 또한 김희명은 「거지대장乞食の大将」을 발표하고, 편집자 후기에서는 「1927년. 우리들은 규탄을 하고 돌진한다」[27]라며 사상적인 투쟁에 대한 강한 의지표명이 서술되어 있다. 그것은 김희명이 느낀 사회 부조리와 처참한 처지, 착취와 빈곤, 차

27　김희명, 「편집후기」, 『야수군』 제2권 제1호, 1927.1, 33쪽.

별과 억압으로 괴로워하는 밑바닥 무산계급의 실태를 폭로하고 제국주의 권력에 대항하는 선언이었다.

김희명은 제국주의의 식민지 지배에 대한 저항에 대해서 "식민지는 그 역사적 기원이 무력 혹은 불법적인 수단에 종속된 것으로 식민지에서 재래 주민은 지배계급과는 역사상으로 아무 연관도 갖지 않을 뿐더러 친선과 호의가 없는 이민족의 습격이어서 식민지에서 해방운동이 당연히 민족적으로 규합하고 민족적으로 해결을 바라는 것은 동류同類 의식의 환기로 어쩔 수 없다"[28] 고 명언하고 피해자인 민중의 공동전선을 호소하고 있다. 김희명의 반제국주의 의식의 내재를 냉정한 견해로 나타내는 것을 알 수 있다.

1926년 12월 1일에는 "연애의 프롤레타리아화化"를 표방하는 『성문학』이 창간되자 김희명은 동인으로서 성의 계급해방에 대해서 주장한다. 정조개념은 권력에 의해서 만들어낸 질곡의 현상이라고 강하게 의식하고 창간호에서 "성문학의 궁극의 요구는 성해방으로 귀결될 것이다. 계급문학이 계급투쟁의 한분야로서 지금은 논의의 여지가 없는 것처럼, 성문학은 계급문학의 일부분으로 장래에 투쟁 영역을 확대해 갈 것은 명확하다. 왜냐면 계급투쟁의 차기에 오는 인류의 고민은 성의 투쟁이니까"[29]라고 지론을 전개했다. 또한 "종래의 정조인식은 본능욕구에 지배계급의 정복 권력의 제한이 동반한 것으로 그 시시비비의 판단은 시대에 맡겨야만 한다"[30]고, 당시로서는 혁신적인 의견을 논하고

---

28 김희명, 「공동전선의 한 방향(共同戰線の一方向)」, 『전진』 제4년 제10호, 1926.10, 7쪽.
29 김희명, 「성문학 일고찰(性文学一考)」, 『性文学』 창간호, 1926.12, 7쪽.

여성운동과 맥락을 같이 했다.

또한 1927년 1월 22일에는 요미우리読売신문사와 프롤레타리아 문예연맹의 문사련文士連의 후원으로 성문학사社와 야수군사社의 공동개최로 '신흥예술제'가 행해지고 1926년의 『문예전선』 제3권 제10호에 게재된 이마노 겐조今野賢三의 「봉오도리 점령盆踊り占領」이 공연작이 되었다.[31] 내용은 장해를 가지는 빈민층 사람들의 봉오도리에 대한 생각과 자본주의의 모순에 대한 빈축을 그렸지만 합평자인 카지 와타루鹿地亘로부터는 "내용부터 말하면 자연발생적인 단순하고 유치한 반항이라고밖에 느껴지지 않는 뭔가 부족하다는 생각이 든다"[32]라고 혹평을 받았지만 의외로 초만원의 연극이 되었다. 배역에는 호리타 스케지堀田助二에 가타야마 야스시로片山康四郎, 아내역에 김희명의 처 김하쓰코, 건강한 직공에 니키 지로仁木二郎, 폐병청년에 와타나베 구미渡辺汲, 그리고 맹인 청년에는 김희명이 맡았고 문예, 시낭독, 연극, 무용의 4개 부문이 마련된 예술제의 무용에서는 김희명이 「참호를 넘어서塹壕を越えて」를 아내 하쓰코가 베토벤의 「피축제의 춤血祭りの踊」 등을 연기하였다. 이점에서 하쓰코는 일찍부터 무용을 피로해 온 것을 알 수 있다. 게다가 이 예술제는 성황이었지만 경찰에게 신고한 각본낭독과는 다른 연극이었기 때문에 주재자인 「성문학사」의 와타나베 구미渡辺汲와 「야수군」의 김희명은 치쿠지築地경찰서에 연행되어[33] 결과적으로 『야수군』은 제3호만에

---

30 앞의 책.

31 今野賢三, 「봉오도리 점령」, 『문예전선』 제3권 제10호, 춘계특별호, 1926.10, 26쪽 참조.

32 「전호의 작품에서」, 『문예전선』 제3권 제11호, 1926.11, 88쪽.

33 1926년 12월 25일에 다이쇼 천황이 서거하고 상중의 집회·가무음악을 삼가고 있었기 때문에

폐간이 되었다.[34] 『야수군』 후에는 『문예투쟁』으로 개칭하고 중화민국의 공산당수령으로서 장작림張作霖에게 살해당한 이대소李大釗의 「지금今」을 번역하기도 하고 "우리들은 문예가가 이론투쟁보다 실제 전장에 진출하지 않기를 바란다. (…중략…) 이론 투쟁은 지휘 권력관념의 고집수단이 아니라 직접 실전에 돌진하는 신호이자 투쟁순간에서 체험적 진행 상태여야 한다. 이론보다 투쟁으로, 투쟁보다 한층 더한 투쟁으로, 문예가의 진출가담을 바란다"[35]라는 문예운동의 철저한 투쟁을 선언하고 김희명은 공산주의자 노선으로 달린다. 당시의 일본과 조선 프롤레타리아 문단의 사상운동의 강화파와 문예운동주의파의 이론 대립으로 각축이 격렬하게 이루어졌다. 그 중에서 김희명의 이론도 선열화되는 경향을 나타내고, 1927년 3월의 『시조詩潮』 16호에서는 「프롤레타리아 예술의 진영보다 소비에트 러시아 문학적 전적プロ芸術の陣営より, ソビエトロシアの文学的戦蹟」이라는 제목으로 레프 선언과 무산자 시詩는 구시대를 파괴하기 위한 도구라고 서술하고 『문예투쟁文芸闘争』 제2권 제5호에서는 「프롤레타리아 문예의 사회적 역할과 정치적 진출의 필연성」을 내세운다. 마르크스주의 이론과 레닌의 말을 인용하여 무산대중의 정치적 투쟁을 통해서 마르크시즘을 쟁취해야만 한다고 역설하지만, 결과적으로 『문예투쟁』은 계속 간행되지 않고 『문예전선』에서 『전위』로 흡수되어[36] 김희명의 활동도 일선에서 물러나는 모양이 된다.

이런 활기차고 시끌벅적한 작품은 경찰단속도 각오하고 연기했을 것이다.

34 松本克平, 『일본사회주의 연극사―명치 대정편(日本社会主義演劇史―明治大正編)』, 776쪽 참조.

35 김희명 「이론보다 투쟁으로, 투쟁보다 한층 더한 투쟁으로(理論より闘争へ, 闘争より更に闘争へ)」, 『문예전선』 제2권 제5호, 3쪽.

4. 결론

김희명은 1926년 동경부에 취직한 이래 실천적 사상활동에서 일선
을 긋는 양상을 취했다. 그 후『동경부사회사업협회보』,『조선사회사
업』,『사회복리』,『사업후생』,『경성일보』등에 조일 사회복지문제와
조합문제, 조선의 열악한 사회사정의 해결을 촉진하는 제안도 행하지
만, 반제국주의사상의 주장이 사그라들고 전운이 감도는 음험한 상황
속에서 '사회복지'라는 합법적 영역에 몸을 맡긴다. 또 중일전면전쟁의
다음 해인 1938년의『녹기綠旗』3월호에서는 철저한 조선의 일본화를
주장하는 현영섭이 발행한『조선인의 나아갈 길朝鮮人の進むべき道』에 대
해서 "매우 정열적인 모습은 근래에 없는 쾌거입니다. 누군가가 말해야
하는 문제를 용감하게 정리한 점, 형님이 아니면 안 된다. 더욱 욕심을
바란다면 부정된 조선인 민족주의에 상대할 만한 일본 민족주의, 야마
토 민족주의의 정당성이 집단, 생활, 사회로서 보다 구체적인 분석이 다
음 기회에 있다면 정말 감사하겠습니다"[37]라는 의견도 서술하고 있다.
여기에서는 현영섭의 주장에 이해를 나타내는 듯 보이지만 결국 일본
민족주의의 배경에 있는 생활, 사회분석에 철저하지 않는 한 민족주의
적 색채는 퇴색하지 않는다는 의미가 내재되어 있다. 다양한 해석이 가
능하지만『녹기』가 식민지 통합지지단체의 잡지이기 때문에 현영섭에
게 조선 고유문화의 긴 역사는 배제할 수 없는 것이라는 속마음을 우회

---

36 松本克平, 앞의 책, 776쪽 참조
37 『녹기』, 1938.3, 61쪽.

적으로 표현했다고도 볼 수 있다. 어쨌든 조선민족을 강하게 부정하는 친일조직의 녹기연맹과도 관계를 유지한 것은 부정할 수 없고, 김희명의 1929년 이후의 인간관계 등을 엿볼 수 있다.

게다가 필자는 김희명이 1955년에 재일 대한민국 민단의 중앙 총본부부단장 겸 사무총장을 역임한 것을 확인하기 위하여 세 번 정도 마포의 민단본부에 갔다. 민단 측의 협력을 받아서 『민단 30년사』[38] 중에서 1949년 4월의 제6회 임시대회에서 김희명의 사회부장 선출을 확인하고 동년 10월에 총무국장[39]을, 다음 해인 1950년 3월에는 부의장에, 1951년 4월에는 민생국장으로 취임한 것을 확인했다. 1952년 12월 10일에는 전 한국이류민단 중앙 총부의장의 직함으로「재일한국인에 관한 제 문제在日韓国人に関する諸問題」[40]를 발표했다. 또 1955년 4월에 부단장겸 사무총장을 1956년 4월에는 부단장으로 근무했지만, 1957년 4월의 사무총장을 마지막으로 『민단 30년사民団30年史』에 등장하지 않는다. 민족적 의식을 회복하기 위한 민단활동은 내부의 파벌투쟁에 의한 알력으로 무산되어 탈퇴하지 않을 수 없었던 김희명은 일본인으로 일관하는 가정 안에서도 밖에서도 마음을 기댈 곳을 찾지 못하고 자신의 정체성에 계속 갈등한다. 그 때문에 유족에게는 항상 술을 마셨던 엄한 아버지의 기억이 강하다. 김희명의 마음속에 있는 조국에 대한 강한 그

---

38 『민단신문』 국제국의 김유철 기자, "재일한인역사자료관"의 나기대 사무차장의 협력에 사의를 표한다.
39 『민단 30년사』, 62~64쪽 참조.
40 김희명,「재일한국인에 관한 제 문제(在日韓国人に関する諸問題)」,『花郎(일본어판)』제1권 제1호, 1953, 춘기호, 26~40쪽 참조.

리움은 학습원대학에 소장되어 있는 김희명의 강연기록 테이프에서 확인할 수 가 있다. 1969년에 식민지 조선과 인연이 있는 사람들이 설립한 우방협회[41]의 나카야마 주지中山忠治,[42] 기시 켄岸謙 씨[43] 등에게 초대되어 일본의 역사전반과 조선에 대해서 강연한 테이프를 통한 김희명의 육성은 매우 열렬한 어조이고 특히 조선사와 관련된 부분에서는 특유의 사투리를 섞어 가면서 힘차게 설명했다. 일본이 예전부터 조선과 깊이 관련되어 온 것을 강하게 주장하고 있는 것이 인상적이다.[44]

김희명은 1967년에 일본의 미우라 고로三浦梧楼 · 이노우에 가오루井上馨 · 재조일본인기자 · 장사壯士 등에게 살해된 명성황후(살해 당시는 민비라고 칭했다)[45]를 둘러싼 조선시대 상황을 정리한『흥선대원군과 민비』를 요요사에서 출판했던 시기인 만큼 연속강의의 기회는 물 만난 고기의 상태였다고 할 수 있다. 일찍부터 역사인식을 가졌던 김희명은 민단에서 이탈 후 조국의 역사와 일본과의 관계정리로 자기정체성 확립

---

41 1947년에 일본에서 식민지 조선관계자와 단체를 하나로 정리한 동화협회가 발족하지만 1952년에 중앙 한일협회로 개칭된다. 동년, 중앙한일협회의 부회장 · 穗積真六郎가 조선통치에 관한 연구, 자료수집과 보급을 목적으로 우방협회가 창설되었다.

42 원래 조선총독부 기획실 조사관. 「간도에 있어서의 농업기구의 개요(間島に於ける農業機構の概要)」집필. 1942년 11월에 농기소 · 연구회 15회 때 특별강연을 하였다. 宮田節子감수,『미공개자료 조선총독부 관계자 녹음기록 (6) 조선총독부 시대의 농정(未公開資料 朝鮮総督府関係者 録音記録(六)朝鮮総督府時代の農政)』, 2005.3, 161쪽 참조.

43 중앙한일협회 (우방)소속. 전 경성전기감리과장. 宮田節子감수,『미공개자료 조선총독부 관계자 녹음기록 (1) 15년 전쟁하의 조선통치(未公開資料 朝鮮総督府関係者 録音記録(一)十五年戦争下の朝鮮統治)』, 2005.3, 31쪽 참조.

44 김희명의 강연기록 테이프, 1969, 학습원대학소장.

45 민비살해사건에 대해서는 필자가 三浦梧楼의 수기와 당시의 일본 · 미국 등의 신문원지에서 밝힌 다음 논문에 상세하게 논술하고 있다. 이수경 외, 「조선왕비살해사건의 재고(朝鮮王妃殺害事件の再考)」,『동경학예대학기요(東京学芸大学紀要 人文社会科学系)』, 2007.1, 93~105쪽.

이라는 인생최후의 과업을 통해서 조국에 대한 생각을 정리하려고 시도했다. 아무리 일본에서 일본인 가족과 살더라도 세월과 함께 조선이 떠올라 조선에 대한 그리움. 식민지 조선의 디아스포라로서의 회귀할 정신의 귀착점은 조선에 있었기 때문에 만년에는 필사적으로 한일관계의 역사소설 집필에 몰두한 것이다. 그러나 또 한편에서는 아내와 함께 일본에 귀화한다. 그것은 일찍이 반식민지·반제국주의운동을 주장해 온 김희명에게는 반민족적행위로서 비판될 수 있다. 그러나 마음속에 회귀해야만 하는 기억과 현실과의 사이에서 우울한 갈등으로 고민한 재일의 고뇌가 보이기도하고 안 보이기도 한다. 가슴 속에서 추구하던 조선의 아이덴티티와 현상과의 더블바인드가 김희명의 경우에 민족역사를 구명하는 데에 나타났다. 혹은 조국조선을 버리고 귀화한 자책에서 기인하는 자성행위의 현상이 침략전쟁을 고발하는 역사소설로서 나타났을지도 모른다.

김희명은 전후에 일본의 식민지침략을 저서의 여러 군데서 비판하고 있는데 그 일례를 소개하면 "1910년 8월에 행해진 '한일합병'은 일면 일본제국주의의 무력침략이고 일본자본주의의 식민지시장획득이었다. (…중략…) 태평양전쟁 수행을 위한 노무요원 징용에 의해 일본각지에 강제배치 된 자가 한국에서 생활기반을 몽땅 파괴당하고 혹은 박탈당하는 등, 일본식민지정책의 역사적 산물로서의 희생자 대중이 지금까지 일본에 잔존하는 것을 고려해야만 한다"[46]고 서술하고 있다. 재일

---

46 김희명, 앞의 책, 27쪽.

한국인의 존재경위와 사회적 제 문제에 대한 내용이지만 일본의 전쟁희 생자로서의 재일의 구명에도 논리적으로 접근하고 있다. 또한『일본의 3 대 조선 침략사』에서는「한일합병과 총독통치日韓国合併と総督統治」라는 논 저를 통해서 1868년부터 시작되는 일본의 침략정책의 전개와 총독통 치정책, 당시의 국제정세에서의 조선의 자리매김을 사회·정치·경 제·군대·언론·교육 등 다기多岐에 걸쳐 분석하고 있다.[47] 이들 연구 를 통해서 '김희명'으로서의 최후의 역할을 다하고 싶었을지도 모른다. 혹은 가정 내 사정으로 귀화는 했지만 '김희명'의 초기 재일문학자로서 의 발걸음은 근대사의 어두운 부분은 물론 재일문학을 아는 데에 중요 한 지침이 될 것이다.

(번역 : 한해윤)

---

47 김희명,『일본의 3대 조선침략사』, 洋々社,1973, 203~285쪽 참조.

방법 이전의 서정

허남기의 작품에 대해서

양석일梁石日

허남기許南麒[1]의 시에 현저하게 나타나 있는 조선민족의 비애, 통곡, 분노 류流는 그 혼자만의 심정 표현이 아닌 그와 세대를 전후로 하는 조선 인텔리젠트들의 소박한 전형이며, 인습적인 조선역사의 카테고리에 속박되어 탈피할 수 없는 향수이다. 그들의 향수는 늘 과거의 심상心象에 촉발되는데 예를 들면 고추나 저고리로 환원된다. 또한 고추나 저고리를 보면 가슴이 복받쳐서 고향을 떠올리는 등의 단순한 상호관계는 그들의 생활이 고향과 밀접하게 연결되어 있을지도 모른다. 그렇지만 자칫하면 그들의 레종 데트르(존재이유)가 고추나 저고리에 의해 인식되는 이른바 이들 사물이 자기의식의 상황을 결정짓는 유일한 에센스

---

[1]   허남기(許南麒)(1918~1988) : 시인이며 한국어와 일본어, 양쪽언어로 작품을 발표하였다.

인 것 같은 착각에 빠져 있다는 것이 문제다. 그 점에서 우리들 세대와 그들 세대 간에 서로 반발하는 요인이 있고, 지금부터 내가 부정하려는 세대적인 단층이 있는 것이다.

이미 외부에는 조선인에 대한 하나의 편견이 생겼다. 일본은 일찍이 조선을 식민지하에서 통치하고 있었기 때문에 일본의 진보적 지식인 사이에는 일본제국주의에 대한 증오심과 함께 긴 세월을 희생과 가혹한 압박에 견디어 온 조선인에 대한 동정심이 있다. 그리고 조선의 역사가 여전이 이전의 식민지적 상태에서 해방된 적이 없다는 이미지가 조선인을 더욱더 동정적으로 만들고 있다고 할 수 있다. 이것은 그들이 우리들을 이해하는데 있어서 가장 기본적이 관념이 되었다. 예를 들면 조선인의 성격이 너무 거칠고 야만적인 면과 극단적인 반항정신은 이러한 과거의 비극의 소산으로서 당연한 것이라고 생각하는 것 같다. 그것은 어떤 관점에서는 맞을지도 모르지만, 결국에는 새로운 아이들 세대까지가 선천적으로 무교양적이며 상스러운(격렬한 부부싸움과 여성에 대한 일방적인 학대)기질을 내재하고 있다는 사고까지도 하게 된다. 또한 조선인의 식생활에서는 고추나 마늘이 중요한 위치를 차지하고 있기 때문에 고추나 마늘을 보면 조선인과 연결 지어 이유 없이 싫어하기도 하고 그 카테고리에서 막연히 조선인을 이해하려고 한다. 이러한 점에서 파생한 오해와 중상 압박의 여러 요소를 들면 끝이 없을 것이다. 식민지당시 일본은 조선의 문화유산을 독점하여 자유롭고 면밀하게 전부 연구하고, 그 연구 자료는 일본의 많은 학자의 손에 들어가서 조선인 자신보다도 일본 학자측이 권위가 있었다. 그러나 일반적으로는 조선민족의 내면성이 정말로 쾌활하며 낙천적이고 대식가이며 격정적으로 되기 쉽다는 것을 아는 사람은 매우 적다.

내부에도 또 하나의 편견이 생기고 있다. 그것은 조선인 자신도 우리들은 비극적인 민족이고 (그것은 틀림이 없지만) 그 비극을 부정하지 않고 긍정적으로 모든 문제를 연역하고 귀납하여, 우리들은 결코 이 비극에서 피할 수 없는 운명이라는 잠재의식이 지배적이다. 그리고 이 비극성을 외부에 떠넘겨서 무의식 중에 동정을 받으며 거기에 기대어 왔다. 그런 점으로부터 생겨나는 사고와 정감의 패턴이 어떤 것인가는 다음 시에 현저하게 나타나 있다.

귀를 기울이면
노랫소리가 들린다
한밤중에
눈을 뜨고 귀를 기울이면
아득히 먼 구름 위에서 노래 소리가 들려온다.
그것은
소리도 없이 창문을 열고 장지문을 열어
나의 가슴의 단추를 확 뜯어내어
심장의 한 구석에서 메아리친다
그리고 눈꺼풀 위에 작은 이슬을 남기고 사라져간다

그 노래 소리는

그것은

도카이도선東海道線과 산요선山陽線으로 규슈하카타九州博多까지 가서

거기에서 또 3만엔의 밀항비로 현해탄을

넘어갔다

그러므로 그것은

고추냄새가 난다

때문에 그것은

내 사지를 떨리게 한다

내 고향의 산이 노래 부른다

내 고향의 강이 노래 부른다

그리고 그 많은 슬픈 마을 사람이 노래 부른다

그리고 그 많은 가련한 역사가 노래 부른다

긴 세월을

어둡고 차가운 밤 속에서 지내고

오늘 또 어둠 속에 내몰린

조선의 땅이 부르는 노래 소리임에 틀림없다

그러므로 그것은

밤에 밤 구름 속에서 메아리쳐서

멀리 타국 땅에서 살고 있는

나의 심장까지 깨운다

아아

밤에 한밤중에 들려오는 노랫소리여

나는 너를 위해서

또 얼마만큼의 눈물을 모아야만 하는 것일까

노래 소리가, 나의 마음을 죄어온다

노랫소리가, 내 눈물을 쏟아낸다

─「밤중의 노랫소리」

이것은 시집 『조선겨울이야기朝鮮冬物語』의 첫 부분에 수록되어 있는 작품이다. 『조선겨울이야기』는 조선동란 중에 출판되어, 이른바 허남기 붐을 만들었던 아마도 허남기의 전 시집 중에서 가장 주목할 만한 역작이지만, 부산시집 『경부선京釜線』과 광주시집 『영산강榮山江』, 『다시 영산강又榮山江』 등, 대상을 고작 기교적으로 파악한 것과 10월 시집의 연작 「10월」을 매우 냉정한 눈으로 그린 작품의 서정에는 호감을 가질 수 있더라도 그 외에는 뭐라 말할 수 없는 심파적인 감상과 그 저변에 일관적으로 흐르고 있는 낡고 전근대적인 감성은 고찰의 여지도 없다. 이 전근대적이고 낡은 감성은 『허남기시집許南麒詩集』[2]에서 더욱 더 깊어진다.

위의 작품 등도 자연발생적인 발상과 장인적인 문장은 제쳐두고라도, 도대체 여기에서는 어떠한 실체가 있는 것일까? 허남기의 작품에는 많은 '노래'라는 표현이 사용되고 있다. 이것은 그의 노래 즉 시에 대한

2　『허남기시집(許南麒詩集)』은 1955.7에 東京書林에서 출판되었다.

사고를 표현하는 모든 것이다. 그러나 이 노래는 일본의 시인 오노 도자부로小野十三郞가 주장하고 있는 확고한 사상성에 지탱되어 논리화 된 것이 아니고 그저 막연히 솟아나는 심정을 그대로 흘려 부른 것이다. 독자의 내부에 있는 낡은 감상적인 서정을 자극하고 그 감동을 불러일으키려고 구성되어진 것이다.

『허남기시집』에 있는 「선물おくりもの」 등도 그의 노래에 대한 자세의 전형적인 일례라고 할 수 있다. 그는 그 작품 속에서 가난한 한 처녀가 시집갈 때 아무런 혼수가 없으니 그저 하나의 시를 산더미처럼 쌓아 보내라고 하는 것이다. 또한 처녀의 신랑이 되는 남성에게도 "자네에게 보낼 것도 시밖에 없다네. 금갈기 밤색 털빛의 말에 안장을 높이 놓고 창 하나 검 하나 들려 보낼 수 없기 때문에" 그럼에도 불구하고 그가 보내려고 하는 노래란 '슬픈 노래 괴로운 노래 어두운 노래 고통스러운 노래도 너를 격려할 것이다 곤혹스러운 노래 한숨의 노래'라는 실로 의미 없는 형용사를 나열하는 것에 지나지 않는다. 그의 노래의 실체를 뒤집어 본다면 그것은 기사도적인 낭만정신이라고도 할 수 있다.

내 고향 산이 노래 부른다
내 고향의 강이 노래 부른다

그리고 저 많은 슬픈 마을 사람이 노래 부른다
그리고 저 많은 슬픈 역사가 노래 부른다

라는 식으로 자신의 깊은 내면에서의 강렬한 자기부정과 현실인식의 애매모호함이 시 작품을 얼마나 타락시키고 무기력하게 하는가는 위의 시의 일부에서도 명확하다. 일상적인 과제 즉 재일조선인으로서 자각하는 데에 적극적으로 작용하는 현실감각이 바다를 사이에 두고 조국의 추상적인 이미지로 둔갑되어 이른바 죄수와 닮은 심정의 착각에 빠진 것이다.

고향의 산이 어떤 시를 노래하고 고향의 강이 어떤 시를 노래하며 그 많은 슬픈 마을 사람이 비참한 역사가 어떤 시를 노래하는가에 대해서는 전혀 구체화시키지 않고, 그냥 노래하는 것에 지나지 않는 처리방식은 너무나도 안이하지 않은가. 그리고 그들은 지금부터 일어날 우리 조선민족의 비극적인 멜로드라마를 위해 눈물을 모으고 있는 것이다. 마치 눈물을 모으는 것이 최대의 미덕인 것처럼 그는 향후에도 조선은 비극적 운명에 있다고 믿고 있다. 허남기의 여성적인 생리도 그러하거니와 항상 눈물을 흘리면서 바람에 떠도는 시인의 주체성은 시대착오일 것이다.

조선동란의 동포·동지의 대살육과 근대에 극도로 발달한 첨단 무기에 의한 연이은 파괴, 무시무시한 음모와 상상할 수 없는 폐허 속에서 기아와 죽음의 공포에 내던져져서 절망과 구원을 찾는 군상의 갈등을 내면에서 파악하지 못하고, 단순히 "그 많은 슬픈 마을 사람들이 노래 부른다"라고 끝낼 수 있는 시인 허남기의 정신구조는 빈곤한 상상력의 노정은 물론이거니와 방법론적으로도 빈약하다는 것을 의미하는 것이다.

이마무라 타이헤이今村太平가 「현대영화론」에서 비행 중의 조종사가

총에 맞아서 의식을 잃더라도 카메라는 혼자서 회전하고 있다. 비행기가 추락하여 지상에 격돌한 반동으로 이 카메라가 내동댕이쳐지면 그것은 시시각각 다가오는 대지를 냉담하게 비추며 찍을 것이라고 했는데, 시인에게는 이 비정하고 냉혈한 카메라와 같은 카메라 아이[3]가 필요하다. 생존경쟁이 격렬한 일본의 현실 속에서 북적대고 괴로워하며 통탄하는 재일조선인 동포들의 실체가 카메라 아이를 통해서 파악되어 우리 앞에 난폭하게 내몰고 심판하는 것이다. 현실 속의 허위, 허허실실의 인간상을 추출함으로써 새로운 활로를 개척할 수 있다. 자신의 권태와 타성, 불안과 절망적인 상태를 강렬하게 형상화함과 동시에 그것이 점점 위기적인 정황을 계속 형성하는 것을 해체해 보여야만 한다. 최근에 뷔페[4]의 개인전을 보고 그것이 참으로 인간의 깊은 내면의 기민함을 건드리는데다가 현대의 불가시적인 세계의 무거운 고뇌에 견디며 구성되어 있는 공간과 예각의 직선적인 위기감은, 보는 이로 하여금 가슴을 쥐어뜯게 하는 것이 있었다. 예를 들면 '가죽이 벗겨진 토끼'라는 그림은 고기 덩어리가 아무렇게나 접시 위에 놓여 있을 뿐이지만 그 고기 덩어리에서 불거져 나오는 이미지는 점점 나의 뇌리에 새겨져서 '가죽이 벗겨진 토끼'가 갖는 고차원적인 영상과 사고의 세계에 빨려 들어가서 그 잔학함에 증오를 느끼고 거기에서 탈출할 방법을 생각하려고 노력한다. 또한 '교회'라는 화면은 적막 그 자체의 세계이지만 그 공간의 암

---

3   피사체를 가장 효과적으로 잡는 감각이나 능력을 말함.
4   베르나르 뷔페(1928~1999) : 프랑스의 화가. 매년 주제가 있는 연작을 발표하며 구상계의 샛별로 명성을 얻었다. 가혹할 정도의 날카로운 묘사로 현대의 도시의 고독과 불안함을 잘 표현하였다.

울함과 긴장도는 평범하지 않은 상태를 암시하고 있다. 바늘 끝으로 찌르면 구성된 것이 금방이라도 붕괴할 것 같은 긴장도이다. 외면적으로는 신성한 교회도 그 문을 열고 한 발짝 안으로 들어가 보면 악의 꽃이 흐드러지게 피어 있을 지도 모른다. 아무도 그렇지 않다고는 단언 할 수 없을 것이다.

물론 뷔페의 그림은 자본주의 사회의 극한의 인간관계나 부조리의 시니컬한 표현이어서 사회주의 리얼리즘과 본질적으로 연결되어 있지 않지만, 적어도 구상具象회화의 새로운 가능성의 측면을 계시하고 있다고 할 수 있다. 기계문명이 발달한 현대에 있어서 예술은 이제 안이하게 존속할 수 있는 것이 아니다. 첨예한 문제의식과 강렬한 오리지널리티와 현실을 자유자재로 변혁해 보는 상상력이 예술가의 내면에 드높이 맥 뛰지 않으면 안 된다. 뷔페가 자본주의사회의 말기적인 포화상태에서 인간의 의식을 이처럼 선명하게 조형할 수 있었던 것은 그가 시대의 증인으로서의 시련자試練者였기 때문이다.

그런데 허남기는 그 자신과 가장 친근한 재일조선인의 실체를 노래한 적이 있을까? 재일조선인의 희로애락의 표정, 다양한 희・비극을 그 근원적 인간관계에 대하여 쓴 적이 있던 것일까? 재작년 재판한 시집『조선에 바치는 노래朝鮮に捧げるうた』는 조국의 평가를 빌리면 "구체적인 생활에서의 전형적 형상을 통해서 재일동포 60만의 투쟁의 모습과 그들의 고상한 정신세계를 우리들에게 생생하게 전한다는 점에서 이 시집의 의의는 특별히 크다"라고 최대의 찬사를 보내오고 있지만, 이『조국에 바치는 노래』와 그 외에 한정된 자료에서 간접적으로만 재일동포의 실상을 알 수

밖에 없는 조국의 입장에서 이러한 평가기준이 생겨나는 것은 무리가 아니다. 그러나 시집 『조국에 바치는 노래』의 내용이 나타내듯이, 재일동포 60만이 혁명적 투쟁을 추진하여 고상한 정신세계를 형성하고 있다는 것은 진실이 아니다. 진실이 아닌 것을 진실로서 파악하여 받아들이고 있는 것에서 생겨나는 정세분석은 당연히 그릇 된 결과가 된다. "이미 패전 혁명은 완패하고 재생 된 일본의 전후자본제도가 안정공황기에 접어 들어가는 현재"(요시모토 다카아키吉本隆明, 『예술적 저항과 좌절芸術的抵抗と挫折』)재일동포들의 생활은 점점 궁핍 상태로 내몰리고 있다. 여기에 저항하려고 하는 의식은 있더라도 일본의 정황 속에서는 그것을 방법화 할 수 있는 기반이 없다. 오사카大阪의 이쿠노生野는 재일동포의 최대의 밀집지인데, 거기에서 북적이며 사는 동포들은 영세기업과 일용직 인부와 공장 노동자 등을 하면서 생활의 양식을 겨우 얻고 있다. 일분일초를 다투며 어음을 결재하거나 부도를 맞아 속수무책이 되거나, 노동자는 잔업으로 지쳐서 술 한 잔을 마시고 자는 것이 유일한 낙이다. 전후 자본제도의 안전공황기에 접어들고 있는 현재의 생산관계 속에서 온존하고 있는 의식은 나른하고 음험한 형태를 띠고 있다. 한편, 이 음험함이 노골적으로 표면화하면 모리노미야 군수공장터森之宮造兵廠跡[5]의 주변을 둘러싼 통칭 '아팟치'부락으로 불리는 동포들과 같은 행동으로 나타난다. 그들은 저녁 6시경부터 그 다음날 아침 9시경까지 일을 계속하고, 그러면서 전쟁

---

5   모리노미야 군수공장터(森之宮造兵廠跡) : 오사카시에 있었던 일본제국육군의 병기공창(조병창)
     이다. 태평양전쟁의 패전까지 대형화포를 주체로 하는 병기제조를 꾀한 아시아 최대 규모의 군사
     공장이었다. 또한 전쟁 중의 일본에서는 중공업 분야에서 최고의 기술과 설비를 가지고 있어서 관
     공서나 민간의 요청에 따라 병기이외의 여러 금속제품도 제조했다. 오사카 육군조병창이라고도
     불린다.

터를 뛰어 돌아다니는 것 같은 위험에 노출 되어 있음에도 불구하고 목숨을 걸고 먹이감을 구하고 있다. 거기에서는 많은 동포들이 희생됐는데, 어떤 자는 운하에 빠지고, 어떤 자는 전차에 부딪히고, 어떤 자는 도망도중에 어이없는 최후를 맞이한다. 그렇지만 그들의 집념은 우리들이 상상하지 못한다. 백관(375Kg)이상이나 되는 철을 4명의 남자가 몇 백 미터 떨어진 선착장에 짊어 나른다. 그것이 15시간 가까이나 계속되는 이 엄청난 중노동에 견디고 있는 그들의 사고형태를『조국에 바치는 노래』에서는 어떻게 노래하고 있는 것일까?

또한 젊은 세대로 눈을 돌려보면 불안과 허무, 희망과 의혹의 눈이 껌뻑이고 있다. 대부분의 젊은 세대는 일본에서 태어나서 일본어를 사용하고 일본적 생활, 관습, 풍속 속에서 성장했기 때문에 외관상으로는 일본인과 별 차이가 나지 않은 것은 당연하다. 이 점에서 그들의 번민이 시작된다. 그리고 그 해결의 실마리로써 조선학교에 입학하는 자도 많으며 조선사, 국어, 사회과학을 배움으로써 재학 중에는 잠시나마 그 번민도 사그러들지만, 졸업 후에 즉 그들이 다시 현실의 한 가운데에 던져지면 이념과 현실 사이의 모순을 고민하기 시작한다. "이념으로서의 조국은 가지고 있음에도 불구하고 생리화 된 실체로서는 감지할 수 없는 정신상태 (문자 그대로 유민적인 것)의 근원을 찾아서 그것을 극복해 가는 과정"(정인「조선인이 일본어로 시를 쓰고 있는 것에 대하여」)이 필연적으로 요구되는 이유이다. 이렇게 생각해 보면 조국에서 이해하고 있는 우리들의 영상과 진실의 우리들과의 사이에는 많은 차이가 있다고 생각한다. 그리고『조국에 바치는 노래』는 그들의 낙관적 혁명의식과 낙천적 시

대착오적으로 해석되었던 관념적인 시집이라고 할 수 있다. 허남기는
그럼에도 결의한다.

조국의 형제들

같은 날 같은 곳에

함께 앉아

조국을 같이 지키고

같이 싸웠다는 기쁨을

함께 서로 나눌 수 있는

그러한 자신이 되기 위한

갑주(갑옷과 투구)를 나는 두를 것이다.

올해에는

생철로 만든 갑주를

나는

전신에

두르겠지

― 연두소감

그렇지만 생철로 만들어진 갑주를 전신에 두른다는 보증은 아무 것도
없다. 우리들이 현 단계에서 다음의 고차원적인 자신으로 비약하기 위한
모멘트는 작품 속에서 공언해야 하는 것이 아니고, 작품 그 자체에 정착
시키고 전개해야만 하는 것이다. 그가 그러한 자신이 되었다는 감동을

독자로 하여금 이야기하게 하는 이미지를 작품에 정착시켜야만 하는 것이다. 허남기가 "생철로 만들어진 갑주를 전신에 착용하겠지"라고 할 때, 조선은 앞으로도 비극적인 운명에 있고 그 때문에 눈물을 모으고 있는 또 하나의 그와 대치해 보면 거기에 이율배반적인 사고가 있다. 그는 이 모순에 아무 저항도 없이 작품을 계속 쓰고 있기 때문에 놀라우리만큼 무신경하다. 이 무신경은 그들 세대의 일반적인 타입이라고 할 수 있다. 그들은 조선의 비극의 모든 책임소재를 외부에서 찾고, 외부의 압박으로 자신들은 단지 증오로 불타고 슬픔에 빠져 있는 듯한 자세이다. 이른바 자신의 무력함을 관심거리로 하는 경향이 있다. 조선인의 내부에 잠재된 인습적인 습성과 인간관계, 역사적 모순과 자기추구의 안이함과 세계관은 마르크시즘이면서도, 사생활에서의 언동을 보면 봉건적인 실로 꽁꽁 얽어매어져 있는 등, 자기 자신의 내면에 집요하게 둥지를 틀고 있는 고정관념을 문제시 하지 않고, 그저 증오와 슬픔과 분노를 노래하고 있다. 이 피상적인 외침만큼 무력한 것은 없다. 조선이 오늘날까지 학대받아 왔던 역사의 근원에는 이러한 자기 자신에 대한 희박한 인식에 의한 점이 크다. 허남기가 아무리 "생철로 만들어진 갑주를 나는 전신에 착용하겠지"라고 힘주어 봐도 거기에 다다를 때까지의 내부 출혈을 전혀 볼 수 없을 뿐만 아니라 그 평반平盤에 나열된 말을 보면 현대에서 시란 무엇인가라는 물음 이전에 허남기의 심경의 허세에 신물이 난다.

나는 이 부분에서 허남기의 풍자시에 대해서 언급해 둘 필요가 있다. 왜냐하면 그의 시의 계보 중에서 풍자시가 매우 중요한 위치를 점하고 있기 때문이다. 그렇지만 그의 풍자시가 현대시(현대시라는 용어는 특별히 일본의 현대시만을 말하는 것이 아니라 세계적인 시의 경향을 가르킨다)의 관점에서 보면 과연 풍자시로서의 기능을 충분히 다하고 있는가에 대해서는 의문이다. 그의 풍자시에 대한 관념과 현대시적인 풍자시와의 사이에는 상당한 시대적인 격차가 있는 것 같다. 나는 풍자시의 정의를 할 생각은 조금도 없다. 그러나 현대시에서 풍자시가 바야흐로 풍자 그 자체에 의미를 두는 것보다도 시로서의 기능을 충분하게 관철하는, 종전보다 한 층 더 복잡한 구성으로 되어 있는 것만은 분명하다. 즉 보다 고도의 예술성이 풍자시의 저변에 흐르고 있지 않으면 안 되는 것이다.

> 삼가 아룁니다 요즈음 쌀쌀한 가을에
> 장관님께서는 감기도 걸리시지 않고
> 복통도 일으키지 않고
> 여느 때처럼 그 왕성한 전투정신을
> 손난로 대신 태우면서
> 매일매일 무사하게 서로 지내시고 계신지 어쩐지
> 여기에 있는 일개 조선의 시인은
> 밤낮으로 그것만이
> 걱정입니다
> 장관님이 덜컥 죽어보세요
> 아아 생각만으로도 슬픈 일이면서
> 당신과 잘 어울리는 한 쌍의
> 기무라 장관님이 얼마나 실망 하실까요

당신과 그와는 예를 들면 자동차의 양바퀴

당신이 문교文教[6]의 차바퀴를 탁 한번 밀면

그분은 군비의 차바퀴를 툭하고 한번 밀고

비틀비틀

영차 으라차차

구호 소리도 늠름하게

당신은 일본을 무리하게

역사 속으로 되돌리려 하는

도조 히데키東条英機[7]나 히틀러의 시대로 돌아가려고 합니다.

그렇게 되면 일교조日教組[8]도 없고

'관공로官公労'의 기관지에

'요시다 수회내각타도

국회 즉시해산'이라는

'정치적'슬로건을 내건 것 같은

뺑치는 교원도 없어지고

또한 그것을 옹호해서

---

6 문교부(文教府) : 문무과학성(文部科学省)의 예스러운 말이다.
7 도조 히데키[東條英機](1884~1948) : 일본의 육군, 정치가. 태평양 전쟁에 참가했으며, 관례를
   깨고 육군 장관과 참모총장을 겸임했다. 패전 후에는 권총자살을 시도하지만, 연합국군에 의해 목숨
   을 부지한다. 그 후에 연합국에 의한 동경재판에서 A급 전범으로 기소되어 1984년 11월 12일에
   교수형에 언도되어, 1948년 12월 23일 만 64세에 스가모구치소巣鴨拘置所에서 사형집행 된다.
8 일본교직원조합(日本教職員組合)(Japan Teachers' Union) : 일본의 교원과 학교직원에 의한
   노동조합의 연합체이다. 약칭은 일교조(日教組)이다.

'언론의 자유라는 입장에 선

양식에 따라서'

당신이 만드신 교육 이분법의

적용을 부당하다고 하는

교원도 없어지고

아아 세상이 완전히 태평성대가 되도록

그러나 불행하게도

역사는 거꾸로 돌아가지 않습니다

— 오다치(大達)문부 장관에게

매우 단순한 이 변증법도 그러하지만, 허남기는 여기에서 오다치문부장관[9]을 놀리거나 비아냥거리고 있기는 하지만 결코 풍자는 하고 있지 않다. 정치가에게 있어 놀림당하거나 비아냥거리가 된다는 것은 오히려 자기선전이 된다고 하는 명쾌하고 단순한 사고를 가지고 있다. 때문에 허남기는 오다치문부장관을 풍자한다는 것이 거꾸로 선전하는 결과가 되어 버렸다. 그들을 향해서 평화를 외쳐 보기도 하고, 악덕을 저주하더라도 그것은 아무 보탬도 되지 않는다. 그들에게 무서운 것은 현상 속의 디테일한 부분에서 그들의 인간관계의 악순환, 그 조직구조의

---

9   오다치 시케오(大達茂雄)(1892~1955) : 일본내무관료, 정치가이며, 제5차 요시다(吉田)내각
    의 문부장관이다.

여러 모순을 해체하고 격렬한 비평정신을 가하는 것이다.

그는 이 풍자시를 연장해 보았자, 스스로도 말하고 있듯이 소설이라고도 서사시라고도 할 수 없는 장편 X를 쓰고 있다. 『허남기시집』 중에 「목이 없는 나라이야기首のない国ものがたり」가 그것이다. 그러나 「목이 없는 나라이야기」는 그가 생각하고 있는 것처럼, 새로운 실험도 뭣도 아니며 오히려 그의 시의 낡음을 여실히 보여주는 하나의 견본이 되었다. 독자 중에는 「목이 없는 나라 이야기」의 내용을 모르는 사람도 있을 것이기에 일단 대강의 줄거리를 보고 난 후에 논하겠다.

「목이 없는 나라이야기」의 주인공은 쥬바戎馬이며 그는 빈곤에 견디면서 법률을 배우고 있는 청년이다. 그는 대한민국에서 입신출세의 지름길은 고등문관시험에 합격하는 것이라고 생각했기 때문에 한눈을 팔지 않고 '누가 조국을 망하게 하든 그리고 우리 조선이 그 때문에 얼마나 개죽음을 당하고, 얼마만큼 젊은 우리 형제가 타국의 침략전쟁의 총알받이나 아니면 노예로 되거나' 그런 것은 상관없이 오르지 면학에 힘써서 마침내 '만주제국고등문관고시행정과'와 '대일본제국고등문관시험사법과'라는 2개의 고급관리등용시험에 합격한 것이다. 합격한 쥬바는 어느 군郡의 경찰부장으로 근무하게 되었는데, 그의 근무태도는 엄연한 준법정신에 입각하여 혈육도 감옥에 집어넣는 비정한 모습이었다. 그가 열심히 일한 덕분에 유치장은 곧 초만원이 되고 신축하는 꼴이다. 그러나 조합운동과 당원 활동은 점점 활발해져, 한편에서 악랄한 경찰부장도 감당할 수 없게 되어 버린다. 그런데 우연히 덴킨天近이라는 시골의사가 인간의 머리를 떼어서 대용代用두뇌를 이식할 수 있는 수술에 성공했다는 뉴스를 듣고 쥬바는 곧장 의사를 불러 한 사람의 죄수에게 실험을 해 보았는데, 결과가 매우 좋아서 수술을 받았던 악질 죄수는 전혀 재능이 없는 멍청이가 되어 버렸다. 기뻤던 쥬바는 계속해서 수술을 행하여 결국에는 콘베어 벨트를 사용하는 수술의 흐름 작업화까지 생각해 낸다. 거리에는 목이 없는 인간이 넘치고 이제는 목이 있는 인간의 존재가 희귀할 정도로 범람한다. 그렇게 되자 기독교신자인 덴킨의사는 양심의 가책에 괴로워하며 몇 번이고 쥬바에게 수술을 거절하지만, 그 때마다 쥬바는 차갑게 타이른다. 그러나 그러는 동안 기상의 변화가 일어난 것인지 쥬바 자신도 양심의 가책으로 괴로워하며 초초해하기 시작하고, 최후에 덴킨의사가 인솔하는 목 없는 인간이 청사 내에 몰려들어 거기에서 이야기를 주고받은 후에 쥬바는 목 없는 인간이 되어 버린다는 이야기이다.

이러한 이야기의 줄거리만을 보면 많은 흥미가 일어나지만, 실제로 작품을 읽어 보면 거기에는 허남기 특유의 유머로 산만한 톤이 전체를 일관하고 있어서 중간까지 읽기도 전에 어떤 결과에 도달할 것인가를 알게 되고 만다. 허남기는 말의 압축을 전혀 모르는 시인이다. 하나의 에피소드를 부풀리기도 하고 질질 끌기도 해서 한 줄이면 충분한 것을 10, 20줄이나 할애하지 않으면 성이 차지 않는다. 이것은 그가 시에서 비유의 문제, 특히 메타포에 대한 무지를 의미한다. 대상의 파악, 분석방법이 현상적 규범에서 한 발짝도 나가지 못하고, 일상적인 경험의 단순한 반영으로 끝나 버리기 때문이다. 거기에서는 표현의 개혁, 새로운 표현의 발견 등은 있을 수 없다. 하나의 새로운 날카로운 언어를 발견하기 위해서는 대상을 일상적 경험의 반영으로 끝나지 않고, 다양한 앵글로 해석된

것이 시인의 정신질서 속에서 총체적인 것으로서 추출되어야만 한다. 현대 시인이 메타포에 관심이 있는 것은 "두 개의 이질적인 사물을 시인의 정신 속에서 하나의 추상적인 총체를 형성하는 작용을 가지고 있기 때문이다."(오오카 마코토大岡信, 「메타포에 관한 일고찰メタファに関する一考察」)

직유법도 대상을 물질로서 파악한 릴케가 비로소 훌륭한 기능을 발휘하지만, 공중에 하늘하늘 춤추는 백지를 닮은 언어로 조형된 시의 기반은 독자를 감동시키기 이전에 스스로 소멸해 버린다.

「목이 없는 나라의 이야기」가 비논리적으로 앞뒤가 맞지 않는 것도 주제 그 자체를 깊이 인식하지 않고, 그냥 하나의 아이디어(시시한 아이디어이지만)를 살리려고 시적기능으로 완전히 결여된 언어를 난잡하게 나열한 결과이다. 「목이 없는 나라의 이야기」가 얼마나 앞뒤가 맞지 않는 구성으로 되어 있는가는 종장 부분에서 극적인 정점으로 되어야만 하는 부분에 노정되어 있다. 그 부분에서 그의 해결수단은 늘 현대사회에서 가장 미력한 양심, 통속적인 휴머니즘에 기대어 그것이 마치 문제의 근원으로부터 파악된 해결책이라고 생각하고 있다. 그리고 그 결말은 싸구려시대(에도시대의 문화문정文化文政시대)소설, 도에이사東映社의 시대극과 닮아 있다. 그는 작품의 진행 중에 문제가 확대되고 감당할 수 없게 되면, 덴킨의사의 기독교적인 양심에 의지하거나, 냉혹하고 무자비한 입신출세주의자였던 청년의 양심의 가책에 매달리기도 한다. 따라서 호감 가는 청년이었다면 그나마 괜찮지만, 만일 양심의 가책 따위를 조금도 느끼지 않는 남자였다면 해결 방법은 없어져 버린다. 게다가 현실에는 이런 유의 인간이 범람하고 있다. 허남기가 첫머리에서 그린 청년도 이러한 전형적인 휴머니즘으로 파악할 수 없는 입신출세주의자였을 것이다. 그것이 도중에서 약해져 버린 것은 명백히 도중부터 허남기적 양심을 주인공에게 위탁했다고 할 수 있다. 게다가 마지막에 쥬바가 유령처럼 완전히 쇠약한 덴킨의사와 목이 없는 사고능력 제로의 상대에게 수술을 받아 목이 없는 인간이 되어 버린다는, 이 비과학적인 구성에 놀란다. 현명하고 냉혹한 권력자 쥬바가 어떻게 덴킨과 같이 노쇠하고 사고능력 제로의 인간에게 수술 받는 것일까? 그는 마치 이 장면을 대중폭동과 같이 묘사하고 있다. 그 대중파악이라는 것은 단지 기가 막힐 뿐이다.

『허남기시집』 중에서 한편 더 인용하겠는데 내가 굳이 이 작품을 인용하는 것은 이런 점에서 허남기의 서정의 본질의 얼굴을 엿볼 수 있다고 생각하기 때문이다.

단장(3)

구름을
바라보고 있자니
문득
눈물이 난다
산다는 것은
어렵
구나

도대체 그는 이 복잡하고 매우 괴기한 허허실실의 현대사회의 메카니즘을 어떻게 인식하고 있는가. 공산주의와 자본주의와의 심리적인 대결에서 발생하는 미묘한 시에는 전율할 만한 위기감을 어떻게 받아들이고 있는 것인가. 서서히 밀려오는 불가시한 압력에 의해서 우리들의 존재지점이 반점처럼 축소되어 발끝으로 서야만 하는 곳까지 내몰리고 있는 지금, 그저 "산다는 것은 어렵구나"라고 탄식하는 것만으로 해결할 수 있는가? 여기에 이르면 이제 허남기는 흔한 한 사람의 노인이든지 아니면 문학청년에 지나지 않는다. 시인은 때로 이와 같은 무력감에 엄습당하지만, 이때야 말로 시인이 가장 주의해야만 하는 위기상태이고 그것을 극복하는 것이 현대시인의 고통이고 명제인 것이다.

　나카노 시게하루中野重治가 『허남기시집』에 대해서 "이 시집을 위해서 무언가를 쓸 수 있는 것이 나는 기쁘다. 또한 그 것을 명예롭게 생각한다. 이 사람의 시를 처음 봤을 때 사로잡힌 감동은 지속적인 것이었다"고 서술하고 있지만, 과연 지속적인 감동으로 나카노 시게하루의 가슴 속에 지금도 살아 있는 것일까? 이것은 의문이다. 나는 일본의 진보적 지식인의 이러한 발언에 항상 의심을 갖는다. 그 점에서는 분명히 허남기 시의 배경이 되고 있는 조선민주주의인민공화국의 사회주의 건설에 힘을 다 쏟고 있는 혁명적 영상을 의식하고 있는 모습이 있다. 일본의 지식인 사이에는 이 혁명적 영상에 대한 일종의 콤플렉스가 있고, 그 것이 이 논문의 처음에 서술한 동정과 기묘한 형태로 얽혀 있는 것이다. 이 부분에서 나온 평가를 나는 순순히 받아들일 수 없다.

　올해 4월에 출판된 『조선해협朝鮮海峽』은 모든 의미에서 그의 한계를

나타내고 있다. 「아리아アリア」, 「상처傷口」, 「바다海」, 「조망眺望」, 「귀심歸心」 등은 모두 똑같이 매너리즘에서 탈피하지 못하고 그 중에는 한 발짝 후퇴한 작품조차 눈에 띤다. 나는 「상처」를 읽고 진짜 우스꽝스럽게 느꼈다. 그는 쩍 벌린 대지의 균열의 늪을 비참한 표정으로 배회하면서 마지막에 겨우,

그것이
나의
쓰디 쓴
상처였던 것은

확실한
것 같다

라며 괴로워하고 있는 모습을 상기하면, 마치 아이가 피를 보고 나서 울어대는 심리와 닮아 있다. 허남기는 아마도 진짜 고뇌하는 인간상을 모르는 자라고 생각한다. 갈기갈기 찢어진 인간의 허무의 아름다움과 그 빙결된 불꽃의 강한 에너지를 우리들도 한번은 경험했을 세계를 그는 경험하지 않았을 지도 모른다. 그리고 그는 도망친다. 도망치는 것으로 그의 상처는 치유되는 것이다.

   '왜 도망치는 것인가'

나는 대답하지 않는다,
'죄를 저질렀던 것인가'
나는 히죽 웃는다,

이 대담함은 뒤에 이어지는 행에서 진의가 아닌 것을 알 수 있다. 게다가 그는 왜 도망친 것인가, 도망치지 않으면 안 되었던가 라는 물음에 대답할 의무가 있다.

아직 이 세상에는
'죄' 라는 말이 남아 있어서,

라는 식으로 대답할 것이 아니고 도망가야만 하는 자신의 주체에 눈을 돌려 내부현실과 외부현실의 대결을 할 필요가 있다. 일본이라는 어떠한 보증도 없는 나라에서 외국인 등록증을 가질 수 없는 인간의 운명이란 어떤 것인가, 외국인 등록증을 갖지 않은 인간만이 아니라 과거의 일본혁명의 일익에 참가해서 상처 입은 자들의 유일한 방법은 도망뿐인가, 그런 그들에게 씌어진 "죄"란 무엇인지, 그 "죄"의 일단의 책임을 자신에게 따져 물어 볼 필요성은 없는 것인가. 우리들은 모든 희생을 봐왔고 교훈을 얻었다. 우리들은 많은 잘못을 반복해 왔다. 게다가 도망치는 것도 신물이 났다. 우리들은 냉정하게 자기검열을 해야만 하는 동시에 쫓아오는 자를 거꾸로 숨어 기다리다가 덫에 걸리게 하는 것이다. 거기에는 치밀한 계산이 필요한데 허남기에게 그것을 기대할 수 있을까.

아니다. 그의 감각으로는 현대의 비정한 휴머니즘을 분석하기 전에 먼 옛날을 그리워할 것이다. 그 부분에서 그의 많은 발상이 시작된다. 그의 말이 갖는 표면적인 액츄얼리티는 내면적인 수동성의 발로이며 그 수동성이 『조선해협』에 표면화되어 버린 것이라고 할 수 있다.

　나는 단언한다. 우리들은 이제 허남기로부터 아무것도 기대할 수가 없다. 그의 일은 이미 『조선 겨울 이야기』의 일부 작품에서 끝난 것이다.

(번역 : 한해윤)

재일문학의 여성작가·시가인詩歌人

이소가이 지로磯貝治良

변천−남성 중심 문학에서 여성작가의 대두로

식민지시대는 말할 것도 없고 해방 후의 재일조선인의 일본어문학
도 역시 남성 작가와 시인들에 의해 출발했다. '남성중심사회'로서의
재일조선인문학은 1960년대 말까지 계속되었다.

1970년대에 들어서서 성율자成律子, 박수남朴壽南, 종추월宗秋月, 이명
숙李明淑, 최일혜崔一惠 등의 여성작가·시인의 이름이 등장하지만, 다섯
손가락에 꼽을 정도의 드문 존재였다. 더구나 그녀들은 일부 독자의 눈
에만 띄었을 뿐 일본문학계의 화제에는 오르지 못했다. 그녀들의 데뷔
작품을 들어보겠다. 성율자는 소설 『이국의 청춘異国の青春』(蟠龍社, 1976),

박수남은 편저『죄와 죽음과 사랑괴罪と死と愛と』(三一書房), 종추월은『종추월시집宗秋月詩集』(編集工房ノア노아, 1971), 이명숙은 시집『어머니ー까아짱에게オモニーかあちゃんにー』(銀河書房, 1979), 최일혜는 시집『내 이름わたしの名』(コリアコ리아評論社, 1979)이 있다.

1980년대에 이르러 이양지李良枝가 「나비・타령ナビ・タリョン」(群像 1982.11)으로 등장하면서 겨우 여성작가의 존재가 주목받기 시작했다.

그렇기는 하지만 80년대에 단행본으로 출간된 여성의 작품은 손가락에 꼽을 정도밖에 없다. 내가 아는 한(앞선 1970년대에 등장한 작가・시인 5명의 저서를 제외하고) 박경미의 시집『수프すうぷ』(紫陽社, 1980), 미쿠모도시코みくも年子의 시집『고향 두 개ふるさとふたつ』(ポエトリーセンター포에지센터, 1980), 김창생金蒼生의 산문집『나의 이카이노わたしの猪飼野』(風媒社, 1982), 카야마 스에코香山末子의 시집『구사츠 아리랑草津アリラン』(梨花書房, 1983), 이정자李正子의 가집『봉선화의 노래鳳仙花のうた』(雁書館, 1984), 원정미元靜美의 소년소녀문학『우리학교의 회오리바람ウリハッキョのつむじ風』(ほるぷ出版, 1985), 가쿠 사나에郭早苗의 논픽션『아버지父・KOREA』(長征社, 1986), 성미자成美子의『동포들의 풍경同胞たちの風景』(亞紀書房, 1986), 하기 루이코萩ルイコ의 시집『소꿉친구幼友達』(鳥語社, 1987), 김영金榮・양징지梁澄子 공저로 르포르타주『바다를 건넌 조선인 해녀海を渡った朝鮮人海女』(新宿書房, 1988), 김향도자金香都子의 논픽션『이카이노 뒷골목 지나보세요猪飼野路地裏通りゃんせ』(風媒社, 1989)가 있다.

'재일'사회＝의식의 변화와 여성작가 · 시인의 등장

해방 후부터 1960년대까지 잡지에 두세 명의 이름이 가끔 눈에 띨 정도인데, 재일조선인문학에 여성이 등장하지 않았던 연유는 무엇일까.

일반론으로서는 재일조선인사회의 여성을 둘러싼 시대적 배경에 원인이 있는 것으로 생각된다.

재일조선인사회의 토양에 있었던 유교적 가치관과 풍습 속에서 남존여비에 의한 제약이 여성의 지적생활로 향하는 길을 막고 있었다. 더구나 일본사회의 혹독한 차별과 빈곤 속에서 제1세대의 여성들은 가족의 생활을 지탱하는 노동의 담당자이자 '하늘같은 밥めしが天'을 위해 몸으로 살아갈 수밖에 없었기 때문에 언어에 의한 자기표현의 여지는 박탈되어 있었다. 알기 쉽게 말하자면, 여성을 낮게 보는 환경과 생활에 쫓긴 일상 속에서 교육의 기회나 지적 관심의 밖에 놓이다보니 문화나 예술로부터 소외되어 있었다고 말할 수 있을 것이다.

그러나 본질적으로는 그녀들이야말로 재일조선인사회를 지탱하는 생활력과 민중의 지혜를 체현하고 있었다. 이른바 문화 · 예술 · 문학이 근대주의에 의해 권위적으로 되기 이전의 민중문화의 기층을 체현하고 있었다고 할 수 있다.

제1세대의 곤란과 노고, 그리고 살기 위한 노력이 제2세대에게 '재일'의 생존기반을 제공했다. 일본사회의 고도경제성장과 함께 '재일'사회도 점차 경제적 안정을 이루어갔다. 그 일이 정주지향과도 맞물려

'재일'사회 전체만이 아니라, 여성의 생활양식과 의식의 양상에도 변화를 가져와 자기표현을 모색하게 만들었다.

70년대의 여성작가·시인의 등장은 이른바 제1세대 여성이 다음 세대에게 의탁했던 자기표출이라는 생명의 진통이었다고 말할 수 있다.

70년대의 '재일'사회의 특징은 교육에 대한 관심과 동시에 기존의 민족조직의 활동으로부터 자립하여 개인의 인권의식에 눈을 뜬 시민적인 권리투쟁이 시작된 일일 것이다. 그것은 히타치ㅂㅍ취직차별철회운동에서 볼 수 있듯이 일본인과의 협동을 싹틔웠다. 재일한국인정치범(양심수) 구원 운동도 그러한 문맥 속에서 이루어졌다고 말할 수 있을 것이다.

그러한 일본사회에서 '재일'의 사회적·시민적 권리를 요구하는 운동과 병행하여 '재일'의 독자적인 새로운 아이덴티티의 모색이 부상한다. 조국에의 귀속지향이나 일본사회로의 동질화지향과는 위상을 달리하는 '재일지향'이다. 물론 '재일'의 사회나 개인에 있어서도 그러한 것들이 확연히 삼등분되는 게 아니라, 폭주輻輳하듯 모색되었다.

그리고 간과해서는 안 될 일이 '재일지향' 또한 민족에 대한 의식에서 벗어나는 것이 아니라 '재일'의 보다 현실적인 존재형태를 추구한 것이고, 일종의 예견에 뒷받침되고 있었다는 점이다.

1980년대에 '단 한 사람의 반란'에서 시작되어 요원의 불길처럼 불타오른 지문날인거부투쟁 또한 민족의식의 실현을 동기로 삼아 일본국가와 사회의 부조리를 규탄하는 인권투쟁이었다. 70년대에 싹튼 '재일'사회의 의식변화가 보다 결정적인 형태를 띠게 되었다고 말할 수 있다.

그와 같은 '재일'사회의 의식변화나 자기표출의 활성화, 제2세대 여성작가 · 시인들의 활동 사이에는 인과관계가 있었음에 틀림없다.

1990년대 이후의 문학적 변용과 여성작가 · 시인의 대두

1990년대 이후에는 제3세대의 등장만이 아니라, 구세대의 생활 · 의식상태의 변화도 맞물려 재일조선인사회와 그것을 반영한 재일조선인문학이 보다 크게 변용되었다. 내가 정의한 바에 의하면 '재일'사회 혹은 '재일'문학으로의 변용이다.

재일조선인문학으로부터 '재일'문학으로의 변용이라는 문맥에서 몇 가지를 거론하자면, 일본 이름의 작가(혹은 일본국적 작가)들이 '국적 불명'의 작품과는 별개로 자신들의 루트와 관련된 주제를 쓰기 시작한 점. 그 한편으로 제3세대(여기에서 말하는 제3세대는 출생 시기를 기준으로 한 재일 3세라는 의미가 아니라 문학세대를 가리킴)의 작가 · 시인들이 민족적 루트를 명확히 하면서, '재일'적 주제 또는 반드시 이에만 구애되지 않고 작품을 쓰고 있다는 점. 즉 제1세대, 제2세대의 작가 · 시인들이 문학적 아이덴티티의 축에 민족의식이 자리 잡고 있는 데 비해, 90년대 이후에 등장한 문학적 세대는 아이덴티티의 축을 한층 유연하게 지닌다. 문학적 전략을 개인의 내면 혹은 '나'에게로 향하게 만든 것은 그러한 결과라 할 수 있겠다.

개략적으로 이처럼 말할 수 있겠으나, 1990년대 이후에도 김석범金石範, 김시종金時鐘, 이회성李恢成, 양석일梁石日 같은 제1, 제2세대에 의한 재일조선인문학의 '정통正統'이 건재하다는 것을 함께 생각해볼 때, 반드시 90년대 이후의 문학 전반을 상기한 바와 같이 일원적으로 요약하는 것은 타당하지 않다. 변용의 특징적인 측면을 지적한 것에 지나지 않는다.

그런데 1990년대 이후의 변화에 있어 가장 특징적인 양상으로서, 여성작가 · 시인의 등장과 활동을 들지 않으면 안 된다. 현재는 여성작가의 활약이 남성작가와 어깨를 나란히 하고 있다고 해도 좋다.

여성작가의 대두 원인은 앞에서 언급한—'재일세대'의 아이덴티티=문학적 전략이 조국 · 민족 · 역사 · 정치상황이라는 커다란 이야기에 의거하다가, 가족의 이야기 혹은 개인='나'에게 의거하게 된 변환과 관계가 깊다고 생각한다. 애당초 제1세대 여성들의 삶은 커다란 이야기에 신경 쓸 겨를도 없이, 하루하루의 생활과 가족에게 헌신하는 신세였다. 제2세대의 여성들은 1970년대부터 1980년대에 걸쳐서 '재일'사회와 그 의식 변화의 세례를 받고 자기표출로 향했다. 그러한 과정의 도달점으로서 1990년대 이후에 여성작가 · 시인이 대두했다고 보아도 좋다.

일본사회 전체에 해당하는 말이지만, '재일'사회에 있어서도 세대교체, 생활기반의 안정 등에 의해 여성의 교육기회와 사회참가, 의식해방이 진전되었으며 여성들의 문화 활동과 자기표출로 향하는 활력을 뒷받침했다고 할 수 있다.

덧붙여 말하자면, 여성작가 · 시인의 문학적 감성이 1990년대 이후의 문학 전반에 걸친 조류와 부합하고 있거나, 혹은 여성작가·시인들의 문학적 감성이 새로운 '재일'문학의 조류를 만들어냈다고 할 수 있지 않을까.

1990년대 이후의 '재일'문학의 변용을 또 하나 언급하자면, 그때까지의 주제가 한반도나 '재일'의 신세에 한정되는 경우가 많았던 재일조선인문학에 더해서 제3세대에 의한 한국체험이 묘사되기 시작한 일이다. 이것은 한국사회의 민주화에 의해 '재일'과 본국 사이의 소통이 좋아지고 젊은 세대가 다양한 형태로 왕래하게 되었기 때문일 것이다.

'재일'세대의 한국 체험을 그려낸 작품으로서 가장 먼저 생각나는 것은 남성작가이지만, 이기승의 「제로한ゼロはん」(제28회 群像新人文学賞, 1985)이다.

여성작가로는 사기사와 메구무鷺沢萠의 『개나리도 꽃 사쿠라도 꽃ケナリも花サクラも花』(新潮社, 1995), 『너는 이 나라가 좋은가君はこの国が好きか』(新潮社, 1997)이다. 또 이양지가 민족 악기나 전통무용에 매료되어 한국으로 건너간 것은 1980년대 전후인데, 「유희由熙」(群像 1988.11)의 아쿠타가와芥川상 수상이 1990년대가 다 된 시점이라는 것도 상징적이다.

1990년대 이후에 등장한 주된 여성작가의 이름과 데뷔작을 열거해보겠다.

강신자姜信子『극히 보통의 재일한국인ごく普通の在日韓国人』(朝日文庫, 제2회논픽션朝日아사히저널상, 1990), 박경남朴慶南『꿈이여! 경남씨와 이야기하다クミヨ！キョンナムさんと語る』(未來社, 1990), 후카사와 카이深沢夏衣『밤의 아이夜の子供』(講談社, 제32회 신일본문학상특별상, 1993), 이상금李相琴『반절의 고향半分のふるさと』(福音館書店, 제31회 野間노마아동문예신인상, 1993. 작가는 일본 거주는 아니지만, 재일시대의 성장과정을 그리고 있다), 유미리柳美里『물고기의 축제魚の祭』(白水社, 제37회岸田国士기시다구니오희극상, 1993), 김연화金蓮花 『은엽정차회銀葉亭茶話』(集英社, 제23회コバルト・ノベル코발트・노벨대상, 1994), 박명미ぱくみょんみ「언제나 바다는 펼쳐져있다いつも海はひろがっている」(群像 1995.10), 김마스미金真須美 『메소드メソッド』(河出書房新社, 제32회 문예상 우수작, 1996), 김계자金啓子「소나기むらさめ」(제28회 부락해방문학상, 2002), 후카자와 우시오深沢潮『한사랑―사랑하는 사람들ハンサラン―愛する人びと』(新潮社, 2013, 제11회女による女のための여자에 의한 여자를 위한 R-18문학상 대상 수상작 수록) 등이 있다.

시의 분야에서는 유묘달庾妙達『이조추초李朝秋草』(檸檬社, 1990), 이방세李芳世『하얀 저고리白いチョゴリ』(國際印刷出版, 1992), 나쓰야마 나오미夏山直美 『프레파라트의 고동プレパラードの鼓動』(가타노와리交野が原 發行所, 1992), 김리자金利子『하얀 고무신白いコムシン』(石の詩会이시노시회, 1993), 김수선金水善『제주도 여자濟州島の女』(土曜美術社出版販売, 1995), 전미혜全美惠『우리말ウリマル』(紫陽社, 1995), 이승순李承淳『지난 세월을 벗어던지고過ぎた月日を脱ぎ捨て』(書肆靑樹社, 1997), 이미자李美子『아득한 제방遙かな土手』(土曜美術社出版販売, 1999) 등이 떠오른다. 가집에는 박정화朴貞花『신세타령身世打鈴』(砂子屋書房, 1998), 김영자金英子・ヨンジャ『사랑サラン』(문학의 숲文学の森, 2005)이 있다.

민족의식과 병주倂走하는 가족 · 나 · 성의 이야기

－1970~1980년대

1970~1980년대에 등장한 여성작가 · 시인들의 창작 모티브, 주제의 선택, 상황설정, 방법 등의 특질을 한마디로 요약하자면 탈이데올로기 라고 말할 수 있다.

해방 후(전후), 남성작가 · 시인들을 중심으로 하는 재일조선인문학은 조국, 민족, 역사, 정치라고 하는 커다란 이야기를 짊어지고 출발했다. 제2세대의 작가 · 시인들의 문학도 1980년대까지는 민족주체의 소생 혹은 '재일'의 근거를 둘러싸고 농담의 차이는 있을지언정 이데올로기적이거나 이념적인 것을 추구함으로써 성립되었다. 재일在日하는 '나'를 추구하는 경우에도 그 상황은 크게 다르지 않다.

그에 비해 여성작가 · 시인들은 민족적인 이데올로기가 되었건 정치적인 이데올로기가 되었건 이데올로기나 이념으로부터 이탈하여 출발했다.

1980년대에 이르렀다고는 하지만 냉전체제, 민족분단, 비민주사회, '재일'을 둘러싼 일본국가 · 사회의 제도 모순 등, 이데올로기의 무효가 선언되지 않고 계속되는 상황 속에서 여성작가 · 시인들은 어떻게 그곳에서 이탈할 수 있었던 것일까. 여러 가지 이유 중에서 여성문학을 지탱하는 창조감성, 생활감각, 삶의 의식 등의 특질을 생각해볼 수 있다. 어찌되었든 재일조선인문학에 있어서 여성문학은 가족 · 나 · 성을 둘러싼 '자아'의 확인과 자기표출에 의해 출발하여 성립되었다고 개괄할 수 있을 것이다.

다만, 1970~1980년대의 여성작가 · 시인을 개괄할 때 그 '자아'의 확인과 자기표출의 기둥으로서 민족의식이 사라진 것은 아니었다는 사실을 잊어서는 안 된다.

종추월宗秋月

종추월(1944년 佐賀県 출생)의 제1시집『종추월시집』은 1971년에 출판되었다. 일본의 시단은 전혀 관심을 보이지 않았지만, 시집은 일본어 시의 폐색감에 충격을 주었다.

수록된 24편 정도의 시는 어머니의 신세타령과 아버지의 잔소리를 통해서 '재일' 부모세대의 생활과 생각을 이야기 하면서 시인 자신의 성장과정과 생활을 제재로 삼고 있다. 그러한 시들은 육체를 통해서 표출되는 음성언어＝말의 리듬을 충분히 발휘하여 민족의 노래에 한없이 가깝고 생활 속의 활력이 자아내는 유머까지 품고 있다. 그 시공간은 일본의 현대시가 속박되어 있던 문자언어＝글쓰기의 폐색성을 충분히 이화異化하는 것이었다.

제1시집에 그 뒤의 시를 추가하여 1984년에『이카이노 · 여자 · 사랑 · 노래猪飼野 · 女 · 愛 · うた』(브레인센터ブレーンセンター)가 출판되었다. 새

롭게 추가된 시도 대부분은 제1시집의 특질을 계승하고 있지만, 내면으로 향하는 자기 응시의 시가 등장하여, 여자=성의 정념과 거기에 들러붙는 조국의 일들 사이의 갈등이 한층 농밀해져 있다. 여자로서의 '자아'에 대한 집착이 강해져 있다고 바꿔 말할 수도 있다. 그러한 시적인 모티브의 변화와 함께 언어표현에도 사고적인 요소가 나타나 있다.

「내 윤회의 노래我が輪廻のうた」라는 시가 상징하고 있듯이 '환상'인 조국의 주박呪縛과 '재일'로서 받는 고난으로부터 '자아'를 해방시키려는 것처럼 보인다. 그 방법은 말할 필요도 없이 이데올로기나 이념에 의지하는 것이 아니라, 여자=성의 생명관에 의해 극복하려 하고 있다.

다시 말하자면 시표현의 세계에 있어서 그녀의 생활감각, 신체감각, 생명감각, 역사 감각은 한없이 원초적인 '사상'에 접근해가고 있다고 생각한다.

종추월은 이후에 시를 계속 쓰는 한편으로 산문에 의한 자기표현으로 향한다. 1986년에 간행된 최초의 산문집 『이카이노 타령猪飼野タリョン』(사상의 과학사思想の科学社)이 그것이다.

『이카이노 타령』의 대부분이 작가 자신의 생활과 노동을 포함하여 암반 같은 허리를 붙들어 매고 재일의 아수라장을 살아가는 여자들 — 남자들을 제치고 삶을 지탱하는 어머니들, 시어머니, 무당 등 — 을 그려내고 있다. 가난하고, 강인하고, 때로는 우스꽝스럽기도 한 여자들의 살아가는 모습이야말로 작가에게 있어 '미'인 것이다. 이 일과 관련되는 것이지만, 작가는 여자·어머니·성의 신체를 통해서 획득한 '윤회의 사상'에 한층 확신을 더한다.

주목할 만한 것은 그러한 신체사고의 확신이 여자=성의 내면으로 향하는 것만으로 획득된 게 아니라는 점이다. 그 과정에는 민족의식이 개재되어 있는 것이다. 예를 들면 '윤회의 사상'이 5월 광주민주화운동 속에서 억울하게 죽어간 젊은이에 대한 진혼과 소생의 기원에 의해 탄생된 것처럼.

종추월은 시가 되었든 산문이 되었든 언어표현의 무당이다.

『이카이노 타령』의 이듬해에 간행된 『사랑해サランへ』(影書房)에서는 외부세계―민족분단의 현실, 군사독재정권, '5월 광주', 일본국가·사회·천황제 등―으로의 시선이 눈에 띄게 강해진다. 모순에 대한 문제의식과 언설은 규탄과 러브콜이 어우러져 매우 엄격하고 진솔해진다. 시대의 소용돌이가 그녀를 그렇게 만들었을 것이다.

한편으로 종추월은 소설로 위치를 바꿔서 재일문예『기간 민도季刊民涛』에 「이카이노 태평 안경猪飼野のんき眼鏡」(창간호, 1987.11), 「불꽃― 히라노운하華火―平野運河」(10호, 1990.3)를 발표한다.

모두가 작가 자신과 그 주변을 제재로 해서 주인공과 가족, 공동체를 둘러싼 재일의 신세를 용서 없는 시선으로 그려내고 있다. 나중에 작가가 주위로부터 비판 받을 정도의 리얼리즘에 입각해서.

마지막으로 단행본에 수록되지 않은 시 중에 「너는 아직 기억하고 있는가君はまだ覚えているか」(新日本文学, 1985.8), 「사랑하는 여자 설득의 서론恋をんな口説の序論」(1988)의 두 편을 부기해 둔다.

성율자成律子 그 밖의 작가 · 시인

　내가 알고 있는 한 1970년대에 소설을 발표한 최초의, 그리고 유일한 여성작가는 성율자(19?년 후쿠이현福井縣 출생)가 아닐까.

　그 데뷔작이 『이국의 청춘異國の青春』이고, 뒤를 이어 『이국으로의 여행異国への旅』(創樹社), 『흰 꽃그림자白い花影』(創樹社, 1982)가 간행되었다. 작품에는 사랑의 정감, 유교적 가치관 속에서 강요되는 여성멸시에 대한 저항 등이 묘사된다. 그에 겹쳐지듯이 이국의 삶 속에서 '조선 감추기朝鮮隠し'를 하지 않으면 안 되는 주인공의 민족적 갈등이 그려진다. 그리고 민족적 자각과 인간적인 자립에 대한 통과의례가 여성의 시점에서 이야기 된다.

　성율자는 나중에 소설에서 벗어나 평전 『조선사의 여자들朝鮮史の女たち』(筑摩書房, 1986)을 간행했다.

　1970년대에 발표한 시집에는 이명숙李明淑(1932년 오사카시大阪市 출생)의 『어머니—까아짱에게オモニ—かあちゃんに』(銀河書房, 1979 후에 創映出版, 1988)와 최일혜崔一惠(1942년 출생)의 『내 이름わたしの名』(코리아コリア평론사, 1979)이 있다.

　이명숙의 시는 1세 어머니의 타향살이의 지혜와 냄새를 생활의 언어와 리듬에 의해 애착을 담아 노래한다. 또한 일본국적을 취득한 일에 대해 우울과 자책을 노래한다.

　최일혜의 시는 조국으로부터 격리된 답답한 심정을 감상에 치우치지 않고 의식을 담아 노래한다. 재일의 생활을 사실적으로 묘사하기보다는 그 심상을 능동적으로 표현하고 있다.

소설이나 시의 장르는 아니지만 여성작가의 뛰어난 선편적 존재이자, 이른바 '고마쓰가와사건小松川事件'의 사형수 이진우李珍宇와의 교류와 히로시마廣島의 피폭을 추적하는 박수남朴壽南(1936년 출생)의 저작도 부기해 두겠다. 편저 『죄와 죽음과 사랑과罪と死と愛と』(三一書房, 1984), 편저 『이진우 서간집李珍宇書簡集』(三一書房, 1979), 『조선·히로시마·반일본인朝鮮·ヒロシマ·半日本人』(三省堂, 1983), 『또 하나의 히로시마もうひとつのヒロシマ』(舍廊房出版社, 1982) 등이다.

이양지李良枝

1980년대로 눈을 돌려보자.

82년에 이양지(1955년 야마나시현 출생, 1992년 서거)가 데뷔작 「나비·타령ナビ·タリョン」에 의해 재일조선인문학의 여성작가로서 처음으로 일본의 상업문단에 등장했다.

그렇다고는 해도 남성작가의 상업문단 진출이 많은 것은 아니다. 물론 이것은 불명예가 아니라 명예스러운 일일지도 모른다. 김달수金達壽나 김석범조차 이른바 문단작가와는 위상을 달리하고 있었다. 재일조선인문학의 산맥을 지탱하고 있었던 것은 상업문단과는 관계없이 활동해온 작가들이고, 현재의 '재일'문학에 있어서도 그러하다.

이양지는 작가 데뷔 이전부터 일본의 잡지에 게재된 한국문학 등의 번역이나 자전적인 문장에 의해 이름이 알려져 있었는데, 마침내 작가로서의 재능을 꽃피운 것이다. 이양지의 최초의 소설집은 『해녀かずきめ』(講談社, 1983)이고 「나비타령」은 그곳에 함께 수록되었다.

「나비타령」은 부모의 이혼소송을 둘러싼 가족의 불화와 붕괴, 그러한 집에서 도망쳐 가출한 주인공의 정신적 순례가 배경이 되어 있다. 작품은 사적인 체험이 모티브가 되어 있다고 보아도 좋을 것이다. 그러나 정신의 순례는 방랑에 몸을 맡기는 것이 아니라, 주인공이 '재일'의 불안감과 가정의 우울, 성의 폐색감 등으로부터 '나'를 해방시키려는 여행이었다.

그러한 존재의 위기에 맞서는 주인공의 정신의 순례를 육체에 칼날을 대는 듯한 문체로 그려낸 것이 「나비타령」이었다.

그리고 주인공은 가야금과 전통무용에서 활로를 모색하고자 서울로 떠난다. 즉 '나'를 해방시키기 위해 그녀의 루트, 조국의 것을 찾는 여행을 떠나게 된다. 데뷔작에서의 그러한 설정은 그 이후의 창작 편력과 유작 『돌의 소리石の聲』의 주제에 있어 중요하다.

이양지는 「나비타령」 이후에 「해녀かずきめ」(『군상』, 1983.4), 「오빠あにこぜ」(同 1983.12)에 있어서 재일의 신세에 육친의 불행을 중첩시켜 묘사한 뒤 다음 단계로 넘어간다.

『각刻』(講談社, 1985)에 의해 한국 체험을 본격적으로 쓰기 시작한다.

26세의 재일한국인인 '나' 순이는 서울로 건너가 모국어와 가야금, 무용을 배우고 있다. 그 순이의 며칠간 — 하숙생활, 언어학교, 사람들과 습관, 일본인과 한국인의 민족이 다른 남자, 방안의 고독한 시간―이 묘사될 뿐 사건이라고 할 만한 일은 일어나지 않는다. 작품에서는 일본에서 태어나고 자란 '나'의 '그 조국'에 대한 위화감과 사랑스러움만이 부각될 뿐이다.

그러한 소설 공간을 정념의 주름과 생리의 단층에서 끓어오르는 단어를 딱딱하지만 간결하게 문체화文體化하여 그려낸다. 그것은 이양지만의 농밀하고 선열한 색조이다.

그렇지만 『각』은 공간이 아니라, '내' 안의 시간을 주제로 한 작품이다. 타이틀 『각』은 째깍, 째깍, 째깍……. 하고 초를 새기는 시간의 소리에서 유래한다. 시간의 소리는 '내' 안의 자의식의 목소리처럼 초를 새긴다. 그리고 작가는 그 자의식을 집요하게 대상화한다. "내가 뭔가를 이야기하고 있다. 이야기하고 있는 나의 목소리를 내가 듣는다." "뭔가를 생각하고 있는 나를 내가 본다." "그러한 표정을 짓고 있는 나를 나는 응시했다." 등의 표현은 자의식과 그 대상화의 의사를 잘 표현하고 있다.

『각』속에서 '나' 순이는 가야금을 '미인이죠'라든가 '여자의 나체'라는 표현에 의해 의인화한다. 그 가야금의 현을 마치 사람을 상처 입히듯이 마구 끊는다. 그와는 대조적으로 자의식의 대상화는 '나'의 타자화 혹은 '나'의 사물화로도 보인다. 이와 같은 가야금의 의인화와 '나'의 타자화 혹은 사물화 사이의 대조는 조국의 것에 대한 위화감과 사랑스러움의 갈등으로 번역할 수 있는 게 아닐까.

'나'로부터 외부를 차단한 채 오로지 자신과 대화하여 자의식을 대상화하고 그에 의해 비조국의 존재인 '나'를 중립의 장소에 놓고 지킨다. 또는 조국의 것과의 관계를 끊음으로써 외부의 세계를 폐쇄한다.

그러나 한편으로 가야금에 대한 애증이 상반되는 감정은 조국의 것에 대한 혐오와 동경의 뒤얽힌 감정을 나타내고 있다. 그 복합의식은 일본에 대한 거부와 그리움이 뒤섞인 감정의 표리관계라 할 수 있을 것이다. '나' 순이는 조국의 것과 비조국의 존재인 자기의 정립이라는 갈등을 둘러싸고 해체와 회귀의 갈림길에 서서 격투를 벌였음에 틀림없다.

이양지는 『각』을 통해 '재일' 세대의 오늘날에도 이어지고 있는 난제를 그려냈다.

이양지는 『내의来意』(『군상』, 1986.5)에 의해 『각』의 주제를 다시 한 번 썼다. 다만 수법에서는 다른 시도를 하고 있다. Y와 가즈코かずこ라는 두 사람의 여성 친구를 설정하고 그녀들과의 관계성 속에서 '나'와 그 자의식을 포착하려 하고 있다. 또한 종장에서 파도소리를 심취해 듣다가 그 속으로 몸을 담그며 들어감으로써 자의식의 번데기가 나비로 탈피해 가는 것을 암시한다.

『내의』로부터 2년 뒤 이양지는 『유희由熙』(『군상』, 1988.11)에 의해 제100회 아쿠타가와상芥川賞을 수상한다. 이 작품이 발표되었을 때 필자는 조금 의아한 기분이 들었다. 작가는 이미 우리말을 상당히 터득하여 살풀이를 공연할 정도로 조국의 것에 융화되어 있었을 터인데, 그녀가 서울에서 배우기 시작했을 무렵의 체험이 주인공 유희를 통해서 소설화되었다고 생각했기 때문이다.

조국의 것과의 갈등은 그 정도로 깊이 작가에게 들러붙어 트라우마가 되어 있었던 것일까. 다시 시작으로 되돌아가 그려내야만 할 정도로 그녀의 문학을 붙들어 매고 있었던 것일까. 혹은 그녀와 같은 체험으로 고민하고 있는 후속세대 여성들의 곤란을 공유하려는 기분이 그렇게 쓰게 만든 것일까.

소설작품의 레벨로서도 하숙집 언니의 시점을 도입하는 참신함이 있었다고는 하지만 제재에 의존하는 경향이 있고 문체의 긴박감이 희박해져 있다.

이양지는 1992년 5월 22일 돌연 병사했다. 37세의 젊은 나이였다. 매우 농밀한 인생에다 창작활동도 선명하고 강렬했지만, 돌아보면 겨우 10년간의 작가활동이었다.

이양지의 사후 「돌의 소리石の声」(『군상』, 1992.8)가 발표되었고 그녀의 유작이 되었다. 이 작품은 이양지가 생전에 구상한 전 10장의 장편 중 제1장 미완성의 원고 230매 정도. 퇴고가 예정되어 있었던 듯 문장의 반복과 설명적 표현이 많다. 그러나 한 편의 중편 소설로서 읽을 수 있는 작품이고, 이양지가 그녀의 문학의 집대성을 시도한 작품이라는 것이 충분히 읽혀진다.

『돌의 소리』는 잡지발표와 같은 해에 고단샤講談社에서 단행본으로 만들어졌고, 『이양지전집李良枝全集』(講談社, 1993)에도 수록되었다.

먼저 『돌의 소리』의 개요를 써보겠다.

화자인 '나' 임주일林周一은 '재일' 2세의 남성이다. 일본의 대학을 졸업한 후 한국과 거래가 있는 작은 무역회사에 근무했지만, 환경이 성격에 맞지 않아 1년 정도로 그만두었다. 이해관계 없이 한국에 가겠다는 생각으로 지금은 서울에서 유학중이다. '나'에게는 5년간 사귄 일본인 애인 에이코英子가 있었지만 서울 유학은 그녀와의 결별을 의미했다.

에이코로부터 '나'에게 도착한 편지도 결별을 고하고 있었다. 편지에는 그녀 자신의 처지와 내면풍경이 애달픈 필치로 적혀 있다. 그와 동시에 '나'의 남성적 에고이즘을 동반한 성격이 드러난다. 독자는 여기에서 두 가지를 읽어낼 것이다. 여성작가의 시선과, 성적性的 차이를 둘러싸고 일어나는 '재일'과 일본인과의 위치관계의 도착倒錯을.

'나'의 처지에는 남녀의 차이는 있을지언정 작가 자신의 그것과 중첩시켜 설정, 회상되고 있다. '나'의 아버지는 네 명의 아내를 거느리고 있어, 어머니와 가정에 어두운 기억을 초래한다. '나'에게는 아버지에 대한 지우기 힘든 증오체험이다―그 증오체험은 역시 '아버지 살해'라는 이야기로 전개되었을지도 모른다.

서울에 온 뒤의 '나'에게는 이전부터 유학하고 있던 '재일' 여성인 애인(?) 가나加奈가 있지만, 그녀는 지금 일본에 돌아가 있다. 가나와의 교제도 회상의 수법으로 삽입된다.

가나는 한국의 민족무용을 배우고 있는데, 바흐 등의 서양음악도 도입한 '소리를 춤추는音を踊る' 무용의 창작에 정열을 불태우고 있다. 가나는 한글에도 강하게 매료되어 조선민족의 시조삼신(단군=환인, 환웅, 환검)을 떠올리고 '나' 임주일의 세 개의 검은 점을 삼신의 증표로 견준다.

그런데 소설의 현시점에서 '나'는 「르상티망 X씨에게ルサンチマン X氏へ」라는 타이틀의 이야기 장편시를 쓰고 있다. 그 장편시의 스토리에는 무가에서 노래되는 한국의 민속적인 신 '바리공주'의 '버려진 공주' 신

화가 활용되고 있고, 가나는 '나'에게 있어 바리공주인 것이다.

　'나'는 일본으로 돌아온 가나와는 일체 연락을 않기로 약속하고 있었지만, 서로 연락을 주고받을 날은 정해져 있었다. 그 날은 '내'가 장편시 「르상티망X씨에게」를 완성시키고 가나가 창작무용을 완성시킨 날인데 그 때는 점차 다가오고 있었다.

　또 '내'가 자신에게 부과한 일과가 있다. 두 권의 대학노트를 준비하여 한 권에는 매일 아침 동틀 무렵의 꿈에서 눈뜰 때 사이의 순간에 터득하는 단어 — '의로움義しさ' '정신이라는 치밀한 유혹精神という緻密な誘惑'과 같은 단어를 쓰는데 그 노트는 '뿌리의 광명根の光芒'이라고 이름 지어져 있다. 또 한 권은 전날의 일지로서 기록하는 '아침의 나무朝の樹' '한낮의 나무昼の樹'를 쓰는 것이다. 그 행위는 '나'에게 있어 매일의 의식인 것이다.

　『돌의 소리』의 시추에이션에서 주목되는 것은 주인공이자 화자인 '나'를 남성으로 하고 있다는 점이다. 그러한 조작에서는 작가 자신의 서울체험과 사고체험 그리고 내부정경을 객관화하려는 의도가 엿보인다.

　또한 '내'가 시를 쓰고 단어를 추구하고, 다른 한편으로 가나가 창작무용을 연출하고 한글을 연구한다고 하는 시추에이션에는 이양지 자신의 두 개의 세계 — 소설(언어에 의한 표현)과 무용(신체에 의한 표현)을 추구하는 주제가 평행적으로 담겨져 있다.

　앞에서 필자가 『돌의 소리』를 이양지의 집대성적인 작품이라고 말한 이유의 하나가 거기에 있다.

　이쯤에서 작품 속에 나타나는 '재일'의 어려운 문제에 대해 언급해 두고 싶다.

'나'는 서울에서 한국어를 일상 언어로 사용하고 있다. 그러한 환경에서는 한자나 일본어가 잘 나오지 않아서 시(일본어)를 쓰지 못하게 된다. 그 체험은 서울의 생활에서 언어감각과 정신의 밸런스를 잃어버리고 한때 소설을 쓰지 못하게 되었을지도 모를 이양지 자신의 자기분석적인 고백일지도 모른다. 흥미 깊은 일은 『유희』의 주인공 혹은 일반적으로 '재일'세대가 한국체험에서 맛보는 문화적 충격은 반대의 어려운 문제로서 '내'가 직면하고 있는 것이다.

앞에서 '나'의 가정환경에 대해 간단하게 언급했는데, '재일'에 있어서 '집'은 왜 복잡한 문제로서 가로막고 서는 것일까. 이 작품에서도 그런 어려운 문제가 나타나고 있다.

『돌의 소리』의 모티브·주제는 이양지의 삶의 위상이 잘 나타나 있다. 그런 의미에서도 집대성적인 작품이라고 말할 수 있다.

'나'는 학생시절에 '재일'의 동포그룹과 접촉한다. 그러나 선배동포의 정치·민족·'재일'의 존재방식을 둘러싼 의미부여, 혹은 이데올로기적인 기성의 가치론에 대해 내부로부터 생겨나는 개인의 욕구에 의해 위화감을 느낀다. 그것이 의미하는 바는 '나'=작가가 시·소설·한글이라는 언어 및 무용·음악과 같은 내부감각에 의거해서 스스로의 존재의 뿌리를 찾으려 했다는 것이다.

그러나 의거하는 내부감각이 한글이나 민족무용과 같이 조국의 것에서 벗어나지 못하는 이상, 곤란은 간단히 해소되지 않는다. 실존의 뿌리에 개인을 놓고 아이덴티티를 추구하면서 민족의 역사와 문화라고 하는 커다란 이야기를 껴안지 않을 수 없었다. 이양지의 표현행위는 그

배반관계와의 격투이자, 그 격투에서 문학적인 리얼리티도 탄생했다.

일본인인 에이코의 편지 속에 사람의 존재성을 '어떤 사람何人'으로서 규제하는 것을 거부하는 작가 자신의 자세가 도입되었듯이, 이양지에게 있어 개인과 민족의 관계는 자주 뒤집어졌다. 뒤집어진 관계를 파고들어 해결하는 방법으로 작가가『돌의 소리』에서 도전한 것은 '사고실험思考實驗'이었다. 인간이 실존을 응축시켜 순화하려는 '사고실험.'

『돌의 소리』에서 '사고실험'은 이미 의미가 부여되고 가치화된 '인간'이라는 관념과의 항쟁으로 나타난다. '사고실험'은 체험과 기억이라는 생생한 모습을 위장하는 현실과, 내부 사고에 규제된 관념과의 갈등이라는 실존탐구에 있어 피할 수 없는 불안과 시행착오의 과정을 거쳐서 진행된다. 보다 가까운 근원을 향해서 전진과 후퇴를 반복하며 진행되는 것이다.

『돌의 소리』라는 소설의 주제와 방법 전체가 '나'를 모델화한 그 실험과정이라고 할 수 있다. '내'가 계속 쓰고 있는 이야기 장편 시「르상티망 ×씨에게」의 창작과정이나 '뿌리의 광망' '아침의 나무' '한낮의 나무'와 같은 단어를 둘러싼 기억과 의식, 표현의 갈등, 더 나아가 무용과 음악을 둘러싼 신체와 표현의 탐구 등, 분명히 주제와 방법 자체가 '사고실험'이라는 것을 나타내고 있다.

한편 '아침의 나무' '한낮의 나무'라고 기록되는 일기체의 부분—'나' 임주일의 성장과정과 일상의 체험, 하숙집의 후배 태남テナム과 인길インギル 등 주변인물의 일상적인 모습, '재일'의 존재방식, 에이코의 편지—등은 설명적·묘사적 기술로 쓰여 있다. 즉 내면화하지 않고 외

부의 세계를 '리얼리즘'의 수법으로 그려낸다.

　그러한 '사고실험'과 '리얼리즘'의 수법을 중첩시켜서 소설을 구축하려 했던 것이 전10장으로 구상했다가 미완이 된 장편 『돌의 소리』라고 생각된다. 따라서 『돌의 소리』는 「나비・타령」, 「해녀」, 「오빠」와 같은 초기의 작품계열과, 「각」, 「내의」, 「유희」와 같은 중기작품계열의 주제, 방법의 집대성을 모색한 유작이라 할 수 있다.

김창생金蒼生

　김창생은 6・25 전쟁이 한창이던 1951년 오사카시 이쿠노쿠大阪市生野区의 이카이노猪飼野에서 태어났다. 그녀는 '일본속의 조선'으로 불리는 그 지역을 고향이라 부른다. 최초의 단행본 『나의 이카이노わたしの猪飼野』(風媒社, 1982)는 그녀의 청춘의 자화상이자 정신의 궤적을 기록한 산문집이다. 그 정신의 궤적은 '일본인'으로 살고 있던 그녀가 반쪽바리半日本人로서의 고뇌를 시작한 뒤 마침내 인생에 대한 적극적인 도전에 의해 고뇌에서 빠져나와 민족의 것을 만나게 되는—그 자기형성의 궤적이다.

　『나의 이카이노』는 개인사의 기록을 쫓는 작품집이지만, 소설 이상으로 독자를 환기시키는 힘을 지니고 있다. 그리고 그녀가 나중에 쓰게 되는 소설의 원석이 아로새겨져 있다. 작가의 감성이 자기 자신에 대해서 그리고 외부의 세계에 대해서 신선하게 감응하고 엄격하게 긴장되어 있는 것이다. 그것은 작가가 삶과의 타협 없이 대결하고 있는 자세의 반증이다. 감응력과 긴장이 문장을 빛나게 한다. 이것은 김창생이 지닌 표현의 특질이기도 하다.

작가는 어머니의 죽음에 대해 쓴다. '재일'의 신세에 대한 씻어내기 힘든 원망을 안고 돌아가신 어머니. 어머니의 사후에 그런 일을 비로소 알려고 하는 작가. 그 작가의 가슴에 어머니는 이국의 삶을 살아 견딘 조선 여인의 원초이자, 재일 2세의 작가에게 있어 피부로 접할 수 있는 조선 그 자체였다는 생각이 분명해진다. 그러므로 어머니를 이해해가는 과정이 김창생에게는 조국의 것을 획득해가는 궤적이었다고 말할 수 있다.

작가의 타협이 없는 긴장된 눈은 이카이노에서 살아가는 아주머니(여자)들의 대범한 빛과 모습도 포착한다. 어머니, 아주머니들 즉 여자들의 마이너스적인 면도 포함하여 작가에게 그녀들의 '다산을 증명하고도 남는 맷돌허리'는 일본 속의 고향, 이향 속의 조선이다.

어머니의 원망 가득한 신세에 대한 이해도 그렇고, 아주머니들에 대한 공감도 그렇고, 그러한 것들은 조국의 것에 다가가 조국의 것을 획득해가는 과정이다. 그 과정에는 여자라는 입장에 대한 자각과 자립이 깊게 관계되어 있다. 다시 말하자면, 여자로서의 자립과 민족의 동일성同一性은 합쳐서 꼰 두 개의 굵은 밧줄이었다. "사회의 통념에 휘둘리지 않고, (…중략…) 여자의 삶과 성이 융합하는 아득히 먼 지평의 동일선상에 나의 조국통일은 있다"고 김창생은 쓰고 있다.

그리고 사회에 대한 대결의 자세와 자기 자신에 대한 타협 없는 삶의 방식이 여자로서의 삶과 성을 해방시키고, 인간으로서의 자립을 추구해간다. 작가의 행동성은 그것이 단순히 결의표명이 아니라는 것을 증명한다. 어머니·학교와 관련을 맺는 한편으로, 아주머니들이 배우는 야간학교와 하기학교에 자원봉사로서 참가하고, 한센병 요양소의 동포를 방문한다.

전두환全斗煥 정권을 지지하여 민주화운동을 비판하는 할머니들을 이해시키기 위해 애절하게 호소한다. 어린 딸에 대한 엄격함과 애정도 민족을 되찾기 위함이다.

"일본의 겨울을 녹여야 한다イルボンの冬を溶かすのだ"고 작가는 적고 있다.

김창생이 발표한 최초의 소설은 내가 알고 있는 한 「빨간 열매」(在日文藝『民涛』3호, 1988.5 여름)이다. 같은 『민도民涛』 창간호의 좌담회에서 김창생은 "구석에서 조촐하게 살고 있는 사람들의 삶片隅でささやかに生きている人びとの生"라는 발언을 하고 있고, 「빨간 열매」에서는 작가 자신의 체험이 모티브가 되어 있다고 생각되는 발언을 반영하고 있다.

먼저 간단하게 그 개략을 써보겠다.

주인공·옥녀玉女는 사랑도 정도 없었던 남편·양호良浩와의 생활에 종지부를 찍고 조선학교 초급 1학년인 진아辰亞와 함께 연립주택 희망하이츠에 살면서 찻집에 근무한다. 딸인 진아에게는 공상 게임을 하는 버릇이 있다. 옥녀도 옥자玉子라고 불리던 소녀 시절에 소녀만화의 주인공을 공상하던 아이였다. 싸움만 하던 부모와 난폭한 오빠가 있는 가난한 집의 현실에서 도망치기 위해 공상의 세계에 빠지는 것이었다.

옥녀가 시집갔던 집의 시어머니는 "아이를 하나 더 낳으라"고 신방神

巫을 불러 굿을 하지만, 옥녀는 남편도 모르게 피임약을 사용한다. 남편으로 말하자면 "난 철학을 하는 여자는 필요 없어" "마누라의 자궁도 관리하지 못하는 남자가 남편이라 할 수 있나"하고 함부로 말하는 남자로, 옥녀를 여자로서 사람으로서 인정하지 않는다. 난폭한 남자이기도 했다. 그러나 스무 살의 옥녀는 남편과 궁합이 맞지 않는 것을 고민하면서도 뭔가를 구하며 마음속에 외침을 침잠시키고 있었다.

그런 집에 있으면서도 옥녀의 마음을 잡아당기는 것은 시어머니이다. 같은 여자로서의 성, 같은 민족, 같은 재일의 삶을 함께하는 사람으로서 시어머니는 옥녀의 우울을 풀어주는 것이다. 그러나 옥녀는 마음을 독하게 먹고 시어머니와 남편의 사진을 불태운 뒤 집과 결별했던 것이다.

결말에 가서는 진아가 쓰는 한글의 이응 문자를 사과의 모양과 견주어 옥녀가 "그 사과 열매는 언젠가 열매를 맺을 수 있을까"라고 중얼거리는 장면은 인상적이다. 시어머니와 남편, 집에서 결별한 옥녀가 우리 딸, 우리 성, 우리 조국의 것에 의탁하는 소원과 불안이 번갈아 새겨져 있는 것이다.

「빨간 열매」는 민족이라든가 조국이라든가 일본사회의 차별이라는 문제를 의식의 표면에 내세우지 않고 주인공의 결혼·이혼이라는 인생의 현장에 발판을 두고 있다. 주인공의 신변의 일을 묘사하여 정감의 단면을 새겨내고 있다.

그러면서도 신변적인 심경소설로 흘러가지는 않는다. 그 이유의 하나로, 시어머니와의 여자끼리의 관계에서 여자의 삶의 무게, '재일'로 살아가는 무게가 느껴지기 때문은 아닐까. 그렇다고는 해도 '재일'의 여자의 신세타령을 작가가 이야기한다는 필치는 아니다. 또 하나는 문체의 효과를 생각할 필요가 있다. 김창생의 문체는 이야기나 정염에 흘러가는 것을 아슬아슬하게 피하면서 긴밀한 묘사와 간결함을 지닌 것이 특징인데 의식적인 문체라고 할 수 있다.

그런데 이카이노를 문학의 홈그라운드로 삼는 작가들이 할머니, 어머니, 아주머니, 무당 등의 여성을 그려낼 때 어딘가 공통되는 부분이 있다. 그것은 종추월 만이 아니라 남성 작가인 원수일元秀—에게도 해당된다. 분방함, 우스꽝스러움, 영리함, 어리석음이 여자들로부터 흘러넘친다. 그것은 '재일'이라는 답답한 현실을 강하게 물리쳐 보이는 활력과 똥배짱 같은 것. 세간의 상식을 개의치 않는 사고와 행동이 초래하는 우스꽝스러움에 닮은 것. 그러한 일종의 '비현실現実ばなれ'을 동화적인 분위기로 느꼈다면 이상한 것일까.

그러나 필자는 시어머니와 아주머니들을 묘사하는 김창생에게도 같은 감정을 지니고 만다. 하긴 김창생의 경우에는 섬세함도 갖추고 있지만. 진아와 옥자(옥녀)의 환상게임, 또 한글 이응의 형태를 사과에 견주어 소원을 담는 장면에 동화의 감성을 읽어내는 것은 쉬운 일일 것이다. 필자가 묘사된 여자들의 '비현실'에 동화적인 분위기를 느끼고 마는 것은 상기의 에피소드에서 느낀 동화에 영향을 받았기 때문일까.

김창생의 소설 중에서는 「빨간 열매」가 가장 뛰어나다는 것이 필자의 의견이다. 「빨간 열매」에 대한 언급이 길어진 것은 그 때문이다.

「빨간 열매」는 육친이나 가족을 그려낸 「세 자매三姉妹」, 「소풍ピクニック」, 한센병요양소의 동포와의 교류를 기록한 「고국을 멀리故国を遠く」를 함께 수록한 작품집 『빨간 열매』(行路社, 1995)로서 간행되었다. 김창생에게는 그밖에 소설 「귀향歸鄕」(新日本文學, 1995.6), 일본의 이로하카르타いろは歌留多(카드의 일종−역자)를 모방한 가나다라카르타라는 발상으로 위트 넘치게 '재일'을 노래한 『이카이노발 코리안카르타イカイノ発コリアン歌留多』(新幹社, 1999)가 있다.

소년소녀문학과 논픽션계문학의 작가

1980년대에 등장한 작가로서 「강가의 길川ベリの道」(文學界, 1987, 동신인상수상)의 사기사와 메구무鷺沢萠(1968년 도쿄 출생, 2004.4.11 자살, 향년 35)를 잊을 수 없다. 다만 그녀의 코리언·랜드가 쓰이기 시작한 것은 1990년대 이후이므로 소개는 뒤로 미룬다.

단행본은 아직 간행되지 않은 것 같지만, 동인잡지 등에 소설을 발표하고 있던 여성작가는 현재만큼은 많지 않을지 모르지만 1980년대에도 꽤 있었을 것이다. 60세를 넘기고 창작을 시작하여 재일문예『계간 민도季刊民濤』에 「약속約束」(2호, 1988.2), 「언덕에 모인 사람들丘に集う人びと」(4호, 1988.9), 「해협을 건너는 사람들海峡を渡る人びと」(7호, 1989.6)을 발표한 조규우曺圭佑(1923년 경상도 출생), 재일조선인작가를 읽는 모임在日朝鮮人作家を読む会의 문예지 『가교架橋』에 「여름夏」(5호, 1984)를 발표한 이래 현재도 열심히 단편을 발표하고 있는 유용자劉龍子(1948년 도쿄도 출생) 등이 떠오른다.

소년소녀문학에서는 원정미元靜美(1944년 오사카 출생)의『우리 학교의 회오리바람ウリハッキョのつむじ風』(ほるぷ호르푸出版, 1985)이 높은 평가를 받았다. 조선초급학교 아동들의 유머가 담긴 생기발랄한 모습과, 일본 소학교 아동들과의 축구시합을 배경으로 어린 대립과 우정을 그려내고 있다. 초등학생과 고등학생이라는 차이는 있지만, 설정은 평판이 좋았던 영화「박치기ハッチギ」와 유사한 분위기로 되어 있다.

도쿄도東京都 내의 모래 먼지가 이는 운동장과 낡은 건물의 조선초급학교. 5학년인 영승ヨンスン과 친구들, '히스폭탄ヒスバクダン'이라 불리는 히스테리 증상의 김 선생, 덜렁이 선생 최홍길チェ・ホンギル 등이 등장한다. 한편 일본의 소학교는 원숭이군단이라 불리는 아동들과 고릴라ゴリラ 선생.

아동들 중에는 조선인 아버지와 일본인 어머니의 불화로 가정이 황폐해져 오사카로 이사를 간 아이, 일본학교로 전학을 간 아이 등, '재일'에 있을 법한 복잡한 사정이 묘사된다. 그런 가운데 일본학교에서 전학 온 소녀 승미スンミ의 고민이 관심을 끈다.

승미는 모국어와 우리 학교의 분위기에 적응하지 못하고 그곳에서 배제된 패배감에 괴로워한다. 그러나 승미는 여러 문제를 접하며 깨닫게 되고 패배감을 극복해간다. 전에 일본학교에 있었을 때, 영국에서 돌아온 귀국자녀의 고뇌를 잘 알지도 못하면서 웃어버린 일, 잔류고아로서 중국에서 귀국한 일본인의 자살을 뉴스에서 접한 일, 급우가 할머니로부터 들었다는 강제연행, 강제노동의 이야기를 해준 일. 그런 사건들이 그녀의 눈을 뜨게 하는 것이다.

승미의 성장은 '아름다운 나의 조국'의 발견으로 연결된다. 작가는

조선민주주의인민공화국에의 귀속의식이라는 '정치성'이 포함되어 있
다고는 하지만, 소녀 승미를 통해서 조국지향의 의식을 표현하고 있다
고 보아야 할 것이다.

작중에서는 할아버지가 한국합병, 일본으로의 유랑, 3·1독립운동
등을 이야기하고, 삼촌이 도쿄대학을 졸업하고도 회사에 취직하지 못
한 에피소드도 있다. 아동들이라고는 하지만 운동장의 철망을 사이에
두고 서로 야유를 하거나, 신사神社에서 싸움을 벌여 조선인 아동이 부
상을 당해 입원하자, 고릴라 선생이 인솔하는 원숭이군단이 병문안을
와 서로 자신들을 소개한다 — 는 에피소드가 중첩되고 마침내 축구시
합이 열린다.

시합에서는 전반에서 불리했던 조선초급학교가 후반에서 만회하고,
다시 역전을 기대하게 만들지만, 작가는 게임을 1대1 동점 무승부로 끝
낸다. 작가의 민족감정은 작가의 우정과 공생을 추구하는 마음에 자리
를 양보한 것이다.

원정미의 그 밖의 작품은 아동문학 「오바케와 도깨비おばけととっけび」
(1~5호, サリコ사리코, 1986.1~1988.12), 창작민화집『할망님의 이야기 —
제주도의 옛날이야기おはなしハルマンさま—濟州島の昔ばなし』(新幹社, 1996) 등
이 있다.

아동문학의 분야에서 몇 명의 작가를 들어보겠다. 재화再話『얼간이
개구쟁이 태욱이とんちき小僧テウギ』(ブレーンセンター브레인센터), 민화「다
섯 마리의 소5頭の牛」(「草笛」 創刊号, 1997)의 이경자李慶子, 아동문예동인
지『개구쟁이やんちゃ』,『사리코サリコ』, 동포 잡지『군성群星』,『나비야ナビ

ャ』 등에 많은 동화를 발표한 김절자金節子, 『할아버지 담배통ハラボジのタンベトン』(브레인센터, 2003)의 고정자高貞子, 「베란다의 꽃밭ベランダの花畑」(5호, 在日文藝民濤 1988.11)의 양유자梁裕子 등이다.

1980년대에는 창작의 분야와는 별도로 논픽션 분야에서 '재일' 여성작가의 뛰어난 활약이 보인다.

가쿠 사나에郭早苗(1956년 출생)는 『아버지父·KOREA』(長征社, 1986)에서 아버지의 인간상과 생활사를 기록했다. 일본에 건너와 이발소 잡일, 고무신·케미컬슈즈의 제조, 전처나 자식과의 관계, 술로 지새는 세월 등 어떤 의미에서는 1세 세대의 '재일'의 전형적인 개인사를 더듬어 간다. 동시에 2세 세대의 입장에서 작가 자신의 자화상을 그려내려 한다.

같은 작가의 작품으로 『하늘을 날다宙を舞う』(ビレッジプレス빌리지프레스, 1991) 등이 있다.

양징자梁澄子(1957년 홋카이도 출생)와 김영金榮(1959년 도쿄 출생)의 공저 『바다를 건넌 조선인 해녀海を渡った朝鮮人海女』(新宿書房, 1988)도 1세의 잠수(해녀)들로부터 들은 것을 주로 적은 뛰어난 르포이다.

등장하는 해녀들의 개인사는 한결같이 곤란한 생활, 가혹한 노동, 노령과 병에 대한 불안 등 고난의 분위기로 채색되어 있지만, 각각의 해녀들의 자긍심과 더없이 밝은 모습, 인간다운 개성을 발산시키고 있는데, 두 작가는 그런 모습을 생생하게 이야기한다.

작가들은 해녀의 개인사만이 아니라 그 배경이 되는 역사도 담아낸다. 해녀들이 제주도에서 일본으로 와야만 했던 이유는 식민치하 일본의 수산정책에 의한 남획이었다. 그것은 수산판水産版 '산미증식계획産米

增殖計画'이자 다른 면에서의 식민지배사였다. 작가들은 그러한 배경까지 분명히 한다. 또 해녀들이 전후에 그 지역의 어업조합에 가입하지 못하게 된 것은(패전 전에는 준조합원 취급을 받으면서도 가입해 있었다) '더 이상 일본인이 아니기 때문日本人でなくなったから'이라는 이유였다. 이처럼 또 다른 면의 '전후처리'도 분명히 밝힌다.

그렇다고 해서 『바다를 건넌 조선인 해녀』가 고발의 입장에서 쓰인 것은 아니다. 객관적인 시각이 작품을 뛰어난 르포로 만들었다. 그리고 해녀들에게 보내는 두 작가의 공감에는 여자로서의 동일성과 1세에 대한 민족적 감정이 교차되고 있다.

성미자成美子(가나가와현요코하마神奈川県横浜 출생)는 『동포들의 풍경同胞たちの風景』(亞紀書房, 1986)에서 '재일'사회의 주조음인 기성 민족의식의 두꺼운 껍질을 깨려 했다. 자신의 정치적 입장은 중립이 아니었지만, 여성의 감성, 2세 세대의 시각에서 '동포들의 풍경'을 포착하여 이념과 이데올로기의 우위성에 이의를 제기했다. 김학영, 이회성, 츠카 코헤이つかこうへい 등 남성작가의 작품에 대한 평가도 그러한 시각에서 출발했다고 할 수 있다. '재일' 자신이 '재일' 문학에 대해서 논하는 것은 드문 일이지만, 성미자가 앞의 세 작가를 논한 것은 신선했다.

성미자에게는 '재일'의 생활과 그 근거에 양다리로 버티고 서서 돈벌이トンボリ의 나날을 힘차게 그려낸 『가부키쵸 찐자라 행진곡歌舞伎町ちんじゃら行進曲』(德間書店, 1990)과 『파칭코업계 보고서パチンコ業界報告書』(晚聲社, 1998) 등이 있다.

마지막으로 『이카이노 뒷골목 지나보세요猪飼野路地裏通りゃんせ』(風媒社,

1989)의 김향도자金香都子(1945년 출생)을 소개한다. 『이카이노 뒷골목 지나보세요』는 작가의 성장과정, 학교생활, 한국방문, 사람과의 만남, 민족학교白頭學院建國小學校 교원, 일, 지문날인거부 등의 개인사를 통해서 민족적・인간적인 형성의 과정을 이야기한다. 어머니의 고생과 작가와 같은 세대의 '재일' 혹은 여성이 체험했을 차별, 빈곤, 초등학교 5학년 때부터 시작되는 노동 등의 괴로운 경험을 쓰고 있다.

그러나 작가는 작품의 제목이 말해주듯이 어깨에 힘을 주는 것이 아니라, 때때로 유머와 감동적인 장면을 교차시키며 이야기한다. 거기에 김도향자의 사고와 감성의 유연한 의지를 엿볼 수 있다.

1980년대에 등장한 여성의 시・가인歌人

시 분야에 대해서는 본문의 처음에 소개한 『재일코리언시선집在日コリアン詩選集』에 이미자가 「재일의 여성 시인들在日の女性詩人たち」이라는 에세이를 게재하고 있으며, 사가와 아키佐川亜紀의 「시사해설詩史解說」에서도 언급하고 있다. 그쪽도 참고해주길 바라며 여기서는 필자 나름의 소개를 간단히 해두겠다.

1983년에 카야마 스에코香山末子(본명 金末壬, 1922년 경상남도 진양군 출생, 1996년 사망)의 『구사츠 아리랑草津アリラン』(梨花書房)이 간행되었을 때 우리는 눈이 휘둥그레졌다. 그녀는 19세 때 도일, 남녀 두 자녀를 출산한 뒤 한센병이 발병하여 요양소에 입소했다. 병은 나았지만 실명, 손가락의 결손 등 신체의 후유증에 시달리면서 술을 즐기고 74세까지 살다가 요양소에서 사망했다. 고난의 삶 속에서 49세 때부터 일본어로 시를 쓰기 시작해 4권의 시집을 남겼다. 『구사츠 아리랑』외에 『휘파람새 우는 지옥 계곡鴬の啼く地獄谷』(皓星社, 1991), 『파란 안경青いめがね』(同, 1995), 『에이프런의 노래エプロンのうた』(同, 2002)가 있다.

카야마 스에코의 시는 당연히 요양소의 삶을 바탕으로 한 인생 시이지만, 그 제재는 그녀의 인생을 통째로 이야기하는 것처럼 다채롭다. 할아버지나 아버지 같은 혈연의 사람들을 생각하고 소녀시절을 보낸 고향의 풍경을 담아 노래하는 망향의 시. 발병의 무렵을 되돌아보는 시. 신변의 사물을 소재로 요양소의 일상과 지금의 삶을 노래하는 시. 작은 생물들에게 때 묻지 않은 시선을 보내어 아름다운 심성을 전하는 시. 사람과의 만남에 신선하게 감응하는 시.

카야마 스에코의 시는 전형적인 이야기 수법에 의해 노래하고 있다. 원래는 수법 이전의 원초적인 단어로 노래하고 있지만, 시력을 잃고 불러주는 것을 문자로 받아 적게 되고부터는 그 특질이 눈에 띄게 우리들의 감각을 자극한다. 그녀의 시를 읽으면 세계를 보는 것은 시력이 아니라, 인간의 내면에 있는 눈이라는 것을 알게 된다. 카야마 스에코는 물리적이거나 비유적으로도 마음의 눈으로 시를 썼다.

시인은 이중의 고향 상실자였다. '재일'의 신세에 의해 조국을 잃고, 한센병자로서 혈연인 사람들과 격리되었다. 그런 그녀에게서 엿보이는 일종의 밝음과 유머는 똑바로 삶의 방향으로 꾸려가는 인생을 보여준다.

그런 원초적이라고도 할 수 있는 살아가는 힘이 카야마 스에코의 시가 지닌 힘이다.

유묘달兪妙達(1933년 경상남도 출생, 1996.10.5 사망)은 경력에 있어서나 시 작상詩作上의 단어의 성질, 시법詩法에 있어서나 카야마 스에코와는 대조적이라 할 수 있다. 유묘달은 교토京都여자대학 사학과를 졸업하고 '재일'잡지『국제타임즈国際タイムズ』의 기자를 거쳐 대학 강사로 근무, 재일조선인문학예술가동맹文藝同에 소속되어 있었다.

시집을 간행하는 것은 1990년대 이후지만, 80년대부터 「통곡慟哭」(3호, 在日文藝民濤 1988.5 여름) 등을 발표했다. 간행된 시집에는『이조추초李朝秋草』(檸檬社, 1990),『이조백자李朝白磁』(求龍堂, 1992),『청춘윤무青春輪舞』(創風社出版, 2001) 등이 있다.

유묘달은 조선의 도자기, 풍속, 풍경, 인심 등을 소재로 그녀의 시상詩想과 '재일'의 신세를 표현했다. 그녀의 착상에는 늘 여성의 감각과 시선이 있었다. 특히『이조백자』에서는 조국의 것에 대한 동경이 짙게 나타나고, 그와 함께 시풍은 한층 청명하고 경쾌 활달함을 띠었다.

그러나 시풍은 제1세대의 특징이라 할 수 있는 조선적인 냄새나 종추월 등에서 보이는 정염의 발로, 민중적인 약동과는 상당히 다르다. '근대시'의 소양에 뒷받침된 사유와 표현양식에 의해 부드럽고 투명하며 세련된 시공간을 만들었다. 호오는 별도로 하더라도 그것이 재일조선인의 시 안에서 부각되는 유묘달의 특질이었다. 60세를 조금 넘긴 나이로 그녀가 세상을 떠난 것은 안타까운 일이다.

1980년대에 등장한 다른 시인의 시에 대해서 필자는 충분히 파악하고 있지는 못하지만, 이름과 시집을 열거해 두겠다.

미쿠모 도시코みくも年子(1941년 효고현兵庫県 출생, 1979년에 일본국적 취득)는 『고향 두 개ふるさとふたつ』(ポエトリーセンターポエトリセンター, 1980), 『소매치기抱きつきスリ』(詩學社, 1986), 『열매의 씨의——実の種の一』(土曜美術社出版販賣, 1996), 시화집 『혈온血溫』(同, 1996).

하기 루이코萩ルイ子(1950년 오사카후大阪府 출생)는 『소꿉친구幼友達』(鳥語社, 1987), 『백자白磁』(まろうどまろ도社, 1992), 『나의 길わたしの道』(清風堂書店出版部, 2001).

박경미ぱくきょんみ(1959년 도쿄 출생)는 시집 『수프すうぷ』(紫陽社, 1980), 『그 아이そのコ』(야마다書誌山田, 2003)외에 에세이집, 그림책, 역서 등을 간행. 한국의 전통음악·무용의 연구로도 알려지는 등 다채로운 활동에 재능을 발휘하고 있다.(상기 세 사람의 시인에 대해서는 각각 몇 편의 시가 『재일코리언시선집』에 수록되어 있다)

이정자李正子

정형형식의 언어표현은 중국의 한시, 조선의 시조 등이 있다고 해도, 5·7·5·7·7의 31문자로 된 단가短歌가 일본적인 표현형식이라는 것은 틀림없다. 그러한 일본적인 정형형식에 관심을 보이는 '재일'이 늘고 있는지 신문이나 잡지의 단가란을 보면 본명으로 등장하는 가인이 꽤 눈에 띈다. 그 중에서도 이른 시기에 등장하여 가장 잘 알려진 가인이 이정자(1947년·미에현우에노시三重県上野市 출생)일 것이다.

이정자의 제1가집은『봉선화의 노래鳳仙花のうた』(雁書館, 1984)이다. 가집은 소녀기의 피차별 체험, 재일 세대(2세)의 신세와 비애, 일본인 남성에 대한 사모와 갈등을 노래한 연가相聞歌, 부모·조모·자식 등 혈연에 대한 생각, 민족의 자각과 접근, 조국을 향한 시선이 낳은 분단의 비애와 망향의 심정, 일본인·일본사회에 대한 지탄 등을 노래한다.

그러한 '재일', '조국祖のくに', 여자의 성을 둘러싼 가제는 제2가집 『나그네 타령ナグネタリョン』(河出 가와데書房新社, 1991) 이후, 가집『하자쿠라葉桜』(同, 1997), 가문집歌文集『봉선화의 노래鳳仙花のうた』(影書房, 2002) 등에서도 주조음主調音이고 더욱 깊어져 있다.

신발을 벗고 혼자 서성이는 스스키노すすき野의 저편은 조국 돌아보면 일본靴ぬぎてひとりたたずむすすき野のむこうは祖国ふりむけば日本

상기의 한 수가 이정자의 위치를 잘 나타내주고 있다. 가로막힌 조국은 스스키노(바다로 향하는 강)의 저편에 있고 가인의 시선은 자신도 모르게 그쪽으로 향한다. 태어나고 자라나 가장 친근할 터인 일본은 돌아본 방위에 지나지 않는다. 혹은 이렇게도 말할 수 있다. 조국을 향해 일직선으로 뻗어나갈 시선인데 거역하기 어려워 뒤쪽의 나라를 돌아보지 않을 수 없다. 그러한 감정 사이에서 나아갈 수도 물러설 수도 없이 서성이는 장소가 이정자의 삶의 위치이자 노래의 위치이고 또한 '재일'의 위치이다.

가인은 '서성인다たたずむ'라고 노래하지만, 그 한마디에 정지된 인상

은 없다. 이정자의 노래에는 의식과 갈등이 능동能動하고 있다. 그 의식과 갈등은 삶의 현장에서 쓸데없이 서성인다면, 그로 인해 서 있는 장소를 빼앗기고 마는 '재일'의 의식과 갈등이다. 이정자가 서경, 서정을 노래한다고 해도 그것은 자기와의 치열한 싸움의 시적 은유＝메타포이다. 그리고 그녀의 경우 자기와 마주한다는 것은 좋든 싫든 '재일'의 신세와 마주하는 것이다. 이정자는 조국과 '재일'의 틈새를 이어받아 그녀의 존재의 뿌리를 계속 찾았다.

이정자에게 있어 조국의 것·민족의 것에 연결되는 근거는 어머니의 것·아버지의 것이다. '재일'이란 나고 자란 일본의 풍토에 침식되는 것을 피해야 되는 팔자지만, 아버지·어머니에게 향하는 시선에는 가인의 내면에 있는 고향에 대한 그리움이 있다. 부모의 나라에 서서 '이방인으로서의 나'를 알게 되었다고 해도 부모 안의 조선은 딸(이정자)의 것이기도 하다.

민족의 것에 대한 그리움이 깊어지면 깊어질수록 '일본'에의 애증도 깊어진다. 이정자가 '일본'을 노래할 때 '고발'의 양상을 띠는 일이 많다. 그러나 그것을 단순히 '고발'이라고 해서는 해결되지 않는다. 어머니의 것·아버지의 것을 일본인에게 다 전달할 수 없는, 일본이 고향인 신세로부터 도망칠 수 없는 그러한 그녀 자신의 아픔이 동반하는 애증의 복합의식인 것이다.

이정자는 제1가집의 후기에서 노래짓기와 자기형성의 과정을 돌아보고 다음과 같이 적고 있다. "노래하는 것으로 자신도 민족도 해방시켜 갔겠지요. 자신도 모르게 본명을 댈 수 있게 되어 있었습니다. / 나를 본명으로 이끈 단가는 혼을 회복시켜주었습니다." 피차별의 체험 속에서 말로 표현하지 못하고 울적해 있던 것, 어머니・아버지에 의해 전해졌어도 아직 미숙했던 것이 단가를 짓는다는 행위에 의해 분명한 형태로 만들어졌을 것이다. 조국에 대한 생각도 단가 속에서 표현함으로써 생성되었을 것이다.

제2가집 『나그네 타령』에서는 어떤 종류의 성숙함이 엿보인다. 그 성숙함이 여자의 성을 노래하는 노래, 연가相聞歌, 미의식이 유로하는 서정, 서경의 노래에 자주 보인다. 이것은 여성 가인으로서의 이정자를 이해하려고 할 때 중요하다. 조국도 '재일'의 신세도, 고향인 일본도 받아들여서 가인의 것으로 만들 때 성도 해방된다. 물론 정반대로 흘러갈 지도 모른다.

'단가적 서정短歌的 叙情'이라는 말이 나타내듯이 단가는 일본적인 서정을 표상한다고 알려져 있다. 그 단가에 의해 '재일'을 노래하는 것 자체가 싸움의 장에 들어서 있다고 할 수 있다. 그러나 나그네라는 것은 단순히 유랑하는 여행자가 아니라, 언젠가는 도착하게 될 '약속의 땅'을 찾아가는 여행자이자, 그 여정 그 자체를 의미한다. 그렇다면 가인은 반드시 목적의 땅에 도착할 것이다. 가인은 반드시 나그네의 '한'을 풀어줄 게 틀림없다. 풀린 '한'은 조국과 '재일', 그리고 여성을 살아가는 가인의 삶의 에너지를 크게 변화시킬 것이 확실하다.

(번역 : 김학동)

재일문학과 단가*

한무부론

다카야나기 도시오高柳俊男

1. 서두

사람은 인생을 사는 동안에 다양한 사건과 만나고 또한 정신적인 체험을 한다. 때로는 놀라고 기뻐하면서 또한 때로는 슬픔과 고민하면서 날마다 생을 계속 살아간다. 그러한 희로애락과 감정이 말로 내뿜어나온 것이 문학이라고 한다면 시기詩歌는 인간에게 가장 원초적인 문학형태라고 할 수 있다.

일본의 시가를 고찰할 경우에 시와 동일하게 혹은 그 이상으로 단시형태인 단가短歌와 하이쿠俳句가 차지해온 커다란 위치를 무시 할 수 없

---

* 본고는 2006년 6월 17일, 규슈대학 한국연구센타와 한국 전북대학교 인문학연구소의 주최로 규슈대학에서 열린 국제 심포지엄 「재일조선인문학의 세계」에서의 발표원고을 증보 · 개정한 것이다.

다. 직업적인 가인歌人・하이쿠인＝하이징俳人의 수는 적을지 모르지만, 각종 신문잡지에 마련되어 있는 독자 투고란이 상징하듯이 단가・하이쿠의 애호자는 엄청난 수에 이르며 광대하고 폭넓은 층을 형성하고 있다. 자비출판으로 발행하는 가집歌集・구집句集도 매년 그 수를 모를 정도다. 일찍이 『쇼와망요슈昭和万葉集』(講談社, 1979~80)가 시도한 것 같이 그 작품들을 통해서 이 격동의 시대를 살아 낸 서민의 다양한 경험과 심경을 읽어 낼 수가 있을 것이다.

그것은 재일조선인 (총칭)의 경우에도 어느 정도 들어맞는다. 특히 일본어를 모국어로 태어나 성장한 재일 2세 이후의 세대에서는 일상생활에서의 잡다한 생각과 스스로가 놓인 부조리한 입장, 엉클어지는 생각을 문학으로써 표출하려고 했을 때 주변에 단가와 하이쿠가 존재하고 있었다.

그러나 재일조선인문학에서 단시형태문학의 흐름은 아직까지 제대로 체계화 된 적이 없는 것 같다.

분명히 재일조선인 문학을 총괄적으로 파악하려고 시도한 가와무라 미나토川村湊 『태어나면 그곳이 고향生まれたらそこがふるさと』(平凡社, 1999)에서도 틀림없이 그 표제가 이정자李正子의 시에서 취해진 것처럼 단시형태문학을 취급한 장이 있기는 있다.(제3부 3장 「'이 나라'의 서정—윤덕조尹德祚에서 이정자까지」) 다만 여기에서는 천황제와 침략전쟁을 찬미하는 전전・전중의 가집에 이어서 소개되었던 것은 1984년의 이정자『봉선화 노래鳳仙花のうた』(雁書館)였다. 설사 '주註'에서 간단하게 언급된 가인까지 포함하더라도 기껏해야 1970년대 이후의 김하일金夏日과 가와노

준川野順俞順凡 에 그치고 있어 중간에 큰 시간적인 공백이 있다.

그 인식은 요전에 간행된 이소가이 지로磯貝治良 · 구로코 가즈오黑古一夫『'재일'문학전집<在日>文学全集』(勉誠出版, 2006)에서도 다르지 않다. 전 18권 중에 제17권에 「시가집詩歌集Ⅰ」이 있고 단가도 수록되어 있지만, 여기에서도 등장하는 것은 역시 김하일과 이정자 두 사람 뿐이고 하이쿠 작가는 한 사람도 수록되어 있지 않다. 한편, 제17권 「시가집 Ⅰ」과 제18권 「시가집 Ⅱ」에 수록된 시인은 17명에 이른다.

본고는 1950년대부터 계속 읊어온 시를 1960년대에 가집『양의 노래羊のうた』(桜桃書林, 1969)에 정리한 한 무부韓武夫라는 묻혀진 한 명의 가인의 발자취를 쫓으면서, 또한 똑같이 1960년대 이후의『인간기록 人間記録』(白玉書房, 1960)『고 일본가告日本歌』(白玉書房, 1978) 등의 가집을 세상에 내놓은 리카 · 키요시도 언급하면서 전후의 이른 시기에 있어서 재일조선인의 작품 활동과 시에 나타난 정신의 기적을 추적해보려 한다.

2005년에 간행된 모리타 스스무森田進 · 사가와 아키佐川亜紀『재일코리안 시선집在日コリアン詩選集』(土曜美術社 출판판매)은 전전이후의 재일조선인의 시를 통람하고, 그리고 재일시인들의 자기표현과 일본사회를 향한 메시지를 읽어내려는 의욕적인 작품인데 단시형태에서도 향후, 같은 것이 출판 될 필요가 있을 것이다. 본고는 머지않아 그러한 것이 실현될 것을 바라며 그것을 향한 사소한 문제제기이기도 하다.

2. 한 무부의 성장과정

앞에 게재한 가집 『양의 노래羊のうた』의 「후기」와 『미개蠻』(飯田明子가 편집발행인인 단가동인지) 18호(1975년 3월)에 실린 「설환기雪幻記」라는 2개의 자전적 문장에서 한 무부의 성장과정을 보고자 한다.

한 무부는 1931년에 재일 2세로 오사카大阪·이카이노猪飼野의 판잣집에서 태어났다. 어머니와 사별하고 아버지와는 생이별을 해서 줄곧 할머니에게 키워졌다. 할머니는 한참 후인 1980년 북조선귀국사업 개시 직후에 숙부와 함께 북조선으로 귀국하고 8년 후에 타계했는데, 그것을 알았을 때에 읊은 일련의 시를 봐서 엄마 없는 아이가 얼마나 할머니를 따랐는지를 엿볼 수 있다. 1937년 동급생의 3분의 1이 조선인이라는 쓰루바시진조鶴橋尋常소학교(현, 미유키모리御幸森소학교)에 입학했다. 그러나 미입적으로 인하여 입학식 종료 후에 클래스를 배속 받지 못하고 계속 교정에 서 있을 수밖에 없었다. "나의 긴 인생의 슬픔과 열등의식을 결정짓는 길고 긴 하루"였다고 한다.

1945년, 이카이노 고등소학교를 학도동원인 채 졸업하고, 재학 중에는 다른 아이들과 달리 어머니가 없는 쓸쓸함과 노트조차 살 수 없을 정도의 빈곤으로 고통을 맛본다. 그러나 황민화 교육의 영향으로 소년병에 지원하여 합격하지만 다행히도 바로 8·15를 맞이했다. 조부는 이 직후에 남조선으로 귀국했다.

전후에는 교토京都로 이사하여 리쓰메이칸立命館고등학교에 입학하지만, 재일본조선인연맹(조총)의 특권으로 무료로 영화만 본 끝에 월사 금체납으로 퇴학당한다. 아버지가 이바라기현茨城県에 있는 것을 알고 아버지 밑으로 가서 양돈·밀조주 생산 등의 일을 돕는다. 그러나 아버지와, 그 이상으로 성스러운 어머니의 이미지를 깨부수는 새어머니가 도저히 좋아지지 않아 아버지가 그 지방의 민단지부장으로 취임한 것을 계기로 따로 생활한다. 쓰쿠비筑波 산기슭의 풍부한 자연환경 속에서의 생활은 사춘기의 민감한 청년의 감수성을 크게 자극했을 것이다.

당시는 조선전쟁에 돌입해 가는 시대이고 재일의 양진영도 격렬한 투쟁과 항쟁을 전개해 간다. 그 와중에 한 무부는 과격한 민족운동에 따라가지 못하고 "독자적인 존재이유를 찾으려" 정치보다 문학의 길로 들어선다. 시가 나오야志賀直哉에서 고전까지 일본의 문학을 다양하게 섭렵하는 중에 이시가와 타쿠보쿠石川啄木의 "지도위의 조선에 새까맣게 먹물을 바르면서 가을바람을 듣는다" 라는 한 수에 매우 감동하여 그것을 계기로 스스로 단가를 짓기 시작했다고 한다.

그즈음 척수 병을 앓아 1년 정도 요양생활을 보낸다. 사회복귀 후에 아버지의 유흥업을 도우면서 단가를 만들어 신문잡지에 투고하였다.『아사히신문朝日新聞·이바라기판茨城版』의 단가란의 심사자였던 인연으로 오노 노부오大野誠夫 '사랑砂廊'에 입회하여 단가를 본격적으로 공부한다.

일본인 여성과 결혼하여 1956년에 오사카에 돌아와 화학공장의 노동자가 된다. 이즈음 「단가연구신인상」 가작, 제3회 「가도가와角川상」 후보에 오르는 등 단가 실력도 늘고 그 재능도 인정받게 되었다. 그러나 장남이 태어나고(후에 실명), 또한 아내의 병과 스스로의 힘든 육체노동으로 점점 단가창작을 하지 않게 됐다고 한다.

1959년부터 시작 된 북조선귀국사업이 본격화되는 중에서, 잡지 『단가』(角川書店)의 1960년 12월호가 재일가인의 단가와 평론을 수록한 특집 「조국을 노래 부른다祖国をうたう」를 기획하였다. 여기에서 작품 의뢰가 온 것을 계기로 1963년 봄에 '작풍作風'(『砂廊』의 후신)에 복귀하여 다시 단가창작을 시작했다고 한다. 이 특집 「조국을 노래 부른다」에 대해서는 뒤에서 다시 언급하겠다.

이와 같이 공백이 있으면서도 면면히 이어가며 지은 시를 한 권에 정리한 것이 한 무부의 유일한 가집 『양의 노래』이다. 이 가집은 1969년에 오노 노부오가 발행자인 사이타마현 이루마시埼玉県入間市의 사쿠람보桜桃서림에서 『작풍총서 제18편』으로 출판되었다. 800엔의 정가가 붙어 있지만 가집과 하이쿠집의 대부분이 그렇듯이 실질적으로 자비출판에 가까웠을 것이다. 제목은 「일본에서 양띠 해에 태어나 양과 같이 헤매고 양과 같이 소극적으로 산 한 명의 조선인의 가난한 영탄에서」로 붙였다고 한다.

그 후, 제2 가집은 나오지 않았지만 어느 시기까지는 『미개』, 『단가』 등의 잡지와 합동가집 등에서 작품 활동을 하고 있던 것이 확인되었다. 앞에서 언급한 『쇼와망요슈』에도 한 무부의 시가 전부 9수 채택되었는데 그 중에 4수가 『양의 노래』 간행 이후의 작품이다.

1992년 가을, 뇌병으로 쓰러져 투병생활 끝에 1998년에 타개하여 향년 67세였다. 게다가 본명 이외에 시기가 시기인 만큼 '니시하라 다케오西原武夫' '고이즈미 다케오小泉武夫' 등의 일본이름도 사용했다.

3. 한 무부의 단가를 둘러싸고

그럼 이상의 약력을 가진 인생에서 단속적斷續的으로 읊어간 한 무부의 단가란 어떠한 것인지 또한 재일조선인인 그에게 단가를 짓는다는 것은 어떤 의미를 가지고 있었던 것일까?

한 무부 본인은 가집 『양의 노래』 「후기」의 서두에서 시는 "마음속에 뿌리를 내리고 나락의 바닥으로 떨어져 가는 듯한 나를 내면에서 강하게 지탱해 주었다. 단가는 우리 영혼이고 우리 사상이며 강한 민족의식을 일깨워 준 우리 이데올로기였다"라고 기록하고 있다. 그것은 후에 1997년 하이쿠집 『신세타령身世打鈴』(石風社)을 세상에 내보낸 강기동姜琪東이 잘 적은 「온몸으로의 저항精いっぱいの抗い」 「가장 뾰족하고 날카로운 단도最も切っ先の鋭い短刀」와의 작품 활동과 겹치는 점이 있을 것이다.

다만, 이 부분만을 발췌하면 조선인으로서의 민족적인 자기주장에 강하게 물들어 있는 것처럼 받아들일 수도 있지만, 그렇지 않다. 내 생각에는 가집 『양의 노래』에 조선인으로서의 생각을 직접적으로 읊은 단가가 점하는 비율은 그렇게 크지 않고, 또한 그러한 단가도 민족과 조국을 있는 그대로의 감정으로 읊은 것이 아니라, 굴절된 심정과 속에 간직한 의지를 담은 것이 많다. 음영 속에 애감이 떠돌지만, 그렇다고 해서 통속적인 센티멘털리즘에 안주하고 있지 않다.

시대적으로 보면 1956년부터 60년까지의 단가를 시대순으로 제3부 「일본의 봄日本の春」에 수록하고, 제1부 「양의 노래」에서는 1963년부

터 68년까지의 단가를 역시대순으로 수록하고 있다. 따라서 이들 중에
는 북조선귀국사업, 4·19혁명, 한일조약, 베트남전쟁, 김희로金嬉老사
건 등을 시대배경으로 읊은 단가도 있다.

또한 형식적으로는 스승인 오노 노부오가 「서문」에 써 듯이 "전통시
의 정통을 밟아 역사적가나사용법을 사용하여 일본의 고어의 아름다움
을 사랑하여 꽤 클래식"하다고 할 수 있을 것이다.

그럼 구체적으로 몇 수의 예를 들어 보자.

- 일본인답게 위장하는 민족의 비애를 가지고 나는 살아왔다.
- 조선인인 나에게 시집 온 이유로, 아내를 상처 입힌 갈보라는 말
  을 가장 증오한다.
- 나 때문에 조선인처럼 깨끗하게 꾸미는 아내의 정절.
- 격정 속으로 떨어지는 두려움을 경계해서 저자세로 취하는 이방인
  인 나는
- 어쩌지 못하는 화에 미쳐서 아내를 팬다 갑자기 더러운 우리 조선어

모두 다 초기 작품이다. 조선인에 대한 편견이 강한 시대여서 손가
락질을 당하지 않도록 저자세로 끊임없이 일본인인척 하면서 살아가지
않을 수 없었던 작자의 고뇌가 배어있다. 그래도 때로는 어쩌지 못하는
화를 아내를 향해서 '이년'이라는 욕설을 내뱉었던 것일까. 이런 종류
의 인종忍從의 단가를 보면 같은 심정을 읊은 강기동의 하이쿠집 『신세
타령』이 또 다시 떠오른다.

이러한 일련의 단가로는

- 하얀 포장도로를 지나가려고 하는 영구차 소리도 없이 내 그림자를 치고 간다.
- 한여름의 더운 날씨의 포장도로를 쇠사슬 소리를 내며 가는 유조차도 나도 불행도 내리쬔다.

라는 단가도 글자 속에 깊은 의미가 깃들어 있는 것을 알게 해준다. 저자로서는 이와 같은 단가 외에도

- 고추가 빨갛게 농경지의 전위에 있고 대포처럼 하늘을 쐈다.
- 몇 억의 열매를 맺는 보리 총으로 하늘을 찌르고 비에 젖는다.

등의 단가를 인상 깊게 받아들였다. 전자는 피망과 달리 고추는 땅을 향해서 하늘을 찌르듯이 여문다. 색도 녹색에서 결국에 선홍색으로 변화고 잎사귀와의 대조가 선명하다. 단순히 농촌의 풍경을 읊은 것 같으면서도 숨겨진 저항의식을 느끼게 하는 뛰어난 단가라고 생각한다. 여물수록 늘어지는 벼이삭과는 달리 보리의 결실을 읊은 후자에서도 같은 모양으로 강한 저항 자세를 읽어낼 수 가 있다.

또한 아내를 호적에 올렸기 때문에 국적이 다른 아이와 그 아이와의 갈등을 노래한 단가도 남일 같지 않다.

- 부정하기 어려운 혈연이여 호적 없는 아이의 환상에 나타낸 검은 꽃
- 커가는 아이의 슬픔을 속에 감추고 유리가 빠진 창으로 검푸른 해를 보았다.
- 아버지를 향한 내 아이의 분노와 겨울의 유리먼지에 깨진 빛이 샌다.

　모두 다 한 무부의 단가 경향과 그 평범하지 않은 표현력이 발휘되었다.

　이 가집『양의 노래』에 대한 가장 본격적인 평론은 필자가 아는 한 다이　아즈미田井安曇(我妻泰 / わがつま・とおる)가　단가잡지　『본래本来』 1976년 4월호부터 다음해 1월호까지 단속적으로 6회 연재 된「양의 노래・한 무부의 사주私注」이다. 이 논고는 후에 다이 아즈미『현대단가 고찰現代短歌考』(不識書院, 1980)에 수록되고, 게다가『다이 아즈미 저작집 田井安曇著作集』제2권(不認書院, 1998)에도 수록되었다. 여기에서 다이는 한 무부를 "재일조선인 중 제일로 손꼽을 만한 가인"이라고 쓴 후에 "아니, 정확히 말하면 형용을 뺀 가인으로서 뛰어나다"라고 말을 고쳐 매우 높은 평가를 하고 있다.

　4. 재일조선인 문학에서의 단가

　이와 같은 한 무부는 재일조선인문학사에서 어떻게 자리매김을 해

야 할까? 애초에 재일조선인 중에 일본의 전통적인 문학 형식인 단가에 매료되어 단가로 자신을 표현해온 사람이 어느 정도 있는 것일까?

앞에서 언급한 『단가』 1980년 12월호의 특집 「조국을 노래한다」에는 허남기許南麒와 이승옥李承玉의 평론 외에 리카 키요시, 하태경河義京, 니시하라 다케오西原武夫(즉 한 무부), 스기와라 무네자부로杉原宗三郎(한센병요양소「多磨全生園」 입거), 가네야마 미쓰오金山光雄(앞에 언급한 김하일의 일본명), 김충귀金忠亀 6인의 재일조선인이 15수 내지 30수의 단가를 보내왔다.

이 중에 가장 활동이 눈에 띠고 많은 관심을 받는 것이 리카 키요시이다. 이승원李承源이라는 조선이름을 가진 리카 키요시(호적명은 李家淸一)는 1923년, 조선 진주태생으로 유소년기에 도일했기 때문에 조선어는 구사할 수 없다. 제1가집 『인간기록人間記録』이 나올 때, 잡지 『단가』 1960년 10월 호는 그에게 지면을 할애하여 같은 책에서의 50수가 자선自選으로 게재되었다. 작풍은 한 무부 보다 직접적인 리얼리즘의 노래가 많다고 할 수 있다. 앞의 다이 아즈미도 한 무부와 같이 리카 키요시에 대해서도 일찍부터 주목하여 평론을 더했다.

이 두 사람을 포함한 6인 중에 5인까지가 단가 결사에 소속되어 있다. 또한 이 6인 이외에도 『쇼와망요슈』 별권의 색인을 보면 재일조선인이라고 생각되는 이름이 여럿 있다.(본고 말미의 「자료 I」 참조) 그러고 보니 재일조선인 중에 단가인구는 지금 일반적으로 인식되어 있는 것보다는 꽤 많을 지도 모른다.(동일하게 「자료 II」도 참조)

그러나 앞에서 검토한 것처럼 「재일조선인과 단가」로 말하자면 보통 떠오르는 것은 김하일 혹은 이정자 부근부터였고, 그때까지의 가인의 활동은 재일조선인의 세계에서 완전히 망각되어 있다. 그 이유는 아마도 초기의 재일가인의 가집이 큰 규모의 출판유통의 세계와는 거리가 먼 데서 출판 된 것도 있지만, 그 이상으로 분명히 이 특집호에 허남기가 실은 「사이비 단가론似非 短歌論」(『양의 노래』의 「후기」에 일부인용)이 말하듯이 "조선인이라면 조선어로 창작활동을 할 것이지 일본어로 게다가 하필이면 단가인가?"(요지)라는 의문일 것이다.

잡지 『단가』가 1960년에 재일조선인 가인특집 「조국을 노래한다」를 편성한 것은 실은 작년 말부터 시작한 북조선 귀국사업에 호응한 것이었다. 같은 잡지의 권말 「후기」에서는 "이국에서 게다가 그 나라의 전통시 형태로 조국에 대한 생각을 엮은 이 사람들의 슬픔과 고뇌는 우리들 일본인 전체의 마음의 문제로써 받아들여야 하는 것입니다"라고 기록하고 있다. 그럼에도 불구하고 허남기의 이 문장에서는 이들 재일가인이 단가로 그 환영의 마음을 표현한 것이 "비극" "비장한 출발" "기묘한 느낌"이라는 부정적인 언어로 표현되었다. 자신들의 문학을 '어떤 언어로 쓰는가?' 라는 용어논쟁은 전후의 아주 초기부터 있었고 일본어로 쓴 재일조선인문학을 '기형'적으로 보는 견해가 일부에서 뿌리 깊게 존재해 왔지만, 여기에서는 사용언어와 함께 표현형식이 문제시되어 민족적으로 "올바르다"라고 여기는 입장에서 단죄가 더해졌다. 이러한 풍조 속에서 일본적인 것을 상징하는 문학형식으로 자기표현을 해 왔던 창작자들의 창작활동은 한정된 범위 내의 조용한 활동을 해야만 했을 것이다.

허남기의 주장에는 재일조선인에게의 '조국관'과 '민족의식'을 둘러싼 한 시기의 시대정신이 각인 되어 있고 식민지시대에 세뇌된 일본문화, 그 중에서도 전형이라고 간주되는 단가에 대한 반발심이 작동한점은 이해할 필요가 있을 것이다. 그러나 현재에 이르러서는 그러한 시점보다도 틀림없이 『타이완 망요슈台湾万葉集』가 그러했듯이, 설령 '이국'의 말과 문학형식이라도 그들의 주변에 있던 것은 그 수단이었고, 그것으로 자기표현을 해 온 재일조선인, 특히 직업적인 작가와 이른바문단·논단의 지식인과는 다른 서민의 내면세계와 작품세계를 허심탄회하게 엿보는 것이 보다 중요할 것이다. 그런 시선으로 바라볼 경우, 종래에 알려져 있지 않은 단시형태문학의 창작자와, 간과된 귀중한 작가·단가 창작 활동이 묻힌 역사가 여기저기에서 발견될 것이다.

'민족적'인지 아닌지를 평가의 가장 중요한 지표로 할 것은 아니라는 동일한 지적은 재일조선인의 문학 일반과 다른 문화 활동에서도 말할 수 있을 것이다. 이 사소한 소론을 끝내는 데 있어서 한 무부를 비롯한 알려지지 않은 재일가인들의 삶과 정신의 기적 및 단가 창작 활동을 재일조선인사에서 정당하게 자리매김해 가는 동시에, 근년의 '국적'과 '민족'에 관한 관점의 변화에 즉각 대응하여, 재일조선인에 의한 자기표현의 역사전반을 보다 넓은 시야로 재평가 할 필요성을 강조하고자 한다.

이하에 게재한 '자료 1', '자료 2'도 그러한 의도하에 하나의 소재를 제공하는 것이다.

| 자료 1 |

『쇼와망요슈昭和万葉集』에 수록된 재일가인 고단사講談社(전20권, 별권 1
권)에서 한국・조선계의 가인을 모아보았다. 특히 일본식 이름을 가진
사람 중에 빠진 인물이 있을지도 모른다.

○ 한무부韓武夫

• 第11권에 가집『양의 노래羊の歌』에서 2수

• 第13권에 가집『양의 노래』에서 2수

• 第14권에 가집『양의 노래』에서 2수

• 第16권에 합동가집『곤충제昆虫際』(1972)에서 2수, 『단가』1971
   년 11월에서 2수, 총 4수

○ 리카 기요시

• 第7권에 가집『인간기록』에서 2수

• 第9권에 가집『인간기록』에서 6수

• 第11권에『신일본가인』1955년 2월호에서 4수

• 第12권에 가집『인간기록』에서 2수

• 第13권에 가집『단가』1963년 3월호에서 1수, 『단가』1962년 9
   월호에서 1수, 계 2수

• 제18권에 가집 『고일본가告日本歌』에서 2수

○ 가와노 준川野順(유순범愈順凡)
• 제5권에 『아라라기』 1941년 12월호에서 1수
• 제11권에 『미래未来』 1956년 6월호에서 2수
• 제12권에 『미래』 1957년 3월호에서 2수, 1957년 9월호에서 1수, 계 3수
• 제13권에 『미래』 1960년 3월호 1수, 1962년 1월호에서 1수, 계 2수
• 제19권에 『미래』 1974년 8월호에서 1수

○ 김하일金夏日
• 제11권에 합동가집 『육지 속에 섬陸の中の島』(1956년 여기에서의 이름은 「가네야마 미쓰오金山光男」)에서 1수
• 제12권에 합동가집 『맹도령盲導鈴』(1957)에서 2수
• 제17권에 『아라라기』 1972년 5월호에서 1수
• 제18권 『아라라기』 1973년 6월호에서 1수, 『고원高原』 1973년 7월호에서 1수, 『아라라기』 1973년 9월호에서 4수, 계 6수
• 제20권에 『아라라기』 1975년 5월호에서 1수

○ 하의경河義京
• 제13권에 『단가』 1963년 5월호에서 1수

○ 김충귀金忠龜

- 제13권에『단가』1963년 12월호에서 1수

○ 윤정태尹政泰

- 제17권에『단가』1972년 6월호에서 4수
- 제18권에『미래』1973년 12월호에서 2수

○ 이정자李正子

- 제18권에『아사히신문』1973년 3월 25일에서 1수
- 제19권에『아사히신문』1974년 3월 23일, 1974년 7월 7일부터
  각 1수, 계 2수
- 제20권에『아사히신문』1975년 4월 27일, 1975년 6월 8일에서
  각 1수, 계 2수

○ 박정화朴貞花

- 제19권에『아사히신문』1974년 4월 6일에서 1수, 1974년 1월
  26일에서 2수, 계 3수
- 제20권에『아사히신문』1975년 7월 4일에서 1수

○ 손춘임孫春任

- 제19권에『아사히신문』1974년 3월 16일에서 1수

○ 박순경朴順慶

• 제19권에 『아사히신문』 1974년 3월 2일에서 1수

• 제20권에 『아사히신문』 1975년 5월 11일에서 1수

○ 손호연孫戶姸

• 제9권에 『무궁화無窮花』(1958)에서 5수

* 손호연은 한국거주의 얼마 없는 가인이며 재일은 아니지만 여기에
  굳이 넣었다.

전후 재일조선인 개인 가집 리스트(발행 연대순)

※가집은 자비출판으로 내고 관계자에 대한 배포만으로 끝나는 경우가 많기 때문에 입수와 확인이 어렵다. 이 리스트도 불완전한 것에 지나지 않지만, 앞으로의 연구의 진전을 위해 여기에 실었다. 관심이 있는 분들의 협력을 얻어서 순차적으로 보완해 가고자 한다. 또 볼 기회가 없는 것을 중심으로 간단한 발췌와 해설을 추가해 두었다. 단가 애호자가 지방에도 많은 것을 나타내는 의미에서 거주지가 확실한 사람에 대해서는 그것도 기재하였다.

○ 리카 키요시, 『인간기록』(白玉書房, 1980)

도요하시시豊橋市 거주. 소속은 「핵클럽동인, 신일본가인회원」 등이 있고, 본서도 「핵클럽총서 No.1核ぐるーぶ叢書 No.1」으로 출판 되었다. 전후에 재일조선인이 정리한 가집 중에는 가장 빠른 것에 속한다. 판권 페이지에는 1권씩 번호가 매겨져 있다. 리카 키요시는 1943년 스무 살 가을에 사이토 류斎藤瀏의 『망요명가감상万葉名歌鑑賞』을 읽고 촉발되어 단가를 짓기 시작했다. 그 이후로 4,000수가 넘는 중에서 383수를 골라서 거의 제작순으로 수록했다고 한다. 권말에 수록된 「나의 맨얼굴私の素顔」에서 알려지지 않은 이 가인의 성장을 알 수 있다. 자신이 경영하는 헌책방의

가게 앞에서 찍은 사진도 한 장 삽입되어 있다.

○ 한무부, 『양의 노래』(桜桃書林, 1969)

오사카시 이쿠노구 이카이노大阪市生野区猪飼野 거주. 본 가집에는 스승인 오노 노부오의 「서문」이 붙어 있고 「작풍총서作風叢書 제16편」이라는 명칭이 붙어 있다. 33쪽에 걸친 「후기」가 가인의 경력을 알려줄 뿐만 아니라, 전전 전후의 격동기를 살아온 한 명의 재일조선인의 정신사로서도 귀중하다. 단가라는 문학형태에 대해서는 "이방인인 내가 만들어보고 조금이라도 이상하게 느끼지 않고 오히려 전통의 뿌리 깊음과 그 신선함에 감탄한다. 일본 문학에서 소설이 사라지는 일은 있어도 단가는 결코 없어지지 않는다고 확신한다"라는 견해가 적혀 있다.

○ 김하일, 『무궁화』(光風社, 1971)

저자는 군마현 쿠사쓰쵸群馬県草津町에 있는 국립한센병요양소 「구리우라라쿠센엥栗生楽泉園」에 거주. 1926년 경상북도에서 태어나 1939년 도일. 1941년에 한센병 발병, 동경의 다마젠쇼엔多磨全生園을 거쳐 전후 「구리우라라쿠센엥栗生楽泉園」에 입원. 1949년, 양쪽 눈을 잃었음에도 불구하고 단가를 배우기 시작하여 가고시마 주죠鹿児島寿蔵 주재의 '쵸세키카이潮汐会'에 입회, 그리스도교에도 입신했다. 앞에 언급한 '자료 1'에 있듯이 김하일은 지금까지도 합동가집 등에 단가가 뽑힌 적이 있었는데, 개인적으로는 이것이 제1가집이다. 「쵸세키총서 제58편潮汐叢書第五十八編」라는 제목의 본서에서는 작가作歌를 비롯한 1949년 이후의 단가가 연대순으로 수록되어 있다. 자신의 병상, 점자설독과 조선어학 학습의 어려움, 가족의 동정을 노래한 것 외에 조선전쟁과 북조선 귀환·한일회담 등, 조선을 둘러싼 그때마다의 정세를 읊은 시도 많다. 스승인 가고시마 주조鹿児島寿蔵가 「서가序歌」를 아라가키 토아荒垣外也가 「해설」을 보내왔다. 「후기」에서 본 가집 출판을 계기로 종래에 사용해 왔던 '가네야마 미쓰오金山光雄'를 버리고 본명인 김하일로 간 것은 명확히 확인되었다.

게다가 김하일은 이것에 이어 제2가집 『황토黃土』(短歌新聞社, 1986), 제3가집 『야요이やよひ』(短歌新聞社, 1993), 제4가집 『베틀 짜는 소리機を織る音』(皓星社, 2003)를 냈는데, 꼼꼼하게 연대순 배열과 사회정세를 많이 반영한 점에 있어서 제1가집의 특징을 잇고 있다.

○ 가와노 준川野順, 『가시나무 - 내 반평생기록과 때때로 단기荊-わが半生記と折々の歌』(자비출판, 1973)

저자는 가고시마켄 가노야시鹿児島県鹿屋市에 있는 국립한센병요양소 「호시쓰카 케이아이엔星塚敬愛園」에 이주. 1915년 경상북도 출신, 1933년에 도일. 1937년에 한센병이 발병하고, 이후 평생에 걸쳐 각지의 한센병요양소에서의 생활을 할 수밖에 없었다. 1940년에 「아라라기 단가회アララギ短歌会」 입회, 그리스도교에도 입신하고 세례를 받는 등, 전술한 김하일과의 공통점을 찾을 수 있다. 한국명은 유순범兪順凡인데, 여기에서는 숨기고 있다. 일본명으로 한 이유를 본서 「후기」에서는 "오랫동안 써온 이 이름에 대해 나 스스로가 일종의 애착을 가지고 있었던 것은

말할 필요도 없지만, 지금은 한센병도 의학적으로는 불치병이 아닌 게 돼도 후유증을 가진 균 보균자에게는 뿌리 깊은 세상의 편견을 의식하지 않을 수 없기 때문에 굳이 본명을 감추기로 했다"고 설명하고 있다. 일본의 한센병요양소 생활자 중에는 재일조선인이 점하는 비율이 높은데, 재일조선인 차별 외에 한센병에 대한 사회의 편견을 의식하여 본명 이외의 일본명·조선명으로 사는 경우가 적지 않다. 부제목대로, 전반부 4분의 3이 자신의 발자취를 기록한 인생기록이며, 후반의 약 4분의 1분량이 그 생활 속에서 만들어진 단가에 할애하고 있다.

뒤에 가인의 사후 본서의 내용과 가와노 준의 그 이후의 시·에세이 등을 수록한 두꺼운 책『고장 난 자석반狂いたる磁石盤』(新幹社, 1993)이 나왔다. 거기에 수록된 시마 히로시島比呂志의 문장과 고메이지 미노루古明地実의 해설에 의하면 이『가시나무荊』는 요양환자에 의한 이른바 손수 만든 책임에도 불구하고 제5판까지 발행이 거듭될수록 잘 팔렸다고 한다. 또한 자전부분이 KLM(한국구라(나병환자의 구호)협회)회장인 신정하가 번역하여 한국어판『형극의 반생기荊棘半生記』(31각)로 출판되었다.

○ 윤정태尹政泰,『쓰이지 않는 의지書かれざる意志』(短歌新聞社, 1976)

히로시마현 후쿠야마시広島県福山市 거주. 권말의「후기」에 해당하는 '뒤늦은 말'에는 "물러나지 않는 피지배의 후예의 결의로써『쓰이지 않는 의지』는 대부분의 독자에게 오히려 묵살되기를 바란다. 그것이 나, 그리고 우리 재일조선인 20대를 장식할 가장 어울리는 청춘일 것이다" 라고 굴절된 말로 맺고 있다. 시 자체에도 젊은 혼의 발로라 할 수 있는 과격하고 난해한 표현이 두드러진다. 식민지 2세로서 조선에서 태어나고 자란 경력을 가지며 재일가인의 활약을 후원해온 가인인 곤도 요시미近藤芳美가 「서문」을 보내왔다. 거기에는 "조선인인 윤군이 자기표현의 언어로서 이국이며 억압자인 일본 언어를 사용하여 시 형태를 선택해야만 했던 사실"에 대해서 무거운 마음이 될 수밖에 없는 심정이 점철되어 있다.

○ 리카 키요시, 『고일본가告日本歌』(白玉書房, 1978)

『'유'그룹총서 No.1'楡'ぐるーぶ叢書 No.1』라는 제목의 리카 키요시의 제2가집. 제1가집 출판 후, 18년간 창작한 약 2200수 남짓 중에서 450수를 선정하여 거의 제작 연월 순으로 배치되어 있다. 권말에 자전적 문장이 3수 있을 뿐만 아니라 전작과 동일하게 저자 스냅사진이 1장 수록되어 있다.

○ 이정자, 『봉선화노래鳳仙花のうた』(雁書館, 1984)

저자는 미에현 우에노시三重県上野市 거주의 재일조선인 2세로, 단가 결사 '미래未来' 소속. 중학교 시절에 단가와 만나서 20세 즈음 자신의 민족을 모색하는 과정에서 단가를 만들기 시작했다고 한다. 이 제1가집 『봉선화노래』는 재일여성에 의한 가집으로서는 가장 빠른 부류에 속한다. 재일조선인을 둘러싼 소외감과 부조리를 파헤치고 빼앗긴 민족 이름과 문화를 회복하려는 지향성이 단가 기조이다.

『아사히가단朝日歌壇』의 심사자로 이정자를 발굴하여 가집출판을 권

했던 곤도 요시미가 「서문」을 쓰고, 또한 그녀 자신의 성장 과정과 단가와의 만남을 쓴 「곤도 선생님에게 쓴 편지近藤先生への手紙」가 별쇄 리플렛의 형태로 본서에 곁들여져 있다.

제2가집 『나그네타령ナグネタリョン』(河出書房新社, 1991)은 재일조선인의 가집이 자비출판과 작은 출판사에서가 아니라 대형출판사의 출판물로서 낸 효시였다. 여기에서 채택된 3수가 상세이당三省堂발행의 고등학교 1학년용 『국어』 교과서에 재록된 것과 맞추어 보면, 그야말로 시대의 한 획을 긋는 사건이었다고 할 수 있다. 그 일로 이정자는 재일가인의 대표격으로 평가를 받는다. 이정자는 그 외에 제3가집으로서 『꽃이 지고 새잎이 돋아난 벚나무葉桜』(河出書房新社, 1997), 제4가집 『맞바람의 언덕マッパラムの丘』(作品社, 2004)을 내는 등, 지방에서 정력적인 작품 활동을 계속하고 있다.

○ 정상달鄭上達, 『샛길, 돌아가는 길, 가을비 내리는 길わき道より道しぐれ道』(自費出版, 1986)

도쿄도 기타구東京都北区 거주. 책 속표지나 뒷부분의 판권장 등에는 '히라데 세이코平出清子'라는 일본명도 병기되어 있다. 남편 신현무申鉉武의 7주기에 지어 놓은 516수를 정리해서 추선追善을 위하여 엮었다. 「후기」에는 "한국에서 자라 결혼과 동시에 낯선 일본에 이주하여 40여년 (…중략…) 죽은 남편을 사모하고 조국 한국을 그리워하며 여기 일본을 사랑하면서 살아있는 한 단가를 계속 만들어 갈 생각"이라고 쓰고 있다.

실은 이것은 정상달의 제3가집에서 그 이전에 『무궁화無窮花』, 『오후

의 투명午後の透明』의 2작이 있다고 하는데 필자는 보지 못했다.

○ **모토무라 히로시**本村弘, 『작업화의 노래地下足袋のうた』(オーム出版社, 1990)

저자는 '최'라는 성을 가진 아버지와 '모토무라'의 성을 가진 어머니 사이에서 태어난 혼혈아. 그 입장을 단가로 읊고, 「신일본가인新日本歌人」에도 소속되어 있다고 하지만 필자는 아직 보지 못했다.

○ **김리박**金里博, 『쓰쓰미노우에堤上』(まろうど社, 1991)

교토시에 거주. 1942년 경상북도에서 태어나 2년 후에 어머니 등에 업혀 도일. 조선대학교 졸업. 김리박이라는 이름은 조선인에게 가장 많은 성의 하나인 '김', '이', '박'을 조합하여 만든 펜네임이라고 한다. 본서 「후기」에서 "일상회화를 본국사람과 같은 수준으로 구사할 수 없는 자는 어떤 변명을 하더라도 한국인이라고 할 수 없다는 것이 나의 신조"라고 호언하고 있듯이 김리박은 조선의 전통적 단시형태문학인 시조에도 소양이 있고 『한길ハンギル』(海風社, 1987)이라는 제1시조집을 냈다. 또한 한글로 시작詩作도 계속적으로 하고 있고 본서 권말의 「경력」에서는 조선어로의 시작을 평생 고집했던 「고 강순의 문하생故・姜舜の門下生」이라고도 적고 있다. 『신문 붉은 깃발新聞赤旗』 등에 단가작품을 발표한 김충귀 (앞에 게재 '자료 1' 참조)가 「후기」를 보내왔다.

○ 박정화朴貞花, 『신세타령 身世打鈴』(砂子屋書房, 1998)

도쿄도 마치다시東京都町田市 거주. 1973년 첫 번째의 단가를 『아사히가단』에 투고한 이후의 단가가 정리되어 있다. 감정을 솔직하게 표현한 단가가 많고 또한 조선총련 색채가 짙다. 여기에서도 또한 『아사히가단』에서 박정화를 발굴하여 여러모로 지원해온 곤도 요시미가 「서문」을 썼다. 곤도는 그녀의 단가는 기교적으로는 세련되지 않았지만, 우리들은 솟구치는 육성의 외침을 들려줘야만 한다고 썼다.

○ 박옥지朴玉枝, 『신세타령身世打鈴』(자비출판, 2000)

에히메현愛媛県 거주. 1937년 효코현兵庫県에서 태어난 재일조선인 2세. 1999년의 NHK주최 전국단가대회에서, 그 작품 「남동생이 형에게 주는 콩팥 하나를 내 아이 둘이 나른다弟が兄に与へむ腎一つ吾子の二人が運ばれていく」가 최우수상을 수상한 적도 있다. 단가 창작을 시작한 이래 약 10년간의 단가가 정리되어 있다. 사쓰마 야키薩摩焼 제14대인 심수관沈壽官이 「서문」을 썼다. 사진이 삽화된 인터뷰기사가 『민단신문民団新聞』 2000년 7월 12일자가 있다.

○ 김영자キム·英子·ヨンジャ, 『사랑』(文學の森, 2005)

후쿠오카현 이이쓰가시福岡県 飯塚市 거주. 1960년에 태어난 재일 2세. 본명은 김영자金英子인데, 가인으로서는 부모에게 받은 「영자(에이코)」라는 이름을 남기고 싶다는 생각으로 'キム·英子·ヨンジャ'라고 자기이름을 썼다. 중학교 교과서에 실려 있던 와카야마 보쿠스이若山牧水의

단가에 끌려서 단가를 읊게 되었다고 한다. 제목『사랑』의 말대로 이 가집에는 이성에 대한 사랑, 그리고 아이에 대한 부모의 사랑 등이 일상생활 풍경 속에서 읊어져 있다. 또한 일본사회에 대한 위화감도 솔직하게 표현되어 있다. 사진이 삽화된 인터뷰 기사가『민단신문』2005년 6월 8일자가 있다.

(번역 : 한해윤)